霍松林选集

第六卷 序跋集

霍松林 著

陕西师范大学出版总社有限公司

图书代号：ZH10N0961

图书在版编目(CIP)数据

霍松林选集. 第六卷, 序跋集 / 霍松林著. —西安：陕西师范大学出版总社有限公司, 2010.10
ISBN 978 - 7 - 5613 - 5259 - 5

Ⅰ. ①霍… Ⅱ. ①霍… Ⅲ. ①霍松林—选集②序跋—作品集—中国—当代 Ⅳ. ①I217.2

中国版本图书馆 CIP 数据核字(2010)第 173658 号

霍松林选集　第六卷　序跋集
霍松林　著

出版统筹	刘东风　冯晓立
责任编辑	邓　微　王文翠
封面设计	安宁书装
版式设计	朱　雨
出版发行	陕西师范大学出版总社有限公司
	(西安市长安南路 199 号　邮编　710062)
网　　址	www.snupg.com
印　　刷	万裕文化产业有限公司
开　　本	710mm×1020mm　1/16
印　　张	326
插　　页	4
字　　数	6135 千
版　　次	2010 年 10 月第 1 版
印　　次	2010 年 10 月第 1 次印刷
书　　号	ISBN 978 - 7 - 5613 - 5259 - 5
定　　价	2980.00 元(全十册)

读者购书、书店添货或发现印刷装订问题，请与营销部联系、调换。
电话：(029)85307864　　传真：(029)85251046

目 录

自序自跋

《文艺学概论》跋/002

《文艺学简论》跋/003

《勤学苦练的故事》序/005

《打虎的故事》重版跋/010

《文艺散论》跋/013

《西厢述评》跋/016

《西厢汇编》序/020

《唐宋诗文鉴赏举隅》序/029

《古代文论名篇详注》序/030

《李白诗歌鉴赏》序/032

《唐诗探胜》序/039

《古代言情赠友诗词鉴赏大观》序/045

《中国古典小说六大名著鉴赏辞典》序/051

《辞赋大辞典》序/053

《中外文学名著缩编本》丛书序/055

《杜甫研究论集》(第一卷)序/057

《唐宋八大家书系·韩愈卷》序/059

《唐宋名篇品鉴》序/064

《宋诗三百首评注》序/066

台北版《唐音阁诗词集》跋/072

《唐宋诗词三十家丛书》序/073

《近五十年寰球汉诗精选》序/075

《关汉卿作品赏析》序/076

《中国历代诗词曲论专著提要》序/087

《唐诗精选评注》序/090

河北版《唐音阁诗词集》跋/094

《唐音阁随笔集》跋/096

《唐音阁鉴赏集》跋/098

《唐音阁译诗集》跋/103

《唐音阁论文集》跋/109

《霍松林影记》序/111

《新中国诗词大观》序/112

《当代巾帼诗词大观》序/114

《中国诗论史》序/117

《青春集》序/120

《诗韵华魂》序/123

《唐音阁集》序/126

博士论文序

《唐代文学的文化精神》序/128

《中国史官文化与史记》序/131

《中国古典诗学原型研究》序/133

《关汉卿研究》序/136

《汉末士风与建安诗风》序/139

《佛教禅学与唐代诗歌研究》序/142

《晚唐诗风研究》序/146

《金词研究》序/149

《魏晋南朝诗歌意象论》序/152

《先唐史传文学研究》序/155

《唐代关中士族与文学》序/158

《唐代侠风与文学》序/162

《排律文献研究(明代篇)》序/165

《长安文化与隋唐诗歌》序/168

《〈庄子〉文学研究》序/171

《元杂剧的文化精神阐释》序/174

《李攀龙研究》序/177

《宋前隐逸诗研究》序/179

《唐代的文学传播研究》序/181

《唐五代笔记小说研究》序/183

《〈史记〉战国人物取材研究》序/185

《张衡诗文研究》序/187

诗联序跋

《李炳武诗集》序/190

《于右任诗歌萃编》跋/193

《中大校友百年诗词选》序/196

《绛华楼诗集》序/199

《绛华楼诗集》跋/200

《梦翰诗词抄再续集》序/201

《梅棣盦诗词集》序/204

《三余诗词选》序/206

《马凯诗词存稿》读后/210

《红羊悲歌》序/214

《当代诗词手迹选》序/216

《海峡两岸诗选》序/217

《中华当代边塞诗词精选》序/218

《当代西域诗词选》序/227

《当代诗人咏中州》序/230

《全球汉诗三百家》序/234

《诗国沉思》序/240

《当世百家律诗选》序/242

《马骁程诗文选》序/248

《晚霁楼诗词选》序/250

《林从龙诗文集》序/252

《紫玉箫二集》序/256

《梁东诗词选》序/265

《王屋山房吟稿》序/268

《心声集》代序
　　——给洪炎德学长的一封信/270

《神怡集》序/272

《憨敢斋吟稿》序/274

《柳笛集》序/279

《中国铁路诗词选》序/286

《当代女子诗词选》序/289

《新时期大学生诗词选》序/291

《当代诗词点评》序/293

《古今名联选评》序/296

《中国名胜诗联精鉴》序/302

《羲皇故里楹联选》序/307

《潘成诗联点评》序/309

《镜海吟》序/311

《晴野诗集》序/314

《裴医师诗词选》序/315

《一秀斋诗稿》序/317

《不知津斋诗存》序/320

《中国当代诗词家名录》序/321

《中华诗词十五年年鉴》序/324

《古典诗词歌曲选》序/326

《王锋旧体诗选》序/329

《当代五十家女诗人佳作选》序/330

《东篱诗探》序/333

杂著序跋

《伏羲文化研究》序/338

《麦积山石窟志》序/341

《古诗名句掇英》序/342

《中国历朝通俗演义》序/345

《元稹集编年笺注》序/351

《文学鉴赏录》序/355

《中国文学史词语辞典》序/358

《诗词曲声韵手册》序/360

《日本汉诗三百首》序/363

《学术论文写作导论》序/364

《喜剧美学初探》序/366

《水晶大世界》序/370

《文艺民俗美学》序/372

《中国古籍中的识人任人鉴戒篇》序/374

《从政古鉴》序/376

《少陵律法通论》序/378

《唐诗小史》序/384

刘筑琴《桃花扇》序/387

《中国风俗大辞典》序/389

《〈全宋诗〉评注》序/391

《历代五绝精华》序/393

《辽金元诗话全编》序/395

《明人小品选》序/398

《李调元诗话评注》序/405

《古代文史论集》序/408

《郭沫若史剧理论研究》序/410

《范词今填三百谱》序/415

王权《笠云山房诗文集》序/418

《易祖洛文集》序/424

艾新民《小楷〈红楼梦〉》序/425

《近现代诗词论丛》序/427

《雁塔题名作品选集》序/429

《触摸风景》序/430

《风雅斋诗谜三百首》序/432

《天水市志》序/435

《霍家川村史》序/441

《西和马氏族谱》序/442

书画篆刻序跋

《20世纪陕西书法篆刻集》序/444

《陕西书画名人一百家》序/448

《古都春晓》(书画集)序/449

《今日水墨·第八届全国中国画名家作品巡回展作品集》序/451

《江树峰诗书画选》序/454

于右任撰书《〈呻吟语〉序》跋/458

《石佛沟题咏刻石》序/459

《钟明善书画篆刻集》序/460

《邱星书法集》序/464

雷珍民《水滴石穿》(书法集)序/469

《马远书法集》序/471

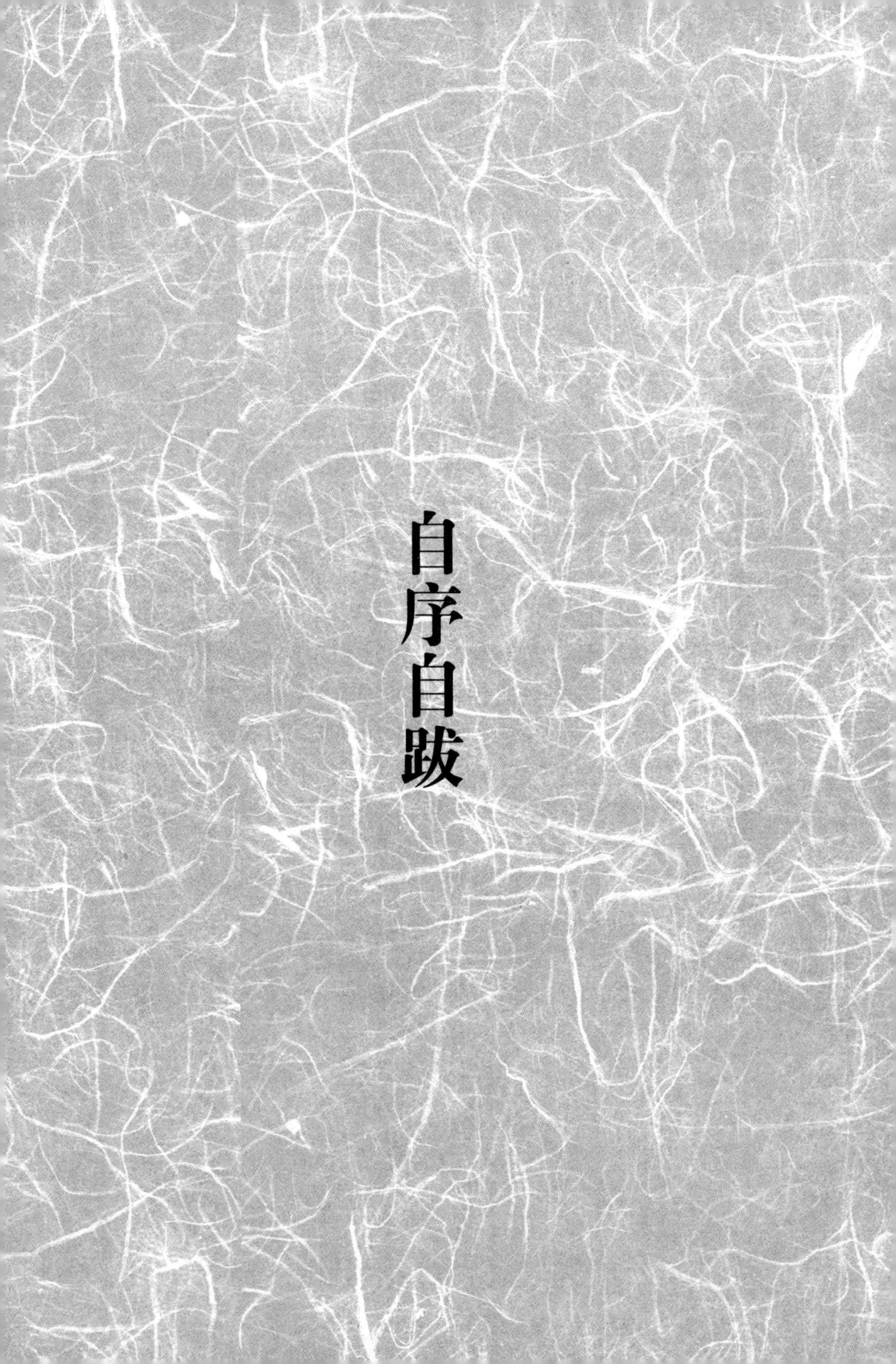

自序自跋

《文艺学概论》跋

1953年,我在西安师范学院讲授"文学概论"的时候,编了一部讲稿。1954年,又改写一遍,我院教务处即选它作交流讲义;1956年,我院函授部又用它作函授教材。先后打印和铅印过好多次。

这部稿子被用做交流讲义和函授教材之后,兄弟院校和中等学校的同志们函索者甚众。我院领导上因感供不应求,所以推荐给陕西人民出版社出版。

从1954年起,我专教古典文学,"文学概论"改由胡主佑同志担任。胡同志在几年来的教学过程中,对这部讲稿做了许多补充和修改,大大地提高了它的质量,丰富了它的内容。出版之前,又在胡同志的帮助下参考高等师范学校文史教学大纲讨论会(1956年暑假在北京召开)修订的"文艺学概论教学大纲",进行了适当的修改。胡同志参加过高等师范学校文史教学大纲讨论会,是"文艺学概论教学大纲"的修订者之一。她在这一次的修改工作中尽了很大的力量。基于这些理由,我主张用我们两人的名义出版;而胡同志坚决不肯,只好作罢。但应该声明,在这部稿子中,是包含着她的许多劳力的。

这部稿子因为原来是讲课用的讲稿,所以基本上是吸取大家的研究成果"编"成的,独抒己见的地方不多。同时,有许多文艺理论方面的问题,大家正在研讨,还没有比较一致的结论;而我自己的理论水平又很低;所以不论在对别人的研究成果的取舍上,或者在对某些问题提出的个人看法上,都免不了发生错误。诚恳地期待读者和专家们的批评和指正。

1957年4月写于西安师范学院

《文艺学简论》跋

　　1953年,我在西安师范学院讲授"文学概论"的时候,编了一部讲义,第二年又改写一遍。先被选为高等院校的交流讲义,接着又被选为函授教材,打印和铅印过好多次。因函索者甚众,供不应求,院领导便推荐给陕西人民出版社出版。出版之前,我早已改教古典文学,"文学概论"课也已改为"文艺学概论"课,由胡主佑同志担任。胡同志参加了1956年暑假在北京召开的全国高等师范院校文史教学大纲讨论会,是《文艺学概论教学大纲》的修订者之一。于是我便在她的帮助下,按照《大纲》的要求,对原讲稿作了修改和补充,改名《文艺学概论》。但严格地说,并不完全具备"文艺学"的内容,是实不副名的。

　　这本书,是1957年7月发行的,印了四万六千册。因当时这一类书还相当少,所以很快就销售一空。出版社决定重印,问我是否需要修改。但当我在初印本上作了必要的加工以后,文艺界对"各种反社会主义文艺思想倾向"的批判已经开始,重印之事,也因而作罢。

　　粉碎"四人帮"之后,先后有好几个出版社和我联系,想重印这本书,要我修订,不少读者也提出了类似的意见。我十多年未能接触业务,学殖荒疏,对修订缺乏信心,但反复考虑,既然社会上有此需要,就应该勉力而为,于是从1978年秋季开始,以大半年的课余时间对原书作了较大的修改、删削和补充,然后交给陕西人民出版社。这时候,具有深远意义的党的十一届三中全会胜利召开,确定了解放思想、开动脑筋、实事求是、团结一致向前看的指导方针,我们的国家在经济上和政治上都出现了蓬勃的生气,与此相联系,党的"双百"方针得到贯彻,科学文化领域呈现出一片"百花齐放,百家争鸣"的动人情景。文艺理论的探讨也有了不少新的突破,新论点和新提法不断出现,争论得很热烈。面对这种可喜的形势,我打算等到许多重大的争论问题有了比较一致的意见之后再作一次修改,因而又把原稿要了回来。

　　1979年冬在北京参加全国第四次文代会时,又有不少同志问到这本书,主张重印。在同志们接二连三地敦促和鼓励下,我终于打消了一些思想顾虑。但对正在争论的一些重大问题究竟没把握,因而几经考虑,抽掉了第一编中的前三章和第五编,保留下来的主要是谈文艺基础知识的部分。这样一来,叫《文艺学概论》就更不合适了,所以改为《文艺学简论》。

这次修订的本子,中国社会科学出版社愿意接受出版,编辑同志既提了宝贵的修改意见,又做了文字上的加工,谨此致谢。

还有两点应该声明。第一,作为一本概论性质的书,是应该广泛吸收前人和同时代人的研究成果的。我注意到这一点,但涉猎未广,做得很差,因而远远未能反映我国文艺理论界已经达到的学术水平,这是十分抱愧的。第二,吸收前人和同时代人的研究成果,要通过自己的头脑。由于自己的理论水平和文学修养都很有限,所以不仅对某些问题提出的个人看法难免有错误,而且在对别人的研究成果的取舍和运用上也难免有错误。这一切,当然都应该由我自己负责。诚恳地期待着读者和专家们的批评和指正。

1980 年 6 月

《勤学苦练的故事》序

彻底改变"一穷二白"的落后状况,把我国建成一个具有现代工业、现代农业、现代国防和现代科学技术的社会主义强国,这是毛泽东同志、周恩来同志的遗愿,是党中央向我们发出的伟大号召,也是全国人民的迫切要求。

要实现这个伟大的目标,就需要大批既具有高度政治觉悟,又具备各方面专业知识的人才。因此,努力学习和掌握科学文化知识,以便更好地为社会主义现代化建设服务,便是摆在我们每个青少年面前的庄严任务。

当然,在学习的道路上,不可能是一帆风顺的。只有付出辛勤的劳动,克服各种困难,才可望取得优异的成绩。在这方面,我们先辈的革命者和当代革命队伍中的先进分子,已经给我们做出了光辉的榜样,我们首先要向他们看齐。此外,如果用批判的眼光看看某些历史人物是怎样学习的,也未尝没有好处。为此,我利用业余的零碎时间,编译了四十来个古人勤学苦练的故事。

古人,特别是古代出身贫寒的人们,要想学些文化知识,真不知要比我们困难多少倍!

比如说,在今天,我们不但买书很容易,而且,全国各个城市乃至某些村镇,都有大大小小的图书馆和阅览室,向每一个人敞开大门。古人却没有这样好的条件。在印刷术没有发明和虽已发明、但还不够进步的年代里,多少人苦于无书可读。王充是每天跑到洛阳街上的书铺里读书的;而这,只有在像洛阳那样的大城市里才能办到。所以更多的人是跋山涉水、顶风冒雪,跑到很远的地方东求西借。而那些藏书之家,又往往不愿出借。于是,或者像匡衡那样,给人家当苦工而不求报酬,作为借书读的交换条件;或者像宋濂那样,说尽好话,约定很短的限期,还一本,借一本。好容易借到书,转眼就要归还,怎么办呢?唯一的办法是日日夜夜地抄。而抄书的工具,又远远不像今天这样好、这样容易得到。孙敬"缉柳"抄书,路温舒"编蒲"抄书,董谒拾树叶抄书(《洞冥记》),秦起宗的父亲削柳木片子抄书(《元史·秦起宗传》),任末"削荆为笔,克树汁为墨"(《拾遗记》),葛洪则砍柴换纸,抄了正面又抄反面。当然,古时候也有皇家藏书处,但能够像东汉黄香那样,看到皇家所有藏书的(《后汉书·文苑传》),固然绝无仅有;就是能够像唐朝阳城那样,在当时一个主管经籍的机关里求得一个职务,而借机读书的(《新唐书·卓行传》),也极其罕见。

又比如说,在今天,我们如果挤夜间的时间学习,一般都是坐在银光灿烂的电灯下的;即便在偏远的农村,照明也不成问题。而古人却没有这种幸福。顾欢燃糠(《南齐书·顾欢传》);侯瑾燃柴(《后汉书·文苑传》);车胤囊萤;孙康映雪;匡衡凿壁借光;范汪燃薪写书(《晋书·范汪传》);任末或者映星望月、或者烧麻蒿以照字;郗珍则摹仿匡衡的老办法,穿邻壁以取烛光,被邻家加上小偷的罪名告到官府(阙名《求邻壁光判序》),康廷之等好事之徒还拟了《求邻壁光判》,说什么"情非窃伏,事涉穿窬",主张给他"记过"。

又比如说,在我们的社会里,不要说在各类学校中求学的人课内有老师讲解、课外有老师辅导,就是在工农业战线上和其他岗位上工作的,也不会有在自学中遇到困难而无人帮助的痛苦。这在今天看来似乎很平常,然而实际上也是一种幸福。而这种幸福,正是许多古人难以梦想的。郑玄千里迢迢地跑到关中,求人介绍,拜到马融门下当学生,整整三年,还没有见到老师(《后汉书·郑玄传》)。宋濂似乎比郑玄的遭遇好,他负笈曳屣,冒着烈风大雪,跑到百里外"执经问业",没有费很多周折就见到了"乡先达"的面。但那"问业"时的情景,也使人看了不很舒服。至于顾欢,那就更艰难。要进学堂,出不起学费;不进学堂,又没有自学能力。于是只好在学堂外面徘徊,等到里面开讲,就将耳朵紧紧地贴在墙上偷听(《南齐书·顾欢传》)。贾思伯和他的弟弟思同,拜北海阴凤为师,总算亲聆教诲,学了些东西;可是在"出师"的时候因为拿不出酬金,被那位"恩师"恶狠狠地剥去衣服、扣下被褥(《北史·贾思伯传》)。

以上所谈,还是比较枝节性的,从根本上说,这是个社会制度问题。列宁说过:"资本主义压抑了、扼杀了、蹂躏了工人和农民中的大批天才。这些天才在穷困和屈辱的压迫之下毁灭了。"(《列宁全集》第十三卷,五五页)这是的确的。资本主义如此,封建主义也和这没有本质上的区别。

看看古人的学习条件,再看看我们的学习条件,怎能不由衷地歌颂我们的党、歌颂我们的新社会?又怎能不为完成党交给我们的学习任务而鼓足冲天干劲,扫除前进道路上的障碍,攀登社会主义的科学文化高峰?

有些在工农业战线上和其他岗位上工作的青年,有时喊叫没有足够的学习时间。的确,"志士嫌日短",一切热爱工作和学习的人,任何时候都不会有时间充裕的感觉。然而,且不要说工作本身也是一种学习,就算单指读书和写作而言,工作再忙,也还是可以挤出时间的。不妨再看看古人:路温舒边放羊边读书;朱买臣在担柴赶路的时候读书(《后汉书·朱买臣传》);儿宽带着书锄地,休息时摊书诵读(《汉书·儿宽传》);沈骥士"织帘诵书,手口不息"(《南齐书·沈骥士传》);董遇利用"三余"(冬天、夜间、雨天)读书;孔子祛"耕耘樵采,常怀书自随,投闲则诵读"(《南史·孔子祛传》);欧阳修利用"三上"(马上、枕上、厕上)进行艺术构思,写了不少好文章;陶宗仪在田间耕作休息时著书,日积月累,写成了几十卷的《南村辍耕录》;吕思礼"虽务兼军国,而手不释卷,昼理政事,夜则读书"(《周书·吕思礼传》);曹操、孙权、吕蒙、蒋钦等都相当忙,但都挤时间读书,学问很渊博。

　　鲁迅说得好:"时间,就像海绵里的水一样,只要你愿挤,总还是有的。"问题是,每当比较忙、比较累的时候,很容易这样想:"今天算了吧!明天再挤时间学习。"可是机不可失,时不再来,放过今天,就不会再有这个今天了!为此,明朝人钱鹤滩作过一首诗:"明日复明日,明日何其多!我生待明日,万事成蹉跎!世人苦被明日累,春去秋来老将至。朝看水东流,暮看日西坠。百年明日能几何?请君听我《明日歌》!"这首《明日歌》,的确值得听。

　　当然,对待一切文化遗产,都应该采取马克思列宁主义的批判态度,万不能原封不动地硬搬。对待古人勤奋学习的故事,也是一样。

　　就根本问题说,我们是在党的教育方针指导下学习的。学习的目的,在于使自己在德育、智育、体育等方面得到全面的发展,以便更好地为社会主义现代化建设服务,为全人类的解放事业服务。古人自然不是这样。他们刻苦学习的目的,有的是为了"扬名声,显父母";有的虽然很强调"治国平天下",但所谓"治国平天下",归根结蒂,不过是为封建地主阶级效忠。例如范仲淹,他做秀才时便"以天下国家为己任",后来争取实行政治改革,在一定程度上照顾到人民利益;但照顾人民利益,也还是为了缓和尖锐的阶级矛盾,以达到巩固封建秩序的目的。

　　学习的目的性问题,实质上是个阶级立场问题。古人不可能有无产阶级立场,所以在这个问题上,我们必须采取历史唯物主义的态度正确对待。

　　和这个为什么学习的问题相关联的是学习什么、怎样学习的问题。

古人学习,也有比较重视实践的,但一般地说,主要是掌握书本知识。他们认为读书越多,就越有知识;而有书本知识的人,就高人一等,所谓"万般皆下品,惟有读书高"。至于生产劳动、特别是体力劳动和体力劳动者,他们根本瞧不起。我们却不是这样。我们认为,自从有阶级的社会存在以来,世界上的知识只有两门,一门是阶级斗争的知识,另一门是生产斗争的知识。而马克思列宁主义、毛泽东思想,则是这两门知识的高度概括和科学总结。所以,我们既要学习业务知识,也要学习政治理论;既要从书本上学习,也要在三大革命实践中学习。而从书本上学习,也必须和我们的革命实践相结合,要善于将从书本上学来的知识应用到三大革命实践中去,在实践中加以检验和发展。

古人刻苦学习的某些具体表现形式,也无须去模仿。例如苏秦刺股,孙敬悬头(《楚国先贤传》),刘峻烧发(《梁书·刘峻传》),沈峻以杖自击(《梁书·沈峻传》),邵雍数年不就枕席(《宋史·邵雍传》),这种肯下苦功的劲头儿是可取的,但是做法却迹近愚蠢了。又如高凤:他老婆在院子里晒了麦子,让他看守,以免鸡吃;他拿了竹竿立在麦旁,却聚精会神地读起书来,直到天下暴雨,漂走麦子,浑身上下也淋得像个落汤鸡,还没有发觉(《后汉书·高凤传》)。顾欢也和这相类似:他爸爸打发他到田里去赶麻雀,他却见景生情,坐在田边作《黄雀赋》;赋作完时,谷穗儿上的粮食也快被麻雀吃完了。这种虽说好学、其实误事的书呆子作风,在今天更不应该提倡。至于像董仲舒"三年不窥园"(《汉书·董仲舒传》)、桓荣"十五年不窥家园"(《后汉书·桓荣传》)、室昉"二十年不出户"(《辽史·室昉传》)之类的"两耳不听窗外事,一心只读案前书"的做法,如果搬到今天来,不用说是完全错误的。

总之,对待这些古人勤学苦练的故事,也应当像对待一切文化遗产一样,要有一个正确的态度,要牢牢记住毛主席在《新民主主义论》中说的这么一段话:"中国的长期封建社会中,创造了灿烂的古代文化。清理古代文化的发展过程,剔除其封建性的糟粕,吸收其民主性的精华,是发展民族新文化提高民族自信心的必要条件;但是决不能无批判地兼收并蓄。必须将古代封建统治阶级的一切腐朽的东西和古代优秀的人民文化即多少带有民主性和革命性的东西区别开来。中国现时的新政治新经济是从古代的旧政治旧经济发展而来的,中国现时的新文化也是从古代的旧文化发展而来,因此,我们必须尊重自己的历史,决不能割断历史。但是这种尊重,是给历史以一定的科学地位,是尊重历史的辩证法的发展,而不是颂古非今,不是赞扬任何封建的毒素。"只有有了这种正确的态度,我们才可能很好地运用这些遗产来为今天的社会主义现代化建设服务。

古人勤学苦练的故事不胜枚举,这里只选择了四十个比较著名和比较健康的,加以编译(前言中提到的故事,大半没有编译;凡提到而没有编译的,都注明了出处)。有些篇接近古文今译,有些则类似故事新编。这几个故事,没有按时间先后排列,而是根据内容上的特点编排的。

读者在阅读编译的故事时,往往想了解原始材料;而这些材料,又散见于各种古书之中,搜集起来相当麻烦。因此,每篇之后,都附录了主要的原文。原文中有些词句,比较难懂,所以又加了些注解。读了编译的故事,再参考注解,对照着看看原文,在提高阅读古典作品的能力方面,也会有些帮助。

这本书中的若干篇,原是六十年代初响应敬爱的周总理狠抓"三基"、大练"基本功"的号召而写的。当时的《西安晚报》,曾辟《奋勉集》专栏,陆续刊登;接着,天津人民出版社又编为《古人勤学故事》,于1964年1月出版。当万恶的"四人帮"疯狂反对"四化",推行法西斯文化专制主义和愚民政策,鼓吹"知识越多越反动"的时候,这册微不足道的小书也被罗织了种种罪名,遭到禁锢。然而,人民的意愿是不容违反的,历史的车轮是无法阻挡的。党中央代表民意,一举粉碎了"四人帮",我们伟大的社会主义祖国又向四个现代化的宏伟目标奔腾前进了!在向四化进军途中,我应陕西人民出版社之约,对原有各篇作了修改,又增添了新的内容,重新编排,改名《勤学苦练的故事》,供青少年读者作为借鉴,勇攀科学技术高峰,为四个现代化做出贡献。

1963年10月写成
1979年1月修改

《打虎的故事》重版跋

　　1961年初夏,应《光明日报》之约,写了一篇杂文《谈虎》,连载于该报7月20、22日《东风》副刊。开头是这样的:"何其芳同志在序《不怕鬼的故事》时,提到编这本书,是受了毛主席《论帝国主义和一切反动派都是纸老虎》的启发。这立刻启发了我,联想到关于虎的故事。如果从我国浩如烟海的载籍里,发掘若干不怕虎的故事,也是很有意义的。"这篇文章一见报,就被少年儿童出版社的同志们看中了,他们在7月22日从上海写给我的信中说:"见《光明日报》所刊大作《谈虎》,其中所举的例子都很生动有趣,而且正如您所说的,富有教育意义。《不怕鬼的故事》出版后,我们本来也打算出一本以不怕鬼的精神教育儿童的书,但苦于没有适当的材料。大作给我们很大的启发,以打虎的故事来对儿童进行这种教育,可以说是很相宜的。我们向您提出一个恳切的要求,请您在百忙之中抽出一些时间,为儿童选编一本打虎的故事,用浅显活泼的白话文改写出来,这将是给儿童的一份丰硕的礼物。为了使儿童充分理解故事的含义,我们以为也可以在文后写几句简短的说明或感想,如《聊斋志异》的'异史氏曰'。当然,这本书还需要有一篇深入浅出的饶有风趣的前言。……我们希望您能答应我们的要求。"儿童是祖国的未来,能为儿童写一点有教育意义的文章,我是很乐意的。于是,征得本单位党组织的同意,编写了一本《打虎的故事》,于1962年国际儿童节出版,内附几十幅精美的插图。

　　上述事实,说明我的写作动机、出版社约我写书的动机,都是无可指责的。

　　当然,光看动机不行,还得看作品在社会大众中产生的效果。那么,效果如何呢?

　　《打虎的故事》出版后,《人民日报》发表了老作家魏金枝同志的《赞打虎英雄》,《中国青年报》、《陕西日报》等全文转载了《打虎的故事》中一万二千多字的"前言",全国许多报刊或发表评介文章,或选刊其中的故事,中央人民广播电台和一些省的广播电台广播了其中的《唐打猎》等篇,许多少年儿童和中学语文教师也写信给我,给予热情肯定。这说明客观效果也是好的。

然而,当"四害"横行,江青与陈伯达狼狈为奸,抛出否定形象思维的文章,其中多次点我的名,我因而被揪斗的时候,这本《打虎的故事》(以及我的所有著作)也忽然变成大毒草,异想天开地罗织了"打虎就是打党"的罪名。既然凭空飞来这么大的帽子,那么,伴随这顶大帽子强加于我和我的全家的,还有些什么,每一个遭受过林彪、"四人帮"法西斯文化专制主义残害的人,都不难想见。

> 万家墨面没蒿莱,
> 敢有歌吟动地哀!
> 心事浩茫连广宇,
> 于无声处听惊雷。

"四五"革命群众运动的惊雷震彻寰宇,敲响了"四人帮"的丧钟,以华主席为首的党中央代表民意,奋臂一击,玉宇澄清,朝阳灿烂。中华民族得救了,八亿人民解放了!当林彪、"四人帮"制造的无数冤案、假案、错案一一得到昭雪、平反,举国上下,欢声雷动,庆祝人民的伟大胜利的时候,这本《打虎的故事》也要重版,再见天日了。这真是"野火烧不尽,春风吹又生"!雪虐霜欺,众芳憔悴的严冬季节,跟着"四人帮"的覆灭一去不复返了。春风和煦,春光明艳,人民赢得了一个多么美好的百花盛开、永不凋谢的春天!

《打虎的故事》作为儿童读物,当然带有"寓言"性质。正如一些评介文章所指出,它赞扬的是人民群众的打虎精神;对于一切威胁人民生命、侵害人民利益、阻碍历史前进的形形色色的"虎",都要在战略上藐视、在战术上重视,从而一个个消灭掉。"四人帮"对这样一个小册子竟然恨得要命,正暴露了这伙伪装得"最最""革命"的家伙实质上是"最最"凶残的"虎";正因为他们实质上是空前横暴的执意与人民为敌的"虎",成千上万地吃人,所以不管伪装得如何巧妙,还是被革命人民识破了他们钩爪锯牙的真相,用铁扫帚扫进了历史的垃圾堆。

在世界人民要求民主、要求进步、要求过和平幸福生活的时代,还有残民自肥的侵略者、霸权主义者及其帮凶,所以发扬打虎精神,还是完全必要的。

在我们向四个现代化进军、攀登科学文化高峰的道路上,必然有困难、有障碍——有这样那样的"拦路虎",所以发扬打虎精神,也完全是必要的。

附抄拙作《元旦试笔》七律一首,作为结束:

> 此心常向艳阳红,浮想联翩兴不穷。
> 赞枣讥桃宁有罪,驱蚊伏虎岂无功!
> 覆盆撞碎头虽白,插架焚残腹未空。
> 形象思维终解放,吟鞭欣指万花丛。

1979 年 1 月 1 日

《文艺散论》跋

　　编完这个集子,并不是由于受惯例的支配,硬是要安上一条尾巴——写一篇《后记》,而是确有感触,不能已于言。

　　"文革"一开始,我就同广大知识分子一样,被林彪、"四人帮"文化专制主义的大棒"打翻在地",在此后长达十多年的漫长岁月里,又被不断踏上这样那样的"脚",休想喘一口气。能够搞专业,这才是近一年多来的事情。

　　前不久,我光荣地出席了文艺界的空前盛会——中国文学艺术工作者第四次代表大会,亲聆了邓小平同志代表党中央在大会上的祝辞,见到了许许多多和我一样获得了第二次解放的朋友,听到了一个比一个发人深省、催人奋进的精彩发言。最后又受到中央领导同志的亲切接见和热情慰勉,摄影师为我们摄下了这个激动人心的珍贵镜头。心灵上的创伤愈合了,精神上的枷锁解除了,一度被窒息了的实现四个现代化的理想火花毕毕卜卜地燃烧起来,越烧越旺了。眼下,我才从我们亲爱的社会主义祖国的首都归来,全身的每一个细胞,还充溢着天安门广场的灿烂阳光所给予的温暖,就应中国社会科学出版社之约,着手编这个集子。当我搜集、翻阅了"文革"前后数十年间发表过的近百篇文章,从中选出若干篇来的时候,这漫长岁月里的所经、所历、所感、所见、所闻的一切,就一一在脑海里浮现、晃动、聚合、翻滚,使我思潮澎湃、思绪万千,无法平静下来。

　　这澎湃的思潮、万千的思绪,是很难用简短的语言表达出来的。归结到主要一点上,那就是,无限赞颂"四五"群众革命运动,无限赞颂党中央和党的十一届三中全会。没有划时代的"四五"群众革命运动敲响了振聋发聩、唤起九亿人民一齐觉醒的晨钟,没有英明的党中央代表九亿人民的心愿一举粉碎"四人帮"的伟大胜利,没有拨乱反正、改革开放的三中全会,我们的民族,我们的国家,都将沦于万劫不复的苦海,我们的源远流长、光辉灿烂的文化传统,必将扫地以尽,哪里还会有今天的一切!

甜与苦,今与昔,正确与谬误,正义与邪恶,总是相比较而存在的。回忆昔时的苦,就更会珍惜今日的甜。不忘正确与谬误、正义与邪恶生死搏斗的历史,就更有勇气和信心沿着正确的道路、为了正义的事业,从胜利奔向新的胜利。放眼举国上下安定团结、同心同德搞"四化"的壮丽图景,每一个经历过空前浩劫的人怎能踯躅不前!两鬓虽斑,望旌旗而思奋。我一定要日夜兼程,以加倍的努力把被林彪、"四人帮"剥夺的十多年宝贵的时光补出来,为极大地提高中华民族的科学文化水平,为尽快地实现四个现代化的宏伟计划,有一分热,就发一分光。

这个集子共收二十一篇文章。近一年多来所写的共八篇,其余都是"文革"前写的。

1958年初,长江文艺出版社给我出过一个集子。但只印了八千多册,有不少地方的读者根本没有看见过,所以这次又从中选出三篇,即《诗的形象与诗人》、《试论形象思维》、《谈〈儒林外史〉》。《试论形象思维》一文,是1955年冬脱稿、1956年夏发表的。那时候,我只是认为文艺有特点,艺术思维也应该有特点,因而想作一些探讨,写了这篇文章(接着又把这篇文章抄进1957年出版的《文艺学概论》)。其中对形象思维的理解很肤浅,甚至有错误,本来是作为一个学术问题提出来希望引起讨论的,没想到"文革"一开始,竟被扣上那么多大得吓人的政治帽子,闯下了弥天大祸。现在,文艺界对形象思维的讨论已经深入多了。我之所以还把这篇二十多年以前写的文章选出来,只是出于这样一个简单的信念:我的文章虽然写得很肤浅,但当时怀着抛砖引玉的心情,发表它,确是希望展开关于形象思维问题的讨论,绝非"心怀叵测"。因此,敝帚千金,又收在这里了。

《西昆派与王禹偁》、《论苏舜钦的文学创作》和《谈梅尧臣诗歌题材、风格的多样性》三篇,是1958、1959两年写的。当时有鉴于学术界对宋诗、宋词除肯定陆游、辛弃疾的部分作品而外,其余的都未给予应有的重视,对宋代散文更少提到,因而不揣谫陋,打算写一部宋代文学史。但写完这三篇,就因为反对"厚古薄今"而无法写下去了。

《论嵇康》写于1959年,《尺幅万里——杜诗艺术漫谈》写于1962年。

《王若虚的文学批判》、《叶燮的诗歌理论及其影响》和《"必创前古所未有,而后可以传世"——谈赵翼的〈瓯北诗话〉》三篇,是60年代初为《〈漫南诗话〉校注》、《〈原诗〉〈一瓢诗话〉〈说诗晬语〉校注》和《〈瓯北诗话〉校点》三书写的前言。这三部书,已由人民文学出版社先后出版。

《文中有诗——古文漫谈六则》包括六篇文章。《谈〈岳阳楼记〉》,原是一篇长达一万余字的讲稿,曾印发给同学,《光明日报·文学遗产》(1961年7月23日)发表时被删节(百花文艺出版社《笔谈散文》一书中的那一篇,即选自《文学遗产》),现根据原稿,作了一些补充。《谈〈童区寄传〉》原发表于《延河》1963年3月号。谈《送董邵南游河北序》、《阿房宫赋》和《新五代史·伶官传序》的三篇,原题《古文漫谈三则》,收入陕西师大1964年《科学研究论文选辑》。《谈〈口技〉》,大约是60年代初为内蒙的一个未公开发行的刊物写的,今年春天作了修改,发表于《陕西教育》1979年第3期。这次将这六篇收在一起,在前面加了个"帽子"。

《评新版〈西厢记〉的版本和注释》,是1954年暑假写的,发表于1955年出版的《文学遗产增刊》一辑。此书发行面不广,所以这篇文章连《西厢记》的注释者王季思先生也未看见。同时,这一类文章,我还写过好几篇,如《〈元白诗选〉中的几个问题》(载1957年3月31日《光明日报》)、《谈误解古典文学作品的几个例子》(载1958年5月4日《光明日报》)等等。选出这一篇,聊备一格。

需要说明的是,《试论形象思维》删去了批判别人的部分;《西昆派与王禹偁》略有补充;《叶燮的诗歌理论及其影响》改写了最后一段。其他各篇,有的全篇未改动,有的只作了个别字句的修改,基本上保持原貌。

近一年多来共写了八篇:《提倡题材、形式、风格的多样化,是我国古代诗论的优良传统》一篇,已编入《古典文学理论研究丛刊》第二期;其余的七篇,除改正印刷上的差错而外,或增或删,或作文字上的润色,有一篇还写了《附记》。

限于水平,谬误在所难免。渴望同志们多加指正。

1979年12月

《西厢述评》跋

　　上初中的时候,偶被《红楼》所陶醉,连饭都忘记吃。当读到宝、黛看《西厢》,一个赞叹"真是好文章",另一个"但觉词句警人,馀香满口"的时候,不禁产生了一个疑问:难道《红楼》之外,还有这样迷人的作品吗?于是想方设法,弄到了一本《西厢》,一口气读完。尽管功课很紧,然而馀香在口,还想细嚼。每逢周末的晚上,别人都去看戏,自己就躲在书斋里读戏。时而低吟,时而高唱,所有曲文,都烂熟于胸。此后,遇上飞花,就会不假思索地默诵"落红成阵,风飘万点正愁人。……"看见雁过,也会冲口而出,哼起"碧云天,黄花地,西风紧,北雁南飞。……"

　　少年时代读课外书,只是从兴趣出发,满足自己的爱好而已,谈不上研究。

　　一晃过了十多年。50年代前期,承担了元明清文学的教学任务,要为同学们讲授《西厢》了。怎么讲呢?光说"真是好文章"不行,还得说明为什么"好";光说自己有"馀香在口"的经验也不行,还得剖析"香"的具体内容,探索"香"的前因后果。这就得搞一点"科研"。到了1956年,总算写出了一册六万多字的稿子,取名《西厢记简说》,由作家出版社出版。出版不久,就碰上了"学术思想批判运动",在一个小小的范围里挨了一顿批,说它是"地下工厂"的产品,充满"人性论"、"爱情至上论"的"毒素"云云。自己在谈"香",有人要消"毒",谁说"口之于味,有同嗜焉"呢?幸而在整个学术界,它不但始终没有公开挨批,还因印数有限而未能满足读者们的需要。60年代初又加以修订,由中华书局印了1万册。

　　十年浩劫,我先遭劫,万卷藏书和《三袁年谱》等几十万字的手稿荡然无存,留作校改之用的两本《西厢记简说》,自然也在劫难逃。散在人间者是否同化劫灰,也就顾不得管它了。

　　今年夏天,中国红学会在哈尔滨成立。松花江畔,胜友如云,由畅谈《红楼》而旁及《西厢》。文艺研究院的刘梦溪、南京大学的吴新雷等同志因而问到《西厢记简说》，建议再版。几位出版社的同志立刻赞同，鼓励我修改。当时虽口头上答应，但回校之后，琐务丛杂，久久未能动笔。最近，陕西人民出版社文艺编辑来访，要出这本书。于是趁热打铁，托朋友找来一本作家版的和一本中华版的，各取其所长，并作了修改和补充，改名《西厢述评》。

为什么原来只是"简说"，现在却又"述"又"评"呢？这因为原以为自己觉得"香"、别人也会觉得"香"，所以只简单地说"香"；后来才发现是"香"是"臭"是"毒"，还颇有分歧，因而就既需要"述"，又需要"评"。

《西厢》是写"才子佳人"的，问题就出在如何看待"才子佳人"上。

"四害"横行之时，历史上的"才子佳人"与现实中的"牛鬼蛇神"为伍，同被"横扫"。有些人由于演了"才子佳人"戏或写了"吹捧""才子佳人"戏的文章而被打成"牛鬼蛇神"，备受折磨。冰山消融，春满神州，"牛鬼蛇神"们都落实了政策，恢复了"人"的称号。至于"才子佳人"，那是历史上的，书本里的，无所谓落实政策，但在理论上，总还应该做出公允的评价吧！

张生、莺莺那样的"才子佳人"都出身于封建社会的上层，与劳动人民有别。如马克思、恩格斯在《德意志意识形态》里所说：人们"为了生活，首先就需要衣、食、住以及其他东西。因此，第一个历史活动就是生产满足这些需要的资料，即生产物质生活本身"。而"才子佳人"们却是置身于"第一个历史活动"之外的。当他们作为《西厢记》之类以描写爱情为中心的古典作品中的主人公而出现的时候，占据其全部心灵的就只是爱情，这就难免给人以"爱情至上"的感觉，需要我们批判地对待，从而把自己和"才子佳人"区别开来，摆正爱情的位置，处理好爱情与工作、爱情与劳动的关系。此其一。同时，如恩格斯在《家庭、私有制和国家的起源》中所指出：

> 结婚的充分自由，只有在消灭了资本主义生产和它所造成的财产关系，从而把今日对选择配偶还有巨大影响的一切派生的经济考虑消除以后，才能普遍实现。到那时候，除了相互的爱慕以外，就再也不会有别的动机了。

所以，《西厢记》通过"才子佳人"的自愿结合而表现的"愿天下有情的都成了眷属"的理想，不要说在封建社会里不可能普遍实现，就是在资本主义社会里也不可能普遍实现。不去消灭对自愿地选择配偶有巨大阻碍的财产关系而要求实现"有情的都成眷属"的理想,这理想就带有浓厚的空想色彩,和我们在争取实现社会主义、共产主义的同时实现"结婚的充分自由"的崇高理想大不相同。此其二。这两点,都不应该忽视。但也不应该不顾历史条件,把"才子佳人"和"牛鬼蛇神"混为一谈,全盘否定,一笔抹杀。

"才子佳人"各不相同,对写"才子佳人"的书也要作具体分析,不能一概而论。曹雪芹在《红楼梦》里批判了"开口'文君',满篇'子建',千部一腔,千人一面"的"才子佳人等书",却通过宝、黛之口,高度评价了《西厢记》和《牡丹亭》。而《西厢记》和《牡丹亭》,又都是写"才子佳人"的。

董解元在《西厢记诸宫调》里,就明确地提出了"从古至今,自是佳人合配才子"的论点。王实甫的《西厢记》,可以说是在这一论点指导之下写出来的。张生、莺莺互相慕悦,看中的是人,而不是门第、财产。简单地说,就是一个爱"佳人",一个爱"才子",没有其他动机,其他条件。在封建社会里,这种由当事人按照自己衡量人物的标准选择对象的婚姻,应该说是比较进步的。拿什么做比较呢?拿封建婚姻作比较。封建婚姻之所以必须服从"父母之命",就由于这样做,可以由家长选择门第,即使不"高攀",也得"门当户对";而由本人来选择,则多半是首先选"人",门第、财产总归是次要的。前者符合家族的利益,后者保证了本人的幸福。《西厢》中的老夫人,是前者的代表;莺莺与张生,是后者的典型。"寺警"之时,老夫人不得已而许婚,事后又"赖婚";"拷红"之后,又不得已而许婚,但条件是张生立刻上京应试,"得官呵,来见我;驳落呵,休来见我"。这一切,都是为了什么?就为的是"俺三辈儿不招白衣女婿"。而莺莺,却只爱张生是个"志诚种",而且有才华。她反复强调的是:"但得一个并头莲,煞强如状元及第";"不恋豪杰,不羡骄奢,自愿的生则同衾,死则同穴"。红娘呢,她认为"秀才是文章魁首,姐姐是仕女班头",情投意合,是很理想的婚姻,因而敢于跟老夫人说理,成全他们的爱情。当郑恒跑来破坏,说什么把莺莺"与了一个富家,还不枉了,却与了这个穷酸饿醋"的时候,她斥责郑恒:"他凭师友君子务本,你倚父兄仗势欺人。……你道是官人则(只)合做官人,信口喷,不本分。你道穷民到老是穷民,却不道将相出寒门!"不难看出,这种"才子佳人"互相爱慕、自由结合、重人重爱情而不考虑门第、财产的婚姻,尽管有其历史和阶级的局限性,但比起由父母包办、只看门第财产不看人的封建婚姻来,还是进步得多,"香"得多。

"香"与"臭"是相比较而存在的。如果那"臭"的东西还有某些残余,还散发着腐臭的"毒"气的话,这"香"的东西就仍然有"香"味,嗅嗅它,不但不会中"毒",还多少有点防"毒"的作用,有益于健康。这本《西厢述评》,就是把张生、莺莺、红娘所坚持的反封建婚姻与老夫人、郑恒所坚持的封建婚姻相比较而"述"其"香"、"评"其为什么"香"的。当然《西厢记》是产生于六百数十年以前的古典作品,它里面的"香"自然是封建社会里的"香",和社会主义的"香"不能相提并论。社会主义社会的青年们,不论在爱情问题上还是其他问题上,都应该用社会主义的"香"去排除封建主义的、资本主义的"臭",这是不言而喻的。只因为我在谈《西厢记》,所以才评述它所反映的封建社会里反封建的"香"。列宁在《青年团的任务》里讲过:"只有用人类创造的全部知识财富来丰富自己的头脑,才能成为共产主义者。""只有确切地了解人类全部发展过程所创造的文化,只有对这种文化加以改造,才能建设无产阶级的文化。"因此,阅读包括《西厢记》在内的古典作品和其他文化典籍,通过自己的口腔咀嚼和肠胃消化,排除其"臭"而改造、吸收其"香",这对于丰富自己的头脑、对于用社会主义的"香"去战胜非社会主义、反社会主义的"臭",都是十分必要的。

1980 年冬

《西厢汇编》序

唐代著名诗人元稹的传奇小说《莺莺传》(又名《会真记》),写张生与莺莺相爱,却终于抛弃她,还称赞他"善补过","文过饰非,遂堕恶趣"。但关于张生、莺莺这一双青年男女在礼教禁锢下彼此热恋的描写是激动人心的,莺莺的形象尤其生动感人,因而在这篇小说流传之后,其中的人物、故事,就不胫而走,以不断发展、演变的形态,闯入各种文学样式的创作领域,产生了各种不同样式的优秀作品。至王实甫的《西厢记》而出现了一座辉煌的艺术高峰。明初贾仲明在吊王实甫的《凌波仙》词中说:

> ……作词章,风韵美,士林中等辈伏低。新杂剧,旧传奇,《西厢记》天下夺魁。

郭沫若在《〈西厢记〉艺术之批评与作者之性格》一文中进一步说:

> 《西厢》是超时空的艺术品,有永恒而且普遍的生命。《西厢》是有生命之人性战胜了无生命之礼教的凯旋歌、纪念塔。

这一曲"有生命之人性战胜了无生命之礼教的凯旋歌"从元代起传唱四方,到了明清两代,更涌现了"西厢热",李卓吾、汤显祖、徐文长、凌濛初、金圣叹、李笠翁等许多著名思想家、文学家、文学批评家都卷入了《西厢记》的注释、考订和评论工作,各种改编本也风起云涌,不胜枚举。其舞台演唱,也由北曲而南曲、而各种地方戏。在民间说唱文学中,则由鼓子词、诸宫调扩展到子弟书、牌子曲、时调小曲以及南词、滩簧等各种文学领域。"五四"以来,《西厢记》更和《水浒传》、《三国演义》、《儒林外史》、《红楼梦》等文学名著并列,得到了新的、崇高的评价。

以上仅就国内而言。就国际范围来说,王实甫《西厢记》的问世,比世界伟大戏剧家莎士比亚的不朽名著《罗密欧与朱丽叶》早三个世纪。它在 18 世纪,就流传到日本,出现了冈岛献太郎、田中从吾轩等人的几个译本。其他各国,翻译和研究者也不乏其人,有广泛的国际影响。

由此可见,说《西厢记》是"超时空的艺术品",并不算夸张。

这样一部"超时空"的"天下夺魁"的艺术品,不是偶然出现的,更不是孤立存在的。倘要作系统的研究,就得涉及纵向、横向一系列的文艺作品和问题。山东文艺出版社的孔令新同志有鉴于此,嘱托我选几种有代表性的作品,搞一部《西厢汇编》。

汇编《西厢》的工作,早有人做过。董解元《西厢挡弹词》、王实甫《西厢记》、李日华和陆采的两种《南西厢》,世称"四西厢"。晚明时期,闵齐伋(遇五)以"四西厢"为主而扩大范围,编了一部《会真六幻》(亦称《六幻西厢》),刻于崇祯十三年(1640 年)包括:

一、幻因　元稹《会真记》及图诗赋说等有关资料,附《钱塘梦》。
二、挡幻　董解元《西厢挡弹词》。
三、剧幻　王实甫《西厢记》
四、赓幻　关汉卿《续西厢记》(实即王实甫《西厢记》第五本)。附《图棋闯局》及《五剧笺疑》。
五、更幻　李日华《南西厢记》。
六、幻住　陆采《南西厢记》,附《园林午梦》。

近人刘世珩于 1917 年刊行《暖红室汇刻传剧》五十一种,以《董西厢》冠首,次为《王西厢》,后列《附录》十三种,包括元稹《会真记》、李日华《南西厢》、陆采《南西厢》及各种有关资料。所用版本,多经大戏曲家吴梅选择、校勘,刻印也很精美。《暖红室汇刻传剧》中的《董西厢》、《王西厢》及十三种附录,也被称为《暖红室汇刻〈西厢记〉》。

上述两部汇刻《西厢记》的书都值得一读,但存书极少,一般读者很难看到。

1958 年中华书局出过一本傅惜华编的《西厢记说唱集》,也值得一读,但所选的只限于宋代以来有关《西厢》故事的曲艺类作品。

在当前的历史条件下汇编《西厢》,其规模之宏伟,理应远远超过闵遇五和刘世珩所刻。但规模过于宏大,一般读者会望而却步,出版社就得大量赔钱。因而这部《西厢汇编》:以《王西厢》为主,兼顾源流,只包括几种影响较大的作品。

一、元稹《会真记》

这是后世一切《西厢》作品的渊源,也是唐人小说的名篇。篇末提到李绅听到崔、张爱情故事后"为《莺莺歌》以传之"。按李绅集《莺莺歌》残缺,收入《全唐诗》者止前八句,而《董西厢》分四处共引四十二句,作为说唱崔、张故事的根据,其重要性可见一斑。明王骥德《古本西厢记校注》和闵遇五《会真六幻》所收,也是四十二句,可能是从《董西厢》中辑出的。

二、北宋赵德麟《商调蝶恋花》鼓子词

这是现存最早用曲艺形式说唱崔、张恋爱故事的作品。"说"的部分用散文,除首尾两段是作者自作而外,中间十余段,是根据元稹的《会真记》删节概括而成的。"唱"的部分用韵文,是作者自作的十二首《蝶恋花》。

三、《董西厢》

金人董解元的《西厢搊弹词》,又叫《西厢记诸宫调》。用有说有唱,而以唱为主的文艺形式,演述崔、张恋爱故事,共五万多字。唱的部分,用当时流行的诸宫调,即用多种宫调的若干只曲子联成套数。全书由一百九十多个套数和穿插其间的说白组成,可以说是一部优美、生动的大型叙事诗。作者虽然取材于元稹的《会真记》,但更重要的是从社会生活、时代风习和青年男女的心灵深处吸取美感经验而进行独创性的艺术构思,从而创造出在人物性格、故事情节、主题思想等许多方面都有异于《会真记》的伟大作品,既为王实甫创作《西厢记》杂剧奠定坚实的基础,其本身也是不朽的艺术明珠。

据宋人王灼《碧鸡漫志》、孟元老《东京梦华录》等书记载,北宋时期已有孔三传等民间艺人用诸宫调形式创作和说唱,其作品可惜没有流传下来。宋代以来的诸宫调作品,至今还能看到的不过三种。无名氏的《刘知远诸宫调》已经残缺,元人王伯成的《天宝遗事诸宫调》,是从《雍熙乐府》等书中辑出的,已非原貌。完整无缺、足以标志宋元说唱文学最高水平的,只有《董西厢》。从这一意义上说,《董西厢》也值得特别珍视。

四、王实甫《西厢记》

正像对于李白、杜甫的评价,向来有所谓"李杜优劣论"一样,对于《董西

厢》、《王西厢》的评价,也曾经有董、王优劣论。焦循在《剧说》中比较了两部作品的若干曲文,然后说:

> 前人比王实甫为词曲中思王(按指曹植)、太白(指李白),实甫何可当?当用以拟董解元。李空同云:"董子崔张剧,当直继《离骚》。"

梁廷枏在《曲话》中说:

> 董解元《西厢》……石华最赏其"愁何似,似一川烟草黄梅雨"二句,谓"似南唐人绝妙好词",可谓拟于其伦。其后王实甫所作,盖探源于此,然未免瑜瑕不掩,不如董解元之玉璧全完也。

这是扬董抑王的。王世贞《曲藻》云:"北曲故当以《西厢》为压卷。如曲中语'雪浪拍长空,天际秋云卷,竹索缆浮桥,水上苍龙偃'……他传奇不能及。"王骥德《曲律》云:"实甫《西厢》,千古绝技。微词奥旨,未易窥测。"李调元《雨村曲话》云:"《西厢》工于骈俪,美不胜收,如……'系春心情短柳丝长,隔花阴人远天涯近'……他传奇不能道其只字,宜乎为北曲压卷也。"如此等等,都是独尊《王西厢》的,虽然未提《董西厢》,但《董西厢》向称"北曲之祖",独尊《王西厢》为"北曲压卷",则抑董之意,也隐然可见。

另有二者并尊的,如徐复祚在《三家村老曲谈》中说:

> 实甫之传,本于董解元。解元为说唱本,与实甫本可称双璧。

从一为说唱本,一为杂剧本的角度分别评价其艺术成就,称为"双璧",这是很有见地的。用我们的话说,《董西厢》是我国文学史上规模空前的叙事诗杰作,《王西厢》则是我国文学史上无与伦匹的诗剧精品。

五、李日华《南西厢》

明海盐人崔时佩因《王西厢》不便于吴骚清唱,故改为南曲。吴县李日华又在这个改本的基础上加以补充,一般称为《南西厢记》,嘉靖时已经流行。其内容和《王西厢》基本一致;只是"文字之佳",往往被改掉,还羼入了若干庸俗、色情的描写,有损于正面人物形象。其艺术成就,是不能和《王西厢》相提并论的。但在明清两代,王实甫的原作只适于在弋阳、四平等地方戏中上演,而李日华的《南西厢》,却适应了用昆腔上演的客观要求,在戏曲发展史上,自然占有一定的地位。所以明人凌濛初既讥其"点金成铁",又不得不指出"《西厢》为情词之宗,而不便吴人清唱;欲歌南音,不得不取之李本。"清代戏曲家李渔,既讥其"变极佳者为极不佳",又不得不从事实出发,肯定其"关目动人,词曲悦耳",并明确指出:

> 推其初意,亦有可原,不过因北本为词曲之豪,人人赞美,但可被之管弦,不便奏诸场上,但宜于弋阳、四平等俗优,不便强施于昆调,以系北曲而非南曲也。兹请先言其故:北曲一折,止隶一人,虽有数人在场,其曲止出一口,从无互歌、迭咏之事;弋阳、四平等腔,字多音少,一泄而尽,又有一人启口,数人接腔者,名为一人,实出众口,故演《北西厢》甚易。昆调悠长,一字可抵数字,每唱一曲,又必一人始之,一人终之,无可助一臂者。以长江大河之全曲,而专责一人,即有铜喉铁齿,其能胜此重任乎?此北本虽佳,吴音不能奏也。作《南西厢》者,意在补此缺陷,遂割裂其词,增添其白,易北为南,撰成此剧,亦可谓善用古人,喜传佳事者矣。(《闲情偶寄》)

六、陆采《南西厢》

陆采(1497—1537),字子玄,号天池,明长洲(今江苏苏州)人。作有传奇五种,今存《明珠记》(又名《王仙客无双传》)、《韩寿偷香记》和《南西厢》。其《南西厢》自序云:王实甫《西厢记》,"可谓尽善尽美,真能道人意中事者,固非后世学士所敢轻议而可改作为哉!迨后李日华取实甫之语,翻为南曲,而措词命意之妙,几失之矣。予自退休之日,时缀此编,固不敢媲美前哲,然较之生吞活剥者自谓差见一斑。"明凌濛初《谭曲杂札》云:"陆天池亦作《南西厢》,悉以己意自创,不袭北剧一语,其志可谓悍矣。然元词在前,岂易角胜!"这两段话,都是符合实际的,陆采《南西厢》的特点,可以略见一斑。

七、金圣叹《第六才子书》

明末清初的文学批评家金圣叹(1608—1661),曾批点《离骚》、《庄子》、《史记》、杜甫诗、《水浒传》和《西厢记》,合称《六才子书》。其中《西厢记》一种,称《第六才子书》。

金圣叹《第六才子书》，其大致情况是：一、断言王实甫所作止于《草桥惊梦》，其后是关汉卿所续；肯定王作而贬抑关续，斥为"狗尾续貂"。二、正文前有《恸哭古人》、《留赠后人》两篇序文及《读第六才子书〈西厢记〉法》八十一条。三、每一折前有总批，文中有夹批，并对原作词句，多有改动。

金圣叹评点《西厢记》的得失，清人已有争论。李渔《闲情偶记》云：

读金圣叹所评《西厢记》，能令千古才人心死。夫人作文传世，欲天下后代知之也，且欲天下后代称许而赞叹之也。殆其文成矣，其书传矣，天下后代既群然知之，复群然称许而赞叹之矣，作者之苦心，不几大慰乎哉。予曰：未甚慰也。誉人而不得其实，其去毁也几希。但云千古传奇推《西厢》第一，而不明言其所以为第一之故，是西施之美，不特有目者赞之，盲人亦能赞之矣。自有《西厢》以迄于今，四百余载，推《西厢》为填词第一者不知几千万人，而能历指其所以为第一之故者，独出一金圣叹。是作《西厢》者之心，四百余年未死，而今死矣。不特作《西厢》者心死，凡千古上下，操觚立言者之心，无不死矣。人患不为王实甫耳，焉知数百年后不复有金圣叹其人哉！

圣叹之评《西厢》，可谓晰毛辨发，穷幽晰微，无复有遗议于其间矣。然以予论之，圣叹所评，乃文人把玩之《西厢》，非优人搬弄之《西厢》也。文字之三昧，圣叹已得之；优人搬弄三昧，圣叹犹有待焉。如其至今不死，自撰新词几部，由浅及深，自生而熟，则又当自火其书而别出一番诠解。甚矣，此道之难言也！

又云：

金圣叹之评《西厢》，其长在密，其短在拘。拘即密之已甚者也。无一句一字不逆溯其源而求命意之所在，是则密矣，然亦知作者于此，有出于有心，有不必尽出于有心者乎？心之所至，笔亦至焉，是人之所能为也。若夫笔之所至，心亦至焉，则人不能尽主之矣。且有心不欲然而笔使之然，若有鬼物主持其间者，此等文字，尚可谓之有意乎哉。……

从以上几段话看，李渔虽然提到金批《西厢》的某些短处，但主要是极力赞

扬的。梁廷枏在《曲话》里则提出相反的看法,他说:

  金圣叹强作解事,取《西厢记》而割裂之,《西厢》至此为一大厄,又以意为更改,尤属卤莽。《惊艳》云"你道是河中开府相公家,我道是南海水月观音院"。改为"这边是河中开府相公家,那边是南海观音院"。《借厢》云:"我若共你多情小姐同鸳帐,怎舍得你叠被铺床"。改为:"我若与你多情小姐同鸳帐,我不教你叠被铺床"。又:"你撇下半天风韵,我舍得万种思量"。改为:"你也掉下半天风韵,我也飐去万种思量"。《酬韵》云:"隔墙儿酬和到天明,方信道惺惺自古惜惺惺"。改为:"便是惺惺惜惺惺"。又:"便是铁石人,铁石人也动情"。删去叠"铁石人"三字。《寺警》云:"便将兰麝熏尽,只索自温存"。改为:"我不解自温存"。又:"果若有出师的表文,吓蛮的书信,但愿你笔尖儿横扫五千人"。改为"他真有出师的表文,下燕的书信,只他这笔尖儿敢横扫五千人"。《请宴》云:"受用些宝鼎香浓、绣帘风细、绿窗人静"。改为"你好宝鼎香浓"。又:"请字儿不曾出声,去字儿连忙答应。"改为:"我不曾出声,他连忙答应。"《赖婚》云:"谁承望你即即世世老婆婆,教莺莺做妹妹拜哥哥"。改为:"真是即世老婆婆,甚妹妹拜哥哥"。《前候》云:"一纳头安排着憔悴死"。改为:"一纳头只出憔悴死"。《闹简》云:"我也回头看,看你个离魂倩女,怎发付掷果潘安"。改为:"今日为头看,看你那离魂倩女,怎生的掷果潘安"。《拷艳》云:"我只道神针法灸,谁承望燕侣莺俦"。改为:"定然是神针法灸,难道是燕侣莺俦?""猛凝眸,只见你鞋底尖儿瘦。"改为:"怎凝眸"。又:"那时间可怎生不害半星儿羞"。改为:"那时间不曾害半星儿羞"。《哭宴》云:"两意徘徊,落日山横翠"。改为:"两处徘徊,大家是落日山横翠"。《惊梦》云:"愁得来陡峻,瘦得来阵嚬,只离得半个日头,却早又宽掩过翠裙三四褶"。改为:"愁得陡峻,瘦得阵嚬,半个日头早掩过翠裙三四褶"。此类皆以意为更改。又有过为删减者。《借厢》云:"过了主厢,引入洞房,你好事从天降"。删为:"曲厢洞房"。又:"软玉温香,休道是相偎傍"。删为:"休言偎傍"。《请宴》云:"聘财断不争,婚姻立便成"。删为:"聘不见争,亲立便成"。《琴心》云:"靡不有初,鲜克有终"。删为:"靡不初,鲜有终"。《惊梦》云:"瞅一瞅瞅着你化为醯酱,指一指教你变做酱血,骑着一匹白马来也"。删去三"一"字。近日嘉应吴日华学博,以六十家本、六幻本、琵琶本、叶氏本与金本重勘之,科白多用金本,曲多用旧本。(原序以六十家以下为旧本)。取金本所改,录其佳者。如《借厢》云:"若今生难得有情人,则除是前世烧了断头香"。改为:"若今生不做并头莲,难道前世烧了断头香"。《寺警》云:"学得来一天星斗焕文章,不枉了十年窗下无人问"。改为:"我便知你一天星斗焕文章,谁可怜你十年窗下无人问"。又:"你那里问小僧敢去也那不敢,我这里启大师用咱那不用咱"。改为:"你休问小僧敢去也那不敢,我要问大师真个用咱也不用咱"。又:"劣性子人皆惨,舍着命提刀仗剑,更怕我勒马停骖"。改为:"就死也无憾,我便提刀仗剑,谁还勒马停骖。"又:"我将不志诚的言词赚,倘或纰缪,倒大羞惭"。改为:"便是言词赚,一时纰缪,半时羞惭"。《琴心》云:"则为那兄妹排连,因此上鱼水难同"。改为:"将我雁字排连,着他鱼水难同"。《赖简》云:"恁的般受怕担惊,又不图甚浪酒闲茶"。改为:"我也不去受怕担惊,我也不图浪酒闲茶"。又:"从今悔非波卓文君,你与我学去波汉司马"。改为:"小姐你息怒回波俊文君,张生你游学去波渴司马"。《后候》云:"将人的义海恩山,都做了远水遥岑"。改为:"甚么义海恩山,无非远水遥岑"。又:"虽不会法灸神针,犹胜似救苦难观世音"。改为:"他不用法灸神针,他是一尊救苦观世音"。《哭宴》云:"留恋别无意,见据鞍上马,阁不住泪眼愁眉"。改为:"留恋应无计,一个据鞍上马,两个泪眼愁眉"。其实圣叹以文律曲,故每于衬字删繁就简,而不知其腔拍之不协。至一牌划分数节,拘腐最为可厌。所以纵有妥适,存而不论可也。李笠翁从而称之,过矣。

李渔和梁廷枏的意见,一褒一贬,泾渭分明。但稍加分析,就可以看出,其意见不同,主要由于着眼点不同。李渔是从金圣叹评点《西厢》"能历指其所以为第一之故"方面予以褒扬的。梁廷枏则是从金圣叹对《西厢》原文的删改方面加以指责的。两人各有所见,可以互相补充。

金圣叹的《第六才子书》问世以后,一般人读《西厢记》,就读的是这种本子。张友鸾先生早在数十年前指出:"《西厢》在近二三百年来很能占文学界上一大部分势力,功臣还是金圣叹,能够做很有系统的批评,也只有金圣叹"。(《西厢的批评与考证》,载郑振铎编《中国文学研究》下册)这话是不错的。不论是研究《西厢》流变史、还是研究中国文学批评史,都不能无视《第六才子书》的存在。

据元稹《会真记》所写:张生作《春词》两首,托红娘送莺莺;不久,从红娘手中得到了莺莺的答诗,题为《月明三五夜》。诗云:"待月西厢下,迎风户半开。拂墙花影动,疑是玉人来。"此后,二人终于在"西厢"相会。因此,后来写崔、张恋爱故事的作品,多以"西厢"命名。今以元人杂剧《王西厢》为主,溯源穷流,选唐人小说一篇(附录诗词三篇)、宋人鼓子词一篇、金人诸宫调一部、明人传奇两部、清人《第六才子书》一部,合为《西厢汇编》。就有关崔、张恋爱故事的全部资料而言,当然极不完备;但就《西厢》流变史上有重要地位和重大影响的作品而言,则大致包括进来了。

入选各种作品,其版本的选择,文字的抄录、校勘和标点等工作,是胡主佑、尚永亮两同志完成的。山东文艺出版社的编辑同志在加工、出版方面付出了很大劳力,一并致谢。

1985 年冬写于看山楼

《唐宋诗文鉴赏举隅》序

解放以来,适应教学需要,陆陆续续写了一些作品赏析之类的文章,散见于各报刊及陕西师大有关的教材。同学们多次建议出版,特委托胡主佑同志搜辑、抄录。因感到所关涉的时代跨度大,体裁种类多,兼收并蓄,颇嫌拉杂;所以先将关于唐宋诗文的收在一起,作了必要的修改,又补写二十多篇,编成这个集子。

鉴赏文章常用这种写法:先提几个艺术特点,然后举例说明。这本集子里所收的东西,却因为大抵是根据教学实践写出的,所以一般都由句到段到篇,逐层讲解,在此基础上进行归纳。办法笨一些,但对读者理解原作,也许有好处。当然,逐句逐段讲解,首先要求对原作有比较深入的理解;而自己的水平又很有限,缺点、错误,在所难免。诚恳地希望得到各方面的批评和指正。

人民文学出版社古编室的同志提了宝贵的修改意见,又在加工润色方面付出了不少精力,谨致谢意。

1982 年初秋写于唐音阁

《古代文论名篇详注》序

党的十一届三中全会以后,为了建立具有中国民族特色的马克思主义文艺理论,各高等学校文科都开设了中国古代文论方面的课程。但由于历史的原因,学生阅读古文的能力比较差,师资力量也显得薄弱,因而对于古代文论的讲授和学习,都有一定困难。针对这种情况,1980年在一次相关会议上,我和重庆师院、贵阳师院、西南师院、南充师院的同志提出了编写《古代文论名篇详注》的倡议,得到了原教育部高教一司与有关院校领导的支持。于是成立编委会,商讨编写原则和体例,分工编写。第二年6月在重庆师院举行审稿会,对初稿进行了认真的讨论和修改,然后由南充师院中文系负责印刷,先供编写单位试用,并分寄全国有关专家,广泛征求意见。1983年春举行编委会,根据试用情况和有关专家的意见,又作了必要的加工,交上海古籍出版社出版。

本书的编写原则是:既适于教师讲授,又适于学生自学。其体例是:精选必读名篇,文内用夹注,文后附说明。"夹注"力图作到:一、特殊的虚词、实词及句子,加以注音、释义及语法说明;二、难句今译或用通俗语言讲解;三、重点词语注明出处,艰深的引文作必要的解释。"说明"的意图是:一、简介作者生平、思想和在文论方面的成就;二、对节录、节选的篇章,介绍原著梗概和有关情况;三、以分析本文为主,不但撮述文论要点,而且指出段落大意及段与段之间的内在联系,以便学生充分掌握。

参加本书编写的同志有:北京师院漆绪邦,吉林大学张连第,武汉师院张国光,昆明师院王彦铭,齐齐哈尔师院解希三,河南师大毕桂发,新疆大学张佩玉、秦绍培,新疆师大王佑夫,贵阳师院关贤柱,南充师院吴熙贵,西南师院刘健芬,重庆师院黄中模、王开富,陕西师大霍松林、胡主佑,安徽师大梅运生,内蒙古师大申建中。

经编写组全体成员推选,由黄中模、关贤柱、张连第、漆绪邦、霍松林任编委,霍松林兼主编。

这部书稿出自众手,虽经编委和主编多次审改加工,质量仍不平衡,体例也不够统一,上海古籍出版社的编辑同志为此付出了大量劳动,谨致衷心的谢意。

这部书原是为了克服古文论教学的困难,受国家教育委员会委托编写,可作教材或教学参考书,也可供古文论爱好者自学之用。已列入国家教育委员会1985年至1990年高等学校文科教材编选计划。限于我们的学术修养和理论水平,缺点和错误在所难免,恳切地希望得到同志们的批评和指正,帮助我们做好进一步的修改工作,为提高教学质量、建设精神文明做出应有的贡献。

1986年元月写于唐音阁

《李白诗歌鉴赏》序

我们的伟大祖国是诗的国度;而唐诗,则是我国诗歌发展史上的黄金时代。唐诗就其发展过程而言,通常划分为初、盛、中、晚四个时期。在这四个时期中,以盛唐诗歌的成就最辉煌。盛唐诗坛,千峰竞秀,而李白和杜甫,则是拔地而起、高插天际的两座奇峰。李白和杜甫的诗歌,不仅在国内家弦户诵,流传不衰;而且早就通过各种语言的翻译,传诵海外,脍炙人口,赢得了崇高的世界声誉。

李白字太白,比杜甫大十一岁,生于武后长安元年(公元701),卒于唐代宗宝应元年(公元762)。他的祖籍是陇西成纪(今甘肃秦安),因而自称"陇西布衣"。他的先世在隋朝末年流徙西域,直到他父亲李客,才迁回内地,定居于绵州昌明县(今四川江油)的青莲乡。李白的青少年时期,就是在山明水秀的青莲乡一带度过的,因而自号"青莲居士"。

唐朝从建国(公元618)开始,在南北统一、社会安定的环境里经过九十多年的休养生息,到了唐玄宗开元(公元713—741)年间,经济和文化都发展到了高峰。当时的中国,是世界上最强盛的国家;京城长安,则是全世界最宏大、最美丽的都城。来中国求学、经商的外国人络绎于途。中外经济、文化的频繁交流,更促进了唐朝经济文化的繁荣。通常所说的"盛唐",就主要指这一时期。

李白的青少年时代,恰值开元前期。那时候,海内富庶,"道路列肆,具酒食以待行人"(《新唐书·食货志》);政治开明,公然议论朝政、指斥权贵而不会陷入文字狱;思想活跃,儒、释、道并存;重视文艺,诗歌、音乐、舞蹈、书法、绘画、雕塑等等都在继承传统的基础上大放异彩。这一切,使当时的知识分子都充满自豪感和自信心,都怀有宏大的政治抱负和浪漫主义激情。李白尤其如此。他"五岁诵六甲,十岁观百家"(《上安州裴长史书》),"十五观奇书,作赋凌相如"(《赠张相镐》),又"好剑术","学神仙"。而主导倾向,则是"已将书剑许明时",等待着"长风破浪会有时,直挂云帆济沧海"。到了二十五岁的时候,便"仗剑去国,辞亲远游",争取实现他的理想了。

开元十三年(公元725)春天,李白出三峡,游洞庭,登庐山,漫游金陵、扬州、越中、云梦等地。开元十五年他二十七岁的时候,卜居安州(今湖北安陆)寿山,与故相许圉师的孙女结婚。在此后的十年里,他以安陆为中心,漫游四方,以求大用。在《代寿山答孟少府移文书》里,他倾吐了"申管晏之谈,谋帝王之术,奋其智能,愿为辅弼,使寰区大定,海县清一"的宏伟抱负。在当时,知识分子本来可以通过科举考试踏上仕途,但李白不屑于走这一条道路,他追求的是直接得到皇帝的赏识和重用,像管仲、晏婴那样匡君济世,建立不朽的功勋。抱着这样的目的,他于开元十八年辞别妻子,西入长安。然而这时候,唐玄宗这位太平天子已经倦于政事,宦官高力士开始掌权,哪有求贤之心!李白奔走干谒,希望得到达官贵人们的引荐,却处处碰壁。终于在"曳裾王门不称情"、"汉朝公卿忌贾生"的浩叹声中走出京城,回到安陆。

李白回到安陆,往来于江夏、襄阳一带,与著名诗人孟浩然交游,又谒见荆州刺史韩朝宗。著名的《与韩荆州书》,即作于此时。又北游洛阳,远访太原,但都没有结果。开元二十五年(公元737)夏天,他同夫人一起,带着女儿平阳和儿子伯禽,告别安陆,到东鲁去寻求政治出路。

李白到了东鲁,寄家任城(今山东济宁)。他的清一海县的大志和狂放不羁的性格,引起那些死守章句的小儒们的非议,因而,他作了《嘲鲁儒》、《五月东鲁行答汶上翁》等诗进行反击。而"鲁国一杯水,难容横海鳞,仲尼且不敬,况乃寻常人"之类的诗句,则倾吐了急于冲出樊笼,寻求广阔天地的心情。

李白从出峡以来到处奔波,虽然还没有找到政治出路,但他的声名却越来越大,以至传到皇帝的耳里。天宝元年(公元742),唐玄宗下诏征李白进京。李白满以为实现理想的机会终于到来了,便"仰天大笑出门去",怀着"游说万乘"的激情到了长安。一到长安,玄宗召见于金銮殿,命他供奉翰林,起草诏诰。玄宗带着他的妃嫔们在宫中行乐、在沉香亭赏牡丹,都要李白作诗歌颂;游幸骊山温泉宫,也要李白侍从。李白得意地说:"幸陪鸾辇出鸿都,身骑飞龙天马驹。王公大人借颜色,金章紫绶来相趋"(《驾去温泉宫后赠杨山人》)。甚至认为已经有力量为国进贤,满怀信心地说:"激赏摇天笔,承恩赐御衣。逢君奏明主,他日共翻飞"(《温泉侍从归逢故人》)。且不说高力士为他脱靴之类的传说,仅从他自己的诗句看,他在当时受到何等的殊遇,有着何等的声势,也是不难想见的。然而这时候的唐玄宗,已经沉湎于酒色荒淫之中,他赏识李白,只不过认为他有文才,可以写写《宫中行乐词》、《清平调》和《泛白莲池序》之类的东西,做一个帮闲文人。这是违背李白的意愿的。而李白不拘礼法、笑傲王侯的个性和作风,又引起了奸佞之徒的谗毁。在这种情况下,李白只好上书求去,而唐玄宗也认为他不是"廊庙器",正好顺水推舟,"赐金放还"。

长安是唐王朝政治、经济、文化的中心。"盛唐"的繁荣昌盛,从这里最集中地表现出来;伴随繁荣昌盛而来的统治集团的骄奢、荒淫、腐化以及由此引起的各种社会矛盾,也从这里最集中地暴露出来。李白从天宝元年秋入京到天宝三年春出京,在长安生活的时间虽然不过一年有余,但他对盛唐之世已经暴露出来的许多黑暗面却有着深切感受,思想上因而也发生了变化,诗歌创作,相应地产生了一个飞跃,为我们留下了一系列批判现实的光辉作品。

李白出京以后,经由商州到达洛阳,与杜甫会面。这时候,李白四十四岁,杜甫三十三岁。李白、杜甫两位伟大诗人的会面,是文学史上的大事。正如闻一多在《杜甫》(《新月》1928年一卷六期)一文中所说:

> 我们当在此大书特书。我们四千年的历史里,除了孔子和老子(假如他们真是见过面的话),没有比这两人的会面更重大,更可纪念的。那就像青天里太阳和月亮走碰了头。

李、杜在洛阳会面之后,同游梁宋。第二年,又同游东鲁。两位大诗人,"醉眠秋共被,携手日同行"(杜甫《与李十二白同寻范十隐居》),把酒论文,登高怀古,结下了深厚的友谊。分手之时,李白作《鲁郡东石门送杜二甫》诗:

> 醉别复几日,登临遍池台。何时石门路,重有金樽开?秋波落泗水,海色明徂徕。飞蓬各自远,且尽手中杯。

李白想的是"何时石门路,重有金樽开",杜甫后来怀念李白时也说:"何时一樽酒,重与细论文"。然而石门一别,他们再也没有见面的机会了。

天宝五年(公元746)秋天,李白南下江东,漫游六年。然后又北游燕蓟,复返梁宋,又往来于宣城、金陵之间。天宝十四年(公元755)十一月,安史之乱爆发。第二年六月,安史叛军攻进潼关,长安沦陷。唐玄宗于七月十五日奔蜀途中下诏：以太子李亨充天下兵马元帅，领朔方、河东、河北、平卢节度使，规取两京；以永王李璘充山南东道、岭南、黔中、江南西道节度使，出兵东南。李璘率师东下之时，听说李白正在庐山，便邀他入幕。李白满以为报国立功的机会总算真的到来了，兴致勃勃地写了《在水军宴赠幕府诸侍御》、《江上答崔宣城》、《永王东巡歌》等诗，抒发了扫除胡虏，恢复两京，功成身退的豪情。然而早在玄宗下诏之前，太子李亨已于七月十二日在灵武（今属宁夏回族自治区）即位，做了皇帝，这就是唐肃宗。肃宗得知他的弟弟李璘据有要地，不利于己，便命他回蜀；李璘不从，于是兴师讨伐。至德二年（公元757）二月，李璘兵败被杀，李白仓皇奔逃，至彭泽自首，被囚于浔阳狱中。这年秋天，被长流夜郎（今贵州桐梓一带），只身沿江西上，心情十分悲苦。幸而他的诗名远播，众人仰慕，尽管是犯人身份，一路上仍有不少地方官吏款待，登山临水，饮酒谈诗。乾元二年（公元759）春天，当他走到巫山的时候，传来了赦令，使他感到"旷如鸟出笼"般的喜悦，立即高唱着"朝辞白帝彩云间，千里江陵一日还"的诗句，放舟出峡。

李白两次入京，都未能实现他的理想。入永王幕，又陷入李亨兄弟争权夺利的纠纷之中，坐牢、流放。他是不是因此消沉下去，放弃任何希望了呢？不是的。一旦遇赦，又以为将被重用，浮想联翩，写出了"今年敕放巫山阳，蛟龙笔翰生辉光。圣主还听《子虚赋》，相如却欲论文章"（《自汉阳病酒归寄王明府》）的诗句。直到上元二年（公元761）六十一岁的时候，还准备参加李光弼的部队，讨平叛乱，为国立功，不幸中途生病，未能如愿。

李白在早年作的《大鹏赋》里以大鹏自喻，渴望"激三千以崛起，向九万而迅征"。在行将告别人世之时所作的《临路歌》里仍以大鹏自喻，却只能发出"大鹏飞兮振八裔，中天摧兮力不济"的慨叹！

李白是带着盛唐前期孕育的自豪感、自信心和浪漫主义激情仗剑辞亲、踏上追求建功立业的道路的。而当他两入长安的时候，盛唐的表象下面已经百弊丛生，由盛转衰的种种因素正在潜滋暗长。开元后期的贤相张九龄被贬以后，李林甫、杨国忠等奸邪小人日益得势，越来越沉迷于声色狗马之中的唐玄宗正像李白所指斥的那样"珠玉买歌笑，糟糠养贤才"。在这种情况下倘要得到统治者重用，就得投奔于权奸门下，同流合污。李白当然不会走这条路。他是要在"平交王侯"，坚持独立人格的前提下实现自己的政治抱负的。这就形成了理想与现实的尖锐矛盾。在这种矛盾中，李白从来没有放弃理想、屈从现实,而是始终坚持理想,在大济苍生、清一海县的理想光照下批判现实、揭露黑暗的。这一点,构成了李白诗歌的主旋律。抒发建功立业的理想,倾吐理想不能实现的愤懑,抨击权奸当道,揭露朝政黑暗,鞭挞统治者的荒淫腐化,这一切,融汇而成李白诗歌中最精彩的篇章。

李白始终坚持宏伟的政治理想,表明他对国家、对人民、对时代始终怀有强烈的责任感。"天生我材必有用",乃是他不可动摇的坚定信念。正因为这样,他在屡受挫折的情况下仍然壮怀激烈,积极向上,昂扬奋发。表现在诗歌创作中,就形成了雄健豪迈、气势磅礴的基调,典型地体现了"盛唐气象"和"盛唐之音"。

当然,前面说抒发理想、批判现实的作品是李白诗歌中最精彩的篇章,并不意味着其他作品就不精彩。李白诗歌的题材是多样的,风格也是多样的。他的送别诗、赠人诗、描写劳动人民生活的诗、反映妇女命运的诗,以及歌颂祖国壮丽山河的诗,都有不少光彩照人的名篇。当然,李白也有消极面。诸如对求仙学道的热衷、对出世高隐的向往,以及宣扬人生如梦、痛饮狂歌、及时行乐等等,都在不同程度上削弱了他的某些诗作的思想价值。但应该注意的是:即使在这类作品中,也包含着对那不合理的社会现象的批判态度和反抗精神。一方面,它是生活道路的坎坷在诗人心中的折射;另一方面,它又是诗人赖以得到心灵上的暂时休息以便继续前进的动力。

我国诗歌发展到李白的时代,各种古体诗和各种近体诗的体裁已经十分完备,为诗歌创作的百花齐放准备了必要的条件。李白在各种诗体的运用方面有一个突出的特点,那便是大量创作古体诗和乐府诗,其次是绝句,而较少作律诗。在李白现存的近千首诗歌中,七律仅有十多首,五律也不过七十多首。这种现象和李白狂放不羁,追求自由的性格有着紧密的关联。他不愿让自己波翻浪涌的激情和龙腾虎跃的豪气拘束在格律谨严、篇幅狭小的律诗之中,而对篇幅可长可短的乐府诗、古体诗和形式比较自由的绝句充满热爱。在古体诗中,也更喜欢活泼流畅、错综多变的歌行。在乐府和歌行中,李白发扬了乐府民歌的传统,又吸收了鲍照乐府杂言的优点,杂用楚辞和古文句法,虽以七言句为主,又较多地使用三言、四言、五言、九言、乃至字数更多的长句,造成一种参差错落、奔腾驰骋的节奏;在章法结构和感情抒发上,则大开大合、大起大落,从而加强了诗作的宏大气势和浩瀚波澜。诸如《蜀道难》、《将进酒》、《梁园吟》、《远别离》、《庐山谣寄卢侍御虚舟》、《梦游天姥吟留别》、《答王十二寒夜独酌有怀》、《鸣皋歌送岑征君》、《梁甫吟》、《陪侍御叔华登楼歌》等等,无不具有这种特点。应该说,这是李白独创的比乐府民歌更自由更解放的新体诗。正如《唐宋诗醇》所评:"往往风雨争飞,鱼龙百变;又如大江无风,波浪自涌,白云从空,随风变灭,诚可谓怪伟奇绝者矣。"

五言绝句,易作而难工。唐代诗人中最擅长五言绝句的,公认是李白和王维。如《诗薮》云:"唐五言绝,太白、右丞为最。"《说诗晬语》云:"五言绝句,右丞之自然,太白之高妙,苏州之古淡,并入化机。"《云莊诗话》云:"诗至五绝,纯乎天籁。寥寥二十字中,学问才力俱无所施,而诗之真性情、真面目出矣。王摩诘理兼禅悦,李青莲语杂仙心,自足冠绝百代。"李白五绝,现存近七十首,其中如《玉阶怨》、《静夜思》、《送陆判官往琵琶峡》、《独坐敬亭山》、《自遣》、《重忆贺监》、《劳劳亭》、《哭宣城善酿纪叟》等,都情韵悠扬,妙绝今古。

七言绝句,篇幅虽较五言绝句稍长,但也不过二十八字。必须言近旨远,语少情多,蕴藉含蓄,意味无穷,才算佳作。唐代诗人擅长作七言绝句的比较多,但出类拔萃的,公认是李白和王昌龄。如《诗薮》云:"七言绝句,太白、江宁为最。"《漫堂说诗》云:"三唐七绝,并堪不朽,太白、龙标,绝伦逸群。"有些评论家甚至将桂冠独予李白,认为"七言绝句,太白高于诸人,王少伯次之"(《养一斋诗话》引高棅语)。李白七绝,现存近七十首,其中如《早发白帝城》、《黄鹤楼送孟浩然之广陵》、《长门怨》、《闻王昌龄左迁龙标遥有此寄》、《赠汪伦》、《峨嵋山月歌》、《横江词》、《山中问答》、《陪族叔刑部侍郎晔及中书贾舍人至游洞庭》、《客中作》、《春夜洛城闻笛》、《望天门山》、《望庐山瀑布》等篇,都语若天成,神韵超逸,令人百读不厌。

如果说李白在绝句方面的成就远远超过杜甫的话,那么他在律诗方面的成就,则远远逊于杜甫。杜甫的律诗,不论是五律或七律,都纵横变化,包罗万象,涵盖古今。然而说李白的律诗逊于杜甫,并不意味着忽视他的造诣。就七律而言,这种诗体的成熟晚于五律,李白虽然羡慕崔颢的《黄鹤楼》诗而作《登金陵凤凰台》诗,但总的来说,他在七律这种诗体的建设方面并没有下什么工夫。但在五律的创作方面,却自辟蹊径,以飞动之势,旷远奇逸之思,妙合格律而不为格律所缚,于盛唐诸大家中自成一家。像《塞下曲》、《赠孟浩然》、《渡荆门送别》、《送友人》、《送友人入蜀》、《秋登宣城谢朓北楼》、《金陵》、《谢公亭》、《夜泊牛渚怀古》、《访戴天山道士不遇》、《太原早秋》等篇,都兴会淋漓,风神摇漾,别有一种豪迈英爽之气,洋溢于笔墨之外。

李白的各体诗,各有不同的艺术特色。而从总体上看,又有统一的艺术风格。随便举出他的一篇杰作,不论是什么体裁,都一望而知是李白的诗,而不是别人的诗。关于李白诗歌风格的独特性,前人多有论述。《唐诗纪事》云:"太白辞,天与俱高,青且无际,鹍触巨海,澜涛怒翻。"《黄山谷文集》云:"李白诗,如黄帝张乐于洞庭之野,无首无尾,不主故常,非墨工椠人所可议拟。"《瓯北诗话》云:"(李白)诗之不可及处,在乎神识超迈,飘然而来,忽然而去,不屑屑于雕章琢句,亦不劳劳于镂心刻骨,自有天马行空,不可羁勒之势。"《昭昧詹言》云:"太白当希其发想超旷,落笔天纵,章法承接,变化无端,不可以寻常胸臆揣测。"这都说得很中肯。从根本上说,"风格即人",李白诗歌的这种独特风格,主要来自他的高旷胸襟、宏伟理想和炽烈情感的自然流露。他不是为作诗而作诗,而是在客观事物激起汹涌澎湃的情感波涛、奔腾欲出、不可阻遏的时候才作诗。因此,他的许多名篇,一开头便如山洪暴发,激情喷涌,滚滚滔滔,一浪高过一浪。其曲折起伏,跳跃跌宕,一任自然,又变化无端,出人意外。与这一特点紧密联系的是瑰丽的想象、奇特的夸张和精妙的比喻。这三者,又往往融合无间,令人分不出是想象,是夸张,还是比喻。例如"白发三千丈,缘愁似个长"、"飞流直下三千尺,疑是银河落九天"、"燕山雪花大如席,片片吹落轩辕台"等等,就都属于这种情况。

这本书选录了李白的一百五十多篇诗,作了必要的解说。为了让读者更好地了解李白的思想发展脉络及其诗歌的艺术特征,我们采取以体裁分类的编排方法;在每一体裁中,大体以创作时间的先后为序。一些创作时间不明的篇章,则酌情处理,或穿插其中,或置于该类之末。不当之处,敬请读者指正。

1987年10月写于唐音阁

《唐诗探胜》序

　　1982年春天,先后在西安召开了两次盛会——全国唐诗讨论会和中国唐代文学学会成立大会。在这两次会上,大家一致认为,研究唐代文学,主要目的在于古为今用,繁荣社会主义文艺创作,建设社会主义精神文明,激发民族自豪感和爱国热忱,鼓舞人们投入伟大的四化建设。又一致认为,只有在坚持党的四项基本原则的前提下,贯彻"双百"方针,创造性地运用马克思主义辩证唯物论和历史唯物论,我们的研究工作才能取得显著的成绩,达到预期的目的。实践证明了这些认识的正确性。两次盛会之后,唐代文学的研究工作蓬勃展开,硕果累累,形势喜人。除了有份量的专著不断脱稿、不断出版而外,作家论、作品论和名篇鉴赏等各类文章,涌现于全国各个报刊。中国唐代文学学会所办的两个刊物《唐代文学论丛》和《唐代文学研究年鉴》,稿源充沛,因限于篇幅,常有遗珠之憾;而且出版周期太长,远远不能满足客观需要。

　　中国唐代文学学会第二次年会,今秋将在兰州召开。筹办单位的一些同志,如兰州大学中文系副教授林家英、陈志明等同志,为了配合年会的召开,倡议编印一册《唐诗探胜》,以便发表大家的最新研究成果,委托林从龙同志和我承担约稿和选编任务。中州古籍出版社的热情支持是令人鼓舞的,他们表示将以最快的速度出书,向大会献礼。

　　我们考虑到全国唐诗研究的专家和新秀人数极多,在一本书中要广泛反映他们的最新研究成果,就不能发表宏篇巨制。约稿信发出之后,得到了热烈的响应,在不到两个月的时间里,就收到了近两百篇文章。这些文章,内容丰富多彩,形式短小精练,任何一篇都值得入选。但总计字数,已大大超出一本书的容量,因而不能不有所割爱。这是需要郑重声明,请求谅解的。

　　明朝人胡应麟在《诗薮》外编卷三里说:

> 甚矣,诗之盛于唐也! 其体:则三、四、五言,六、七、杂言,乐府、歌行、

近体、绝句,靡弗备矣。其格:则高、卑、远、近、浅、深、巨、细、精、粗、巧、拙、强、弱,靡弗具矣。其调:则飘逸、浑雄、沉深、博大、绮丽、幽闲、新奇、猥琐,靡弗诣矣。其人:则帝王、将相、朝士、布衣、童子、妇人、缁流、羽客,靡弗预矣。

从体裁、风格多种多样、百花齐放和诗人众多,遍及各个阶级阶层等方面说明唐诗的繁荣兴盛,这是符合实际的。我们还可以补充一点,那就是题材丰富多彩,诗歌创作的天地空前广阔。从内地到边疆,从政治、经济、军事、文化、民情风俗到名山大川乃至奇花异卉,举凡社会生活、自然风光的各个角落,各个方面,都得到了生动的艺术表现。正因为这样,蜚声世界的唐诗,是前人留给我们的一宗巨大而珍贵的文化遗产。"承前"有助于"启后","开来"有赖于"继往"。以马列主义、毛泽东思想为指导研究唐诗,清理其发展过程,区别其精华糟粕,总结出带规律性的东西,从而吸取精华,掌握规律,就能做到古为今用。

研究唐诗,既有质的问题,也有量的问题。《全唐诗》共收诗四万八千九百多首,作者二千二百余人。新出版的《全唐诗外编》又收诗一千八百来首,有不少作者也不见于《全唐诗》。作家与作品如此众多,而我们作过一些研究的又能有多少!因此,很有必要放开眼界,扩大研究领域。从唐诗作者辈出,篇什浩瀚,题材、体裁、风格"千岩竞秀,万壑争流"的实际出发,掣鲸鱼于碧海,捕翡翠于兰苕,在无限广阔的艺术天地里"探"唐诗之"胜",才能取精用宏,在更大范围和更高程度上做到古为今用。我们把这本集子取名《唐诗探胜》,其用意就在这里。

大历诗歌,是我们忽视了的领域。那里是否有"胜",非"探"不知。卞孝萱、乔长阜同志的《大历诗风浅探》,就"探"出了大历诗歌之"胜"。他们通过对活跃在大历诗坛的三类诗人及其作品的论述,向我们指出:"大历诗歌,承接盛唐,开启中唐,影响晚唐,具有自己的特色和成就。"可以说"探"得既广且深。

安史之乱爆发之后,陇右、河西地区陷于吐蕃,诗人们多有反映,张籍的《凉州词》和杜牧的《河湟》,已为人们所熟知。而耿湋的《凉州词》、《题河州赤岸桥》,吕温的《经河源军汉村作》、《蕃中答退浑二首》,许棠的《题秦州城》、《成纪书事二首》,薛逢的《凉州词》,司空图的《河湟有感》和王建的《凉州行》等等,从不同侧面反映了河湟一带的真情实况,却还没有引起研究者的注意。王运熙、杨明同志的文章,结合当时的历史情况,向我们介绍了这些作品。结尾由河西汉人蕃化问题回到当前的现实,说:"在度尽千载劫波的今日,当我们汉、藏和各兄弟民族回顾我们祖先走过的艰辛道路时,却会更紧密地并肩携手,向着光辉的未来阔步前进!"这是发人深省的。

《全唐诗外编》辑录不见于《全唐诗》的一千几百首作品,为我们"探"唐诗之"胜"开拓了一大片新的疆土。但它出版已过一年,还不见有人为读者作"向导"。陈志明同志的《〈全唐诗外编〉这个窗口》一文,向我们介绍了他从这个"窗口"里看见的一群"新人"和一大批"新作"。"新作"中有好诗,"新人"中有佼佼者,使我们大开眼界。他还谈了《外编》存在的疏漏现象,并对《全唐诗》的进一步整理提出了建设性的意见,很值得一读。

此外,还有很多篇文章论述了目前尚被忽视的作家和作品。王达津同志的《雄视千古的赤壁歌》、金启华同志的《谈杜甫的一首拗体七律》、聂文郁同志的《读元结的〈舂陵行〉》、安旗同志的《忧愤深广,转折多姿》、陈昌渠同志的《风骚两挟的〈杂兴〉》、陈祥耀同志的《气势与声色并茂的〈丹青引〉》、吴庚舜同志的《读王绩〈在京思故园见乡人问〉》、王启兴同志的《说杜甫的〈渼陂行〉》、刘征同志的《八珍中之异味》、许永璋同志的《略论许浑诗在唐诗发展中的地位》、蔡厚示同志的《一首高华雄浑的晚唐佳作》、郁贤皓和张启超同志的《骨高气高,色泽情韵俱高》、孙艺秋同志的《诗意奇险的〈纵游淮南〉》,以及周瑞宣、卢存学同志论曹邺诗的文章,等等,都是这方面的例子,为"旅游者"开放了许多"风景点"。

有人说,对于唐代妇女、僧人和日本友人的诗歌,我们还很少接触,更没有人写赏析文章,向读者介绍。在这本集子里,苏者聪同志赏析了女诗人刘采春的五首《啰唝曲》;周寅宾同志从咏史诗如何提炼历史事实的角度,论述了诗僧贯休的《杞梁妻》。刘禹锡有一首《赠日本僧智藏》七律,《刘宾客集》和《全唐诗》均收录,而智藏是否有酬答诗,却不得而知。许总同志从一个埋没数百年的抄本里发现了智藏的一首七律,从内容看,正是酬答刘禹锡的,因而写了《蓬瀛五岳汇诗情》一文,评析了两人的酬唱之作,为源远流长的中日文化交流史增添了光彩。

《谒衡岳庙遂宿岳寺题门楼》,是公认的韩愈七古的代表作之一,但还缺乏高质量的赏析文章。葛晓音同志敏锐地把握了此诗"变怪百出",而又"自成正调"的艺术特色,以凝练生动的文笔,进行了鞭辟入里的艺术分析和思想阐发。周本淳同志则以确凿的论据,论证了"岳庙"与"岳寺"是二非一,纠正了通行注本把二者混为一谈的错误,对准确地理解全诗,极有助益。

李商隐的一部分诗作,向称难解;这本集子里却有好几篇文章对其中的许多首诗作出了解释。例如《射鱼曲》,钱木庵感到"不可解",张采田也说"殊难索解"。冯浩强作解人,说是"悲李卫国贬崖州而作",牵强附会,终难说通。杨柳同志先考定此诗作于桂林,又通过文字训诂和从李商隐的其他诗篇中寻找证据,阐明此诗前四句描写桂林渔民捕鱼的场面,后四句通过对比和联想,抒发了诗人感慨羁旅、思念故乡的心情。一经说破,文从字顺,脉络分明,情景如见。原来全诗所写,正如题目所昭示,就是"射鱼曲"。又如《梓州罢吟寄同舍》,不少注家认为是李商隐自述其诗歌创作的诗章。郝世峰同志另作新解,认为是一首表现失意情怀的抒情诗,层层论析,颇有说服力。《药转》一诗,张采田认为"本难强解",已有的诠释也杆格难通。何林天同志抓住前人论述中的合理因素加以阐发,足以贯通全诗而无滞碍。至于根据他的新解来看这首诗,该如何评价其思想意义,则需要另作探讨。对于《锦瑟》诗,元好问早有"独恨无人作郑笺"之叹。元、明、清以来,众说纷纭;近几年,各抒己见的文章又不断出现,仍无定论。陈伯海同志则认为《锦瑟》具有朦胧美。并说诗不能一味朦胧,使人无从索解;如果一味朦胧,就根本不成其为诗。他认为《锦瑟》具有朦胧美,而其诗意仍可以领略,故与所谓"朦胧诗"有别。接下去,就谈了他领略到的诗意,谈得很有味。王拾遗同志则说此诗的思想倾向一清二楚,并不难解,当然也并不朦胧。他的新解,也言之成理,可供爱好《锦瑟》诗的人参阅。罗宗强同志的文章以《从〈如有〉说到李商隐诗的象喻》为题,着眼点比较宽,其中也谈了《锦瑟》诗。作者认为李商隐的某些诗,其情思和意境是朦胧的,这与陈伯海同志的看法相一致;所不同的是他试图从表现手法上找出规律,作为打开朦胧之门的钥匙。那规律是什么?他认为就是"重叠的象喻"。在这篇文章中,他运用"重叠的象喻"说,分析了《如有》、《锦瑟》、《圣女祠》和《无题》("飒飒东风细雨来"),细致入微,新意叠出。王思宇同志谈李商隐《无题》二首之一("凤尾香罗薄几重")的文章,摆脱了"政治寄托"的陈说,认为此诗除首联点明时间、环境外,以下三联,全写主人公的内心活动,低回婉转,扣人心弦,是爱情诗中的佳作。分析颇有见地。

周振甫同志的《谈司空图〈诗品〉的"离形得似"》、羊春秋同志的《略论罗隐的咏物诗》、林东海同志的《李白诗中的月亮》、吴企明同志的《唐诗艺术美断想》和刘逸生同志的《从王维一首小诗试谈一与多的关系》等篇,从不同角度探索了艺术表现手法和规律,各有新意,值得一读。

刘逸生同志所说的"一与多",不是一与多的对照,而是指以"一"来代表

"多于一"。他把王维的《杂诗》五绝和王绩的《在京思故园见乡人问》五古相比较,指出王绩问故乡情况,问这问那,连发十余问,读之了无余味;王维则只发一问:"寒梅着花未?"而"一"中藏"多",意味无穷。藏"多"于"一",以"一"概"多",这就上升到规律性的高度。然而规律如何运用,却不能不考虑具体情况。饶有趣味的是,在这本集子里,吴庚舜同志的文章较高地评价了王绩的《在京思故园见乡人问》;朱金城、朱易安同志的文章剖析了元稹的《连昌宫词》和《行宫》,其中也涉及"一"与"多"的问题。《连昌宫词》是一首六百余字的七言歌行,《行宫》则是一首五言绝句,寥寥二十字,而两诗的题材,却大致相同。因而潘德舆在《养一斋诗话》里说:"'寂寞古行宫'二十字,足赅《连昌宫词》六百余字,尤为妙境。"这就是说:藏"多"于"一",优于"多于一"。那么,朱金城等同志对这两首诗的艺术特色又是怎样分析和评价的呢?他们对两诗的全面分析深刻而中肯,这里只看他们的结论:"如果把《连昌宫词》比作描绘天宝时事的一幅长卷,那么《行宫》则是一帧小巧精致的短轴,它们同是我国古典文学画廊中的艺术珍品。"长卷和短轴,长篇古风和五、七言绝句,是各有特点的,"一"与"多"规律的运用,也应该有所不同。合读这几篇文章,可以打开我们的思路,思考更多的问题。

我们常说文艺作品不能离开形象。司空图却强调"离形得似",这该如何理解呢?周振甫同志结合《诗品》中的有关论述指出:司空图认为创作光讲形象或停留在形象上是不够的,应该离形超象,把握灵气与本质,再用形象来表现。他的阐述有理有据,对于研究传统诗歌和诗论,都有启发性。

王之涣《凉州词》的首句究竟应作"黄河远上白云间",还是应作"黄沙直上白云间",这已是老问题。一般人都觉得:前者更有诗意,无须争论。姚奠中同志则认为字句差异不容轻视,他从玉门关的地理环境、气象特征和作者的创作意图等方面进行分析,得出了应作"黄沙直上"的结论。张继《枫桥夜泊》中的"夜半钟声到客船"一句,前人聚讼纷纭,却只纠缠于夜半是否鸣钟和张继泊舟之夜是否闻钟,陈邦炎同志的文章则指出诗人运用"以声表静"、"借声传影"的表现手法,只借钟声传出寒山寺的形影,使人生发无穷的想象。傅璇琮同志从以史证诗的角度胪述了唐朝在进士登第后所举行的一系列仪式,对孟郊《登科后》七律作了解释。丘良任同志的《读杜臆说》一文,对杜甫的许多独特的诗句作了精辟的阐发。这几篇文章,都值得重视。

前人选唐诗,往往附有评语,其中颇有精辟的见解,值得参考。但对于这笔遗产,目前还没有重视。何泽翰同志的文章综述了王闿运对于唐诗的评论。

这对我们研究和利用这笔遗产来说,是一个良好的开端。

对于已有许多人写过评论、鉴赏文章的某些名篇,如果别有会心,独具慧眼,当然还可以继续写文章。收在这个集子里的文章,有些篇所谈的是已有许多人谈论过的作品,而作者却别具手眼,发前人所未发。这就是"新意"。这"新意"又绝非脱离作品或违反诗意的"标新立异",而是言之有据,惬心贵当。细读原作,觉得确乎如此,不禁为之心折。这样的"新意",或多或少,都是可贵的。张志岳同志的《也谈贺知章的〈回乡偶书〉》,万云骏同志的《杜甫〈月夜〉新探》、陈贻焮同志的《漫卷诗书喜欲狂》、刘文忠同志的《一窥塞垣,说尽戎旅》、汤高才同志的《"圣明天子"不圣明》,特别是吴小如同志的《说李白〈玉阶怨〉》,就是都具新意的好文章。

这本集子里还有几篇考证性的文章,都值得参阅。林家英同志亲自考察了杜甫自秦州入蜀的道路,从而纠正了《龙门镇》和《石龛》的编排次序,尤足重视。

吟咏有助于诗歌的欣赏,而吟咏之法,今人已不大讲究。华钟彦同志的文章,从唐诗的欣赏谈到近体诗的吟咏方法,对广大读者很有用处。

每一位杰出的诗人,其诗作都有独特的风格。而这种带有诗人自己印记的独特风格,却往往被评论家所忽视。例如论唐代的山水诗,王、孟、韦、柳并称,一般只涉及共性,很少论述各自的特点。王昌猷同志的《论韦应物、柳宗元的山水诗》一文,则从主观和客观条件的不同等方面,剖析了韦、柳的山水诗不同于王、孟的山水诗,又进而论述了韦、柳的山水诗也各有独特的风格,不相雷同。这对于我们研究唐诗应着眼于风格的多样性,很有积极意义。

蔡义江同志的《李贺的想象》,及其他许多同志的文章都很有见地,限于篇幅,不能一一介绍了。更何况,我的介绍肯定有谬误;读者自有眼力,自能判断,无须我饶舌,更希望不要被我的拙劣介绍所束缚。

本书各篇的编排,基本上以所论诗的作者卒年先后为序。

限于我们的水平,在本书的选编方面难免有不妥之处,诚恳地期待直率的批评和指正。

1984 年元月 19 日深夜写于陕西师大

《古代言情赠友诗词鉴赏大观》序

谨将这部《古代言情赠友诗词鉴赏大观》呈献给亲爱的读者。

什么是友情诗？什么是言情诗？它们在我国古代诗歌中占什么地位？为什么要鉴赏友情诗、言情诗？

任何人都不能、也不愿"离群而索居"，因为完全离开群体，就无法维持生活。就算已经积累了很多财富，足以独自解决物质生活问题，但精神生活太空虚、太寂寞，也很难愉快地活下去。故《庄子·徐无鬼》篇说："逃空虚者，闻人足音，跫然而喜矣。"

人既然处于社会群体之中，就得接触各种人与人之间的关系。我们的古人把这些关系概括为五大类，叫做"五伦"。夫妇、朋友，就是其中的两伦。不管这种概括是否全面、准确，也不管漫长的封建时代给这五伦输入多少封建内容，但有一点是可以肯定的，那就是，中华民族，有一个力图搞好人与人之间各种关系的优良传统。反映在诗歌创作中，就出现了无数描写、歌咏各种人与人之间关系的优秀篇章。读这些诗篇，用孔子的话来表述，那就是"可以群"，即有助于搞好各种人与人之间的关系。当然，这并不是说这些诗可以传授"关系学"，而是说，诗是抒情的，有音乐性的，以音韵悠扬的诗章传达人与人之间的深厚情谊，最能感化人，使人的道德情操、精神境界变得愈美好。白居易在《与元九书》里说过："感人心者，莫先乎情，莫始乎言，莫切乎声，莫深乎义。诗者，根情、苗言、华声、实义。上自圣贤，下至愚骏，微及豚鱼，幽及鬼神，群分而气同，形异而情一，未有声入而不应，情交而不感者。"这些话虽然有点夸张，但基本精神是可取的。

人与人之间，不管本来的关系多密切，如果尔诈我虞、相视如寇仇，那么这种本来密切的关系也就立刻破裂了。相反，即使关系本来并不密切，却相待以诚，相感以情，也会日渐亲密起来。清代诗人谢章铤在《赌棋山庄词话》里说："五伦非情不亲，情之用大矣！"另一位清代诗人洪亮吉在《北江诗话》里说：

"其情之缠绵悱恻,令人可以生,可以死,可以哀,可以乐,则《三百篇》及楚骚等皆无不然。《河梁》《桐树》之于友朋,秦嘉、荀粲之于夫妇,其用情虽不同,而情之至则一也。"所谓"情之至",就是感情真挚、深厚的程度达到极点。洪亮吉在这里举了五伦中的两伦:朋友关系、夫妇关系。对于任何人,这两种关系都是至关重要的。而这两种关系,都"非情不亲"。能做到"情之至",那就亲密无间了。

朋友的重要性表现在各个方面。《礼记·学记》说:"独学而无友,则孤陋而寡闻。"学习方面如此,其他方面可以类推。所以从古以来,人们就讲究交朋友。《诗经》中的《伐木》诗是这样写的:"伐木丁丁,鸟鸣嘤嘤。出自幽谷,迁于乔木。嘤其鸣矣,求其友声。相彼鸟矣,犹求友声;矧伊人矣,不求友生?"鸟儿尚且发出嘤嘤的求友之声,何况人呢?"嘤鸣求友",便成了常用的典故。求友,首先要"择友",古人把朋友区别为"益友"和"损友":"益者三友,损者三友。友直、友谅、友多闻,益矣。友便辟、友善柔、友便佞,损矣。"(《论语·季氏》)交益友得益,交损友受损,所以要"择"。古代"择友"的事例很多,孟郊还作了一首诗:

> 种树须择地,恶土变木根。结交若失人,中道生谤言。君子芳桂性,春浓寒且繁。小人槿花心,朝在夕不存。莫蹋冬冰坚,中有潜浪翻。惟当金石交,可与贤达论。

万一没"择"好,交了"损友",那就要"绝交"。古代绝交的事例也不少。嵇康给山涛写过绝交书;朱穆与刘伯宗绝交,则送他一首诗:

> 北山有鸱,不洁其翼。飞不正向,寝不定息。饥则木栖,饱则泥伏。饕餮贪污,臭腐是食。填肠满嗉,嗜欲无极。长鸣呼凤,谓凤无德。凤之所趋,与子异域。永从此诀,各自努力。

你择友,他也择友。你选中他,他未必看上你,这就有了"拒交"。比如东汉人王丹,陈遵想和他结交,他"拒而不许";侯览想与他为友,也婉转谢绝。又如赵典,他"非德不交"。为了做到这一点,甚至"闭门却扫"。这就涉及我国古代对朋友的理解:"友,爱也。同志为友。"(《说文》)就是说:彼此志同道合,自然相亲相爱,结为至交。当然,"志"与"道",也是各种各样的。"盗亦有道",盗自然也有"志"。既然"同志为友",那就可以通过认识他的朋友了解他本人。"不知其人视其友"这句老话,就是从生活实际中总结出来的。人很复杂,很难识透,所以即使择交,也可能交了假朋友、坏朋友。扬雄《法言》说:"朋而不心,面朋也;友而不心,面友也。"面朋、面友,就是假朋友。还有在关键时刻"卖友"的,那就是坏朋友。与此相反,相交以心的良友、至友,是经得起考验的,这就有了"患难友"。我国古代,关于"患难友"的佳话很不少。中唐杰出文学家柳宗元与刘禹锡,便是一例。韩愈在《柳子厚墓志铭》里叙述柳宗元、刘禹锡因参加永贞革新被贬,柳贬柳州、刘贬播州。"子厚(宗元)泣曰:'播州非人所居,而梦得(禹锡)亲在堂,吾不忍梦得之穷,无辞以白其大人。且万无母子俱往理。请于朝,将拜疏,愿以柳易播,虽重得罪,死不恨。'遇有以梦得事白上者,梦得于是改刺连州。"韩愈写到这里,不禁感慨万千:"呜呼!士穷乃见节义,今夫平居里巷相慕悦,酒食游戏相征逐,诩诩强笑语以相取下,握手出肺肝相示,指天日涕泣,誓生死不相背负,真若可信。一旦临小利,仅如毛发比,反眼若不相识,落陷阱不一引手救,反挤之,又下石焉者,皆是也。此宜禽兽夷狄所不忍为,而其人自视以为得计。闻子厚之风,亦可以少愧矣。"这是一段名文,写世途交态,激宕沉郁,悼叹无穷。

像韩愈所指斥的那种落井下石、卖友求荣的角色,子孙繁衍,曾在十年浩劫中大显身手。而像柳、刘那样的患难友,在古籍中虽屡有表彰,在浩劫中却退藏于密。呜呼!此浩劫之所以为浩劫也!

益友、良友、患难友既然相交以心,彼此之间自有深情厚谊。这就叫友情。诗以抒情为特质,古代会友、赠友、别友、送友、思友、哭友、吊友之类的诗歌,一般都真情浓郁,动人心扉,这就是友情诗。洪亮吉所举的《河梁》,就是其中之一。诗如下:

  携手上河梁,游子暮何之!徘徊蹊路侧,悢悢不得辞。行人难久留,各言长相思。安知非日月,弦望自有时。努力崇明德,皓首以为期。

旧传这是李陵送别苏武的,或认为是后人拟作。不管作者是谁,诗确实很感人。

类似这样感人的友情诗,历代多有,指不胜屈。以诗圣杜甫为例,仅写他与李白、郑虔友情的诗,就多达数十首。如李白被流放后作的《梦李白二首》、《天末怀李白》,郑虔被贬谪后作的《送郑十八虔贬台州……》、《哭台州郑司户》等,都情见于诗,字字血泪,感人肺腑。

夫妇关系,放大一点说,就是男女关系或两性关系。如恩格斯所说:"人与人之间的,特别是两性之间的感情关系,是自从有人类以来就存在的。"(《路德维希·费尔巴哈和德国古典哲学的终结》)正因为这样,在我国第一部诗歌总集《诗三百》(即《诗经》)的十五《国风》里,就有大量表现恋爱与婚姻的诗。朱熹在《诗集传序》里说:"凡诗之所谓'风'者,多出于里巷歌谣之作,所谓男女相与咏歌,各言其情者也。""男女相与咏歌,各言其情",这就是言情诗,包括恋爱诗与抒写夫妇感情的诗。

谈到我国古代的恋爱诗,首先应重视流传下来的民间作品。这主要见于《诗经》中的十五《国风》、汉乐府民歌、南北朝乐府民歌、敦煌曲子词和明清民歌。见于《诗经》的,如《邶风》中的《静女》:

> 静女其姝,俟我于城隅。爱而不见,搔首踟蹰。静女其娈,贻我彤管。彤管有炜,说怿女美。自牧归荑,洵美且异。匪女之为美,美人之贻。

这是出于青年男子之口的优美恋歌,男女双方陶醉于热恋之中的身影和心态,都被表现得既含蓄蕴藉,又活灵活现。

见于汉乐府民歌的,如《上邪》:

> 上邪!我欲与君相知,长命无绝衰。山无陵,江水为竭,冬雷震震,夏雨雪,天地合,乃敢与君绝!

这是出于青年女子之口的誓词,连举五事,一气贯注,如雷霆爆发,如江河奔泻,对爱情的追求何等热烈,何等坚决!

和《上邪》同一类型的,是敦煌曲子词中的《菩萨蛮》:

> 枕前发尽千般愿,要休且待青山烂。水面上秤锤浮,直待黄河彻底枯。白日参辰现,北斗回南面。休即未能休,且待三更见日头。

在枕前互相发誓,誓死相恋,永无休止。连举六种不可能发生的事,比喻恋情的休止也同样不可能发生。其爱恋的炽热与排除阻力的决心,都表现得淋漓尽致。

再看看明代民歌《锁南枝·汴省时曲》：

> 傻俊角，我的哥！和块黄泥捏咱两个。捏一个儿你，捏一个儿我，捏的来一似活托；捏的来同床上歇卧。将泥人儿摔碎，着水儿重和过。再捏一个你，再捏一个我。哥哥身上也有妹妹，妹妹身上也有哥哥。

把如胶似漆的爱情用捏泥人表现出来，其语言之清新，想象之奇特，借喻之巧妙，都令人惊叹，读之可想见女主人公的灵心慧口。

文人们由于受封建礼教束缚，表现恋情的诗歌，一般不像民歌那样大胆、热烈，但婉约缠绵，别饶韵味。例如白居易的《长相思》：

> 九月西风兴，月冷霜华凝；思君秋夜长，一夜魂九升。二月东风来，草坼花心开；思君春日迟，一日肠九回。妾住洛桥北，君住洛桥南；十五即相识，今年二十三。有如女萝草，生在松之侧；蔓短枝苦高，萦回上不得。人言人有愿，愿至天必成；愿作远方兽，步步比肩行；愿作深山木，枝枝连理生。

这是用女方的口吻写的。白居易还有一首以《感情》为题的五古，则写他自己的恋爱经历和对情人的思念：从晒衣服时发现一双鞋而想到故乡的赠鞋者，想到赠鞋者的爱情追求，想到"为感长情人"而把她赠的鞋子珍藏起来，直带到贬所。可是"双行复双止"的愿望未能实现，只落得"人只履犹双"的结局。望着那"双"鞋，叹息对方的孤独，也叹息自己的孤独。婉转曲折，愈转折而情愈深。

文人的恋情诗，也有写得大胆热烈的，却不直接写自己，而用代言体写别人。如韦庄的词《思帝乡》：

> 春日游，杏花吹满头。陌上谁家年少足风流？妾拟将身嫁与一生休。纵被无情弃，不能羞。

至于元稹的《会真诗三十韵》、钱谦益的《有美一百韵》、朱彝尊的《风怀诗二百韵》和历代"艳体"、"香奁体"诗词中的某些篇章，写热恋也相当大胆，其中的佳作，万口流传，人所熟知，无须一一列举了。

文人们表现婚姻、表现夫妇感情的诗很多，艺术质量也更高。比如洪亮吉所举的秦嘉，他是东汉时汉阳郡平襄县（今甘肃通渭）人，与其妻徐淑都擅长诗歌。秦嘉的《述婚诗》，先描述他们的婚礼，然后表述他的婚姻观："纷纷婚姻，祸福之由。卫女兴齐，褒姒灭周。"他为了避祸趋福，"战战兢兢，惧其不俦"。幸而找到了徐淑这样的贤妻，于是以兴奋的口吻作结："神启其吉，果获好逑，适我之愿，受天之休。"其后秦嘉奉命入京，而徐淑因患重病回娘家疗养，未能见面告别，因作《赠妇诗三首》。徐淑收诗，即作《答秦嘉诗》。这几首赠答诗，都写得缠绵凄恻，真挚感人。后人读其诗，常把他们视作恩爱夫妻的模范，向他们学习，和他们比美。晋代杨方《合欢诗五首》，第一首以男方口吻讲他俩"齐彼同心鸟，譬此比目鱼"，"生为并身物，死为同棺灰"，然后自豪地说："秦氏自言至，我情不可俦。"——秦嘉说他对妻子的感情深厚到顶点，可我对妻子的感情更深厚，他怎能和我比。第二首以女方的口吻讲"子笑我必哂，子感我无欢。来与子共迹，去与子同尘"，然后也自豪地说："徐氏自言至，我情不可陈。"——徐淑说她对丈夫的感情深厚到顶点，而我对丈夫的感情深厚无比，非语言所能表达。

秦嘉以后，写婚姻、写夫妇感情的名篇佳什不胜枚举，如潘岳《悼亡诗三首》、李白《长干行》、《江夏行》、《长相思》，杜甫《月夜》，白居易《赠内》，元稹《遣悲怀三首》，李商隐《夜雨寄北》，陆游《沈园三首》，林则徐《寄内》，陈端生《寄外》等，都脍炙人口，传诵不衰。

《大观》精选先秦至近代的友情诗、言情诗八百余首，佳作如林，争奇斗丽，都是中华诗歌宝库中光华闪耀的珍品。读这些诗，将把你带入友谊之乡，爱情之海，和风飘香，春波送暖，从心灵深处感受到真善美的温馨。这些诗的鉴赏者，既有蜚声海内外的专家教授，也有崭露头角的新秀。其鉴赏文章，或侧重于揭示原作的深层意蕴，或擅长于探究原作的艺术奥秘，百花齐放，各有特色。诗文配合，相得益彰，诗则声情并茂，文则鞭辟入里，读者先读诗，后读文，诗文参照，必然会发出会心的微笑；而心灵的净化，鉴赏能力的提高，已寓于其中。诚如此，则我们编写这部《大观》的愿望也就实现了。最后，吁请广大读者和我们一起，祝愿友谊之花、爱情之花在精神文明建设的春风中开遍神州大地，万紫千红，永不凋谢。

1991 年 12 月

《中国古典小说六大名著鉴赏辞典》序

　　我国小说,起源于上古神话传说,但汉代以前的作品,多已失传。到了魏晋南北朝时期,志怪小说和志人小说大量涌现,其中的一些精彩篇章,至今为人传诵。唐代是我国文学艺术的黄金时代,诗歌、散文高度繁荣,小说也大放异彩。《莺莺传》、《李娃传》、《柳毅传》、《霍小玉传》等唐人传奇,是我国小说走向成熟的标志。而在唐代通俗文学的影响和商品经济发达、市民阶层壮大的基础上出现的宋元话本,又把我国小说的发展推向崭新阶段。《三国演义》、《水浒全传》和《西游记》,是杰出文人在不同程度上根据民间艺人的话本加工、再创造而成的。《金瓶梅》、《儒林外史》和《红楼梦》,则是伟大作家在继承前代优良传统,借鉴《三国演义》、《水浒全传》和《西游记》等长篇章回小说艺术经验的前提下创作出来的。这六部长篇小说,代表了我国古典小说的最高成就,是我国文学遗产中的瑰宝。自问世以来,驰誉中外,脍炙人口,久已跻入世界文学名著之林,产生了深远的国际影响。

　　这六部古典长篇小说体制宏伟,内容广阔,人物众多而神态各殊,语言生动而风格各异。就其所包含的社会知识、艺术意蕴之丰富、深邃而言,实足以构成一整套中国古代社会生活和文化艺术的百科全书。为了帮助广大读者更深入地理解原著,从中得到丰富的审美享受、艺术经验和社会历史知识,我们约请有关专家、教授和中青年研究人员撰稿,编成了这部《中国古典小说六大名著鉴赏辞典》。

　　我国古代文人是轻视小说的。但在这六大小说名著相继流传之后,看法就逐渐改变,评点者、注释者不乏其人。晚清时期,随着西洋小说及其理论的传入,小说的艺术价值和社会作用普遍被人认识。梁启超在《论小说与群治之关系》一文中指出小说具有"熏"、"浸"、"刺"、"提"四种神力,因而强调"欲新一国之民,不可不先新一国之小说"。小说既然受到空前重视,六大小说名著在文学史上的崇高地位,也自然得到人们的确认。"五四"新文学运动时期,古代文学中向来居于主要地位的诗歌和古文受到了不应有的贬抑和排斥,而六大小说名著的影响却不断扩大。建国以来,提倡继承优秀的文学遗产,这六部古典长篇小说,更被誉为杰出的现实主义或浪漫主义作品,吸引了无数专家,开展过多次全国性、国际性的学术讨论,日益成为当代的"显学",研究论著层出不穷。港、台和国外的情况亦复如此。这部《中国古典小说六大名著鉴赏辞典》,就是在这样的有利条件下编成的。

这部一百几十万字的大型辞典得以迅速编成,是和对这几部小说研究有素的专家、教授们于百忙中挤出时间踊跃赐稿分不开的,谨向他们致以由衷的谢意。至于框架的设计,词目的拟订,以及其他编辑工作方面,由于时间匆促,考虑欠周之处在所难免,尚希读者不吝赐教。

1988 年 6 月

《辞赋大辞典》序

　　辞赋是我国古典文学中的一种特殊体裁,它兼有韵文与散文之长,既音节浏亮,又恣肆汪洋,在诗歌、散文、戏曲、小说诸种文体中独树一帜。铺采摛文,体物写志,是其主要特色。一个无可争辩的事实是:世界各国几乎都有诗歌等四种文体,却没有辞赋。从这一意义上说,辞赋是中国文学的独特代表,在中国乃至世界文学中占有重要地位。

　　辞赋勃兴于先秦,屈原为我们留下《离骚》等光辉篇章,下启汉赋,衣被百代;大盛于两汉,贾谊、枚乘、司马相如、东方朔、王褒、扬雄、班彪、班固、张衡、赵壹、蔡邕等都是"辞赋之英杰"。他们许多杰出的作品,不仅多方面反映了汉代的社会面貌和文人心态,而且掀起了前所未有的美文学高潮,为魏晋文学的自觉开辟了道路。魏晋南北朝时期辞赋与五言诗争雄竞秀,涌现出一大批优秀的作家、作品,如王粲的《登楼赋》,曹植的《洛神赋》、《九愁赋》,阮籍的《大人先生传》,向秀的《思旧赋》,潘岳的《西征赋》,陆机的《文赋》,木华的《海赋》,鲁褒的《钱神论》,陶渊明的《闲情赋》、《归去来兮辞》,谢灵运的《山居赋》,谢庄的《月赋》,鲍照的《芜城赋》,江淹的《别赋》、《恨赋》,庾信的《哀江南赋》等,在反映社会生活的广阔与艺术表现的精美方面超越汉赋,这是辞赋创作的又一辉煌时期。隋唐至晚清,诗、词、散文、戏曲、小说竞吐奇葩,辞赋在文坛的地位不像以前那样显赫,但仍然因时递变,推陈出新,代有佳作,其中的不少篇章至今脍炙人口,传诵不衰。

　　有数千年悠久历史的辞赋文学不仅在其漫长的发展过程中求变求新,为中国乃至世界文学宝库增添了无数艺术珍品,而且深刻地影响了其他文学样式的创作。以对唐诗的影响为例,初唐四杰为了扭转当时柔弱的诗风,自觉地借鉴汉赋,创作了《帝京篇》、《长安古意》等气势宏伟的诗篇;杜甫的五言杰作《北征》,从命题到谋篇,都有取于班彪的《北征赋》;韩愈不满于俗浅诗风而救之以汉赋的古奥宏肆,甚至以赋为诗,长篇五古《南山》便是典型例证;唐人的许多乐府歌行名篇,大都从辞赋中广摄营养,如李白的《梦游天姥吟留别》、《鸣皋歌送岑征君》等,连不少句型都取法辞赋。

与数千年的辞赋创作相适应,辞赋研究也有长足的发展。赋论、赋话、辞赋作品的整理汇编,以及辞赋作家、作品的研究专著和辞赋史专著等等,层出不穷,为促进我国辞赋文学的繁荣从另一侧面积累了丰富的资料。

丰硕的辞赋创作成果和研究成果,都是我国十分宝贵的文学、文化遗产,需要挖掘和总结、推广和发扬,以便推动当前辞赋的深入研究,促进新时代中国和世界的文化建设。

编写本辞典的计划肇始于1990年济南首届国际赋学讨论会,至今历经三载,始克成功。全书由我作总体指导,徐宗文具体操作包括研定体例与词目,撰写样稿,各位编委分工负责,最后由徐宗文统一定稿。参加本书编写、付出主要劳动的有:先秦两汉曹道衡、康达维,魏晋南北朝章沧授,隋唐五代叶幼明,两宋暨辞赋理论万光治,辽金元明清康金声、赵乃增、许结,辞赋词语暨典故轶事毕万忱,辞赋体类暨论著索引王琳,辞赋文集曹明纲、何新文。凡属"辞"类词条,包括辞赋人物、研究专著等,绝大部分由周建忠承担前期工作。由于上述诸君的全力协助,这部辞典才得以最后完成,特此郑重说明。

最后需要感谢的是,本书所聘顾问都对本书的编写方案提出了建设性意见,马积高、曹道衡、毕万忱、龚克昌、康达维、何沛雄所示尤多。本书的编纂出版,是海内外学者共同劳动的成果,其间凝聚了老一辈专家和一批青年学者的多年心血。饶宗颐先生在百忙中为本书作序,我们更加难忘,谨对他表达最诚挚的谢意。

1994年7月18日

《中外文学名著缩编本》丛书序

我们编写这套《中外文学名著缩编本》丛书,意在对广大的少年儿童进行文学启蒙教育。

儿童在接受文化教育之前,先民用一个"蒙"字来形容,从而把儿童叫"童蒙"或"蒙童。""蒙"是知识尚未开发之时的蒙昧状态,因而必须"启",必须"发",使之豁然开朗,洞明事理。先民便把对儿童进行教育、开发智力叫"启蒙"或"发蒙"。我国素有重视"启蒙"教育的传统,所谓"先入为主",所谓"幼成若天性",所谓"染于苍则苍,染于黄则黄",都警告人们对于少儿们像一张白纸那样洁净的头脑,万万不可用乱七八糟的东西去任意填塞、随心涂抹。近代心理学家根据科学实验,阐明由"首次感知"所获得的印象、知识,既难忘记,也难改变。这是说,如果那印象、知识是错误的,也习非成是,牢不可破。这正好证明了我国古代教育家的论述多么精辟!《易经》的《蒙》卦里说:"蒙以养正,圣功也。"用正确的东西来启蒙,对少儿走上正道、健康成长,有不容忽视的决定意义。

少儿是祖国的未来,人类的希望。如何进行启蒙教育,的确是不可掉以轻心的重大课题。我们的幼儿园,我们的小学、中学,当然是力图用正确的东西教育少年儿童的。然而令人担忧的事实是:通过覆盖面极广的电影、电视,通过潮水般涌来的出版物,每时每刻都有消极的、有害的东西闯进少儿们的眼帘,侵入少儿们的心扉。面对如此严峻的形势,作为教育工作者,怎能不感到万分焦急!正因为这样,我们应未来出版社之邀,编写这套丛书。

我们编写这套丛书的宗旨,就是要用全人类最优秀、最富有艺术魅力的文学作品对广大少年儿童进行启蒙教育,从而培养他们的高尚情操,提高他们的审美能力,拓宽他们的知识视野,树立他们的崇高理想和坚强意志,使他们能够辨识什么是真善美,什么是假恶丑,进而用终生努力维护真善美,排除假丑恶,为祖国的富强康乐,为全人类的文明幸福,做出卓越的奉献。

鉴于少年儿童们还不具备接受中外文学名著的能力，我们精选有代表性的优秀作品进行改编。改编的要求是：吸取其精华，剔除其糟粕；形式活泼，语言简洁、流畅，富于文采；既保持原著的艺术风貌，又通俗易懂，适于少儿阅读；对各种文学品类，如神话、寓言、童话、戏剧、短篇小说、中篇小说、史传文学等等，力求在同一选题下有较广泛的包容性，使读者一册到手，即可了解这类作品的概貌；对长篇小说，则抽取主要故事情节，单独成册；每本书都有前言，对原著的源流、内容、特色作扼要的评介，并给少年儿童们讲明阅读方法。

为少年儿童编写大型丛书，我们还缺乏经验。诚恳地希望所有的家长们，所有关心祖国未来、人类前途的朋友们，给我们以热情帮助和大力支持，使我们把这套丛书编好，越编越好。

1989 年暮春

《杜甫研究论集》(第一卷)序

　　杜甫一生忧国忧民,为匡时淑世而奔走号呼,其伟大人格的感召力量历久弥新,光照寰宇,被列为世界文化名人在全世界范围举行纪念活动;其体现伟大人格的一千数百首优秀诗歌以其完美的意境、炽烈的激情,反映了大唐帝国由盛到衰的沧桑巨变和人民群众所遭受的深重苦难,被誉为诗史,光焰万丈,影响深远。为了团结国内外广大学者积极开展对杜甫及其诗作的多角度、全方位研究以弘扬中华民族的优秀传统文化,中央有关部门的领导同志和文化界、学术界的不少专家早有成立全国性杜甫研究会的提议。杜甫故乡河南省的同志们有鉴于此,于1994年6月8日成立了以原中共河南省委书记、省顾委副主任、省文联首席顾问韩劲草同志为主任的中国杜甫研究会筹备委员会,积极开展筹备工作、办理审批及注册登记手续。6月27日,文化部正式复函(文办函[1994]1187号)称:"中国杜甫研究会筹备组:你们所报申请成立'中国杜甫研究会'的有关材料收悉。经研究认为,成立该会确属社会需要,并符合《社团登记管理条例》的有关规定,具备了申请成立全国性社团的条件,同意你会向民政部申请登记。经核准登记后,有关日常管理工作委托河南省文化厅负责。"民政部的领导同志也大力支持,在积极办理登记注册手续的同时口头同意先开成立大会。

　　1994年10月31日至11月3日,在杜甫故里河南省巩义市召开了中国杜甫研究会成立大会暨第一次学术研讨会,学者云集,盛况空前。来自全国各地的代表们在选出首届理事和理事会领导成员之后,或宣读论文,或各抒己见,就杜甫及其诗作研究中的重要问题进行热烈的讨论,而集中于弘扬爱国主义主旋律,将杜甫、杜诗的研究推向了更高层次。

　　我们原来考虑先出一本纪念册,编入大会开幕词、大会综述、研究会章程、研究会理事会名单及贺电、贺信、贺诗等等;再出一本论文集,编入代表们提交的论文。现在为了节省经费,以三十二篇论文为主体,与原来打算编入纪念册的部分资料一起,编成了这部《杜甫研究论集——中国杜甫研究会成立大会暨首届学术研讨会专集》,算是中国杜甫研究会向海内外学术界奉献的第一批成果。继第一次杜甫学术研讨会之后,我们学会每隔两年,都将召开一次全国性的、国际性的杜甫学术研讨会,将一批又一批的最新研究成果奉献给国内外的广大读者。热忱地希望全国各地、世界各国的杜甫研究专家带着高品位的学术论文光临会议,共襄盛举。

1994 年 12 月于唐音阁

《唐宋八大家书系·韩愈卷》序

韩愈(768—824),字退之,河阳(今河南孟县)人。昌黎是他的郡望,故自称"昌黎韩愈",世称"韩昌黎"。晚年任吏部侍郎,故又称"韩吏部"。谥"文",故亦称"韩文公"。是我国著名的文学家、唐代古文运动的领袖。

"安史之乱"平定的第五年,韩愈出生在一个没落的小官僚家庭。三岁时父母相继病逝,由长兄韩会、长嫂郑氏抚养。七岁,随长兄移居长安。十岁,长兄由起居舍人贬为岭南韶州(今广东韶关市西南)刺史,随兄移居韶州。十二岁,长兄病逝,随长嫂护丧归葬河阳。十四岁,中原动乱,随长嫂避居宣城。十九岁,自宣城赴长安,准备参加进士科考试。社会的动荡,家庭的多难,长兄的教育,孤苦的身世,颠沛流离的生活,激发了他刻苦学习、积极进取的意志。七岁启蒙读书,日诵数千百言,十三岁已能作文赋诗,初有才名。从古文家梁肃、独孤及学习,究心古训,关注现实。自称"念昔始读书,志欲干霸王"(《岳阳楼别窦司直》);"前古之兴亡,未尝不经于心也;当世之得失,未尝不留于意也"(《与凤翔邢尚书书》)。他渴望通过科举考试进入仕途,实现他的政治理想。然而虽然经过充分的准备,却自贞元五年至七年(789—791),三应进士试不第;贞元八年四应进士试,才被录取,名列第十四。同榜登第者李观、欧阳詹、崔群、李绛等都是天下"孤隽伟杰"之士,故被誉为"龙虎榜"。唐朝的制度,进士科考试是由礼部主持的,中进士后还得参加吏部主持的释褐考试,及第后才能入仕。自贞元九年至十一年(793—795),韩愈三应吏部博学宏辞试皆落第。他求仕心切,于贞元十一年正月至三月三上宰相书申述抱负、希望提拔,却如石沉大海。

那么,是不是韩愈的诗文不佳,才屡遭失败呢?我们且看韩愈本人对这个问题的看法。他在贞元十一年三上宰相书不报之后回到河南所写的《答崔立之书》中说:

> 及来京师,见有举进士者,人多贵之,仆诚乐之,就求其术,或出礼部所试赋、诗、策等以相示,仆以为可无学而能,因诣州县求举,有司者好恶出于其心,四举而后有成,亦未即得仕;闻吏部有以博学宏辞选者,人尤谓之才,且得美仕,就求其术,或出所试文章,亦礼部之类,私怪其故,然犹乐其名,因又诣州府求举。凡二试于吏部,一既得之,而又黜于中书。虽不得仕,人或谓之能焉。退自取所试读之,乃类于俳优者之辞,颜忸怩而心不宁者数月。……夫所谓博学者,岂今之所谓者乎?夫所谓宏辞者,岂今之所谓者乎?诚使古之豪杰之士若屈原、孟轲、司马迁、相如、扬雄之徒进于是选,必知其怀惭乃不自进而已耳;设使与夫今之善进取者竞于蒙昧之中,仆必知其辱焉。

这就是说,不管是进士科还是博学宏辞科,倘要登第,都必须"善进取"、善于迎合主司者心之所好。他认为:这样的考试,如果屈原、孟子、司马迁等来参加,也必然落第受辱。他把自己应试被选中的文章找出来读,"乃类于俳优者之辞,颜忸怩而心不宁者数月"。正因为有这样一番痛苦的经历,韩愈才更加认识到诗文革新的必要性,决心开展以复古为革新的古文运动了。

贞元十二年至十五年(796—799),韩愈在汴州刺史董晋幕任推官,广交文学名流,倡导古文运动。董晋逝世,转入徐州节度使张建封幕任推官。十八年(802)春,赴长安任国子博士。从贞元十九年三十六岁至长庆四年(824)五十七岁病卒,是韩愈政治、文学活动的重要时期。十九年初任监察御史,即上《御史台上论天旱人饥状》,请减徭役赋税,指斥朝廷弊政,被贬为阳山(今属广东)令。元和元年(806)获赦回京,任国子博士。改河南令,迁职方员外郎、历官至右庶子。因先后与宦官、权要相对抗,仕宦始终不得意。这期间,他倡导的古文运动已逐渐扩大影响。元和十年(815)上《论淮西事宜状》,力主讨伐淮西吴元济,十二年(817)七月,以行军司马身份,随裴度平淮西叛乱,贯彻了他削平藩镇割据、加强中央集权的一贯主张。淮西平定,因功升任刑部侍郎。元和十四年(819)正月,宪宗遣内官往凤翔迎佛骨入大内供奉,王公士庶争相膜拜,百姓且有烧顶灼臂、破产事佛者,韩愈奋不顾身,上表力谏。宪宗大怒,拟处死刑,经裴度等营救,贬为潮州刺史。次年回京,历官国子祭酒、兵部侍郎。长庆二年(822)二月,镇州王廷凑叛乱,他奉命宣抚;成功而还,转任吏部侍郎、京兆尹兼御史大夫等要职。这一阶段,政治上比较顺利,但不久就因病逝世了。

韩愈一生,在政治、哲学、文学等方面都有建树,苏轼在《潮州韩文公庙碑》中称他"文起八代之衰而道济天下之溺,忠犯人主之怒而勇夺三军之帅"。其文学成就尤为突出:诗歌力大思雄、瑰奇壮伟,自开宗派;散文气盛言宜,纵横开合,奇偶综错,巧譬善喻,变化百出,其贡献更在诗歌之上。

韩愈所说的"文",是与"俗下文字"对立的"古文"。所谓"俗下文字",就是骈文;所谓"古文",就是以《孟子》、《史记》等为代表的散文。汉魏六朝以来的骈文脱离了先秦两汉散文的优良传统,讲究对偶、声律和典故、词藻,用古事古语比拟今事今语,日益成为抒发情思、反映现实的桎梏。隋及初唐,虽不断有人提倡改革文风,但收效甚微。唐自玄宗天宝(742—756)开始,政治日趋腐败,"安史之乱"后走向衰败分裂,藩镇割据、宦官专权、朋党纷争,危机四伏。为了挽救危局,萧颖士、李华、元结、独孤及、梁肃、柳冕等从"文以明道"的角度反对骈文,提倡古文。到了韩愈、柳宗元,更大力倡导古文运动,在理论和创作实践上都做出了突出成绩。影响所及,白居易善写明晰晓畅的古文,樊宗师能写奇奥生新的古文,刘禹锡也是古文高手;韩愈的门人李翱、皇甫湜、沈亚之等,皆得韩愈之传,或精于理,或练于辞。这样,唐代古文便达到全盛阶段。宋代及其以后的古文家,没有不学习韩愈的。韩愈是司马迁以后最大的散文家,对我国散文的发展起了承前启后的重大作用。

韩愈论文学创作,既重视"师古",即继承文学遗产;又强调"变古",即发挥作者的艺术独创性。"师其意,不师其辞"(《答刘正夫书》),"惟古于词必己出"(《南阳樊绍述墓志铭》),"惟陈言之务去"(《答李翊书》)等,都是这方面的名言。他在强调文学修养的同时更强调道德品质方面的修养,提出了著名的"养气"论:"行之乎仁义之途,游之乎《诗》、《书》之源";"根之茂者其实遂,膏之沃者其光晔"。善养"浩然之气",则"气盛";"气盛,则言之短长与声之高下者皆宜"(《答李翊书》)。他深刻地认识到:"夫所谓文者,必有诸其中,是故君子慎其实。实之美恶,其发也不掩。本深而末茂,形大而声宏,行峻而言厉,心醇而气和,昭晰者无疑,优游者有余"(《答尉迟生书》)。他还中肯地指出:创作必须有感而发,不能无病呻吟。"有不得已者而后言,其歌也有思,其哭也有怀",提出了著名的"不平则鸣"说(《送孟东野序》)。韩愈的散文创作之所以取得优异实绩,是跟他对文学创作的深刻理解和充分实践分不开的。

韩愈的散文众体咸备,风格多样,几乎每一篇都有不同于其他各篇的独创性,故不能一概而论。就其突出特点而言:一是气盛,如《原道》、《论佛骨表》、《祭鳄鱼文》等,真可谓"如长江大河,浑灏流转,鱼鼋蛟龙,万怪惶惑"(苏洵《上欧阳内翰书》)。二是善于说理、叙事、抒情,而又力求化抽象为具体,形象鲜明生动。如《原毁》是论说文,而"强者必怒于言,懦者必怒于色"等句,形象极鲜明。《祭十二郎文》是著名的抒情文,而十二郎与相关人物都形象突出,栩栩欲活。至于叙事文如《张中丞传后叙》及许多墓志,都着力刻画人物性格,展现人物形象,更是显而易见的。三是巧喻善譬,其例甚多,不胜枚举。四是求奇恶熟,幽默恢诡,标新立异,不蹈故常。如《送穷文》、《毛颖传》、《进学解》、《试大理评事王君墓志铭》等,不一而足。五是千变万化,波澜迭起,而格局严整,脉络分明。六是善于锤字炼句,骈散并用,而以散御骈,气机流畅。韩愈是锤炼祖国语言的大师,其语言的简练、精粹、新颖,唐宋散文家鲜有其匹。他的散文中的许多语句,被后人用作成语,至今还活在人们的口头上。仅就《进学解》而言,至今被人们运用的,就有如下各句:

  业精于勤,荒于嬉;行成于思,毁于随。
  爬罗剔抉,刮垢磨光。
  记事者必提其要,纂言者必钩其玄(或压缩为"提要钩玄")。
  贪多务得,细大不捐。
  焚膏油以继晷,恒兀兀以穷年(被压缩为"焚膏继晷","兀兀穷年")。
  补苴罅漏,张皇幽眇。
  挽狂澜于既倒。
  含英咀华。
  佶屈聱牙。
  闳其中而肆其外(或压缩为"闳中肆外")。
  跋前踬后,动辄得咎。
  冬暖而儿号寒,年丰而妻啼饥(被压缩为"啼饥号寒")。
  投闲置散。
  校短量长。
  同工异曲。
  俱收并蓄。

当然,韩愈的个别作品也有一些古奥生僻、佶屈聱牙的字句,但就总体而言,在当时是一种文从字顺、流畅生动的新型散文。

这本集子根据马其昶的《韩昌黎文集校注》,并参照古今多种选本,共选韩文约六十篇,绝大部分均按写作年月依次编排,写作年月不明的少数几篇,则编于适当位置。注释力求简明扼要,帮助读者理解原文。题解较详,除介绍写作时间、背景及有关情况而外,还作了一些艺术分析,侧重于探究本文的艺术独创性。破例选了两篇赋,一是由于对理解作者特定时期的遭遇、心态很重要,二是鉴于当前散文的创作应多式多样,从多方面吸取营养,推陈出新。杨朔写过一篇《茶花赋》,颇受好评,便可以说明许多问题。

1996年炎夏写于唐音阁

《唐宋名篇品鉴》序

今年春节期间,北京音乐厅举办"中国唐宋名篇音乐朗诵会",座无虚席。这种用朗诵兼音乐诠释的方法向群众普及唐宋诗文名篇的形式,受到了江泽民主席的赞许,他亲临欣赏,并通过对演创人员的谈话,号召大家"学一点古典诗文"。他中肯地指出:中国古典诗文中的许多传世佳作,内涵深刻,意境高远,也包含很多哲理。学一点古典诗文,有利于陶冶情操,加强修养,丰富思想,增加民族自信心和自豪感(《光明日报》1999年2月21日第1版)。显而易见,江主席是从提高国民素质的高度,号召学习古典诗文、学习唐宋名篇的。

唐宋诗文名篇,在我国整个古典诗文中占有特别重要的地位。

大唐帝国是当时世界上最富强的帝国。国家的统一,南北的融合,日益频繁的国际经济文化交流,民族自信心和自豪感的空前提高,民间知识分子通过科举考试登上政治舞台,思想活跃,视野开阔,又受过作诗的基本训练,以及《诗经》《楚辞》以来悠久的诗歌传统所积累的丰富的艺术经验和多样的诗歌体裁,都为诗歌的高度繁荣提供了必要条件,遂使唐代成为我国诗歌发展的黄金时期。这一历史时期的杰出诗篇,由于意境雄阔,形象鲜明,情韵悠扬,具有独特的艺术风格,跟其他时代的诗歌相区别,被称为"唐诗"或"唐音",享有崇高的世界声誉,以至有"好诗已被唐人作尽"的慨叹。

事实上,好诗并未被唐人作尽。好诗之所以好,首先在于以完美的艺术形式深刻地表现特定的社会生活、时代脉搏和人们的心灵世界。宋代外患频仍、内政不修,人民陷入苦难的深渊。许多杰出诗人以其关心治乱安危的责任感深刻地表现了迥异于唐代的社会生活、时代脉搏和人们的心灵世界;而大声疾呼,杀敌御侮,还我河山、恢复统一的爱国主义主旋律响彻整个诗坛,更给宋诗带来了不同于唐诗的独特风貌。与此相适应,流派多,取材广,在琢字、炼句、用典、用韵、构思、谋篇和表现手法、艺术技巧等许多方面都刻意求精求新,力求"变唐人之所已能,而发唐人之所未发"。这就使得宋诗独具特色,堪与唐诗媲美。

与唐宋诗相类似,唐宋文也体裁多样,百花齐放。讲究辞采对偶的骈体文虽然有许多流弊,但仍然有像王勃的《滕王阁序》、李白的《春夜宴从弟桃李园序》那样的传世名作。罗列名物、堆垛双声叠韵形容词及生僻字的汉大赋和骈四俪六的六朝骈体赋,在唐人手里改造为清新流畅的散文赋,到宋代更加完善,像杜牧的《阿房宫赋》、苏轼的《赤壁赋》等,至今传诵不衰。当然,以"唐宋八大家"为代表的散文,乃是唐宋文的主流、名篇佳作,美不胜收。

这本书入选的作品数量虽然很有限,但都是历代传诵的唐宋诗文名篇,值得一读。为了帮助读者理解原作,进而获得审美愉悦,吸取精神营养,对每篇作品都写了一篇文章进行品评、品味,鉴别、鉴赏。

1999 年 12 月

《宋诗三百首评注》序

唐诗所达到的高度艺术水平是举世公认的,因而有"好诗已被唐人作尽",后人难以为继的慨叹。然而客观地说,宋诗所取得的光辉成就,实堪与唐诗比美。其根本原因,在于宋代的杰出诗人以其关心治乱安危的高度责任感反映了不同于唐代的社会生活、时代脉搏和人们的心灵世界,又找到了相适应的表现方式。

从来扬唐抑宋的理由,主要是:唐人以诗为诗,主性情;宋人以文为诗,主议论。

这种论调,既不符合历史事实,也违反文艺创作的规律。各种文艺样式,既各有特点,又有共同性;既各自独立,又相互影响、互相渗透。试看中国诗歌发展史,《诗经》中的周民族史诗,杜甫的《北征》、《赴奉先咏怀》等都有"以文为诗"、"以议论入诗"的特点;韩愈的某些诗,这种特点更突出。然而这些诗的价值是谁也不能抹杀的,即以《北征》为例略作解释。《北征》向有"诗史"的美誉,内容深广,篇幅宏大,非写景抒情小诗可比,因而仅有写景抒情而无叙述、议论,便很难完成如此杰作;仅用比、兴而不用赋,仅"以诗为诗"而不吸收其他文学样式的表现手法,也很难完成如此杰作。宋人叶梦得就曾指出:

> 长篇最难,魏晋以前诗无过十韵者,盖常使人以意逆志,初不以叙事倾尽为工。至老杜《述怀》、《北征》诸篇,穷极笔力,如太史公纪、传,此固古今绝唱。

这就是说,《北征》是从司马迁的纪、传体散文中吸取了营养的。

说《北征》具有"以文为诗"的特点,不仅指它杂有某些散文化的诗句,而且指它运用了阴开阳合、伸缩变化、波澜顿挫之类的散文章法。应该说,这是诗歌创作中的一种新开拓。"以文为诗",其目的在于吸取散文的句法、章法和表现手法以提高诗的表现力,而不是相反。简单地说,"以文为诗"是为了写好诗,而不是把诗写成文。

至于诗中的议论,当然与哲学论文、政治论文中的议论不同,它应该来自形象思维,来自对社会生活或历史事件的强烈感受和深刻理解,伴随着不可压抑的激情。如果在诗中发一些不带生活血肉、不含抒情色彩的空泛议论,那当然不算诗。

尽管"以文为诗"、"以议论入诗"古已有之,但在宋诗中表现得特别突出,这却是事实。对于宋诗从总体上区别于唐诗的这个显著特点,仅从宋人"求变求新",力求有异于唐人而"使自己成为新一代的大师"方面去解释,显然是不够全面的。从根本上说,宋诗"以文为诗"、"以议论入诗"的特点之所以特别突出,是与宋代特定的历史条件以及一大批重要诗人的生活实践分不开的。与此相适应,随之而来的才是艺术上的"求变求新"。北宋王朝建立以后,就受契丹(辽)和西夏的威胁、侵略,民族矛盾日益尖锐。统治集团对外妥协、纳贡,对内剥削、压迫,人民备受其苦。所以当那些西昆派的馆阁诗人用"缀风月,弄花草,淫巧侈丽,浮华纂组"(石介《怪说》)的诗作粉饰升平的时候,"都城外不数里,饥寒而死者甚众"(《宋史·吕蒙正传》)。于是一些忧心国事,关怀民瘼,要求政治改革的诗人以苏舜钦、梅尧臣、欧阳修为代表,开展了一个反西昆的诗歌革新运动,以使诗歌更便于抒情达意、反映现实、进行"美""刺"的目的出发,革新、发展了"以文为诗"、"以议论入诗"的传统,为王安石、苏轼、黄庭坚等人的诗歌创作开辟了道路。金人南侵,北中国人民陷于金奴隶主贵族的铁蹄之下,痛苦不堪,而南宋统治集团不但不发奋图强,反而变本加厉地压榨人民,以称臣、纳币的屈辱条件,换取荒淫享乐的"偏安"之局,直至元军进逼,举国覆亡。在这种特殊的历史条件之下,"以文为诗"(包括"以议论入诗"),就成了许多爱国诗人大声疾呼地反映抗战要求、激昂慷慨地发表政治主张、尖锐激烈地揭露政治黑暗、无微不至地反映民间疾苦的有效形式。从苏舜钦开始,至陆游达到高峰,至文天祥等人仍波澜壮阔的大量激动人心的爱国诗篇,是宋诗特有的艺术瑰宝。揭露政治黑暗、同情人民疾苦的大量诗篇,也有超越前人的新特点。至于旨在针砭时弊的政论诗、咏史诗、咏物诗、乃至禽言诗,也都跳动着时代脉搏,其数量之多与质量之高,值得重视。

前面提到,杜甫"以文为诗"(包括"以议论入诗"),主要表现于《北征》等长篇,而宋诗,则不论长篇、短篇,都有"以文为诗"的特点。例如梅尧臣的《陶者》:"陶尽门前土,屋上无片瓦。十指不沾泥,鳞鳞居大厦。"张俞的《蚕妇》:

"昨日入城市,归来泪满巾。遍身罗绮者,不是养蚕人!"欧阳修的《画眉鸟》:"百啭千声随意移,山花红紫树高低。始知锁向金笼听,不及林间自在啼。"林升的《题临安邸》:"山外青山楼外楼,西湖歌舞几时休?暖风熏得游人醉,直把杭州作汴州!"都是四句一首的小诗,却都有议论,但那议论是被特定现实激发出来的,既有思想深度,又饱含激情;既体现宋诗"尚意"的特点,也不乏情韵。就长篇说,例如王安石的《明妃曲》前篇先写"明妃初出汉宫时,泪湿春风鬓脚垂。低徊顾影无颜色,尚得君王不自持。归来却怪丹青手,入眼平生几曾有?"然后评论道:"意态由来画不成,当时枉杀毛延寿。"据《西京杂记》记载:画工毛延寿由于王昭君未行贿赂,故意把她画丑,所以当匈奴入朝求美人时,汉元帝按图挑了个丑的,恰恰是王昭君。昭君临行,元帝看见她美丽非凡,于是追究原因,杀了画工。这个故事本身就有讽刺意义,可以入诗。王安石的独创性在于不是把矛头指向画工,而是指向汉元帝,通过个别体现一般,阐发了一个具有普遍意义的大道理:"意态由来画不成。"对于一个人的精神风貌、美丑善恶,是通过亲自接触才能辨认清楚的,仅凭第二手材料,怎能做出正确的判断呢?很清楚,如果只复述那个故事,而无从形象描绘中迸发出来的这样新颖、精辟、发人深省的议论,其艺术质量必将大大减低。欧阳修的《再和明妃曲》,一开始也只是就故事内容进行概括:"汉宫有佳人,天子初未识。一朝随汉使,远嫁单于国。绝色天下无,一失难再得。"接着发议论:"虽能杀画工,于事竟何益!耳目所及尚如此,万里安能制夷狄?"这和王安石的那两句一样,都是从昭君故事里开掘出来的大道理,其普遍性包括了王安石、欧阳修感慨甚深的现实,因而那议论并不是干巴巴的教条,而是洋溢着既来自历史、又来自现实的激情。

就句法看,五言的常规是上二下三,七言的常规是上四下三。宋人为了更好地表现内容,敢于打破这种常规。例如梅尧臣的《田家语》,在揭露统治者不顾农民死活、"互搜民口"的罪恶之前,先写了这么两句:"水既害我菽,蝗又食我粟。""既"、"又"呼应,突出了"天灾"之惨,为以下写"人祸"作了有力的铺垫。黄庭坚写给苏轼的"我诗如曹郐,浅陋不成邦;公如大国楚,吞五湖三江"的第四句,以"五湖三江"作"吞"的宾语,形象地表现了苏诗豪放壮阔的气势。这几个句子,都突破了上二下三的格式,因散文化而加强了表现力。就七言句说,例子更多,如欧阳修《戏答元珍》"春风疑不到天涯,二月山城未见花"的上句,陆游《长歌行》"哀丝豪竹助剧饮,如钜野受黄河倾"的下句,都由于吸收散文句法的优点而变得富有弹性,更好地表现了特定的思想感情。至于以散文中常用的虚词入诗,只要用得恰切,往往会起到"传神阿堵"的妙用。例如范成大《催租行》中的"我亦来营醉归耳",由于用了一个表示限止语气的"耳"跟"亦"呼应,把那个"里正"的无赖神态活画出来了。

散文化的句法还可扩大一句诗的容量,使句内有对比、有转折、有顿挫,如范成大《催租行》里的"旧时高岸今江水"、"佣耕犹自抱长饥",王安石《北山》里的"细数落花因坐久,缓寻芳草得归迟"之类,其例甚多,不胜枚举。

当然,散文化的诗句必须是着意锤炼出来的,必须更有表现力。在一篇诗中,散文化的诗句也不宜太多,太多则有损于诗的形象性和音乐性。如欧阳修的《答杨子静祈雨长句》:"……军国赋敛急星火,兼并奉养过王公。终年之耕幸一熟,聚而耗者多于蜂。是以比岁屡登稔,然而民室常虚空。……"虽然意思不错,但用一连串并非锤炼而出的过于散文化的句子发议论,既无形象,又乏情韵,因而略无艺术感染力。

散文化的特点在律诗对偶句上的表现,其优点是:一、自然。如黄庭坚《寄元明》:"但知家里俱无恙,不用书来细作行。"陈与义《次韵谢表兄张元东见寄》:"灯里偶然同一笑,书来已似隔三秋。"自然明畅,却字字对偶,都非信手拈来,而是经过烹炼,达到浑然天成的境界。二、流走。如苏轼《过永乐文长老已卒》:"三过门间老病死,一弹指顷去来今。"黄庭坚《题胡逸老致虚庵》:"能与贫人共年谷,必有明月生蚌胎。"词语对偶而一气单行,化板滞为活泼。三、开阖动宕。如黄庭坚《次韵王定国扬州见寄》:"未生白发犹堪酒,垂上青云却佐州!"陆游《书愤》:"塞上长城空自许,镜中衰鬓已先斑!"对仗工稳而文气跳荡,可使一篇皆活。

宋代的许多杰出诗人同时也是杰出的散文家,吸取散文的句法、章法和表现手法以入诗,从而提高诗的表现力,乃是很自然的事。例如苏轼的《韩干马十四匹》,全诗只十六句,而纵横变化,不可方物。如方东树所说:"章法之妙,非太史公与韩退之不能知之。"又如王安石的《明妃曲》后篇,通过昭君"含情欲说"、"传语琵琶"、"弹看飞鸿"的表情、动作和"侍女垂泪"、"行人"劝慰的多侧面衬托,突出地表现了昭君身去胡而心思汉的无限哀愁,并以"尚有哀弦留至今"收尾,与杜甫的"千载琵琶作胡语,分明怨恨曲中论"同一意蕴。有人把"行人"讲的两句话看成作者的议论而痛加非难,显然不懂作者所用的表现手法。这首诗,吸取了散文的章法,篇幅极短而容量极大,许多意思不是明说出的,而是从前后的关合、照应、转换中暗示出来的。这首诗,还吸取了司马迁开创的传记文学乃至唐、宋人小说的表现手法,用多种人物的表情、语言来托出王昭君的心态,从而把主人公写得栩栩欲活。像这样突破诗歌传统表现手法而取得成功的例子,在宋诗中并不是个别的。

以上讲了一些宋人"以文为诗"(包括"以议论入诗")的优点。举凡体现了这些优点的宋诗,与唐诗相较,尽管有尚意、尚气骨、尚新奇的特点,但也并不缺乏情韵之美。有一些,既情景交融,又兴象超妙,达到了状难状之景如在目前,含难显之情见于言外的妙境。

宋人"以文为诗",也有失败的一面。宋代理学(也称"道学")盛行,理学家一方面认为"学诗用功甚妨事",像杜甫的名句"穿花蛱蝶深深见,点水蜻蜓款款飞"都被斥为"闲言语"(《二程遗书》卷十八程颐语);另一方面又很喜欢作诗,用诗歌形式讲理学。于是,连"一阳初动处,万物始生时","太极圈儿大,先生帽子高"之类的"诗"都写出来了!正如南宋人刘克庄所批评:"近世贵理学而贱诗,间有篇咏,率是语录讲义之押韵者。"(《后村大全集·吴恕斋诗稿跋》)这种"语录讲义之押韵者",不仅在理学家的诗集里俯拾即是,而且在不同程度上影响了理学家以外的许多诗人、包括某些重要诗人。由此可见,宋人"以文为诗"的特点之所以特别突出,理学家用诗歌的形式讲理学、发议论以及由此造成的一种风气,也是重要原因。

诗的本质特点是抒情。在一切优秀的诗作中,抒情、写景、叙事、议论,常常是结合在一起的,而抒情,则是贯串一切的基本特点。诗人被某种自然景物、社会生活、政治历史事件等等所激动,情动于中,不能自已,在这种情况下吸取散文的句法、章法、表现手法以提高艺术表现力,便可能写出好诗。在宋人的诗歌中,这种"以文为诗"的好诗是大量存在的,前面已作了论述。与此相反,以"理学诗"为代表的毫无真情实感而空发枯燥议论的诗,也为数不少;这也被列入"以文为诗"的范畴,但从本质上说,根本不算诗,而是"语录"、"讲义"之类。

除"以文为诗"而外,宋诗还有许多特点:题材广、流派多,在选材、琢字、炼句、用典、用韵、构思、谋篇等方面刻意求新求精,力求"变唐人之所已能,而发唐人之所未发"。正因为宋代的不少杰出诗人从空前的广度和深度上反映了不同于唐代的社会生活、时代脉搏和人们的心灵世界,而在表现方法、艺术技巧上又刻意求新求精,才使宋诗独具特色,堪与唐诗比美。把那些"语录讲义之押韵者"说成"以文为诗",以偏概全,从而否定宋诗,显然是不合实际的。

我们从浩如烟海的宋诗中筛选了一百位诗人的三百二十四篇作品。入选的原则是:一、每一首都是健康的内容与完美的形式有机结合的好诗;二、注意流派、风格的多样性，既突出大家、名家，也不忽视各有特色的小家，力求体现宋诗发展的基本面貌和主要趋势；三、注意题材的广阔性，既多选表现重大题材的作品，也不忽视表现一般题材的佳作，力图使读者通过入选作品了解两宋的历史巨变、社会概况和人们的心灵世界。

作者介绍和作品注释，力求简明、扼要以节省篇幅。评析与注释相配合，在帮助读者彻底读懂原作的基础上穷幽探胜，欣赏其艺术境界，借鉴其艺术技巧；力避远离作品本身、或不合原作本意的高谈阔论、胡吹乱捧。

诗，往往有大幅度的跳跃，不像一般的散文那样好懂。诗是诗人思想情感的外化，而特定的思想感情，是和诗人的特定经历、处境密不可分的，要彻底读懂诗，就得弄清诗人的有关经历和处境。对于那些反映特定的社会生活或政治、历史事件的诗，要彻底读懂，还得下一些研究工夫，搞清楚有关的背景。宋人喜欢用典，讲究"以故为新"，"精妙隐密"；即使"精妙"得用典使人不觉，不明白所用的典故也能懂得诗意，但弄懂它必然有更深入的领会。宋人，特别是江西派诗人，强调"无一字无来历"；不知其来历，也能品尝到诗味，但弄清来历，诗味必然更丰美。宋人在遣词、造句、造境等方面追求凝炼、生新、拗折、深远、隽永，又讲究笔势的奇逸纵横和章法的腾挪变化，也增加了充分理解的难度。因此，我们的评析，是把帮助读者彻底读懂原诗放在首要地位的。限于学力，能否达到预期的目的，只好期待读者见教了。

关于宋诗与唐诗的异点，已有专家们作过阐述，可供参考。然而"如人饮水，冷暖自知"。对于宋诗的特点，只有熟读数百首有代表性的宋诗之后才能有具体而深切的领会。谨将这一百位宋代诗人的三百二十四首佳作奉献给亲爱的读者，熟读深思，便会知道宋诗的特点究竟是什么。当然，特点是从比较中显现出来的，那还得熟读唐诗和其他朝代的诗。孔子说过："诗，可以兴，可以观，可以群，可以怨。"英国的安诺德说过："一时代最完美确切之解释，须向其时之诗中求之，因诗之为物，乃人类心力之精华所构成也。"多读些诗，是很有好处的。

1994 年元月

台北版《唐音阁诗词集》跋

拙著《唐音阁吟稿》于1988年出版后,师友们或来信、或作诗、或撰文,奖掖备至。著名学者兼诗人刘君惠、程千帆两先生又先后赐序、诱导、鞭策,期以远大。数十年骤风暴雨,屡受摧辱。一旦天晴,海内仍存知己,人间尚有温情,令人感奋不已!

去年冬天,试寄两册给阔别四十多年,迄无联系,不知确切住址的老友冯国璘,一册赠他,另一册请他转送成惕轩先生。今年春节,忽接国璘台北书,真是喜出望外!书中说:"病中两日读完大作……不禁掉泪。惟简体字太多,横排也看不惯,读来颇费力。拟改繁体直行在台印行,以保持中华文化固有之风貌,再转赠友好,庶使唐音永继,薪传有人。惜惕轩先生,已不及见矣!"他从后记中看到我早年的诗词损失过半,特翻检四十年代的日记,抄出了我的一首五古、两首七律。和国璘同事的另一位中央大学校友姚蒸民兄,则复印我大学时代抄给他的几首词,托国璘一并寄我。故人情重,感激不可言喻。自念虽耽吟咏,而用力不专。兼之豪情始纵,文网忽张;才感宽松,已临暮景。补入旧稿,益以近作,不过欲使爱我如国璘、蒸民者知我行踪心迹而已。"唐音永继"云云,徒增惭恧!倘天假以年,自当收之桑榆,或能不负期许!"渭北春天树,江东日暮云,何时一樽酒,重与细论文?"每读此诗,无任神驰!

1990年中秋

《唐宋诗词三十家丛书》序

唐诗、宋词,是我国文学史上的两座丰碑,受到一代又一代人的崇拜与瞻仰。唐诗、宋词的选注本,是解读这两座丰碑的钥匙。

本世纪以来,特别是改革开放以来,唐诗宋词的研究得到了前所未有的开拓与发展,有关唐诗宋词的出版物比比皆是,各种选注本更是层出不穷。这些选注本一般可分为总集式选本(如《唐诗选》、《宋词选》)和单人选本(如《李白诗选》、《苏轼诗词选》)两类。总集式的选本,每位作家分量嫌少,特别是大家名家不易突出;单人选本,对于缺少时间的人来说,又往往读不胜读,顾此失彼。

有鉴于此,山西古籍出版社约我任主编,组织若干学者专家,编选了这一套《唐宋诗词三十家》丛书,从唐宋两代文坛精选了李白、杜甫、王维、孟浩然、高适、岑参、白居易、元稹、韩愈、柳宗元、李贺、李商隐、韦应物、杜牧、温庭筠、韦庄、冯延巳、李煜、晏殊、晏几道、欧阳修、苏轼、黄庭坚、柳永、周邦彦、姜夔、李清照、秦观、辛弃疾、陆游三十位大家、名家的代表作,或两人合刊,或三人、四人合刊,分十册付梓。组合的原则,或依其文坛的特殊地位(如李白、杜甫),或依其诗词的风格流派(如王维、孟浩然代表山水田园诗派,高适、岑参代表边塞诗派),或依其文学史上的特殊关系(如元稹与白居易,韩愈与柳宗元),或仅凭其生活时代的相近。每人所选作品,从数十首到百首不等。既避免了总集式选本大家、名家作品太少的缺陷;而每家佳作毕集、数量适中,又不像单人式选本那样加重读者的负担。

由于这套丛书的主要对象为中等文化程度的一般读者,所以对每首诗词中难以理解的字词、典故,作了简明的注释,扫除阅读障碍;每首之后还有一篇简短的评析小文,点出诗词的精妙所在,帮助读者获得更多的审美享受。

细心的读者还会发现,这套书从开本到版式以至字体,与传统的诗词选注本相比,都有所创新和突破。新形式的启用,当然是为了突出这些经久不衰的诗篇的艺术魅力。

唐诗宋词语言精练,声韵优美,易读易记,蕴含着动人心魄的诗情和发人深省的哲理,具有潜移默化的德育、智育和美育功能。一个人从童年起熟读若干诗词名篇,诗情、美感、哲理融入心灵,对提高文化素质、正确对待人生、对待事业、对待人际关系、对待祖国和人民,都会起到不可估量的积极作用。

1995 年 12 月

《近五十年寰球汉诗精选》序

陕西诗词学会为了向中华人民共和国建国五十周年献礼,于1998年初夏成立编委会,编辑《近五十年寰球汉诗精选》。为充分尊重作者的著作权,专诚发出征稿信,得到了海内外诗人的热烈响应和积极支持。在短时期内,先后收到五千多位诗人的十余万首作品。经过一年多的努力,共选出两千零五十位诗人的七千多首诗词,编辑成书。

毛泽东诗词豪放杰出,前无古人,影响所及,开一代新风;其他老一辈无产阶级革命家的诗词,也以切身经历生动地反映了风云巨变;江泽民同志的诗词,华美流丽,昂扬着时代的雄风,体现着中华诗词的思想艺术导向。他们的诗词成为编选本书的光辉典范。

承许多院士、教授、专家以及蜚声诗坛的老诗人赐稿,入选数量较多,在一定程度上保证了本书的艺术质量。

大批中青年作者是当代诗坛的中坚,纷纷来稿。尽量择优入选,以体现当代诗坛的雄厚实力。

二十岁以下的青少年也来稿不少,入选的有一位十二岁,另一位仅十一岁,可以看出中华诗词后继有人,前景灿烂。

海外华人和国际友人也踊跃赐稿,入选数量较多,可以看出侨胞心系祖国和中华诗词在国际文化交流中发挥的积极作用。

本书入选作品,题材多样,内容广阔,从多方面反映了建国五十年来的重大历史事件和社会主义建设的伟大成就。歌颂开国伟业,讴歌改革开放,赞扬科教兴国,表彰英模人物,企盼祖国统一,迎接港澳回归,鞭挞贪污腐败……这许多作品,都高扬爱国主义主旋律,有助于振奋民族精神,促进两个文明建设。

选稿、审稿工作量很大,时间很紧,加上人力不足,水平有限,因而各种缺失自难避免。诚恳地期待诗友们提出建设性的意见,以便在再版时改进。

1999年盛夏写于陕西师大文学研究所

《关汉卿作品赏析集》序

元曲(包括杂剧和散曲),在元代众多的文学形式中所取得的成就最高,它是元代文学的光辉代表。《中原音韵序》指出:"世之共称唐诗、宋词、大元乐府,诚哉!"将元曲跟唐诗、宋词并列而论,表明元曲在中国文学史上是继唐诗、宋词之后,又一个文学发展的高峰。

元杂剧是一种有广泛群众性的综合性舞台艺术,标志着我国戏曲艺术的全面成熟。在元朝统治的短短的九十余年里,涌现出大批的优秀作家与作品,构成我国戏曲发展史上一个灿烂的黄金时代。元散曲这种新的诗歌样式,独具一格。有杂剧家兼写散曲的,也有专门从事散曲创作的。他们的作品风格,各不相同,亦能齐放异彩。在元曲名家辈出的行列里,关汉卿当推为佼佼者,王国维称赞他"一空依傍,自铸伟词,而其言曲尽人情,字字本色,故当为元人第一"。这是符合实际的。

一

关汉卿一生主要从事杂剧创作。是一位多产作家,根据各本《录鬼簿》的记载以及其他有关资料,他著有杂剧 67 部,现仅存 18 部。其中,有个别作品是否出于关汉卿的手笔尚无定论。在现存关汉卿的杂剧作品中,曲白俱全者 15 部,《调风月》、《拜月亭》、《西蜀梦》3 部曲文完整,科白残阙。另有《唐明皇哭香囊》、《风流孔目春衫记》、《孟良盗骨》3 部,仅存残曲。

关汉卿的杂剧作品有悲剧,也有喜剧;有现代戏,也有历史戏,题材极为广泛。

有的作品揭露当时政治的黑暗,社会的混乱,歌颂人民反抗贪官恶霸。《窦娥冤》是我国古典戏曲中现实主义和浪漫主义相结合的优秀剧作,它描写了一个受尽磨难的下层妇女窦娥跟官府恶霸进行誓死不屈的斗争,遭遇惨痛,最后落得个"问斩"的悲剧结局,具有异常深刻的社会意义。《蝴蝶梦》、《鲁斋郎》是写得很成功的两本反恶霸的公案戏。前者写王婆婆的三个儿子为了报父仇打死无恶不作的皇亲葛彪,因而坐牢判刑,最后得救。后者写恶霸鲁斋郎强夺民妻,害得普通百姓妻离子散,就连有一定政治地位的官吏张珪也不免遭殃,可见元代统治之残暴。两本杂剧中的花花太岁鲁斋郎和皇亲葛彪,都是飞扬跋扈的权豪势要,作品从他们身上影射了封建统治阶级的凶狠,也反映了人民在被压迫之下的痛苦呻吟。王家三兄弟"以牙还牙,以眼还眼",终于用自己的铁拳打死罪恶昭彰的葛彪,报了父仇,表明在吏治黑暗的时代,人民只有用自己的力量,铲除邪恶,其中寓含着剧作家强烈的民族意识。

有的作品写被压迫、被蹂躏妇女的悲惨生活,突出了她们机智勇敢的反抗精神和非凡超群的斗争艺术。剧作家在以妇女为主人公的杂剧中,不单纯通过婚姻纠葛,揭露封建礼教和封建婚姻制度的虚伪和罪恶,而是跟鞭挞娼妓制度和抨击权豪势要紧密结合起来,赋予作品以时代气息,概括出深刻的社会认识意义。其中以《救风尘》、《望江亭》最有代表性,两剧全用诙谐幽默的笔触,妙趣横生,是关汉卿喜剧中的两颗明珠。《救风尘》描写了妓女赵盼儿见义勇为,救助自己姐妹宋引章,制服流氓阔商周舍(周同知之子)的故事,成功地塑造了仗义任侠、聪明练达、智慧过人的下层妇女形象。表现这方面题材的还有《金线池》和《谢天香》,它们分别写杜蕊娘和秀才韩辅臣、谢天香和词人柳永的爱情故事,如实地反映了处在社会下层的妓女所遭受的屈辱不幸和她们强烈要求摆脱奴役地位的愿望。另一个著名喜剧《望江亭》中的年轻寡妇谭记儿聪明过人,有胆有识,在极其危险的关头,敢于巧扮渔妇,登临望江亭,抓住对手杨衙内好色贪杯的特点,巧取势剑金牌和逮人文书,终于使这个歹徒受到应得的惩罚。

在表现青年男女爱情生活的题材上,比较优秀的作品当推《拜月亭》和《调风月》。《拜月亭》将王瑞兰和蒋世隆的爱情故事,置于战乱离散的广阔背景上展开,既赞颂了一对青年男女坚贞不渝的爱情,对封建的门第观念是一个有力地批判,也在一定程度上反映了当时人民备受战乱之苦的惨痛经历。作品按照王瑞兰作为仕宦小姐的身份、地位,入情入理地描写了她的思想性格和复杂的矛盾心理,真实生动。《调风月》的主人公燕燕,是贵族的婢女,作品描写了她被引诱误入情网,接着又遭到遗弃,最后不得不做贵族纨绔子弟的小妾,从而深刻地揭露了统治势力的伪善和残忍,表现了对被压迫者渴望摆脱卑贱地位的深切同情。作者成功地刻画了燕燕聪颖、多情而又坚强不屈的性格,也合乎情理地袒露了她内心变化的痛苦历程。

还有一些作品写历史题材,歌颂了历史上的英雄人物。其中以《单刀会》的成就最突出,它通过关羽接受东吴鲁肃的邀请渡江赴宴的故事,刻画了关羽在保荆州的斗争中所显示的威武、忠勇和智慧。作者在表现正统观念的同时赋予作品以时代的内涵,包含着一定的民族反抗精神。《西蜀梦》、《哭存孝》都是写英雄人物惨遭杀害的故事,或表现人民至死不屈、要求雪恨的反抗意志,或揭露宵小弄权、忠良惨死的黑暗现实,对于封建官场有一定批判性。

总之,关汉卿的杂剧作品深刻地揭露和批判了当时黑暗的社会制度,表达了人民的斗争精神和美好理想,被后世称为元代社会的一面镜子。当然他的作品也掺杂了一些封建伦理、封建迷信观念,这是由于时代局限所致。

关汉卿的杂剧在艺术上取得了卓越的成就。

首先,深刻而强烈的现实性和积极的浪漫主义精神相结合。关汉卿的杂剧广阔而有一定深度地反映了元代这个特殊社会的许多方面。《窦娥冤》中对高利贷的盘剥、恶霸的横行、官府的贪赃枉法、妇女的备遭残害、知识分子的地位低微以及人民的反抗意识等都概括其中,具有较强的浓缩性。《鲁斋郎》、《蝴蝶梦》则是元代民族压迫、民族歧视的如实写照。剧作家往往在现实主义描写的基础上,抹上一层浪漫主义色彩。追求理想境界,表现大无畏的英雄气概,以及强烈的反封建性,是其浪漫主义的基本精神。如窦娥法场上发下的三桩誓愿,谭记儿在望江亭一夕巧取到了置人于死地的势剑金牌和敕令,关羽在杀机四伏的宴会上,剑响出鞘,连嘎二声,这些想象和夸张,都有利于浪漫主义精神的表现。

其次,异常成功地塑造了社会生活中各种各样的富有典型意义的人物,构成了正反形象五彩缤纷的画廊。作者笔下的人物既有阶级的共性,又有鲜明的个性,一般和个别,普遍性和特殊性得到辩证统一。在作者的杂剧中涌现出一大批受摧残、遭欺凌的妇女群像。她们都有着共同的冲击旧制度的精神,但其性格特征绝不雷同。她们在剧中沓至纷来,各逞自己的风貌。赵盼儿的任侠仗义,泼辣大胆,不同于谭记儿的持重自信,机智勇敢;宋引章的天真可爱,稚气任性,不同于谢天香的柔弱屈从,甘为命运摆布;王瑞兰的温柔坚贞,有情有义,不同于燕燕的聪明多情,心高气傲;而窦娥的无比善良与坚贞倔强,则又是独一无二的。作者塑造的一系列反面人物,都表现出压迫阶级邪恶势力残暴的反动本质,又抓住人物性格中突出的一点进行勾画,使其各具个性特色。

同是权豪势要,鲁斋郎狂妄傲慢,葛彪飞扬跋扈,而杨衙内则老奸巨猾;同是流氓恶霸,张驴儿死皮泼赖,而周舍则诡计多端;至于桃杌的昏庸狠毒,则非一般赃官可比。总之,剧作家将正反两组人物形象组成尖锐的戏剧冲突,或写成悲剧,或写成喜剧,表现了强烈分明的爱憎,对正面人物倾注了全部的同情,而对反面丑类则极尽揭露鞭挞之能事。

再次,按照舞台艺术的特点,安排组织戏剧情节和结构,表现了大艺术家的匠心独运。戏剧冲突集中,主线分明,在四折中,剧情围绕主要人物和主要事件展开,不枝不蔓。《窦娥冤》主要突出窦娥蒙受冤狱,至于受高利贷盘剥,出嫁成婚,夫死寡居,则简笔交代,惜墨如金,做到主干清楚,题旨突出。《拜月亭》写王瑞兰悲欢离合的婚姻遭遇,融合广阔的社会背景,情节多而不乱,主线分明。同时,将正反对立面构成尖锐的冲突,层层推进,自然合理。传世的许多剧作,戏剧冲突一般都有一个开头、发展、高潮、结局的完整过程。另外,还运用蓄势、悬念等多种艺术手法,促进情节的突转。《单刀会》前面两折借助侧面描写,让其他人物出场,颂扬关羽的英雄事迹。这就为主要角色的登场充分蓄势,渲染气氛。《蝴蝶梦》王婆婆的继母身份,直到最后包拯在公堂审问追逼中才彻底露出,顿时,使情节陡转,引向大团圆的结局,亦牵动着读者的心弦,随着人物的命运波动起伏。

语言口语化,朴实自然,字字本色,既有浓厚的生活气息,又有深远的艺术韵味,这是关汉卿剧作的又一特点。就运用语言来说,关汉卿有别于白朴、王实甫等文采派的杂剧家,被推为本色派之首。无论曲词,还是宾白,无不通俗生动,不避俚俗,不假雕饰,但并非是自然状态中的生活用语,而是经过精心锤炼的戏剧文学语言。他的杂剧语言风格也是丰富多彩的,能适应题材、主题、人物的不同需要而加以变化,富有个性化特色。写悲剧,"血泪涟涟";写喜剧,"妙趣横生"。"该雄壮则雄壮,该妩媚则妩媚,该俚俗则俚俗,该艳丽则艳丽",真是不拘一格,变化多端。

关汉卿生活于十三世纪,比欧洲一些大戏剧家莎士比亚、莫里哀都早得多,他的杂剧创作无论在我国还是在世界戏剧史上都占有重要地位,产生深远的影响。就国内而言,他的优秀剧作为广大人民所喜爱,七百多年来一直上演不衰,大部分作品都活跃在当今的舞台和银幕上。就国外而言,《窦娥冤》早在1838年就译成法文流传到欧洲去了。接着,又译成英、德、日等国文字,在世界各地广泛传播。正如陈毅同志为关汉卿戏剧创作七百年纪念大会重要题词中指出："关汉卿接近下层人民,熟悉人民语言和民间艺术形式,也深知人民的疾苦和愿望,所以能成为元代杂剧的奠基人,使他在思想上、在艺术上能发出炫耀百代的光彩。"1958年,他被列为世界文化名人之一,受到世界人民的爱戴和敬仰。

二

关汉卿的杂剧作品是符合元杂剧创作的艺术体制的。元杂剧一般由演员化妆后,在一个固定的场所演出,它通过唱曲、宾白、科介的结合来表演一个完整的故事,还配有多种乐器伴奏。

在结构上,通例是一本四折。但也有例外:如《赵氏孤儿》一本五折,如《西厢记》,则多达五本二十一折。"折"的含义,跟现代戏剧形式的"幕"大体相同,它是故事情节发展的自然段落,不受时空的限制。每一折大都包含了几个场次,也有一折就是一场的。有的杂剧,除四折外,还加一个楔子。如《窦娥冤》、《鲁斋郎》、《蝴蝶梦》等都有楔子。楔子虽然篇幅短小,却是全本有机的组成部分,多用于介绍人物、故事,或埋伏线索。一般置于剧本最前面,有的也放在折与折之间,起着开场或过场的作用。此外,全剧结尾,还有两句或四句诗,对仗工整,甚至押韵,叫"题目正名",主要是用来概括全剧的内容和点出剧本的名称。如《单刀会》结尾:

题目　孙仲谋独占江东地
　　　请乔公言定三条计
正名　鲁子敬设宴索荆州
　　　关大王独赴单刀会

在曲词上,每一折必须用同一宫调的曲牌,组成一套曲子,跟散曲的套数相类,所用的曲子多少不限,少至三、四支,多达二、三十支。四折可以用四种不同的宫调。通常演唱的有九宫调:黄钟宫、正宫、中吕宫、南吕宫、仙吕宫、商调、越调、双调、大石调。第一折多用仙吕宫,第四折多用双调,二、三折多用正宫、中吕宫、南吕宫及越调等。

在角色上,约可分为末、旦、净(包括丑)、杂四大类,主角只能是末、旦二类。每类之中又各分许多细目。末,剧中的男角,男主角叫做正末,另外还有副末、冲末、大末、二末、三末、小末、外末、末泥等名目。旦,剧中的女角,女主角叫正旦,另外还有副旦、贴旦、外旦、老旦、大旦、小旦、花旦、色旦、搽旦等名目。净,以扮演喜剧人物或反面人物为主,多是男角,也偶有女角,可分净、副净、二净、丑等名目。杂,不属于以上三类的其他角色。如孤(官吏)、祗从(侍从)、卒子(士兵)、细酸(穷书生)、孛老(老头)、卜儿(老妇)、俫儿(小孩)、邦老(盗贼)、都子(乞丐)、驾(皇帝)等。

在演出上,包含有唱、科、白三大要素。唱,即唱曲,是主要构成部分,以代言体的方式,由主角唱出,可以抒情、叙事、议论、描写、对答等。一般的情况,一剧限一人主唱到底。由正旦主唱的杂剧叫旦本,由正末主唱的杂剧叫末本,其他角色只有宾白,偶尔也唱楔子中的曲子。不过在创作实践中,有的剧本也突破了这个限制。如《望江亭》第三折,除了正旦主唱外,其他副角还在最后由分到合地唱了一支曲子。《单刀会》变动更大,由正末主演关羽,但在第一折扮乔玄,第二折扮司马徽,就是说全本由关羽、乔玄、司马徽分别主唱。王实甫的《西厢记》,则分别由张生、莺莺、红娘三个角色主唱,更有新的突破和发展。

科,即科介,或叫做"介",是演员在舞台上表演的情态动作、武打舞蹈、舞台效果等。如《窦娥冤》第三折,"正旦跪科","做哭科","内做风科"。

白,即宾白,是人物的道白。由散文和部分韵文(诗、词、顺口溜等)组成,对推进戏剧情节和刻画人物性格都具有重要作用。说白的形式有对白(人物和人物之间的对话)、背白(背着其他人物表白自己的心里话)、带白(人物在唱词中插入的话)、独白,包括定场白、冲场白。定场白是角色初次上场时的自我介绍,一般先要念二至四句诗。冲场白是角色第二次以及以后上场时的自叙。

三

关汉卿是我国伟大的戏剧家,也是元代著名的散曲家。他一生除了主要从事杂剧创作外,还兼写散曲。现存散曲七十篇,其中小令五十七首,套数十三套,另有四支残曲。

他的散曲,内容丰富,题材广泛。

其一,描写青年男女的恋情。如〔仙吕·一半儿〕《题情》四首,是一组美妙的情歌,恋人幽会时的欢情,付诸具体形象,惟妙惟肖;分手后的相思,坦露心扉,探幽入微。用语率真,表情炽烈奔放。

> 碧纱窗外静无人,跪在床前忙要亲。骂了个负心回转身。虽是我话儿嗔,一半儿推辞,一半儿肯。

直言不讳的神情动态,见出这一对恋人冲破封建藩篱,大胆幽会,迈出了追求自由相爱的勇敢一步。正如郑振铎先生在《插图本中国文学史》中所说:关汉卿"无论在小令或套数里,所表现的都是深刻细腻,浅而不俗,深而不晦的;正是雅俗共赏的最好的作品,像〔一半儿〕四首的《题情》,几乎没有一首不好的,足当《子夜》、《读曲》里的最隽美的珠玉。"〔中吕·古调石榴花〕《怨别》,是写一位女子热恋而离散的苦闷情怀。情人"受了些闲是闲非",无理非难,便急流勇退,这位多情女子深为情丝的中道割断而烦恼、哀怨,"守香闺,镇日情如醉"。结尾,她"呼使婢将绣帘低窣,把重门深闭,怕莺花笑人憔悴",备受感情的折磨,陷入懊恼的深渊,隐示出渺茫无望的悲剧前景。

其二,描写"别离易,相见难"的愁绪。如〔商调·梧叶儿〕《别情》:

> 别离易,相见难,何处锁雕鞍。春将去,人未还。这其间,殃及杀愁眉泪眼。

这位女子对离人远行,长久不归的思念,透过她自身"愁眉泪眼"的情态表露无遗。先以锁不住雕鞍,形象可睹,写别离之易。接着述出春来又去,季节更替,极言远行之久,相见之难。"这其间",妙在承上接下,导引出思妇悲苦的形象,以形见情,真"俊哉语也"!〔南吕·四块玉〕《别情》,写女主人公凭栏极目,久久伫立,眼帘前溪斜山遮,不见离人远去的身影,表现了她依依惜别之情。〔双调·沉醉东风〕《别情》两首,从捧盏饯行到去后相思,描绘出一个较长的变化过程,其中有阁泪汪汪的吉祥祝愿,也有"鸾孤凤单"的忧愁愤怨,惟妙惟肖,颇有情致。〔黄钟·侍香金童〕,通篇为一景一物的描画,环境气氛的烘染,却恰到好处地映衬出女主人公空旷孤寂的情思,字里行间流露出对离人的无限眷恋。最后,更阑人静,蟾光皎洁,于深沉院落,排设几案,"整顿了霓裳,把名香谨爇,伽伽拜罢,频频祷祝:不求富贵豪奢,只愿得夫妻每早早圆备者"。卒章显志,题旨为之升华,似蛟龙出渊飞腾而起,积极可取的内涵自现。

其三,描写城乡奇丽的风物。如〔南吕·一枝花〕《杭州景》,广泛选取富有特征性的景色,细致地描摹出杭州这座历史名城的山光水色,市容面貌。虽未直掏难以平静的胸臆,然寄情于景,一山一水都浸染上对锦绣南国的热爱之情,一词一句都流溢着对民族沦亡的深沉之慨。

　　家家掩映渠流水,楼阁峥嵘出翠微,遥望西湖暮山势,看了这壁,觑了那壁,纵有丹青下不得笔。

寥寥数语,名噪中外的西湖美景即素描纸背。面临这绝世湖景,"纵有丹青下不得笔",而散曲大家的笔端,并不费力地活画出一幅西湖风景图,可见手之不凡。〔正宫·白鹤子〕,"澄澄水如蓝,灼灼花如绣",运用简笔即托现出一派明丽的春光。〔双调·大德歌〕《春、夏、秋、冬》,四季景象融之于人情,绘景鲜明,兴寄颇深。如《冬》:

　　雪粉华,舞梨花,再不见烟村四五家。密洒堪图画。看疏林噪晚鸦,黄芦掩映青江下,斜揽着钓鱼艖。

这是一幅"堪图画"的水乡雪景。抓住傍晚飞雪的景物特征,淡淡点染几笔,活脱而出,给人一种恬静闲雅的美感享受。

其四,抒写弃绝官场,不慕富贵的志节。蒙古贵族阶级在以暴力统一中国的过程中,对占全国人口大多数的汉民族和南方少数民族,采用高压政策,实行野蛮的杀戮,劳动人民灾难深重,知识分子也沦落底层,处于被迫害被歧视的地位,失去进身之阶。他们不满残暴的统治,但又迫于血腥的镇压,不敢挺身而出,大胆反抗;他们极欲摆脱受压抑的困境,但又寻觅不到合宜的理想乐土。因此,他们不得不借助讴歌归隐、闲适,运用委曲宛转的手法来排遣内心的某种苦闷,寄托精神上的某种愤懑。关汉卿也不例外,在一些散曲中直接袒露出"人生贵适意"、"适意行,安心坐"的情趣。但他对严峻的现实并不是完全消极的。在〔南吕·四块玉〕《闲适》、〔双调·乔牌儿〕中,他对"红尘恶风波","富贵那能长富贵",有足够的体察和认识,所以决意"离了利名场"。〔越调·斗鹌鹑〕《女校尉》,竟直接发出"功名似水上浮沤"的慨叹。这些都说明了他对功名利禄极为蔑视,与统治集团格格不入,绝不同流合污,始终恪守着自身的高尚情操。《闲适》之四:

南亩耕,东山卧。世态人情经历多,闲将往事思量过。贤的是他,愚的是我,争什么?

作者一直身处下层,隐居民间,怅惘失意,可谓饱尝世态之炎凉,人情之冷暖,所以绝意宦途,退而躬耕南亩,高卧东山。结尾的反问"争什么",表现了他对人世贤愚颠倒,混浊一片的强烈愤慨。

他有些散曲深恶痛绝于功名富贵,另一些则执着于"我行我素"。〔南吕·一枝花〕《不伏老》,是他散曲的代表作,生动贴切的比喻,泼辣奔放的语调,表现了他敢于向封建传统观念挑战,长期生活于勾栏,"偶倡优而不辞",精通各种技艺,有着狂放不羁的性格。他那种"蒸不烂、煮不熟、捶不扁、炒不爆、响当当一粒钢豌豆"的秉性,铸造依旧;他那种"便是落了我牙,歪了我口,瘸了我腿,折了我手,天与我这般儿歹症候,尚兀自不肯休"的精神,坚韧不拔。这既是他跟当时统治阶级的彻底决裂,也是他对元朝残暴统治的一种变异反抗。由此可见他是一个深深地根植于人民土壤之上的戏剧家,他这种生活环境和斗争历程,足以使他能够创作出大量杰出的杂剧,放出百代不灭的光辉。

〔中吕·普天乐〕《崔张十六事》,运用散曲形式,歌颂崔张复杂曲折的爱情胜利,具有一定积极意义。

关汉卿的散曲,其艺术风格,与他的杂剧相近,语言本色,接近口语,达情状物清新活泼,真挚自然,仍保持了元代前期散曲的民间文学色彩。

四

散曲与杂剧不同,它是继唐诗、宋词之后,在金元时代的北方民间"俗谣俚曲"的基础上兴起的一种新诗体。而杂剧则属于戏剧文学的范畴。在杂剧中包括唱曲、宾白、科介三部分。虽然它的唱曲和散曲一样,都是配有音乐的歌唱,都必须按照一定的宫调和曲牌来写。但它绝不能离开科白,它只是杂剧的主要组成部分,其内容主要表达剧中角色的思想情感,是一种代言体。而散曲,除极少数例外,一般都是用来抒发作者自己感情的,尽管配有音乐,也只是作清唱用的,因为不需要科白,故称为"散"。它跟戏曲无关,而是跟诗词的性质相类。不过后人通常把元代散曲和杂剧合在一起,共称为"元曲"。

散曲跟乐府诗和词一样,都是合乐歌唱的歌词,故元代散曲有时也被称为乐府或词。它最初的形式,流行于民间,因而又叫做"街市小令"和"叶儿"。

散曲包括小令和套数两种主要形式。小令是单个的曲子,主要是从民间小曲变化而来,其中也有少数是从诗词脱胎出来的。小令,按照不同的宫调、曲牌进行填写。一般是每首一个曲牌,每个曲牌都有一个名称,分别隶属于一定的宫调之下,如〔越调·天净沙〕、〔中吕·山坡羊〕、〔双调·水仙子〕等。

套数,也叫套曲或散套,它是融合和发展了唐宋以来大曲、转踏、诸宫调、鼓子词等一些民间乐曲的联缀形式,逐渐完善的。一个套曲,由同一宫调的两只以上曲牌联结而成,其联结的方式,一般是用一、二支小曲作开端,用"煞调"、"尾声"作终结,中间主要部分,选择的曲牌多少不一,以内容的需要为转移,短的只有两三支,长的可达二三十支。这种联缀方式的曲词,其复杂的结构,正反映了社会生活朝丰富多彩方向发展的需要,也是作为只曲的小令进一步演变的必然结果。

散曲中,还有介乎于小令和套数之间的带过曲。这主要是由于有时作者所填的内容,限于一支小令,篇幅短小,难于容纳,便把两三支曲牌联结一起,时间长久,约定成俗,于是就形成了一些带过曲。带过曲,不可随意搭配,须守一定规则,最多不能超过三支曲牌,而且还要宫调相同,韵律相衔。在元代已经定型的带过曲,才可使用,后人再无新创。其中以两支曲牌相合的比较多见,如中吕里的〔醉高歌〕带〔红绣鞋〕,〔十二月〕带〔尧民歌〕;双调里的〔雁儿落〕带〔得胜令〕。三支曲牌搭配的,如南吕里的〔骂玉郎〕带〔感皇恩〕、〔采茶歌〕,这种形式较少。带过曲,被后世传统地称为是小令的一种变体,故一般把它列入小令的范畴之内。关汉卿流传下来的散曲中,尚未见过带过曲。

无论是小令,还是套数,它们自身都有固定的体式。每一个曲调都有一个牌名,称为曲牌;每个曲牌,都有不同的句式、字数、平仄、韵脚的要求,代表着一定的谱式。如〔天净沙〕,这个曲牌的谱式是:平平仄仄平平,平平仄仄平平,仄仄平平仄仄,平平仄仄。平平仄仄平平。

散曲是谱曲歌唱的歌词,所以每一个曲牌,都要隶属于某一宫调。所谓宫调,是指乐谱上曲调高低的划分。散曲常用的也有九宫调,除了大石调改为般涉调外,其余和杂剧相同。由于宫调音色的高低、强弱不同,因而表现的音律节奏也各有异,这样唱出来,人们所听到的歌声,仿佛有的雄壮,有的凄婉,有的欢快,有的哀伤,表达出各种各样的思想情绪。

散曲和词虽同为长短句,都属于能唱的歌词,但是二者从内容到形式都有明显的区别。首先,散曲不同于词的是可以增加衬字。所谓衬字,就是在每句固定的字数之外任意添的字。如关汉卿〔南吕·一枝花〕《不伏老》中的〔黄钟尾〕第一句"我(却)是(蒸不烂、煮不熟、捶不扁、炒不爆、响当当)一粒铜豌豆",本为七字句,而括号里的衬字,较固定的字数超过了一倍多。衬字的运用,可以使句子长短变化,灵活自如,更能痛快淋漓地表达作者的思想感情,增强语言的生动性和表现力,读起来形成连续不断的快速节奏,自有一种不可遏止的气势。这是词所没有的。其次,曲和词用韵之法有别。曲韵是平仄互协,词一般都是平仄分协。曲韵的字可以复用,词则绝对不许。这样散曲较少受韵律的束缚,押韵比较自由灵活,曲尽其妙。

这本集子一共选析关汉卿杂剧十五折(选自十四个剧本),散曲二十三篇(其中小令十七首,套数六套),包括了他的作品的大部分。原文主要依照臧晋叔编的《元曲选》、隋树森编的《元曲选外编》和《全元散曲》,也参考他本,作某些校勘。建国以来,对关汉卿和他作品的研究,已在不断深入,特别是对他杂剧的研究,多有专著出版,但是将关汉卿重要的杂剧和散曲作品总为一集进行赏析,这还是第一次。限于我们的水平,谬误在所难免,希望专家和广大读者批评指正。

1988 年 7 月于陕西师范大学

《中国历代诗词曲论专著提要》序

在毁灭物质文明和精神文明的空前浩劫终于过去之后,我们迈开大步,坚实而有力地跨入改革和开放的大发展时代,朝现代化的目标进军。在进军的行列中,中国古代文学理论的研究队伍同样雄姿英发,在短短的十年时间里取得了丰硕的成果,高质量的论文和专著层见迭出,相继问世,这是有目共睹的。

前几年有些论者倡言"反传统",他们蔑视乃至否定传统文化(包括古代文学和古代文学理论)。这种割断历史的做法是违背马克思主义的,对发展民族新文化以至整个现代化事业都是十分有害的。这因为:第一,我们的传统文化,是中华民族在漫长的发展过程中创造、积累起来的光辉灿烂的精神财富,在某些历史时期曾大放异彩,对全人类文化的繁荣昌盛起过积极作用。一旦彻底否定,无异于彻底否定中华民族自身,使我们的民族自信、自尊、自强之风扫地以尽,将何所恃而自立于世界民族之林?第二,现代从过去发展而来,为了实现现代化,不能割断历史、抛弃文化传统,而应弘扬民族文化传统中的精华,在继承中求发展、求创新。

分明是古代文学理论,其研究又如何走向现代化?

鉴古知今,温故知新,这是一个方面;以近知远,以今知古,这是又一个方面。古代文学理论研究的现代化,并不是以现代为标准去改造古代文学理论的本来面目,而是指研究者具有现代意识,立足现代,面向世界,用全人类达到的最先进的思维方式和研究方法,从古今中外文学和文学理论的联系中去研究古代文学理论,以满足现代文学和文学理论的健康发展对古代文学理论营养的迫切需要。可以说,近十年来的古代文学理论研究在不同程度上具有这一特色。正因为这样,才取得了引人注目的成就。

中国向来被称为诗的国度。《诗经》、《楚辞》而后,历代诗人辈出,名篇佳什,传诵不衰。唐诗、宋词、元曲,尤其享有世界声誉。在中国古代文学中,诗歌无疑占有显赫地位。与此相适应,在中国古代文学理论中,诗歌理论所占的地位同样很突出。而在当前,有志于振兴中华诗歌者日益众多,此唱彼和,卷起了遍及全国、超越国界的诗歌创作热,迫切需要历史的借鉴和理论的指导。我们有鉴于此,决定编著一部《中国诗歌理论史》。这一课题,受到有关方面的重视,被列为国家重点科研项目。

中国古代的诗歌理论,作为我国优秀的传统文化的一个重要部分,有着无比丰富的内容和极其鲜明的民族特色,是我们的一笔非常宝贵的文化遗产。但是,这一笔宝贵的遗产,还没有得到过系统的总结。在本世纪的20年代,日本学者铃木虎雄就写出了《中国诗论史》。而在我国,时至今日,虽然对历代诗歌理论的研究取得了丰硕的成果,却还没一部关于古代诗歌理论的系统著作问世。《中国诗论史》的撰写,显然具有开创性的、填补空白的意义。我们自知从事这一课题,难度很大,责任不轻,只能兢兢业业地认真去做。

这一课题,由两部书组成。一部就是现在出版的《中国历代诗词曲论专著提要》,另一部是《中国诗论史》。我们觉得,对历代的诗词曲论专著(包括有理论价值的诗词曲选本)进行逐一的研究,明其作者、时代、版本情况,抽绎其主要的理论内容,确定其在中国诗歌理论史上的地位,编纂成书,也是中国诗歌理论史研究的一个必不可少的方面,其本身也有独立存在的学术价值。这对于从事中国古代文学和文学理论教学、科研的同行们,对于传统诗歌和诗歌理论的爱好者,对于志在振兴中华诗歌,企图从传统诗、词、曲论中吸取营养以提高创作水平的诗人们,乃至对于目录学、版本学的研究者,也许都会有些用处吧!当然,限于条件和修养,我们的"提要"难免有疏误,诚恳地期待着坦率的批评和具体的意见,帮助我们在再版之前认真修订,臻于完善。

现在谈谈这部书的体例:

著录各书,重点在于撮述主要内容。内容提要的详略,取决于该书理论价值的高低,故有长达三四千字者,亦有短至千余字、乃至数百字者。

著者生平及成书时间可考者,则简叙其生平,说明其成书时间。重要著作,兼述版本源流。

著录各书,按诗论、词论、曲论分类编排,各类均以作者生年先后为序,生年不明的,酌情处理。凡理论价值不高者,则列入"存目",各作简介,亦分诗、词、曲论三类按年代先后排列。

本书共著录诗论专著二百一十四种,词论专著五十三种,曲论专著二十七种,共计二百九十四种。列入"存目"的,诗论专著八十八种,词论专著五十一种,曲论专著四种,共计一百四十三种。两项总计四百三十七种。这并非历代诗、词、曲论专著的全部,凡见于前人著录而其书不传者,或其书今存而我们尚未觅得者,均未涉及。

参加本书撰稿的,六朝至金代为漆绪邦,元、明为林珂,清、近代为张连第,词论为梅运生。王南、胡山林、郭红跃、田南池、李逢春、张旭曙、潘繁生、陶礼天、彭玉平协助撰稿,做了不少工作。北京师范学院出版社热情支持本书出版,刘彦成、段启明同志在审稿中提出了不少宝贵的修改意见,特致谢忱。

1991 年元旦

《唐诗精选评注》序

我们的伟大祖国向来被誉为诗的国度,唐代则是我国诗歌发展的黄金时期。

隋末农民大起义之后建立的唐王朝,吸取隋朝覆亡的教训,采取了一系列开明措施,发展社会经济,安定人民生活。经过"贞观之治"和"开元之治",中国封建社会达到繁荣昌盛的高峰,大唐帝国成为当时世界上最富强的帝国。国家的统一,南北的融合,日益频繁的国际经济文化交流,民族自信心和民族自豪感的空前提高,庶族地主阶级的知识分子通过科举考试登上政治舞台,思想活跃,视野开阔,又受过作诗的基本训练,以及《诗经》、《楚辞》以来悠久的诗歌传统所积累的丰富的艺术经验和多样的诗歌体裁,都为诗歌的高度繁荣提供了必要条件。在不到三百年的时间里,论诗人,则名家辈出,灿若群星;论作品,则百花齐放,争奇斗丽。经过千余年的沧桑巨变,流传到现在的,还有两千三百多位诗人的约五万篇诗作,数量之多,令人惊异。更何况不仅数量众多,而且质量优美。这一历史时期的杰出篇章,由于题材广泛,意境雄阔,形象鲜明,情韵悠扬,具有独特的艺术风格,跟其他时代的诗歌相区别,被称为"唐诗"或"唐音"。不仅传诵国内,脍炙人口,而且早已超越国界,成为世界文艺宝库中的珍品。

唐诗的发展,通常分为初、盛、中、晚四期,简称"四唐"。

初唐(618—713)前期,南朝浮艳诗风虽有消极影响,但总的趋向是南北交融互补,全面继承传统中的优秀成分。其诗歌创作,既日益贴近现实,追求清新雅健,又吸取齐梁清音与丽藻。唐太宗的《帝京篇》及《赐房玄龄》等诗,便是这种趋向的具体体现。由于在新形势下兼取南北之长,因而一方面在南朝"新体诗"逐渐律化的基础上继续实验,五、七言律诗相继定型,五、七言绝句更加成熟。加上五、七言排律,这就是唐人所说的近体诗或今体诗。在唐代,近体诗与古体诗异彩纷呈,形成众体咸备、各擅其美的盛况。不难设想,如果没有近体诗所包含的各种诗体,唐诗百花园将大为减色。另一方面,在初唐阶段,各种古体诗的创作也有成绩,特别在汉魏以来七言古风基础上吸取汉赋、汉乐府民歌和南朝鲍照《拟行路难》诸作的创作经验和艺术手法而自运炉锤,将七言歌行发展到崭新的高度,开盛唐高、岑、李、杜先河。其代表作品,则是卢照邻的《长安古意》、骆宾王的《帝京篇》、王勃的《临高台》和张若虚的《春江花月夜》。

由隋入唐的王绩多写田园山水,淳朴淡远,无齐梁藻缋之习,然如《野望》等诗,就律化程度而言,已是合格的五律。初唐"四杰"在诗歌革新方面各显实绩,比较而言,卢照邻、骆宾王擅长歌行,王勃、杨炯擅长五律。至于七律,则经过多人的长期探索,到沈佺期、宋之问等人手中才完全定型。沈佺期的《独不见》有"高振唐音"之誉,被推为唐人七律"压卷"。陈子昂力矫齐梁浮靡,首倡汉魏风骨,其五言古诗高峻雄浑,寄兴遥深,五律亦多佳什。李白、杜甫、白居易、韩愈等都曾指出他开启一代风尚的积极作用。

盛唐(714—766)是唐诗繁荣的高峰期。盛唐杰出诗人多怀有经邦济世的抱负、建功立业的渴望和反抗权贵、抨击腐恶的精神。这一切,在诗歌创作中激发出浪漫主义火焰,成为盛唐诗歌的主要特色。强烈地表现出这种特色的是边塞诗和政治抒情诗。

隋代以来,内地与边疆之间经济、文化交流日益频繁,边境战争又不时发生,因而反映边塞题材的诗篇逐渐增多。到了盛唐,边塞和田园,已成为两个有代表性的主题。高适、岑参,都有歌行体,章法奇变,音调悲壮,形象鲜明生动,极富浪漫主义激情。王昌龄、王翰、王之涣等善用七绝体裁表现边塞主题,其《凉州词》《从军行》等,都是唐人绝句中的杰作。李颀的边塞名篇则用七言古体,悲壮苍凉,近似高适。

田园山水诗派的重要诗人有王维、孟浩然、储光羲、常建、祖咏、裴迪等,而以王、孟为代表。王维通音乐、精绘事,其诗富有音乐美和绘画美。前期积极入世、奉使出塞,创作了不少边塞诗和政治抒情诗,沉雄壮阔,不乏盛唐气象。后期半官半隐,创作了大量"诗中有画"的田园山水诗,或壮丽雄阔,或清幽淡远。就诗体而言,五古、七古、五律、七律,各有名篇,而尤以绝句见长。五绝绘景传神,超妙绝伦,七绝言近旨远,语浅情深,至今传诵不衰。

李白、杜甫是盛唐时期最伟大的诗人。李白胸怀"安社稷""济苍生"的壮志,面对统治者的日趋骄奢、社会危机四伏的现实,创作了一系列政治抒情诗。

或抒发怀才不遇、壮志难酬的愤慨,或反权贵、轻王侯、赞颂美好事物、抨击黑暗势力,无不激情喷涌,波澜壮阔,具有浪漫主义特色。李白也写山水诗,却很少描绘幽寂的丘壑、宁静的林泉,而是以奇情壮采表现奇峰大山、千丈飞瀑、滚滚江河,借以体现狂放不羁的个性。大胆的夸张,神奇的想象,丰富多彩的语言,变幻莫测的节奏和章法,又适足以表现其浪漫精神。

"安史之乱"是大唐帝国由盛到衰的转折点。杜甫亲身经历了"安史之乱"前后的巨大变化。早年渴望通过科举考试"立登要路",实现其匡国济时的政治理想。"会当凌绝顶,一览众山小"一类的诗作,也洋溢着浪漫激情。后来困处长安,逐渐认识到政治的腐败,预见到社会危机。在"幼子饿已卒"时写出的《自京赴奉先县咏怀五百字》,为他此后的现实主义诗歌创作开拓了广阔的道路。他用各种诗体创作的讽谕时事、揭露矛盾、反映人民苦难的杰作被誉为"诗史",其认识作用和审美教育作用不容低估。李白律诗(特别是七律)不多,其卓越成就,主要表现在七古和七绝方面。杜甫则兼擅众体,"尽得古今之体势而兼人人之所独传"。

中唐(767—835)前期,元结、顾况步趋杜甫,写了一些同情民间疾苦的诗。刘长卿、韦应物以山水诗见长。"大历十才子"虽各有成就,而题材不广。李益的边塞诗艺术性极高,而凄凉感伤,带有乱离时代的烙印,与豪放悲壮的盛唐边塞诗不同。

中唐后期,诗坛又趋活跃。这期间的重要诗人可分为白派和韩派。白派以白居易为首,元稹、张籍、王建、李绅为辅。他们从杜甫"因事立题"、反映现实的创作中得到启发,提倡"文章合为时而著,歌诗合为事而作",大写讽谕诗、乐府诗,广泛地反映社会问题,敢于代人民提出血泪控诉,语言通俗流畅,易于被读者接受。其乐府诗数量之多,题材之广,都超越前人。当然,白派诗人的成就远不止于此。仅就长篇叙事诗而言,白居易的《长恨歌》《琵琶行》和元稹的《连昌宫词》,都有新的突破,享有盛誉。

韩派诗人以韩愈为首,孟郊、贾岛、卢仝、李贺等为辅。在艺术上刻意创新,追求险怪、幽僻、苦涩、冷艳等前人尚未开拓的意境。语言的运用也避熟就生,炼奇字、造拗句、押险韵,乃至以散文句法入诗。当然,这是就其主要倾向而言。全面地看,他们的艺术风格也是多样化的,不乏清新、自然、浑厚、博大的作品。

白、韩两派之外,柳宗元善写山水诗,简洁深婉,自成一家。刘禹锡长于律诗、绝句,其怀古诗和政治讽刺诗简练沉着,寓意深刻;其《竹枝词》和《浪淘沙》含思婉转,极富民歌风味。

晚唐(836—906)前期的杰出诗人是杜牧和李商隐,人称"小李杜"。他们目睹宦官专权、朋党交争、藩镇割据、人民受难的现实,企图有所作为,诗中表现了扶危济困、忧国忧民的情怀。他们都曾用长篇古诗表现重大题材,但更工于近体。比较而言,杜牧更精于七绝,李商隐尤长于七律。杜牧抒情写景的绝句词采清丽,画面鲜明,情致俊爽;咏史绝句寓史论于感慨,侧面落笔,英气逼人。李商隐七律学习杜甫壮浪纵恣、沉郁顿挫的风格和工于对仗、善于用典、严于结构的艺术经验,又融合齐梁诗的浓艳色彩、李贺诗的幻想、象征手法,创作了许多词采绚丽、情韵绵邈、富于暗示、引人联想的佳作。温庭筠虽与李商隐齐名,但其诗作缺乏深广的社会内容和扣人心弦的艺术魅力,其成就远逊于李。

晚唐后期诗人不少,皮日休、聂夷中、杜荀鹤、罗隐、于濆、陆龟蒙等人,继承白派新乐府传统,反映了黄巢起义前后的社会动乱和人民痛苦,对于官吏的残暴、徭役赋税的繁重等等,都有大胆深刻的揭露。司空图、吴融、郑谷、韦庄等人,则追忆往日的繁华,伤悼眼前的乱离,流露出凄惋梦幻的末世情调。韩偓工于近体,绝句轻妍婉约,托兴深远。七律取法杜甫、李商隐而能自具面目,纵横变化,沉郁顿挫,造语妍练,律对精切,其感愤时事之作,尤深挚凄婉,豪宕勃郁,为三百年唐诗发展谱写了悲壮的尾声。

1992 年 7 月

河北版《唐音阁诗词集》跋

　　1990年秋,遵台北老友冯国璘嘱,于西安版《唐音阁吟稿》后增入1988年冬天以后所作诗词数十首,前面增入刘君惠、程千帆两先生的序,编成《唐音阁诗词集》,于1991年3月在台北出版。直行繁体,分平装、精装两种,纸张、排印、装帧都相当精美,由国璘题签,后面有蒸民、国璘的两篇跋。此书印数较多,但主要发行于台湾及海外,寄我者仅百余册,分赠亲友,未能在大陆广泛流布。数年来函索者甚众,愧无以应;而《唐音阁吟稿》也脱销已久了。因此,不少诗友建议重新编印,以便交流,我也有这种想法。只由于岗位工作太忙,而出这种书,还得自筹资金,所以迟迟没有动手。今年暑假,河北教育出版社送来他们的《编辑构想》,提出他们"以弘扬民族精神、积累文化遗产为己任,致力于挖掘、整理优秀民族文化遗产,重点出版一批二十世纪学术经典著作,并逐渐形成规模"。根据这一构思,要为我出一本《影记》和一套文集,不仅不要我出钱,而且还付稿酬,这真使我大喜过望。经过商量,文集包括《论文集》、《诗词集》、《鉴赏集》、《随笔集》和《译诗集》五种,立即签订了出版合同。短期内要编出六本书,就得争分夺秒,日夜兼程,这本《唐音阁诗词集》,也就很快编出来了。

　　解放前所作,因"文革"抄家丢失过半,前几年从旧报刊上找到一篇五古,九首七律,这次按写作时间补入适当位置。《唐音阁吟稿》出版后近十年来所作,全部编入。从1937年秋至1998年秋,共收诗词九百一十八首,附赋、楹联和四言诗体祭文。

　　继钱钟联、刘君惠、程千帆三先生赐序之后,远在美国的成应求先生又赐寄序文,谨按赐序时间先后编于集前。

　　我在南京中央大学学习期间,课余参加青溪诗社和白门雅集,常有诗词发表于《泱泱》、《今代诗坛》、《饮河》、《陇铎》等报刊,所以老师和其他前辈诗人多有赠诗。中经浩劫,所剩无几,弥足珍贵,谨编于《师友题咏》的开头。改革开放以来，特别是《唐音阁吟稿》和台北版《唐音阁诗词集》出版以来，海内外诗友赠诗者不少，可惜未能逐一抄录保存，信札堆积如山，无法一一查找，只能将已经找出者按时间先后编入《师友题咏》以见交谊。

日本的棚桥篁峰先生作为亚洲文化国际交流会会长和日中友好汉诗协会理事长，近十多年来访问中国六十多次，对中日友好和中日汉诗交流卓有贡献。他最近来西安，看了我刚编好的这本诗词集，热情地写了跋。跋中颇有揄扬过当之处，我实在不敢承当。但考虑到整篇跋文主要体现了深厚的中日友好情谊和对于汉诗的热爱，所以仍尊重棚桥先生的意愿，编于集后。

近十多年来，不少诗友就诗词"革新"发表了很多意见，我也讲过自己的看法。落实到创作实践上，第一，我尽量避免用典、特别是僻典；第二，力求融铸现代词语入诗；第三，逐渐根据《诗韵新编》押今韵，如果把我近十多年来的诗词和解放前的作品相对比，许多老专家、老诗人肯定认为大大退步了！而在激进的改革派看来，则还是相当保守的。

我始终强调：诗词的创新，应从内容和形式两方面入手。题材新，观念新，感情新，语言新，艺术技巧和表现方法、表现角度新，总之，从内容和形式的完美结合中创造出崭新的意境，这才算创新之作。当然还有音韵谐美的问题。中华诗词不管如何"革新"，它独具魅力的音乐美不能削弱，更不能抛弃。我在《唐音阁吟稿·后记》里说过："既吸取唐诗的音乐美，又唱出时代的最强音，这是应该追求的理想境界。"

我虽然对诗词创新有自己的见解和追求，但经常局限在校园里埋头于岗位工作，未能深入广阔的社会生活以吸取关乎国计民生的重大题材，只是在出外开会或讲学时大家作诗，也跟着作几首。因此，我追求的目标始终未能企及。老实说，我带着诗词创新的追求每晚看中央电视台的"焦点访谈"，深感惭愧；甚至读古人的某些诗，比如读杜甫的"三吏"、"三别"、《北征》、《咏怀五百字》和白居易的《轻肥》、《宿紫阁山北村》、《卖炭翁》、《杜陵叟》等等，也深感惭愧。

1997年12月28日写于唐音阁

《唐音阁随笔集》跋

我把散见于各报刊的有关文章搜集起来,略加筛选、归类,姑名之曰《唐音阁随笔集》。

一个人能够成长,离不开老师的教育和尊长的提携。十年"文革",学生斗老师,晚辈斗尊长,贻害无穷。如今提倡尊师重教,敬长爱幼,揭发、批斗之类的"革命"行动没有了,但师生关系、长幼关系、所有人与人之间的关系,还不都是亲密无间的。要彻底改变世风,还须从多方面努力。我把几篇怀念师长的文章编在前面,不知能否产生一点积极影响。

60年代初,由于贯彻"八字方针",政治环境略显宽松,《陕西日报》、《西安晚报》为我辟了《诗海一瓢》、《奋勉集》、《长安诗话》三个专栏,《光明日报·东风》也发表了我的《谈蚊》、《谈虎》、《枣树的赞歌》等文。这一切,当时都颇受好评,而在"文革"中,却都成了"三反"罪证。《奋勉集》1964年由天津人民出版社以《古人勤学故事》的书名出版,多次重印,这里不收;《谈虎》作为《打虎的故事》前言,1962年由少年儿童出版社出版,多次重印,这里不收;《诗海一瓢》发表的都是赏析文章,这里也不收。《长安诗话》和《谈蚊》等都收进来了,请大家看看那是不是"毒章"?可惜当时对号入座的"革命"急先锋有一些已与秋后的"蚊子"同归于尽,看不到这本集子了。

改革开放以来,拨乱反正,万象更新,学术文化事业日益繁荣。"文化热"、"诗词热"、"书画热"、"鉴赏热"不断升温,诗词集、书画集以及各类学术著作纷纷面世,这样那样的学会工作也蓬勃开展,真可谓盛况空前。我刚从牛棚里放出来就躬逢其盛,热情参与。"文化撷英"、"谈书论画"、"诗艺杂谈"、"鉴赏漫议"、"诗赛纪盛"、"学会献辞"、"诗联序跋"、"杂著序言"等栏目所收的各类文章,便是在这种情况下写出来的。文章很"杂",却正好从多方面展现了百花齐放、万卉争荣的学术文化春天。

从50年代至今,我出版了二十多种学术专著,主编了三十多种书籍,大都有序有跋。除了篇幅过长、类似学术论文者而外,选收了十多个短篇编为"自序自跋",可以约略窥见我的人生遭遇和学术经历。

自1986年以来,我作为国务院学位委员会评聘的博士生导师,培养了一批又一批品学兼优的中国古代文学博士,有的已评为博士生导师,有的出国讲学,其他也都是高校教学科研骨干和学科带头人。他们的学位论文,都是三四十万字的学术专著,有七部被选入台湾文津出版社的《大陆地区博士论文丛刊》,发行海内外;其他也多已出版,反响颇佳。这些学位论文,大多数我都写了序,这里选收八篇。

应报刊之约写了几篇谈治学的文章,也收在这里。

1947年前后,我在南京《和平日报》为我开辟的《敏求斋随笔》专栏发表了上百篇短文,前些年复印到一部分。当时也写文艺性随笔,其中的《旅途纪历》也复印到了。前者为了节省篇幅,是用文言写的;后者则是白话文。现在附在这本集子后面(前者改题"课余随笔"),用以纪念我终生难忘的大学生活。

1999年冬写于唐音阁

《唐音阁鉴赏集》跋

我从幼年开始,即在家父的指导下习作诗词古文。从习作的目的出发读诗词古文,首先要求对所读的作品从遣词、造句到章法、意境有透彻的理解,但这却是很难做到的。前人的各种选本有评语、有圈点,可以从中得到启发,但一般语焉不详,无助于透彻地理解全篇作品。直到在南京中央大学跟陈匪石先生学词的时候,这问题才得到解决。陈先生讲两宋词,以他的《宋词举》为课本,其中的每首词后,都有"论词","详述其作法家数与夫命意用笔之方、造境行气之概、运典铸词之略",使读者不仅"知其然",而且"知其所以然"。读这个课本,已有豁然贯通之乐。更何况,陈先生在课堂里讲授时对句法、章法的解析,对炼字、炼句、炼意的说明,对整个词境的阐发,都远远超出了课本中《论词》的范围。听完陈先生讲授的五十来首词,我由此及彼,举一反三,对诗词古文的理解能力和鉴赏水平都大大地提高了。创作,是与鉴赏相辅相成、互相促进的。因此,从这时起,我的诗词古文创作水平,也相应地得到了提高。

大学毕业后长期在高校任教,中国古代文学,是我多年担任的课程之一。根据我自己的经验和体会,深知熟读、读懂数百篇诗词古文名篇,是学好中国古代文学的必备条件;而要彻底读懂,却并不那么容易。于是学习陈先生写"论词"的办法,对选讲的作品写解析、鉴赏性的讲稿。从五十年代初到"文革"前夕,讲稿中的大部分油印散发给同学,又从中选出一部分经过加工,在校内外的报刊上发表、在中央广播电台广播(广播稿收入《阅读与欣赏》)。因此,粉碎"四人帮"不久,人民文学出版社便提出要为我出一本鉴赏集。我把"文革"前发表过的关于唐宋诗文的赏析文章收集起来,又补写二十多篇,编为《唐宋诗文鉴赏举隅》,1981年交稿,1984年初出版,印50000册,此后数次重印。此时全国兴起鉴赏热,我应邀担任许多鉴赏辞典的领衔撰稿人(上海辞书出版社《唐诗鉴赏辞典》、《宋诗鉴赏辞典》等)、顾问、主编,又撰写了不少鉴赏文章。现在把这些文章搜集起来略加筛选,编了这本《唐音阁鉴赏集》。

在"四人帮"毁灭传统文化、实行愚民政策之后，随着"拨乱反正"、改革开放的春风吹拂，出现了古典文学特别是古典诗歌的鉴赏热，有关书籍畅销全国，表明广大读者迫切需要从祖国文艺宝库的无数珍品中发掘精神财富，吸取心灵营养，这实在是令人振奋的可喜现象。当然，这一类书愈出愈多，执笔者水平不一，甚至出现辗转抄袭的现象，无疑是一种缺失。但有些以古典文学研究专家自炫的人其实还读不懂作品，却公然鄙薄鉴赏，给鉴赏热泼冷水，则是令人深感遗憾的。

文学鉴赏，在整个文学活动系统中占有极其重要的地位，不容忽视。所谓"文学活动系统"，是由生活、作家、作品、读者四个相互关联的要素构成的。作家从激动过他的社会生活中吸取素材和灵感，创造出文学作品，为人们提供了精神财富。然而不言而喻，不管这作品如何杰出，如果无人理睬，那就毫无意义。大家知道，文艺作品之所以可贵，在于它有审美价值和社会作用。但这一切都不过是一种"潜能"，不可能"自动地"实现。要实现，必须通过读者的阅读、理解和鉴赏。从文学表现社会生活并反作用于社会生活的全过程来看：表现社会生活的过程是通过作家的艺术创造完成的；反作用于社会生活的过程，则是通过读者的艺术鉴赏完成的。文艺作品只有通过文艺鉴赏，才能使读者沉浸于美的享受中，陶冶性情，开拓视野，提高精神境界，文学作品"潜在的"智育、德育、美育作用，才能得到实现和发挥。

文艺鉴赏的意义还不仅如此。对于作家来说，常常从文艺鉴赏反馈的信息中领悟到更高层次的审美情趣和审美理想，从而反思自己的成败得失，把此后的创作推进到新的领域。

高水平的鉴赏必须建立在对作品本身以及作家经历、社会背景等等彻底了解的基础之上，因此，史料、版本、校勘、训诂、考证以及各种相关问题的研究等等，都是非常必要的。然而归根结蒂，这一切，其作用都在有助于对文艺作品的理解和鉴赏，使其"潜在的"社会功能得以充分实现，并指导创作。这是一个方面。另一个方面，对作品的理解还不等于高水平的鉴赏。文艺鉴赏，乃是一种艺术的再创造，而不是对作品内容的刻板复述。文艺作品所描绘、所叙述的一切有其确定性的一面，这种确定性的东西愈是显而易见，读者的鉴赏就愈有一致性。正因为这样，古今中外的名作才能被不同时代、不同民族的读者共同欣赏。然而一切优秀的文艺作品都具有含蓄美，用接受美学的术语说，就是都具有"意义不确定性"和"意义空白"。鉴赏家的艺术再创造，就在于从作品实际出发,凭借自己的艺术敏感和审美经验,调动所有的生活阅历和知识库存,驰骋联想和想象,细致入微地阐明作品的象征、隐喻、暗示和含而未露、蓄而待发的种种内容与含意,并补充其"空白",突现其隐秘,甚至发掘出作者本人压根儿没有意识到的东西。当然,鉴赏者的这些阐明、补充和发掘,即使有一些是作者未曾意识到的,却应该是符合作品的客观意义的。在这里,应该坚决反对的是主观随意性。

对文艺作品能否鉴赏和鉴赏水平的高低,取决于鉴赏者的主体条件。刘勰在《文心雕龙·知音》的开头便慨叹"知音其难哉"!马克思在《1844年经济学——哲学手稿》则说"对于不辨音律的耳朵说来,最美的音乐也毫无意义,音乐对他说来不是对象,因为我们的对象只能是我们的本质力量之一的确证"。因此,刘勰强调"操千曲而后晓声",马克思则指出"如果你想得到艺术的享受,你本身就必须是一个有艺术修养的人"。

鉴赏文学作品,当然需要懂得文艺学、语言学、心理学、哲学和文学发展史;鉴赏古典诗词,还得通晓历史、地理、音韵、训诂、考据、书法、绘画乃至宗教、民俗;而通过长期精读名作培养起来的艺术敏感和通过亲身的、长期的创作实践积累起来的心得体会,往往能在鉴赏作品时迅速地透过外在形态而把握其内在意境,捕捉其象外之象、言外之意、弦外之音,而确切的审美判断,即寓于无穷的艺术享受之中。

由此可见,高层次的文学鉴赏并非一蹴可及,然而又并非高不可攀。鉴赏水平较低的读者在扩大知识领域、加强文艺素养的同时,结合高质量的鉴赏文章精读名作,日积月累,就会不断提高自己的鉴赏水平。

这个集子收入一百六十五篇鉴赏文章。其中发表于"文革"前和80年代初而收入《唐宋诗文鉴赏举隅》的六十六篇,其中不同于前人和今人的考证、训诂和对整个作品的阐释,已得到广泛的认同,其中引用的对阐释作品有决定意义的材料而为前人和今人所忽视的,已被普遍引用,这是使我深感欣慰的。此后发表的上百篇鉴赏文章,有朋友向我反映"一再被人抄袭",对此我也深感欣慰,这因为"抄袭"的前提也是认同。假如人家不同意我的鉴赏,瞧不起我的文章,还"抄袭"它干什么?

下面就《唐宋诗文鉴赏举隅》所收的文章举几个例子。

白居易《买花》前面的"灼灼百朵红,戋戋五束素",乃结尾"一丛深色花,十户中人赋"的伏笔,在章法上起重要作用。但中学语文课本和许多选本都把

"戋戋"解为"微少",把"五束素"解为"五把白牡丹",使"一丛深色花,十户中人赋"失掉根据,无法讲通。我在文章中另作训诂。《易·贲卦》:"束帛戋戋。"按旧注:束帛,"五匹帛";戋戋,"众多也"。白诗"戋戋五束素",显然从此化出,"素",也就是"帛",或者"绢"。"一束"是"五匹","五束"就是二十五匹。《新唐书·食货志》云:"自初定两税时,钱轻货重……绢匹为钱三千二百。"白居易作此诗时正是"初定两税时",一匹绢价值三千二百,则二十五匹绢的价值便是八万。与白居易同时的李肇在《国史补》(卷中)里说:"京城贵游尚牡丹三十余年矣……一本有值数万者。"可证白居易的这两句诗是写实。当时长安崇尚红牡丹,故"灼灼百朵红"的价值是"戋戋五束素"。结尾的"一丛深色花"上承"灼灼百朵红",而"十户中人赋"则上承"戋戋五束素",可谓针线细密,章法谨严。此后选注或鉴赏这首诗的专家,已多数采用了我的解释,还有一本《训诂学》专著引用我这篇文章对"戋戋五束素"的解释,赞为"结合上下文进行训诂范例"。

又如范仲淹的《岳阳楼记》,今人赞扬"先天下之忧而忧,后天下之乐而乐",前人则指责作者把"记"写成"论",不合体裁。那么作者为什么要这样写,即作者的创作动机和意图是什么呢?却还没有人探讨过。我为此查阅了不少书,终于找到北宋范公偁在《过庭录》里所记的一条材料:

> 滕子京负大才,为众所嫉。自庆帅谪巴陵,愤郁颇见辞色。文正(范仲淹)与之同年友善,爱其才,恐后贻祸;然滕豪迈自负,罕受人言,正患无隙以规之。子京忽以书抵文正,求《岳阳楼记》,故记中云:"不以物喜,不以己悲","先天下之忧而忧,后天下之乐而乐",其意盖有在矣。

同时又找到南宋周煇《清波杂志》、晚明袁中道《珂雪文集》及《岳州府志》的类似记载,从而对《岳阳楼记》有了较透彻的理解,写了《谈〈岳阳楼记〉》一文,发表于1961年7月23日《光明日报·文学遗产》,收入百花文艺出版社1964年出版的《笔谈散文》。此后鉴赏或评论这篇文章的专家,大都引用了我引过的材料。

韩愈的《送董邵南游河北序》是一篇历来古文选本都选了的名文,却很难讲透。我写的《说韩愈〈送董邵南游河北序〉》(收入陕西师大《科学研究论文选辑》1964年卷)经过分析,认为这篇文章的主旨是"词唯心否,明送实留",从句到段到篇,都得到合理的解释。此后有人讲这篇文章,写出了鸿篇巨制,但不过是对我的讲法大加发挥,别无新意。

我通过多年讲课,觉察杜甫的《石壕吏》用了以答见问的表现方法,再注意其他作品,认为贾岛的《寻隐者不遇》也用了这种方法,而且比较明显。"文革"中,红卫兵多次抄家、提审,对《石壕吏》从答话中暗示问话的表现方法体会更深,因而粉碎"四人帮"后写了《杜甫〈石壕吏〉赏析》一文,用"藏问于答"四字概括了杜甫独辟蹊径的表现方法。文中在提出"'吏呼一何怒,妇啼一何苦'不仅发生在事件的开头,而且持续到事件的结尾"的论断之后,即分析"老妪"的"致词"并不是一口气说完的,而是吏的多次"怒呼"逼出来的。作者为了节省文字,只写了妇答,而吏问的内容,已在妇答中作了暗示。接着又引了贾岛的《寻隐者不遇》作为旁证:"只说'问童子',没有说问了些什么,而问的内容却从童子的回答中暗示出来。童子回答说他的老师采药去了,可见那省去的问话是:'你的老师干什么去了?'诗的三、四句还暗示出诗人又省去了一句问话:'上哪儿采药去了?'如果没有这一问,为什么会有'只在此山中,云深不知处'的回答呢?"

这篇文章以《藏问于答,独辟蹊径》为题发表于《陕西师大学报》1980年第1期,收入人民文学出版社1981年出版的《唐诗鉴赏集》,山西《名作欣赏》1981年第2期转载,中央广播电台广播后收入《阅读与欣赏》第6册。此后,不仅谈《石壕吏》、《寻隐者不遇》的学者们接受了我的分析,而且"藏问于答"这一提法,也见于某些文章和专著。

罗宗强教授以《研究、还原、再创造》为题,写过一篇评论《唐宋诗文鉴赏举隅》的文章,载人民文学出版社1985年出版的《中国古典文学论丛》第三辑,其中举例谈到拙著中的若干"新创"之处。这些"新创"也为广大读者所认同。

从主观上说,我写每一篇鉴赏文章都力求有点"新创";但从客观上说,是不是真的都有"新创",这"新创"是不是都能为专家们和广大读者所认同,则需要经过时间的考验。这本集子收入的一百六十五篇鉴赏文章如果都在客观上多少有些新意,且能为大家所认同,我当然很高兴。如果有专家善意地指出某些不足之处,甚至指出我自以为"新创"的东西其实缺乏根据、不能成立,我也会感到十分高兴。学问永无止境,知其不足,知其谬误,才能继续前进。

1998年12月8日于唐音阁

《唐音阁译诗集》跋

我在抗日战争期间上中学的时候,既作新诗,也作旧体诗,都在当时的报刊上发表过。从上大学开始,则只作旧体诗,却仍然读新诗,并关注新诗创作的发展动向。40年代末至50年代前期,我在高等学校里主要讲授古典诗歌,但也讲过现代诗歌(新诗)。从古典诗歌到现代诗歌,这中间有继承革新,也有发展变化。为了通过切身的艺术体验领会从古典诗歌到现代诗歌的发展变化,从而探索继承与革新的关系问题,我试图作一点古诗今译的工作。同时,关于现代诗歌的民族形式问题、包括"建行"问题等等,当时大家都很关心,开展过几次讨论。这也使我想到:按照尽可能忠实于原作的原则,用现代汉语翻译古典诗歌,也许会提供可资借鉴的东西。还有,中国古典诗歌特别是唐诗,享有崇高的世界声誉;但能阅读原作的外国读者并不多,需要翻译。一位有志于翻译唐诗的外国朋友曾经对我说:如果把原作用现代汉语翻译过来,那么再用外语翻译,就容易得多。至于国内初学古典诗歌的广大读者,倘若把原作和今译相对照,也易于理解和接受。基于这样一些考虑,我零零星星地翻译唐诗。李白、杜甫、王维的名作,都译过一些。白居易的诗译得较多,共计一百来篇,因而附上原作及注释,编为《白居易诗选译》,于1956年交百花文艺出版社出版。1959年第一次印刷15000册,不久销售一空,后来又多次重印,看来还颇受读者欢迎。古典诗歌中的《诗经》和《楚辞》,对现代的读者文字障碍较大,所以早有人着手今译。而今译唐诗,并且把某一家的诗选译百首结集出版,我大概是起步最早的。

经过"文革"抄家,我在50年代今译的王维、李白和杜甫的一些诗,基本散失了。杜甫的《自京赴奉先县咏怀五百字》今译,从早年印发给学生的讲义中找到了,已收入人民文学出版社1987年出版的《唐诗今译集》。

改革开放以来,教学科研工作相当忙。稍有空隙,或者作几首旧体诗,或者搞一点唐诗今译,想继《白居易诗选译》之后,再搞《王维诗选译》、《李白诗选译》、《杜甫诗选译》、《李商隐诗选译》,等等。由于"空隙"实在太少,这几家的诗都译了一些,但都数量不多,不足以分别结集出版。承河北教育出版社厚爱,要为我出一本《唐音阁译诗集》,因而又赶译了若干篇,和原来的《白居易诗选译》合在一起,编成这个集子。

唐代是诗歌体裁、题材、风格百花齐放的时代。就体裁(样式)说,可分为古体、近体两大类。古体诗包括五古、七古、乐府、歌行等等,有齐言体,也有杂言体。近体诗包括五绝、七绝、五律、七律,等等,都是齐言。古体诗并无固定的平仄、对偶,每篇可长可短,用韵较宽,可一韵到底,也可随时换韵,是比较自由的。其中的杂言体,每篇各句,长短错杂,短至一字,长到十字以上,如李白的《蜀道难》、《梦游天姥吟留别》,杜甫的《茅屋为秋风所破歌》、《短歌行赠王郎司直》,都随意抒写,毫无限制,可以说是我国传统诗歌中的自由诗。至于近体诗,则句有定字,篇有定句,讲究平仄、对仗和用韵,是十分精美的、严格意义上的格律诗。各种诗体各有优势,适于表现不同题材,形成不同风格。王维、李白、杜甫、白居易、李商隐都是兼工众体的大家,杜甫尤其如此,被尊为诗王、诗圣。对王维、李商隐的诗,译得很少,无法照顾全面。李白的诗译得稍多,杜甫、白居易的诗,则译得更多一些,所以力求兼顾各体;但所译篇数毕竟有限,仍未能体现他们在各体诗创作中所开辟的广阔天地。

经过长时期的实践,我深感古诗今译也是一种艺术的再创作。译一首诗,往往比自己作一首诗还要费脑筋。这因为自己作诗,可以自由地遣词造句、驰骋想象,而译诗呢,既要把前人的作品译成"诗",又不能远离原作,随意挥洒。

译每一首诗都押韵,都力求体现其特定的情思、意境和神韵,这是我译各体诗的共同追求。但各体诗各有特点,译诗也不能忽视这些特点。大致说来,译古体诗中的齐言诗,既力求节奏和谐,又力求句式整齐或大体整齐,以体现原作的均齐感;译古体诗中的杂言诗,则句式长短综错,以体现原作的情感波涛和起伏变化的气势。至于译近体诗中的律诗,原作的一整套平仄声调,当然不能照搬,但必须注意节奏的抑扬顿挫;偶句押韵,一韵到底,中间两联讲究对仗的特点,我也力求保持,从而尽可能体现这种精美的格律诗的独特风貌。

律诗的中间两联如果译成对偶句,那么每联的字数也就相等。在此基础上精心琢磨,全篇诗就有可能译成齐言诗或大致的齐言诗。比如白居易的《秋思》,前三联都讲对仗:"夕照红于烧,晴空碧胜蓝。兽形云不一,弓势月初三。雁思来天北,砧愁满水南。萧条秋气味,未老已深谙。"我的译诗是:

> 一轮落日,烈火般的红艳,
> 万里晴空,大海般的澄蓝。
> 稀疏的云朵,像野兽游荡,
> 初三的月儿,像玉弓高悬。
> 雁群飞过天际,引人遐思,
> 砧声响彻水边,惹人愁烦。
> 多么萧条啊,这深秋的气味!
> 已经尝够了,虽然未到老年。

白居易的齐言诗,有不少篇译为齐言。现在看来,有得也有失;其失在于难免受拘束,译得不够活泼、自然。近十多年来的译诗颇注意"搞活"、"开放":律诗中的对偶句,译诗不一定全都对偶,有时还将一句译成两句;当然,大多数还是以对偶句译对偶句,互成对偶的两句自然字数相等,但这一联与那一联,则不强求字数相同。不强求而自然译成齐言诗的情况也是有的,例如杜甫的《江上》,原诗是:"江上日多雨,萧萧荆楚秋。高风下木叶,永夜揽貂裘。勋业频看镜,行藏独倚楼。时危思报主,衰谢不能休。"我译为:

> 长江边上,连日来阴雨不收,
> 萧条秋意,弥漫于整个夔州。
> 急风吹过,树叶子纷纷飘坠,
> 深夜不寐,寒灯前紧裹貂裘。
> 建功立业的渴望,频看明镜。
> 被用被弃的焦虑,独倚高楼。
> 时局艰危,老想着报效君主,
> 多病体衰,却仍然不肯罢休。

律诗,由于句有定字,篇有定句,一首五律不过四十个字,一首七律不过五十六个字,所以力求言外见意。一联如此,整篇诗亦如此。而这些言外之意,一般读者是很难把握的,所以译诗应尽可能译出言外之意,或引导、启发读者了解原作的言外之意。就一联说,如李白《送友人》中的"浮云游子意,落日故人情"就相当含蓄,我译为:

>   天际浮云，触发了游子飘飘无定的愁绪，
>
>   山巅落日，凝聚着故人恋恋不舍的深情。

杜甫《江汉》中的"片云天共远，永夜月同孤"也字少意多，我译为：

>   天边的片云跟我的行踪一般遥远，
>
>   夜深的明月与我的处境同样孤独。

这样译，我想对读者充分理解原诗的蕴涵可能有些帮助。就全首诗说，如李白的《送友人入蜀》：

>   见说蚕丛路，崎岖不易行。
>   山从人面起，云傍马头生。
>   芳树笼秦栈，春流绕蜀城。
>   升沉应已定，不必问君平。

我的译诗是这样的：

>   听说入蜀的道路崎岖难行，
>   朋友啊，你可得多加小心！
>   山，突然从人面前耸起，
>   云，不断在马头旁飘动。
>   祝愿你走完芳树笼盖的栈道，
>   平安地到达春水环绕的蜀城，
>   至于富贵还是贫贱，大概已成定局，
>   就不必找严君平占卜算命。

原诗前四句以写蜀道奇险出名，但送友人入蜀，为什么要强调蜀道"崎岖不易行"呢？我把原诗的头两句合为一句，加了一句："朋友啊，你可得多加小心！"我认为这不是"添足"，而是译出了言外之意。原诗五、六两句在全篇中起什么作用，看了我的翻译，也就比较清楚了。

译绝句更难。一种情况是:原诗明白如话,却风神摇曳,韵味无穷。而要译出那韵味来,就实在难于措辞。如李白的《哭宣城善酿纪叟》:

纪叟黄泉里,还应酿老春。
夜台无李白,沽酒与何人?

我是这样翻译的:

纪老啊!你到了阴间,
大概还在酿酒,自负盈亏。
可是,
阴间没有李白,
你酿出好酒,
卖给谁?

另一种情况是:原作气势雄伟,激情喷涌,也很难在译诗中得到完美的表现。例如李白的《横江词》其六:

月晕天风雾不开,海鲸东蹙百川回。
惊波一起三山动,公无渡河归去来!

我的译诗是:

月晕风急,弥天大雾不肯散开。
凶恶的鲸鱼,
把入海的百川统统赶回。
受惊的波浪,
把三山直打得摇摇摆摆。
你切莫渡河啊!
赶快回来!赶快回来!

更多的情况是:或言不尽意,或含而不露,或大幅度跳跃。必须彻底弄懂原诗,才能进行艺术再创作。例如李商隐的《谒山》:

从来系日乏长绳,水去云回恨不胜。
欲就麻姑买沧海,一杯春露冷如冰!

我译为:

谁都想拴住太阳,永葆青春,
可是从哪里去找这样的长绳!
只恨那白云归山,流水东去,
时光也跟着消失得无影无踪。
我想从麻姑手里买来沧海,
而那沧海——
一转眼就变成一杯春露,冷得像冰!

中国古典诗歌由于具有含蓄、凝练、富于联想和想象等艺术特点,解释尚感困难,因而有"诗无达诂"的说法。要准确地翻译而不损失原作的韵味,几乎是不可能的。尤其是唐诗中的佳作,象外有象,言外有意,弦外有音,味外有味,是那样的情韵悠扬,动人心魄,不论是用外语翻译还是用现代汉语翻译,都吃力不讨好。可是,客观上又需要翻译,我因而干了这种吃力不讨好的事,而且还想继续干下去。

1999 年元月 28 日写于唐音阁

《唐音阁论文集》跋

从 50 年代初期以来所发表的评论文章中选出二十八篇,编成这本集子。

50 年代初至"文革"前夕,我主要讲授文艺学、中国古代文论和中国古典文学。围绕教学,写作、发表了几十篇文章,这里选收了《试论形象思维》、《诗的形象与诗人》、《论嵇康》、《尺幅万里——杜诗艺术漫谈》、《西昆派与王禹偁》、《论苏舜钦的文学创作》、《论梅尧臣诗歌题材、风格的多样性》、《谈〈儒林外史〉》、《论〈西厢记〉的戏剧冲突》、《论赵翼的〈瓯北诗话〉》、《评新版〈西厢记〉的版本和注释》。

文学艺术创作离不开形象思维,现在已是人们的常识;但在改革开放以前,形象思维却是一个禁区。我在 50 年代中期发表了《试论形象思维》,闯了这个禁区,因而立即激起极大反响,"文革"初更被《红旗》点名,陷我于灭顶之灾,几乎送掉性命。收入这篇文章和粉碎"四人帮"后发表的《重谈形象思维》,不单纯是为了回顾历史,主要是为了赞颂党的十一届三中全会"拨乱反正"的伟大功勋。

50 年代前期,高校文科的中国古典文学课程课时极少,大量作品无暇涉及,也不敢涉及;而元明清戏曲小说中的代表作,则被认为有"人民性"和"现实主义精神",可以有选择、有批判地讲。当时我正担任元明清文学教学,因而对《水浒传》、《三国演义》、《西游记》、《儒林外史》和《红楼梦》等都发表过论文,还出版了一本《〈西厢记〉简说》。因为受历史条件的限制,这些东西在现在看来都缺乏学术深度。然而这是解放后试图用新观念评论古典戏曲小说的第一批文章,所以在当时和稍后读者颇多,有一定影响。这里收入了关于《儒林外史》和《西厢记》的三篇文章以见一斑。王季思先生是我的老学长,1953年出版的《西厢记》,校注精审,是他多年来研究成果的结晶。我读到后写了一篇《评新版〈西厢记〉的版本和注释》给予肯定,并提出了一些个人看法,其中对"一弄儿"、"撒和"等词的解释,得到元曲研究者的认同。

50年代,学术界对宋诗、宋词除肯定陆游、辛弃疾的少数作品而外,其他都未给予应有的重视,对宋代散文更少提及。因此,我很想写一部宋代文学史,但在发表了三篇文章之后,"批判'厚古薄今'运动"已经展开,我首当其冲,只好搁笔。但这三篇,却是解放后国内最早发表的评论王禹偁、苏舜钦和梅尧臣文学创作的文章,起了抛砖引玉的作用,故一并收入。

　　我讲中国古代文论课的几个学期,结合备课,对《溟南诗话》、《瓯北诗话》、《原诗》、《说诗晬语》等几种重要的诗论专著进行校勘、标点和注释,撰写了长篇前言,由人民文学出版社出版。几篇前言作为单篇论文,发表于《文学遗产》和《〈文学遗产〉增刊》。这几种诗论校注对中国古代文论的研究者提供了方便,专家认为:"我国学术界对《原诗》等的研究,是从霍松林先生的校注本问世之后开始起步的。"(1991年7月18日《人民日报》海外版《评〈诗源·诗美〉》)这里选收了《论赵翼的〈瓯北诗话〉》。

　　其他各篇,都是改革开放以来撰写的,就用不着解释了。

　　文章大致上分类排列,篇末注明发表的时间和刊物。

1998年11月28日写于唐音阁

《霍松林影记》序

从呱呱坠地到现在，已经送走了七十八个春秋，垂垂老矣。这期间，我个人的"业绩"不过是读书、教书兼写书，平凡得很。然而世界风云千变万化，极不平凡，中华民族反专制、反侵略、反饥饿、反愚昧、反落后的艰苦斗争极不平凡，所经历的曲折动乱、暴风骤雨、拨乱反正、改革开放，更不平凡。在极不平凡的大环境里，本来很平凡的读书、教书、写书生涯，也就变得并不那么平凡了。因此，自从"传记热"兴起以来，就不断有朋友劝我写自传。我本来是民间歇后语所嘲笑的这么一种人："蚂蚁掉进磨眼里——有千条路想走！"一听人劝，就跃跃欲试；可是老挤不出时间。更何况，即使写出来，谁给我出版！自己掏腰包吗？我又不是"屁股一扭挣大钱"的歌星。

没有想到，天上忽然掉下个大馅饼；而且，不左不右，恰好掉进我嘴里。两个月前的一个月明之夜，河北教育出版社的张子康先生拿着《图书出版合同》光临寒舍，说他们为了从更宽广的角度展示二十世纪中国文化风貌，决定出一套《文化人影记丛书》，特来向我约稿。我当然喜出望外，立即签了合同。在高效率完成岗位工作的同时加班加点，双休日不休息，夜间少睡觉，不到五十天，就编写出一本《影记》。

我原来构想的自传，不仅要写出我的家学渊源、人生经历、治学道路、教学心得、创作甘苦、心路历程等等，还企图通过这一切折射出近百年来的时代面貌、社会沧桑和民族文化的嬗变。与这种构想相比，这本《影记》当然太简略了。然而原来构想的自传只是文字性的东西，这本影记里却有五十多张照片，直观性很强。同时，有了这本《影记》，以后如果真有时间写自传，也就容易得多。

河北教育出版社不惜巨资，编印这部《影记》丛书，是对社会做出的极大贡献，谨致以崇高的敬意。我有幸被列为传主之一，谨致以诚挚的谢意。

1999 年 8 月写于陕西师大文研所

《新中国诗词大观》序

中华诗歌的突出特点是"情景交融"、"声情并茂",具有情景美和音乐美;其中的近体诗和词,还有对偶美和辞采美。它不是从异国移植过来的,而是在表现中华民族特性、歌唱中华儿女致富图强的漫长岁月中发展、完善起来的。因此,它扎根于中华文化和中华儿女的心灵深处,与中华民族同在。"五四"新文学运动以后,传统诗词尽管被划归"旧文学"而受到歧视,却仍然有不少人用传统诗词样式进行创作,并且涌现了若干名家、大家。毛泽东虽然讲过"旧体诗不宜在青年中提倡"的话,但他自己照样作诗填词,而且理直气壮地说:"旧体诗要发展,要改革,一万年也打不倒。"正因为这样,所以"拨乱反正"以来,"诗词热"勃然兴起,随着改革开放的春风吹遍神州大地。

国运昌,诗运隆。在党的"双百"方针和"二为"方向指引下,中华诗词学会和各地诗词组织扬风倡雅,办笔会,出诗刊;许多老年大学也讲授诗词格律,批改习作。在近二十年间,诗词作者和诗词作品的数量之多,堪称"史无前例"。当然,正如许多评论家所指出:数量不等于质量,热闹不等于繁荣。但从中华诗词学会等单位举办的多次全国性诗词大赛看,不仅创作队伍不断扩大,而且创作水平也不断提高。

北京文华图书编著中心策划组编的《新中国诗词大观》在《中华诗词》等报刊刊出征稿启事以后,得到了全国诗词界的热烈响应和大力支持,各地不少诗词组织或在有关报刊转登征稿启事,或集体应征。征稿历时一年,共收到诗词两万八千余首。经过几个月的紧张编选,已选定一万余首,并已定稿付排。这是新中国、特别是新时期诗词园林百花齐放的又一硕果,值得庆贺。

诗词作品的结集,通常有两种形式。一种是"求全",比如《全唐诗》、《全宋词》等等,都是尽可能"求全"的;如果开始编出来的还不够"全",那就不断会有人"补"。另一种是"求精",比如孙洙的《唐诗三百首》、陈匪石的《宋词举》、龙榆生的《唐宋名家词选》、高步瀛的《唐宋诗举要》等等,都是尽可能求精的;由于选家的审美观点各异,因而以求精为宗旨的各种选本,便层出不穷。

这部《新中国诗词大观》,可以说既想"求全",又想"求精"。作者逾千,作品逾万,虽然还谈不上"全",但基本上可以展示新中国的吟坛盛况和创作阵容。选诗数量如此庞大,怎能首首皆"精"！但所谓"精",也是相对而言的。数以千计的作者,其造诣高下悬殊;数以万计的作品,其质量差距颇大;但尽可能选出了每一位作者的佳作,既足以展示不同作者的水平,也足以展示新中国诗词创作的整体水平。

当这部《新中国诗词大观》奉献于读者面前的时候,新世纪已经来临。祝愿中华吟友迎着新世纪的朝阳阔步前进,善于学习,勇于开拓,以新的观念、新的感情绘新现实之长卷,谱新时代之强音,继唐诗宋词之后,再创辉煌。

2000 年 10 月 28 日写于唐音阁

《当代巾帼诗词大观》序

中华诗歌的主要艺术特质是感物抒情,因而几千年的中华诗歌发展史一直以抒情诗为主流,叙事诗不很发达。妇女感觉敏锐,感情丰富,所以即使不比男子更适于作诗,也应该在诗歌创作天地里与男子平分秋色。令人遗憾的是:从殷周到清末都是男权社会,男尊女卑,女子受压。进入封建宗法社会以后,妇女更受政权、族权、神权、夫权的重重束缚,文学才能和其他一切才能都无法发挥,甚至提倡什么"女子无才便是德"!身为女子而作诗填词,便招致非议。宋代著名女词人朱淑真,就因受人攻击而作了七绝"自责"两首:

女子弄文诚可罪,那堪咏月更吟风!
磨穿铁砚非吾事,绣折金针却有功。

闷无消遣只看诗,又见诗中话别离。
添得情怀转萧索,始知伶俐不如痴。

这当然不是真心"自责",而是借"自责"倾吐她的愤激之情和不平之气。

然而妇女毕竟是多情善感的;有感有情,就不能不抒发,不能不作诗。因此,在中华诗歌发展史上,历朝累代,都有女诗人的光辉名字和优秀篇章。

《诗经》是我国第一部诗歌总集,其中的三百多篇作品,只有几篇的结尾讲了作者的姓名,这就是:家父、寺人孟子、吉甫和奚斯。《毛诗序》还指出几篇诗的作者姓名,却只有《庸风·载驰》的作者许穆夫人是可信的,这因为《左传》里有确切记载。许穆夫人是卫国君主懿公的妹妹,嫁给许国的君主穆公。周惠王十七年(公元前660年)十二月,北狄侵占卫国,许穆夫人听到祖国灭亡的消息,心急如焚,不顾许国人的多方阻拦,坚决驰车赶去吊唁,并向大国求救,途中作了这首诗。《左传·闵公二年》说:"许穆夫人赋《载驰》,齐侯使公子无亏帅车三百乘,甲士三千人以成曹",帮助卫国建立了新都。这首诗共六章,表现了炽热的爱国真情,感人肺腑,是我国第一首体现了爱国主义精神的优秀诗篇。作者许穆夫人,则是我国最早的有姓名可考的几位女诗人中的佼佼者。这无疑是女界的光荣!

在汉代的好几位女诗人中,最杰出的当然是大文学家蔡邕的女儿蔡文姬。她的五言《悲愤诗》是我国诗史上第一首文人创作的自传体长篇叙事诗,真实、沉痛地自叙了十多年的悲惨遭遇,是汉末社会动乱和人民苦难的实录,具有史诗规模和悲剧色彩。她的《胡笳十八拍》更被誉为"千古绝唱"。郭沫若的历史剧《蔡文姬》用《胡笳十八拍》来表现蔡文姬的酸楚经历,不仅加强了戏剧的历史气氛,而且也使全剧增添了浓郁的抒情色彩,极富感染力。

唐代是我国诗歌发展的高峰,名家辈出,灿若群星。《全唐诗》所收一百二十位女诗人中,尽管没有一位能够跻身于李白、杜甫等大家的行列,但上官婉儿、鱼玄机、薛涛、刘采青等都有名于当时,至今仍被唐诗研究者所称道。宋词与唐诗媲美,有作品传世的七十余位女词人中的魏夫人、朱淑真等都有佳作;李清照词的艺术成就更高,不仅可与两宋第一流的男性词人争雄,在整个中国文学史上也占有重要地位。清代的女词人数量更多,吴藻的《花帘词》豪宕悲慨,被誉为"嗣响易安";顾春的《东海渔歌》清丽俊爽,被认为可与大词人纳兰性德的《饮水词》并驾齐驱。

近代史上杰出的女革命家、女诗人秋瑾于1905年创办《中国妇女》杂志,宣传革命,提倡女权。郭沫若在《秋瑾史迹·序言》中称赞她:"为民族解放运动、并为妇女解放运动树立了一个先觉者的典型"。此后,随着妇女解放运动的开展,卓有成就的女诗人日益增多。

改革开放,大地春回,神州兴起了"诗词热"。经过二十多年的大发展,据初步统计,全国发表过诗词作品的人数已突破二万大关;其中女性作者虽然还不到百分之六,但历史地看,这却是惊人的进步!

前几年,我写过一首题《当代女子诗词三百首》的小诗:

创业持家各冒尖,诗坛亦顶半边天。
中华男女平权久,济世经邦竞着鞭。

去年在济南瞻仰李清照遗像,作了三首七绝,第三首由古及今,关注现实:

礼教森严更乱离,词宗漱玉羡雄奇。

女权高涨"强人"众,会见吟坛舞大旗。

  为了展示当代中华女性诗词创作的概貌,我们组编了这部《当代巾帼诗词大观》。刊出征稿启事不久,稿件即源源涌来,经过认真筛选,共收入一千多位作者的诗词作品近六千首,征集之广,远远超出了我们估计的范围。尤其令人兴奋的是,不仅数量多,而且质量好,展卷读来,声情并茂的佳作比比皆是,充分体现了女性文学特有的艺术魅力。

  我们殷切地希望,《当代巾帼诗词大观》的出版,能在促进女性诗词创作队伍的不断扩大和女性诗词创作水平的不断提高方面发挥积极作用,当代女性诗词将因她而出现一个更加生机蓬勃的繁荣局面。

2001 年 8 月写于唐音阁

《中国诗论史》序

改革开放之初,各高等学校文科都开设了中国古代文论方面的课程;但由于历史的原因,学生阅读古文的能力比较差,师资力量也显得薄弱。因此,早在20世纪80年代初,我们便联合了17所高校的古文论教师编写出《中国古代文论名篇详注》和《中国近代文论名篇详注》两部教材,在几经讨论修改后先自行印刷,供编写单位试用。在经过申请被列入国家教委1985—1990年高校文科教材编选计划以后,又进行了认真的加工,分别由上海古籍出版社、贵州人民出版社于1986年出版。

这两部教材出版之后,曾在编写中起过重要作用的漆绪邦、梅运生、张连第三位教授和我商量,打算在整理我国古文论遗产方面继续努力,撰写一部上起先秦、下迄晚清的《中国诗论史》,仍推我任主编。经过申请,这一课题被列入国家教委"八五"重点科研资助项目,使我们深受鼓舞。

我们如此选题,出于两种考虑。第一,如果撰写中国文学理论批评史,则涉及面太广,我们很难胜任;这类著作已经很多,我们也很难有新的开拓。第二,当时尚无全面系统的中国诗论史著作,而这样的著作涉及面相对集中,有利于以简御繁,触类旁通。

中国是诗的国度,诗歌是中国最早的也是最基本的文学样式。作为最基本的文学样式,不仅产生了脍炙人口的唐诗、宋词、元曲,而且被其他各种文学艺术样式所利用。例如以元人杂剧和明清传奇为主的戏剧,除了比重极小的宾白,便是曲——唱词,所以一般不叫戏剧而叫戏曲,《西厢记》、《牡丹亭》、《桃花扇》等戏曲的唱词之美是无与伦比的。章回小说的回目是诗,中间有诗,《红楼梦》中的诗词曲是红学研究的重要内容之一。国画一般有题诗,画好、诗好、字好,被赞为"三绝"。各种形式的讲唱文学,其唱的部分当然是诗。至于音乐,其歌词便是诗:我国诗歌最初多数是入乐的,因而音乐性特强,是我国诗歌的突出特点之一。

我国诗歌被我国其他各种文学艺术所利用,这只是一个方面,更重要的方面是:诗情、诗意、诗美,是我国一切文学艺术的本质和灵魂,甚至是数千年中华灿烂文化的本质和灵魂。中华民族从《诗经》、《楚辞》以来创造了无数辉煌瑰丽的文学艺术珍品,为世界文化的发展做出了不可磨灭的贡献。而那无数文学艺术珍品,其中的诗歌当然是诗情、诗意、诗美的集中体现;其中的散文、戏剧、小说、音乐、绘画等等,也无不洋溢着诗情、诗意、诗美。苏轼称赞王维"画中有诗",鲁迅推崇司马迁的《史记》是"无韵之《离骚》",类似的评论很多,无烦辞费。

正因为中国诗歌与其他中国文学艺术有如此密切的联系,所以中国诗论中的物感、神思、风骨、情采、兴寄、兴象、意象、情境、意境、气韵、滋味、兴趣、性灵、情景、神韵,以及味外之旨、韵外之致、言外之意、象外之象等许多概念、范畴和术语,或适用于其他文学艺术,或与其他文学艺术理论相通。这一切,也正是中华文化民族特色的突出体现。

基于上述种种考虑,我们决定撰写一部体现中国特色的《中国诗论史》,为增强当前诗歌创作的民族特色服务,为建设具有中国特色的当代文艺学服务。

在撰写《中国诗论史》的准备阶段,我们对历代诗词曲论专著进行逐一研究。凡重要者介绍其作者、时代和版本情况,概述其主要的理论内容,评价其在中国诗论史上的地位;凡理论价值不高者则列入"存目",只作简介。全书分诗论、词论、曲论三类,各按成书先后编排,包含诗论专著302种,词论专著104种,曲论专著31种,总计437种。取名《中国历代诗词曲论专著提要》,由北京师范学院出版社于1991年出版。

《中国古代文论名篇详注》、《中国近代文论名篇详注》和《中国历代诗词曲论专著提要》出版后都受到同行专家的好评,说明《中国诗论史》的撰写是有基础的;但头绪颇繁,问题甚多,时间跨度极大,在具体撰写过程中仍需进行更广泛、更深入的研究,才能不断克服困难,蹒跚前进。几位执笔者都是所在高校的教学科研骨干,有的还兼有校、系行政职务,在做好岗位工作的同时夜以继日,坚持不懈,经历十多年的艰辛劳动,全书始得脱稿。限于我们的学养和胆识,这部书稿自难尽如人意,连我们自己也深以未能达到预期的学术水平而深感愧疚;但撰写态度的确是认真的,是付出了不少心血的。

漆绪邦教授所撰写的长篇《后记》,既对近几十年中国文学通史和文论通史的传统写法所导致的弊病有所补救,又对本书撰写的分工和其他有关问题一一说明,这里无须重复。

全书约150万字,分为上、中、下三册,终于要和广大读者见面,听取宝贵的意见了!谨向热心学术事业的黄山书社同志致以由衷的谢忱。

2003年中秋写于唐音阁

《青春集》序

我把从上初中到大学毕业以前所写的东西编为《青春集》出版,连自己也哑然失笑:这不就是古人所说的"敝帚自珍","灾梨祸枣"吗?

青春是美好的,而且只有一次,一去不返。人老念旧,我已虚度了八十六个春秋,老了,对于美好的、一去不返的青春,怎能不怀念? 明知是"敝帚",还要"灾梨祸枣",只不过为了纪念我那美好的、一去不返的青春而已。

十三岁以前,我是在家父教诲下苦读、苦学九年以后才上新阳小学三年级的。当时觉得苦,后来便尝到了甜。甜在何处? 第一、在记忆力最强的年龄熟读了不少文史哲方面的经典著作和诗文名篇,受益无穷;第二、在好奇心最强的年龄培养了作文、作诗、填词、写字、对对子的兴趣和基本功,受益无穷。

新阳小学师资力量强,是当时陇南十四县的名校,我一上来就读三年级,算术等课不适应,但很快就赶上了,作文经常"贴堂",最后以全县会考第一名毕业,考入省立天水中学。那时候,日寇侵华,"七·七"炮响,天水抗战气氛浓烈。第一堂作文的题目是"致前方抗日将士的慰问信",我提前交卷,老师当堂批改,让我用小楷抄写后送《陇南日报》,第二天就在显著的版面上赫然出现,使我受到了极大的鼓舞。我上课注意力集中,每门功课都能当堂消化,大量时间用于课外阅读和写作;星期日,还能约二三好友游山玩水,陶情怡性。就写作说,初中三年,我以"抗日救亡"为主题,写了不少诗歌、散文,大部分发表于《陇南日报》,小部分发表于《天水青年》杂志和《甘肃日报》文艺副刊。就阅读说,涉及范围甚广,但在不同程度上都与写作相结合。比如"五四"新文学的代表作,基本上都读过,鲁迅的小说和杂文,更反复阅读,爱不释手;俄罗斯19世纪的著名小说和苏联文学名著当时是禁书,也从同学处借来偷偷地读。这一切,都是为了提高写作水平。作传统诗词,我是有基础的,而作新诗,则需要认真学习,所以"五四"以来著名诗人的诗集和苏联马雅可夫斯基、印度泰戈尔、美国惠特曼等的诗作都广泛阅读,吸收营养。当时作新诗的兴趣极浓,也相当多产,都在《陇南日报》发表。

我因家境清寒,上小学和初中,都利用星期天回家背米面木柴、用小炉子小锅自己做饭吃。初中毕业,为筹备学费担任小学语文教师,诗文写作也未中断。抗战初期,大批沦陷区师生投奔后方,教育部为解决他们的就业求学问题,创建了几十所国立中学。国立五中的高中部就设在天水玉泉观,学生享受公费待遇。两年后为了酬谢地方各界的支持,特给天水百分之二的招生名额。我喜出望外,于1941年寒假考入春季始业班,如鱼得水。英语、数学等课的任课老师都是名师,讲课明晰易懂。国文老师陈前三先生学问渊博,讲授要言不烦,深入浅出。我课外跟他学习《易经》,受益良多。薄坚石先生毕业于中央大学的前身东南大学,是黄侃、吴梅等国学大师的高足,曾在山西大学任教,为我们讲授《国学概论》。我课外常去他家请教,颇受器重。他指出我的个性不宜从政而适于治学,对我影响极大。初中阶段,我主要阅读现代文学作品,也涉猎外国文学作品,想当作家。高中阶段,由于受薄坚石先生和陈前三先生的启迪,主要精力便转移到"国学必读书"的阅读和研究方面去了。这期间,我应邀担任《陇南日报》文艺副刊的主编,主要选发来稿,自己的作品也发一些,但不太多。传统诗词写了不少,其中读《诗经》的几十首五古和四段二四○字的词中最长调《莺啼序》,因有"愤世"、"刺时"之嫌,未能发表。

1944年寒假前毕业,在玉泉小学任教半年。1945年暑假赴兰州参加高考,以第一名考入中央大学中国文学系。南京沦陷前夕,中央大学西迁重庆,抗战胜利一年以后的1946年暑假迁回南京。我在重庆学习一年、南京学习三年,都因高考成绩优异享受公费待遇。当时中央大学中文系的各门功课都由名师或国学大师主讲,我考虑到不应平均使用力量,决定公共课和某些专业课只认真听讲,而把课外时间更多地用于自己认为重要的必修课和选修课。胡小石先生讲《楚辞》,朱东润先生讲《史记》,伍俶傥先生讲《文心雕龙》,汪辟疆先生讲历代诗,陈匪石先生讲唐宋词,卢冀野先生讲元曲,张世禄先生讲文字学和音韵学,罗根泽先生讲中国文学批评史,我都在研读文本和重要参考书方面花费了不少时间和精力。吕淑湘先生用英语讲授欧洲文艺思潮,选修者免修第二外语,我认真听讲,以高分拿到了三个学分。《楚辞》、历代诗、唐宋词、元曲,都属于中华诗学范畴;《文心雕龙》、《中国文学批评史》,则属于中国古代文论范畴。这是我当时确定的两个学习重点。结合古文论的学习撰写了一批学术论文和读书随笔;结合中华诗学的研究创作了不少诗词。

南京是六朝烟水之地,风景秀丽,名胜古迹美不胜收。我住在成贤街宿舍,晚饭后散步,或登北极阁远眺,或经胭脂井爬上台城吊古。节假日,或泛舟玄武湖,或品茗鸡鸣寺,或游览夫子庙和莫愁湖。明孝陵、中山陵、灵谷寺一带,则冬季看梅花,春天赏牡丹。栖霞山的红叶,牛首山的桃花,乌衣巷的王谢故宅,秦淮河的香君故居等等,也无一不观赏凭吊。于右任先生主持的紫金山天文台登高和小仓山扫叶楼登高,真可谓"群贤毕至",连硕果仅存的老诗人冒鹤亭等也参加了!我作的《丁亥九日于右任先生简召登紫金山天文台六十韵》和《戊子九日于右任先生简召小仓山登高》七古长篇,曾受到与会者赞许。就我当时的感觉说,南京处处有诗料,足迹所至,都能引发诗情,发为吟咏。钱仲联先生给我的诗集作序,也特别指出:"金陵一隅,尤为赣派诗流所萃,松林独取其长而不为所囿,忧时感事,巨构长篇,层现迭出,含咀昌黎以入少陵,此其所以为豪杰之士也。"我当时所作诗词多是触景生情的,但并非单纯的山水诗,钱老深挖"忧时感事"的内涵,真可谓目光如炬。至于"含咀昌黎以入少陵",则是我的艺术追求,多体现于五古、七古长篇,所以陈颂洛先生也有"二十解为韩杜体、美才今见霍松林"的评语。

  我保存的一个完整的诗词抄本和几个报刊剪贴本都毁于"文革"。上世纪80年代,我托了好几位朋友在各大图书馆找有关报刊复印。北京王丽娜先生从北图拍来两首登高诗的照片,南京陈非先生从南图复印到杜甫系刊论文和《敏求斋随笔》的大部分,苏州杨军先生请人从上海图书馆抄来杜甫研究论文七篇,兰州李鼎文先生寄来刊有游记的《陇铎》、赵逵夫先生复印来不少论文和随笔,天水董晴野先生寄来刊有我的诗词的《今代诗坛》,成都戴宪生先生抄来五首诗词。出乎意料的是:老同学丁恩培教授和秦钟教授分别寄来了我中学、大学时代的若干诗稿;寄居台北的中央大学校友冯国璘和姚蒸民从日记中抄来我作于南京的《思亲二十韵》等八首诗词。令人遗憾的是:天水张士伟先生多方寻找抗战时期的《陇南日报》和《天水青年》,却渺无踪影,我颇费心血所写的几十首新诗和十几篇散文都付诸东流。散文无足轻重,新诗却颇难割舍,不料在完全绝望之后竟从天上掉下两首。请看《关于两首新诗的通信》,便会笑逐颜开,饶有趣味。

  如今是商品经济时代,出这样的书是要自己掏钱的,而西安出版社社长张军孝先生在审阅《青春集》打印稿之后即慷慨许诺:"尽快发稿,公开发行,无需自费出书。"小出版社而有大出版家的风度,令人敬佩,不仅衷心感谢而已。

2007 年 5 月 8 日写于陕西师大博导南楼

《诗韵华魂》序

西安是周秦汉唐之都,也是中华诗歌之都。第二届中国诗歌节于2009年5月在西安举行,雁塔日丽,曲江花繁,堪称"四美具,二难并",可喜可贺。第二届中国诗歌节执行委员会决定精选上起先秦、下至当代的中华诗歌代表作,共分五卷,名为《诗韵华魂》,精装出版。这不仅是馈赠嘉宾的厚礼,具有收藏价值,而且对于振奋民族精神,建构和谐社会,具有不容低估的积极意义。

中华诗歌,源远流长,《诗经》、《楚辞》,初创辉煌。《诗经》以四言为主,又杂以三言、五言、六言、七言乃至九言的各种句式;有通篇四言的齐言诗,又有一篇之中长短句交错的杂言诗。这既表明《诗经》的形式并不单一,又可以清楚地看出,这里已孕育着此后产生多样诗体的萌芽。《楚辞》从内容到形式,是特定历史情况下楚地文化与中原文化交融的产儿,句式加长,句中或句末的"兮"字曼声咏叹,情韵悠扬。《诗经》、《楚辞》以后,各种新体诗不断出现。由汉魏而六朝,五言诗已十分成熟,七言诗也已形成;而在乐府民歌中,既有五言、七言的齐言诗,又有句式多变的杂言体。到了唐代,近体诗基本定型,便把唐前的各种诗体分别称为古体诗、乐府诗。近体诗是严格的格律诗,古体诗和乐府诗则相对自由。近体诗包括五言绝句、五言律诗、五言排律和七言绝句、七言律诗、七言排律,在唐代盛开灿烂的艺术之花,争奇斗丽;而各种古体诗和乐府诗的创作,也精益求精,盛况空前。晚唐以后,宋词、元曲大放异彩,名家辈出,灿若群星,流风余韵,至今未衰。值得特别指出的是,每一种新诗体的出现,只给诗歌的百花园中增光添彩,而不取代任何尚有生命力的原有诗体。相反,原有的各种诗体,也在适应反映新的社会生活、抒发新的思想情感、表现新的时代精神的要求,不断开拓和创新。中华民族是饶有诗情诗意的民族,也是自强不息,富有创造力的民族。这在三千多年的诗歌发展中得到了完美的体现。巍巍中华素有"诗国"之誉,良非偶然。

世界诗歌本以格律诗为主流。到了近代,美国民主诗人惠特曼(1819—1892)以其自由诗《草叶集》反对压迫奴役,歌颂自由民主,产生了巨大影响。"五四"时期的狂飙突进精神,使郭沫若"火山爆发式的内发感情"从惠特曼的自由诗中找到喷火口,写出了大气磅礴的自由诗《女神》,壮大了"五四"新诗的声势。然而"五四"新诗运动彻底否定传统,用"死文学"骂倒一切,热衷于纵向"断裂"而醉心于横向"移植",却是片面的。在继承传统的基础上创新,是文学艺术发展的规律。著名新诗人闻一多即对《女神》的"十分欧化"提出批评,主张"恢复我们对于旧文学底信仰",并赋诗表态:"六载观摩傍九夷,吟成鴃舌总猜疑。唐贤读破三千卷,勒马回缰作旧诗。"新诗名家在经过长期探索之后"勒马回缰作旧诗"的人很多,例如郭沫若,就在1956年发表的《谈诗歌问题》中声明:"以前我们犯了错误,低估了优良传统",晚年创作了上千首旧体诗。臧克家晚年也只写旧诗体,自称"旧诗新诗我都爱,我是一个两面派"。中华诗词学会中先写新诗而后作旧体诗的有一大群,号称"两栖"诗人。

"五四"以来,"旧体诗"虽受压抑,但依然在继承优秀传统的基础上不断创新,不断发展。日寇侵华,中华民族奋起抗击,诗词家扬御侮之巨纛,震大汉之天声,写民族之心曲,播时代之强音。杨金亭主编的《中国抗战诗词精选》包含500多首抗战佳片,无愧诗史。改革开放,大地春回,"诗词热"不断升温。据了解,全国各级各类诗词学会数以千计,各学会多有诗词刊物;中华诗词学会仅个人会员数以万计,会刊《中华诗词》每年六期,畅销全国,流布海外;《光明日报》《诗刊》等也开辟了诗词专栏或专页;经常参加诗词活动的积极分子,远超百万之众;每年发表的诗词作品,跨越《全唐诗》的总数。毫不夸张地说,改革开放以来中华诗词已赢得了空前的大繁荣、大普及。在普及的基础上提高,在提高的指导下普及,循环往复,以至无穷,中华"诗国"必将大放光芒于五洲。

"五四"迄今,新诗已有90年的发展史,有远见的新诗人先后开展过多次关于"民族形式问题"的讨论;在创作实践上于"自由体"之外出现的"格律体"和"歌谣体",都表现了为解决新诗"民族化""群众化"而作的努力,也积累了许多新颖的表现方法和艺术技巧。杰出诗人的优秀作品,在广大读者中广泛传播。值得大书特书的是:汶川抗震后,一度沉寂的新诗突发"井喷",反映之快,佳作之多,震撼力之巨,都令人惊喜不已。

中华诗史上曾出现过多次辉煌时期,令人神往。我们欣逢中华巨龙腾飞的新时代,立足中华,放眼世界,无穷无尽的大好题材呼唤我们各挥彩笔,竞谱华章。祝愿新诗人和诗词家团结起来,互相促进,再创辉煌。

2009 年 4 月 8 日

《唐音阁集》序

易行先生要给我出一本线装书,我欣然赞许。他是卓越诗人,当然喜欢诗。只因近二十年来海峡两岸已为我出了好几种诗集,最近中华诗词学会又出了一厚本,所以这本线装书不收诗,只收文,取名《唐音阁集》。

选文的标准即是"文",也就是选多少有点文学味的。分四卷,各按写作时间顺序编排。前三卷是赋、序、碑记,用文言;第四卷是杂文,用白话。所谓"杂",指包括不同文体,并非鲁迅式的"杂文"。青年时代,确曾以鲁迅杂文为范本,既熟读,也学着写,还发表过。神州解放,鲁迅杂文的社会背景已不复存在,我自然不再用鲁迅笔法;但发表于大跃进和三年困难时期稍后的《古代长安歌谣》、《杜甫〈夏日李公见访〉》、《枣树的赞歌》等,却挨了不少批,没想到那么受"重视"!

有文学味的文可以为读者提供审美享受,这是我的愿望。但又十分担心:我"自珍"的如果真是"敝帚",那就太对不起读者,也辜负了易行先生的厚爱。

2008 年中秋

博士论文序

《唐代文学的文化精神》序

邓小军副教授所著《唐代文学的文化精神》将由台北文津出版社出版,主编邱镇京教授嘱我写序。这部著作,原是小军随我攻读博士期间撰写的学位论文,我希望它早日与读者见面,并乐于讲几句话。

这是一部研究唐代文学的著作。其不同于一般研究唐代文学著作的突出特点乃在于:不是仅就唐代文学本身研究唐代文学,而是会通文史哲,运用宏观与微观相结合、考证与分析相结合的方法研究唐代文学;不是缕述纷纭复杂的唐代文学现象,而是探微抉奥、阐发唐代文学的文化精神。

综观全书,著者对唐代文史哲和唐代文化提出了一系列引人注目的新观点。

在文学方面提出:盛唐诗的特质,是以自然意象优势表现刚健雄阔的时代精神,盛唐诗标志着人的再发现与自然的再发现;李白的人格特征是自由精神,李白诗的特征,是以行健不息的自然意象表现自由精神和飘逸奔放的情思;杜甫的全部人生体现仁的境界,杜甫诗史精神是诗人国身通一精神、良史实录精神、庶人议政贬天子精神、民本与平等精神的集大成,杜甫廷争、弃官、不赴召体现了士在政治上的道德主体精神;韩愈散文的浩然气势,来源于学养变化气质;柳宗元传记散文为平民百姓立传,是对史传传统的重大突破,柳宗元山水散文的天人合一意境,是中国山水散文的创新局面;晚唐诗的特征,是由幽情的追寻转变为风骨的挺立。

在史学方面提出:王通(564—617)其人,是历史上的真实存在;薛收、陈叔达、魏征、杜淹等唐朝开国和贞观之治的骨干人物,确系王通的门弟子、问学者;就贞观之治的文化精神而论,唐文化源流出于河汾;《隋书》不载王通,是由于王凝获罪于长孙无忌。

在哲学方面提出:王通是孟子以后最大的一位儒者,其《中说》一书基本上信实可靠。河汾之学重新发明了原始儒学,杜甫是儒学复兴运动的先行者;韩愈人性思想的晚年定论,是《原人》"一视同仁"的人性本善、人性平等思想;韩愈《原道》是唐代的中国文化宣言,其道统学说是儒家君权有限合法性思想的重大发展,攘斥佛教凌驾趋势,体现了中华民族的主体精神和文化智慧;柳宗元的历史观是德最终决定势,柳宗元天人关系论的发展包括人与自然的分离与和谐,柳宗元中道思想的发展,是从中道方法论上升到中道本体论;柳宗元人性思想的发展,是从性恶论转到性善论。

在文化方面提出:隋唐两代四大文化主峰是河汾之学、贞观之治、杜甫诗歌、古文暨儒学运动;唐代文化发展规律是文化主体自觉地再发明中国文化精神,创造性地回应现实重大挑战,从而创造文化主峰推动文化发展;唐代文化之盛的主因是中国文化精神的创造性发明、发展、利用;唐代文化精神是人性人道精神;唐代士人对佛教的态度是包容异质文化而不失掉自己。

著者强调指出:中国文化精神就是人性精神。用孟子仁、义、礼、智为人性四端的命题来品题,则唐代文化精神突出地体现了仁,因而唐代文化最富人情味,最受人喜爱,不仅李杜诗、韩柳文等文学作品富于人情味,就连一部《贞观政要》也读起来亲切动人。唐诗是唐文化的主流所在,便成为唐文化人情味的优势所在,而人情味的根源就在于仁。

著者好学深思,具有相当扎实的文史根柢,故能广征博引,左右逢源。但他并不局限于文献研究,而是结合以实地考察和生活体验。例如他研究河汾之学,在充分掌握文献资料的同时,曾两度奔赴山西万荣通化王通故里,看到了王通后人家藏《中说》明刻木版和文中子祠、墓,并访问了当地热爱王通之学的父老乡亲。又深入山西河津荒无人烟的黄颊山(吕梁山脉南端),见到了文中子讲学洞以及大量明清石刻及文中子躬耕梯田遗存。这一切,都可与《中说》、薛收《隋故征君文中子碣铭》及王绩《游北山赋》等隋唐之际的原始文献相参证。

著者对中国传统文化的热爱和钻研,归根到底是为了鉴古知今、继往开来。他研究唐代文化、文学的心得体会归结到一点,便是:在唐代,中华民族乃是由于发扬光大了固有的优秀文化,自本自根地挺立自己,才能抉择当时的合理政治方向,奠立深厚的国基,形成强大的国力,创造辉煌的文化,同时气象雄阔地兼容外来文化而摄取营养,从而壮大自己,使大唐文化光耀五洲。

小军的这部论著在答辩会上受到答辩委员们的一致好评,全票通过。小军获博士学位,喜赋《庚午夏毕业长安呈别松林师》云:

渝州讲学得瞻依,叹是生公说法时。诗史重溟亦传习,文心百世可宗师。高情夫子深期我,大愿斯文更振之。一曲骊歌何限意,青青灞柳万千枝。

"斯文更振",是他的"大愿",也确是我对他的期望。任重而道远,还望快马加鞭,奋进不已!

1992 年 10 月

《中国史官文化与史记》序

　　经过三个寒暑的勤奋钻研和深沉思考,陈桐生君的博士学位论文《中国史官文化与史记》终于写成,在答辩会上得到一致赞许,如今即将出版了。桐生索序,我乐于谈谈这篇论文的几个特点,和读者交换意见。

　　桐生博览载籍,视野恢宏,思路开阔。他不局限于就《史记》研究《史记》,而是把《史记》放在中华文化,特别是史官文化的背景中,纵横考察,探本穷源,逐渐形成自己的看法。他认为:在《史记》以前,中国史官文化的发展可分为上古三代的天人文化、孔子《春秋》的王道文化哲学和战国史官文化三个阶段;司马迁正是在这一传统的影响下形成了以天人感应为特征的天道观、以德治为核心的王道观与及时建功立业的士道观,由此构成《史记》"究天人之际,通古今之变,成一家之言"的宏伟构思。桐生曾说:司马迁撰写《史记》,其目光洞察两千四百多年的历史,我们研究《史记》,其目光不应比司马迁短浅。他这种力求拓宽视野的努力是可取的,给论文带来的优点,也是显而易见的。

　　作者由于比较准确地把握了《史记》的文化背景,因而能够联系文化背景解释《史记》学中的一些疑难问题。例如关于"八书"体制的来源,古今众说纷纭。作者从汉家"受命改制"的文化背景考察,提出《史记》"八书"体制为司马迁首创。其首创的依据,是阴阳五行学派和春秋公羊学派应天受命改制的理论和汉家改制的实践。礼、乐、律、历、天官、封禅,都是改制的内容;《河渠书》与《平准书》,也与改制有密切联系。又如关于《史记》的思想归属问题,学术界或认为属于道家,或认为属于儒家,莫衷一是。作者则认为:从上古到秦汉之际,中华文化学术经历了"道术为天下裂"和"百虑一致"、"殊途同归"的过程。在融汇百家的大趋势下,《史记》以"厥协六经异传,整齐百家杂语"为宗旨,其学术思想包容了王官学的六经和诸子百家之学。因此,将司马迁的思想归于儒、道某一家是没有意义的。从整合百家的角度来看,《史记》体现的思想接近于《易传》。诸如此类,都是从考察文化背景和《史记》内涵中获得的新认识。

  作者撰写此文,不依傍旧说,更不沿用旧说,而是从第一手资料出发,独立思考,得出结论。如对《史记》天道观,学术界的主导意见是天道自然、天人相分,此文则引证上百条资料,力主司马迁天道观以天人感应为特征。学术界认为《史记》通变论中有发展进化观点,此文则以许多证据表明:《史记》的通变观与其天道观一脉相通,以终始循环为特征。作者指出:《史记》的进步性并不表现在天人宇宙观和历史观方面,而是表现在它的深厚的人道主义精神和平等观念方面。《史记》最完满地体现了一个伟大民族在结束动乱分裂、重新走向统一的历史过程中所形成的那种特有的刚健笃实、自强不息精神。类似的新见解,文中还有很多,都持之有故,言之成理,可供参考或引起争论,把《史记》的研究引向深入。

  桐生功底扎实,治学勤谨,对于中华文化的承传有高度使命感。他愿以这篇博士学位论文为起点,纵横开拓,对《史记》作更深更广的研究,祝愿他不断取得新的成果。

1993 年 3 月

《中国古典诗学原型研究》序

从汉儒说《诗》算起,关于赋、比、兴的研究已有整整两千年的历史。其间歧义之多,众所周知,不必详述。而以《诗经》为根本,在毛诗的基础上讨论赋、比、兴,将它们看作诗歌表现手法,则是历代论者基本一致的趋向。同时,对赋、比、兴之本义无法做出明确而系统的解答,对作为诗法的赋、比、兴与其在后世广泛而深刻的影响之间的关系无法作出历史的说明,又是历代学者基本相同的困惑。这就使得赋、比、兴的研究历两千年而始终走不出历史的困境。

刘怀荣君有鉴于此,试图另辟蹊径。他撰写博士论文《中国古典诗学原型研究》,汲取原型批评和结构主义的研究思路,将赋、比、兴作为古典诗学基本原型,广搜博采,慎思明辨,对这一历史性难题提出了不少新颖而独到的见解。

与前人只把赋、比、兴作为诗法而不肯再作向上的追溯不同,作者根据人类语言发展的一般规律及卡西尔关于人类早期文化具有"名实同一"特征的著名论断,认为赋、比、兴在被作为诗法之前,也必有一个与感性生活相对应的阶段。循此思路,首先以大量的篇幅对赋、比、兴的本义进行了详细的考证,认为赋、比、兴与原始人歌舞祀神的实际生活有关,是巫文化的产物。例如对赋的本义,古今学者几乎无人将它看作是一个需要探讨的问题,作者则通过考证认为,赋与贡赋制密切相关,二者均可上溯到古籍中所说的"赋牺牲",甚至远源还可追溯到文化人类学所谓的"图腾牺牲"。赋,本是专指和祭祀相关的赋牺牲,与见于甲骨文的献、享关系最为切近。贡赋制之赋与诗歌领域内赋的各种含义,均由此引申而来。比与兴,向来被认为"夹缠不清",作者也对其本义作了认真的考辨,以为比的古文乃原始男女双人舞和集体拉手舞的象形,而两种不同的形态的舞蹈又分别与生殖崇拜文化和氏族会盟传统密切相关,在不同层次上表现了比字"密"的本义。至于兴,甲骨文中明确用为祭名,其他材料也足以证成其说,只是它更偏重于祭祀主体追求"与神同一"的心理体验。因此,比、兴在原始含义上即是密不可分的,因为要达到"与神同一"的境界,同样须借助于歌舞祀神的手段,比的舞蹈形式所表达的人人之密,实际又可看作是"人神同一"的具体形态。比与兴相较,比重在指实在的过程与功能,兴则专指主观的体验与人神之互感。由此,后世"夹缠不清"的比、兴观念从原始的意义上,既可以看到密切的联系,也可得到明显的区分。

在探明源头的基础上,作者对赋、比、兴研究中的一些重要问题作出了全新的解释。比如关于"六诗"问题,历来论者多怀疑《周礼》记载的可靠性,或者舍"六诗"而只谈"六义";少数只承认"六诗"说的学者,又多有论无据。作者则认为:赋、比、兴与风、雅、颂,是不同历史时期的两组古乐舞,前者用于氏族会盟活动,后者则是周代以来新兴的会盟活动的组成部分。由于两种会盟活动前后相承,随古会盟活动的日渐消亡,赋、比、兴也被风、雅、颂吸收、利用。尤其重要的是,两种会盟活动的用诗方法基本相同,因而在古会盟活动中可兼指用诗方法的赋、比、兴到了新盟会活动中,就自然转化为专指用诗方法的名称。这是"六义"在概念上不统一的根本原因。至于"六诗"的排列次序,纯是出于教学上的需要,即是为了在教学时更好地说明赋、比、兴与风、雅、颂如上的纠葛,与两组概念属于不同时代的产物并不矛盾。

又如对赋、比、兴的多重涵义,以往的论者很少将它们作为一个统一的整体来看待。作者则通过认真的研究指出:赋、比、兴既有一以贯之的本质特征,在其发展的每一个历史阶段又表现为不尽相同的文化或诗学概念,比如兴,最初是实在的祭祀文化行为,是祭礼仪式名称,同时,又可兼指仪式中用以通神的手段——歌、乐、舞综合体。而后发展为组成祭祀仪式的歌、乐、舞之体别名(如《周礼》所谓"兴舞"和毛传所标"兴诗",即其遗迹),但仍兼指以歌、乐、舞综合体为主要通神手段的仪式的功能(如孔子兴、观、群、怨之"兴",即由此而来),并可指此种仪式中使用歌、乐、舞的方法(如《周礼》"兴、道、讽、诵、言、语"之"兴")。至于作为诗歌表现手法的兴和审美意义上的兴,则是在更晚的历史时期才依次有了独立、自觉的表现。之所以如此,乃是因为在兴祭的原始仪式中,包含着宗教、道德、语言、艺术、审美等多种意识,而各种意识的发展规律和成熟年代又参差不齐的缘故。由此,各种不同涵义的兴,均可看作是由其原始母体生发出的子芽。兴的问题也就不仅仅是一个诗学问题,而是处处显示中华文化的民族特色。这些观念,与作者立足上古巫文化的研究态度分不开,跟以往的研究相比,也令人耳目一新。

中国古典诗学向来缺乏完整、系统的体系,赋、比、兴虽被称做是"诗学之正源,法度之准则"(杨载语),但因关于赋、比、兴的研究基本上未能越出毛诗的范围,这种观点也始终未能得到系统的理论阐述,更谈不上以此为原则的系统的理论建构了。针对这种状况,作者在论文中明确提出了以赋、比、兴为核心,建立具有民族特色的古典诗学体系的设想。这虽然不是他这篇论文的研究重点,在论文中也未充分展开,但作者的此项研究对建构古典诗学理论体系却是富有启发性的。朱自清在《诗言志辨》一书中曾指出,"诗言志"、"比兴"、"诗教"为后世论诗的"金科玉律",但对这一现象的远源,却未作探讨。作者在深入研究的基础上指出:赋、比、兴(而不是比兴)与诗教、诗言志是同源共生的三大诗学观念。三者的远源,均可追溯到受巫术观念支配的合宗教、政治、艺术为一体的氏族会盟活动中,并在周代以来逐渐淡化了宗教、巫术意味而具有更多的伦理、道德品性。同时,又经先王诗教(乐教)到儒家诗教的发展,逐渐演变为诗学概念。因此,三者在后世始终保持原初的本然联系,并在其审美意识成熟之后,仍有浓重的伦理品格。这一结论,从发生学的意义上确定了赋、比、兴在早期诗学体系中的核心地位,并解释了其对后世诗论发生影响的必然性。诸如此类的观念,对于古典诗学理论体系的建立,无疑是很有价值的。

此文的整体构思,在很大程度上,得力于原型批评和结构主义等新的理论方法,但在具体行文中,又始终立足于与赋、比、兴相关的中国古代文化和诗歌传统,使方法渗透于论题之中,无生搬硬套之弊。同时,作者的学术视野也远远超出了前人的研究范围,仅以文中使用的材料而言,除涉及前人亦曾关注的古籍之外,还大量采用了原始岩画及神话学、宗教学、古文字学等学科的新材料。尤其是较多地使用了文化人类学及巫术研究的新成果,使论文具有鲜明的新时代特色。这也是作者能够有所开拓、有所发现,并在前人的研究基础上有所前进的一个重要原因。

对于像赋、比、兴这样经过两千来年的研究而走不出历史困境的老问题(又是重大问题),如果仍然仅用那一点文献资料和文字训诂的方法进行研究,便很难有所突破。要有新的突破,就得立足于当代的水平,在运用原有文献资料的同时,寻找尽可能多的新材料,在继承传统方法的同时扩展视野,选择恰当的新角度,汲取有用的新方法。这,当然不是一件容易做到、容易做好的事情。怀荣这样做了!且不论他在各方面是否都做得很好,仅就这种勇于创新、勇于知难而进的治学精神而言,也是值得重视,值得提倡的。

1994年8月

《关汉卿研究》序

奉献在读者面前的《关汉卿研究》，是徐子方君的博士学位论文。

关汉卿在过去被列为"元曲四大家"之首，到现代更被推为"世界文化名人"，《简明不列颠百科全书》称他为"文艺评论界公认的中国最伟大戏剧作家"。正因为如此，关汉卿研究并不冷落，仅本世纪以来海内外发表的有关论著已达六百来种。大陆的田汉，台湾的陈万鼐、柳无忌诸先生，都将关汉卿和莎士比亚相提并论，认为正如在英国有关于莎士比亚研究的"莎学"一样，我们也应建立自己的"关学"。然而直到今天，可与"莎学"相媲美的"关学"还未真正建立起来。究其原因，大体有三：第一，缺乏全面、系统的总体性研究。此前发表的研究论著尽管为数不少，却零星分散，不成格局。第二，没有把关汉卿放到中国，乃至世界戏剧史和文学史的理论构架中进行研究。长期以来，本来应该互相结合的文艺创作研究和文艺理论研究，却分疆而治，这在关汉卿研究领域表现得尤为特出，研究方法的局促限制了研究结论的宏通。第三，关汉卿史料，乃至整个元代戏曲史料都十分缺乏，给研究者带来极大困难。基于这些原因，关汉卿研究难以出现新的大突破，便是可以理解的了。

子方从事中国戏曲研究已有多年。上大学时，即发表过《关于洪昇和〈长生殿〉的若干问题》的长文。1984 年，他考取我的元明清文学硕士研究生，便自然而然地把研究重点放在了古代戏曲方面。他的硕士学位论文是《论明杂剧》，按照我的安排，先通读《元曲选》、《元曲选外编》和《元刊杂剧三十种》，后读明清戏曲，并逐步延伸到中外戏剧史和戏剧理论的研究，以此打好基础、拓宽视野。获得硕士学位后，在淮海大学任教期间，他参加了第三届全国戏曲学术讨论会暨关汉卿创作七百三十周年纪念大会。此会在河北安国召开，安国即古祁州，有关汉卿墓、关汉卿故居遗迹和关于关汉卿的种种民间传说。子方利用出席会议的机会进行实地考察，跟有关专家商讨，并在会上作了两次发言，引起了重视。有些刊物的编辑向他约稿，他于会后撰写《关汉卿在世界戏剧和文学史上的地位》（《河北学刊》1990 年第 3 期）、《"初为杂剧之始"符合历史事实:关汉卿行年史料辨析》(《江海学刊》1990年第5期)两篇论文,发表后引起较大反响,《新华文摘》等多种刊物或摘要介绍,或全文转载。稍后,他又考取我的博士研究生,完成了这篇学位论文。

  鉴于子方对中国古代戏曲,对关汉卿及其创作已有比较广泛深入的了解,所以当他提出以关汉卿为研究对象撰写学位论文时,我即表示同意。但如何写,却颇费斟酌。我一贯认为:写学术论文,宜"小题大作",不宜"大题小作"。而关汉卿的史料极缺,不论从哪一方面确定"小题",都很难"大作",即很难有较大幅度的突破。更何况,博士论文的题目也不宜太小,如果搞点小考证,即使有创获,也不足以获得博士学位。再三考虑,确定先对古今中外关于关汉卿的研究成果进行全面的辨析梳理,然后将关汉卿及其创作放在中国,乃至世界戏剧史、文学史的理论构架中作全面而系统的考论,力求在总结已有研究成果的基础上有所开拓。论文题目,便定为《关汉卿研究》。这当然是个"大题",子方为了避免"大题小作"的缺失,的确下了苦功!从拟订大纲到论文完成,多次修改,花了近两年的时间,夜以继日,无间寒暑。

  不难看出,这篇博士学位论文的突出特点,是它的全面性和系统性。范围,从关氏生平到包括杂剧、散曲在内的全部创作;方法,从具体作品的剖析到总体风格的综论;角度,从立足国内到推向国外;举凡涉及关汉卿的各个方面,都未回避。全文八章,实际上即为关汉卿研究领域的八大问题。第一章《生平考辨》,从关氏的名、字、号到他的籍贯、身份、生卒年和一生行踪,都详述前人、今人的各种说法,考证辨析,提出自己的见解,持之有故,言之成理。第二章《创作分期及编年初探》,带有拓荒性和冒险性,但也显示了著者的功力。第三章到第七章,对关氏全部作品进行归类、分析;第八章则对关氏的创作风格作了总体考察。这两大部分,充分吸收了前人和当代学者的研究成果,或发挥、扩展,或补其不足,或纠偏救弊,独抒己见,颇富理论色彩。《馀论》部分,将关氏的研究由国内推到国外,从世界戏剧史、文学史的高度考察了关氏的卓越成就和重要地位,视野开阔,新意迭出,体现了当代意识和跨越国界的眼光。以南开大学教授、博士研究生导师王达津先生为主席的答辩委员会对这篇论文给予了充分肯定,认为它"在总结已有研究成果的基础上开拓创新,是一篇高质量的学位论文,也是近年来研究关汉卿的一部力作",一致同意授予文学博士学位。

  答辩委员会的高度评价,当然含有对青年研究者多加鼓励的意思。作为导师,从严要求,我认为这篇论文在取得可喜成就的同时,还存在着若干不足之处。比如著者通过从作品中找内证等方法,试图将《西厢记》的创作权归于关汉卿,虽经我质疑,作过修改,但仍不能说即为定论。又比如,元代杂剧自有特点,按现代戏剧理论将关氏的所有剧作一一归类,虽然大多比较恰当,有的则不无削足适履之嫌。然而这一切,又是不避难点,敢于拓荒、力求论文臻于全面系统并富于理论色彩而付出的代价。同时,就不足之处本身而言,著者毕竟作了"初探",或可备一说,或可引起争论,启发读者认真的思考,有助于把海内外关汉卿的研究推向全面,引向深入。

这是徐子方君在古代戏曲方面的第一部学术著作。希望他再接再厉,自强不息,为弘扬中华文化做出更大的成绩。

1993 年 8 月

《汉末士风与建安诗风》序

孙明君的博士论文《汉末士风与建安诗风》已被台湾文津出版社列入《大陆地区博士论文丛刊》，即将付梓，嘱我写序，我感到由衷的高兴。

明君于 1990 年夏季考取了我的博士研究生。初秋入学，我发现他还缺乏撰写学术论文的实践，因而对学位课程的学习和学位论文的撰写进行了具体指导，提出了严格要求。他刻苦钻研，日夜兼程，进步较快。他的这篇论文在 1993 年 5 月举行的答辩会上顺利通过，同年 9 月获得了文学博士学位。

建安文学研究是中国古代文学研究领域中的热点之一，已有不少研究成果问世。这对后来的研究者当然有可资借鉴的好处，但要力破旧说，有所开拓，又增加了一定的难度。我认为，明君的这篇论文是有所开拓的。

本文的特点在于作者研读、分析了大量文史哲第一手材料，从宏观的角度着眼，系统地探讨了汉末士风与建安诗风的深层内涵与关系。其上篇析论汉末士风，归纳为三种风尚：其一是党锢诸贤为改变黑暗现实而与浊流恶势力斗争，表现出公而忘私、国而忘家、舍生取义的精神风尚；其二、其三是在道家思潮影响下形成了放达之风和隐逸之风。到了建安时代，这三种风尚继续扩展。建安诗人在生活情趣上不同程度地表现出纵情任性和向往隐逸的心态，但从政治思想方面看，则仍然继承甚至发展了汉末党人精神，表现出昂扬进取的风尚，这是建安士风的主流。下篇在论述士风的基础上审视建安诗风，认为建安诗歌充分体现了建安诗人执著的社会情结。在建安诗人笔下，不仅有对苦难现实的深刻反映，而且有实现统一、兼济天下之志的生动表述。建安诗歌还清楚地展现了建安诗人生命觉醒的历程，在对生命的短促、压抑、失落感有了充分体认之后便力求超越，这种超越，在他们的游宴、情爱、山水、游仙、言志之作中有明晰的体现。最后，总结建安诗风的特征，提出了一体两面说。

我国的学术研究，有其文史哲不分家的优良传统。研究文学而不具备深厚的哲学、史学修养,便很难取得丰硕的成果。本文从汉末士风入手,探讨建安诗风。围绕这个中心论题,对当时的社会政治、经济状况、哲学思想、学术思潮以及建安诗人的政治经济地位、理想追求和人格模式等等,都作了细致的析论,从而大致上勾勒出汉末政治经济和社会思想的走向以及建安诗人的复杂心态。在此基础上审视建安诗风,便显得水到渠成,言之成理。

从事学术研究,既需博览群书,吸取前人和今人的研究成果,又需独立思考,实事求是,切忌毫无主见,人云亦云。明君是朝这一方向努力的,本文涉及的许多重要问题,他都有自己的见解。例如他认为老、庄哲学各有特点,不宜混同。老子学说是一种政治学说,庄子哲学则是一种天人思想,并认为魏晋之际的人性自由思潮导源于庄子思想。他还肯定了原始儒家的人性思想与政治思想,认为"儒学的某些教义会过时落伍、僵化,但原始儒学所倡导的自强不息的人文精神,则是中华民族赖以延续发展的精神支柱"。他还对魏晋思想解放、人性觉醒的动力来自道家思想的说法,提出了质疑。他认为思想解放、人性觉醒的时代,应分为前后两期。前期的思想解放、人性觉醒,应以汉末党人和建安诗人为代表。建安诗人重造天下的行动是从两汉神学迷雾中觉醒的行动,是从汉末恶势力屠杀党人的血泊中觉醒的行动,因而是一种自觉的抉择,是人的政治思想自觉的体现。这种行动,是对原始儒家责任心、忧患感和自主自强精神的弘扬。诸如此类的新见,都是经过深入钻研、独立思考提出来的,持之有故,值得重视。

特别值得一提的是:近些年来,文艺家在其文艺创作中有意识地"淡化思想"、"淡化政治",乃至"淡化现实"。文学研究工作者撰写学术论著,也有同样倾向。讳言思想性、政治性和现实性,架空立论,虚无缥缈,令读者如入五里雾中。明君不愿赶这种时髦,他在探讨士风、诗风及其关系时,紧密联系并考论其时代、社会、政治的深刻影响,指出汉末社会动乱、政治黑暗,饱受苦难的人民渴望国家统一、政治清明。建安诗人把握了时代脉搏,反映了时代要求。他认为:"建安士——诗人的价值取向首先指向社会政治,其次才瞩目文学艺术。在文学艺术领域内,他们也极重视文学的社会价值。"他们是一个"负有使命感、责任感的诗人群体"。这种论断当然是平实的,虽无哗众取宠的效应,却如实地抓住了建安诗人及其诗歌的本质。还有,近年学术界过多地肯定了魏晋放达风气中个性解放的因素而忽略其消极面,本文则认为:"不宜在所谓人性觉醒的幌子下一概肯定放达任诞风气。以性放纵而论,不论任何时代,我们固然反对吞噬人性、否定情感的性禁忌,但无论如何,纵欲、乱伦只是人性的堕落,决不是人性的觉醒。"这些例子足以表明:作者的学术研究是实事求是的,有责任感的。弘扬传统文化的优秀成分而指出其消极因素,对于继往开来、振兴中华,有其不可低估的积极作用。

这篇论文还存在着不足之处。最明显的是:论士风是为了更好地论诗风,论诗风应该是全文的重点;但论士风的比重偏大而论诗风的比重偏小,对建安诗歌的艺术分析尤嫌粗略。当然,学术修养和写作功力,都需要日积月累,逐渐提高,不可能一步登天。明君初逾而立之年,风华正茂,倘能勤学苦练,精进不已,必将取得卓越的成就,为祖国的学术事业做出较大的贡献。

1994 年 1 月

《佛教禅学与唐代诗歌研究》序

禅属宗教,着眼于彼岸世界;诗属艺术,立足于此岸世界,是两种不同的意识形态。然而禅与诗都重视内心体验,重视妙悟、启示和象喻,追求言外之意,在思维方式、表达方式上有许多相通之处,可以双向渗透。因此,自禅宗在唐代确立以来,便与诗交融互补,结下不解之缘。禅师借诗明禅,诗人援禅入诗,元好问曾用两句诗概括,那便是:

> 诗为禅客添花锦,禅是诗家切玉刀。
>
> ——《嵩和尚颂序》

倘要全面研究唐诗,展现唐诗的原貌及其发展规律,建构富有民族特色的诗学理论体系,则禅与诗的关系不仅是无法回避的问题,而且还可为我们的研究提供新的视角。

长期以来,唐诗研究者鉴于"宗教是麻醉人民精神的鸦片"而对禅与诗的关系讳莫如深,当不得不提的时候,便用"受禅宗消极影响"一笔带过。改革开放以来,情况逐渐改变。近几年,"禅与文学"、"禅与诗"已成为学术界的热门话题。从已发表的论著看,主要有两种类型:一是宏观的审视,如《唐代文学与佛教》等;二是微观的考察,如《王维诗歌与禅》等。至于从发展史的角度纵论一代诗歌与禅学关系的著作,则尚付阙如。从这一意义上说,张海沙君的博士学位论文《佛教禅学与唐代诗歌研究》便带有开创性质,值得重视。

海沙治学勤奋,学风谨严,从充分掌握资料、了解研究对象入手,研读了大量佛教典籍、唐人诗文总集、别集以及与此相关的历史文献,认识到有唐一代,佛教禅学与中国诗歌创作都经历了一个发展、成熟、兴盛和衍变的历史阶段,而二者的发展、成熟、兴盛和衍变,又大致同步,从而以此为根据,分四期论述,体现历史真实与逻辑真实的统一。

禅宗是中国化的佛教,其中国化的过程,便是对中国传统文化,特别是诗文化的吸收融合过程。而唐代诗人对禅学的接受,也建立在自身传统文化修养和诗禅相通的内在机制之上。禅的中国化,在很大程度上是禅的诗化。唐代诗人接受禅学影响,则导致了在一定程度上诗的禅化。诗与禅互为参照系而双向渗透,表现了在一个大的文化背景下不同质的文化的一种融合。基于这种认识,海沙在恰当分期之后,对每一时期的论述,都力图从诗歌创作的实际出发,结合佛教中国化的过程和诗人们对禅学的接受,多方面、多层次地揭示诗与禅的关系,从而展现了唐代诗风嬗变的某些规律和佛教中国化的某些规律。

禅对诗的影响,是通过诗人这个创作主体实现的。而诗人,其时代背景、文化素养、思想倾向、社会阅历、政治遭遇、升沉显晦,以及所到之处的禅宗派别等等,都互不相同,故对禅学的接受也千差万别。海沙通过对有关资料的充分占有和细致辨析,从众多诗人的论述中体现了唐诗禅化的复杂过程和文化内涵。例如论王绩,海沙指出:王绩儒、道思想俱深,其在初唐的归隐并非逃避现实、向往彼岸,而是处于治世的率性自适。王绩受《金刚经》影响较大,其禅观是遣视听、祛尘累,以识知真如本体。当他把握景物的禅韵并融合禅理进行诗歌创作时,便创造出情景交融、物我浑然一体的艺术境界。王绩的诗歌,标志着中国诗歌开始了意境的追求。又如论张说,海沙通过张说的仕途升沉和禅学影响的具体描述,展示其文学观和诗歌创作的转变过程,指出:本来重视音律、词采的张说由于受禅宗空观与定慧理论的影响,转而追求淳真、朴素的美学境界,对盛唐山水田园诗派和李白"清水出芙蓉,天然去雕饰"的艺术观都有启迪作用。对于以道家思想为主导,号称"诗仙"的李白和以儒家思想为主导,号称"诗圣"的杜甫接受禅学思想的考查、论析,尤鞭辟入里。李白学禅是作为道家思想的补充,禅学智慧给李白一份沉静、洒脱的心境,而禅宗对个性的高扬,又强化了李白豪迈、狂放的浪漫主义心性。至于杜甫,尽管在不同时期、不同地域受禅宗不同派别的影响,且有入禅之作,但他自始至终立足现实、坚持儒家理想,只是在理想与现实的矛盾无法克服、思想上的重压无法忍受时,才借禅境以求精神上的超脱。对于其他许多重要诗人如宋之问、王昌龄、孟浩然、王维、白居易、柳宗元等接受禅学思想及对诗歌创作影响的考查、论析,也同样细致入微,新意迭出,引人入胜。

关于禅学对唐诗的影响,海沙作了实事求是的评估。一方面,她通过四个时期的论述,阐明了唐代诗人对禅学思想的接受,在诗歌创作的意境追求和诗歌理论的意境探讨方面都起了重要作用;对思维方式、艺术表现方式也有积极影响。另一方面她又指出:即使在禅学盛行的时期,仍有大量未受禅学影响的优秀之作;而许多禅趣盎然的诗,既有某些优点,又有局限性。她认为:以佛家思想为主导、号称"诗佛"的王维,其最高的审美范畴是空和静。《鹿柴》、《汉江临泛》、《鸟鸣涧》、《青溪》一类的诗,代表了以禅学为主导的诗歌创作达到的最高境界。然而淡漠世事,随顺自安的处世态度和空静的审美观,可以使他写出一幅幅空寂小景,而早年内容深厚、感情热烈、气势磅礴、足以体现盛唐气象的诗作,便逐渐销声匿迹,不复可见。

禅对诗的影响,涉及创作与理论两个方面,即所谓"以禅入诗"和"以禅喻诗"。海沙的这部著作主要着眼于禅对唐代诗歌创作的渗透,即"以禅入诗",并由此谈到诗人在观照欣赏、思维方式、表达方式、意境追求、艺术风格等方面所发生的种种变化,而在禅对诗歌理论的影响,即"以禅喻诗"方面,虽然也有论述,却未能充分展开。这未免有点美中不足,希望能在出版前加工、补充。唐人"以禅喻诗"的著作,首推署名王昌龄的《诗格》。尽管前人认为非王昌龄所著,而是后人伪托,但如先师罗根泽先生所指出:《诗格》既为中唐遍照金刚《文镜秘府》所引用,则至少伪中有真(见《中国文学批评史》第四编第二章)。《诗格》将佛家"境"的概念引入诗论,提出"诗有三境",即"物境"、"情境"、"意境"。到了中唐诗僧皎然的《诗式》、《诗议》,更对"取思"、"缘境"、"取境"、"造境"作了多方面的阐发。晚唐司空图的《二十四诗品》及《与极浦书》、《与李生论诗书》等论著,则吸取禅宗的空观、中观和无念、无相、无住等思维方式以论诗,使唐诗的意境理论愈臻完善。诗歌理论既来自对诗歌创作的总结,又反转来影响诗歌创作。如果将"以禅入诗"与"以禅喻诗"更好地结合起来,则对诗禅关系的论述将更其完美。

以南京大学教授、博士生导师卞孝萱先生为主席的答辩委员会对张海沙君的《佛教禅学与唐代诗歌研究》给予高度评价,其《决议》指出:"选题颇有意义,系统而全面地论证了唐代诗歌与禅学的相互关系,层次清晰,结构谨严,研究角度新颖,独到见解颇多,是一篇精彩纷呈、具有填补空白作用的优秀博士学位论文。"一致通过授予文学博士学位。

海沙专业基础扎实,知识领域广博,具有较好的独立从事教学和科研的能力。又才情富赡,能作意境优美的诗词,善写清新明丽的散文,早有"三湘才女"之誉。我早年接受汪辟疆、陈匪石诸业师"知、能并重"的教诲,数十年来虽以教学、科研为主,但业余不废创作,从而体会到研究与创作互相促进,相得益彰。有了从事诗词散文创作的切身经验,则研读古代和今人的文艺作品,才能探骊得珠,而不至于隔靴搔痒。门人能按照我的要求,既以教学、研究为主而兼擅诗词散文创作者颇不乏人,海沙便是其中的佼佼者之一。希望她以这部学位论文为先导,开拓不息,奋进不已,为祖国和全人类的精神文明建设做出应有的贡献。

1994 年 7 月

《晚唐诗风研究》序

　　对于晚唐诗,前人多从政教风化、伦理道德角度着眼,斥为"郑卫之声"、"衰世之音"而不予重视。50 年代至"文革",则以政治功利为标准,除少数反映民间疾苦之作而外,多贬为"形式主义"、"唯美主义"等等而给予否定。因此,从宋代至"文革",跟"盛唐诗"、"中唐诗"的研究相比,"晚唐诗"的研究是一个突出的薄弱环节。"四害"既除,拨乱反正,改革开放的春风吹遍神州大地,万象更新,百花齐放,学术文化事业日趋繁荣。1982 年有两次弘扬传统文化的盛会在汉唐古都西安召开。初春季节,在陕西师范大学召开的全国首届唐诗讨论会专家云集,盛况空前。紧接着,由西北大学、陕西师大等单位联合,又召开了全国唐代文学研讨会,成立了中国唐代文学学会,创办了两个会刊,从而有力地推动了唐代文学、特别是唐诗研究的蓬勃开展,晚唐诗被忽视的状况也随之得到根本性的改变。只要粗略地翻阅我主编的《唐代文学研究年鉴》,便会看出从 1982 年起,每年都有关于晚唐诗研究的几十篇论文和好几部专著问世。从十多年的发展趋势看:一、从集中研究李商隐、杜牧等重要诗人逐渐扩展到研究其他众多诗人,由点推向面;二、虽然至今仍以研究个别诗人为主,但试图作整体把握的论著也时有出现,从微观走向宏观。例如我 80 年代后期指导的硕士生田耕宇发表的《论晚唐感伤诗产生的文化背景》、《晚唐诗意境论》、《深沉的反思——晚唐诗歌特色之一略论》等论文,就在晚唐诗的宏观研究方面多有创获。

　　任海天的博士学位论文《晚唐诗风研究》,便是在十多年来晚唐诗研究蓬勃开展的基础上进行宏观研究的新成果。大致说来,它有如下特点和优点:

　　一、晚唐诗已有不少研究成果,这当然为新的研究提供了方便,但同时也增加了困难。要做总体把握,必须在通读晚唐诗的基础上博览相关资料,借鉴已有论著之长,慎思明辨,形成自己的看法,才能避免雷同,有所开拓。海天正是这样做的。他从时代、文化、心理、美学等多角度切入,对晚唐诗歌进行了全面考察,从而揭示其总体风格,阐释了晚唐诗歌艺术的深层意蕴。与已有成果相较,不少地方有新意,乃至有较大幅度的突破。

二、海天对晚唐诗歌及其相关文献进行了广泛的阅读、研究,但在论文里不堆砌材料,而是融入相关论述中,行文流畅生动,引人入胜。例如他不用较大篇幅旁征博引以展示文化背景,而是在有关章节中精选关于政治形势、士林风气、佛教宗派、科举制度等文献资料,画龙点睛,而时代脉搏、文化氛围,已依稀可见。

三、海天从反映社会现实、揭示兴亡教训、偏重个性抒发、具有感伤情调等几个方面入手,将晚唐诗风概括为感伤沉郁的主调、绮艳幽密的情怀、清丽工整的语式、思远韵永的风神,分为四章分别论述,从而展示了晚唐诗歌风格的整体风貌。论述中时有新见,如对咏史诗底蕴的发掘,对"秋阴心理"、"夕阳情绪"的阐释,都鞭辟入里,往往发前人所未发。

诗歌的风格,简单地说,乃是诗人从诗作的内容与形式、思想与艺术中表现出来的个性特色。但仔细分析,却内涵相当复杂。举凡诗人的出身教养、生活遭遇、精神境界、思想感情、心理活动、艺术趣味、师承关系以及对题材的选择、对主题的强调、对体裁的采用、对语言的提炼、对章法的安排等等,都在不同程度上对风格的形成起决定作用。晚唐诗人众多,诗风各异。严羽《沧浪诗话·诗体》提到的就有"杜荀鹤体"、"西昆体(即李商隐体)"、"香奁体(韩偓之诗)"。高棅《唐诗品汇·总叙》则指出:"开成(唐文宗年号,836—840——引者)以后,则有杜牧之之豪纵,温飞卿之绮靡,李义山之隐辟,许用晦之偶对;他若刘沧、马戴、李频、李群玉辈,尚能黾勉气格,将迈时流。此晚唐变态之极,而流风馀韵,犹有存者焉。"到了唐懿宗咸通(860—873)、乾符(874—879)时期,黄滔在《答陈蟠隐论诗书》中虽斥为"郑卫之音鼎沸",但于濆、邵谒、聂夷中、苏拯等人师承孟郊,多用五言古风反映现实,洗练深刻,自具面目。唐亡以前的其他诗人,如皮日休、陆龟蒙师承韩愈,刘得仁、周朴、李洞效法姚合、贾岛,罗隐、杜荀鹤、韦庄仰宗元稹、白居易,唐彦谦、吴融、韩偓追踪李商隐、温庭筠,或专工五律,或擅长七律,或兼用其他各体,各有秀句佳什流传,而风格各有特色。

既然晚唐诗人众多,诗风各异,那么能不能概括其总体风格呢?回答是:能,但相当困难。同一民族、同一时代的诗人既各有独特风格,又有其共同风格,那就是民族风格、时代风格。就时代风格说,熟读唐、宋名家的若干代表作,便会感到唐、宋诗的总体风格明显不同,却很难用准确的语言作精审的表述。历来关于唐诗主情、宋诗尚理之类的解说都使人感到不够圆满。初唐诗、盛唐诗、中唐诗、晚唐诗也各有其互不相同的时代风格,但历来关于"初唐体"、"盛唐体"、"中唐体"、"晚唐体"的解说,也未能使人"惬心贵当"。仅就对"盛唐气象"的阐释而言,也众说纷纭,莫衷一是,总体风格把握之难,于此可见。对于晚唐诗,严羽在《沧浪诗话·诗辨》中贬为"声闻辟支果"(小乘禅);俞文豹《吹剑录》则指责"局促于一题,拘挛于律切,风容色泽,轻浅纤微,无复浑涵气象";胡震亨《唐音癸签》卷二七则斥为"气萎语偷,声繁调急,甚者忿目褊吻,如戟手交骂者有之。王化习俗,上下交丧,而心声随焉"。海天对晚唐诗风的宏观把握,显然比前人高明得多,故受到答辩委员们的赞许,一致通过论文,建议授予博士学位。

严格地说,海天的宏观把握当然并非完美无缺。他概括晚唐诗风为"感伤沉郁的主调"、"绮艳幽密的情怀"、"清丽工整的语言"、"思远韵永的风神",除"感伤"有较普遍的适应性而外,其他只分别适用于不同诗人的部分诗作,并非所有的、或绝大部分的晚唐诗歌都能兼备。"沉郁"是很高的艺术境界,只有学习杜甫"沉郁顿挫"诗风的李商隐及其他少数诗人的部分诗作,才有"沉郁"的特点。"思远韵永"也是很高的艺术境界,晚唐有这种"风神"的诗也为数不多。因此,这部论文还须作进一步的推敲,精益求精。

海天生于1970年,今年才二十七岁,便以较高质量的论文获得博士学位。他学风端正,治学刻苦认真,专业基础扎实,理论功底较好,思维敏锐,视野开阔,语言表达能力较强,继续努力,坚持不懈,必能在中国古代文学的教学、科研中做出较大贡献。

1997年12月

《金词研究》序

改革开放以来,雪化冰消,万卉争荣,"诗词热"席卷神州大地。然而由于传统诗词遭受数十年压抑,一朝解放,虽喷涌而出,声势浩大,但作者多新手,作品类习作,故就艺术质量而言,堪称上乘者尚寥若晨星。救之之道,除关心国计民生、深入现实生活等先决条件而外,便是广泛地继承优秀文化传统(包括文学艺术传统)以吸取民族精神和艺术经验。时贤高唱"创新"而对历代名篇未暇一顾,更谈不上研磨借鉴。其结果,只能是"欲速则不达",徒然耗费时间与精力。新时代呼唤新诗词,"创新"是无可争议的;问题在于"创新"不应从零开始,而必须在继承的基础上进行,基础愈博厚,对"创新"也愈有利。就词而言,倘能兼取两宋名家之长为我所用,则其"创新"便非"妙手空空"者所能企及;进而上溯下沿,精研唐宋金元明清乃至近代之词而究其源流正变、摄其声情气韵,则取精用宏,左右逢源,便与粗辨平仄、略识之无者不可同年而语了。

清人焦循论文学,认为"一代有一代之所胜"(《易馀籥录》卷一五)。王国维进而指出:"夫一代有一代之文学:楚之骚,汉之赋,六代之骈语,唐之诗,宋之词,元之曲,皆所谓一代之文学,而后世莫能继焉者也。"(《宋元戏曲考·自序》)认为唐诗宋词是我国诗歌发展史上的两座高峰,当然不庸置疑。但对于治诗词的人来说,如果仅仅占领这两座高峰就感到心满意足,又如何能把握中华诗歌发展的历史轨迹而探其规律、究其得失呢?然而人们首先看中"一代之所胜"而穷幽探胜、心追手摹,以至忽略其他,这也是很自然的。就词而言,从"五四"迄今,对宋词的研究已成绩斐然,而对宋以后的词,则研究相对薄弱,金词尤其如此。

在一般人心目中,金朝不过是由一个兄弟民族建立的与南宋对峙的区域性政权,地域荒寒,文化落后,历时又短,词这种文采绚丽、声情并茂的文艺品种不可能在这里开出鲜艳的花朵。吴衡照《莲子居词话》就断言"金元工小令

(曲)而词亡"。事实恰恰相反,女真族初建金国,经济、文化固极落后,然在灭辽、灭北宋以后,推行汉化政策,袭用汉语言文字,重用汉族文人,提倡诗词歌赋,其最高统治者如完颜亮、完颜雍、完颜璟及其宗室完颜璹等,都以能词著称,影响所及,词家辈出,灿若群星。唐圭璋先生《全金元词》收金代词人70家、词作3572首,可谓洋洋大观。金国雄距北疆,气候严寒,山川雄莽,民风刚直,声乐粗犷,兼以"苏学北行",东坡乐府伴以铜琶铁板,响彻朝野,故其词雄放伉爽,自成格调,于中华词史独放异彩。如完颜亮之《鹊桥仙·待月》、《念奴娇·咏雪》,雄奇豪犷,前无古人,堪称"创新"之作,今之高唱"创新"者正可作为借鉴。

80年代以来,一向被冷落的金词逐渐引起学者们的注意,时有论著涉及,然全面、系统的研究著作尚付阙如。刘锋焘君有见于此,以《金词研究》为题,撰写出博士学位论文,受到答辩委员们的一致赞许,于1997年夏获文学博士学位。

这部论著,我认为有如下特点:

一、金代文献失坠过半,给研究金词带来不少困难。锋焘从文史结合的角度充分占有资料,考证分析,论从史出,既显示了深厚的史学、文献学功底,又体现了缜密的逻辑思辨能力和实事求是的严谨学风。如评论海陵王,封建时代的文学家及后代一般文人,大抵以《海陵庶人实录》为根据,兼受通俗小说《海陵王荒淫》的影响,因而大加贬斥。锋焘则征引金人贾益谦、元人苏天爵及今人的考证资料,从大处着眼,对完颜亮其人其词作出实事求是的评价。

二、金朝是女真族在北中国建立的区域性政权,在其历代君主倡导汉化以全面吸取先进文化的民族大融合中延续120年之久,从"未有文字"发展到文化繁荣。因而探讨金词,必须弄清其历史文化背景以及由此形成的作家心态和审美情趣。作者高度重视民族大融合产生的效应,把金词的萌生、发展、流变与女真族的汉化、汉族文人对女真族的认同过程紧密地联系起来,从大文化背景上进行阐述,处处以文人心态为中介,探微抉秘,点面结合,得出一系列令人信服的结论。例如作者将金初词与"北宋馀绪"相衔接,从"使金被留"的身世遭遇与金人"扬辽抑宋"、"重北轻南"的文化背景中审视金初代表词人宇文虚中与吴激的"恋旧情结",并借刘无党"万里山川悲故国,十年风雪老穷边"的诗句来概括其心态,从而对其词作出了精当的评论。对海陵王时期的词,则从女真族全面汉化、各民族进一步融合入手,论述以蔡松年为代表的老一辈词人已完成其思想文化人格的转变,与金政权日趋合作,而成长于金源的新一代士子则昂扬奋进,从而影响其词作,使当时词坛呈现出一派全新景象。

三、作者把金词的发展划分为五个既有连续性、又有差异性的阶段论述其每一阶段的代表作家,并勾勒了传承关系和发展脉络,又把蔡松年、完颜亮、元好问作为重点,全面考察,从而展现了金词的独特风貌和卓越成就,令人耳目一新。值得特别肯定的是:把前此被贬斥的完颜亮提到突出位置,从他向往汉族文明、推行汉化政策及其高扬的大一统意识等方面入手,高度评价其豪霸雄肆的词作,确当公允,是作者坚持历史唯物主义所取得的胜利。

这是力图系统、全面地研究金词的第一部专著,原始资料不多,可资参证的论著较少,撰写过程也相当匆促,因而很难做到尽善尽美,进一步充实、完善,还有待于坚持不懈的努力。但它的出版,已有显而易见的现实意义:第一,它可触发同行专家的兴趣,或补其不足,或纠其失误,把金词的研究引向全面、深入。第二,它可以向当代词坛新手们展示金词的独特风貌及其传承、演变规律,在继承传统、借鉴前人方面开拓视野、启迪心智,从而以其日益精美的"创新"之作,吐万民之心声,发时代之强音,为振兴中华诗词,建设精神文明做出贡献。

1998年初春写于陕西师大文学研究所

《魏晋南朝诗歌意象论》序

　　祝菊贤君的学术专著《魏晋南朝诗歌意象论》即将出版。这本来是在我指导下完成的博士学位论文,她出于对导师的尊重,要我写序,我乐于讲几句话。

　　菊贤原是文艺学专业的研究生,苦读三年,获硕士学位,担任文艺学教学工作,发表过多篇论文,出版了一部专著。1994年春,她想报考我的博士研究生,专攻魏晋南朝诗歌,又担心她读硕士学位研究的是文艺学而不是中国古代文学,所以在表达她考博的意愿时显得惴惴不安,生怕我不同意她报名。我说:"我一贯希望我的博士生朝淹贯中西、融汇古今的方向努力,能够从多学科的交叉互补中开拓新领域。博士不'博',不可能取得较大成就。因此,学其他专业的硕士报考我的博士生,我不仅不拒绝,而且很欢迎。文艺学,是从文艺创作、文艺研究中概括出来的一门学问,反转来又指导文艺创作、文艺研究。研究中国古代文学需要同时研究许多学科,研究文艺学尤其重要。精通文艺学而研究中国古代文学,就如虎添翼,既可翻山越涧,又可翱翔天外。"菊贤受到鼓励,经过激烈的竞争考取了我的博士生,又经过三年夜以继日的博览精研、慎思明辨,完成了有开拓性的、学术价值很高的优秀博士学位论文,没有辜负我的期望。

　　自鲁迅以来,我国学术界已公认魏晋南北朝时期是"文学的自觉时代",但对"自觉"的具体表现尚缺乏深入的论述。菊贤的学位论文则从诗歌内形式与外形式的区分入手,对作为内形式的审美意象在魏晋南朝诗论与创作中的自觉过程作了论述,并进而对魏晋南朝诗歌意象的类型与美学风貌进行了纵横交错的辨析。名理络绎,新见迭出,是对这一时期"文学自觉"的深层次、高水平的研究成果。

　　魏晋南朝时期,中国古代诗歌的内、外形式都发生了变化,学术界历来重视这一时期的声律理论与实践对近体诗语言形式的影响,而对诗歌内形式——意象的发展及风貌还较少从宏观整体上做系统深入的探讨。菊贤的博士论文正是在这一点上发前人之所未发,填补了魏晋南朝诗歌意象研究的空白,表现了作者过人的学术胆识。

作者还对这一时期有代表性的诗歌意象进行了文化的透视与剖析,从大文化背景上把握住了该时代诗歌意象的基本内涵和走势,加强了论文的深厚感。作者在精研魏晋南朝诗歌的基础上以辩证唯物论为指导,成功地融会中国古典哲学、文论和西方美学、心理学理论,对魏晋南朝诗歌意象进行多角度的阐释,从纵向考察中体现了历史与逻辑的统一,从横向比较中揭示了对立意象的殊异,显示了很强的理论勇气和思辨能力。

论文在阐述魏晋南朝诗歌意象过程中,把创作与理论融会贯通,把面的概括与点的透视有机结合。从而使整个论述左右逢源,虚实相生,具有较强的说服力。论文分四章十八目,结构谨严,论证精确,文笔简洁、流畅而优美,引人入胜。

这篇论文分送国内十几位同行专家审阅,都给予充分肯定和高度评价。在以南京师范大学教授、博士生导师钟振振任主席的答辩会上,又受到全体答辩委员的热情赞扬,公认是一篇有创新精神的高质量的博士学位论文,全票通过,并建议授予博士学位。

孟子深有体会地说过:"得天下英才而教育之,三乐也。"(《孟子·尽心》)我数十年忝为人师,不断品尝到孟老夫子所享受过的那种"乐"。《唐诗纪事》卷四十九载,中唐诗人项斯"始未为闻人,因以卷谒杨敬之。杨苦爱之,赠诗云:

> 几度见诗诗尽好,及观标格过于诗。
> 平生不解藏人善,到处逢人说项斯。

未几,诗达长安,明年擢上第"。我也是"平生不解藏人善"的人,对自己的得意门生,更喜欢夸奖。菊贤获博士学位后登门告别,我赠她四句诗:

> 三载精研八代诗,绮文脱手见情思。
> 欲推后浪兼天涌,我亦逢人说项斯。

当然,老师对学生的夸奖,实际上是一种鞭策。希望菊贤以这部学术专著为起点,精进不已,以高质量的教学和科研成果报效祖国,为中华民族的伟大复兴做出应有的贡献。

公元2000年元旦写于陕西师大文研所

《先唐史传文学研究》序

中国古代传记文学源远流长。从总的倾向看,唐代是一个重要的转折点。唐之前,史书中的传记占主导地位;唐代及其之后,由于官方对史书编撰的控制、文学与史学的分离等诸多原因,史传的思想性、艺术性逐渐走了下坡路,而随着韩愈、柳宗元掀起的古文运动,传记文学的重心转向了脱离史书的散体传记,形成了中国古典传记的又一主流。张新科君的这部博士论文,选取唐代以前的史传文学作为研究对象,取得了可喜的成就。

一、博览载籍,视野开阔。唐前传记,除《史记》、《汉书》、《三国志》、《后汉书》、《宋书》、《南齐书》、《魏书》等正史及此前的《左传》、《国语》、《战国策》等史书所载者而外,尚有魏晋时期大量的杂传,资料十分繁富。这些著作,往往文、史、哲融为一体,具有丰富的内容。因此,本课题的研究有一定的难度。著者在广泛阅读的基础上,对这些著作一一进行梳理,分清主次,然后探讨史传发展的规律性问题。例如从中国史官文化、巫文化入手,结合当时的社会思潮,分析了唐前史传产生的原因及其特征。又如将唐前史传放在中国文学发展的长河中,分析它与杂传、民间文学、古典小说、辞赋等的关系,溯源探流,上钩下连,纵横开拓,力求多方面挖掘史传的内在价值等等,都给人以耳目一新之感。

二、角度新颖,重点突出。历代有关史传单部著作如《左传》、《史记》等的研究成果较多。著者因而不再对单部著作作孤立研究,而是另辟蹊径,选取了一个新的角度,把唐前史传作为一个整体,系统地从传记文学理论角度进行综合研究。全书涉及唐前史传文学的诸多方面,而其侧重点则在于对史传文学特征及其内在规律的揭示。分别从思想与艺术、渊源与影响、作家与作品等方面多层次地进行深入论述,体现了纵与横的交错、广度与深度的结合。如绪论部分,对史传文学与历史、文学的联系和区别进行全面分析,并将唐前史传的发展归纳为三个阶段:先秦是萌芽成长期、两汉是成熟高峰期、魏晋南北朝是逐步衰微期。由此将唐前史传的总特征归纳为连续性、系统性、功利性、模式化等。第二章系统论述了唐前史传的嬗变轨迹,认为先秦两汉时期的史传文学,是由简单的记事向复杂的写人演进;人物类型由上层逐步向下层扩大;作者感情由隐而显;风格由简朴单一向多姿多样发展。魏晋南北朝时期,由于诸多原因,史传中的人物范围逐步缩小;由性格化向叙事化转变;思想感情由浓而淡;语言由散行趋向骈俪。这样的宏观审视,在以前的史传文学研究中还是不多见的。

三、深入钻研,力求创新。著者在前人研究的基础上,大胆探索,新意迭出。如唐前史传与辞赋的关系,这是前人很少涉及的问题,著者以唐前七部正史著作为例,仔细统计了这些著作中收录的辞赋作品,然后从传记文学发展的角度进行分析,认为史传中收录辞赋作品,是表现人物才能、个性的重要手段之一,也是文学向着自觉化方向发展的一个重要标志。并且还就史传中的辞赋理论、史传对辞赋的影响等问题作了进一步的探讨。又如史传文学中人物形象的建立问题,作者从人物形象在时间、空间中的不断扩展、由概括化向个性化迈进、由单一性向复杂性发展等方面系统进行论述,认为史传文学中人物形象的建立从《左传》开始,到《史记》完成,这一结论是可信的。再如中国小说的源头问题,历来较少注意史传这一重要因素,著者则从史传与小说的不解之缘入手,从个性化人物、戏剧化场面、虚实结合的手法、立体化的叙述方法等方面深入探讨了史传与小说在艺术上的相通之处,颇有新意。全书中出新的地方很多,不一一罗列了。

四、立足现实,审视历史。本课题的研究,目的在于从人文精神方面为今天的社会提供有价值的营养,从传记文学创作方面为今天提供有益的借鉴。因此,既具有理论意义,又具有实践意义。著者认为,传记文学是人类生命的载体,能使那些有价值的生命走向永恒的时间和无限的空间。所以,传记文学是一条永不生锈的链条,它不只是历史,还联系着现实,并且指向未来。由此出发,对唐前史传中有价值的东西进行了多方面的探讨。如第四章探讨史传中的人性问题,对于认识我们民族的个性光彩、反省人性的弱点具有重要意义。第五章从挫折心理学角度探讨司马迁的创造意识,揭示了司马迁在逆境中奋发进取的心理状态,对今人很有启发意义。尤其是第十章,立足现代,以呼唤更高层次的民族精神为出发点,对唐前史传文学中的生命价值、民族生命和民族精神的凝聚问题进行全面探讨,这对于弘扬民族优秀文化、促进精神文明建设,是有积极意义的。著者还从唐前史传作家的创作中得出结论:作为传记作家,应以史学家的谨严去求真,哲学家的睿智和心理学家的细腻去求深,文学家的笔调去求美。这是中肯之论。

新科同志对中国传统文化有浓厚的兴趣,治学勤谨、扎实,希望他继续努力,不断取得新的成就。

2000 年 5 月 15 日于唐音阁

《唐代关中士族与文学》序

李浩君于1998年春完成的博士学位论文《唐代关中士族与文学》,在同年5月举行的答辩会上受到答辩委员会主席卞孝萱先生和所有委员的一致赞许。由台北文津出版社纳入《隋唐文化研究丛书》出版以来,又赢得不少同行专家的好评,例如北京大学出版社出版的《唐研究》第七卷所载朱玉麒先生的长文,既善意地指出其不足之处,又给予热情的奖掖,说这是"贡献给唐代文学研究领域的一本具有典范意义的著作",又说"从以上的介绍可以看出,赋予本书文史结合、选题新颖、论证严密、新见迭出的评价,显然是毫不过分的"。

文津出版社邱镇京先生主编《大陆地区博士论文丛刊》,曾收入我指导的七部博士论文,印象颇佳,因而来函要我为《隋唐文化研究丛书》介绍门人的新著。李浩的这部书稿一经推荐便要求速寄,所以来不及写序。现在,这部书又被选入中国社会科学院编《中国社会科学博士论文文库》,即将付梓,我忝为导师,乐于说几句话。

撰写博士论文,选题和选择研究视角极关重要。李浩主攻唐代文学,而近数十年来唐代文学研究是中国古代文学研究中的热门,海内外涉足者甚众,论著层出不穷,空白和薄弱环节已难寻找。即如唐代关中文学,虽然尚无全面系统的专著,但关于王昌龄、韦应物、白居易、杜牧、韦庄诸家的研究成果已相当可观。如果不从独特的视角切入重点突破,难免流于目前习见的低层次重复。

要做到选题独特、视角新颖,先决条件是博览精研,视野开阔。我国本来有文史哲不分的传统,古代文学研究者只有兼通哲学、史学的研究历史及现状,并且关注其他相关学科和海外汉学研究的进展和创获,始能取精用宏,左右逢源。李浩正是朝这个方向全力以赴的,这部论文选题、视角的独特新颖和考辩、论证的详博严密,也正得益于此。

李浩在此书的"导言"中明确说明:陈寅恪在中古史研究中提出的"地域－家族"方法和"关陇集团"、"关中本位"理论,给他以"方法论的深刻启迪"。

这看起来只不过是对现成理论、方法的选用,而朱玉麒先生却充分估计其重要性:"为了解释隋唐制度渊源和唐代兴衰的原因,陈寅恪提出了'关陇集团'理论和'关中本位'说,其原创性的观点成为中古史研究的里程碑,被广泛援引和评论。但从陈氏立论之初到后来研究者对其观点的引申与发展,都侧重于政治、军事层面与统治集团上层群体方面的论证,尚未将这一政治文化概念及其'地域-家族'的方法运用到文学研究这一重要的文化构成中去。""而本书的选题却直接借鉴了一个在历史学界重要的命题,为唐代文学史的研究提供了新的视角"。

这部论著题为《唐代关中士族与文学》,"唐代关中"既是"士族"的定语,也是"文学"的定语,详言之,就是"唐代关中士族与唐代关中文学",因而此书论述的是唐代关中士族与唐代关中文学的种种联系,而不是全面论述唐代关中文学。著者在"导言"中说得很清楚:"本书试图探讨唐代时期关中地域士族演变与文学发展的种种关联性,并缘此对唐代关中文学进行文化透视。"因此,如果认为著者论述唐代关中士族文学而未能涵盖唐代关中文学的全部,那便是一种误读。而文津版封面上赫然出现的"本书是迄今第一部研究唐代关中地域文学的学术著作"一语,则是可能导致误读的诱因。

不同地域,其山川、风物、民俗以及文化积淀等等各有特点,而任何地域的文学,都不能不受本地域山川、风物、民俗以及文化积淀等等的深刻影响,所以不同地域的文学也各有特点,互不雷同。早在20世纪30年代,先师汪辟疆先生就以地域为视角评论近代诗派,撰成《近代诗派与地域》长文。这篇论文将近代诗分为湖湘、闽赣、河北、江左、岭南、西蜀六派,每论一派,必先概述其地域特征。如论湖湘派的前两段:

> 荆楚地势,在古为南服,在今为中枢。其地襟江带湖,五溪盘亘,洞庭云梦,荡漾其间,兼以俗尚鬼神,沙岸丛祠,遍于州郡;人富幽渺之思,文有邈远之韵。非惟宅处是邦者蔚为高文,即异地侨居,亦多与其山川相发越,观于贾傅之赋鹏鸟、吊湘累,即其证也。李商隐诗云:"湘泪浅深滋竹色,楚歌重叠怨兰丛。"又陈师道诗云:"九十九岗风俗厚,人人已握灵蛇珠。"细玩此诗,江汉英灵,岂其远而?
>
> 荆楚文学,远肇二南,屈宋承风,光照寰宇,楚声流播,至炎汉而弗衰。下逮宋齐,西声歌曲,谱入清商,极少年行乐之情,写水乡离别之苦,远绍

风骚,近开唐体,渊源一脉,灼然可寻。故向来湖湘诗人,即以善叙欢情、精晓音律见长……有一唱三叹之音,具竟体芳馨之致,即近代之湘楚诗人,举莫能外也。

当代唐诗研究者虽亦着眼地域,但大抵只涉及南北朝时期之南北文风殊异与隋唐统一后之逐渐融合。其实,隋唐统一之后地域特征依然长期存在,其对文学之影响也长期存在。李浩在"导言"中对此有所论述,并且提出:"以隋唐文学研究而言,讨论南北文化的差别和统一固有价值,如能同时兼顾东西的对峙与缓和,并进一步深入到江南、关东、关西、代北等不同区域中,探讨其与文学演化的关系,将更有意义。"这是极有见地的。他的这部"探讨唐代时期关中地域士族演变与文学发展的种种关联性"的著作,就是他的这种认识的卓越实践。

本书继"导言"之后的第一、第二两章共九节,即从地域与文学的关系切入,考论"关中地域与文化精神"及"关中方土风气与文学趣味",溯源穷流,精细详审。其中"关中文化精神的理论诠释"一节,将关中文化精神概括为"人文化成的礼乐精神"、"耕稼本业的重农精神"、"开拓进取的冒险精神"、"经世致用的事功精神"和"学究天人的宇宙精神",又就其思维品质将关中文化精神概括为"原创性"、"开放性"、"践履性"和"示范性",都有据有理,极富说服力。由于丰、镐、咸阳、长安是周、秦、汉、唐的首都,五方杂错,人文交会,故关中文化虽有地域特色,但影响遍及全国,正如著者所指出:"从某种意义上说,关中文化实即华夏文化的缩微,是研究古代华夏文化发荣滋长的标本和化石。"因此,弘扬其优秀传统,因革损益,对于当前的文化建设乃至对于复兴中华民族的伟大实践,都有不容低估的积极意义。

第三至第十各章及附录共三十五节,从家族与文学的关系切入,从不同侧面和个案,考论了"唐代社会背景下的关中士族"、"唐代关中文学士族的崛兴"、"唐代关中文学群体的构成"、"唐代关中士族与教育"、"从士族郡望看牛李党争的分野"、"苏绰文体改革新说"、"柳宗元古文思想与关中学术资源"、"窦叔向家族贯望新证"等一系列重要问题,凿山辟道,拓土开疆,胜义纷呈,新见迭出。辟专章旁征博引,考论唐代士人极重家教,尤寓深意。我国有悠久的"家教"传统,伦理道德方面的"家教"形成良好的"家风",学术文化方面的"家教"形成良好的"家学",如果"家教"不废,则历代传承,人才辈出。极"左"时期片面强调党的培养而否定家庭教育,十年浩劫,更煽动子女斗父母、划界限,贻害无穷。改革开放以来,拨乱反正,风气始变,进一步弘扬"家教"传统,在良好的家庭教育基础上加强学校教育与社会教育,必能更有效地为国育才,致富图强。

此书撰写提纲中尚有论关中杜氏文学与韦氏文学各一章,答辩前未能定稿,出版时亦付阙如。如果这两章完成,则全书内容与"唐代关中士族与文学"的论题已大致符合。就其紧扣论题提出并解决了许多重要问题,新见纷呈而论从史出,考辩精审而论证严密,行文雅洁畅达来说,已堪称高质量的博士学位论文。如果严格要求,则在考论关中文化精神、文学趣味和唐代关中文学的重要创作主体(文学士族)及其相关问题方面,的确多有创获,而对唐代关中士族文学创作的成就、特色及其对关中文学乃至整个唐代文学有何贡献等等,则语焉不详,以致未能引人入胜,不无画龙而未点睛之憾。

李浩品学兼优,功底坚实,思维敏锐,而且正当不惑之年,来日方长,如果在治学道路上继续攀登,坚持不懈,则成就未可限量。目前肩负文学院长重任,沉着干练,已有建树。不是顾此失彼而是相得益彰,这是我的衷心期望。

2003 年 4 月 8 日写于唐音阁

《唐代侠风与文学》序

汪聚应君是我指导的博士研究生,2002年毕业,获文学博士学位。其学位论文《唐代侠风与文学》在送审和答辩时受到了同行专家的好评。聚应毕业后对论文又花了两年多时间进行修改,并于2004年申报中国社会科学基金,获得立项。

上世纪80年代以来,中国古代文学融入"历史-文化"的研究领域,为古代文学某种现象、理论、思潮、特征等的定性研究构建了一个立体的多维空间。从这个角度审视"唐代侠风与文学",不仅有助于对唐代文学研究本身的创新,而且对中国侠文化史的研究,亦有所开拓。

侠是中国古代社会的特有产物,历来褒贬不一,但侠的人格精神及其侠义观念对中华民族性格的铸塑作用却不容忽视,而侠的人生的传奇性、处事的超异性、追求的理想化又使侠与文人结下了不解之缘。历代文人以侠自况,使中国文学的发展长河中灌注着一股英雄之气,流淌着闪光的侠义之什,这对中国传统文学中的才子佳人模式也无疑是一种补偿。因此,研究侠文化与侠文学本身就是一件十分有意义的事。

唐代是中国侠文化发展史上承前启后的重要阶段,也是侠文学发展史上开拓创新的黄金时期。整个社会崇尚任侠,文人尤多侠行,歌颂游侠的诗篇在数量与艺术上都达到了一个高峰,而唐人豪侠小说的审美价值及其对后世武侠小说的影响与奠基作用更显而易见。然而在唐代文学研究中,对唐代任侠风气与文学创作的研究还是一个薄弱环节。因此,要力破陈说而有所开拓,确有一定的难度,而要从挖掘、整理、研究唐代任侠风气和侠文学创作入手,构建唐代侠风与文学关系的理论体系,就更要付出艰辛的精神劳动。正是从这些方面衡量,我认为,汪聚应的这部专著多有创获,值得重视。

(一)《唐代侠风与文学》的著者注意在中国侠的历史文化变迁和中国侠文学创作发展的坐标中,立足于唐代侠风和侠的文献记载,立足于唐代文学中丰富多彩的任侠内容和任侠精神,通过对唐代侠风和侠的历时性的宏观观照和共时性的类型分析,揭示出唐代侠风与侠的时代特征及其精神内涵,阐发了唐代侠文化与侠文学在文化史上的地位与影响。认为唐代是中国侠和侠文化发展史上一个极为重要的历史时期,其突出的标志,一是在唐代完成了侠由古典型向近代民间型的转换;二是在侠文化史上,唐代完成了侠由史家立传向文人歌咏的过渡。这都是富有启示意义的。

（二）当前学术界对唐代任侠风气与文学创作的研究状况主要表现在:一、对唐代任侠风气的成因、流变以及唐代侠和任侠精神缺乏系统的认识和研究;二、对唐代侠文学创作如咏侠诗和豪侠小说尚无全面的挖掘整理;三、对唐代任侠风气与文学创作之间的关系亦未涉及。《唐代侠风与文学》的著者在研究唐代任侠风尚时,牢牢抓住唐代在中国侠文化史上的重要地位,把唐代任侠风气和文学创作定位在整个中国侠的历史文化变迁中,详细论述了唐代任侠风尚的社会文化成因、时代文化心理和唐人的侠意识、唐代侠的地域分布,并对唐代的少年游侠、官侠、文人之侠、剑侠进行了全景式的透析。尤其值得一提的是关于唐代侠的地域分布这一研究内容,著者通过钩稽唐代正史和各类稗史资料,挖掘整理出唐代有记载的任侠者约150人,并以开元十五道为次第,对唐代侠的地域分布及其侠行简况列表加以展示。与此同时,对其分布的特点也作了有理有据的分析。这是以前没人做过的。它不仅为唐代任侠风尚的论述提供了丰厚的史料依据和现实基础,而且深入挖掘出了唐代各地域、各阶层任侠的现状,为唐代侠文化的研究提供了丰富的第一手材料。

对唐人咏侠诗和豪侠小说的整理研究也颇见功力。这样的研究内容,可资借鉴的成果很少。对此,汪聚应在界定唐人咏侠诗和豪侠小说的概念后,从《全唐诗》、《全唐诗补编》等文献中搜辑整理出四百多首咏侠诗。从《太平广记》、《太平御览》等收集唐人小说的文献资料和各种唐人杂史、杂传、笔记小说等文献中爬梳整理出近百篇唐人豪侠小说,并详细考证其文献出处、版本、本事及其流变。没有大海捞针的耐心和锲而不舍的精神,是难以做好这样深细的研究工作的。这方面的成果,有一些已经在《文学遗产》、《香港中文大学中国文化研究所学报》等权威刊物上发表,有三篇被人大复印资料全文复印。

（三）《唐代侠风与文学》以对唐代任侠风气、唐代侠文学、唐代侠风与文学关系的探讨为中心,系统挖掘唐代任侠风气的社会文化成因、表现、流变和文化特质,通过对唐人咏侠诗和豪侠小说的全面整理和系统研究,探讨唐代侠文学独特的审美价值。通过史料文献的钩稽整理和排比分析,阐明任侠风气与文学创作的关系,将唐代任侠风气与文学创作的理论框架定位在文学与文人两个文化层面。在此基础上,阐述并建构唐代侠风与文学关系的理论内涵。认为唐代任侠风气,由于文人的崇尚和积极融入,对我国侠文化和侠文学产生了深远影响。唐人咏侠诗,以其健朗的创作精神和丰富的艺术成就,在咏侠诗发展史上树立了一座不可企及的高峰。唐人首开武侠小说创作的先河,许多奠基之作为后世武侠小说的创作打开了无数法门。唐代任侠风气对文学的直接影响是促进了唐人咏侠诗和豪侠小说的创作与繁荣,并以其刚健豪放、昂扬向上的文化精神促进了唐诗风格的形成和豪侠主题在传奇小说中的确立,为唐代文学赋予了新的文学内涵和文化精神。唐代任侠风气对文学的更为内在的影响是通过影响文人的人格理想、生活理想和艺术审美理想而影响到文学创作的精神内容。以上论述,由对相关社会文化现象的合逻辑解释上升到理论框架的建构,达到了逻辑性与历史性的统一。

  这是力图系统、全面研究唐代任侠风气与文学创作的第一部专著,也是汪聚应在唐代文学研究中的第一部专著,论从史出,考论结合,开拓创新,取得了可喜的成果。但由于这是"第一部",进一步充实、完善,还有待于坚持不懈的努力。希望著者再接再厉,自强不息,为中国侠文化的研究做出更大的贡献。

2005 年 6 月 6 日

《排律文献研究(明代篇)》序

排律形成于初唐,四杰、沈、宋、杜审言诸家已有佳什,而题材狭窄,篇幅尚短。杜甫以毕生之力开拓创新,今存五言排律多达一百二十七首,各有艺术表现上的独创性。其中的《秋日夔府咏怀奉寄郑监李宾客一百韵》长达千言,伤时感事,抚今追昔,转折开合,穷极变化,开后贤无数法门,影响深远。中唐元稹于《杜君墓系铭》中大力称赞,且与白居易付诸创作实践,各有百韵排律多首。自中唐至两宋,名家继起,如北宋白派诗人王禹偁,即致力于排律创作,其《谪居感事》五言排律长达一百六十韵,感慨时事,极富艺术感染力。金人元好问作《论诗绝句三十首》,其第十首以"少陵自有连城璧,争奈微之识碔砆"的论断否定元稹对杜甫排律的评价。然而恰在元氏(好问)的"碔砆"之论发表以后,"排律"作为这种诗体的专名始于元代提出而达成共识,排律的创作至明代竟多达一万余首,盛况空前。令人遗憾的是:海内外研治中华诗学者或受元氏影响,或出于别种原因,对排律相当忽视。直到目前为止,公开发表的排律研究成果,只有寥若晨星的短篇论文,又仅局限于一两位诗人的作品;通论性的、跨越几个朝代的论著尚未出现。研究中华诗史而忽视排律,怎能得出全面而准确的结论?

沈文凡君有鉴于此,攻博期间,博览精研,日夜兼程,完成了构架完整、体系庞大的论著《排律文献研究》,赢得了答辩委员们的赞许,又被评为中国古代文学专业2006年度陕西省优秀博士学位论文。大致说来,这部论著具有如下优点:

一是逻辑性强。为了深透地挖掘明代排律对唐代排律的诗体阐释、继承、传播及其与唐代排律本身的内在联系,清晰地把握排律的发展脉络与规律,文凡在论文中首先将明代排律创作繁盛、持久的前因及逻辑起点揭示了出来。即以"明代诗文集唐诗学文献缉考"作为全文的第一章,以明代诗人的唐诗观作为参照系,通过归纳整理明代的相关资料,剖析了明代诗人的"唐代诗句观"、"唐代诗体观"、"唐代诗韵观"的文化底蕴,构思巧妙,引入自然,逻辑关联性强。

二是系统性强。文凡没有孤立静止地去论排律,而是将此问题放置在一个互为联系的平台上。论题的选取、章节的安排也充分注意与排律文献的关联并作为整个研究系统的一部分去阐释,如论文的第二章通过诗社与明代近体律诗创作的繁盛现象,来说明诗人诗社活动对促进近体律诗包括排律创作的促进作用。"分韵"、"限韵"、"用韵"、"次韵"、"和韵"等创作活动,作为产生大量排律的基础,互有关联。

三是方法科学。为考述百韵排律的发展演变,文凡既注意横向的条件,更注意纵向的演变。从韵字的角度,对明代平水韵的使用情况进行了全面的整理。这不仅对探讨五言律诗、七言律诗韵字使用有巨大作用,更主要的是为下章考述百韵排律作了极好的铺垫。第四章对唐代"排律"诗体名称的隔代及域外之确立进行缉考,方法科学,令人信服。

四是资料丰富。论文以文献资料的整理考述见长。第六章分类排比,统计明代排律韵数,将其作为研究排律发展演变的重要的文献展列出来。第七章缕述明代的唐诗(排律)选本。第八章整理明代别集中排律诗目,从明代一千三百多部诗文别集中整理出一万多首排律。信息量大,可谓完成了一个大工程。其论述内容大多具有拓荒式意义。

《排律文献研究》建立了一种符合排律研究实际的结构体制,对今后开展排律研究提供了很好的基础平台和参照系。论文结构清晰完整,构架庞大、坚实有力。这是作者学术功力长期积累后的显示。文献征引、学理阐述等都符合学术规范。

论文定位为排律文献研究,主观的发挥就受到一定的限制。所以这本论著偏重于资料的整理、排比与统计,更多地让资料"说话",这正是其最大特色,但从阐释分析的角度看,又有欠缺,日后可以用《排律发展史》弥补之;又由于主要内容还是明代唐诗排律观、百韵排律及明代排律诗等研究,日后可以在增补本中将其他时段的文献更多地加以增补。全文或不免有疏误之处,与此项排律文献大工程相比,虽微不足道,但亦应重视。希望文凡能继续完善和深化这个选题。

玉韫石辉,珠藏川媚,《排律文献研究》既能公开出版发行,必将广泛传播。在传播过程中倘能引起学术界对排律的重视,鸿文钜著,层见叠出,那就喜出望外了。

2007年夏写于陕西师范大学博导南楼

《长安文化与隋唐诗歌》序

康震同志的博士学位论文《长安文化与隋唐诗歌》就要付梓面世了。作为他的导师,我深感喜慰。康震从 1997 年开始攻读博士学位,花费两年多时间完成的学位论文,多有创获,得到了答辩委员们的一致好评,于 2000 年获得文学博士学位。答辩委员会在决议中这样写道:

> 这篇论文纯熟地运用"历史 – 文化"的研究方法,将隋唐诗歌置于"长安文化传统"、"关陇集团精神"的宏阔背景中加以审视和观照,视角新颖独特,视野宽广阔大,是古代文学与地域文化、都城文化有机结合的一部力作,在唐诗研究领域里别开生面,令人耳目一新。全文独具匠心,论据充分,逻辑思维缜密,文字流畅,资料丰富,是一篇跨学科的学术价值较高的优秀博士论文。

这个评价是符合实际的,我也乐意就这部著作说几句话。

长安、关中地区从西周开始,历经秦、西汉、新莽、前秦、后秦、西魏、北周、隋、唐等十几个朝代,始终是中华民族建都立业的首善之地。作为地理区域,关中具有鲜明独特的地域文化特征;作为古代都城,长安具有悠久的古都文化传统;作为隋唐政治经济文化中心,长安关中的文化发展辐射全国乃至海外。正因为如此,长安以及关中地区的文化精神、历史传统长期影响着我国古代文学艺术的发展演变。从这个意义上来说,《长安文化与隋唐诗歌》这个选题具有学术开拓意义,对古代文学特别是唐代文学研究具有积极的推动作用,对现今西安地区文化事业的建设发展也具有重要的实践价值。

早在 1992 年,我曾在《唐诗与长安》(《文史知识》1992 年第 6 期)一文中谈到唐诗与长安的关系,引起了一定的反响,我也希望有更多的学者来关注这个课题。所以,当康震提出以《长安文化与隋唐诗歌》作为博士论文选题时,我深表赞许,并祝愿他写出高水平的论文。最近几年,康震参照答辩委员会的意见和建议,对博士论文做了适当的修订补充。展读全篇,我以为它有这样几个比较突出的特点和优势:

一、作者在宏阔的历史背景与深层的文化底蕴中,展示唐代诗歌的发展趋势与美学风貌,取材详博,见解新颖,视野开阔,内容丰赡,展示了求真务实的学风。其驾驭材料与文字的能力亦颇可称道。

二、作者将周秦汉以至隋唐国都长安的历史、建筑、人文文化与文学结合起来,并从地域与都城文化的视角切入,深入探讨在长安文化传统与关陇集团精神影响下隋唐诗歌的文化、美学品质,拓展了唐诗研究的视野。关于都城文化与文学关系的探讨,更具历史与现实意义。在中国古代历史上,"盛唐气象"一直令人向往追慕。长安文化传统、关陇集团精神,唐代诗人的民族宽容、思想包容、文化兼容心态,正是"盛唐气象"形成的思想基础。它使我们能够理解唐代诗歌何以具有雄浑博大、雍容深沉的美学内涵。所有这些内容,也都在书中得到了必要的阐发。

三、这部著作根据论题选用了最适合的研究方法。从西方引进的新方法,如果为特定的论题所需要,自然可以获得较好的效应。就我指导的博士论文来说,刘怀荣教授的《中国古典诗学原型研究》就是汲取西方原型批评方法而取得成功的。"历史－文化"的研究方法为王国维、陈寅恪等国学大师所运用,做出了辉煌业绩。我的博士生李浩教授的博士论文《唐代关中士族与文学》以及康震的这部著作都根据论题的需要选用了"历史－文化"研究方法,获得了较大的成功,这说明传统方法仍然值得重视。这部著作还将唐诗作为社会意识形态,与史学、文化学、心理学、哲学等亲缘学科紧密结合,进行交叉、综合比较研究,并从古代历史文化的整体运动中审视唐诗的美学价值,这既是对传统研究方法的有益补充,也显示出作者理性思维的周到成熟。

四、作者对周秦两汉以至隋唐的长安文化,从纵向横向的结合上展现其演进历程和发展轨迹,简繁得当,脉络分明,符合历史实际。长安文化是中国传统文化的重要组成部分,以长安文化为中心所形成的汉唐文化又是中国古代的主流文化之一。由表及里,准确的阐明长安文化的嬗变与精神特质,进而发掘长安文化对中国古代文学尤其是对唐代文学的影响,具有重要的理论意义和学术价值。作者以丰镐为起点,将长安文化作为一种动态的、层积层累的多元同构的文化形态,从物质、制度、风俗习尚、思想价值观念等方面,结合多种相关学科进行交叉性综合研究。既注重长安文化的传承性,又探究其嬗变中的兼容性,进而深入考察了西魏北周时期关陇集团文化精神对于文学的影响。

五、隋代国祚短,隋代诗歌历来为研究者所忽视。作者则从隋唐长安城的兴建和关陇集团文化精神入手,深入探讨了隋诗的文化意蕴和价值,应是披荆斩荒之论。又由此引出对于唐代诗歌与长安文化关系之重点论述,顺理成章的完成了论著题旨的阐释。南北朝隋唐时期,是中国古代文学及其思想观念发展的重要阶段。作者立足这个时代背景,全面揭示西魏北周至初唐时期,关陇集团文学观念发展演变的轨迹,这对于较薄弱的北朝文学思想研究是一个有益的补充,也有助于我们从一个新的角度认识唐代文学思想观念的生成与发展。

六、唐长安城是唐代建筑艺术的美学典范。作者指出,长安城建筑对于唐诗审美与文化内涵的丰富发展有着重要影响。关中地区的地理形胜,长安城的建筑格局、建筑语言,长安城与终南山的关系等,都是促使唐诗审美与文化内涵走向成熟的重要因素。同时,唐代诗歌对唐长安城、关中地区的抒写歌咏,也在不断丰富深化长安城乃至长安文化的整体内涵,并因此成为唐长安城建筑文化不可分割的组成部分,成为长安城建筑美学的延伸与发展。所有这些论断与发明,对于深入发掘西安的历史文化内涵与城市资源,都具有积极的理论意义与重要的实践价值,显示了作者力求将古典文学研究与现实相结合的强烈意识,难能可贵。

总之,《长安文化与隋唐诗歌》是隋唐文学研究领域中一部具有开拓创新价值的优秀著作。康震在攻读博士学位期间,学风端正,不受甚嚣尘上的商潮与浮躁之风的影响,勤奋治学,博览群书,学术水平得到较大提高。2000年博士毕业后,他又进入南京师范大学中国语言文学博士后流动站,在钟振振教授的指导下继续深造,学识益广,学业益进。如今,康震在北京师范大学文学院这个良好环境中从事教学科研工作,是难得的机遇。祝愿他再接再厉,不懈不骄,继续坚持端正优良的学风,在学术研究和教书育人方面作出更多更大的贡献。

2006 年春节于唐音阁

《〈庄子〉文学研究》序

在中国文化的灿烂星空中,《庄子》无疑是奇特而耀眼的巨星之一。它既是伟大的哲学著作,又是杰出的文学作品,对秦汉以来中国哲学和中国文学的发展影响深远。可是长期以来,人们对《庄子》哲理的阐发比较深入,论著甚多,而对其文学的研究则相对薄弱,缺乏全面系统的著作。刘生良君有感于此,特将《庄子》文学之研究作为博士论文选题,经过刻苦钻研,数易其稿,完成了这部洋洋 30 余万言的专著,受到全体答辩委员和不少同行专家的充分肯定,即将由人民出版社出版了。作为导师,我乐意应邀讲几句话,作为序言。

生良的这本书共 7 章 26 节 70 余目。第一章对庄子其人其书等基本问题作了必要的考辨;其余各章分别就《庄子》的文学类型、文体形态、文本结构、辩对艺术、话语特色以及美学文学思想等展开细致深入的论析,从而在较大规模和较高层次上揭示了《庄子》的文学特色和影响,令人耳目一新。《庄子》哲理深邃而文采斐然,前人论《庄》亦未尝无视其文学成就。仅就明清而言,如陆西星《南华真经副墨》、林云铭《庄子因》、宣颖《南华经解》、胡文英《庄子独见》、刘凤苞《南华雪心编》等,都对《庄子》文学发表了精彩的评论,颇为后人所激赏,本书也多有援引。但这些著作对《庄子》的文学特色多是在注《庄》解《庄》时随感式的点评,未曾全面论述。前些年,台湾和大陆出版了几本有关《庄子》文学的论著,引人注目,但或比重偏小,或侧重某一方面,系统性也有所欠缺。因此,就内容和结构体系而言,生良的这部书在《庄子》文学研究方面,无疑有较大的超越和突破。

值得指出的是:生良既未脱离文本而架空立论,又未拼凑成说而人云亦云,而是在反复研读《庄子》的基础上广泛参børn有关文献和古今研究成果,从而形成了一系列新颖、深刻的见解,创获颇多。例如关于《庄子》的文学类型,前人多以浪漫论之,且冠以"消极"二字。生良摈弃"消极"而申论浪漫,又进而论述了《庄子》与现实文学、象征文学的关系及其总体文学类型,认为它既是浪漫文学,又是以批判现实为主的现实文学,更是以寓言寄意为特征的象征文学,其总体是以象征文学为主而将浪漫、现实、象征三大文学类型集于一身的复合文学类型。关于《庄子》的文体形态,世人多以散文视之,生良则跃进一步,不仅阐明它是真正意义上的文艺散文,而且提出并论证了它也是绝妙的诗、是赋的滥觞、是小说创作之祖,认为在总体上是以散文为主而蕴涵诗、赋、小说、寓言等多种文体要素的"浑沌"形态。关于《庄子》的文本结构,以前很少有人谈及,生良从纵向结构层次、横向结构体系、篇章结构方式和形散神聚等几方面进行了立体化的审视和多层面的剖析,提出了不少独特见解。其他如对庄子辩对艺术的发掘和对孟、庄辩术的比较,论《庄》文话语之汪洋恣肆、奇诡雄豪、空灵缥缈、诙谐风趣,称《庄子》是我国纯艺术精神的根源和古代文论的一大渊薮等等,也都颇有新见。

我一向主张:从事学术研究,必须具备扎实的文献功底和精卓的理论素养。既要博览群书,吸取前人和今人的研究成果;又要独立思考,求真求是,勇于开拓创新。生良正是这样做的。本书第一章对《庄子》基本问题的考辨,尤能体现这一特色。庄子的籍贯故里,素有"宋蒙"、"楚蒙"诸说,近年又提出安徽蒙城的新说。生良通过对大量史地书籍及方志中有关记载的梳理考证,对"楚蒙说"及所衍生的"蒙城说"进行了有力辩驳和彻底清算,从而确认庄子籍里为战国时宋之蒙邑,即今河南商丘。以此为基础,生良又考论《庄子》的文化背景并非人们常说的楚文化,而是以殷商文化为渊源、以中原文化为依托、以道家文化为核心,并广泛接受周边多种文化之影响的独具特色的商宋文化。关于《庄子》的哲学思想,今人多困于"唯心"、"消极"、"没落阶级"的泥潭难以自拔,虽有人辩难,都说不透彻。生良立足于《庄》学本身,结合中国哲学史的实际,对此作了极富新意的解说:认为《庄子》哲学唯物之中有唯心,唯心之中有唯物,积极之中有消极,消极之中有积极,大致属于弱势群体的哲学思想体系,并说它是从与儒家相对应的另一侧面揭示了人生的真理,使人豁然开朗。本章的论述尽管只是全书的引论和基础,但已足以体现著者的治学风格、治学精神和全书的学术质量。做学问,应该力求探奥抉微,别开生面,只有这样才能成为这个领域的最杰出者。生良正是朝这个方向努力而取得了可喜成绩的。

学术论著当然不同于文学创作,但关于文学的论著如果考论谨严,分析精辟,而又富于文采和激情,岂不锦上添花!生良热爱庄子文学,故行文激情洋溢,也不乏文采。如辨《庄子》思想之消极、积极,论《庄》文之浪漫特征,以及

"绝妙的诗"、"赋的滥觞"、"奇妙的结构艺术"、"高超的辩对艺术"、异彩纷呈的"话语特色"诸章节,即富有情采和感染力。文中还有一些生动的比喻,如把道、儒两家比作"易卦太极图中的阴阳鱼",又比作从阴阳两面同登珠穆朗玛峰;把《庄子》的文学类型比作"怒而飞"的大鹏,谓"浪漫文学和现实文学分别是它那如垂天之云的两翼,象征文学则是联通两翼的硕大身躯和整体";把《庄子》的文体形态称为"浑沌",将浑涵其中的赋、小说等新文体要素比作"同一种根上刚刚分蘖、迎风抖擞的绿色叶丫"等,都形象而恰切。可以说,本书既是对《庄子》的评论,又是对《庄子》的赞歌。这样的行文与论述对象的文风也是相得益彰的。

生良勤奋好学、孜孜不倦,在读博之前已有不少论著面世。读博期间既有教学任务,又兼任编辑,在工作非常繁忙的情况下完成博士论文的撰写,虽学养有素,其夜以继日的艰辛劳动也不难想见。

全面系统地论述《庄子》文学,必然要涉及前人和今人尚少论述的许多问题。要求对这许多问题提出的新见全都是真知灼见,未免脱离实际。在审阅论文时我提出过若干疑点,论文答辩时委员们也提出了一些意见,例如提出文中赞颂《庄子》为"中国浪漫文学创作之祖"、"中国现实文学创作的拓源者"、"中国象征文学第一大师"等似有"拔高"之嫌。生良热爱《庄子》,对自己的见解也充满信心,因而对所提意见一一辩驳,也言之成理。《汉书·艺文志》著录《庄子》52 篇,但流传下来的仅 33 篇;其中内篇 7 篇,一般认定为庄子所著,外篇、杂篇则可能搀杂门人和后来道家的作品。生良是把《庄子》33 篇看作有机的整体展开论述的,因而畅论"结构体系"虽亦言之成理,富有启发意义,却未必都很恰当;而从 33 篇中找出"浪漫文学"、"现实文学"和"象征文学"等,却自有根据。出于热爱《庄子》文学而唱赞歌,或许略有所谓"拔高"之失,但也少了一些平庸和呆板。我也是热爱《庄子》中的不少文章的,童年时家父就教我熟读过他最赞赏的《秋水》篇,至今还记得读《秋水》时不断注目厅堂里悬挂的对联"家居北苑春山里,人在南华秋水中"。因此,生良所唱的赞歌,颇能激起我的情感共鸣。

不论从哲学角度看,还是从文学角度看,《庄子》都是一座开发不尽的宝藏。希望生良继续钻研,以更高质量的新著嘉惠学林。

2003 年 12 月下旬

《元杂剧的文化精神阐释》序

元代是中国戏曲的黄金时代,元杂剧以其独特的风貌体现了这一时代文学的标志,它既是中国古代文学中的瑰宝,又是元代文化的"活化石"。高益荣君的博士论文《元杂剧的文化精神阐释》运用现代意识对其文化精神进行阐释,既能从宽广的文化视野挖掘元杂剧的思想蕴藏和审美情趣,又能帮助人们理解元代文化的有所异质于传统文化,受到了全体答辩委员和不少同行专家的充分肯定。如今即将由中国社会科学出版社出版,我乐于谈谈此文的几个特点,作为序言。

一、切入角度,颇有新意。长期以来,研究元杂剧的成果不断面世,但在探讨元杂剧的文化精神方面尚显薄弱。本文第一章便从"文化"定义入手,从中国传统文化的基本精神、中国戏曲文化的构成和精神、元杂剧文化阐释的审美意义等许多方面展开深入论述,为全文奠定了坚实的理论基础。在论述元杂剧繁荣的原因时,又选择了一个具有时代意义的切入角度,突破了以往单纯从社会学角度分析的局限,着重从草原游牧文化与中原农耕文化的互相冲突与融合诸方面进行周密的分析,言之有理,可成一家之言。第五章论述元杂剧神仙道化剧的文化特质时,作者能够从儒、道文化对元杂剧作者内在人格影响的角度入手分析此类剧所表现的文化精神,也有新意。

二、视野宏通,文史哲兼融。益荣硕士读的是先秦两汉文学,故对先秦典籍与史传文学涉足较多,这为他可以把元杂剧置于中华文化的长河中分析提供了丰富的知识储备。本文最突出的一个特点就是学术视野宏通,文史哲融合,追溯了元杂剧的种种文化精神的流变渊源。如论述中国戏曲文化精神的构成时,从儒、道文化精神入手加以论证,认为中国传统文化的主流精神就是在儒道互补的文化土壤里派生出来的,在人与天的关系上重视人道,主张"天人合一";在人与人的关系中,强调人的社会现实关系,重视以血缘为纽带而在此基础上形成的人群关系。作为中华文化一部分的戏曲,其躯体必然有其母体的胎记。中国文化是中国戏曲文化精神的灵魂,反过来中国戏曲又是中国文化通俗化传播的重要手段。在论述元曲对传统文学精神背离时,从孔子诗学一直分析到元代,表现出扎实的理论功底。论述元杂剧的爱情剧、历史剧,都以元代文化为背景,结合中国诗歌史、小说史、史传文学史等,进行深入系统的分析。例如分别从艺术形式、审美观及司马迁"不虚美,不隐恶"的正直人格等方面阐明《史记》对元杂剧历史剧的影响,便极有思想深度,引人瞩目。

三、文献功底扎实,理论素养丰厚。古典文学研究既要吸取前人和今人的研究成果,又要独立思考,勇于创新。这篇论文基本上将这两方面做到了较好的统一。正如钟振振先生在此论文的审阅意见书中所说:"该论文最可贵的地方就在于能在全面吸取前贤研究成果的基础上,由表及里,深入发掘,然后经过认真的思考,发现前贤之所未见,从而将元杂剧研究向前推进了一大步"。如第四章对爱情婚姻题材剧的分析,先从中国传统的女性文化落笔,概括出元以前爱情婚姻作品的几种叙事模式,然后细致入微地分析了元杂剧不同类型爱情婚姻剧的文化意蕴。如才子佳人剧表现了元代文人的爱情理想,也反映出他们在现实中不得志的辛酸,更多借爱情来慰藉受伤的心灵,故此类剧中更为闪光的形象往往是女性形象。尤其是对士子妓女剧的论述最为精彩,认为它既是当时士子狎妓的社会时尚的反映,又是文人给自己描绘的虚幻的风流美梦。在这类剧中,穷酸的文人往往能战胜有钱的商人或武夫,赢得妓女的芳心,但这在现实中几乎是不可能的。因此,此类剧只能视为是文人给自己描绘的虚幻风流美梦,以求得精神上、性爱上的满足。在分析历史剧时,益荣几乎对每部戏曲都能从它的历史材料的渊源入手,概括其文化精神的不同特性,充分显示了坚实的文献功底和理论思辨能力。

四、落笔历史,观照现实。自20世纪80年代以来,对"文化"的探讨以及从文化的角度对文学文本的解读,一直是一个热门话题。这部论文通过对元杂剧文本的解读,发掘了元杂剧所蕴涵的可以被今人传承的文化精神。譬如对元杂剧历史剧的论述就是从这一观点立意的。历史剧所反映的历史是实在与可能、真实与假想的统一,既是生活的反映,又有超现实的因素——作家主体精神的自由翱翔。作家对历史材料背后的情感和思想有一种富有想象力的理想,描绘历史画卷时带有这种理想的目光,从而反映的历史真实是一种艺术的真实,而这种真实是一种主客体交感关系的神似,而非形似;显现的是意象,而不是具体的历史事件。所以,历史剧反映的历史真实是历史精神的真实,而不是具体的历史事件的真实。元杂剧中的历史剧正是如此,是作家表现某种思想观念的载体,而作家的视角重点不在历史本身,而在于对现实人生的观照。因此,元杂剧中的历史剧,不管反映什么内容,剧中都弥漫着作家对现实社会如实反映的强烈时代精神。这些论述都很有见解,特别是视《赵氏孤儿》、《伍员吹箫》、《单刀会》诸剧为"英雄之歌"而论述了其中所蕴涵的悲壮的民族精神,激情洋溢,对于今天我们弘扬民族精神具有积极作用。再如确认公案剧是元杂剧里最富有现实性的作品,其重点不是为观众展示情节曲折,而是取材于现实,描绘社会的黑暗,揭露权豪势要的暴行,表现人民的抗争,歌颂清官的正直品行,寄托着作者与民众的美好理想。正是有了元杂剧的公案剧的成功,才形成了中国文学里深受老百姓欢迎的公案类题材的文学作品,强化了中国人的"恶有恶报、善有善报"的道德理念。因此,可以说公案剧标志着我国公案题材类文学的成熟,同时也是广大人民对吏治清明的理想寄托,只要社会中存在着不平,人们呼唤公正,公案剧所歌颂的包拯类清官总是人们歌颂、怀恋的对象,歌颂他们的公案剧也会永久受到人们的喜爱。只要社会上需要正义、呼唤清廉,清官良吏的正直人格风范将会永远受到人民赞颂,这便是我们张扬清官良吏精神的现实意义之所在!

  这部论文有一定的学术价值,作者高益荣正值盛年,基础扎实,勤于读书,希望他能以本书为起点,刻苦钻研,对元杂剧、乃至中国戏曲文学作更深更广的研究,不断取得新的成就。

2005 年 5 月 30 日于陕西师范大学博导南楼

《李攀龙研究》序

自 20 世纪 80 年代以来,从新视角研究明代前后七子的论著渐多,持论亦渐趋公允。但比较而言:重前七子,轻后七子;重七子理论,轻七子创作;对后七子两位领袖,则重王轻李。如此等等,都有待于将当前的研究进一步引向全面、深入。蒋鹏举同学针对这种情况,撰写了她的博士学位论文——《李攀龙研究》。我的评语是:"这是一篇全面研究李攀龙的优秀博士学位论文,同意参加答辩。"获博士学位后,鹏举又经过潜心修改,即将出版。我作为她的导师,乐意讲几句话作为小序。

这篇论文结构合理,层次井然,有这样几个特点:首先,文献功底扎实。作者本着知人论世的原则,对研究对象进行全面而深入的认识,做了详尽的年谱。对相关别集、诗话爬罗剔抉,辑佚考论,在充分占有大量第一手文献资料的基础上进行细致分析,因而论从史出,不人云亦云。其次,研究系统完整。在研究对象没有诗话等文学理论传世的情形下,把研究对象的零碎评论与其创作实践和《古今诗删》综合考察,进行对比论述,不失为一条可行可信的研究途径。而这样的研究无疑需要极大的耐心和细致的功夫。也只有能吃这个苦,才能在前人研究成果的基础上提出自己的创见。对于李攀龙的诗文理论,评论家一般只以"复古"否定,对于李攀龙的诗文创作,一般只以"拟古"否定,皆未作全面考查。鹏举此文,则以一章六节详论其文学思想、理论,以两章八节详论其诗文创作,指出理论及创作的得失,全面公允,可谓还李攀龙以本来面目。例如指出李攀龙强调文学的自我愉悦功能与个性发抒,昭示了古典诗学从政教中心向审美中心转变;指出其诗歌创作于拟古之外,尚有兴象高华、风神独具的佳作;指出其古文创作有"聱牙诘屈"之失,也不乏清新流畅,多方面反映现实,抒发忧国忧民情怀的作品。皆有理有据,发前人所未发。再次,善于从细微处用心,小中见大。比如,对李攀龙诗中的"风尘"意象,别人看到的是频繁使用而熟滥的积弊,鹏举却从这看似普通平常处深究,挖掘出这是一个兴寄深微的意象,是诗人对所处环境的潜意识反应。诗人的频频使用是在不经意间表露出的漂泊感、孤独感以及对社会丑恶面的厌恶感,进而上升到这是由于诗人追求雄壮诗风和身处黑暗时代所造成的不和谐导致的认识层面。坚持独立思考而不囿于成见,才能有所发现,有所开拓。

我一直主张从事学术研究,必须具备扎实的文献功底和精卓的理论素养。既要博览群书,吸取前人和今人的研究成果;又要独立思考,求真求实,勇于开拓创新。我培养博士研究生,总的要求是"品学兼优,知能并重"。在"知"、"能"方面,主要通过学位论文的指导来培养和提高。第一、指导博士生在确定研究范围之后放眼古今中外,博览精研,充分占有资料、特别是占有第一手资料和别人尚未注意到的资料;第二、搞清这一范围的研究史,从力避重复、力求开拓创新的高度入手,运用唯物辩证观点研究资料,发现问题,形成论题;第三、围绕论题,进一步博览精研,选好新角度,运用适合论题的方法(包括传统方法和新方法)着手撰写。要求论从史出,考论结合,宏观与微观结合,条理清晰,语言洗练明畅,准确雅洁。内容单薄,缺乏新意的论文则不能参加答辩。

鹏举的论文经过我的审阅后,又进行了反复修改。成稿寄送外审,专家们给予普遍好评。答辩委员会成员一致认为这是一篇高质量的、优秀的博士学位论文。

鹏举学习刻苦认真,治学谨严,为人善良热诚。参加工作后,在教学上勤于钻研,是受学生欢迎的好老师。希望她能继续深造,精进不已,在古代文学教学和研究上做出较大贡献。

2008年初春写于陕西师范大学博导南楼

《宋前隐逸诗研究》序

2002年秋,建波从内蒙古大学来到古城西安,开始做我的博士生。我见他年轻气盛,且有沉重的家庭负担,很为他能否勤奋治学而担心,便鼓励他多读书,多思考,早点定下选题。事实证明,我的担心是多余的。他毕业时,我在他的学位申请书上作了这样的"业务鉴定":

> 霍建波同学治学勤奋,业务基础坚实,思维敏锐,视野开阔,博览精研,善于发现问题,勇于开拓创新,具有较强的教学能力和独立从事学术研究的能力。他学习刻苦,态度认真,必修课、学位课、选修课都能充分掌握,成绩优秀。攻博期间结合论文撰写了多篇学术论文……

我不但对他平时的表现满意,而且对他的毕业论文也持赞赏态度。其毕业论文《隐逸诗研究》(先秦至隋唐)主要探讨先秦至隋唐隐逸诗的发展流变状况,由五章二十四节组成,约二十万字。着重从隐逸的视角研究诗歌,体察古代文人的生存状态,审视中国的传统文化,从而思考现代人的生活质量,追问人生的终极归宿,希望能够诗意地栖居在这个高度发达的社会之中。既立足于文学本位,又有浓厚的人文关怀,较有分量。在2005年5月的论文答辩会上,该文得到了全体答辩委员的充分肯定。我为他的学位论文所作的评语是这样的:

> 20世纪80年代以来,已发表、出版的关于隐逸诗研究的论著数量相当可观,但仍有不少薄弱环节甚至空白。霍建波同学的《隐逸诗研究》(先秦至隋唐)针对这些薄弱环节和空白进行了深入研究,取得了不少成绩和新的成果。一、考证了"隐逸诗"一词的历史来源,并对隐逸诗的内涵、外延做了较科学的界定;二、按照隐逸诗内涵、外延的界定,检索出先

秦至隋唐所有的隐逸诗作，列表统计；三、对王绩、王维、孟浩然等近20位隋唐重要隐逸诗人的隐逸诗歌进行分析、归类和深入研究；四、在检索、研究隐逸诗歌的基础上，简明地勾勒出先秦至隋唐隐逸诗发展演变的脉络，认为先秦两汉是隐逸诗创作的自发期，魏晋南北朝是多元发展期，隋唐为全面繁荣期，主题多样，流派纷呈；五、根据隐逸诗主题形态的不同，把隐逸诗区分为游仙隐逸诗、招隐诗、田园隐逸诗、山水隐逸诗、佛理隐逸诗、吏隐诗等多种类型，对每一形态的发展状况作了细致的论述。

建波同学通过对先秦至隋唐隐逸诗的全面研究和系统论述，发现并提出了一个值得关注的论点："寻找精神家园，寻求人生归宿，正是隐逸诗蕴涵的一贯主题，也是历代隐逸诗人的不懈追求。"这对领悟历代隐逸诗的文化内涵和人文关怀，也颇有意义。

这是一篇系统研究隐逸诗的优秀的博士学位论文，同意参加答辩，并建议授予建波同学博士学位。

中国是一个官本位意识很浓重的国家，摆在古代文人面前的道路非常狭窄。世道浑浊，官场复杂，人情浇薄，单纯天真的文人往往适应不了，因而谈谈隐逸，说说出世，正可以补偿他们在政治生活中感受到的巨大失落，从而取得心理平衡。故此，隐逸是传统文人经常谈及的话题，经、史、子、集都记载了不少这方面的话语。儒家如孔、孟，史家如迁、固，道家如老、庄，都多多少少留下了关于出世倾向的论述。集部里就更多了，诗词赋文自不待言，就是小说、戏剧中，也有不少蕴涵着强烈出世意味的作品。隐逸文学、隐逸文化博大精深，奥妙无穷，错综复杂，有着很大的研究空间和研究价值，并非几本论著所能说清楚。希望建波同学再接再厉，继续隐逸文学、隐逸文化的探讨，以期取得更大成果。

现在，建波同学的博士毕业论文经过润色，定名为《宋前隐逸诗研究》，将由人民出版社正式出版面世。作为导师，我乐意讲几句话，放在前面，是为序。

2006年3月写于陕西师范大学唐音阁

《唐代的文学传播研究》序

　　唐代文学,是一个朝代的文学艺术;文学传播,立足于传播学来分析文学的发展与流变。对于唐代文学,前人的研究成果颇丰。卓英有鉴于此,试图另辟蹊径。卓英博览精研,视野恢宏,思维敏锐,思路开阔。她不局限于就唐代文学本身研究唐代文学,而是汲取了传播学的研究思路,结合考古学、文化学、社会学等相关学科的知识,运用宏观与微观、考证与分析相结合的方法,在文学传播长河中对唐代文学在当时的传播进行跨学科的研究。经过三年寒暑的勤奋钻研和深沉思考,卓英撰写的博士论文《唐代的文学传播研究》终于完成。

　　从事学术研究,既需要博览群书,汲取前人和今人的研究成果,又需要认真思考,实事求是,切忌毫无主见,人云亦云,卓英是朝这方面努力的。这部论文涉及的诸多重要问题,她都有独到的见解。论文首次从理论上对唐代文学在当时的传播进行了宏观论述,其中对于传播媒介的研究具有突出特点,不仅全方位地研究了唐代文学传播媒介,而且对媒介文化作了界定,认为唐代的媒介文化是建立在口语文化、文字文化基础之上,以卷轴和碑石为主要媒介的卷轴文化及碑文化,具有典型的中国特色,进而形成在时间与空间上充分展现时代特色、反映时代精神风貌的亚文化,是中国传统文化的重要组成部分。在唐诗研究方面,从音声传播探讨唐代诗歌的繁荣与鼎盛,既有深度,又有特点;认为唐代诗歌的音声传播方式主要有吟诵、乐歌、踏歌等,是通过人声吟诵和传唱的面对面的声音艺术传播形式,体现出唐诗格调的谐畅、节奏的明快、语言的顿挫及旋律的优美。

　　在匿名评审中,中国社会科学院文学研究所陶文鹏研究员认为:"论文能够探索诸多有价值的现象,提出了新颖、独到的见解,在古代文学传播研究领域取得了突破性的成果,是一篇具有较高学术价值的优秀博士学位论文。"南京大学中文系莫砺锋教授认为:"论文充分运用西方学者及中国学者关于传播学的理论、方法,但又不是食洋不化地乱贴标签,而是针对唐代文学的具体情况进行分析、论述,体现出较高的理论修养和优秀学风。"以西北师范大学文学院赵逵夫教授为主席的答辩委员会,对这篇论文给予了充分的肯定。论文的创新性得到答辩委员会的一致赞许,并认为"这篇论文从宏观的眼光考察唐代的文学传播过程,揭示唐代文学的繁荣发展及其规律,论文在选题与研究方面具有创新性,论文资料翔实,论证严谨周密,给人以新的启迪,从传播学理论研究古代文学具有一定的开拓意义"。论文全票通过,一致同意授予文学博士学位。

评审专家和答辩委员会的高度评价,当然包含着对青年学者多加勉励的意思。作为导师,从严要求,我认为这篇论文在取得可喜成绩的同时,也存在若干不足。比如唐代对新罗、越南等国的文学传播与交流,只在第九章第三节中"跨文化传播的增殖"这一小节作了简要论述,该论题的深入研究还有待于坚持不懈的努力。

根据评审专家的意见和建议,卓英对论文作了进一步的修改与完善。论文的出版,已有显而易见的现实意义:第一,它可触发同行专家的兴趣,把古代文学的传播学研究引向全面、深入;第二,它是第一部力图全面、系统、宏观地从传播学理论研究一个朝代文学繁荣及其规律的专著。

卓英广搜博采,慎思明辨,学术视野也超出了前人的研究范围。唐代文学研究要有突破,就应立足于当代的研究水平,在继承传统研究方法的同时扩展视野,选择恰当的新角度,吸取有用的新方法。这当然不是一件容易做到、容易做好的事情。卓英这样做了,单单这种知难而进、勇于创新的治学精神,就是值得重视和提倡的。

卓英好学深思,勤奋治学,具有扎实的文史根柢,故能广征博引,左右逢源。卓英又才情富赡,能作意境优美的诗词,善写清新隽永的散文。有了从事诗词和散文创作的切身体会,则研读古人与今人的文学作品,才能探骊得珠,使得研究与创作相互促进,相得益彰。希望卓英以这篇博士学位论文为起点,纵横开拓,奋进不已。

2007 年 8 月 28 日写于唐音阁

《唐五代笔记小说研究》序

蔡静波君的博士论文《唐五代笔记小说研究》即将付梓,特来求序。作为导师,我乐于讲几句话。

我国小说发展到唐代出现了新的飞跃:唐人传奇,故事曲折婉转,人物形象鲜明生动,语言华艳流畅,具有思想深度和艺术魅力,已经是成熟的真正意义上的小说。因此,常见的多种中国文学史讲唐代小说时只讲传奇,唐代文学专家也多有研究传奇的论文和专著,这都是合情合理的。然而,值得关注的问题是:在唐代,除了传奇这种新体小说,还有沿袭魏晋南北朝传统的《酉阳杂俎》、《云溪友议》一类的无数笔记小说蔚为大观,这不仅"记录故实",可以"补史之阙",而且不乏文学性,具有一定程度的审美价值。静波攻博期间,经过对唐代文学全貌及其研究史的考查,了解到截至当前,学术界对于唐代小说,主要研究传奇,而对笔记小说,虽逐渐有所关注,但从文学角度进行的深入研究仍显薄弱。因此,他以两年时间,博览精研,完成了以《唐五代笔记小说研究》为题的博士论文,得到答辩委员们的好评,荣获文学博士学位。

全文由绪论、正文五章和结语组成,共十九节,约二十一万字。第一章主要论述唐五代社会思潮与笔记小说的关系,史传文学对笔记小说的影响;第二章论述唐五代笔记小说的同题因袭与再创;第三章分别从叙事结构、叙事角度、叙事语言三个方面分析、归纳,探讨唐五代笔记小说的叙事规律;第四章依据唐五代笔记小说文本,分析论述了皇帝、官吏、文士、商人、妇女五种类型的人物形象;第五章主要探讨唐五代笔记小说中所反映的民俗现象,包括服饰、饮食、婚姻、忌讳、占卜等等。结论部分总结全文,认为笔记小说是中国古代的一种重要文体,具有小说的特征,应恢复其在小说史上应有的地位。

这部论文取材宏富,结构完整,从文学的角度对唐五代笔记小说作出了全面系统的论述,既重传统,又有超越;既尊重前人研究成果,又不避权威,敢于提出全新的观点(虽有可商兑之处),学术勇气诚可嘉许。

这部论文论证的重要观点,集中在一点,即从文体上判断唐五代笔记中有许多作品应属小说，不应仅视为"笔记"而忽视其文学性。"同题创作考辨"、"叙事方式"等章节虽可独立成篇，各具学术意义，但在全文中仍起支撑主要论点的作用。

这部论文对相关文献资料的掌握相当充分，且剪裁得当，各用其宜。唐五代笔记种类繁多，数量亦夥，内容包罗万象，著者沙里淘金，爬梳剔抉，征引了大量笔记小说原著，花了不少学术上的"笨功夫"，做到了论从史出，不尚空谈，表现出实事求是和重视文本的良好学风。

这部论文也表现出著者相当开阔的学术视野，例如第一章论述了包括道、释、儒三教在内的社会思潮对唐五代笔记小说创作的影响，其中史传文学的"崇真尚实"对笔记小说写法的影响尤其明显。第二、三两章从笔记小说的题材和叙事学的角度进行考察，较有新意。在题材方面，著者分为"同题因袭"和"同题再创"两类，并说明这种现象的出现与笔记小说大多基于"耳目听受"有关，这是正确的。至于叙事，著者首先分析了笔记小说的叙事结构，包括先述家乡籍贯、后述其人其事；先述家世父兄、后述其人其事等六种叙述方式，而用叙事学理论分析叙事角度，有编辑型全知、多重选择全知、第一人称限知三种，然后得出由于作家是自觉的"有意"创作，故叙事手法有规律可循的结论。接着，著者又分析了叙事语言，包括叙述式、描述式、对话式三类。这些分类和分析，对认识笔记小说创作的模式和规律性有重要意义。第四、五两章研究了唐五代笔记小说的内容：人物形象以及所反映的民俗现象。人物形象分皇帝、官吏、文士、商人、妇女五类，民俗则分服饰、饮食、婚姻、忌讳、占卜五类。以上十类虽不能完全涵盖唐五代笔记小说的全部内容，但已充分说明了唐五代笔记小说所反映的社会生活面十分宽广，值得重视。

总之，《唐五代笔记小说研究》在选题立意、研究思路等方面都能给人以诸多启迪，是一部比较优秀的博士论文，值得肯定。

静波好学善思，颇有毅力。而且兴趣广泛，在翻译、写作方面也有一定基础，如能以博济专，持之以恒，必将在弘扬中华文化、建设精神文明方面作出较大的贡献。

2007 年 1 月 18 日于唐音阁

《〈史记〉战国人物取材研究》序

　　研读《史记》的途径很多,我觉得从取材角度研读是最好的途径之一,因为这带有寻根究底的意思,历代《史记》研究大家也基本上是这样做的。先探讨取材就可以为以后的进一步研究打下基础。比如,某一个历史人物的材料可以有很多,为什么司马迁选此而不选彼,往往与司马迁的思想和《史记》宗旨等有直接关系。在一定意义上说,《史记》所有的问题都可以归结到取材。过去史学界流行傅斯年先生的一句话:"史学就是史料学",虽有一定的夸大之处,但就史料对一部史书的价值而言,是有道理的。

　　任刚第一次向我汇报他的这个题目时,我没有表态,让他先不急,再想想。原因是这个题目有些难,担心他做不完。但是,后来我看他有坚持之意,目的是想把这个题目做下去,想在宝贵的读博期间为以后的研究打一个基础,心正意诚,精神可贵,我就同意了,并给他鼓励和支持。现在,战国这段(楚汉时期作为附录)写出来了,要出版,我作为导师,乐意写几句话。

　　从现在的古典文学研究的实际看,有些传统题目前人似乎已经作了,但如果深入进去的话,往往会发现还有进一步探讨的空间。《史记》取材,从扬雄、班固开始,到诸如"三家注"、《史记评林》、《史记志疑》等,一直到现代的《史记会注考证》、《史记笺证》等都进行了全面的探讨,且取得了很大的成就。但也有不足:那就是将《史记》取材作为附属研究对象,而不是集中、专门的探讨。以以上诸书为代表的《史记》研究论著,在《史记》取材上积累的大量研究成果,有进一步从总体上总结和把握的必要。此外,历代对《史记》材料来源的探讨,主要集中在文字材料上,对非文字材料重视不足,而非文字材料对《史记》的影响很大。从司马迁、《史记》的思想体系对《史记》取材进行把握总结,到目前为止专门、集中的探讨还不多。这个研究空间还是有的。当然,也有一点难度。另外,近年来与《史记》有关的出土文物、文献也积累了不少,典型的如《帛书战国策》、《孙膑兵法》等,都和《史记》取材有直接关系,这也提出了对

《史记》取材研究进行补充的问题,这个空间也是有的。

  《史记》取材的探讨,当在广阔的文化背景下,在广泛占有材料的基础上,真积力久、持之以恒,不急功,不近利,客观、仔细地对有关文献进行梳理、鉴别、分析,是一个庞大的系统工程。

  以上的意见,既是我对任刚选题和文章的肯定,同时也是我对他以后有关研究提出的希望,希望他能将此题目继续深入地搞下去,争取将来能拿出在学术界有一定影响的成果。

《张衡诗文研究》序

门人王渭清的博士学位论文《张衡诗文研究》即将付梓，颇感欣慰。

文理融通现象古已有之。《诗经》是我国最早的诗歌总集，但其中有不少诗篇和诗句涉及农学、天文学、地震成因及鸟兽草木等自然科学内容。唐诗中也涉及大量有关天象、地学、植物学、动物学、化学、炼丹术等自然科学知识。许多古代文人在他们的生活经历中都有与擅长医、卜、星、相的高僧、道士、方士交往的记载。这导致了古代科学家和文学家一身而二任的双重角色，并成就了一批文理兼综的博通之士。张衡是中国历史上著名的"通人"，亦是东汉时期重要的文学大家，近年来学术界对他的研究已经取得了不少成果，然而对张衡诗文作品全面系统的研究还有待深入。王渭清的论文从文学本位的角度出发，辅之以文化批评的方法，力图在一个更深更广的范围内对张衡进行观照。此文虽属个案研究，但全文在时间上纵贯两汉，空间上覆盖南北，学科上旁及经学、史学、神学和自然科学，表现了开阔的学术视野和宽广的知识领域。渭清还将张衡置于文学史和文化史的纵横历史坐标上进行论述，从而提出了张衡在中国文学史上"具有标界性的承启作用"这一论断，有相当强的说服力。从著者对张衡诗文用典的统计、张衡心路历程的追溯及史料的爬梳，也可以见出她所下的"笨功夫"，这使文中的议论并非泛泛而谈。这一切，都是值得充分肯定的。

我是文科出身，却对理科情有独钟。上初中、高中阶段，数理生化成绩俱优，因而后来从事文学教学和研究，往往能用自然科学的知识和方法解决问题，提出新见。我也鼓励我的学生要开阔视野，打通学科门类，从多学科的交融互补中开拓新领域，在扎实的基础上以灵活通脱的方法做学问。王渭清博士的这篇学位论文之所以呈现出不少亮色，其原因正在这里。

渭清可以说是带着学术兴趣随我攻读博士学位的，在读博之前，她在高校工作多年，已有十数篇学术论文发表。攻博期间，她克服了家庭、工作中的许多困难,勤奋好学,孜孜不倦,为论文的撰写付出了艰辛的劳动。毕业后,回高校任教,仍在学术研究上继续追求,不时有新论问世。

学海无涯,希望渭清继续钻研,刻苦努力,不断前行,取得更多更好的成绩,回报国家,回报社会。

2010 年 7 月

诗联序跋

《李炳武诗集》序

李炳武先生是陕西省文史研究馆的馆长。出生于蒲城县唐玄宗泰陵旁的上王乡西苇村,从小就受到唐文化的熏陶。早年毕业于陕西师范大学,长期在教育、文物、文史战线上工作。

他敬老崇文、勤政博学。因为我是省文史馆的馆员,逢年过节,他经常与省长和文史馆同仁来看望我,谈论甚欢。他主编的《三秦文史》、《长安雅集》、《陕西诗词》等刊物和《陕西文史诗词研究丛书》为文化人发表作品、切磋交流搭建平台,深得人心。我多次参加过他创办的"中国·长安雅集大型国际文化活动"。该活动因其盛大的规模、纯粹的民族性、广泛的参与性而被誉为文化艺术界的奥林匹克,我曾作《长安雅集赋》记其盛。我也出席了他创立并任总主编的《长安学丛书》出版发行座谈会。深感长安学的建立意义深远。这部以研究盛世长安为主题的百卷巨著规模宏大、立意高远、选题得当。几年前,我还为他的《诗影情怀——李炳武摄影诗文集》题写过:"堂堂史馆壮三秦,策划周详赞李君。更展才华鸣盛世,吟诗摄影著鸿文。"这不是恭维之词,是真实写照。在当今经济狂热、人心浮躁的社会环境下,一位政府官员能静下心来吟诗填词、潜心研究传统文化,实属难能可贵。

屈原放逐,乃著《离骚》。《诗三百》中的名篇,亦多劳人思妇之作。古往今来的第一流好诗,大都源于刻骨铭心的生活体验和纯真深挚的情感;如果再加上深厚的学养、先进的文学理念和对崇高理想的追求,那就会锦上添花。而刻骨铭心的体验则是最根本的。炳武早期的诗有:"家徒四壁石桌寒,读书常到五更天;挖药采种捉蛇蝎,为交学费五元钱。""西风夜雨荒村道,电闪雷鸣棺木拦;十八少年毛骨悚,只为土坯盖草帘。""自打砖坯自盖房,寒夜忙到月上房,孤身单车三十里,起床铃响进课堂。""漫天飞雪去换粮,流落街头困闫良。况是年关兼寒夜,朔风石板欲断肠。""每过逸山思绪翻,恍见雪夜一少年。身拉粮车周身汗,蓬头破履爬冰山。米团满口人却睡,狂风夜半不觉寒。"都是刻骨铭心的人生体验,写得真切感人。作者青少年时代在家乡的苦难经历是他宝贵的精神财富,造就了远大的抱负和不畏艰难、昂扬向上的品格。如:"世人皆喜著春秋,哪个没有寒暑愁"的人生感悟;"常记儿时苦和难,至今不敢享清闲(过逸山)"的自我激励和"待到燕回暖风吹,报春数我第一梅"(《华州任上偶书》)的坚强决心。

托物言志、感物抒情是中华诗歌的艺术本质。《诗经》特别是《国风》与《小雅》中的许多诗,都激情浓烈,极富艺术感染力;所谓"情动于中而形于言"。托物言志,往往表现志士仁人有志难展、怀才不遇、而又渴望济世利民的精神世界。"华山绝顶有劲松,根系磐石傲苍穹。身直自高清气远,西岳峥嵘我为峰。"(《华山劲松》)"绿遍平原绿荒山,不图虚名学牡丹。从生到死色不变,管它夏热与冬寒。无需施肥无需灌,何计谷底与峰巅。一日开工建大厦,笑将重担挑上肩。"(《咏松》)"白雪满山冰满川,北风怒号愁锁天。步履匆匆心似箭,访贫问苦进深山。茅草屋内送棉被,久病床前递粮钱。声声感谢愧煞人,不除贫困枉为官。"(《南山问苦》)"登程勇做千里马,俯案甘为儒子牛。精耕自有丰收日,重阳登高共唱酬。"

文学艺术是一种创作,创作就要创新。一切文学艺术的生命,都在于创新。我上大学的时候曾拿了几页诗稿请汪辟疆老师批改,说我"写了几首诗",汪老师批评我:诗,不能说"写",一定要说"作"。"作"的本意就是"创"。我们现在在"作"前加了一个"创"字,说我们是搞"创作"的,那就要创新。李白的《蜀道难》是李白"创"出的"新",史无前例。杜甫的《茅屋为秋风所破歌》是杜甫"创"出的"新",前无古人。白居易的《长恨歌》作为"长庆体"的典范,影响深远,在中华诗史上也是"创新"的杰作。艺术表现的独创是与思想境界的高扬和人格魅力的超卓结合在一起的。杜甫在狂风猛雨无情袭击的秋夜,由"吾庐独破"推己及人,联想到"天下寒士"的"茅屋俱破";高呼"安得广厦千万间,大庇天下寒士俱欢颜!"炳武的《敢下西洋舞东风》,也有异曲同工之妙。他从"君不见中华文明渊流远,万里越洋美利坚;君不见长安雅集韵事显,纽约功成书画展。"写到"月到中秋分外圆,国运昌盛自启关;天生我辈必有用,驰骋天下传文明;诗书画印且为乐,敢下西洋舞东风。"联想到历史上"徐福东渡兴扶桑,张骞西行丝路畅;玄奘历验得真经,佛光普照兴大唐。"最后希望"中国书、水墨画,当与油画争天下;全球盛开两奇葩。"表现了作者胸怀天下、渴望世界大同、愿艺术文明之花自由开放的热切愿望。

"修身、齐家、治国、平天下"是中国古代文人雅士的终身追求。炳武多年来精心策划组织的"中国·长安雅集大型国际文化活动",正是这种精神的体现。中国书法家协会顾问钟明善写道:"永和九年暮春之初,王右军与谢安、孙绰诸友会于会稽山阴之兰亭。一觞一咏,立千古文人雅集之典范。一千三百六十年后陕西省文史研究馆馆长李炳武先生于长安邀集国内硕儒大师,诗家、书家、画家于雁塔之南曲江之畔品茗畅叙,吟诗、作书、作画抒怀遣兴,名曰:'长安雅集 盛世盛典'。实文化复兴之举。"中国作协副主席陈忠实则这样描述:"长安雅集创于二十一世纪初的盛世盛典,以其高雅的质地,张扬起传统文明和现代文明的浓郁气象,折映出周秦汉唐等十三个朝代的大气雄风,为和谐社会的建设奏出一曲优雅祥和的旋律。长安雅集也已成为古都长安口碑相传的一个文化节日,将在这个正在蓬勃崛起的古城铸就一种别具风姿的永久性文化记忆。"著名作家贾平凹写到:"长安雅集已办数届,每到金秋,国内文化名人聚之西安,于曲江之畔开坛论道,咏诗题辞、作书作画,为当年西安一大文化景观,雅集也逐渐成了颇具影响的文化品牌。……愿雅集继续、盛世长久、文化繁荣,永听和合之音。"长安雅集业已成为全国颇具影响的文化品牌,众多文人雅士以能参加长安雅集为荣。长安雅集因极大的提升了陕西在全国,乃至全世界的文化地位和影响力,而被评为影响陕西的十件大事之一。炳武也因此在"2009·陕西最具文化影响力人物"评选活动中荣获"文化功勋人物奖"。

《长安雅集记》长诗,完整地描述了第一届长安雅集盛举:从最初的设想、策划到雅集中的各项活动及发生的轶闻趣事,再到闭幕后的社会反响,都作了详细准确的表现。凡是读过这首诗的人,就会回想起当年一幕幕激动人心的场面。《长安雅集·盛世盛典》是二届长安雅集后的叙事长歌,流畅妍美,热情洋溢,兼有诗史意义。依大唐芙蓉入园、长安雅集开幕、唐音在心论坛、曲江流饮诗会、御宴皇宫笔会、全国书画联展之活动顺序逐步展开。炳武的《长安雅集记》和《长安雅集·盛世盛典》等近作的艺术技巧更趋娴熟。长篇巨制,一气呵成,声情并茂。一首吟罢,余音绕梁。

"为天地立心,为生民立命,为往圣继绝学,为万世开太平。"读炳武的诗常能感受到他忠国爱民、崇文敬业、立志创造新的文化辉煌的追求。祝愿他在政绩愈著的同时诗艺愈精,放眼五洲,日进千里。

2010 年春写于长安唐音阁

《于右任诗歌萃编》跋

  福州鸡鸣,基隆可听。伊人隔岸,如何不应?沧海月明风雨过,子欲歌之我当和。遮莫千重与万重,一叶渔艇冲烟破。

  这是于右任先生1956年写于台湾的《鸡鸣曲》,最后一句注明借用清人诗句。一个月以前,庞齐同志写信来问我:"此诗末尾,有的本作'冲烟破',有的本却作'冲烟波',孰是?"我立即回信说:"'破'是而'波'误。"并申述了几点理由。

  第一,前四句"鸣"、"听"、"应"(当写作'膺')用平声韵,庚、青、蒸通押;后四句换仄声韵,"过"、"和"、"破"皆属去声"二十一个"。"波"属平声"五歌",与"过"、"和"不协韵。

  第二,"千重与万重",指下句中的"烟"。正因为那"烟"不是一点,而是"千重万重",所以要"冲破"。如果作"烟波",在此讲不通。

  第三,更重要的,还是要把握全诗的意境。首二句引台湾民歌以表达民意:大陆与台湾,鸡犬之声相闻,哪能老死不相往来?接下去,以景语、情语展望总的形势,抒写海峡两岸人民的愿望及其实现愿望的决心:急风暴雨过去之后,沧海月明,澄澈可爱。隔岸的"伊人"啊!你愿欢乐地歌唱,我便欢乐地酬和。就算有千重万重的雾遮烟锁,一叶渔艇,也是可以冲破的……

  全诗通俗而又典雅,明畅而又含蓄。自称"我",称对方为"子",为"伊人",是《诗经》中爱情诗、怀人诗的写法。而"伊人"两句,又使人联想到《诗经·秦风·蒹葭》篇中的"所谓伊人,在水一方";"鸡鸣"一词,也使人联想到《诗经·郑风·风雨》篇中的"风雨如晦,鸡鸣不已"。至于引民歌和清人成句,则不仅给人以用典的意味,还加强了诗意诗情的真理性和普遍性。

  前两天,庞齐同志又来信说:"我在请教吾兄的同时还带信请教钱仲联先生,钱先生也说应作'冲烟破'"。只是清人诗集汗牛充栋,一时查不出那是谁的成句罢了。由此可见他治学的严谨。我了解庞齐同志近年来多方搜集,编了一部《于右任诗歌萃编》,已经发稿。此编比解放以前及新出的集子多一百余首。并就其所知,对一部分诗注明写作背景,有一定特点。他的信中又说:"但我乃职业军人,率尔操觚,谬误之多,自在意中。为免贻笑大方,特请吾兄校审清样,并提前赐《跋》一篇,以便排印。我们过去都是和于先生有直接关系的后辈,在他的故乡出好他的诗集,想来也是吾兄的愿望,必会俯允所求吧!"

不错,我青年时代受于先生殊遇,终生难忘。有机会为编印他的诗集做一点工作,当然是十分高兴的。

像于先生这样的一代伟人,其诗词不应散失。但事实并非如此。章士钊先生在《论近代诗家绝句》中有三首诗论于先生,其一云:

  题壁题襟尽有神,平生少作最堪珍。剧怜一剪寒梅意,万里关河不爱春。

于先生"最堪珍"的"少作",主要收入《半哭半笑楼诗集》,可惜早佚!王陆一先生选入《右任诗存》的,只是其中的一小部分。章士钊先生自注"剧怜"两句云:

  君(指于先生)初出峡,沿途题《一梅剪》词,哀感顽艳,时流敛手。吾与汪旭初曾在重庆见其九稿,闻为西安故人所存,浸忘之矣,屋被炸后始发见。

而这九篇"哀感顽艳"的《一剪梅》词,大陆和台湾新出的全集连一篇也没有收。还有,于先生在台湾生活将近十五年,所作诗词,数量必然可观,而刘延涛先生编注的《诗集》,却所收无多,可能有不得已的苦衷,有所割舍。

从这一点上说,庞齐同志所编,比刘延涛本多出一百余首,且有极罕见者,是难能可贵的。搜集之勤,功不可没。

先师卢冀野先生《沙满街共右任先生夜话》诗云:

  诗以艰难老益工,生逢斯世岂憎穷。已将家国卅年事,付与先生一卷中。兵火纵横呼曷丧,江山重复郁为雄。他时乞借飘然度,我亦铜琶唱大风。

于先生一生,关怀天下忧乐,感慨家国兴亡,纵横兵火,重复江山,俱见于诗章。博丽中见沉雄,蕴藉中含豪放。因此,解释词句,固然有必要,但更重要的,还在于笺注本事,说明历史背景和写作时的处境心情,才有助于读者更充分地领会诗意、品味诗情。庞齐同志解放前和于先生相处甚久,相知极深,故于本事的笺注,独具优越条件。这一点,也是其他注本无法代替的。当然,这是指对于1930年以后作品的笺注而言。至于1930年以前的作品,王陆一先生的笺注质量极高,我认为是可以全部保留的。

1985 年 7 月

《中大校友百年诗词选》序

中大百年校庆前夕,李飞、王步高诸学长编成《中大校友百年诗词选》(以下简称《诗词选》),嘱作序。通读清样,兴奋不已,然而面对数百位成就卓越的师长和数千首流光溢彩的华章,思绪万千,不知从何说起。

《左传·襄公二十四年》:"太上有立德,其次有立功,其次有立言,虽久不废,此之谓不朽。"这三不朽,实为我国历代杰出人物所追求的人生理想。在历任校领导和各院系教授中,有不少第一流的大诗人,但他们或在事功、或在科技、或在其他学术领域另有极其辉煌的成就,同时又都关注国计民生,扬善抑恶,图强致富,为民族命运和国家前途而奔走号呼。正因为这样,尽管他们不甘于做专业诗人,却创作出足以匡时济世的好诗。

《诗词选》首选历任校领导的诗。这十几位校领导在不同方面的卓越建树是家喻户晓的,但他们都能诗,有的还开宗立派,影响深远。创办三江师范学堂的张之洞,汪辟疆老师在《近代诗派与地域》中列为河北派领袖,说他"精探流略,胸罗雅故,余事作诗人,故能才力雄富,士马精严,比事属辞,归诸雅切"。胡先骕《读张文襄广雅堂诗》说他的诗"宏肆宽博,汪洋如千顷陂,典雅厚重,不以高古奇崛为尚,然复不落唐人肤泛平易之窠臼"。他主张:"诗之上乘,自以雄深超妙为善。""有理、有情、有事,三者具备,乃能有味;诗至有味,方臻极品。"这都是很精辟的见解。曾任两江优级师范学堂总教习的陈三立,是"同光体"诗人的首领,辟疆师《光宣诗坛点将录》奉为一百零八将的都头领,又在《近代诗派与地域》中与陈宝琛、陈衍等并列为闽赣派领袖。陈衍在《石遗室诗话》中说他"为诗不肯作一习见语……然其佳处,可以泣鬼神、诉真宰者,未尝不在文从字顺中也"。提倡"诗界革命"的梁启超对散原诗也给予高度评价,在《饮冰室诗话》中称"其诗不用特异之语,而境界自与时流异,秾深俊微,吾谓于唐宋人集中罕见伦比"。另一位校领导张謇是著名实业家、政治家、教育家,同时也是杰出诗人。辟疆师在《近代诗派与地域》中将他列入江左派。

陈衍《石遗室诗话》评其诗"超超玄箸";荻宝贤《平等阁诗话》评其诗"雄放峭拔,肖其为人";章士钊《论近代诗家绝句》称赞他"平生豪气压江东,一洗诗人放废风";都概括了张謇诗的主要特点。曾任江宁提学使兼两江优级师范学堂监督的李瑞清以书画著名,辟疆师《近代诗人小传稿》称"其诗宗汉魏,下涉陶谢,吐语擒词,自然高秀"。曾任三江师范学堂监督的夏敬观,辟疆师在《近代诗派与地域》中将他列入闽赣派;钱仲联先生在《近百年诗坛点将录》中点他为"天满星美髯公朱仝",称他"出入唐宋,工力至深"。他又是卓越的诗论家,其《忍古楼诗话》在论述诗法、品评近代诗人方面多有真知灼见,值得一读。其他校领导如缪荃孙、蔡元培、黄炎培、陈柱、罗家伦、梁希、潘菽、顾毓琇等,都以余事作诗人,其造诣虽不尽相同,却都有佳章传世,读《诗词集》入选作品,不难概见。

《诗词选》入选的四十多位文学院教授都是著名学者兼诗人。其中长期任教于东南大学、中央大学的王瀣、柳诒徵、吴梅、黄侃、汪辟疆、胡小石、汪东诸先生,都学有专精(如柳先生长于史学、黄先生长于音韵训诂、辟疆先生精研目录学及《水经注》,胡先生在文字、音韵、考古、书法等方面造诣极深等等),又都兼擅文学,或为诗学大师,或为词学大师,或为曲学大师,其诗词曲创作脍炙人口。其他如陈去病、陈匪石、谢无量、吴宓、闻一多、龙榆生等,任教时间虽短,却卓有影响。

正由于有许多既学有专精、又兼擅文学的大师长时期任教,因而薪火相传,诗人辈出。即如后来也在中大任教的唐圭璋、卢前以及在他校任教的任二北、王季思等,皆吴、黄、汪、胡诸先生门人,都是大师级学者;被赞为"李清照后一人而已"的大词人沈祖棻,也是汪东先生的高足。

从《诗词选》入选作者看,特别引人注目的是:教育学院、乃至理、工、农、医各学院的著名教授也兼工诗词,而且有乔大壮、胡俊、胡先骕等一批杰出诗人和词家。因此,这些学院的毕业生在不同领域作出贡献的同时,也以诗词创作陶冶性情,提高形象思维能力,反转来又促进他们的科学研究和发明创造。

"五四"以还,白话新诗兴起,传统诗词曲因受贬抑而日趋衰微,许多高校文科也不教学生作诗,遑论其他。独我中大及其前身东南大学等校犹弦歌不辍,诗学、词学、曲学后继有人,转相授受,诗人遍海内外,对改革开放以来中华诗词的振兴发挥了积极作用。如果有人撰写近百年中华诗(包括词曲)史,中大(及其前身和衍生各校)历任校领导、教授及历届校友,必将占有极大篇幅。

读《诗词选》，我首先想到的是应该继续弘扬"诗教"。我国有悠久的"诗教"传统。孔子以诗歌教育人，后来尊为《诗经》的《诗三百》，就是他教学生的课本。据说《诗三百》，孔子皆弦歌之"；"弦歌"，这是他音乐化、艺术化了的一种教育方式。孔子教人，强调"兴于诗"。包咸对"兴于诗"的解释是："兴，起也，言修身当先学诗。"（何晏《论语集解》引）作为杰出的教育家，孔子十分强调学诗的好处，对学生多次提起，熟读《论语》的人都知道。其中以"小子何莫学夫诗"引起的"兴观群怨"说，至今还被诗论家所引用，认为它对诗歌的社会功用作出了相当全面的概括。母校诸大师教学生，不光是教知识、教技能，而是继承了"诗教"传统，从培养文化素质和思想道德素质的高度讲授诗词曲的。吴梅先生教曲，往往结合"弦歌"；辟疆师、小石师、匪石师的诗词吟诵，也使学生如坐春风，如沐化雨。应该说，这是一种优良传统，值得继续发扬。

读《诗词选》，强烈地感受到不应该局限于做专业诗人，而应该像历任校领导和在立德、立功、立言方面卓有建树的教授、校友那样"余事作诗人"。

读《诗词选》，我还想到我在校时汪、胡诸先生的教诲。汪、胡诸先生教中文系学生，强调品学兼优，知能并重。他们对学生的期许是："既入《文苑传》，又入《儒林传》。"入《文苑传》，就不仅要有深厚的文学修养，而且要有高水平的诗文词曲创作。入《儒林传》，就要求既有高尚品德，又有精深的学术研究和高质量的学术著作。这样高的标准当然很难达到，但学生们为了不负老师的热切期望，都是竭终生之力，朝这个方向迈进的。

言志抒情，这是中华诗歌的艺术特质。"治国平天下"，这是中华诗人的"志"；爱国爱民，除暴安良，倡廉反腐，扶危济困，反对侵略，向往和平，颂扬真善美，鞭笞假丑恶等等，这是中华诗人的"情"。《诗经》、《楚辞》以来言此志、抒此情的无数诗歌精品，乃是中华先进文化的精华所在。母校学人在校时受诗教；离校后既以说诗教人，又以吟诗净化心灵、美化人生、提高精神境界，从而更有利于在自己所从事的工作、事业中创造辉煌。

《中大校友百年诗词选》以数百位校友的数千首诗词佳作向百年校庆献礼，饶有意义。其意义不仅在于说明中大学人不论是搞人文科学的、还是搞自然科学或其他工作的，都会作诗；而且在于从一个侧面，体现了中大的校风和学风。这里体现的校风和学风当然也只是一个侧面，而非全部，但已经弥足珍视，值得发扬光大。

《绛华楼诗集》序

诗以言志抒情为主。虽可叙事,却不同于历史著作;虽可说理,迹迥异于哲学论文。故严羽论诗,力主"诗有别材,非关书也;诗有别趣,非关理也"。窃以为无别材别趣,固不足以言诗,然仅有别材别趣而不博览群书、精研事理,则不能为大诗人。冯国瑞仲翔先生既怀匡时之志,复邃百家之学,交游广而阅历深,蕴中彪外,溢为声诗,辄为耆宿所惊叹。弱冠游关中,登雁塔,临曲江,过韦杜,入终南,览东西绣岭,攀华岳三峰,访周秦汉唐宫殿陵阙于荒烟蔓草间,俯仰低回,与高岑王孟李杜元白韩柳温韦诸大家上下其精灵,游踪所至,俱入吟咏,高情逸韵,雅类唐音。汇为《壮游草》刊行,览者无不击节。洎乎游学两京,为政西海,才情日富,波澜益阔。自兹厥后,倭寇猖獗,山河破碎,国是蜩螗,生灵涂炭,兵戈迭起,沧桑屡更,举凡治乱兴衰之故,危急存亡之感,与夫士气民风政局世运之可歌可泣可长太息者,悉以纳诸诗。扬葩振藻,牢笼百态。其风格意境,已非三唐两宋及近代闽赣诗派所能范围也。

仲翔先生之诗,民国二十五年曾辑为《绛华楼诗集》四卷出版,吴宓题词,谢国桢作序,柳诒徵题签。抉择綦严,二十七岁以前诗,皆删而不存。惜印数不多,今已极难觅得。此后近三十年所作,长歌短咏,无虑五六百首,而历劫散失,荡然无存。国璘兄嘱余与董晴野君搜求选编,拟合初集在台刊印,以广流传,而命序于余。自叹屡经磨难,旧学荒疏,曷足以序先生之集。然其诗独辟蹊径,自铸伟词,才气纵横,神思卓异,世有解人,披卷可知,固无须辞费也。

1990 年 10 月

《绛华楼诗集》跋

庚午春,国璘兄函嘱董晴野君蒐集仲翔先生未刊诗什,命余编次,拟合《绛华楼诗集》在台印行。晴野先后寄来所藏手稿复印件及钞自报刊者六十余首,余深以数量不足为憾,因致函众亲友多方搜求。时经年馀,老友王无怠、王无逸寄来墨迹照像及报刊复印件多种,门人刘肯嘉、马宏毅寄来《偕梅集》及传钞稿多篇,曾与仲翔先生交游酬唱之刘子健教授亦倾箧相助。合晴野所寄,计得诗词曲百数十首,遂着手董理。手稿多用草书,且涂乙添改,报刊复印件字迹模糊,传钞稿错讹脱衍,亦往往而是。乃稽查有关载籍、史事、典故、韵书、词律、曲谱之类,逐篇揣摩、辨认、校订、誊录。细审创作年月,然后按时代先后排列。其无法认清者如《醉太平·醉瓜》、《醉罗歌·醉瓜》、《霓裳中序第一·次竹窗韵有赠》、《望海潮·送刘子健归成都》(皆报刊复印件)等及传钞稿难辨真伪者则付阙如。有鉴于《绛华楼诗集》取舍极严,故亦慎加抉择,如随手应酬之庆贺诗、叠韵诗(《偕梅集》中诸什)等,概未编入。虽存十一于千百,然细读此百篇作品,诗则五古、五律、七律、七绝,词则小令、中调、长调,曲则小令、套数,众体咸备,杰构纷呈,非大家莫办。而怵目国难、关心民瘼、痛刺时弊,渴望振兴,自抗日军兴以来数十年间之个人遭际与民族命运融合无间,不愧诗史。得此百篇于焚坑之馀,其亦不幸中之大幸也欤!

1990 年 11 月

《梦翰诗词抄再续集》序

去年冬天,江树峰教授托贺新辉君写信给我,约我为他的《梦翰诗词抄再续集》写序,我回函允诺,要他将诗词稿寄来。出人意外的是:时隔不久,江老竟溘然长逝了!

今年又快到冬天了,窗外正下着潇潇寒雨,伏案细读新辉刚寄来的梦翰诗词打印稿,不禁使我又想起这位老朋友,他那美髯飘拂、高睨雄谈的音容笑貌就浮现在眼前。

我与江老虽然相知已久,但直到粉碎"四人帮"之后,才有朝夕相处的机会。1986年冬,我们作为中华诗词学会的发起人与筹委会成员在京开会,会上共同商讨成立学会及振兴中华诗词的有关问题,会后谈艺论学,针芥相投。他还追溯50年代的往事,说曾用我的《文艺学概论》作教材,当这本书遭批判的时候,他也受了株连,堪称"难友"。此后,中华诗词学会成立、中华诗词大赛颁奖,我们都相聚都门,海阔天空,无所不谈,但都离不开振兴中华、振兴中华诗词的主题。最难忘的是1989年冬,我因出席全国哲学社会科学基金会进京,刚住进国务院一招,不知他从哪里得到消息,托一位同志找了一辆小车来看我。几句寒暄之后,即从他的家事谈到国家大事,其忧国忧民、反腐倡廉、厌乱望治的激情升华为火一样燃烧的语言,喷涌而出,在我内心深处激起强烈的共鸣。他复述林则徐的两句诗:"苟利国家生死以,不因祸福避趋之。"我跟着吟诵,并且为他打气:"真有这样的献身精神,则精诚所至,金石为开,一切都会好起来!"从黄昏直谈到深夜,他才告辞。第二天,那位同志接我去看他。情况变了,我以为他该有像样的居室,不料穿过一条狭窄的巷子,爬了好几层陈旧的楼梯,我们敲开一扇小门,江老迎我们就坐,放眼一看,真可谓"陋室"!原来他还寄住在女儿的宿舍里,女儿女婿都上班去了,要泡茶,还得自己动手烧开水。这使我一方面对这位老朋友深表同情,一方面又感到如果所有的高干亲属都这样廉洁自律,勤俭奉公,那么早已提上日程的反腐倡廉、脱贫致富就会收到实效,中华的振兴,也就有了可靠的保证。

江老的诗词已出过两个集子。前两集,著名学者、诗人吴调公教授作序,贺新辉、蔡文锦两同志分别撰文,都作了详尽的评论。这本"再续集",收的是1992年2月以后的作品。以八十高龄,在不到两年的时间里写了这么多诗词,其创作热情之高,令我赞佩不已。

读完这个集子,尽管写重大题材的作品并不多见,然而不论是伤时、感事、咏史还是咏物、赠人、题画和抒写日常生活,都洋溢着爱国主义激情。爱国主义,既非空洞口号,也非抽象概念,而是千百年来逐渐形成的对于祖国的深厚感情。这种感情,最生动地体现于历史文化传统之中。因此,凡是受过中华历史文化薰陶的中国知识分子,大都是热爱祖国的。他们吸取外来文化中的先进成分,其出发点正在于爱国,即外为中用,有利于促进祖国的繁荣富强、文明昌盛。相反,凡是不知中华历史文化为何物、轻率地全盘否定的人,则很容易崇洋媚外,数典忘祖,跟爱国沾不上边。江老的《炎黄颂》、《水调歌头·历史学家白寿彝教授赠〈中国通史·导论〉……》等诗词,都赞颂中华历史文化所体现的爱国传统,高扬"为天地立心,为生民立命"、"先天下之忧而忧,后天下之乐而乐"、"天下兴亡,匹夫有责"的民族精神。而在《沁园春·访张岱年教授》中,则痛斥《河殇》,批驳全盘西化,归结到"奋发图强",振兴华夏。基于这种热爱中华文化、热爱中华祖国的深情,江老在读一位新加坡诗人的诗集之时,也出人意料地写出这样一首别开生面的七绝:

华夏文风播外邦,读诗不觉泪汪洋。唐音未改深沉意,旨在全球共一乡。

江老诗词中频频歌颂挽救祖国危亡的历史人物,提醒国人毋忘"瓜分"奇耻,呼吁国人从"落后挨打"的惨痛历史中吸取教训。读这些作品,足以激发国人振兴中华的紧迫感,为建设富强康乐的现代化祖国而奉献聪明才智。对于新中国的英雄模范人物,更是一有机会便大力表彰。比如《临江仙·赠开封豫剧团》,乍看这个题目,会以为作者要描写演技的高超或唱腔的优美,读完全词,却是赞颂焦裕禄:

澎湃黄河东逝水,浪花涌出英雄。贫穷愚昧去无踪。童山多绿化,桐树衬花红。

兰考赤诚焦裕禄,神州大地春风。舞台光照众心融。中原新气象,朝日正彤彤。

真所谓"从血管里流出的都是血"!正因为全身血液里都饱和着爱国激情,所以溢为词章,感人肺腑。

只有真诚爱国爱民的人才能深切地忧国忧民。我国古代的杰出诗人都是忧国忧民的,江老有这样的诗句:"无愧屈原李杜后,忧国忧民拜先师。"不错,江老在忧国忧民方面的确无愧屈原、李白、杜甫等爱国诗人。他有一首长诗《隐忧行》,鞭挞了那些"背有靠山",损公肥私,挥霍荒淫,"胡作非为无所忌","犯罪作奸可不避","性感色情一锅煮"的败类。这些败类的滋生繁衍,真正是国家的"隐忧",隐忧不除,国无宁日。江老还写了一篇《读鲁褒〈钱神论〉感赋》,对一切只为钱而道德沦丧、忠奸混淆、美丑颠倒的社会风尚进行了深刻的揭露,结尾大声疾呼:"如不及早计,后代将沉沦!"类似这样痛陈时弊、渴望匡正的诗还有不少,如《书赠诗人王澍》等,其忧国之激情,都足以发人深省。

江老从振兴中华的目的出发,为振兴中华诗词而奔走号呼,不遗余力。他主张"作诗应学民歌唱",反对"书袋掉来诗意空",呼吁当代诗人要发扬黄遵宪"诗界革命"精神,这都表现了他对于振兴中华诗词的认真思考。诗,的确要有诗意,的确应像民歌那样真情流露,明快晓畅。如果毫无诗情诗意,而以艰深文浅露,以堆砌僻典难词炫博学,那实际上是误入歧途。然而既有浓郁的诗情诗意,又深入浅出,明快晓畅,圆融浑成,字字妥帖,句句精当,通篇完美无瑕疵,却是很难做到的。"看似寻常最奇崛,成如容易却艰辛",这是富有创作经验的诗人的甘苦之言,我深有同感。江老如健在,也必然是有同感的。令人痛惜的是,他离开中华诗坛,已经将满一年了!

1995 年 3 月

《梅棣盦诗词集》序

梅棣盦者,北大名教授陈贻焮先生之斋号也。"文革"以前,余即读贻焮论著,说诗解颐,心窃慕之,而长期未能谋面。四凶既殄,天象昭回,余因参加第四次文代会晋京,于同门友胡念贻座上始识贻焮,论文谭艺,妙绪纷披,恨相见之晚。稍后,余受陕西人民出版社委托,主编《语言文学丛著》,约贻焮撰《八代诗史》;回函力荐其门人葛晓音君执笔,而以严把质量关自任。从此书札往返,相知渐深;而不知其能诗。盖自传统诗词以旧体被斥,数十年于兹,学人而工吟咏者鲜矣!癸亥初春,贻焮以新著《杜甫评传》三巨册见寄,余固瓣香少陵者,得书大喜,罄七日之力,快读数过,而杜公之遭际、学养、心态、神情与夫所经所历所感之时代风云、社会动乱、黎元疾苦、山川物候、风土人情,一一浮现眼前。引证杜诗,剖析入微,尤非学博识卓,兼有创作甘苦者莫办。及诵《作者自识》中长歌,气格音调,颇类临川《杜甫画像》,而转捩顿挫,则深得老杜歌行神采。乃知贻焮学术淹雅,才情富赡,为浣花翁传神写照而成此煌煌巨著,岂偶然哉!因忆少年时代,肄业南雍,治学之馀,刻意竞病,先师汪辟疆、胡小石诸先生每以儒林而兼文苑相期许。夫学有专门,艺有专精,学者不必皆为诗人,理论家、批评家不必皆为作家;反之亦然。然兼二者之长,相得益彰,更能造夐绝之境。古今中外,其例甚繁,今复于贻焮见之矣。

改革开放,文会频参。尝于湘潭韵文学会席上敬酒,贻焮呼余为"姑老爷",余即脱口而出,以"舅老爷"回敬。当场及此后,每与湖南学友晤叙,彼此即以"姑""舅"相呼,传为文坛佳话。壬申孟冬,同赴清远主持中华诗词大赛终评,评诗论词,乐数晨夕,往往相视而笑,莫逆于心。尝谓诗本性情,故劳人思妇亦能咏歌;然三唐两宋以来诸大家皆志在开济,学以致用,博古通今,鉴往知来,郁中彪外而播为声诗,靡不情真味永、旨远思深,令人一唱三叹,感发兴起。"读书破万卷,下笔如有神","汝果欲学诗,工夫在诗外":杜陵、剑南,固已自述心得矣。至如江湖末派,浅尝薄殖,媕陋空疏,敝精力于五言,穷物象于七字,虽偶有隽句佳章,然欲以此弘扬诗道,不亦难乎?评诗既毕,贻焱出示《梅棣盦诗词集》命序。余携归讽诵,诗则众体咸备:五、七言古风胎息杜、韩而自具面目;近体婉丽清新,《访泰纪游》善写异域风光,尤饶韵致;绮年怀人诸什,情与景融,庆粤夫人倩影翩若惊鸿,呼之欲出。"思随草色依裙绿,欲化星光伴月明",何凄艳缠绵乃尔耶?长短句嗣响姜、张,清空婉约。《满庭芳·暖室评花》、《沁园春·新雨初来》诸阕传诵一时,备受赞扬。盖其岳丈李冰若教授乃词学大师吴梅高足,渊源有自,非冥行擿埴者可比也。

  巍巍中华,向称诗国,拨乱反正,吟帜高扬。然而受压既久,诗艺水准之普遍提高迫在眉睫;则《梅棣盦诗词集》之问世,固足以引领众流、启迪后学,其有助于中华诗词之振兴无疑也。叨在知己,敢为引喤,翘首京华,无任神驰。

《三余诗词选》序

沈鹏先生寄来他的《三余诗词选》打印稿,嘱我作序。快读数过,受益良多,也引发了一些思考和感想。

盛唐时期的广文馆博士郑虔"博学多才艺",著述宏富,因兼擅诗、书、画而被赞为"三绝",这是耐人寻味的。诗、书、画等任何一种艺术创作要能达到精湛卓绝的境界,都需要创作主体既有超凡脱俗的天赋,又有广博深厚的学养。对于艺术创作来说,天赋是必不可少的,但后天的学养更重要。缺乏学养,天才也就枯萎了,王安石的《伤仲永》便是极好的说明;不断加强学养,则其天赋也日益充实拓展,所有杰出艺术家的创作实践都可作为例证,诗、书、画"三绝"的郑博士之所以"多才艺",不正受益于他的"博学"吗?

诗、书、画等艺术各有特质,又有共性。创作主体"博学多才艺",便是共性之一。就书法而言,历来以书名世者大抵能诗能文,有的还是博古通今的学者。博古通今既可提升书艺的恢宏气度和人文意蕴,使之具有浓郁的书卷气;集多种艺术创作于一身,又可交融互补,相得益彰。这是优势之一。不是照抄古人的作品而是自书诗文,则其书艺的笔情墨趣恰与书写内容融合无间,富于感染力。这是优势之二。王羲之的《兰亭集序》既是脍炙人口的名文,其书体的妍美流便又适足以表现序文的逸韵高情。被尊为"天下行书第一",原非偶然。其他历代书法杰作亦多类此,"宋书四大家"特别是苏黄自书诗词文赋的精品,无不二妙璧合,垂范百代。

"四凶"既殄,随着改革开放的春风吹拂,神州大地兴起了"书法热",形势喜人。然而由于众所周知的历史原因,日益庞大的书法队伍中的多数人缺乏必要的文化积累和文学素养。十多年前,天水人以高昂的代价弄来了"伏羲庙"三字,"羲"字的左下方竟多出一撇!主事者慑于书写者的大名高位,照样勒诸贞珉。数年前,孟州市人请一位书法名家为韩园挥毫,竟称韩愈为"韩荆公"!主事者同样慑于书写者的显赫声望,照样刻石印书。大书家尚且如此,等而下之的书写前人诗文楹帖,也错别字满篇。当然,学养不足,是可以补课的,严重的是有些人竟认为像他们那样不搞学术研究、不搞诗文创作而专搞书法,才算"书法家";而出于学者、文人之手的,则被讥为"学者字"、"文人字",这就令人啼笑皆非了。

学有专长,术有专精,学者、文人不一定都是书法家;但书法家而有学术修养、并能创作像样的诗文,毕竟是值得继承的优良传统。继启功先生出任中国书协主席的沈鹏先生,正是在继承这一传统的基础上开拓创新的。

我在今春兰亭书法节曲水流觞时初识沈先生,相见恨晚。然而了解沈先生,却是由来已久了。从上世纪 50 年代初开始,我一直是《人民画报》的读者,因而了解沈先生为浇灌这朵艺术鲜花所付出的大量心血。其论著《书画评论》、《沈鹏书画谈》,创作《三余吟草》、《三余续吟》,法书《沈鹏书法作品集》、《当代书法精品集·沈鹏卷》,以及他编辑的《故宫博物院藏画》、《中国美术全集·宋金元卷》等也都常置案头,阅读欣赏,深感沈先生博览精研,邃于艺术理论,勤于艺术实践,能够从深层蕴含中洞察多种姊妹艺术的血缘关系及其精微奥妙,从而融会贯通,形于笔墨,发为吟咏。

"书、画同源",已是书画家的口头禅;而书与诗有何关系,却很少有人涉及。沈先生善书工诗,因而对此独有妙悟。他在一首七绝中说:"五色令人目眩昏,我从诗意悟书魂"。其书之得力于诗,于此可见。看沈先生的草书,中锋入纸而于行笔中随势应变,通过跌宕起伏、舒徐驰骤、揖让顾盼、疏密离合的节奏感体现诗情的流注和诗意的律动,于书美中见诗美,于"心画"中闻"心声",令人玩味无穷。

沈先生在另一首诗中说:"字外工夫诗内得"。其诗之受惠于书,于此可见。陆游在《示子聿》一诗中把他晚年总结出来的作诗经验告诉儿子:"汝若欲学诗,工夫在诗外。"作诗当然要有诗内工夫,包括追求词句的华美、对仗的工稳、音韵的谐调和章法的谨严等等,但这是远远不够的,更重要的还要有诗外工夫,包括深厚的文化素养、广阔的社会阅历、崇高的精神境界,以及对于自然风光的感悟和宇宙人生的终极关怀等等。作诗如此,作字也不例外。沈先生的"字外工夫"造就了一位卓越的书法家,而当他沉潜于诗词创作之时,他的"字外工夫"便不自觉地流光溢彩,焕为佳什。沈先生曾说:"艺道由来理法通。"真是探本之言,益人神智。

沈先生游踪遍五洲,其诗取材甚广,却非率意应景之作。例如《鹿回头》:

> 已穷前路猛回头,地转天旋水倒流。
> 我爱黎家传说美,生生不息在追求。

游过海南鹿回头景点的人都听过出于解说员之口的惊险、离奇、神妙的爱情传说,然而要用四句诗写出来,而且写得传神,写得有新意,谈何容易!我是听过这段传说的,因而不能不艳羡沈先生的锦心绣口。又如《黄山人字瀑》:

> 久雨初晴色色新,山光峦表逐层分。
> 路回忽听风雷吼,百丈飞流写大"人"。

首句写"久雨初晴"时的黄山"新貌";次句紧承"色色新",以画家的视角展现"山光"、"峦表"逐层脱化的动态,见得抒情主人公沿路观景,眼中景象亦移步换形,层次丰富;三句承中突转——所谓"承",指仍承"色色新";所谓"突转",指抒情主人公于行进中峰转路回而"忽听风雷吼",以震耳欲聋的听觉形象为结句设置悬念、渲染气氛,真可谓"先声夺人"!题为《黄山人字瀑》,首句突出"久雨"为巨"瀑"蓄势,次句稍作延宕,实起铺垫作用,三句忽闻巨吼而结句之飞瀑亦随之突现眼前。王楷苏《骚坛八略》谓"七绝第三句得势,第四句一拍便着,譬之于射,三句如开弓,四句如放箭也",此诗深得此中三昧。而更精彩的是:作者以大书家笔酣墨饱、振笔急书的创作体验,营造出"万丈飞流写大'人'"的磅礴气势和崇高意境,确是前无古人。

沈先生写域外题材,不忘弘扬中华文化。请看《如梦令·纽约唐人街》:

> 远望琉璃黄瓦,牌匾汉文题写。孔子立铜雕,《礼运·大同》高挂。华夏,华夏,跨越中西文化。

作者漫游纽约而驻足唐人街仰望孔子铜像,对中华民族"天下为公"的"大同"理想礼赞讴歌,所表现的既是爱国豪情,又是对人类前途的终极关怀;而对霸权主义的鞭笞,也意在言外。

《浣溪沙·米开朗其罗雕刻〈奴隶〉》则就米氏《奴隶》雕像抒发观感:

> 岂合含羞忍辱身,金刚力挫断龙绳。无声岩石动乾坤。

> 贝氏《命运》交响曲,沉雄一样夺灵魂。古来悲剧两无伦。

作为杰出的艺术理论家,作者在目睹米氏雕刻名作《奴隶》时联想贝多芬名作《命运》交响曲,以"动乾坤"、"夺灵魂"表现其沉雄悲壮的悲剧效果,词约义丰,引人深思。

今人作诗填词,命题皆甚简短,唐宋名家则不尽然。例如杜甫,诗题往往有长达数十字者,前人赞为"善制题"。沈先生诗词选集中不乏长题,如《采桑子·经大西洋城,阅报悉沈阳于"九·一八"建立大型警世钟》,命题便好。词如下:

> 柳条湖水秋应好,岁岁今朝。又是今朝,和泪松花江上谣。
> 向洋送目西风劲,往事烟销。未忘烟销,警世钟声挟怒涛。

首句中的"柳条湖"在沈阳,即"九·一八"事变发生处。不说"秋来好"而说"秋应好",乃是"经大西洋城阅报"后的估量揣想之词,无限深情,从"九·一八"事变延伸到"又是今朝,和泪松花江上谣",涵盖了辽远的历史时空,意蕴无穷。"向洋送目"的立脚点也是"阅报"时的"大西洋城",由此引出"往事烟销,未忘烟销",而作为全词"豹尾"的"警世钟声挟怒涛",也震撼着大西洋的怒涛巨浪。如果改题《闻沈阳于"九·一八"建立大型警世钟》,命题虽简练,却很难写出如此好词。

这篇序已经写得相当冗长了,尝鼎一脔,就此打住。如果吟友们因读拙序所引华章而萌发兴趣,那就买一本《三余诗词选》从头读起吧!金风送爽,丹桂飘香,赏佳景,读好诗,自是人生一乐。

2004年中秋写于陕西师大博导南楼

《马凯诗词存稿》读后

去年中秋节前,钱晓鸣同志寄来《马凯诗词存稿》和香港月饼,读诗吃饼,美味无穷;却因年老事冗,写点读后感的心愿未能实现。今年春节,晓鸣同志来电话拜年;马凯同志亲笔写信征求意见,虚怀若谷,令我钦敬不已。

马凯同志作为卓有贡献的经济理论专家,负荷国家发展与改革重任,深入实际,纵览全局,这是他诗词创作的最大优势。其诗词存稿分为六篇,而于"望远"、"沧桑"之后继之以"感悟"诸篇,可谓别开生面。"望"时、空而至极"远",上下几千年,纵横数万里,其最大"感悟"乃是对宇宙人生的终极关怀。这是大胸襟、大气度、大境界。因此,"望远"中的日、月、人三首以及此后的崇山、激水等多首,皆深含哲理,引人深思。例如《山坡羊·红日》:

拔白破夜,吐红化雪。云开雾散春晖泻,煦相接,绿相偕,东来紫气盈山岳。最是光明洒无界,升,也烨烨;落,也烨烨。

这里展现的不是久旱不雨时令万物枯槁的红日;而是赶走黑夜,驱散云雾,吐红化雪,为人间带来春天,为大千世界遍洒光明的红日。诗人通过这一轮诗意化的红日,为读者照亮了崇高而辉煌的人生境界。又如《山坡羊·自在人》:

胸中有海,眼底无碍,呼吸宇宙通天脉。伴春来,润花开,只为山河添新彩。试问安能常自在?名,也身外;利,也身外。

人,都想活得自在。道家追求"逍遥游",佛家也要"得大自在"。我们日常接触的人,不爱岗敬业而耽于游手好闲者有之;千方百计谋私利、求大名而贪图吃喝玩乐者有之,但未必能活得真自在。《山坡羊》所塑造的,乃是一种真正的"自在人",他胸襟开阔,目光远大,像春天的雨露那样滋润百花,为山河添彩,这就奠定了做"自在人"的基础。但如果有此基础却自以为奉献甚多而所获名利不足,也就不自在了。可见结尾的"名,也身外;利,也身外",还是做"自在人"的关键。乐于奉献而不慕名利,这是一种大自在、大境界。

《西江月·考验》也是"望远"中的佳什:

> 攀岳本无直路,远航常遇激流。不平万浪岂甘休,笑对磨难奋斗。能进能退天阔,无私无畏自由。雷鸣电闪不低头,海燕翱翔依旧。

通篇豪情满怀,壮志凌云。由于"攀岳"、"远航"、"能进能退"、"无私无畏"诸句饱含人生感悟,故豪而不浮,壮而不夸,与张扬浮夸之风的"豪言壮语"不同。其中"无私无畏自由"一句闪耀着哲理的光芒,与《自在人》一首展现的人生境界交融互补。

作者在《学诗》五绝中说:"真情流笔下,大气溢胸中。"的确,《马凯诗词存稿》中的不少诗词,是大气盘旋,真情洋溢的,《望东方(仿李白〈蜀道难〉句式)》便是其中之一。诗甚长,这里只引后半篇:

> 远望东方东方太阳红,前赴后继求大同。征长万里我接力,担重千斤自为荣。先驱断头无所惧,后辈献身亦从容。说千也道万,千古治国大计何为第一宗?得人心者得天下,道循脚底,民立心中。生命虽有限,事业永无终。兴我中华,惟此为重;结友全球,天下为公。愿将满腔血,飞天化长虹。远望东方东方太阳红,冉冉升起正彤彤。

"民为邦本","天下为公","世界大同",是几千年来先进的中国人为之奋斗的政治理想,要用诗歌表现而不流于概念化,其难度之大,可想而知。作者化为诗句,出以激情,运以大气,读之如天风海涛,发蒙振聩。堪称自辟蹊径、自具特色的政治抒情诗。

更值得重视的是《九八抗洪》组诗。

1998年我国气候异常,长江、松花江、珠江、闽江等主要江河发生了大洪水。作者作为国家防汛总指挥部的成员奔走南北,亲临抗洪第一线,化亲身经历为抗洪史诗。全诗由《洪水牵心》、《众志成城》、《牌洲营救》、《九江堵口》、

《荆江化险》、《保卫大庆》、《科技显威》、《手足情深》、《灾后反思》、《精神永存》十首组成，首尾照应，结构严密。这十首诗，每一首都以四个三字句和八个七字句组成，八个七字句的中间两联或一联，大都讲对仗，可说是七言律诗的变体。适应表现内容的需要，十首诗或押平韵，或押仄韵，因而整个组诗读起来显得抑扬顿挫，富有变化。一首诗有三字句，有七字句，当然是杂言古风；而八个七字句又有近体诗的特点。不难看出，作者匠心独运，有意识地在诗体创新方面艰苦探索，而且是相当成功的。

作者探索新诗体，不是为新而新，而是为了用独特的形式生动地表现独特的内容。请读《牌洲营救》的开头：

堤脚斜，堤身裂，狂浪啸，从天泻。

四个短句，声情激越，节奏急促，恰切地表现了洪水骤至的惊险场景和营救灾民的紧迫感。而《手足情深》的开头则是：

夜满星，月如银，天有心，亦动情。

四个短句情景交融，为同舟共济之后慰问战士的温馨场面作了极好的烘托。

倘要欣赏这种古诗新体的全貌，不妨尝鼎一脔，吟诵《保卫大庆》：

龙出水，虎下山，天多大，水多宽。防线两道痛失守，油田三面环狂澜。挥师十万垒天障，旗海人浪何壮观。激流拍胸身未抖，惊涛灌顶腰不弯。欢呼铁人今犹在，磕头机唱入云端。

这一规模宏大的组诗以前八首谱写抗洪壮歌，足以振奋人心，鼓舞士气；以后两首歌颂抗洪精神，反思导致洪灾的根源而将根治之道归结为"天人和谐"，足以益人神智，发人深省。

《马凯诗词存稿》中有古风，有词、曲，而以律诗绝句为多，众体咸备，各有力作。马凯同志来函极谦虚，自谓"失律、失粘、失对、孤平等仍不少"。当然，作近体诗和词、曲，合律是必要的。然而如果忧时感事，发为吟咏，意新语工，情真味厚,则虽偶有失律之处,亦能感动读者,不失为好诗。反是,则虽完全合律,亦属下品。马凯同志的诗(包括词曲)大都有新意,有真情,有诗味,如果硬要我"提意见"的话,那就是在"语工"方面还得继续提升。凡搞诗词创作的人都会遇到明知用词欠准确、造句欠明畅,却难于改好的困境,在押韵、对仗等关键之处尤其如此。然而,只要认真思考,反复修改,这种困境是可以克服的。《九八抗洪》中有"才见南洪危断缕,又传北水险脱缰"一联,作者对其中的"危断缕"、"险脱缰"特加注释,说明他自己也感到欠明畅,可惜未继续修改,却把精力用到注释上了。

　　诗是语言艺术,语不工,虽有新意真情,也得不到完美的艺术表现。所以,所有诗人都在语言的筛选、提炼上下功夫。贾岛的"推敲",郑谷的"一字师",杜甫"新诗改罢自长吟",卢延让"吟安一个字,捻断数茎须",都说明唐代诗人在追求"语工"方面付出的艰苦劳动。前苏联诗人马雅可夫斯基更说:"诗歌的写作如同镭的开采。开采一克镭,需要终年劳动;你要把一个字安排得停当,那就需要几千吨语言的矿藏。"

　　十多年前,我主持全国诗词大赛时写过一首小诗,前两句是:"诗家何处着先鞭,时代精神妙语传。"完美地表现时代精神的"妙语",当然不排除"妙手偶得"的可能性,但更可靠的办法还是从"几千吨语言的矿藏"中筛选、提炼。杜甫不云乎?"语不惊人死不休。"愿与马凯同志共勉。

2006 年 2 月 28 日写于唐音阁

《红羊悲歌》序

　　自上世纪80年代至今,"诗词热"方兴未艾,编印这样那样的诗词大观、大全、大辞典者风起云涌,形势喜人。但其中的大多数以多购书、多付版面费为主要入选条件,质量极难保证,因而也难发挥有益于世道人心的诗教作用。新疆兵团诗联家协会副主席唐世政先生则从关注国家前途、民族命运的高度着眼,于举国纪念小平同志百周年诞辰之际,献出了自筹资金,自任主编,精选、精印的《总设计师之歌》,好评如潮,被誉为"颂诗之正声"。中华诗歌素有美刺并用的传统。热爱真善美,自然由衷地颂美真善美;痛恨假丑恶,自然由衷地讽刺假丑恶。而扶植真善美与消灭假丑恶是紧密联系,不容分割的,一个为实现真善美的崇高理想而奋斗不息的人,难道能与假丑恶和平共处吗?正因为这样,世政先生于《总设计师之歌》面世之后,便考虑再编一部《红羊悲歌》,并且专程来到西安和我商量,拟定编书的主旨和纲目。

　　"前事不忘,后事之师"。当我们为改革开放和现代化建设日益取得光辉成就而欢欣鼓舞,由衷地赞颂总设计师的时候,不能不居安思危,抚今追昔。从甲午海战到改革开放前夕的近一百年间,国难频仍,灾祸迭起。仅就像我这样年纪的人亲身经历的来说:八年抗战,烽烟遍地;反右跃进,三年饥馑;"文革"十载,浩劫空前。日寇侵华,由来已久。"七七"事变之后,狂叫"三个月灭亡中国"。战机蔽空,狂轰滥炸遍及全国;铁骑四出,践踏半壁河山。施细菌,放毒气,杀烧淫掠,无所不用其极。中华四亿五千万人民同仇敌忾,救亡图存,经过整整八年的浴血奋战,终于赢得了最后胜利。然而军民捐躯三千五百余万,财产损失数千亿美元,文物、典籍、名胜、古迹等惨遭毁灭,破坏者更无法统计。付出的代价何等惨重!弱肉强食,落后挨打,被侵略的根本原因是永远值得记取的。日寇投降之后,我未索赔,以德报怨;彼不认罪,以怨报德。掩饰侵略罪行,祭拜战犯亡灵,其意何居,岂容坐视!

　　日寇侵华,这是外患,外患可以全民抗击,一旦战死,便是为国献身的烈士,内难则形殊势异,遍布网罗。即如违反自然规律的大跃进,首倡者登高一呼,争功者四方响应,在"一天等于二十年"的理论指导下竟吹牛皮。这里以亩产万斤"放卫星",别处不断加码,以亩产两万斤、三万斤、四万斤、五万斤、六万斤争"放大卫星",直至湖北麻城编造的"天下第一田",亩产竟高达二十五万斤,真可谓"敢想敢说"!谁敢反映真实情况,立刻遭批挨斗。由此导致的三年全国大饥荒,饿殍遍野,甚至出现了人相食的惨象(参见兰州市政协文史资料和学习委员会编《甘肃六十年代大饥荒考证》第11至12页),而反右倾斗争仍在进行。活活饿死了,还戴着"右倾"帽子!

十年浩劫,人妖颠倒,举国动乱,草菅人命。对人才、文化、教育、伦理、道德、工农业生产以及物质的与非物质的文化遗产摧残之巨、破坏之惨,真可谓"史无前例"。而在当时,这一切都是在"无产阶级文化大革命"的旗帜下进行的,都是堂而皇之的"革命行动"。对逼供致死者斥为"畏罪自杀,自绝于人民",贴大字报、开大会严厉声讨,"鞭尸示众"。

《红羊悲歌》的"红羊"泛指国家的劫难,这里指甲午海战至改革开放前夕近百年间的外患、内难。但就其本意而言,则专指丙午、丁未两年所发生的灾祸。"丙丁"为"火",色"红";"未"属"羊",故称"红羊"。宋代柴望著《丙丁龟鉴》,历举秦庄襄王以后至晋天福十二年之间的灾祸发生于丙午、丁未者多达二十一次。而"无产阶级文化大革命"正发生于丙午(1966),次年丁未已全国大乱,"红海洋"波翻浪涌。当然,在中华数千年历史上,治少乱多,丙午、丁未自有发生灾祸的可能性,但灾祸并非都发生于丙午、丁未。柴望,南宋人,有感于金人入侵、宋室南迁的"靖康之耻"正值丙午、丁未,故撰此书企图引起警惕,吸取教训。"文革"爆发于丙午、丁未,是震惊中外的"红羊"浩劫,其深刻的历史教训是值得不断总结、不断吸取的。

《红羊悲歌》由主编个人筹资,入选不与购书挂钩,且向入选者赠书,故能保证质量。自征稿以来共收到八千余作者的十多万首诗、词、曲、联,从中精选出560位作者的2150首作品,编为上、下两卷,合为一巨册出版,堪称改革开放前近百年间外患内难的史诗。以史为鉴,开辟未来,创新科技,富民强国,昌明文教,发扬民主,建设以人为本的和谐社会,实现中华民族的伟大复兴,为人类谋福祉,为世界保和平,这是《红羊悲歌》编者的愿望,也是渡尽劫波的所有炎黄子孙的愿望。

《当代诗词手迹选》序

吴小铁君自号"江南诗丐",穷年丐诗,所得甚夥。乃自拟体例,编为《当代诗词手迹选》而问序于余。观其目录,入选者多达七百四十余人,名家逾百,而诗词书法兼擅者如毛泽东、于右任、柳亚子、郭沫若、胡小石、汪辟疆、陈匪石、沈尹默、谢无量、马一浮、王蘧常、钱仲联、夏承焘等,亦无虑数十家。猗欤盛哉!

夫丐有多门,未可等量齐观。有迫于生计而丐食以活命者;有诳丐渔利,纳资为官者;有欺压善良,横行乡里而为丐棍者;有丐钱兴学,为国育才者,孰可悯、孰可恶、孰可敬,固不难区分也。若吴小铁君者,其丐中之雅士乎?丐诗以成巨帙,而名家之杰作法书赖以流传,功莫大焉!故乐而为之序。

戊寅初冬于长安

《海峡两岸诗选》序

我与姜德华君初识,是在中华民族遭受空前浩劫的年代。那时,我在泾阳农场"劳改",却斗胆写了一首长诗,竟然被他看中,公然发表在他与陈艺编辑的《泾阳文艺》上。据说,他为此受到指责,并不曾认错。我重返师大后,他编《楹联书法集锦》,又发表了我为乾陵、昭陵撰书的楹联。最近,他又编成《海峡两岸诗选》,嘱我写序。我虽年届古稀,诸务丛集,忙得喘不过气来,但还是乐于对他的诗选发表些意见。

我粗略地翻阅目录和部分稿子,看得出这么一些特点:他共选五百多首诗,形式多样,不拘一格。比如有些作品,用的是"五四"以来的新诗形式;另一些作品,用的是传统诗、词、曲的形式,或完全符合规律,或基本符合格律。还有一些作品,好像也用传统诗、词、曲形式,却大幅度地突破格律束缚。从作者看,也与形式的不拘一格相适应,虽然包括了若干鼎鼎大名的诗人,但更多的人则并不以作诗见长,而在其他方面具有代表性。从入选作品的内容看,则思亲念友、怀乡恋土、切盼祖国统一、渴望中华振兴,乃是共同主题。广泛地选录出于海峡两岸在各方面具有代表性的作者之手的不拘一格的作品,体现这样的共同主题,就足以充分说明:思念亲友,怀恋乡土,乃是分隔海峡两岸的亿万炎黄子孙的共同情感;统一祖国,振兴中华,乃是分隔海峡两岸的亿万炎黄子孙的共同心愿。

姜德华君在编选这本诗集时是否有这样的指导思想,不得而知。但我看到的全书目录和部分诗稿,确乎体现出这样的指导思想。如果我的看法符合实际,那么这本《海峡两岸诗选》的现实意义和可能产生的积极影响,也就不言可知了。

祝愿祖国早日统一!祝愿两岸亲友早日团聚,为振兴中华的共同事业做出贡献!

1991 年元旦

《中华当代边塞诗词精选》序

人们一提起边塞诗,便想到盛唐时代高适、岑参、王维、王昌龄、李白、李颀、王之涣等许多杰出诗人,在吟诵"叠鼓遥翻瀚海波,鸣笳乱动天山月"、"四边伐鼓雪海涌,三军大呼阴山动"、"忽如一夜春风来,千树万树梨花开"、"愿得此身长报国,何须生入玉门关"等豪壮诗句的同时受到心灵的震撼,豪情喷涌,意气风发。在万紫千红,争奇斗丽的盛唐诗苑里,边塞诗以其壮丽、雄阔、瑰奇、豪放的艺术风格和洋溢着爱国激情的阳刚之美而自成一派,与田园诗派互相辉映,蔚为奇观,大放异彩。其名篇杰句,万口传诵,经久不衰,至今仍是鼓舞人们昂扬奋进、献身边塞、报国立功的精神力量。因此,有些专家从盛唐边塞诗派的实际出发,对边塞诗作了这样的界定:在地理位置上限制在沿长城一线的边疆,主要是西北边疆;在题材上限制在写边疆战争,边地风光;在时间上限制在盛唐。如果仅就盛唐边塞诗派而言,这样的界定当然持之有故。然而如果从中华民族、中华诗歌发展的历史过程着眼,这样的界定就缺乏根据了。

如果从中华民族、中华诗歌发展的过程着眼谈边塞诗,那么第一,"边塞"的地理方位不限于西北,而是包括东西南北所有的边疆,边疆的广狭也有变化;第二,"诗"的范围也在逐渐扩展,先有边塞诗,后来又增加了边塞词、边塞曲。就边塞诗而言,由《诗经》的四言到汉魏六朝以来的五言、七言、齐言、杂言、古风、近体等各种样式,"五四"以来又增加了新诗。我们讲"诗",有时用狭义,有时用广义,我们今天讲边塞诗,应该用广义,即边塞诗歌,包括诗词曲各体。第三,边塞诗的题材也在逐渐扩大,由写边疆战争扩展到边疆自然风光和社会生活,当然也在或迟或速地发生变化。以下就这三点作进一步论述。

我国的边塞诗起源于反映西北边境战争。中华民族发祥于祖国的大西北,而自周秦以后,中国西北方境外的游牧民族往往对中原王朝的安全构成严重威胁,这就有了表现边防战争的诗,《诗经》中的《出车》、《六月》,就是表现周王朝出兵抵御猃狁侵扰的诗;《诗经·秦风》中的《小戎》,则是表现秦兵出征西戎的诗。汉乐府有《出塞》、《入塞》、《关山月》等题,最初的歌辞虽已失传,但从题目看,无疑是写边塞的。钟嵘《诗品·序》云:"……或骨横朔野,魂逐飞蓬;或负戈外戍,杀气雄边……凡斯种种,感荡心灵,非陈诗何以展其义?非长歌何以骋其情?"可知在梁代已积累了许多感人肺腑的边塞诗。边塞诗作为诗中的一个独特门类,当然有其产生、发展和演变的过程。大致说来,周秦汉魏,应是边塞诗的草创期;六朝至初唐,已在逐渐发展;到了盛唐时代,则繁花盛开,异彩纷呈,取得了辉煌的成就。中唐、晚唐,边患频繁,仍有李益等杰出诗人写出了边塞名篇。由于主要边患仍在西北,故中、晚唐的边塞诗仍以写西北边疆为主。有人说"边塞诗是大西北的歌,是大西北的骄傲",如果就周秦至晚唐这一历史时期而言,这种论断是大致不错的。然而也只能说大致不错,因为除大西北而外,其他边疆也有边患,也有相应的边塞诗。如张说的《巡边在河北作》、《破阵乐二首》,崔颢的《赠王古威》、《辽西作》,祖咏的《望蓟门》,李希仲的《蓟北行》等,就不是"大西北的歌",而是幽燕之歌,辽西之歌。雍陶的《哀蜀人为南蛮俘虏五章》,描述了南诏侵蜀、掳掠蜀民的惨状。高骈的《南征叙怀》,则表现了反击南诏、收复失地的决心。这些诗,当然远远不能和高、岑、王维等歌咏西北边塞的辉煌篇章媲美,却足以说明唐代的边塞诗在地理方位上已由西北扩展到北方、东北和西南,到了明、清及近代,更扩展到东疆、南陲和东南沿海。

到了唐代,词作为新的诗歌体裁登上中华诗坛。1899年从敦煌莫高窟发现的大量唐代曲子词,便有不少可以称为边塞词。中唐戴叔伦的《调笑令·边草》和韦应物的《调笑令·胡马》,晚唐温庭筠的《蕃女怨·碛南》,五代牛峤的《定西番·紫塞》,毛文锡的《甘州遍·秋风紧》等,也是早期的边塞词。宋代从范仲淹的《渔家傲·塞下》开始,到南宋无数抗金志士以抵御侵略、收复中原为主题的大量爱国词,把边塞词的创作推向高潮,历明、清、近代而不衰。

元曲中也有写边塞的,如冯子振的《[正宫]鹦鹉曲·至上京》、鲜于必仁的《[双调]折桂令·居庸叠翠》、宋方壶的《[双调]水仙子·居庸关中秋对月》、汤式的《[双调]沉醉东风·燕山怀古》等,便是边塞曲。

边塞诗起源于反映边塞战争,逐渐发展到写边疆的各种题材。盛唐诗人咏西北边疆,尽管以"征戍"为中心,抒发从军报国、安定边疆的豪情壮志,但同时也展现了多姿多彩的边地风光、异域风情、民族歌舞和广阔的生活画卷,甚至还摄下了民族团结的珍贵镜头:"花门将军善胡歌,叶河番王能汉语"(岑参《与独孤渐道别长句》),"琵琶长笛曲相和,羌儿胡雏齐唱歌,浑炙梨牛烹野驼,交河美酒金叵罗"(岑参《酒泉太守席上作》)。包括汉族和众多兄弟民族在内的中华民族,是在众多部族、众多民族的交往、交流、友好、团结的漫长历史过程中融合而成的。唐代这个"开放的时代",史家称为"中华国史第三次大融合的时代"。以长安为中心,在服饰、饮食、宫室、乐舞、绘画乃至语言等许多方面,"胡化"之风,盛极一时。岑参等人的边塞诗,倾注全部热情赞美自然风光,西域风情,以及民族服饰、饮食、乐舞等等,便是这种"胡化"风尚的生动表现。如果不是这样,而是以厌恶的心情渲染其荒凉、落后,那么,那些边塞诗就失去了最迷人、最动人的艺术魅力。有"胡化",也有"汉化","叶河番王能汉语",就是"汉化"的标帜。"胡化"、"汉化",在中华民族的形成过程中迄未终止;在金朝统治北中国,元朝、清朝统一全中国的历史时期,更在加速度地进行。少数民族诗人纷纷登上中华诗坛,与汉族诗人同写边塞诗,便是例证之一。金人提倡汉文化,重用汉族知识分子,以元好问为代表的一大批金代诗人,主要居住、活动在祖国北方、西北和东北的边塞地区,大量诗词创作是写边塞的,从山水、民俗、战乱、古迹到民间疾苦,取材多种多样。诗如高士谈的《秋兴》、赵秉文的《饮马长城窟行》、《长白山行》,周昂的《边俗》、《山家》,宇文虚中的《在金日作》,赵元的《修城去》、《邻妇哭》,完颜璹(金宗室)的《城西》,李俊民的《过古塞》,元好问的《雁门道中书所见》等,词如折元礼的《望海潮·地雄河岳》,吴激的《春从天上来·会宁府遇老姬》,邓千江的《望海潮·上兰州守》等,都是边塞佳作。

应该着重指出的一点是,如果同意表现边疆所有题材的诗都算边塞诗,那么,自从中华文化、中华诗歌普及到所有边疆以来,便不仅由于征戍、游宦、贬谪、旅行等种种原因而到过边疆的诗人们才写边塞诗,边疆各民族也屡出诗人甚至大诗人,他们也写边塞诗。元、明,特别是清代,诗人辈出,足迹遍全国,边塞诗的题材也日益广阔。略举数例,如元代著名少数民族诗人萨都剌的《上京即事五首》:

其三

牛羊散漫落日下,野草生香乳酪甜。
卷地朔风沙似雪,家家行帐下毡帘。

其四
紫塞风高弓力强,王孙走马猎沙场。
呼鹰腰箭归来晚,马上倒悬双白狼。

又如元代另一位著名少数民族诗人迺贤的《塞上曲五首》:

其二
杂沓毡车百辆多,五更冲雪渡滦河。
当辕老妪行程惯,倚岸敲冰饮橐驼。

其三
双鬟小女玉娟娟,自卷毡帘出帐前。
忽见一枝长十八,折来簪在帽檐边。

这四首七绝,以清新的笔调描绘了祖国北地风光和少数民族的多彩生活,人物栩栩欲活,和唐人的边塞征戍之作相比,应该说是新的边塞诗。又如清代著名少数民族词人纳兰性德的塞外词:

长相思
山一程,水一程,身向榆关那畔行,夜深千帐灯。
风一更,雪一更,聒碎乡心梦不成,故园无此声。

如梦令
万帐穹庐人醉,星影摇摇欲坠。归梦隔狼河,
又被河声搅碎。还睡,还睡,解道醒来无味。

这两首词,是作者随侍康熙出山海关途中所作。前一首作于未出关时,写千军露宿、万帐灯火的壮观和风雪交加的旅途感受;后一首作于已出山海关过大凌河以后,在壮阔背景中抒发旅愁乡思。王国维《人间词话》云:"'明月照积雪','大江流日夜','中天悬明月','长河落日圆',此中境界,可谓千古壮观。求之于词,唯纳兰性德塞上之作如《长相思》之'夜深千帐灯'、《如梦令》

之'万帐穹庐人醉,星影摇摇欲坠',差近之。"

至于崛起北地的明代前七子领袖李梦阳,清初岭南三大家屈大均、陈恭尹、梁佩兰,被赞为"香山、放翁后一人而已"的浙江海宁诗人查慎行,被称为"晚清宋词派代表"的贵州遵义诗人郑珍,兼李白、杜甫、李贺、李商隐之长的浙江镇海诗人姚燮等等,其家乡就在边疆,从刻画家乡山水反映社会现实,其题材之广是不言而喻的。

写东南海疆的诗歌,由来已久。特别值得一提的是明代中叶反映倭寇侵扰的作品。归有光的《甲寅十月纪事二首》、《海上纪事十四首》,表现倭寇侵掠烧杀,而官吏不恤民困,征税抓丁,可与杜甫《三吏》、《三别》并存。戚继光在抗击倭寇,解除东南海患的过程中作了不少诗,如《韬钤深处》、《马上作》、《过文登营》、《望阙台》等,慷慨激昂,洋溢着爱国激情,王世贞称其"师旅之什,发扬蹈厉",是十分中肯的。

鸦片战争以后,中国人民反帝、反封建的伟大斗争给传统的边塞诗注入新鲜血液。张维屏的《三元里》,张际亮的《定海哀》、《镇海哀》,姚燮的《速速去去五解》、《北村妇》、《山阴兵》,贝青乔的《军中杂诔诗十八首》、《咄咄吟一百二十首》,孙衣言的《哀虎门》、《哀厦门》、《哀舟山》,黄遵宪的《哀旅顺》、《哭威海》、《冯将军歌》,丘逢甲的《澳门杂诗》、《九龙有感》等无数反映沿海一带列强入侵的史诗,既控诉侵略者的暴行,又痛斥清廷腐败,庸臣误国,而对为国捐躯的将士和奋起杀敌的人民群众高唱声彻云霄的赞歌,对国土的沦丧发出悲痛的号呼,唤起同胞收复失地,誓雪国耻。每一篇诗,都形象地体现了炽烈的爱国主义激情。

边塞诗是随着时代的变化、"边塞"的变化而变化的。全国解放,新中国成立,结束了被侵略的历史,中国人民站起来了!近半个世纪以来、特别是自改革开放以来,神州大地发生了除旧布新、脱贫致富、改天换地的巨大变化,但毕竟还有内地与边疆之分,因而边塞诗的历史不但没有结束,而是新的时代、新的边疆呼唤与之相适应的新的边塞诗。

新边塞诗的创作,早在抗日战争和解放战争年代就已经开始了。毛泽东的《念奴娇·昆仑》、《清平乐·六盘山》、《沁园春·雪》等杰作,为新边塞诗的"横空出世"奏响了洪亮的序曲。

1941年9月,林伯渠"约在延安耆老作延水雅集,并成立怀安诗社","怀安十老"等老一辈革命家写出了歌咏陕北的诗章。解放以来,支援宁夏、甘肃、内蒙、新疆及其他边疆的开拓者和当地各民族的众多诗人,创作了无数以保卫边疆、开发边疆、建设边疆为主要内容的新的边塞诗。其中有传统诗,也有新诗。闻捷的《天山牧歌》、《复仇的火焰》,贺敬之的《西去列车的窗口》,张志民的《西行剪影》,郭小川的《西出阳关》,李季的《向昆仑》、《石油诗抄》,田间的《天山诗抄》等新诗,朱德、陈毅、董必武、林伯渠、叶剑英、郭沫若、邓拓、常任侠等的传统诗,都为新边塞诗的繁荣起了催化作用。就在这种创作实践的基础上开始了理论建设,1982年2月,周涛发表了《对形成"新边塞诗"的设想》一文,同年3月,新疆师大中文系就"新边塞诗"问题开展学术讨论,接着,《新疆文学》、《阳关》、《诗刊》、《人民文学》、《飞天》、《延河》、《宁夏日报》等报刊相继发表了大量讨论边塞诗和新边塞诗的文章,从而促进了新边塞诗的繁荣和发展。甘肃的《甘肃诗词》、《陇风诗书画》和《飞天》以及《宁夏日报》都辟有诗词专版,新疆的《昆仑诗词》、青海的《昆仑风韵》、广东的《当代诗词》、陕西的《陕西诗词》、乃至《诗刊》的《旧体诗》专栏,都为新边塞诗献出了不少篇幅。西北各地,还出版了新边塞诗选集,如《陇上吟》、《塞上龙吟》、《夏风》、《丝路清韵》、《当代诗人咏宁夏》、《丝绸之路诗词选集》等。个人的新边塞诗也开始结集出版,如秦中吟的《朔方吟草》。特别引人瞩目的是:被誉为甘肃"都江堰"的引大入秦工程总干渠竣工通水之际,工程建设指挥部多次邀请省内外诗人考察采风,诗人们目睹奇景,急挥彩笔,谱写了雄奇壮丽的边塞建设乐章,被结集为《水龙吟》出版。宁夏贺兰山东麓一片亘古荒凉的沙漠上建立了总面积280公顷的银川植物园,引进、栽培各种植物1000种左右,如今已绿树成荫,繁花盛开,呈现出一派旖旎风光。为了使自然景观富有人文内涵,更为了充分发挥诗歌的社会功能和促进新边塞诗的发展,植物园与宁夏诗词学会联合创建"沙海诗林",已将省内外150人的诗词500余首刻石嵌壁,工程还在扩展。这两个典型事例,生动地说明两个问题:第一,没有跨流域调水灌溉的引大入秦工程,就不会有《水龙吟》,没有变沙漠为绿洲的银川植物园的创建,又怎么会有"沙海诗林"?第二,有了引大入秦工程和银川植物园,尽管肯定会有目击者歌咏,然而那是零星的、少量的,而领导者高瞻远瞩,两个文明一起抓,或邀请省内外诗人采风,或向省内外诗人征稿,就立刻掀起新边塞诗创作的新高潮。

"作为观念形态的文艺作品,都是一定的社会生活在人类头脑中的反映的产物"。建国以来、特别是改革开放以来,边疆发生了巨大变化:边防巩固,社会安定,各民族和睦相处,团结互助,工业建设迅猛发展,工厂林立,马达轰鸣;

农业建设急起直追,科技种田,兴修水利,改造荒漠,绿荫掩映中的塞上新农村禾黍连云,瓜果飘香;开发地下宝藏,钢城、镍都、石油城……频频出现;交通日益发达,陆运、空运,缩小了与国内、国外的距离,促进了经济、文化交流;商贸、旅游蓬勃开展;学术、文化、教育的普及,提高了国民的文化素质、思想境界和道德水平,而高科技的普遍应用和各类专业人才的培养、重用,更使各条战线上的建设如虎添翼;引水、绿化、环保等各项工程的进展和民族艺术的繁荣,使边疆各地各以其独特的自然风光、民族风情和音乐、舞蹈焕发奇异的魅力,美化人们的心灵……这一切,都是几千年历史上不曾有过的,是"新"的。从自然风光、社会生活到人们的精神风貌,都是"新"的。以新头脑、新观念反映新边塞,自然就有了新边塞诗。再加上领导者的重视和提倡,新边塞诗的空前繁荣和发展,是大有希望的。

有人提出这样的疑问和回答:

当代边塞诗还能像盛唐边塞诗那样炫人眼目、动人心魄吗?——很难,恐怕不可能。

这是一位久居边塞、也写边塞诗的诗人提出来的,完全出于善意。提出之后自己分析"恐怕不可能"的各种原因,也极有见地。但这绝对不是荣古虐今,给新边塞诗泼冷水;相反,是给新边塞诗人一种棒喝和鞭策。

盛唐边塞诗之所以"那样炫人眼目,动人心魄",其原因应从多方面探索,就其比较明显的而言:一、盛唐时代,大唐帝国空前强大,文治武功盛极一时,经济空前高涨,文化空前繁荣,但仍有边患,国威远扬而边战频繁的客观现实激发了知识分子从军报国、建功立业的壮志豪情,慷慨出塞,久参戎幕,饱览边地风光,深入边塞生活;二、这是空前开放的时代,文网甚宽,名教束缚大解,在热爱、弘扬汉文化传统的同时,对外来文化、西域文化和一切新鲜事物,热切地吸收和消化,大胆地革新和创造;三、有了前两条,再加上以诗赋取士,知识分子从童年开始即读诗、学诗、作诗,不断提高诗艺,因而从《诗经》以来积累了丰富创作成果、创作经验和艺术技巧的中华诗歌,进入了成熟和鼎盛的黄金时期,攀上了光辉的高峰。论诗人,名家辈出,灿若群星;论作品,百花盛开,飘香吐艳。而盛唐边塞诗中最辉煌的篇章,就出于扬旗出塞、安边报国的高适、岑参、王维、王昌龄等第一流名家之手。这些名家以开放的心态,开阔的胸襟,远大的目光,安边的壮志,报国的豪情,精湛的诗艺,深厚的文化素养及其对边疆文化、边地风光和一切新鲜事物的向往,在边塞诗的创作中显示了惊人的艺术才华。

前两点，当代诗人并不缺乏，或者远胜于盛唐；而第三点，却有点问题。也就是说：当代诗歌创作的总体水平与盛唐相比，究竟如何？当代边疆各民族诗人（包括边防战士）和到边疆采风的诗人所具备的各种条件与盛唐边塞名家所具备的条件相比，究竟如何？一般地说，今人远胜于古人，但在诗歌创作、边塞诗创作这个具体问题上作一些分析比较，却有助于明确努力的方向。

"五四"以来的新诗只不过有几十年的历史；而传统诗歌则长期受到压抑，陷入低谷，直到改革开放以来才蓬勃发展，作品数量虽已多得惊人，但从总体上看，艺术质量还有待于逐步提高。

我们正处在改革开放、彻底改变落后面貌、建设现代化强国的伟大时代。这个伟大时代需要以其优秀诗篇充分体现时代精神的杰出诗人；如果还没有这样的杰出诗人，也会逐渐创造出来。这是毫无疑义的。问题在于不能等待时代来创造，而要适应时代的需要发挥主观能动性，高标准，严要求，不断加强和提高作为当代杰出诗人应有的各种修养、各种素质。

盛唐边塞诗的确是个高峰。但盛唐诗人如果不是在学习传统的基础上大胆创新，就不会出现这个高峰。当代边塞诗人也必须在认真学习传统的同时大胆创新，不仅写出新边塞的"新"，而且生动、完美地表现出不同边疆的独特的"新"，形成独特的艺术风格、艺术流派，诸如甘肃边塞诗派、青海边塞诗派、宁夏边塞诗派、新疆边塞诗派等等。这样，边塞诗史上就不仅会出现新的高峰，而且将高峰迭起，蔚为壮观。

前面已经涉及，我们的新边塞诗有其独特的优势：一、边塞"新"；二、领导重视；三、除盛唐边塞诗人所掌握的诗歌体裁而外，又增加了词、曲、自度曲和"五四"以来的新诗，更便于从不同角度、不同侧面表现多种题材；四、各个边疆都拥有众多长期生活、工作、战斗在那里的各民族诗人，各就切身体验写出了不少优秀诗篇，出版了各种新边塞诗集。明确方向，继续努力，新边塞诗的奇峰就会从新边疆的地面上喷涌而出，由低而高、高插云表。

宁夏有雄奇瑰丽的自然景观和人文景观，由于领导的提倡和宁夏诗词学会的组织，新边塞诗的创作蓬勃开展，其作品已选编了好几个专集，产生了广泛影响。1995年秋，以继承和发扬边塞诗传统、反映和讴歌新边疆为议题，在银川召开了全国第八届中华诗词研讨会，有关论文和诗词，又由宁夏诗词学会结集出版。有目共睹，宁夏诗词学会为新边塞诗的繁荣和发展做出了卓越贡献。目前,又在组织力量,编辑一部高品位的《中华当代边塞诗词精选》。秦中吟同志嘱我写序,我尽管久居长安,既未能遍历边塞,写出像样的边塞诗,又未曾与边塞诗友切磋诗艺,交换意见,要写这篇序,是比较困难的。但又感到这是一个光荣任务,因而不揣谫陋,欣然应命。任务之所以光荣,在于新边疆的各项建设在改革开放的春风中迅猛发展,迫切地要求新边塞诗迅猛发展、日趋成熟,而这部选集的出版,必将在促进新边塞诗迅猛发展、日趋成熟方面发挥积极作用。

原载《中华当代边塞诗词精选》,宁夏人民出版社 1998 年出版

《当代西域诗词选》序

新疆诗词学会的诗友们搜集近年来歌咏新疆的作品,编了一本《当代西域诗词选》,要我写序。这部稿子,是由阔别五十多年的初中同班同学魏念祖专程从乌鲁木齐送来的,阔别四十多年的同乡老友李般木还附有亲笔信,因而展卷吟诵,倍感亲切。

提起西域诗歌,首先使人想起盛唐的边塞诗。如岑参《白雪歌送武判官归京》、《走马川行奉送出师西征》、《轮台歌送封大夫出师西征》、《送李副使起碛西官军》等篇,以浪漫主义的夸张手法,描写了西域瑰奇壮丽的自然风光;以英雄主义的气概,表现了不畏艰险,以身许国的爱国激情。至今读之,犹令人意气风发,壮志凌云。

当然,今日的西域与盛唐时代的西域相比,已发生了翻天覆地的变化。"当代西域诗词"是歌咏当代西域的,因而与"盛唐边塞诗"之间虽有继承性,但更引人注目的则是创新:题材新、感情新、语言新、风格新。

岑参名句"忽如一夜春风来,千树万树梨花开",乃是"胡天八月即飞雪"的浪漫主义描写,赋、比并用,表现的是冰封雪飘、极度严寒中诗人心灵深处的春天。如今则春风早度玉门关,水绿山青,鸟鸣花放,不仅自然风光明丽如画,而且人文蔚起,经济腾飞,民族和睦相处,交通四通八达,一派安定团结、欣欣向荣的气象。读《当代西域诗词选》,新气象扑面而来。例如:"飞瀑三千尺,清泉一脉流","群羊浮白絮,奔马滚丹球"(《南山白杨沟》);"绿树村边合,冰峰郭外明,稻香凝晓露,瓜味胜新橙"(《阿克苏》);"孔雀飞来一水斜,白云万朵间红霞,春风三月巴城路,十里香飘处处花"(《库尔勒即目》);"葡萄架下作歌舞,丝竹纷纷杂手鼓,红裙旋处起春风,东不拉响如急雨"(《吐鲁番之夜》)。这一类诗,不仅写出了今日西域清幽秀丽的自然风光,令人"忘却江南西湖美"(《过艾比湖》),而且展现了稻谷连云、瓜果飘香的美好图景和人民群众载歌载舞的幸福生活,真是"年年共奏丰收曲,唱彻边疆万里欢"(《共筑糖山》)。

又如:"漫行无碧草,路转见油泉,铁塔天梯竖,月轮明镜悬"(《火烧山油田》);"昔时荒漠地,今日石油城","倏尔东风起,遥闻钻井声"(《克拉玛依纪行》),"北疆铁路东欧去,南国飞机西域来"(《丝路抒情》);"大厦连云迷阵雁,平湖映日荡游船"(《西域抒情》);"烟囱绿树相掩映,高压输电灌田畴,更喜黉宫四处布,莘莘学子似骅骝"(《宝地歌》)。这一类诗,则从矿产、交通、基建、绿化、文化教育、高科技应用等各个方面反映了新疆两个文明建设蓬勃发展的大好形势。

在国家实施沿边大开放,新疆加快建设国际大通道战略方针的指引下,乌鲁木齐国际贸易城建设步伐进一步加快。诗人敏锐地捕捉了一些镜头:"洋商麇聚兴城镇,土产推销盖迤逦,夜市猛来冲旧路,人心涌动建新家"(《乌市街头即景》)。这突出地表现了《当代西域诗词选》的整体风貌:紧跟时代大潮。

《当代西域诗词选》众体咸备,百花争艳。五绝、七绝、五律、七律,不乏清新、流畅、稳练、隽永之作。值得特别一提的是:翻阅近年出版的各种诗刊的各种当代诗选,大抵近体诗多而古体诗极少,古体诗质量较高者尤少。而这部《当代西域诗词选》,却是难得的例外,五言古诗,七言古诗数量颇多,且多鸿篇钜制。五古如《雨后登博格达山》、《题石蟾葡萄百穗图》、《榆沟种稻歌》、《八农行》、《颇怀黑英山钓游之乐因成此章》、《由永丰渠至后峡》等,皆内容充实,形式完美。七古及歌行,尤多杰构佳什,美不胜收。《天池行》、《横越天山行》、《惠远古城放歌》、《龟兹放歌》、《多浪公园月季谣》、《听闵惠芬胡琴独奏赛马行》、《边疆女儿行》、《西北行》、《轮台白雪歌》等,其气机流畅、浑灏流转、纵横驰骋、雄奇壮丽之处,实与盛唐歌行,特别是岑参边塞诗中的歌行名篇一脉相承;当然,其题材、其命意、其思想情感,都体现了新的时代精神。在继承传统的基础上大胆创新,应是当代诗词发展的方向。毋庸讳言,五、七言古风中的某些篇章,还残留摹仿唐宋名篇、乃至套用(不是"点化")名句的痕迹;白璧微瑕,不难改进。

《当代西域诗词选》中词的比例比较小,但质量都在水平线以上。有些小令,轻灵婉约;有些长调,壮阔豪放;都是当代词作中的佳什。

改革开放以来,我们的伟大祖国不论是东部或西部,其经济、文化的迅猛发展都是惊人的。这部诗词选中的大多数篇章以纯熟的技巧、昂扬的激情、深宏的意境,反映了新疆地区改天换地的沸腾生活和各族人民团结奋进的精神风貌,能使读者得到审美享受的同时开拓视野,振奋精神,为振兴中华而奉献自己的聪明才智。进入九十年代,国家经济发展战略正以"大步伐、快节奏"向大西北倾斜和转移。"寰球已非畴昔貌,时代潮流动八荒。禹域岂堪循故辙,炎黄崛起当自强。思绪飘忽纷未已,天风浩荡万马骧。热瓦甫琴响遏云,达甫尔鼓声激昂。山陬水曲闻笑语,诗人兴会何琳琅!"(《天池行》)我相信,随着西域经济的进一步发展,必将有更多更好的反映西域新貌的诗词涌现,《当代西域诗词选》二集、三集的问世,是指日可待的。

1993 年 9 月 20 日

《当代诗人咏中州》序

河南古属豫州,因地处中国古九州之中,故又称中州。

众所周知,黄河流域素称中华民族文化的摇篮。而位于黄河中下游两岸的中州大地无疑是这个摇篮中尤为光彩夺目的一颗明珠。

《汉书·陆贾传》称中州"居天下之膏腴,万物殷富";唐代诗人刘禹锡则说"天子旌旗分一半,八方风雨会中州";宋代政治家、史学家司马光更指出"若问古今兴废事,请君试看洛阳城";今人称赞中州是"人文渊薮"、"民族摇篮"之类的诗句更多。因为这里的确河流岳峙,物产丰饶,历史悠久,人文荟萃,又扼中国南北东西之要冲,所以,中国八大古都(西安、北京、南京、杭州、洛阳、开封、安阳、郑州)中州有其四,历史上特别是北宋灭亡以前,这里曾长期为全国政治、经济、文化的中心。在中州大地上,真不知演绎过中华民族多少筚路蓝缕与盛衰兴亡的历史活剧,留下了多少地下地上弥足珍贵的文物古迹,诞生过多少以道圣老子、科圣张衡、医圣张仲景、诗圣杜甫、文圣韩愈、画圣吴道子、乐圣朱载堉等为代表的彪炳史册的千古风流人物!

"文学到了最高境界都必定是诗。"(朱光潜先生语)一部中国古代文学史,可以说在很大程度上就是一部中国诗史。

令人惊叹的是:中国最早的诗歌总集《诗经》中三分之一以上的作品均出自今河南即中州境内。钟灵毓秀的中州大地,不但产生了中国最早有姓名可考的女诗人许穆夫人和中国第一位有卓越成就的女诗人蔡琰,而且产生了诗圣杜甫、诗鬼李贺、诗豪刘禹锡以及阮籍、谢灵运、谢朓、庾信、刘希夷、沈佺期、宋之问、王湾、崔颢、岑参、韩愈、元稹、李商隐、贺铸、陈与义、史达祖、王恽、姚燧、马祖常、何景明等杰出诗人,他们都在中国古代文学史上占有重要的地位。至于全国其他地方的许多诗人,包括李白、白居易、苏轼、元好问等这些铄古震今的著名诗人在内,也都在中州大地留下了深深的足迹,写下了无数吟唱中州的光辉诗篇,成为我们民族的一笔宝贵的精神遗产。

新中国成立后,董必武、陈毅等党和国家领导人与郭沫若、赵朴初、田汉等著名诗人都曾写过一些吟咏河南名胜古迹、建设成就和古今人物等方面的诗词作品。改革开放以来,中华诗词又迎来了她的春天,全国各地诗词组织纷纷成立,诗词刊物数以百计,河南与全国乃至海外的不少诗人和诗词爱好者都以空前高涨的热情,写下了吟咏河南的丽词华章。河南老年诗词研究会的十几位同志,不辞年迈和辛劳,通过向全国征稿和从书刊搜集等办法,前后用了两年半的时间,从13000多首吟咏河南题材的诗词作品中,擢选出782位作者的1512首作品,汇编为《当代诗人咏中州》一书,这不仅是一件很有意义的事情,而且其精神也是十分难能可贵的。

我曾多次到河南参加黄河诗会、中州诗会、唐代文学研讨会、杜诗研讨会以及嵩山杯、轩辕杯全国诗词大赛等,与中州结下了不解之缘,与河南众多的诗友有着深厚的情谊。这次河南老年诗词研究会的朋友专程来到西安,嘱我为《当代诗人咏中州》一书作序,使我有幸先睹书稿,深感这是一部凝结着编选者大量心血的有相当水平和分量的当代地方诗词选集,是新中国成立50多年来以河南为内容的当代中华诗词创作成果的精选和总结。说它是一部河南地方诗史,也不为过。

具体地说,我有以下几点感受:

第一,内容丰富,思想性强。这部诗集选取的作品,题材多样,内容广阔,涵盖了河南山川胜迹、人文景观、历史风云、建设新貌、人物风流、文化风采、名优特产等各个方面,既有厚重的历史感,又贴近现实生活,富有时代精神。其中许多作品意境高远,情真味醇,积极向上,清新隽永,因而能够把河南社会历史文化发展等方面的面貌生动地展现在读者面前。

第二,诸体兼收,风格多样。这部诗集选收的作品,从诗体形式上说,既有比较严格的五、七言绝句,律诗和词、曲,也有四、五、七言的齐言或杂言等古体诗。从风格上说,既有偏于豪放的,也有偏于婉约的,亦有豪放、婉约兼而有之的;既有文辞自然质朴的,也有文辞典雅高古的;既有劲健雄奇的,也有俊逸俏丽的;还有以当代的时语、口语入诗的。可谓诸体及诸种风格俱备,雅俗共赏。

第三,名家荟萃,广收博采。这部诗集选收的作品,既有部分党和国家领导人与诗坛泰斗的扛鼎之作,又有享誉当代诗坛、长期笔耕不辍的诗词大家和活跃于当今诗坛并卓有成就的大批中青年诗人的优秀篇什。他们的作品,允称当代中华诗词中的精品。入选作品的作者,从书后的《作者简介》看,几乎遍及政治、经济、文化等各个领域和各种年龄时段,其中既有上至中央、下至基层的各级党、政、军领导干部和中科院院士、博士生导师、著名作家等各界精英,也有普通的在职或离退休干部、教师、科研人员、职工和农民;既有已故和身心尚健的耄耋老人,也有砥柱中流的中年人和风华正茂的青年;还有十几位旅居海外或现居我国港、澳、台地区的祖国大陆以外的作者。应当说,就作者队伍而言,这部诗集也是具有广泛代表性的,体现了编选者海纳百川的胸怀和眼光。

第四,坚持改革,继承创新。时代在发展,社会在前进,中华诗词理所当然地也必须与时俱进,在既继承中华诗词的优良传统又按照时代的要求坚持创新的过程中不断前进、不断发展。中华诗词学会成立以来,明确提出了"深入生活,适应时代,走向大众"的方针,提出了实现中华诗词"由旧时代向新时代的转变,由为少数人向为多数人的转变"和"开创社会主义时代诗词新纪元"的口号,提出了在新题材、新思想、新语言乃至新诗体方面的改革、创新、探索的任务。尤其在当代诗词的创作方面,提出了提倡新声新韵、但也不反对旧声旧韵的"双轨并行"原则。这些均受到了全国广大诗友的普遍拥护。从《当代诗人咏中州》这部诗集选收的作品来看,我认为是较好地体现了中华诗词学会倡导的上述改革精神的。

第五,眉目清晰,重点突出。关于这部选集,还有一点令人印象深刻和值得称道的是它在编辑体例方面的革新和探索。该书编者没有仿照近些年来统统按照姓氏笔划为序编纂诗词选集的做法,而是按照本书编辑宗旨与所收作品题材的性质,分为《中州新貌》、《壮丽山河》、《名胜古迹》、《历史风云》、《风流人物》、《文化风采》、《咏物寄情》等七大部分,每部分之下又尽可能按照地区或所咏内容的不同分为若干专题,并尽可能对不同形式的诗体进行了分类,而后再于同一诗体中以作者姓氏笔划为序排列作品,因而仅从全书目录上看就令人感到纲举目张,重点突出,便于读者根据自己的需要进行翻检、阅读和利用。

总之,我认为,《当代诗人咏中州》对于更好地宣传河南,树立河南的美好形象;对于让海内外各界人士更好地了解河南,认同河南,加强河南的对外文化交流;对于充分发挥当代诗词的诗教作用,弘扬河南人民爱国爱乡的热情,从而激励他们奋发进取、加快振兴河南步伐的斗志;以及对于陶冶人们的情操,加强社会主义精神文明建设,充分发挥当代优秀诗词这类先进文化的社会效益,都很有助益。它的问世,是当代中华诗坛的盛事和喜事,必将受到广大读者的热烈欢迎。

2004 年 12 月 15 日

《全球汉诗三百家》序

　　汉诗在艺术形式上的突出特点和优点与单音节的方块汉字密不可分。每一个汉字都有形、有音、有义。就字音说,音分平仄(上去入),从《诗经》、《楚辞》到汉魏六朝以来的各种古体诗已经注意调谐平仄以创造抑扬抗坠的音乐美;就字义说,天与地,高与下,红与绿,依此类推,每一个字都可以找到一个乃至多个词同它对偶,更妙的是其平仄也往往是相对的,因而对偶句在从《诗经》、《楚辞》到汉魏六朝以来的各种古体诗中已屡见不鲜。当然,世界各种语言都可以创造对偶句,但一般只能获得对称美;而合对称美、整齐美、节奏美为一,只有单音节的汉字才能做到。从"永明体"肇始,至初唐定型的近体诗——五、七言律、绝,充分运用平仄律和对偶律以提升审美素质,在唐宋杰出诗人的创作中大放异彩,产生了无数脍炙人口的艺术精品。与唐诗媲美的宋词、元曲虽然是中华诗歌百花园中的不同品种,但依然需要按照特定的词牌、曲牌严守平仄;对偶也是重要的审美因素之一。

　　汉诗的特点和优点既然与汉字密不可分,那么离开汉字就不可能创作汉诗。因此,在国际文化交流中,中国汉诗主要是在汉字文化园内繁衍的。

　　中、日相隔,一衣带水,自古往来频繁。据最早的日本典籍《古事记》和稍晚的《日本书纪》记载:应神天皇十五年(284),《论语》、《千字文》等中国典籍由百济(古朝鲜国之一)学者王仁带到日本,成为贵族教材。此后兴起了学习汉文化的热潮,到天智天皇(626—671)主政,在遣唐使、留学生两次访华的背景下,大友皇子(648—672)以《侍宴》、《述怀》两首开山之作揭开了日本汉诗创作的序幕。

　　日本汉诗的发展可分四个阶段。

　　一、王朝时期(646—1192)

　　这是日本汉诗的奠基阶段。公元751年,日本第一部汉诗总集《怀风藻》编成,所收一百二十首诗以应制、侍宴、游览诗为多。形式上以五言八句为主,其他则是五言四句或十二句,七言诗只有七首;喜用对偶句,但平仄多不合律。可以看出,作者的学习对象主要是六朝诗,对初唐诗接触尚少。

嵯峨天皇授命编成的《凌云集》(814)、《文华秀丽集》(818)与淳和天皇授命编成的《经国集》(827)共称"敕撰三集",所收作品深受唐诗影响,平仄渐趋谐调,七言诗数量增加,促进了日本汉诗的完善与发展,空海自唐归日,于820年著《文镜秘府论》介绍中国诗学,也适应了日本汉诗作者提升创作水准的需要。

嵯峨天皇于弘仁十四年创作的《和张志和〈渔歌子〉》五首,是最早的日本汉词。通常所说的"日本汉诗",是应该包括日本汉词在内的。中国词学家夏承焘著的《域外词选》,选日本词人八位,词作近百首,皆为上乘之作。

二、五山时期(1192—1602)

这是日本汉诗稳步发展的阶段。在一批又一批留学生随遣隋使、遣唐使赴中国学习后,西渡求法的日本禅僧和东渡传法的中国禅僧自由往来,进行汉诗交流,因而使日本汉诗在前一阶段奠定的基础上继续前进,数量和品质都有明显的突破。其特点是兼学李白、杜甫、苏轼、黄庭坚等唐宋杰出诗人,而不像前一时期那样偏重白居易;诗集则别集颇多,总集只有《北斗集》和《花上集》。

三、江户时期(1603—1868)

这一时期执政者大力提倡儒学,汉文学弥漫全国,汉诗创作流派迭起,盛况空前。就其基本情况来说,几乎是中国明代复古派与性灵派论辩兴替的搬演。前一阶段以荻生徂徕为主的一批诗人高擎中国明代前、后七子"文必秦汉,诗必盛唐"的大旗,以复古为己任。其优点是为日本汉诗指出了以盛唐为师,以杜甫为高标准的发展道路。同时,在创作实践中也卓有实绩。中国晚清著名学者俞樾(1821—1907)在其应日人之邀编成的《东瀛诗选》(日本汲古书院1981年重印)的序言中给予了中肯评价:"词藻高翔,风骨严重,与有明七子并辔齐驱。"然而,日本汉诗中的复古派在风靡全国之后,其模拟之弊也正像明七子一样,不断引人诟病。中国浙江余杭人陈元赟于明万历四十七年(1619)渡海赴日,宣传公安派诗文理论与创作,立刻引起日本汉诗界的回应,陶写性灵,反对复古蹈袭,转变只以盛唐为依归的风尚,标举宋诗之清新,为日本汉诗创作注入了新鲜血液。

日本汉诗发展到江户时代已经成为家喻户晓的儒者和士人文学,名家辈出,佳作如林,汉诗别集汗牛充栋,总集层出不穷。《日本诗选》、《日本诗纪》、

《熙朝诗荟》三大总集被称为"日本汉诗之大观"。

四、明治维新(1868)以后

这一阶段日本尽管热衷于学习西方科学文化,但深入人心的汉诗并未受到冷落,各地吟社按期聚会,多种汉诗选本继续刊行,报纸、杂志也辟有汉诗园地。日人正冈子规(1867—1902)在其随笔中指出,"今日之文坛,若就歌、俳、诗三者比较其进步程度,则诗为第一、俳为第二、歌为第三。"这里的"歌"指和歌、"俳"指俳句、"诗"指汉诗。他将这种现状概括为"和歌下落,汉诗腾贵。"中国晚清"诗界革命"主将黄遵宪(1848—1905)及杰出词人文廷式(1856—1904)等曾久居日本,与日本汉诗界切磋诗艺。黄遵宪撰著的《日本国志》和《日本杂事诗》等对中日两国都影响深远。俞樾于1883年编纂的《东瀛诗选》"颇盛行于海东"。这一切都对明治维新以后日本汉诗的发展起到促进作用。

上世纪20年代以后,中日两国汉诗相继衰落。但近二十多年来,中国又兴起"诗词热",日本汉诗创作也渐趋活跃,吟社日增,研究著作不断问世。日中友好汉诗协会等多次组团访华,中国诗人访日者也络绎于途,发扬1300多年中日汉诗交流优良传统振兴汉诗,责无旁贷。

中国与朝鲜半岛山水相连,远自上古即往来不绝,殷周之交箕子携诗书入朝,见于中朝史籍。《后汉书·东夷列传》载:汉武帝元封三年(108),汉置乐浪、临屯、玄菟、真番四郡,作为汉朝的四郡,其政治、经济、文化生活,自然离不开汉字、汉文;汉诗的创作,自然为时甚早。有确切记载的朝鲜汉诗,最早的是四言四句的《箜篌引》。中国六朝诗人刘孝标、张正建和唐代诗人李白、王建等都有拟作,朝鲜诗人柳得攻(1749—1807)则有"不及当年津吏妇,箜篌一曲艳千秋"的感叹,可谓影响深远。唐高宗永徽元年(650),新罗真德女王金胜曼(647—653)在唐军帮助下大破百济之众,曾织锦作五言《太平诗》献唐高宗。此诗以"大唐开鸿业"起,以"昭我唐家光"结,共二十句,一韵到底,《全唐诗》和《唐诗品汇》皆入选,与朝鲜《东文选》所载字句略有不同。《唐诗品汇》编著者高棅评为"高古雄浑,与初唐诸作颉颃。"高句丽、百济、新罗三国由新罗统一后,多次向唐朝派遣留学生。至唐代末年,新罗留学生应宾贡科考试及第任职者多达五十八名,崔匡裕等有"新罗十贤"之称。其中,朴仁范善诗文,任翰林学士,崔承佑善文章,与崔致远、崔彦为合称"三崔"。《全唐诗》卷一一九载有崔匡裕、朴任范、崔承佑之诗;徐居正《东人诗话》特别指出,"吾东人之诗鸣于中国,自三君子始。"在一批又一批新罗留学生中,以诗鸣中国者甚众。其中佼佼者崔致远(857—928)十二岁入唐求学,僖宗乾符元年(874)登进士第,历任溧水尉职,光启元年(885)表请回国。《新唐书·艺文志》载其著作和简历,《三国史记》卷四十六有传。其专著《桂苑笔耕集》中收有作于中国的汉诗六十首,《全唐诗逸》收其诗一首,断句若干,《全唐诗外编》补诗六十首;《东文选》、《三国史记》存诗约四十首,多为回国后所作。他在中国任地方官,熟谙民情风俗,创作了《江南女》等优秀诗篇。其中的《双女坟》是一首以反对封建婚姻为主题的传奇性长歌,全篇以七言句为主,杂以三言句,共六十三句四百三十一字,写人鲜活,叙事曲折,情景交融,展示了卓越的诗才。

继崔致远之后,朝鲜杰出的汉诗作家在宋代有朴寅亮(?—1096)等,在元代有李齐贤(1288—1367)等。李齐贤擅长乐府诗,其词写景极工,笔致灵活。夏承焘《域外词选》选刊五十三首。李朝奉朱子学为国教,中朝使臣往来酬唱,其诗编为《皇华集》,长达四十卷。明代末年,李朝左议政金尚宪于1626年奉使来北京,与中国名流交游题咏,清初王渔洋编《感旧集》,收其诗八首。有"北学四家"之称的柳德懋、柳德恭、朴齐家、李书九是较早研究清代学术的朝鲜人,也是当时汉诗的代表作家。他们四人的汉诗合集《巾衍集》由柳琴带到北京,于乾隆四十二年(1777)正月请诗论家李调元作序。柳德懋、朴齐家曾到北京,与纪晓岚、孙星衍、张问陶结识。朴齐家回国后与纪晓岚书信往来,并存有抒怀念旧之情的汉诗数首。朴齐家推崇王渔洋,提倡"神韵说",对此后朝鲜的汉诗创作有其导夫先路的作用。

越南与中国接壤,自汉高祖十一年(前196)派陆贾出使南越以后,汉字、汉文便逐渐传入。汉光武刘秀时锡光、任延出任太守并建立学校,越南史籍《大越史记全书外记》赞其"岭南华风,始于二守。"唐代国势鼎盛,诗坛群星灿烂,名篇佳作传诵越南,促进了越南汉诗的全面发展。越南现代诗论家在《唐诗在越南》中指出:

> 在越南从李朝(1010—1225)起,我们祖先对唐诗就接受了很多。不论是作汉诗还是喃诗,我们古代诗人都用唐律诗。唐诗一旦在我国生根发芽,就茁壮成长与发展,并且取得很大成就。越南诗人经常引用唐诗中的题材、素材和语言。唐代诗人特别是李白、杜甫、白居易,受到我国人民的喜爱。我们越南古代诗人没有一个不知道李白的《将进酒》,杜甫的《石壕吏》,白居易的《琵琶行》和《长恨歌》。崔颢的《黄鹤楼》,更是人人

皆能背诵。

中国宋元时期,越南使节和商人多次购回经史子集典籍,还多次向执政者请求赠送佛经,其高僧擅长吟诗作偈者极多,知识阶层借鉴唐诗创作汉诗之风更历久不衰。陈朝英宗时的状元莫挺之(1280—1350)以诗才著称,曾于中国元武宗至大元年(1308)奉使北来,武宗命作《扇铭》,秉笔立就,被赞为"两国状元"。中国明朝永乐(1403—1424)至成化(1465—1487)的几十年间,经济有所恢复,社会相对稳定,皇帝提倡歌颂"太平盛世",以"台阁"大臣杨士奇、杨荣、杨溥为首的诗人以雍容典雅之诗粉饰升平,世称"台阁体"。此时正值越南黎朝发展农业,国力强盛,国君黎圣宗(1442—1497)与二十八位文臣组成"骚坛会",游宴赋诗,歌功颂德,恰与明初"台阁"诗风桴鼓相应。中国清朝时期,越南汉诗仍在发展。出使中国的阮登道(1651—1719)精于汉诗。邓陈琨(1710—?)用汉字创作的《征妇吟曲》以七言句为主,偶尔间以杂言,长达四百七十七句,人称"千古绝唱"。阮攸(1765—1820)精通汉语言文学,著有《清轩诗集》、《南中杂吟》等汉诗集多种,诗名远播。阮锦审(1819—1870)自号白毫子,汉学功底深厚,九岁开始作汉诗,著有《北行诗集》、《仓山诗钞》和《鼓枻词》。《鼓枻词》收词一百零四首,风格在白石、玉田间,写艳情不伤软媚,曾于1934年在上海《词学季刊》发表,夏承焘《域外词选》选入十四首。

越南阮朝翼宗阮福时(1847—1883在位)博学工诗,尤重儒学,曾强调指出:"我越文明自锡光以后,上自朝廷,下至村野,自官至民,冠、婚、丧、祭、理数、医术,无一不用汉字。"1885年以后法国殖民统治者大力推行越南文字拉丁化,企图割断中越文化联系,但汉字仍被不少人运用。越南伟大革命家胡志明(1890—1969)将儒家的"忠君孝亲"改为"忠于国家"、"孝于人民",同时创作汉诗鼓舞士气,反抗殖民统治,争取国家独立。

综上所述,可以作出这样的概括:中国的汉诗,与日本、朝鲜、越南的汉诗,既是各国传统文化的组成部分,又是中日、中朝和中越人民千百年来友好情谊的体现和连接纽带,根深叶茂,源远流长。随着经济互补和文化交流的不断升温,汉诗在汉字文化圈内的共同振兴是大有希望的。

中国汉诗对汉字文化圈外的许多国家也有影响。但不论是17至18世纪风行欧洲的"中华风"和俄国大诗人普希金(1799—1837)的中国情结,还是20世纪初一批英美诗人受中国汉诗重意象的启发而开创的意象派,都是通过汉诗翻译体现的,而不是运用汉字来创作汉诗。用汉字作汉诗,得心应手的,还是留寓那些国家与地区的华侨。改革开放以来,神州大地百废俱兴,蓬勃发展。随着综合国力的壮大和国际地位的提高,华人精英遍全球,中华诗词组织也遍全球。例如美国纽约,华人诗词组织就有纽约四海诗社、纽约环球诗坛、纽约诗词学会以及北大笔会、诗书琴棋会等等。纽约如此,欧美各大城市亦无不如此。在中国汉诗传播史上可谓如日中天,光芒四射。编纂一部大型全球汉诗精选集以弘扬诗教的历史任务已迫在眉睫,只等慧眼公心、足以胜任愉快的中华学人挺身而出了。

长安金秋,新雨初霁,电话铃响,忽闻好音:《全球汉诗三百家》已由林岫教授编就,即将付梓。造福艺林,可敬可贺。然而以序相嘱,则深感年老思衰,难副厚望。我是热爱汉诗的,穷数日之力敷衍成篇,只是对中国汉诗香播邻邦的历史和花开四海的现状略表喜慰之情而已。早年学诗,读康有为的警句"新世瑰奇异境生,更搜欧亚造新声",无限神往。《全球汉诗三百家》中具有类似境界的"新声"必多,愿海内外读者能先睹为快。

2007 年 9 月中旬写于陕西师范大学博导南楼

《诗国沉思》序

武陵诗词学会成立以来,时间不算长,但成绩是卓越的。1986年初冬,从两百多位诗人、6000多篇诗作中选出了178位诗人的565篇作品,编为《武陵诗词》,由中国文联出版公司出版发行,赢得了海内外诗人学者的好评。从这本诗集中,人们看到了希望,也引出了问题。希望是什么呢?那就是随着中华的振兴,中华诗歌也必将振兴。问题是什么呢?那就是中华诗歌如何才能振兴。为了探索解决这一问题的途径,1987年夏天,武陵诗词学会和常德师专联合举办了中华诗词武陵讲学会,参加者有来自全国19个省市的数百人。这个讲学会的突出特点是专家讲演、学员讨论与诗词创作相结合,从而在理论和实践上都获得了可喜的成果。于是乎,继《武陵诗词》之后,一部独具特色的《诗国沉思》又将由中国文联出版公司出版了。

《诗国沉思》,这个书名取得好。我们的伟大祖国,向来被誉为诗的国度。《诗经》而后,两千多年的诗歌发展史光照寰宇。论诗人,名家辈出,灿若群星,至今为世界人民所敬仰。论诗作,情思飘香,音韵流美,至今传诵五洲,脍炙人口。这里面究竟有什么奥秘?不能不引人沉思。两千多年的诗歌发展,并不是直线上升的,有高潮,有低潮,也有迂回曲折。这里面究竟有什么规律,很值得沉思。"五四"新文化运动中出现了新诗,而把几千年来的传统诗歌称为"旧诗",竭力排斥;然而不少人用"旧诗"形式表现新的时代,抒发新的诗情,仍然取得了不容否认的光辉成就。粉碎"四人帮"以来,随着双百方针的贯彻,诗社、诗刊有如雨后春笋,遍及祖国大地,在400多个诗词组织的基础上成立了中华诗词学会,盛况空前。这究竟是什么原因?连过去只字不提"旧体诗"创作的新文学史家也不得不沉思。诗刊如林,诗作如潮,就数量而言,盛唐时代也无法比拟,然而质量如何以及如何才能提高质量,从而开一代新风,更值得一切有志于振兴中华、振兴中华诗歌的人们沉思。

《诗国沉思》收入29篇文章,从内容上看,大体可区分为三部分:探讨诗歌的继承、发展与创新等问题的,共 13 篇;有关诗歌的教学与研究的,共 9 篇;有关诗歌的欣赏与创作的,共 7 篇。文章的作者,有的是既写新诗、又作"旧体诗"的诗人,有的是文艺领导工作者或文艺理论家,更多的则是长期讲授古典诗歌、同时也从事诗词曲创作的教师。这些作者,应该说是各有专长的。他们各就自己的专长从不同侧面、不同角度对诗国里引人沉思的问题提出了独到见解,有助于开展讨论,拓宽思路,把问题的探索引向更广更深的领域,逐步求得合理的解决。

常德地区,山明水秀,人物奇杰,自古是诗歌之乡。沅芷澧兰,香飘屈赋,金粟翠羽,光艳唐诗。陶潜《桃花源诗并记》所描绘的武陵乐土,尤为中外诗人所向往。武陵诗词学会所开展的诗歌创作和理论探讨以及《武陵诗词》、《诗国沉思》的编辑出版,在继承、并且发扬光大诗歌优秀传统方面迈开了巨大的步伐。由"沉思"而高唱,唱出时代的最强音,将是指日可待的。

《当世百家律诗选》序

律诗,是传统诗歌中的精品。金俊明《唐诗英华序》云:"诗者文之精;诗而律,则其尤精者也。"惟其"精",所以难。其难在于必须守"律":"一为法律之'律',有一定之法,不可不遵也;一为律吕之'律',有一定之音,不可不合也。"(徐增《而庵说唐诗》卷一三)其难更在于炼字、炼句、炼意、布局,创造完美的意境。就五律说,全篇"如四十个贤人,着一字如屠沽不得。"(计有功《唐诗纪事》卷四六《刘昭禹》)"四十字中,字字关合,句句勾连,妙意游伏于楮间,余音缭绕于笔底。精深简练,故不觉其多;变化纵横,故不觉其少。"(顾安《唐律消夏录》卷一)"要以神韵绵逸,风格高骞为归;若无神韵行乎其间,则起结之外,四句对偶,平板呆滞,何所取焉。"(由云龙《定庵诗话》卷上)就七律说,全篇五十六字,"便是五十六座星辰。一座一座皆有自家职掌,一座一座又有大家联络。"(金人瑞《贯华堂选批唐才子诗·圣叹尺牍·与叔祖正士倍》)"五十六字之中,意若贯珠,言如合璧。其贯珠也,如夜光走盘,而不失回旋曲折之妙;其合璧也,如玉匣有盖,而绝无参差扭捏之痕。綦组锦绣,相鲜以为色;宫商角徵,互合以为声。思欲深厚有余,而不可失之晦;情欲缠绵不迫,而不可失之流。肉不可使胜骨,而骨又不可太露;词不可使胜气,而气又不可太扬。庄严,则清庙明堂;沉着,则万钧九鼎;高华,则朗月繁星;雄大,则泰山乔岳;圆畅,则流水行云;变幻,则凄风急雨。一篇之中,必数者兼备,乃称全美。故名流哲匠,自古难之。"(胡应麟《诗薮》内编卷五)

"精"而"难",这便是律诗的特点之一。

精,是一切艺术品的共同要求。精益求精,因难见巧,则是一切艺术家努力的共同方向,所以,律诗的体式从初唐确立以来,作者和作品便越来越多。而专选律诗的选本,从中唐开始直到清代,也层出不穷。在历代律诗选本中,影响最大的,当推元人方回的《瀛奎律髓》。此书共四十九卷,选唐宋律诗,分类编排,有评语、圈点。以杜甫为"一祖",黄庭坚、陈师道、陈与义为"三宗",

体现了江西诗派的论诗宗旨。

匡一点先生是江西修水人,主编《山谷诗苑》,饱受江西诗风薰陶。早年和我同学南京中央大学中国文学系,曾受汪辟疆老师指点。他的这部《百家律诗选》数月前约我写序时冠以"山谷",大概有继武《瀛奎律髓》的意思;后来接受诗友们的建议,易"山谷"为"当世",在入选范围方面必然有所扩展。匡先生一贯主张"当代诗人必须兼取众家之长,形成自己的风格,既要有真情实感,又要注重韵味"。又强调"诗词改革,必须在精通声律、热爱现实生活的前提下进行,绝不应把醇醪改成白水"。因此,我相信他的选本必然会从浩如烟海的当代律诗中选出精品。

关于传统诗词的"创新"或"改革",是近几年来的热门话题;匡先生要我在序中也针对律诗创作,谈谈个人的意见。我认为:要谈律诗的"改革",便应考虑律诗的特点。律诗的主要特点即是它有特定的"律"。最重要的,便是平仄律和对偶律。而平仄律和对偶律,不是某些人随意制定的,而是从六朝至初唐的无数诗人利用汉语的独特优点,在总结自己的创作实践并吸取前人的丰富经验的基础上逐渐确立的。就平仄律说"四声"虽是南齐永明时期沈约等人提出来的,但一字一音而音有平仄,却是方块汉字固有的特点。因此,早在三千多年前的《诗经》中,不仅押韵的方式多姿多彩,而且追求声调的和谐,出现了大量后人所谓的平仄相间的"律句"。就第一篇《关雎》看,如"参差荇菜,左右流之。窈窕淑女,寤寐求之。"如果把"窕"读为平声,则四句诗完全合律。《楚辞》也不例外。如《离骚》开头的"帝高阳之苗裔兮,朕皇考曰伯庸",除去领字"帝"、"朕",衬字"之"、"曰"和尾字"兮",所剩的"高阳"、"苗裔"和"皇考"、"伯庸",恰是平仄相间的四个节,也完全合律。到了汉魏五言诗,更往往出现"律句",如曹植"从军度函谷,驱马过西京",王粲"南登灞陵岸,回首望长安",王赞"朔风动秋草,边马有归心"等,其例甚多。仄声(上、去、入)是抑调,平声是扬调,平仄律也就是抑扬律。汉字音分平仄的这一特点极有利于创造语言的音乐美。古代诗人利用汉语音有平仄的特点创造声情之美,在其诗篇中出现后人认为的"律句",原是十分自然的。

就对偶律说,方块汉字是形、音、义的结合体,从字义看,"天"与"地","高"与"下","男"与"女","红"与"绿","贫"与"富","穷"与"达",以此类推,每一个字都可找到一个乃至几个字同它对偶,更妙的是字音的平仄,也往往是相对的。因此,对偶句早在《易经》、《诗经》里就屡见不鲜,到了汉赋和六朝骈文,讲究对偶更是它们的特点之一。当然,世界各种语言都可创造对偶句,但一般只能获得对称美,而合对称美、整齐美、节奏美为一,只有方块汉字才能办到。利用汉语的独特优点并吸取千百年来诗人们积累的丰富经验,总结出平仄律和对偶律,便为包括律诗,绝句在内的近体诗的形成奠定了基础。

近体诗之所以独用五言、七言,是因为五、七言诗的创作已有悠久历史,其丰富的成功经验充分证明:五、七言句最适于汉语单音节、双音节的词灵活组合,也最适于体现一句之中平仄音节相间的抑扬律。而且,五、七言句既不局促,又不冗长,因字数有限而迫使作者炼字、炼句、炼意,力求做到"以少胜多","词约意丰"。绝句定型为四句,是由于四句诗恰恰可以体现章法上的起承转合和音律上的和谐完美。近体诗的平仄律不外三点:一、本句之中平仄音节相间;二、两句之间平仄音节相对;三、两联之间平仄音节相粘。而由四句两联组成的绝句,恰恰体现了这三条规律,从而构成了完整的声律单位。律诗每首八句,从声律上说,是两首绝句的叠合;从章法上说,每首四联,也适于体现起承转合,抑扬顿挫的变化;首尾两联对偶与否不限,中间两联必须对偶,体现了单行与对称的统一,听觉上的平仄谐调与视觉上的对仗工丽强化了审美因素。

综上所述,五、七言律诗充分发挥了汉语的独特优势,兼具多种审美因素,是最精美的诗体。初唐以来的杰出诗人运用这种诗体创作了无数声情具美的佳什。由于篇幅简短,而且篇有定句,句有定字,字有定声以及对仗、粘、对的规范,凡懂得格律的人一读便能记诵,因而传播最广,影响最大。

既然如此,那么五、七言律诗是不是还要"改革"呢?

"若无新变,不能代雄"。求新求变,乃是艺术发展的规律。律诗定型之后,诗人们既按定型创作,又时有新变。就平仄律说,有所谓"拗句"、"拗体"。多数是一首律诗中只一联"拗",如杜甫"负盐出井此溪女,打鼓发船何郡郎","宠光蕙叶与多碧,点注桃花舒小红";赵嘏"残星几点雁横塞,长笛一声人倚楼";许浑"溪云初起日沉阁,山雨欲来风满楼","水声东去市朝变,山势北来宫殿高","湘潭云尽暮山出,巴蜀雪消春水来"等,便是著名的例子。由于许浑《丁卯集》多有这种句式,因而被称为"丁卯句法"。也有四联皆拗的,杜甫称为"吴体"。如《愁》诗题下自注云:"强戏为吴体"。诗云:"江草日日唤愁生,巫峡泠泠非世情。盘涡鹭浴底心性,独树花发自分明。十年戎马暗南国,异域宾客老孤城。渭水秦山得见否?人今疲病虎纵横。"据统计,"老杜七言律一百五十九首,而此体凡十九出,不止句中拗一字,往往神出鬼没,虽拗字甚多,而骨骼愈峻峭。"(方回《瀛奎律髓》卷二五)至于"失粘",也多见于杜甫的名篇,如《咏怀古迹》"摇落深知宋玉悲,风流儒雅亦吾师。怅望千秋一洒泪,萧条异代不同时。……"首联与次联不相粘;如《严公仲夏枉驾草堂……》"……非关使者征求急,自识将军礼数宽。百年地僻柴门迥,五月江深草阁寒。……"次联与三联不相粘。李白的名篇《登金陵凤凰台》,首联与次联,次联与三联,皆不相粘。

就对偶律说,律诗以中间两联对偶为常格,但也有突破常格的,如杜甫《一百五日夜对月》"无家对寒食,有泪如金波。斫却月中桂,清光应更多。……"三四句不对而一、二句对,谓之"偷春格";如郑谷《寄裴晤员外》"昔年共照松溪影,松折碑荒僧已无。今日重思锦城事,雪消花谢梦何殊。……"第三句与第一句对,第四句与第二句对,谓之"隔句对"或"扇面对";又有前四句皆不对、或后四句皆不对者;更有全篇皆不对者,谓之"散体"。

唐人律诗突破平仄律和对偶律的情况大致如此。须要说明的是:第一、所谓"拗",一般一首律诗只拗一联,而且有"拗"必"救",或本句自"救",或对句相"救",或二者并用。如许浑《登故洛阳城》颔联"水声东去市朝变,山势北来宫殿高",即是本句自救与对句相救并用的例子。第二、"偷春格"与"扇面对",只是对偶的办法换了新花样,仍然符合对偶律;至于前四句不对的如王维《辋川闲居赠裴秀才迪》、后四句不对的如李白《宿五松山下荀媪家》,中间都有一联对偶,既自然流转,又不失律诗的格调。第三、所谓"吴体",虽平仄不依定式、粘连不守定规,但出句与对句平仄对待却大致匀整,而且讲究对偶,故仍然属于律诗。杜甫律诗篇什甚众,故偶出变调以求新异;杜甫之外,惟陆龟蒙偶作"吴体",唐以后便无人问津。第四、散体律诗如李白《夜泊牛渚怀古》"牛渚西江夜,青天无片云。登舟望秋月,空忆谢将军。余亦能高咏,斯人不可闻。明朝挂帆去,枫叶落纷纷",虽八句皆无对偶,然平仄谐调,音韵铿锵,王渔洋谓为"色相俱空,正如羚羊挂角,无迹可求,画家所谓逸品是也。"唐诗中除此首外,只有孟浩然《晚泊浔阳望庐山》及释皎然《寻陆鸿渐不遇》两首而已;倘无高才逸气,亦不宜效颦。总之,所有格律方面的新变,都是局部的、偶然的;从唐代至今,五、七言律诗的定律、定格,一直为诗人所共守,并未改变。

有弊病才需要"改革"。从格律方面说,早在初唐已经"定型"的五、七言律诗,直到现在还是最精美的诗体,说不出有什么弊病。如果说有弊病,那只能表现在如何运用这种诗体方面。比如功底、素养欠佳,不能娴熟地驾御格律以表情达意,反映生活;又如虽能驾御格律,而语言陈旧,无病呻吟,毫无当代生活气息和思想情感,更谈不上体现时代精神。如此等等。从律诗的发展历史看,所谓"新变",也表现在如何运用这种诗体方面。初唐律诗,多用于"应制",所反映的生活面相当狭窄。到了盛唐、中唐,则题材日益广泛,且多抒写国家大事,境界扩大,感慨深沉,杜甫表现得最突出。晚唐政治黑暗,军阀混战,农村凋敝,生灵涂炭,这一切都在当时的律诗创作中得到反映。如杜荀鹤的《山中寡妇》"夫因兵死守蓬茅,麻苎衣衫鬓发焦。桑柘废来犹纳税,田园荒后尚徵苗。时挑野菜和根煮,旋斫生柴带叶烧。任是深山更深处,也应无计避征徭。"用的是当时的群众语言,写的是血淋淋的现实生活,尽管格律与初、盛、中唐无异,是典型的七律,但总体风貌却是前所未有的,应该说是"新诗"。宋代以后,杰出诗人都能把握时代脉搏,其律诗的内容与时俱变,如陆游的爱国诗,元好问的乱离诗,晚清诗人的反帝诗等等。

我觉得,当代律诗的创新,也首先应从这些方面着眼。观念新,感情新,语言新,反映新现实,创造新意境,扶持真善美,鞭笞假丑恶,使读者于获得审美享受的同时美化心灵,提高精神境界。

在如何运用律诗这种诗体方面,当然还存在"改革"问题,最突出的是用韵。近些年来,许多诗词刊物和诗词大赛的征稿启事一般都有"诗要用平水韵"的要求。而实际情况却是:由于语音的变化,平水韵与以普通话为标准的今韵已有不少差异,按平水韵押韵而用普通话读,往往不和谐,要和谐,就应该改用今韵。唐人用唐韵,今人用今韵,原是自然之理。

律诗在格律方面要不要"改革",当然可以仁者见仁,智者见智,不妨百花齐放。这里的要害问题,是作出来的是不是好诗。完全符合格律的诗可能毫无诗意,而不大符合格律的诗,却可能十分精彩,因而原有的格律,是可以突破的。杜甫作"吴体"李白作"散体",对于已经"定型"的律诗说,当然不合律,但的确是佳作,至今传诵。当代和以后的诗人们如果不认为原有的律诗仍然是最精美的诗体而有志于从格律方面创新,那么经过好几代人的创作实践和总结,也许在将来可能形成一种更精美、更符合时代要求的新律诗。然而即使新律诗完全建立,也不能取代原有的律体,因为它有旺盛的艺术生命力,必然仍为广大诗人所运用。初唐近体诗定型以后,近体诗与古体诗争妍斗丽,共酿春色;"五四"以来新诗繁荣昌盛,而传统诗词依然群芳竞秀,吐艳飘香。所以,律诗的"改革",准确一点说,并不需要"改"掉原有的律体,或把原有的律体"改"

得四不像,而是根据时代的发展趋向,吸取前人的创作经验和"五四"新诗的优点,经过长期的探索,创出一种新律诗,为诗歌的百花园地增添异卉奇葩。

祝愿匡一点先生的《当世百家律诗选》早日问世,既展示当代律诗的创作实绩,又促进律诗乃至整个传统诗词的创新,高扬时代主旋律,唱出时代最强音。

1995年中秋写于唐音阁

《马骕程诗文选》序

骕程自选诗文,编为一集,请千帆题签而命序于余。盖骕程与千帆有同门之雅,与余则既同门,又同乡,且同受知于汪辟疆、于右任、邓宝珊诸先生,非泛泛之交可比也。千帆《刘持生教授遗著中国文学史序》引汪辟疆先生之言曰:"吾近日门下有甘肃籍者三,曰刘持生、霍松林、马骕程,皆未易才也。自宋以来,文学之士,东南多于西北。今群彦联翩而至,岂地气之钟毓,有所更替乎?"先师奖掖之言,余愧不敢当,而骕程弱冠即通籍中央大学,英年挺秀,卓尔有立。1942 年春,中文系师生组织中国文学社,编印《中国文学月刊》,骕程任编辑兼发行人。1943 年夏,学生自治会推骕程主编《国立中央大学概况》,撰《国立中央大学校史》,发表于《中国文学月刊》及《中央日报》。其《中国诗人小传》一书,亦于此时问世,汪老师为作序,称其"源源本本,悉从史传本集钩稽而出","可以慰今日学子之望"。于致千帆书中称骕程为"未易才",良有以也。

抗战胜利,骕程与余出蜀东下,同客金陵。余仍肄业南雍,骕程已任史馆协修。或相遇于辟疆师座上,谈诗论学;或陪辟疆师出游,歌咏六朝胜迹。丁亥九日,于右任先生遍邀宁泸苏杭名流登紫金山天文台,赋诗留影,极一时之盛,余二人乃座中最年轻者。戊子暮春,邓宝珊先生约余二人邀辟疆师游灵谷寺,盛称作育陇士之功,设宴致谢,谈笑竟日。凡此种种,骕程至今犹时时忆及,有"春花秋月两相催,联璧金陵事已颓"之句。日月易逝,彼时俱当盛年,今皆垂垂老矣!

甘肃乃中华文化发祥地之一,马家窑文化,齐家文化,辛店文化,寺洼文化,皆丰富多彩。汉唐时期,则为丝绸之路所经。经济繁荣,人文蔚起。赵宋而后,日渐衰落,晚清以来尤甚,先师所谓"文学之士,东南多于西北"也。然因新潮晚至,诗书之家,犹用古法教育童蒙,反能厚其根基。抗战期间,甘肃青年就学中央大学中文系者,如陈守礼、刘持生、马骕程及余,皆幼承庭训,或入私塾,背诵四书五经,熟读诗文名篇,先练习属对,然后学作诗词古文。故入大学治中国文学,实较自幼仅读白话文者为优。汪辟疆先生及同时诸名师教诲门人,强调知、能并重,研究与创作相辅相成,而当时中文系同学能作诗词古文者已不多见,故对持生、骖程等甘肃学生指授独多,期许尤殷也。

读骖程集中诗,《蔡旗堡郊游》作于十三岁时,已清新有致。洎夫游学渝州,修史金陵,阅历渐广,诗境日阔。《步贺昌群先生见示原韵》、《寄成都潘慈光》、《丁亥九日于右任、张溥泉二公邀集紫金山》、《呈邓宝珊将军》诸章,悲壮沉雄,得老杜法乳;称颂杜诗"大篇何止传三吏,元气真堪薄两仪",固已自言蕲向矣。50年代初至十年浩劫,几废吟咏,殆与余同。改革开放以来,百卉复苏,江山日丽,游踪所至,吟兴勃发。《庆新春》、《陇秀争妍》、《飞渡陇首》、《过武威》、《到蔡旗堡》、《苏武山新貌》、《游敦煌感怀》诸什,皆有新意。骖程重感情,尤重师友情谊,《元宵怀念台湾友人》、《壬戌初夏重游南京酬程千帆、唐圭章、汪超伯、金启华》、《先师汪辟疆先生诞辰百周年感怀五首》及见怀诸作,皆真情流露,不假雕饰,与但工藻绘者不可同年而语也。

骖程自言:"此集乃纪念册。选诗选文,皆从有无纪念意义着眼。"通观全集,未收学术论文,而《中国文学月刊·发刊辞》、《〈国立中央大学毕业同学录〉弁言》、《〈蚕丛鸿爪〉自序》及先师传略、乡贤师友著作序跋之类,则巨细靡遗,不独于骖程有纪念意义,余反复诵读,亦倍感亲切。盖骖程之经历多与余同,骖程之交游亦多与余同也。

骖程与余虽年逾古稀,而精神健旺,来日方长。陶冶性情,歌咏江山,缅怀故旧,润色鸿业,篇章日增,波澜益阔。待诗文续集编成,余仍当读之序之,不亦大可乐乎?

1993年元旦

《晚霁楼诗词选》序

天水为陇南雄镇，麦积、仙人、石门诸峰与夫凤凰山、佛公峤、画卦台之属，挺然突起于莽莽万山间。茂林修篁，岩壑铺绣；佛窟萧寺，妙相生辉。渭水滔滔，自西徂东以入黄河。千溪百涧，蜿蜒南流以入嘉陵而会于长江。故论山川，则浑厚中见雄奇，峻伟中含灵秀；论气候，则清爽温润，兼南北之长；论交通，则扼关陇巴蜀之咽喉，又为丝绸之路之枢纽。其为中华文化发祥之地，鸿儒硕彦，代不乏人，良有以也。远者弗具论，自清秀迄民初，王权、孙海、安维峻、哈锐、吴蜀江诸家，皆名重一时；而卓尔不群，蜚声遐迩者，厥为任其昌、任承允父子。其昌字士言，同治四年进士，授户部主事，以母老乞归养，主天水、陇南书院讲席垂三十年，成就甚众。《清史列传·文苑传》称其"天资高迈、博学强识，覃精三礼之学，尤长于考订史事。所为古文，风力雅近宋人。晚年尤肆力于诗，宗法少陵"。承允字文卿，以名进士授内阁中书，继充国史馆协修。丁忧归，主讲宁羌、振文、秦州、陇南各书院，入民国，闭门读书，而问业者甚众。马永慎先生，即亲承指授者也。

永慎生长书香门第，文卿先生，即其外祖父也。幼承家学，十四岁即能诗，每有所作，辄请文卿先生批改，由是日有进益。文卿先生逝世，匆促自外地遄返，作长联哀挽云："记往岁趋省庭帏，煮酒侍坐，恍同昨日，胡千里游子归来，竟使慈容莫睹；才两载未亲杖履，抚棺泻涕，顿异前时，望重泉诸父相聚，为述孤儿无依。"其诗学渊源有自，从可知也。其后就读甘肃学院，复经张云石、冯国瑞教授指点。年方弱冠，已积诗词百余首。其《游农事试验场》诗"落花铺地足痕软，飞絮迎人燕语新"，颇受名宿称赏。抗日军兴，投笔从戎，转战河北、山西、河南前线；四九年随陶峙岳部起义，旋转入新疆建设兵团，戍边开荒二十余载。阅历既广，诗境益扩，雄健豪迈，颇近剑南，惜多毁于"文革"。"穿冰筑堰初春灌，带露扶犁破晓耕"，足窥屯垦诗风；而追忆抗战之《浣溪沙》"寇火当年遍蓟州，腥风一夜过卢沟，征衣冷暖几春秋"，亦可想见浴血杀敌之英姿矣。

天水为历史文化名城,文风素盛。余束发修学,每闻先父赞颂其恩师任士言先生道德文章及与朋俦门人讲论唱酬之乐,心向往之。肄业天水中学及国立五中之时,汪剑平、冯国瑞、陈颂洛诸公以硕学鸿才倡导风雅,结社吟诗,入社者如聂幼莳、胡楚白等无虑数十家,登高选胜,感事述怀,隽句佳章,士林传诵,新秀接踵而起,盛极一时。而经反右斗争至十年浩劫,"深挖"、"横扫",幸存者寥若晨星,可为浩叹!永慎暮年返里,乘开放之春风,发振兴之宏愿,筹建天水诗社及天水诗词学会,编印《渭滨吟草》期刊。十余年来,吟俦日增,诗什渐富,创作水平亦不断提高,为海内外艺林所注目。窃以为作诗固须别材别趣,然亦须博学工文,怀匡济之志,始能卓然成家。士言、文卿、剑平、国瑞以至楚白、幼莳诸先生,皆范例也。全面继承乡先贤传统而发扬光大之,则天水文风之复振,可计日而待也。

永慎为中华诗词学会发起人之一,八七年夏赴京出席成立大会,当选为理事。近十数年所作诗词,多发表于国内各重要诗刊,颇获佳评。其诗多近体,词多小令、中调,词藻华丽,工于写景咏物。如《春日南郊漫步》:"边山晓雾幔轻沙,初染鹅黄上柳芽。醉我风光浓于酒,迷人岁月艳如花。晴添曲岸簟纹水,绿印长堤屐齿沙。一度寻芳一度异,村居红瓦半农家。"景物之欣欣向荣与心情之闲适怡悦浑然一体,自然流露,而讴歌现实之意已见于言外。尝鼎一脔,其晚年诗风已不难想见矣!

余数年前有寄永慎诗云:"老杜行吟地,髻年烂漫游。萍踪遍尧甸,梓里忆秦州。树绿南山寺,花明晚霁楼。何时共酬唱,樽酒慰离忧。"与老友新知聚首秦城,把酒临风,续乡先贤联吟赓唱之乐,无日不思。永慎《晚霁楼诗词选》将绣梓问世而索序于余,因粗陈管见以为喤引,怀乡念旧之情,又乌能自已耶?

1995年12月

《林从龙诗文集》序

林从龙兄要出版他的诗词、诗话、楹联和鉴赏文章的自选集,嘱我写序,我慨然应诺,因为我的确有许多话想说。

1966年春,我因在50年代发表过论述形象思维的文章而被罗织罪名,"揪出"来批斗、劳改,直到1980年才彻底平反。在这十四年的漫长时间里,除了红卫兵,很少有人敢进我的家门,而从龙兄,却是难得的例外。

那时候所谓的"家",是原来宿舍的一部分,卧房、客厅、饭堂、书斋相统一,笼共是一间小平房。其中设一张大床,剩余的空间摆一张方桌,两把椅子。如此而已!其他一切,包括万卷藏书、手稿字画等等,统统被造反派抄去了。大约是1979年冬天,从龙来访,从我的"家"看出我的处境,无限感慨。他先作自我介绍,后申"仰慕"之情,这才表明来意:约稿。此后,我写的《谈〈观巴黎油画记〉》等多篇文章,便在他主编的《教学通讯》上陆续发表了。在别人还和我划界线的时候他竟然从郑州跑到西安,登门见访,尽管看出我还在当牛鬼蛇神,仍毅然约我写稿。这一切,是能够体现从龙的胆识、品格和力图办好刊物的责任心的,我从心底里赞许他。

从龙偏爱我的文章,也偏爱我的诗词和书法。1981年冬,寄赠两首七绝,要我书写自作诗词。我即为他写一立幅,录《念奴娇·庚申初冬游赤壁次东坡韵》,他收到后又寄赠两首七绝。这四首七绝是这样的:

读霍公松林《登岱》诗

岱岳参天气象新,云舒云卷接沧溟。江山正待纵横笔,莫道桑榆是晚晴。

果然一览小群山,今古神融指顾间。欲把清芬沾化雨,年年春树望长安。

读霍公松林书赠《游赤壁》

拍岸惊涛万古雄,词林又谱大江东。秋霜莫更侵斑鬓,再领风骚冀此翁。

瘦劲方知气骨真,淋漓翰墨见风神。一枝横扫千军笔,写尽江山万里春。

这四首诗,情深,味厚,气度恢宏,是难得的佳作。

1982年春,我主持首届全国唐诗讨论会,从龙应邀出席,作出了许多好诗,引起了与会著名学者、诗人的敬重,订为文字交。他的"风骚正共沧桑变,同创新声换旧声"诗句,表现了振兴中华诗词的卓识,在我思想上引起共鸣。因而和他合作,主编《唐诗探胜》。这本书,包括许多名家撰写的九十多篇文章,以唐诗鉴赏为主,兼及其他,其目的在于借鉴唐诗,提高当代诗歌创作的艺术质量。由于发行量大,颇有影响。

改革开放以来,久受压抑的传统诗词破土而出,遍地开花,大有振兴的希望。从龙兄,则是较早投入振兴中华诗词的行列,出实力、办实事、创实绩,与全国各地诗人和诗词爱好者有广泛联系的骨干人物。从他和我的密切交往中,从他为振兴中华诗词所作的诸多奉献中,我越来越深刻地了解他的为人:热情,真诚,爱国,爱民,具有"不失其赤子之心"的诗人本质;勇于任事,精于筹划,全身心投入,有用不完的精力,又是具有兼济之才的实干家。拙作《唐诗讨论会杂咏》之一云:"李杜遗踪信可寻,胜流云集曲江浔。论诗今始窥三昧,管晏经纶稷契心。"我认为,"管晏经纶稷契心"是李杜之所以成为李杜的关键,也是中华诗词的优秀传统。从龙兄,是继承了这种优秀传统的。惟其如此,许多忧民忧国、胸怀济世之志的历史人物,往往激发他的情感波涛,发而为诗:

读辛弃疾《京口北固亭怀古》

烽火扬州眼底收,强胡未灭鬓先秋。豪情万古谁甚匹,一曲苍凉北固楼。

读陆游《书愤》

铁马冰河入梦时,孤村风雨鬓如丝。纵横老泪终生恨:一表何人继出师!

望昭陵

几回面折与廷争,不损君臣知遇情。人去千年三镜在,魏征坟上望昭陵。

其他如《题南阳诸葛庐》"宏图早定三分策,神笔常挥十万军",《题汤阴岳飞庙》"三字岂能遮史册,千秋犹自仰衣冠",《访杜甫草堂》"久客泪含家国痛,长吟诗放斗牛光"等等,都能抉伟人之精蕴,发潜德之幽光。

至于即景抒情之作,不论什么题目,都能自出新意,自成高格。如《登岳阳楼》,颔联"衡岳晴岚云梦雨,巴陵山色洞庭波"写景,气象开阔;颈联"江湖廊庙同忧乐,日月乾坤任啸歌"抒情,点化范仲淹《岳阳楼记》,融古、今、人、我于一炉,而胸襟之博大与气象之开阔相得益彰,得情景相生、交融互补之妙。如《寄人》,颔联"风霜南北三千里,甘苦沉浮四十年",不无感慨;颈联"丝欲尽时犹作茧,鱼无羡意不临渊",大笔振起,表现了自甘奉献,不慕荣利的高洁人品。即使写咏物诗,也能自辟蹊径,小中见大。如"盛代岂甘居世外,高情何必向篱东","国色岂因花富贵,天香应是骨嶙峋",咏的是菊花、牡丹,而作者的情志、风操,亦灼然可见。清代杰出诗论家叶燮在《原诗》里指出:"作诗者必先有诗之基。诗之基,其人之胸襟是也。"又指出:"诗言志。志高则其言洁,志大则其辞宏,志远则其旨永。"这里所讲的是作为优秀诗人首先应该奠定的基础。我认为,从龙诗歌创作的优势,是建立在这样的基础之上的。

从龙擅长七律,得老杜法乳而自运机杼。意境阔大,气势雄迈,与杜律有共同性。壮而不悲,少苍凉之音而多慷慨之辞,此又同中有异。所处时代不同,个人经历不同,事、景、情亦皆不同。吸取老杜法乳而咏今事、写今景、抒今情,则继承中自有创辟,其作品自具新面目,乃从龙七律而非老杜七律。

作诗须讲章法,作七律尤其如此。老杜七律,起伏照应,章法井然,而又开阖动宕,回旋顿挫,虚实相生,高下相形,纵横变化,不可方物。如果杂乱无章,或虽讲章法,却死板呆滞,千篇一律,那么,即使有佳句、佳联,也算不得好诗。从龙的七律,一般都章法细密,气脉流贯。如《登山海关城楼》,首联"海岳雄奇接两间,苍茫浩气贯人寰","海"、"岳"并举,扣题目中的"山海"。颔联"心随巨浪高千丈"承"海","足踏长城第一关"承"岳",又补出"关"字。颔联领起颈联:正由于"足踏长城第一关",所以视野开阔,可见"燕塞湖"与"秦皇岛";正由于望见"燕塞湖飞双索道,秦皇岛泊五洲船",眼底是一派民族团结、经济腾飞的新景象,所以诗人的"心"潮随"海"中"巨浪"高涨,不可阻遏。尾联"生死交锋地"写历史上的山海关——长城第一关;"画卷",则照应颈联,指眼前好景。"谁期生死交锋地,翻作千秋画卷看"收尽全篇,而出以诘问、赞叹语气,又余意无穷,耐人寻味。

七律的中间两联,易犯罗列堆砌的毛病,必须力求变化。从龙是力求变化的,如《登岳阳楼》,颔联写景而颈联抒情,前实后虚,虚实相生。如《南岳忠烈祠》:"忍看狼烟污圣土?誓驱铁马净妖氛。沙场竟遂成仁志,史册长铭报国心。"对仗工稳而一气贯串,又有回环往复之妙。中间两联中的每一联,也力求变化。如《回乡偶感》的颈联"溪山犹辨儿时路,松菊难寻劫后家",沉郁顿挫,感人肺腑。如《祝福建诗词学会成立》的颔联"遥知碧水丹山地,高唱腾蛟起凤章",以单行之气运对偶之辞,既高华典雅,又气机流畅。至于一篇之中,句法结构力求多样化,避免雷同;几个单句句尾的仄声字,避免都用同声字而注意上、去、入互用(如《怀黄河题咏会旧游》四个单句句尾字"花"、"影"、"旧"、"切"为平、上、去、入),都是善学杜律的表现,值得称道。

从龙的诗,其总体风格是雄健豪迈;从龙的词,其总体风格是清新婉丽。诗与词,本来是有微妙的区别的,从龙准确地把握了这种区别。从龙擅长七律,自然工于属对,其楹联亦多佳作。文艺鉴赏与文艺创作是相辅相成的。如果鉴赏水平很低,那么创作质量便不会很高,反之亦然。从龙诗词俱工,有丰富的创作经验和卓越的艺术见解,故写诗词鉴赏文章常能探骊得珠,与不懂诗词而乱耍花枪、隔靴搔痒者不同。从事文艺创作,应有精当的理论指导,而自己的创作实践,也可通过总结,上升到理论高度。从龙把吸取前人的诗歌理论精髓和总结自己的诗词创作经验结合起来,撰成诗话,读来精切有味,非毫无创作甘苦而稗贩陈言者可比。

这篇序,已经写得太长了。"有话则长",但也不宜过多地浪费纸张,只好结束。孟子说过:"读其诗,不知其人可乎?"但愿这篇长序,对有兴趣了解从龙其人、其诗、其词以及其他著述的朋友们有点帮助。

1993 年重阳

《紫玉箫二集》序

正在忙乱得头昏眼花之时,老伴儿取来了鼓鼓囊囊的特快专递,心知大事不妙。立即打开,闯入眼帘的是《紫玉箫二集》的打印稿和汝伦索序的信。老伴儿郑重其事地说:"你再忙,汝伦的序也得写!"我回答:"那当然!"

1956年暑假,我与杨公骥先生同时参加教育部在北京西苑宾馆召开的高校古典文学教学大纲讨论会,同为召集人,意气相投,无所不谈。当谈到他的得意门生时,特别推荐了才华横溢、刚肠疾恶而叹其终非池中物的李汝伦,给我留下了深刻印象。因此,1982年春,我在西安主持全国唐诗讨论会,便专函邀请汝伦共襄盛举。这的确是一次盛会,名家毕集,胜友如云。名落右籍的刚得到"改正",身陷牛棚的刚得到"解放",便在大唐故都畅谈唐诗、畅游唐人吟咏过的名胜古迹,真是心花怒放。会开得很活泼,在学术讨论会上穿插诗词创作、诗词吟诵和书画表演,实属首创。以诗会友,以友促诗,与会者大都成了此后振兴中华诗词的骨干,汝伦更是其中的佼佼者。我把大家在会议期间所作的诗编为《唐诗讨论会吟咏专辑》,汝伦发表于他主编的《当代诗词》。

1983年6月初,我在广州珠岛宾馆参加中国古代文学理论研讨会,与王达津先生同住一室,共约汝伦相会,久待未至。后闻患软腭癌,深以为忧。回西安后接手书,言就医于梁任公后裔,已获痊愈,喜赋小诗三章付邮。诗如下:

曲江酾唱未能忘,荔子红时访五羊。
十里荷香悭一面,东湖无际水云凉。

回春幸试越人方,一纸书来喜欲狂。
读画论文坚后约,明年万里上敦煌。

欲将风雅继三唐,当代诗词赖表扬。

  坐拥花城花似海,百花齐放吐芬芳。

  诗中所谓的"后约",指早在西安诗会上预定于1984年在兰州、敦煌召开的第二届唐代文学研讨会邀汝伦参加;所谓的"欲将风雅继三唐",是赞扬汝伦在"改革开放"之初即披荆斩棘、创办《当代诗词》的功绩。从此时开始,我们便在振兴中华诗词的各种活动中通力合作,经常见面,知心知音,堪称"莫逆"。而每一次见面,汝伦都动情地称我为"斯文骨肉",紧握双手,倾吐思念之情。正因为这样,读完汝伦索序的信,我立即把急需处理的一切搁置下来,逐首咀嚼他的诗,考虑写序。

  汝伦收入《紫玉箫》初集中的许多诗,早已四海传诵,脍炙人口,评论、赞颂的诗文也层出不穷。大致说来,评赞诗文主要涉及如下方面:一、汝伦的诗,固然倾吐了自己的不幸与牢愁,但更多地抒发了忧国忧民的怀抱,真正弘扬了中华诗歌的优良传统;二、汝伦创作的是名副其实的当代诗词,以当代意识来认识当代生活,在艺术表现和语言呈现上也力图作当代性的创新;三、汝伦之诗妙在性灵,而他的性灵则以幽默风趣中寓刻骨讽刺见长;四、汝伦反对一味搬典故,掉书袋,而主张以活色生香的当代口语入诗。这一切,都是符合实际的。

  逐首咀嚼过《紫玉箫二集》中的所有作品,感到上述诸家评赞仍然适用,既已撮述,便省却我许多笔墨。然而汝伦是不断求新求变的真正诗人,收入二集的诗,与收入初集的相比,又有新的开拓,新的艺术特色。

  读汝伦的诗,首先感到的是并非明白如话,一览无余,而是要调动比较丰厚的知识库存、反复琢磨。换一种说法,那便是:难读、耐读、耐想。因此,我才用"咀嚼"一词,慢慢咀嚼,才能尝到诗味。

  原因之一是:汝伦的诗,既有浓烈的生活气息,又有浓郁的书卷气息,并非大白话、白开水。汝伦是诗人,也是学者,一肚子书卷冷不防就从口里冒出来。晚清诗界革命的代表人物黄遵宪"我手写我口"的诗句常为时贤所引用,以为"口"里说的,当然是"大白话"。其实,那"我"即创作主体,是千差万别的。一肚子书卷的"我",在说话时怎能老讲"大白话"而不或多或少的"掉书袋"?黄遵宪的《人境庐诗》便是证明,如果不遇上知识渊博的钱仲联先生,恐怕连笺注也是搞不好的。

  作诗而"掉书袋",必须服务于独特的艺术构思和艺术表现。如果仅仅是为了卖弄渊博而无助于艺术表现,那就非徒无益,而又害之,应该坚决反对。

汝伦是有独创性的诗人,他"掉书袋"常与艺术独创血肉相连。比如1959年的"交心"运动,臭老九们都经历过,也有人写过诗,但迄无深警之作。而汝伦腹中的书卷却撞击出艺术独创的火花,写出两首堪称"深警"的七绝。第一首:

> 臣胸何事为君开,花样翻新老鹿台。
> 噩梦变形思想犯,史篇遗笑惹人哀。

读此诗,如果不知"鹿台"为何物,便食而不知其味。相反,如果读过《史记·殷本纪》,知道"鹿台"是纣王淫乐之所,由此引出了比干的进谏和被开胸剜心,便豁然贯通,惊喜于"新"、"老"对照之妙和首句一问之奇。"臣胸何事为君开?"答曰:"交心!"读懂第一首,便自然能读懂第二首:

> 智舍掏光缴债钱,涕流百斗泪三千。
> 茫茫净土无心国,月锁深宫正好眠。

按传统的理解,"心"为"智舍",乃智慧之所出。"臣"们都把"心"交出来了,浑浑噩噩,十分驯服,"无心国"的"君"当然可以安心睡觉;然而"月锁深宫",不也是十分孤寂凄冷的吗?

《放麻风病区》七律的首联"即日检收行李行,女儿泪眼送车声",可谓以"口语入诗",然而这也是千锤百炼过的。首句生动地写出了一宣布下放麻风病区劳改,便得立刻起行的险恶形势,次句写"女儿泪眼"由送父而送车、直至"送车声",犹不肯离去,令人情何以堪!继之而来的次联怎样写,才能真切地表现此时此际的感受和心情呢?看来难度很大。汝伦腹有墨水,容易引发联想。他被驱赴贬所,联想到因上表谏君而遭到远贬,立即逼赴潮州的韩愈在爬秦岭时吟成的诗句"云横秦岭家何在?雪拥蓝关马不前!"就哼出上句"云横雪拥蓝关路",又联想到因上疏论政而被下牢的骆宾王以蝉自喻的诗句"那堪玄鬓影,来对白头吟!露重飞难进,风多响易沉",就写出下句"露重风多玄鬓情",古今叠合,三位一体,从而无限扩大了这一联诗的容量,愈咀嚼愈有味。颔联"失却佳人难再得,置之死地每偏生",出句来自汉代李延年:"北方有佳人,绝世而独立。……宁不知倾城与倾国,佳人难再得"。佳人可解为诗人自喻,也可解为年华的丧失,身世的沦落。下句来自兵法的"置之死地而后生。"

此处"偏生"是说你想叫我死,我偏不死,凸现了一股铮铮骨气。最后,"麻风杆菌不麻我,料是嫌沾座右名",又把"座右铭"中的"铭"改造成"名",用自我调侃结束,而调侃中饱含着悲愤。把古人诗句,成语,直到兵家语,只巧改一二个字,而意思全新,不着痕迹,可谓已入化境。

汝伦有时"今典"、"古典"并用。《"同年"友朱问病共感旧事》中的"谋产阴家易姓阳"以及"出洞挨刀"等等,用"今典";"太液岂容生谏草,芙蓉一朵足风光",则"古典"、"今典"叠合。不管"今典"、"古典",都不是照搬,而是出人意料的活用。鼓励提意见帮助整风,本来说是"阳谋";及至作为毒蛇被引出洞来,喀嚓一刀,才如梦初醒,意识到那"谋"原来产于"阴家"。在当时,歌功颂德的是"香花",忠言讽谏的是"毒草","出洞"之所以"挨刀",因为"放了毒草",这又是"今典"。但如此直说便不是诗,因而又融合"古典"。白居易《长恨歌》有"太液芙蓉未央柳"之句,可见皇家的太液池是长"芙蓉"的。"芙蓉"是"花",由"花"联想到"草",思致固然很活泼,却无法与"谋"、"洞"拍合,毫无意义。汝伦熟读杜诗,老杜的"避人焚谏草"当然记得(所谓"谏草"就是向皇帝上谏表的草稿),于是在"草"前加一"谏"字,以"谏草"之"草"充"花草"之"草",又于"芙蓉"后限用"一朵",两句绝妙好诗便呈现于读者面前了。然而对于不熟悉"今典"、"古典"的人来说,大概和猪八戒吃人参果差不多吧!

汝伦的许多独特构思,很可能与触景生情、相关书卷忽然跳出来有关,其例甚多,不再例举了。

原因之二是:汝伦的诗,句法多变,花样繁多,令人眼花缭乱。

七言句法,唐人惯用二、二、三。宋人有时打破常规,汲取散文句法以加强表现力,如陆放翁《长歌行》"如巨野受黄河倾"之类。但为数不多,而且限于古体。汝伦当然受此启发,却大胆用于近体,层出不穷。如"风乖冬九春三月,路险山千水万程"(《听蝉》),先把九冬、三春、千山万水颠而倒之,作为定语来修饰"月"、"程",然后用主谓结构"风乖"、"路险"领起,句法的奇特,增加了内涵的深广。"梦长紫万红千国,气短朝三暮四猴"(《病中读杜》),从句法上看,虽与前例类似,却"反对为优",别饶韵味。"万户侯纷敲大款,三花脸稳坐都堂"(《夜起》),上三下四,加在主语、谓语之间的"纷"与"稳",是作为状语修饰"敲"与"坐"的。一经修饰,丑态毕露。"总而统之诸事都"(《参观白宫》),乍看颇费解,及至悟出这是个倒装句,顺着说,便是"诸事都总而统之",不禁哑然失笑。"斥面帝王娇小姐,加刀公主恶豪奴"(《董宜》),乃是"斥帝王娇小姐之面,加公主恶豪奴以刀"的变形。"面斥"即当面斥责,为了与"加刀"相对而改为"斥面",虽然有些走样,却更生动。汝伦为我祝八十大寿,写了三首七律,其中有一句"仰之西北高楼有",我觉得很别扭,给他改了,他表示同意。现在看他的打印稿,又恢复原样,可以看出这是他的得意之作,舍不得改。他想把我捧得越高越好,便因我僻处西北想到《古诗十九首》中的"西北有高楼,上与浮云齐",从而别出心裁,造出了"仰之西北高楼有"。其思路大约是:古诗说"西北有高楼",那么现在究竟还有没有呢?于是仰望西北,嗬!不错,那"上与浮云齐"的高楼的确是有的。重点落在"有"字上,这也许是他不肯改的原因。又如《遭围攻》于"行间搜索句间寻,嗅罢欢呼异味闻"之后接一句"九族株连标点亦",把副词吊在句尾,也够别扭的。但当你悟出"亦"所修饰的"株连"承上省略,就意识到这个"亦"应该重读;一重读,感情色彩便出来了。有些句子应该作两句读,并加标点符号,才能读出韵味来。例如"大吼一声还我血"应该为"大吼一声:'还我血!'"声情激越。"磨三尺剑鞘中闲"应读为"磨三尺剑——鞘中闲!"沉郁顿挫。像这样不够规范、甚至颇感别扭的句子,在汝伦的近体诗中还有不少,如"诗多百草难医病,身少千军突阵姿"(《与甘肃诗友座谈》);"尊师者改尊公仆,窃国人诛窃小钩"(《临高》)。以及"快游九万里汪洋"(《过蒙县参观庄子祠》)、"礼失求诸野未回"(《杂感》)等等,都须细细咀嚼,方能消化。

中唐时期倡导古文运动的领袖韩愈,既是大散文家,又是大诗人。他以大散文家而写诗,就自然出现"以文为诗"的特点。汝伦一面《和三个小猢狲对话》,一面吹《紫玉箫》,他写的诗,能不"杂文"化吗?

"言之有物",是杂文的生命;"幽默"与"讽刺",是杂文的素质;而作为"匕首"与"投枪",抨击害人虫与假丑恶,则是杂文的目的。因此,"讽刺绝不是不分善恶的乱刺,幽默也不是无聊的逗笑,而是'最热烈最严正的对于人生的态度'"(瞿秋白《鲁迅杂感选集序言》)。我认为:杂文的这些可贵特点,《和三个小猢狲对话》体现得很充分;《紫玉箫二集》中的一部分诗,虽然很难做到的,而汝伦却往往做到了。例如《寺庙偶见》:

新潮少女跪莲台,"赐个郎君会发财"。
超短罗裙婀娜去,回眸一笑道"拜拜"。

写少女形神毕肖,声态并作。而"新潮"竟与迷信联盟,择婿也"唯财是举",却是关乎世道人心的大问题,不能忽视。四句小诗,寓讽刺于幽默,含深刻于轻灵,情韵盎然,耐人寻味。又如《打苍蝇》:

　　千车万骑出咸京,一片牙旗讨贼声。
　　假想敌人何处是?遥闻老虎打苍蝇。

不加评论,而尖锐的讽刺则从前两句所写与后两句所写的强烈对比中脱颖而出,入木三分。《鸣沙山与斗全各撮细沙一瓶》:

　　掂来恰好伴吟声,撮座沙丘入小瓶。
　　大木宜焉关祸口,要鸣且在里边鸣。

沙以"鸣"名,可见"鸣"是他的天性。作者因"鸣"招祸,因而推己及沙,关进瓶中,并且谆谆嘱咐:"要鸣且在里边鸣"。蔼然仁者之言!寓谐于庄,令人忍俊不禁。《塘边小立》:

　　已是蒿莱弃置身,临渊小立羡游鳞。
　　山村树静篱笆破,时有忙忙结网人。

这首诗,情景交融,清新明丽,却象外有象,弦外有音。读者也许不觉得这里面掉进什么书袋,其实是有书袋的,而且产生了浓郁的艺术效应。《汉书·董仲舒传》:"古人有言:'临渊羡鱼,不如退而结网。'"意思是:光羡慕,不如动手干。然而一个"弃置身""临渊小立羡游鳞",只能是羡慕鱼儿在水里自由自在地游,难道还有结网打鱼的自由吗?后两句只写实景,而"弃置身",对于鱼儿们命运的担心已跃然纸上。须知"弃置身"是有切身体验的,一见那些"忙忙结网人"就不胜惊恐。《读郭沫若〈李白与杜甫〉》:

　　小兵思路翰林名,老大蚍蜉撼树声。
　　昨夜遥闻揪斗紧,杜公汗了一身惊。

在《调张藉》五古中,韩愈有针对性地写道:"李杜文章在,光焰万丈长。不知群儿愚,那用故谤伤?蚍蜉撼大树,可笑不自量。""翰林"们,当然都读过这几句诗,怎会愚蠢到"撼"杜甫这棵大树!然而在"大革文化命"中"红小兵"红极一时,个别"翰林"的"思路"便与"红小兵"接轨了。正因为"翰林"而有"红小兵"的思路,便不是一般地扬李抑杜,而且把阶级斗争的锋芒对准杜公,无限上纲。这诗的妙处在于:第一、"老大"与"声"相隔四字,却是"声"的定语,"老大"前置,突出了声浪之高,而"大"前着"老",明带嘲讽;第二、"揪斗"与"撼树声"的具体内容,就是"揪斗杜甫";第三、主语后置,"遥闻揪斗"的不是作者,而是"杜公";第四、杜甫其人与骨皆已朽矣,却偏说他夜闻揪斗之声甚紧,惊出一身冷汗,构思奇特;不说惊出汗来,而说"杜公汗了一身——惊!"造句奇特。既惹人发笑、又引人深思的幽默感,就从这两个"奇特"中扩散开来。

汝伦的另一部分诗,或杂文味极少,或略无杂文味而诗味醇厚,但仍然是汝伦之诗,个性十分突出。先举七绝数首,如《风》:

草偃花飞叶下残,破窗磕磕乱琴弹。
雄风无象凭斯画,摇荡苍生正倒悬。

风有"大王之雄风"与"庶人之雌风"之别,题为《风》而只就"雄风"发挥,写实乎?借喻乎?象征乎?宋玉《风赋》而后,第一佳作。又如《自由女神》:

女士何时封了神,自由到手赖斯民。
潮生潮退风来去,知是谁家梦里人?

面对洋人的造像发此感慨,女神闻之,不知如何表态。又如《端午》:

楝叶花丝护屈魂,汨罗底事水波嗔。
上官后裔怀王胄,也作江边投粽人。

汨罗江水竟然嗔怒,奇;问她底事嗔怒,奇;有问有答,而且作如此回答,更奇。又如《谢海内友好问病》:

精舍无方净六根,浮生初觉似微尘。

阎罗玉帝嫌多刺,地狱天堂两闭门。

大病不死,差堪告慰友好,却将不死归因于阎王怕刺不要、玉帝怕刺不纳,何等警竦!又如《瀚海》:

天苍苍压地茫茫,几点孤村几树杨。

浪费梦魂遭绿染,醒来白草润沙黄。

五律亦不乏佳什,如《秋场即兴》:

捱过凉初雨,秋乡少睡乡。月儿肥挂树,影子瘦粘墙。

日日镰争稻,村村碌作场。塘浮谁氏艇,泼剌网灯光。

兴象玲珑,音韵谐美,颇有盛唐风味;但从锻字、锤句、炼意、属对看,却走的是中晚唐苦吟诗人的路子。次联对仗极工,却是流水对,活而不板。因为"月儿肥挂树",所以"影子瘦粘墙","肥"、"瘦"、"挂"、"粘"都不是信口说出的,而是筛选、锤炼出的。第五句把"割稻"写成"镰争稻",第八句把"网鱼"写成"网灯光",也绝非信手拈来。咀嚼了汝伦的几百首诗,我觉得他尽管才情富艳,却是一位"苦吟"诗人。评论家夸奖汝伦"信笔直书,意到笔随",我不大相信。如果真是那样,为什么他,"粘"在墙上的"影子",那么"瘦"呢?

七律中的《阙家莫教授赠〈旅思乡情〉》,亦是力作:

久慕泉流漱玉章,芳笺飞渡九重洋。

匹兹堡困怀乡梦,杨柳街牵去国肠。

踏倒云天涛万叠,飘回儿女泪千行。

词坛心热接风酒,台上今无旧越王。

堡困梦、柳牵肠、踏倒涛万叠、飘回泪千行,以及以心热热酒,皆奇险惊人,不亚孟郊、李贺。却一气旋转,神采飞扬,将海外游子的"旅思乡情",表现得淋漓尽致,非孟郊、李贺辈所能梦见。或谓"好诗已被唐人作尽",岂其然乎?

《紫玉箫二集》中的词为数不多,却都有新意。如《沁园春·由山海关至老龙头感史》将明末资本主义萌芽的摧毁,不仅归罪于汉奸开门、满清入关,而且归罪于"闯王铁骑",真可谓"敢言人所不敢言"。清代卓越的诗论家叶燮认为"才、胆、识、力"兼具,方可为大诗人。有才、有力、有识皆难,而有胆尤难,谁不顾惜自己的身家性命呢?而汝伦的一些惊世骇俗之作,固然得力于才、识、力,更得力于他的胆,这实在是难能可贵的。

以上我主要引用了一些七绝,律诗和词略有涉及,大篇都未引,这只是为了节省篇幅。事实上,汝伦诸体皆备,诸体皆工,大篇如《木化石盆景歌》、《月吟》、《红包颂》、《苏华草书歌》、《哭母》、《刘耦生〈百虎图〉歌》、《陶像歌》、《痛哭四哥》、《红颜劫长歌》等,皆各擅胜场,《京剧诗文画》中的许多篇,似诗似词更似曲,言情说理兼讽世,鲜活、跳脱、泼辣,令人耳目一新。

汝伦索序的信中说:"可捧,不可过分,可斥,大小由之。昔日鲁迅所斥者,后竟以此扬名。"我人微言轻,怎敢与迅翁相提并论!捧是白捧,斥也是白斥,真能给汝伦赢得声名的,还是他的诗。因此,我既未捧,也未斥,只是如实地谈我的读后感,与汝伦交换意见。与知音把酒论文是一种难得乐趣,所以老杜怀念太白,有"何时一樽酒,重与细论文"的希冀。酒,我有几十瓶,汝伦当然更多,然而山隔水阻,只能纸上论文,无缘花前共饮,为之奈何!

2000 年暮春写于唐音阁

《梁东诗词选》序

中华诗词学会于1987年成立,我被选为副会长,因而多年来参加学会组织的全国性诗词活动比较多,结识了不少诗友,梁东先生就是其中一位知音。

梁东曾任煤炭工业部办公厅主任、计划司长和中国煤炭文联主席、中国文联全国委员、中国作协全国委员等职,够忙的,所以在上世纪90年代早期才光临中华诗词学会;可他一来便身手不凡,发言则神采飞扬,语惊四座;办事则干练精明,稳操胜券。学会当时还处于"三无"状态,他居然能拉来赞助,缓解困难,并使《中华诗词》得以在1994年创刊,并亲任社长。此后,学会常务副会长的重任,便落在他的肩上。数年以后,他辞掉常务副会长而专心抓诗教,诗教工作便在全国范围蓬勃开展,成绩斐然,有口皆碑。

梁老待我特好。我老态龙钟,他行动敏捷,每遇我身临险境,他便赶过来扶我一把,并且说:"有子龙在,料也无妨!"他颇像子龙,却远胜子龙。因为子龙还有赖于军师的锦囊妙计,他则合子龙和卧龙为一,是难得的全才。我看过一份材料,说梁老"集工程技术、经济管理和文化艺术于一身",这是准确的。他在煤炭工业战线工作四十多年,多有建树,发挥了他在工程技术和经济管理方面的特长。他是书法家,荣任中国书协理事和中国煤矿书协主席,其雄强豪放的书风已得到普遍赞扬。他既从事传统诗词创作,又从事新诗和散文创作,都有不少佳作问世。因而在中国文联、中国作协和中华诗词学会都占有相应的位置。他还是一位卓越的戏曲艺术家,听他唱京戏、唱昆曲,那真是一种高层次的艺术享受。如果高夫人偕行,听老两口唱"夫妻双双把家还",更令人陶醉不已,"三月不知肉味"。我近来读他的诗词,情动于中,口占四句:

和谐社会乐融融,诗化神州兴未穷。
愿献歌喉吾老矣,遏云高唱美梁东。

因为作为戏曲艺术家的"遏云高唱",也从他的诗词佳作中表现出来了。

人们发现,这一切都有一个源头,那就是中华传统文化。几十年的工业经济管理工作他常常不经意地渗入许多中华文化理念。企业文化工作是不久前兴起的,他也驾轻就熟,如鱼得水。极左时期,他为了避开"四旧"和"不务正业"这类帽子,往往半夜临帖,诗词上偶有所得,也只是记在本子上,从不示人。改革开放,他从"地下"冲出地面,一发不可收拾。这被他的朋友称为"梁东现象",其实是一种文化现象。如同上世纪留学归来的许多专家,不管他们专攻何种科学,都有深厚的国学基础。这说明,中华传统文化的海水深沉而富于营养。一旦临其渊而畅其游,就会乐不思返,受用终身。梁老生于桐城文化的发祥地,义理、考据、词章之学,与诗友们同受沾溉。这可能就是他对中华文化在基本观念、特别是情感上的一种奠基。几十年来,他都是深怀敬畏之心和感恩之心来面对中华传统文化的。诗词,他以严谨的态度对待继承,投入创作,又以义无反顾、无怨无悔的精神投身于诗教,做了许多开创性的工作。这一切,人们都可以从这里找到源头。他把这些,都看作是民族精神家园的回归。他是这种回归的践行者。他经常强调的是,中国人应当在全球意识的延伸中找准自己的时代定位,在民族意识的回归中守护自己的根本。因此,尽管有许多头衔,在不同领域作过许多贡献,然而就其本质,他是人文意义上的文化人。更确切地讲,中华文化人。这是我对梁老的基本了解。

梁老是人们常说的那种性情中人。

我想,这种性情集中表现在中国知识分子的那种精神气质。民族精神、爱国主义、刚正不阿、赤子情怀等人文精神,在他身上都有明显的体现,也都反馈在他历年的诗词作品之中。

正气,是他的诗的基调。涉及国家前途、民族命运、国际风云、人生志向、捍卫中华传统文化等重大主题的作品,如八年抗战、十年浩劫、忧患意识、民族情怀等等,他的诗词大都大声镗鞳,正气凛然,像是一首一首的正气之歌。如建国50周年、抗日战争胜利60周年,以及涉及对孔子文化等重大题材,他不是以"时效"的应景之作对待,而是发自心灵深处,从胸膛喷涌出一股热血,淋漓以对。

阳光,是近代的新概念,而用以形容梁东诗词的主旋律,却十分适合。诗如其人,梁老以积极的、入世的精神面对人生,当然也以同样的心态面对诗的创作。在他的诗里看不到颓丧、悲观、失望与放弃,而是充满了乐观与信心。

近年国人遇到的危难不可谓不多。洪水、"非典"、冰冻、地震,在他的笔下,我们看到的是进取的精神,必胜的信念,希望的田野,以及对这些精神的满腔热情的讴歌。"非典"后期,他有一首《端阳——喜见疫情零报告》。雨过天晴,我们还可以在字里行间感受到他对生活的热爱和对新生活的憧憬。我为他的这首诗所感染,曾通过长途电话对诗的创作思想和技巧同他作过一次深入的探讨。罕见的冰冻灾害袭来,他写了《冰雪六章》,他笔下的电工是"高奏横天弹拨声","传令三军三万里,接通十亿上元灯"。汶川地震痛定之余,面对灾区大地的连片帐篷,他眼前是《帐篷绿洲》,笔下是"门庭共对关山月,心志同依风雨舟",透过画面,展现的是"一阵弦歌迥故野,无边稼穑起神丘"。感奋之情无疑会深深地感染别人。有人称梁东为"健笔诗人",我想这和阳光是完全一致的。

梁东诗词还有一个重要的特色,那就是鲜明的时代精神。他一直认为,中国诗歌传统的艺术魅力,已为中国人几千年的生活实践所一再证实。中华诗词正是见证着中华民族的兴衰荣辱,推动着中华民族的前进步伐而发展的。因此,他尊重传统,重视继承。然而,他又十分重视诗词创作的时代性,坚信成熟的传统艺术形式,完全能够为表现今天的生活服务。因此,他不泥古,追求一种鲜活的充满生活气息的创作实践。加上他注重学习和积累,因而,有些诗家评论梁东诗词的面貌是"书卷气和时代精神的契合",正与我的看法相一致。

我以前曾给老友林从龙、李汝伦等的诗集写过序,所以近年来索序者仍不少,但都未敢从命。年老思滞,深恐佛头着粪,误了吟友们的大事。然而凡事都有例外。如前所说,梁东老友待我特好,大著付梓,甘愿我在佛头上涂抹几笔,以留纪念。只好盥手焚香,竭两日之力勉强完篇,却未能表现梁东其人其诗的风采神韵于万一,实在很抱歉。是为序。

2008年重阳节写于长安唐音阁

《王屋山房吟稿》序

王澍兄近年创作的诗词,我读过一些,但对他早年的作品及其创作背景,却一无所知。翻开他寄示的《王屋山房吟稿》,吟诵他早期的诗词,油然而生赞佩之情。这些诗词,是在浩劫中长达四年之久的牢狱里和长达六年之久的遣返原籍、劳动改造中吟成的,却无一首、一句涉及蒙冤受难,而是从黑暗里寻找光明。写水利建设,写农业生产,写人造地球卫星上天,赞抢险救灾的英雄人物,贺我国恢复联大席位,借以抒发图强致富、振兴祖国的伟抱宏愿。乐观,豪迈,热情洋溢。作为中华优秀文化传统孕育出来的爱国知识分子的典型,其威武不屈的浩然正气,沛然洋溢于天地之间,岂"四人帮"的铁牢所能牢笼!

这一些作品,诗词兼备。诗,只有一首七绝,其他全用律体。用格律极严、足以束缚思想的词和律诗表达奔腾不羁的豪情,这中间有颇难克服的矛盾。然而读这些诗词,便看出不仅格律无误,而且极有章法,却无拘束、牵强之态,流畅、跳脱,有如一气呵成。为了证实我的评说并无溢美,且举《红旗渠》为例,与读者共赏:

红旗健举凯歌扬,林县劳民慨以慷。踢太行山开道路,引漳河水返家乡。渠龙踊跃三千里,粟雨滂沱八万仓。愿得年年歌岁稔,苍生矫首颂春阳。

身在狱中,神驰人民群众改造山川、夺取丰收的伟大业绩;诗合律度,却纵横驰骋而不为所缚。其胸襟、才气、情思,都令人赞佩。有如此胸襟、如此才气、如此情思,即使功力还不够深厚,技巧还不够精湛,也能写出不同凡响的好诗。

王澍兄在来信中说他"自57年以后,才学写诗词",起步较晚。但其诗词创作,一开始即有引人注目的特点。"平反"以来,"急起直须追四化,引吭端合和群鸣"(《平反自勉》),后来又担任中华诗词学会副秘书长之职,献身于振兴中华诗词的伟业,交游渐广,其诗词创作,亦与时俱进。

　　我与王澍兄相识较晚。1987年中华诗词学会成立,拙作五言长篇贺诗受到王澍兄的赞许,从此书札往来,又共同参加各地诗会及中华诗词大赛的评奖工作。论学谈诗,见解往往不谋而合。他胸怀坦荡,性情温厚,待人以诚,乐道人之善,故能广交诗友,共同致力于振兴诗教。正由于广交诗友,乐道人之善,所以赠答诗颇多,大都发于真情,出以公心,既能写出友人的性情和面目,又能自见性情,自具面目,与泛泛应酬者不同。

　　王澍兄的《王屋山房吟稿》即将付梓,嘱作序。我在快读数过之后写了些读后感,限于识力,未必能探骊得珠。因忆1991年初夏同游清远飞来寺,诸诗友于舟中挥毫赋诗,王澍兄触景生情,吟成一绝:

　　　　一寺飞来壮北江,古今词客竞华章。漫云诗到唐时尽,眼底川流万古长。

　　中华诗词如长江大河,万古长流。继此集之后,王澍兄必有更好更多的新作汇入中华诗词的江河,滋润人们的心田,净化人们的灵魂,为建设社会主义精神文明做出贡献。

1995年1月

《心声集》代序
——给洪炎德学长的一封信

炎德学长如晤：

久失联系,时在念中。忽由李君送来大著《心声集》,快读诗词、对联、论文,恍如面谈,喜慰无似。

您作《金陵杂咏》时,我们同住南京中大文昌桥宿舍,玄武湖、台城、胭脂井、秦淮河、莫愁湖等,都是常去的地方,但是您作了诗,我却没有,故读之如游故地,倍感亲切。这八首七绝,貌似吊古而意在讽今,言外有意,可知您的诗词创作一开始便关注现实,继承了屈原杜甫匡时淑世、忧国忧民的优秀传统。

自《解放大西南组诗》至离休后所作的数百首诗词,都写的是您自己的生活经历和心路历程,极真切,极生动,极鲜活!而小中见大,个别中见一般,半个多世纪的历史沧桑、时代风云、国家巨变、民族忧乐都跃然纸上。

您的诗词,最突出的特点是一个"真"字,写真事,说真话,抒真情。例如《解放大西南组诗》中的《贵州急行军》：

弯弯山路雨淋淋,村舍闭门人怕兵。

夜宿茅棚牛马圈,昼驱百里走泥泞。

解放军路过,公式化的写法是:群众送饭送茶,热烈欢迎。而这里却写了一句"村舍闭门人怕兵",岂不出人意外!"怕兵",这是旧社会人们的普遍心理。题目已经标明,这里所写的是"急行军",一支军队突如其来,村民弄不清是什么"兵",便赶紧关门。一句七言诗,通过村民的惊慌失措,便将反动派军队侵害百姓的罪恶行径暴露无遗。与此关联的后两句也是写实。不是破门而入,勒索抢劫,而是"夜宿茅棚牛马圈,昼驱百里走泥泞",这就把人民解放军同反动武装从本质上区别开来了,不难想象:当彻夜担惊受怕的村民们第二天弄清了这一切,必然对自己不曾欢迎子弟兵而深感后悔。类似的佳作还有很多,例如写于1960年冬天的《居丧》,对双亲"馑死"作了如实的叙写,而"九州齐病苍生苦"的普遍惨象及其病根,也引人深思,发人深省。

有许多诗,的确是写个人遭遇,客观上却写出了一个时代,具有高度典型性。《悼妹》五律,是为任小学校长的胞妹"文革"蒙冤、溺死岷江而作的:

> 六月雷霆吼,雨来风满楼。
> 西川传噩耗,南国苦拘囚。
> 溺水妹无畏,游街兄有忧。
> 非诛庆父类,真理不抬头!

"庆父不死,鲁难未已"。"诛庆父"的呼声是您的"心声",也是一切坚持真理者的"心声"。您把自己的诗文集取名《心声集》,是最恰当不过的。

改革开放以来的诗词所表现的也是您的"心声",所异于前者乃是充满喜悦、充满希望的"心声"。有了小平同志,我们这一辈知识分子才有了欢快的晚年。您的《小平颂》也写得特别好,尤其是"不容萁煮豆,两制补金瓯"一联,堪称警句。

我今年已经八十四岁了!老眼昏花,手也发抖,就写到这里吧!惟愿大集早日付梓,嘉惠艺林。

2004年8月28日

《神怡集》序

　　前年,易行先生以其大著《踏歌集》寄赠,我翻看几页,便被其中浓郁的时代气息和生活气息所吸引,连读数过,很快回信,认为其中的"《山之歌》、《水之歌》、《城之歌》多有佳什,《神之歌》稍次。评价历史人物,准确已难,出新出彩更不易也。""就我的感受说:新诗佳什雄奇、豪迈、壮阔,兴会淋漓,激情喷涌;旧体诗词亦有佳作,时出新意,但与新体相较,震撼力实有逊色。"

　　我当时不知道这样说,易行先生能否接受。

　　去年,易行又寄来他的新著《壮怀集》,其中的《信至》,便是给我那封信的回应:"长安信至看从头,拍案惊呼快哉周(易行姓周)。锐笔直击阿是穴,微言顿解律中困。新诗已见冲霄去,旧体还须裹脚游?世上谁知镣铐舞,舞于妙处胜吴钩。"看来他是认同我对他的评价了。从《壮怀集》所收诗词也可以看出,他正有意加大旧体诗词的气势,以增强其"震撼力"。从刚寄来的这本即将出版的旧体诗选《神怡集》看,其力求"出新出彩"的努力已大见成效。他写道:"为诗何必楚山孤?万里江天一览无!"这不是狂,这是在表达他"得鱼忘筌"以创新求变的宏图大愿。他确信"删繁就简千秋诵,领异标新万古风。不怕人嘲斤两少,拔山一句便成雄。"另一首诗里更表达出他力争上风的志向:"身处平庸久,雄心总不甘。也知扛鼎苦,来饮第一泉。"是啊,人不可以有"自封天下第一"的愚蠢,却不可无"摘金夺冠"的精神。

　　易行先生有这样的精神,所以他的某些诗写得气势夺人。

　　《神怡集》以《长江》七律开篇:"万里长江万里图,开天一笔画神州。横分五岭千城筑,纵贯三川百库修。峡上平湖生朗月,渠间绿水映金秋。太白豪气今犹在,能不狂歌笑美欧?"后两句是从李白"我本楚狂人,凤歌笑孔丘"化出来的。这一化,便化出现代中国气超千古、势压五洋的盛世雄姿。在《故宫秋望》中写道:"车似流云树似洲,无穷金碧染中秋","远观心有雄风过,一洗清廷万世羞!"而面对西方少数人妄图抵制北京奥运会时,他怒斥:"狂潮纵使来天半,无碍地球自转。几只螳臂,岂能拦阻,神州巨舰。"真可谓理直气壮,笔挟风雷。

当然,易行先生更热衷于山水风景诗的创作,他在《神农登顶》中写道:"万里江天唤我来,远游不计鬓毛衰。赏心最是登绝顶,无尽青山入壮怀。"因为他是满怀豪情地观赏,所以他看黄河,黄河"千回百转走苍茫,壶口龙门锁愈狂。大浪拍山抒壮志,激流吻地诉衷肠。"他看泰山,泰山"极顶凌霄拥日月,危崖坠瀑震人神。""五岳独尊非浪语,神州赖以壮国魂。"他看长城,长城"昔日残楼如断戟,今朝完璧似雕龙。"他看钱塘潮,"前潮涌起如山立,后浪追来似海折。"而夜游珠江,则是"如逛天街夜市,似游梦里仙乡。满船北调对南腔,争说改革开放。"从上述诗句不难看出,他对祖国大好河山的热爱之深,他坦言"人生快意踏歌行,把酒长江万里风。不赶流云青海上,来迎豪雨洞庭中。"这就不仅是写景,更是在抒发他的人生态度。在《神怡集》"卷一:江山"中,易行还为许多历史名城写照,这是很难的,古今少有人尝试,易行却大胆写来,其中亦不乏佳作,但总不像写眼前具体的景物或亲身经历的事情那样真切感人。在"卷二:岁月"中,易行写了中国几乎所有主要的传统节日,其中,也是具体写"有我之境"的诗鲜活生动一些。也就是说,诗写亲临之境、亲历之事,写真性情、真感悟,能写得深刻感人,反之,便难免流于空泛、甚至浮夸。

总之,易行先生性情豪爽,又虚心好学,且边学边做,大胆尝试,在提升旧体诗词创作质量的同时,编出极简明易懂的《中国诗学举要》;在博采众家的同时,编出极古朴高雅的《中国诗词年鉴》。最近又着手选编《中国当代诗词百家》。他实干,又擅长联想,相信一定能实现自己的雄怀伟抱,作出无愧于祖国、无愧于时代的贡献。

2009年"五一"写于唐音阁

《憨敢斋吟稿》序

何国瑞、苏者聪两教授同为湖南人，自 1951 年同时考入武汉大学中文系，由相识相恋而结婚，至今已五十一年，爱而弥笃。国瑞因者聪有"敢将金果挂寒荒"诗句，故称她为"敢子"；者聪因国瑞憨直可爱，故称他为"憨子"。"敢"在"心"上为"憨"，"敢子"者，实"憨子"之心上人也。夫妇同嗜吟咏，积稿盈箧，为了自贺七秩双寿，乃各自选诗词若干，合编为《憨敢斋吟稿》，嘱我作序。

我 1982 年初春在西安主持唐诗研讨会，者聪随胡国瑞先生参加，作有《沐浴华清池》等诗。此后在兰州等地召开的唐代文学研讨会，她既发言，又作诗，引起了我的注意，多次交谈，了解到她是粉碎"四人帮"后才习作诗词的，却进步很快。看她近十年来的诗，已经相当成熟了。

者聪热爱祖国，赞颂英雄人物，关心政治隆污和人民苦乐，感事触景而诗兴勃发，不论写什么题材，都表现的是自己的真情实感。例如《"文革"旧忆》：

> 东西贬谪各栖枝，
> 偶一共巢爱得痴。
> 枕上情长眠不得，
> 四更犹在说相思。

四句诗明白如话，却写得何等真切、余味无穷！更难得的是她写的尽管是她自己的"文革"旧忆，却能唤起无数人的"文革"旧忆。"文革"中被贬谪的人无一不受监管，而记忆却是监管不住的，把"东西贬谪各栖枝"和"四更犹在说相思"联系起来，不难想象这一对爱侣在"说相思"时还会连带说些什么，而"文革"之"史无前例"，"浩劫"之惊心动魄，也都"意在言外"了！

《赞孔繁森》七律用"深山带病访贫苦"，"隐姓育孤卖血浆"等句歌颂了孔繁森的高尚品质，而以"吾诗难写无私者，一曲未成已断肠"收尾，表现出作者并非无病呻吟,而是的确被英雄人物感动了,所以才能写出使读者感动的诗。《雪中建筑工》五古写出某些人"室中有电暖,岂知窗外寒"的现象,因而对"千锹破冻土"的劳动者深表同情,赞扬他们"辛苦给自己,舒适留人间"。香港回归,她接连写了《八声甘州》等三首词以抒激情。澳门回归,她又兴奋不已,写了《千秋岁·澳门回归》,其上片是:"日高天朗,又是梅花放,回归今日心欢畅。微明忙打扮,衣着新时尚。让娘看,洗除屈辱精神爽。"把澳门拟人化,展示她回归祖国的欢畅心态和靓丽风姿,构思新颖,出人意表。

《赞沙枣》"敢将金果挂寒荒",《玉楼春》"滴水汇成沧海啸",《步原韵奉和子厚先生》"驱他日月作人奴",《重九登高》"人生最美是攀登"等,都直抒胸臆,表现了积极进取的精神,催人奋进。《己卯岁末抒怀》"不愿求人陪笑脸,耻于拍马乐清贫",《看磨山植物园仙人柱》"不求富贵何须媚,历尽风霜不折腰"等,则表现了淡泊名利,刚直不阿的人品,足以抵制歪风,弘扬正气。

者聪热爱祖国山水,游踪所至,往往形诸吟咏。如《夜过洞庭》、《塞上奇观》、《阳朔行二首》、《满庭芳·黄果树瀑布》等,都写景如画,引人入胜。

我对者聪诗词的总体印象是:情景交融,清新自然。例如《一剪梅·喜北京申办 2008 年奥运成功》:

今夜无眠不是愁,喜上心头,笑上心头。扬眉吐气古神州,山展歌喉,水展歌喉。

叱咤风云震五洲,花也风流,月也风流。霸权扫尽志方酬,拼搏无休,创造无休。

句句是喜悦心情的自然流溢,清新明畅,不假雕饰,真把一个"喜"字表现得淋漓尽致!举一斑以见全豹,从这首诗,可以看出者聪诗词的总体风格,也可以看出者聪的精神境界。

国瑞在《自序》中说他出生于湖南资兴一个偏僻的山村,"幼年上山砍柴,学会了唱山歌:'日头出来坳背黄,坳背田里有蚂蝗;哪条蚂蝗不叮脚?哪个老妹不连郎?'……这些可算是我最早的诗学启蒙。"幼年熟悉、喜爱的东西,往往影响终生。读国瑞的诗,其中的许多七言绝句,的确都有浓郁的民歌风味。例如《临江答问》:

> 长江滚滚向东流,
> 请问浪峰可掉头?
> 九曲不回奔海去,
> 除非大海变高丘。

前两句问,后两句答,这显然吸取了民歌中的"对歌"形式,语浅意深,耐人寻味。又如《赴崀山途中所见二首》:

> 轻车放眼四山岈,
> 翠竹红橙胖小娃。
> 屋顶作坪忙晒谷,
> 芙蓉窗下自开花。

> 车过山村四五家,
> 客来敬请喝杯茶。
> 红砖绿树牛闲卧,
> 桔影摇香夕照斜。

不仅"四山岈"、"胖小娃"、"喝杯茶"纯是农家口吻,从整体看,也颇有民歌情调。这两首,可以说是写得很好的"新田园诗"。写田园诗,高雅、古奥、雄壮、绮丽等种种风格,都不太协调,只有这种吸取农家口语和民歌情调的纯朴、清新风格,才最合拍,最有味。

当然,国瑞的许多七绝,既有民歌优点,又高于民歌,例如《柳絮》:

> 兴也春风败也风,
> 长空舞罢落墙东。
> 可怜貌似初春雪,
> 润物全无半点功。

描状柳絮,可谓穷形尽态;表面看似写柳絮,实则可联想到某种人,蕴涵相当深广,是咏物诗的上乘。又如《松》:

夏火冬冰八面风，

遍身鳞间斧瘢红。

虬枝爱抚天边月，

更托朝阳上碧空。

这也是一首很好的咏物诗，却相当壮丽，可见国瑞的诗风也有多样性。

国瑞善于抓住生活的小镜头，驰骋想象，吟成一首好诗。如《官场外景》：

尽说桑拿好澡堂，

轿车停处保安忙。

似慵似醉归衙去，

伏案犹怜玉体香。

我们一些诗人上街经过桑拿澡堂，可能不会注意到那里会有什么"诗料"；国瑞却独具只眼，敏锐地抓住了"轿车停处保安忙"这么一个内涵丰富的好镜头。"轿车"上下来的人且不去写他，只用"保安忙"三字作侧面烘托，便可想见一切。这个人进入澡堂干了些什么，也不去写，而且也无法写，却追踪写他"归衙"后，"似慵似醉"的神态和"伏案犹怜玉体香"的心态，真可谓刻画精微，入木三分！对于这位大官，作者未用一字评论，而其评论却从整体描状中流露出来了。

遇上全国人民的大喜事，作者不仅有激情，而且善于表现这种激情。例如：

冲天悲喜，奇耻今朝洗。米旗落下红旗起。快乘京九去，吻我炎黄地。泪飞雨，佳音速向林公祭……

——《千秋岁·迎港归》

令天敲鼓，拽起长城舞，八方齐奏狂欢谱。五千年故国，处处新花吐，英雄血，红旗万杆迎春曙……

——《千秋岁·国庆五十周年》

国瑞自己说:"我平常读诗,最喜欢语浅、意深、情真、韵美的短诗、绝句。"这本诗集中所收的多半是五绝、七绝,其中有一些,确已达到了语浅、意深、情真、韵美的水平,真是很难得的。

国瑞有一首题为《诗人》的五绝,可以奉赠一切诗人,当然也是憨子、敢子两位诗人的自我写照,录在下面,作为这篇小序的尾声:

> 深播多情种,
> 净淘贪欲心;
> 胸怀天下事,
> 笔暖万家春。

壬午年元旦写于唐音阁

《柳笛集》序

多年前读过评论张文廉先生《乡风集》诗词创作的文章,其中引用的几首《山村竹枝词》,清新俊逸,给我留下了深刻印象。但直到去年秋天的儋州诗会上才有幸与作者见面。他来到我的房间,恰有好几位诗友在座,就一起谈诗。他不仅谈现当代诗,还谈近代诗、古代诗,如数家珍。他了解我与于右任先生的交往,因而说他通读过于先生诗集,十分喜爱;还说他读过我的《文艺学概论》。我看他不过五十来岁,便说:那本书是上世纪五十年代中期出版的,发行五万册,流传很广,但不久就遭到批判,"文革"中更被打成"毒草",你怎么会读到呢?他说是十多岁时读的,浅黄色的书皮,肯定没有记错。

毫不夸张地说,文廉的一席话不仅使我惊异,而且给我以强烈的震撼。从批判"白专道路"到鼓吹"读书无用论",从商潮汹涌到浮躁风席卷全国,一位只上过几年中学的人能够博览群书,坚持不懈,这需要的是多么坚卓的毅力和多么超拔的人生价值取向!

儋州会后,文廉即寄来他的《柳笛集》;最近,又寄来《柳笛续集》。信中说:自学为诗,不知得失如何,渴望指点。

"指点"不敢当,但想谈点读后感。

屈原放逐,乃著《离骚》;《诗三百》中的佳什,亦多劳人思妇之作。古往今来的第一流好诗,大都源于刻骨铭心的生活体验和纯真深挚的情感;如果再加上深厚的学养、成熟的文学理念和对崇高理想的追求,那就会锦上添花。而刻骨铭心的体验则是最根本的。源于应酬,源于休闲,源于追名逐利,或者"为赋新诗强说愁",都作不出好诗,至少作不出第一流的好诗。

文廉1949年出生于江苏徐州市铜山县的一个穷山村,幼年丧父,家计艰辛,初中未毕业即辍学务农,在凄风苦雨中度过了青少年时期。这二十来年的山村体验,真可以说是"刻骨铭心"。而他数量可观的好诗,正源于这种"刻骨铭心"的体验。评论家不约而同地推崇文廉的《山村竹枝词》30首,这是不错的。但要弄清这30首诗为什么写得好,就得探索他的生活历程和创作道路。因此,诸如《少年杂忆》、《故宅杂咏》、《过旧居》、《移家徐州留别故园诸兄》等组诗以及《哭母》、《满江红·丁巳清明扫父墓有感》诸作,便不应忽视。这里只举《少年杂忆》11首中的5首诗以见一斑。

  鹑衣百结未遮身,八岁从师入学门。
  犹记山村风雪夜,唐诗一卷对灯吟。

  山村寂寂路人稀,时难年荒感乱离。
  父死病床妹娇小,犹牵衣袖哭儿饥。

  拆门曾记改成棺,生太辛劳死亦难。
  泪湿灵棚秋夜雨,问爹此去几时还?

  五九垂杨未泛青,父丧家破日飘萍。
  西风夜雨荒村道,乞食彭门怯犬声。

  漫天飞雪压彭门,流落街头一病身。
  况是年关兼日暮,朔风更割断肠人。

  直到2000年10月作者已经50岁的时候,还受惠于当年山村的深刻体验,写出了《赠堂兄文臣兼示族侄学标》这样的好诗:

  忆昔家徒四壁寒,谈诗直到五更天。
  返销四两仍匀我,雪拥蓬门共被眠。

  科技兴农共脱贫,廿年改革迅雷奔。
  东风已绿家山土,处处花开报好春。

  这两首诗,颇有今昔对比、"忆苦思甜"的味道。事实上,只有吃过大苦的人,才能最敏锐地尝出甜。《山村竹枝词》前10首写于1981年11月,中10首写于1983年12月。那时候,由包产到户发轫的农村经济体制改革初见成效,而饱受饥寒之苦的作者已经敏锐地感受到"杏雨无声落万家"的早春气象和脱贫致富的灿烂前景,用两组崭新的田园诗展现了欣欣向荣的山村新貌。

通过个别表现一般,通过对正面的讴歌体现对负面的鞭笞,这是优秀文学作品的独特性能。《山村竹枝词》30首正是这样。因此,这30首诗的意义不仅在于生动传神地写出了一个小山村的新貌,而是以小寓大、以新衬旧,写出了截然不同的两条路线、两个时代,体现了作者对国家前途和民族命运的深切关怀。这种深层意蕴,即使作者无一语点明,高明的读者也不难领会;何况作者还写了这么几首:

车马如龙卷路尘,鞭花笑语过前村。
争夸包产方针好,笆斗难量爱国心。

恶水穷山路线分,十年光棍赶成群。
自从包产村容改,二九姑娘挤破门。

堵路批资竟若何?十年幽谷雁声多。
山农致富凭锤錾,又听云峰采石歌。

记曾少小牧羊时,满目荆榛野鸟飞。
喜看家山新景象,山楂累累压枝低。

歌舞荧屏伴笑频,家家围看《喜盈门》。
东风化雨三千里,岂止山隅一角春。

作者青少年时代在家乡的刻骨铭心的体验,不仅是苦难,还有爱情。《无题》4首、《邂逅》6首、《绮怀》5首,都写得深情绵邈,哀感顽艳,是爱情诗中的精品。

文廉的好诗远不止前面涉及的这一些。比如《柳笛集》中的《现代诗人剪影》38首,几篇评论家的文章都一致赞许;《柳笛续集》中的《现代诗人剪影》22首还未见评论,但艺术上更见成熟,限于篇幅,无法征引了。

文廉擅长七绝，集子中七绝所占比例也最大，形成显著的特色。

一首七绝只有四句二十八字，如果随意拼凑，不难摇笔即成，但如果要克服容量极小的矛盾，力求小中见大，缺中见全，辞约义丰，言近旨远，语浅情深，神完味永，婉曲回环，余音绕梁，那就比作一首长篇古风还难。因此，对于绝句，向来有"易作难工"之叹。读文廉的七绝，不难看出他的每一首佳作都不是随意拼凑的，而是在力求突破容量局限的艰苦构思中"创作"出来的。例如《山村竹枝词》前10首中的第三首：

炊烟如篆绘晴空，鸡犬和鸣深巷中。
何处山歌响流水？村姑斜插一枝红。

首句属视觉形象，把读者的视线从户户炊烟的升腾、飘散引向辽阔的晴空，由低到高，由近到远。次句由耳闻"鸡犬和鸣"而目寻鸣声起于何处，从而注视"深巷"，听觉形象与视觉形象叠合。第三句因闻"山歌"而寻"何处"，听觉视觉并用；"山歌响流水"意象丰美，是山歌响于流水声中呢？还是山歌如水声之响呢，足以引发读者的玩味、想象，却不必落实。诗的妙处，往往如此。第四句是第三句的"何处"唤出的，却不确指何处，诸如"山巅"、"水畔"之类；"斜插"也不说插于"头上"或"胸前"，都给读者留下了想象的空间；不用"一枝花"而用"一枝红"，绝不是为了押韵，而是为了色彩明艳；如果一定要用"一枝花"，那么改换前面的韵脚就行了。这第四句，正是缺中见全的适例，"缺"，留下了想象的余地，"全"，则是想象的产物。

这首诗，如果仅仅认为"点染背景，推出人物"，似乎很不够。此诗写于农村经济体制改革初期，腊尽春回，农村开始复苏。户户炊烟，不饿饭了；深巷中不仅有鸡、有犬，而且"和鸣"，也吃饱了；须知在"改革"之前"开鸡屁股银行"，是要"割资本主义尾巴"的。村姑不仅唱起了山歌，而且"斜插一枝红"，这当然刻画了她外形的美丽，但更重要的是表现了她内心的欢乐。如果饥寒交迫，她怎能把山歌唱得那么"响"？又哪有用"一枝红"妆扮自己的生活情趣？四句诗，都景中寓情，表现了农村复苏的欢快景象和勃勃生机，时代感极强。

作者还有一首以"云"为题的七绝：

映水藏山一片云，天涯飘泊总无根。

何当化作甘霖去,洒向人间了此身。

托物言志,表现了身处逆境的志士仁人有志难展而又渴望济世利民的精神世界,写法、风格,均与《山村竹枝词》不同。

七绝因为"难工",所以讲作法的人很多。"起承转合",就是常讲的作法之一。"单线条结构",则是起承转合的推衍。其实,诗贵独创,初无成法。"文成法立",所谓"法",是从创作实践中概括出来的;而独创性的佳作不断涌现,诗论家的概括也就很难全面,也不一定十分准确。古今人概括出来的"法",当然应该尽量吸取;但更重要的,还是博览、精读唐宋以来一切名家的精品,揣摩借鉴。"独创"不是"闭门造车",而是广泛摄取古今中外杰出诗人、作家的创作经验和艺术技巧,融会贯通,然后自出手眼,匠心独运,给震撼心灵、激发灵感的某种题材以独创性的艺术表现。

"起承转合",的确是常见的绝句结构方式,没有理由否定或抛弃,但也不必死守。比如前两句对仗的绝句很不少,且看苏轼的《赠刘景文》:

荷尽已无擎雨盖,菊残犹有傲霜枝。
一年好景君须记,最是橙黄菊绿时。

前两句,叫做"对起","承"被挤掉了。两句的关系是对仗并列,而非单线推进。

后两句对仗的绝句也很多,且看王安石的《书湖阴先生壁》:

茅檐长扫静无苔,花木成畦手自栽。
一水护田将绿绕,两山排闼送青来。

首句写湖阴先生的茅屋、次句写屋旁花木,非起承关系;三、四对仗双收,写近水远山以见环境之美,也不是转合关系。

此外,还有前两句和后两句都对偶并列的;第三句承第一句、第四句承第二句的;前三句写一事,后一句写一事,相互对照的;四句各写一小景,合为大景的;变化由人,无须遍举。

读文廉的七绝,看得出他是广泛摄取古今名家的创作经验和艺术技巧为

我所用的,但力求给特定题材以独特表现而不拘成法。例如《遭车祸养伤九七医院岁暮有感》:

> 少小飘零几劫尘,中年又遇早寒侵。
> 著书未敢藏山想,学剑空怀济世心。

四句各写一事,后两句又用对偶,完全突破了"起承转合"的成法,却适于表达他此时的心境。若问此种结构行不行,回答是肯定的,老杜的《绝句·两个黄鹂鸣翠柳》,不是四句各写一景吗?

当前的诗词创作要求语言新,这是对的,但不宜绝对化和简单化。语言不属于上层建筑,其发展变化是缓慢的,《诗经》、《楚辞》及先秦散文中的大量词语至今还活跃在我们的口头和笔下。就文廉的《山村竹枝词》30首说,除"轻骑"、"荧屏"、"牛仔裤"、"迪斯科"等可算新词而外,其他很难说哪些是新的,哪些是旧的。"字字古有,言言古无",这是诗人锤炼词句的目标。文廉《山村竹枝词》的语言新,主要表现在他能锤炼出有新鲜感的、属于他自己的佳句,而不仅在于用了"迪斯科"和"牛仔裤"。例如"秋风漫卷黄云起,十里山沟稻谷香",可谓语言新,这是他自己创作的一联佳句,前人和今人的诗集中都没有;至于其中的任何一个词,则都可以找到遥远的出处。比如"黄云",如果理解为天上的云,那么"十里山沟"上风卷黄云,昏天黑地,谁有心思去领略那"稻谷香"!王安石有一联自己很得意,也屡见于宋人诗话的诗:"缲成白雪桑重绿,割尽黄云稻正青"(《同陈和叔游齐安院》),以"白雪"指代蚕丝,以"黄云"指代大片田野上成熟了的小麦。文廉吸取了这种指代手法,却独出心裁,上句以"风卷黄云"表现"十里山沟稻谷"的形、色和动态,下句补出"稻谷"而缀以"香",丰收在望的喜悦洋溢纸上。其他如"喜看家山新景象,山楂累累压枝低","压枝低"的意象十分鲜活,然而杜甫早有"黄四娘家花满蹊,千朵万朵压枝低"之句;"炊烟袅袅群羊下"写日暮群羊下山的景象很生动,但"日之夕矣,羊牛下来",早见于《诗经·王风·君子于役》;"片风丝雨望中迷"中的"片风丝雨",是《牡丹亭》"雨丝风片"的重新组合;"月斜楼上客犹满"中的"风斜楼上",取自李商隐的"月斜楼上五更钟";"鸡犬和鸣深巷中",显然是点化陶渊明"犬吠深巷中,鸡鸣桑树巅"而赋予新意;"日落山村散绮霞",融化谢朓的"余霞散成绮";"寒林木落数峰青",源于钱起的"江上数峰青";"如此星辰如此夜",脱胎于黄仲则的"如此星辰非昨夜";如是等等,不一而足。其中的极少数,可能是与古人"暗合"。一个人不管多么勤奋,也不可能遍读古书,因而"暗合"是常有的。王安石的佳句"春风又绿江南岸"中的"绿"字,据说最初用的是"到",其后用"过"、用"入"、用"满",共改十多次,直到改用"绿",才十分得意,以为是他自己的新创。其实,李白早有"东风已绿瀛洲草"之句,王安石未曾读到或者忘了,就费了这么大的劲。其中的大多数,看得出文廉是知其出处而自觉点化的。历代杰出的诗人千锤百炼而出的绝妙好词和优美意象,有如皎日皓月,万古常存而万古常新,适当地吸取而自造新句,有助于提高艺术表现力。在这一点上,我以为文廉做得很出色。

　　作绝句不管用什么"法",最基本的要求是删繁就简,去芜存精,四句诗相互照应,相互补充,形成一个有机的整体。文廉的好诗,都符合这一要求。例如前面引过的《赠堂兄文臣兼示族侄学标》第一首:首句"忆昔家徒四壁寒",用《史记·司马相如列传》"家居徒四壁立"成语,形容穷得什么都没有,冬天自然饥寒交迫,作者先用了一个"寒"字;第三句"返销四两仍匀我"主要表现手足情深,妙在同时补出了"饥";第二句与第四句照应、补充,其中的"雪"与"共被"又照应首句所写的"寒"与穷;《后汉书·姜肱传》载姜肱兄弟相亲相爱,共被而眠,文廉可能用了这个典,但同时也写出穷得只有一条被子,只能与堂兄"共被";读完全诗,便知第二句"谈诗直到五更天",是在第四句"雪拥蓬门共被眠"时进行的,既冷又饿,睡不着觉,正好谈诗以消长夜。这一切,都是"忆昔"的内容,从而引出第二首的讴歌"廿年改革",其思想意义之深广,是显而易见的。

　　通读文廉的两本诗集,颇有发端即是高潮的感觉。文廉的近作艺术技巧当然更娴熟,但像当年那样刻骨铭心的生活体验似乎越来越少了,够不上精品的篇章也就越来越多了,这也许与文廉后来长期从事党政工作,忙于政务不无关系吧!近年来伴随社会的繁荣和生活的富裕,人们崇尚旅游,追求消费,讲究休闲,关注文艺发展的有心人也只敢提"贴近现实"。事实上,"贴近"还摸不着生活脉搏的跳动,零距离也不一定有刻骨铭心的感受。要切切实实地提高中华诗词的创作质量,深入现实,加强生活体验,无疑是有决定意义的大问题。

原载《徐州师范大学学报》2003年第1期

《中国铁路诗词选》序

人类要发展,不能没有路,于是从本来没有路的地方走出路来。路的伟大功用,是值得热情赞颂的。汉唐时代的丝绸之路,通过东西经济文化交流而对人类的发展做出了重大贡献,一部《丝绸之路诗词选集》,便包罗了数以千计的路的颂歌。

十八世纪工业革命之后,西方有了铁路。我国的铁路,则始于清同治四年(1865)。这条铁路是李鸿章请英商杜兰德修建的,专供慈禧使用,全长只有1.5公里,不久即拆除。尽管如此,已有人用诗歌表现:刘光第《万寿山》诗写道:"铁路穿宫门,电灯照岩谷。"还有一首七绝作了更生动的表现:"宫奴左右引黄幡,铁轨平铺瀛秀园。日午御餐传北海,飙轮直过福华门"。此后,光绪二年(1876)英商邪台马其沙实业公司(即怡和洋行)在上海筑成淞沪铁路。光绪五年(1879)直隶省开平煤矿开采,由矿局出资,修筑自唐山至胥各庄的铁路,专供运煤之用,七年通车,开我国自建铁路的先河。随着铁路的增修,中国人破题儿第一次享受到坐在车厢里飞速前进的乐趣,表现这种新鲜感受的诗,也就脱颖而出。晚清诗人斌椿的一首七律,便很有代表性:

宛然筑室在中途,行止随心妙转枢。列子御风形有似,长房缩地事非诬。六轮自具千钧力,百乘何劳八骏驱?若使穆王知此法,定教车辙遍寰区。

当然,从晚清直到全国解放以前,我国铁路事业的发展是十分缓慢的,康有为《将至桂林望诸石峰》诗所抒发的"恨无铁路缩大地"的感慨,就很有典型性。

我国自有铁路,便有铁路诗。全国解放以后,特别是改革开放以来,政通人和,百废俱兴,铁路事业蓬勃发展,与高速公路相配合,已经形成遍布全国的交通网络。铁路诗也"忽如一夜春风来,千树万树梨花开",在当代诗歌的百花园里独放异彩。如果把同光以来直至当前的铁路诗尽可能完备地搜集起来,按时代顺序,编印一本选集,将是很有意义的。长期参加铁路建设并从事铁路诗创作的魏义友同志有见于此,商得有关领导和诗友们的支持,成立了《中国铁路诗词选》编委会,经过数年的搜辑、筛选、编排,即将和读者见面了。毫不夸张地说,这是铁路文化建设史上的大事,可喜可贺。

铁路诗,指表现铁路题材的诗歌,天地相当广阔。就题材而言,举凡劈山开道、填堑凿洞、架桥铺轨之类的伟大工程,建设者们风餐露宿、战天斗地、无私奉献的英雄业绩和精神境界,老线改造、新线延伸、列车纵横交驰给广大城乡带来的经济繁荣和文化发展,车长、司机和所有列车人员日以继夜的艰苦劳动和热忱服务,乘客们目睹祖国河山之美和城乡日新月异的巨大变化所激起的情感波涛,历史上的护路斗争以及与铁路工人相关的重大事件,无所不包。就诗歌品种而言,举凡新诗和传统诗歌中的各种古体诗、近体诗和词、曲等等,无所不用。就时间跨度而言,自有铁路诗至今,贯串近代、现代和当代。就作者队伍而言,从专业诗人到作家、学者、工程师、教师、干部、工人、农民、学生,具有广泛的群众性。从入选作品看,其中有许多著名诗人词家的艺术精品,如张伯驹歌咏武汉长江大桥的《莺啼序》,聂绀弩歌颂武汉长江大桥的十首七律,陈兼与的《念奴娇·南京长江大桥》,钱仲联的《八声甘州·南京长江大桥夜眺》,以及刘征的《水调歌头·宝成路上》等等,都为我国的铁路诗词创作树立了高标准。特别值得注意的是:为数众多的作者本身便是铁路建设者,他们激情喷发,意气昂扬,以切身感受真实而生动地反映铁路职工们的生活、劳动和创业精神,并通过交通事业的突飞猛进描绘出祖国现代化的壮丽图景,情景交融,清新流畅,与那些脱离现实而以艰深文浅易、以朦胧掩空虚的无病呻吟之作,截然不同。

这部诗选的问世有多方面的意义。第一,它从不同的侧面和角度,形象地反映了我国一百几十年铁路建设的艰苦历程和壮阔图景,既富知识性,又有很高的审美价值,可使广大读者于获得审美享受的同时受到教育,得到鼓舞。第二,它为铁路文化建设拓宽了新领域,通过开展铁路诗词创作提高铁路职工的精神境界和文化素质,宣传铁路建设成就,讴歌先进人物,颂扬铁路运输在富民强国、促进经济文化繁荣方面所建树的丰功伟绩,从而激发广大群众爱路护路的热情,使铁路事业在国内外市场竞争中大显身手,百战百胜。第三,它为诗词创作贴近现实,体现时代精神提供了有益的借鉴。当代诗词创作的致命弱点是不少作者游离于沸腾的社会生活之外。而铁路乃贯通祖国东西南北的大动脉,表现任何与铁路相关的题材,都易于把握社会发展的脉搏。更何况,铁路诗的作者中很多人就是铁路职工,他们以参与者的真切感受和火热激情表现铁路题材,表现建设业绩和心灵世界,自我展现社会前进的步伐,体现昂扬奋进的时代精神。这一切,都充分说明:诗人们深入到亿万人民建设有中国特色社会主义事业的伟大实践中去,并从亿万建设者中涌现出无数优秀诗人,是开创吟坛新纪元的必由之路。

1998 年 3 月写于唐音阁

《当代女子诗词选》序

　　谢、徐两君合编的《当代女子诗词选》即将出版,千里迢迢写信来要我作序,并且说当代著名作家冰心已写了书名,大力支持,希望我也大力支持,别使当代女诗词作者失望。

　　诗歌,是比文学中其他门类更适于抒情言志的文学体裁。女子不但有志可言,有情可抒,而且其志其情渊永、深曲、细腻、热烈,自具特色,其要求宣泄的强度,更不亚于男性,因此,自有诗歌,便有女子诗。在我国最早的诗歌总集《诗经》中,女子作品即占有相当可观的比例。其中的《鄘风·载驰》,乃是我国最早的爱国诗篇。它的作者许穆夫人,乃是我国最早的杰出女诗人之一。此后历朝累代,女诗人及其诗作都在诗歌发展史上大放异彩。以唐诗为例,如贺贻孙《诗筏》所说:"唐音大振,妇女奴仆,无不知诗。"仅就《全唐诗》收录者粗略统计,女诗人约一百二十位,诗作约六百首。以宋词为例,有作品传世的女词人,也有七十多位,其中包括李清照那样的杰出词人。她们创作的许多脍炙人口的优秀词作,至今传诵不衰。

　　如果说在漫长的封建时代女子处于受压抑的地位,其诗歌创作才能的发挥遇到重重障碍的话,那么在当代,男女平权,女子在两个文明建设中以其充分发挥"半边天"的作用而受到全社会的尊重,其诗词创作不仅可与男性并驾齐驱,还可以压倒须眉。林从龙兄所编的《当代诗词点评》一经问世,便受到海内外诗词名家的赞许,公认入选者十之七八都是可以传世的佳作。其中女性诗人近三十位,其作品,多半是经得起时间考验的。

　　有一些情况应该一提。从"五四"新文学运动开始,传统诗词即受到排挤。解放以后至"文革"期间,变本加厉,传统诗词所遭的厄运大家都记忆犹新。改革开放以来,兴起了遍及全国的诗词创作热,诗会、诗社、诗刊,有如雨后春笋,这是令人欢欣鼓舞的。同时,近十年来,也涌现了不少既吸收了传统诗词优点,又充溢着时代精神的优秀作品,说明作为传统文化重要组成部分的传统诗词具有强大的生命力,只要善于继承和创新,就可以开出灿烂之花,结出丰硕之果。然而由于长期中断的缘故,大多数人还处于学习阶段。要成熟,总得有个过程。处于学习阶段的作品,可以而且有必要在各种地方性的诗刊发表以资鼓励,然而出选本、编辞典,则应对全国范围的诗词创作起示范作用和引导作用。因而编选者本人应是水平较高的诗人,自具法眼,精于鉴赏,严于抉择,其抉择也要先定出若干条明确的标准。林从龙兄的选本之所以比较精当,就由于具备了这些条件。近来有人编大型《全国当代诗词家辞典》,只要出多少钱,就可以收入作品和小传,赢得"诗词家"的桂冠。据说来稿的"诗词家"已突破一万大关,盛况空前。用类似办法编类似的毫无意义的大型当代诗词"选"本的,也大有人在,差不多形成一种"热"。我个人认为,这不论对于初学诗词者的健康成长,还是对于全国诗词创作的健康发展,都未必有什么积极的推动作用。

  由于路途遥远,编者不曾寄来《当代女子诗词选》稿本,因而不便凭空发表意见。但从其书名看,不用"女诗家"而用"女子",其态度就比较严肃。"当代诗词家"要靠自己创作实绩逐渐赢得,而不能靠"操选政"者"封"赠。从当前国内和海外华人的诗词创作看,堪称"女诗家"的,确有其人。精选她们的佳作,而不冠以"女诗家"的头衔,并无损于她们的令名。同时精选暂时还不必称"家"的女性诗词而不"封"赠"家"的称号,也有助于她们向"成家"的目标迈进。

1995 年 1 月

《新时期大学生诗词选》序

　　大学时代,是热情燃烧的时代,是理想张开彩色的翅膀翱翔天际的时代。因此,大学生不能不作诗,不能不作浪漫主义的诗。

　　大学时代,是从德、智、体、美和创新精神等许多方面扎扎实实地充实自己、完善自己,以求在持续的拼搏中最大限度地实现理想、实现人生价值的时代。因此,大学生不能不作诗,不能不作现实主义的诗。

　　大学生不能不作诗,大学老师又怎能不教诗？我们的祖国被誉为诗的国度。作为"诗国",自有学校便强调"诗教"。二千五百年前的孔夫子创办大学,分设德行、言语、政事、文学四科；但不论哪一科都得学诗,其通用教材便是《诗三百》(后来尊为《诗经》)。"兴于诗"、"小子何莫学夫诗"一类的教诲,至今在读《论语》时还能引起教育家的思考。

　　正因为我们有这样优秀的传统,中华诗词便成为中华文化的精华,便成为中华民族精神的火炬,便成为中国人民乃至全世界人民的艺术瑰宝。

　　由于大家都知道的原因,数十年来,不要说小学、中学,连大学中文系的教学大纲里都找不到教学生作诗的内容了！于是,振兴中华诗词便出现了"后继无人"的问题；于是,有识之士便提出了"诗词走进校园"的问题。

　　大学时代是不能没有诗的时代。尽管老师不教诗,诗的青春依然会焕发出青春的诗。为振兴中华诗词做了许多实事的著名诗人林从龙先生等,有鉴于此,深入校园,广泛搜集,精心品鉴,编成了这部《新时期大学生诗词选》,并以此昭告世人：

　　当代大学生不论是学人文科学的、还是学自然科学的,都爱诗,都作诗,都怀有诗化人生、诗化祖国的崇高理想,都可以培养成优秀诗人。

　　千百年来,杰出诗人都是从校园里培养出来的。振兴中华诗词,首先应该振兴校园诗词。人为地把诗词与青年隔离开来、与校园隔离开来的现象,应该尽快地结束了。祝愿诗词大踏步重返校园,在全面实施素质教育中大显身手,培养出一批又一批全面发展的拔尖人才,既建设祖国,又讴歌祖国,让中华民族精神的火炬世代相传,光耀寰球。

1999 年 8 月 2 日写于陕西师大文研所

《当代诗词点评》序

近数年来,随着"诗词热"席卷全国,波及海外,各种当代诗词选本、辞典之类,层出不穷,方兴未艾。有些选择较精,有些则未敢苟旦。据说有些编者广发约稿信,只要预订书,预交出版费,便可收入小传与作品,赏戴"诗词家"桂冠。有一部正在编辑的当代诗词家辞典,来稿已破一万大关,选家与出版家都兴高采烈,却不怕苦了读者。

在选择较精的这类出版物中,《当代诗词点评》最受欢迎。《人民日报·海外版》、《新华文摘》、香港《市场导报》等数十家报刊都发了消息和评介,影响颇大。存书已争购一空,订书信仍纷至沓来。可见真正的好书,不要作者包销,也不愁卖不掉。

诗歌选集,以入选作品的时代划分,约有两类:一类是选古代作品的,另一类是选当代作品的。前一类,已有总集和别集,搜辑不难,再加上经过时间考验和历代专家评论,要选出好作品,也比较容易。后一类,则由于当代诗作大多还未结集,要全面掌握,就十分费事。又由于尚未经过时间考验和专家论定,还有权势、情面、金钱之类的干扰,要选出佳作,就困难重重。正因为这样,历代选"当代"诗者不知凡几,却多已湮没无闻。其较著者,如盛唐人殷璠的《河岳英灵集》、南宋人谢翱的《天地间集》、元人杜本的《谷音》、清初钱谦益的《吾炙集》和陈维崧的《箧衍集》等,至今虽尚为人知,然除《河岳英灵集》而外,其他都流传不广。

《河岳英灵集》之所以流传不衰,首先在于选诗极精。而其选诗极精的原因则在于:第一,殷璠充分掌握同时代人诗作,博观约取,去伪存真;第二,他真正懂诗,提出了"既闲(熟习)新声,复晓古体,文质半取,风骚两挟,言气骨则建安为传,论宫商则太康不逮"的选择标准;第三,他只选好诗,不受"贿赂",不畏"势要",不讲情面,"如名不副实,才不合道,纵权压梁窦,终无取焉"。从他的选本看,他在《序》和《集论》里提出的这几点,都一一做到了。

《当代诗词点评》从选材方面看,我认为堪与《河岳英灵集》媲美。第一,广搜当代诗词万余首,然后披沙拣金;第二,编选者具有深厚的文学修养和创作经验,诗词俱佳,因而自具法眼,精于鉴别;第三,就诗选诗,不顾其他;第四,选诗先立标准,注重内容与形式的完美结合,继承与创新的辩证统一,兼顾体裁、题材、风格的多样化。全书重质不重量,上下数十年,纵横海内外,只选一千一百多篇。虽然沧海遗珠在所难免,然入选者多佳作,可备一代诗史,足以传世行远。

　　《河岳英灵集》有诗有评,为诗歌选本独创一格。其评语紧接作者姓名,综论艺术特色,阐发审美理想,兼及诗歌创作规律,极富理论性。《当代诗词点评》也有诗有评,而评在诗后,"或点明创作背景,或揭示弦外之音,或探一联一句之胜,或味一词一字之奇",既受《河岳英灵集》启发,又继承"评点学"传统而有所变通。"评点学"所谓"评",指评语,所谓"点",指圈点。如南宋刘辰翁《杜诗评点》,评语、圈点兼施;明代归有光《史记评点》,则揭示"圈点例意",寓品评于圈点,举凡佳句美段,法度意脉、微言大义等等,分别用五色圈点表示,曾经被认为指授作文秘诀的金针。始于宋代、风行于明清的评点法,久已不为人注意,然而确有优点值得吸收。《当代诗词点评》就吸收了这一优点。当然,如今要在书上印出圈点来,确实很麻烦。《当代诗词点评》采取了变通办法,易"评点"为"点评",所谓"点",并不指"圈点",而是"点明"、"点破"之类的意思。点到即止,要言不烦,故评语一般都很简短。

　　以往评点书,其评语与圈点,皆出一人之手,不无局限性。《当代诗词点评》则遍邀名家,博采众长。同一首诗,往往有数家评语,故能各出手眼,从不同角度、不同层面探胜穷幽,发微抉奥。此书就选诗而言,众体咸备,异彩纷呈;就点评而言,也各显特长,百花吐艳。选诗与评语,可谓互相辉映,相得益彰。

　　殷璠编《河岳英灵集》,并不是单纯选出若干好诗,而是面对盛唐诗的高度成就,通过选诗与评论相结合的方式,总结六朝以来、特别是盛唐时期诗歌创作的新经验,从而体现新的审美理想与新的创作方向,对当时和以后的诗歌创作有积极影响。从诗歌发展史着眼,当前的情况与殷璠面对的盛唐诗坛显然不同。从"五四"开始,传统诗歌备受排挤,解放以后至"文革"期间,变本加厉。改革开放以来,剥极而复,传统诗词创作出现热潮,令人欢欣鼓舞。近十年来,老诗人重拈吟笔,新秀也不断涌现。遍阅各地诗刊,时见佳作,说明传统诗歌仍具有强大的生命力。然而,由于长期中断的缘故,老诗人为数不多,年事已高,要求他们广阔地反映时代新貌,在题材、意境等方面有大幅度开拓,比较困难。有些初学者,则喜欢作律诗、绝句和词,尚未通晓格律、分清平仄,却急于"突破"、"创新"。其实,传统诗歌体裁多样,如篇幅不限、且可换韵的五、七言古诗,杂有长短句的乐府歌行,可加衬字的散曲小令和套数,都束缚较少,弹性较大,适于表现社会百态和重大题材。至于律诗、绝句和词,格律虽严,但只要认真学习,也不难掌握。一旦驾轻就熟,便可纵横驰骋,惟意所适,更能发舒性灵,显露才华。当然,为了辞不害意,偶有拗句,也无伤大雅,但如全面"突破",就不是格律诗。若说在格律方面"创新",则新的格律诗还没有创造出来。

　　我认为,《当代诗词点评》在这方面也有指示方向的作用。古风、歌行、骚体、散曲,数量虽少,也择优收录。五七言律、绝和词,占很大比例,但无一不合格律。其中一部分,格高调雅,在艺术上达到的完美境界,可与唐宋名篇争衡。另一部分,则咏今事,绘今景,写今意,抒今情,锤炼新词语,创造新意境,从而体现崭新的时代精神。

　　《当代诗词点评》将修订再版,林从龙兄嘱写序言。由于诸务丛集,日无暇晷,原想写篇短文,不料下笔不能自休,竟浪费了如许篇幅。然其用意,并非在于捧场,而是想把此书的优点尽量展示出来,俾能有益于当代诗坛。我相信,只要动用传统诗歌的各种体裁,充分发挥其各自的优势,以强烈的使命感反映广阔现实的各个方面,扶正祛邪,匡时淑世,在认真继承的基础上大胆创新,则迎接我们的,必将是中华诗史上的又一个春天。

1992 年 3 月

《古今名联选评》序

　　林从龙、熊东遨、史鹏主编的《古今名联选评》,即将由中州古籍出版社出版。笔者有幸先睹为快,读到了它的手稿。

　　说句老实话,最初接到这部书稿时,我并未对它发生特别的兴趣——时下楹联选本很多,其中大多数我都浏览过,如今再增加一部,大概也不外是将现饭重炒一遍罢了。然而,当我信手翻阅了几页之后,这才发现自己原先的估计并不准确。于是一口气读完,情不自禁地要为它写几句话。

　　自五代以来,凡脍炙人口的名联,在《选评》中大都可以见到。这一点,与其他选本并无二致。所不同的是,此书没有满足于从现存资料中取材,它的目光,搜索到了常人不曾注意到的某些角落,挖掘出了许多思想和艺术价值均高,却鲜为人知的珍品,为使前人佳作不致湮没做出了应有的贡献。而此书最大的特色,还在于所收作品都附有当代专家、学者或文艺评论家撰写的短评。这些短评,或点明创作背景,或揭示弦外之音,或纠正历史讹传,或介绍艺术特色。时而庄严,时而幽默。仁者见仁,智者见智。其精彩程度,不亚于毛宗冈评《三国》,金圣叹评《水浒》。通过这些评论,读者不但可以更好地消化、理解原作,接受思想熏陶,而且还可以提高欣赏水平,借鉴艺术技巧。

　　如姚颐的《湖南使院》:

　　　　才要真爱,名要略爱,总之己要自爱;
　　　　天不可欺,君不敢欺,实于心不忍欺。

　　评者写道:"上联三个'爱'字,爱得分明。问古来为官为宦者,有几人能够做到?倘易'才'为'财',则人间可'对号入座'者,不知凡几。下联三个'欺'字,各有分寸。若易'君'为'民',则今人亦可以请岳飞的老娘刺在背上。然而,今之欺天者有之,欺民者亦有之,我真想抱着'不忍欺'三字痛哭一场。"弦外之音,发人深省。

再如赵之谦的《居室》:

不拘乎山水之形,云阵皆山、月光皆水;
有得于酒诗之间,花酣也酒、鸟笑也诗。

评语说:"云月花鸟等客观事物,在诗人和艺术家的眼光中,不但错了位,而且变了形。作者……不说云阵'如'山,月光'如'水,而说'皆';不说花酣'似'酒,鸟笑'似'诗,而说'也',其原因就是得其意而忘其形。特别是'酣'、'笑'二字,以物拟人,巧将全联点活。不是热爱生活、拥抱生活者,哪能有此感觉?"只寥寥数语,便将该联的艺术特点尽数拈出。

宋镛的《汉阳晴川阁》,是人们熟悉的佳联:

栋宇逼层霄,忆几番仙人解佩,词客题襟,风景最佳时,坐倒金樽,却喜青山排闼至;
川原览全省,看不尽鄂渚烟光,汉阳树色,楼台如画里,卧吹玉笛,还邀明月过江来。

联较长,其佳妙处是三两句话难以概括的,请看评者的表述吧:"'逼层霄'见杰阁之高,'览全省'言视野之阔,两起寓凭高方能眺远之意,自具胸襟。'倒金樽'喜有'青山排闼至',此饮便不孤单;'吹玉笛'欲'邀明月过江来',只怕那边不肯——想对岸黄鹤楼中,早有笛声在响也。幸此物有'取之无禁、用之不竭'之源,大家不必相争;定要相争,便依流行歌曲所言,'有你的一半也有我的一半'可也。"评语并未粘着原作,而是若即若离,巧妙地融入古今诗赋歌词之意,侧面烘托,亦庄亦谐,与联文相映成趣。

有些评语,本身就是用精巧的对偶句写成,很有点以联评联的味道。如刘寿雅的《居室》:

瘦影当窗梅得月;凉云满地竹笼烟。

评者写道:"月被梅遮,始见当窗瘦影,烟因竹绾,方生满地凉云。竹得烟愈显其青;梅伴月倍增其俏。明月寒梅,紫烟修竹,朝姿暮态,相得益彰……"这样的评语,与原作确实是"相得益彰"了。

书中有不少评语,惜墨如金,短得出奇,却能以少胜多,横生妙趣。如佚名的《西湖》:

> 翠翠红红,处处莺莺燕燕;风风雨雨,年年暮暮朝朝。

评语只有三十二字:"巧用叠字,叠出了满目生机、万千气象。使善叠愁绪的李清照闻之,亦当破涕为笑。"又如《西山八大处香界寺》:

> 一竿竹影敲明月;半榻松风卧白云。

评语仅二十四个字:"极闲、极静、极懒、极疏。如此修行,虽可颐养天年,只怕难成正果。"再如郑燮的《春联》:

> 春风放胆来梳柳;细雨瞒人去润花。

评语也不到四十字:"'春风今又到,柳眼竞舒青',是'放胆'施为;'随风潜入夜,润物细无声',乃'瞒人'行径。此联为两诗最好注脚。"还有佚名的《贵阳城北关头桥》:

> 说一声去也,送别河头,叹万里长征,过桥便入天涯路;
> 盼今日归哉,迎来道左,喜故人见面,握手还疑梦里身。

以注兼评,也只用了五十一字:"贵阳城北之关头桥,为往来迎送之所。上联说'送',用一'叹'字,道尽了'一别何时见'之情;下联说'迎',用一'喜'字,描绘了'乍见翻疑梦'之状。"这类评语,其文虽短,其味则长,说它是"点睛之笔",似不过分。

还有一些评语,文字虽稍多,但开掘极深,很能给读者以启发。请看佚名的《南昌滕王阁》:

> 兴废总关情,看落霞孤鹜,秋水长天,幸此地湖山无恙;

古今方一瞬,问江上才人,阁中帝子,比当年风景何如?

评者写道:"'湖山无恙'之前着一'幸'字,隐约露出劫后重游之迹。'湖山'虽然是'幸'而'无恙'了,但人民呢?'兴废总关情'五字,已间接作了问答。以湖山之'幸',衬人民之'不幸',是作者用心之处。下联放开一笔,故意要和古人'比当年风景',扣着'无恙'的湖山做底牌,似乎胜券在握,实则内心伤感到了极点。风光依旧,人事全非,仅'湖山无恙'又有什么用呢?这些潜台词,是读联时需要认真体会的。"同是滕王阁联,另有周峋芝的一副:

滕王何在?剩高阁千秋,剧怜画栋珠帘,都化作空潭云影;
阎公能传,仗书生一序,寄语东南宾主,莫轻看过路才人。

评者认为:"滕王阁流芳千古,在王勃一序。此联于是兴感,谓繁华易歇,文采长存。寄语权贵,毋轻才人。此意历久愈新,足以启人心目。联语取熔王序,而自成意境,有情文相生之妙。"再请看佚名的《挽黄花岗七十二烈士》:

身经白刃头方贵;死葬黄花骨亦香。

评者兼注兼评,深情地写道:"1911年4月27日,广州起义爆发,许多革命党人牺牲,后经潘达微收殓殉难者,得尸体七十二具,合葬于黄花岗,世称'黄花岗七十二烈士'。上联'身经白刃',说明当时战斗的激烈;一个'贵'字,既点出革命者出生入死,以战斗生活为立身之本,又与'头'字配合,显示出他们的生命价值。下联'死葬黄花',不仅说明烈士的葬地,更含有人民对烈士的缅怀。'香'既颂烈士之坚贞,又与'花'照应。全联构思缜密,文佳意美,可与烈士英名并存。"这类较长的评语,因其内涵丰富,故显得厚重。与前面介绍的短评,有异曲同工之妙。

书中对一些集句联、化旧联的评点,也极见工夫。不妨再拾几例。先请看佚名的《常州竹楼》:

未知明年在何处;不可一日无此君。

评语是这样写的:"题竹楼,自然会想起王禹偁的《黄冈竹楼记》来,上联即从此文中拈出。想这位不知名的作者,必不是当地人,因为他把王文中那句'岂惧竹楼之易朽乎'充作了潜台词。下联出自《晋书·王微之传》。微之爱竹,尝语人曰:'何可一日无此君耶!'竹有'君子'之称,'此君'二字,以物拟人,有根有据。此联双用古人语,都与竹有关,却又未直接说出'竹'字来,不读书者,自难识其妙处。"再请看佚名的《青城山天师洞》:

积习已全空,只难忘石上清泉、松间明月;
名山聊小憩,幸领略锦江春色、玉垒浮云。

评语很短,却写得十分俏皮:"妙手空空,将王摩诘、杜少陵名句各裁半幅,颠其序,镶以边,一番打扮,便成了自家试制的新产品。善偷者亦高才,便是王、杜不甘心,只怕也和他争不得版权了。"另有《诸葛庙》一联:

可托六尺之孤,可寄百里之命,君子人欤?君子人也;
隐居以求其志,行义以达其道,吾闻其语,吾见其人。

评者认为:"此联虽是集句,但处处切合诸葛人品、才华、事业,毫无过誉之嫌,足见作者匠心。"同是评集句、化句,各有各的说法,风格之多样,于斯已见一斑。

　　写到这里,读者也许会以为此书所收的作品,其评语都是说的"恭维话"。不,书中所收的一些艺术性很高,但思想内容一般甚至带有某些消极成分的作品,评者在肯定其艺术价值的同时,对消极的方面作出了一定批判。如佚名的《西湖乐仙居酒家》:

及时行乐地,春亦乐,夏亦乐,秋亦乐,冬日寻诗风雪中,不乐亦乐;
翘首仰仙踪,白也仙,林也仙,苏也仙,我今买醉湖山里,非仙也仙。

评者在点明"此酒家四时可以行乐,即使是风雪交加的冬天,还有诗可寻,如此处所,我真想去看看"之后,复嘲谑其"把白居易、林逋、苏轼都搬了出来,以提高酒家的身价,不无拉大旗作虎皮之嫌",对其"呼唤人们'及时行乐'",则明确表示"消极气味太浓,殊不可取"。褒中带贬,颇有分寸。有的评论,还对时人的某些说法提出了挑战。如长沙槺梨陶公庙戏台有副旧联：

> 凡事莫当前,看戏何如听戏好；
> 为人须顾后,上台终有下台时。

时人认为："此联似箴似铭,一字一棒喝,告诫人民凡事不要太过分,还是思前顾后为好。"(见《绝妙好联》)本书的评者不同意这一看法,指出"下联确有积极的告诫意义,而上联'凡事莫当前'则是极其消极的保身哲学。"并反问"如果这也算'一字一棒喝',那谁会去见义勇为呢?"这种不轻易苟同他人观点的做法,反映了本书评者的目光、见识和批判精神。

前面所述各例,是笔者从《选评》一书中随手拈来的。用它们来说明"精彩的短评是此书最大的特色",我想已经站得住脚了。当然,还不能说此书已经完美无缺,书中所选作品,质量还不平衡,今人部分,虽有不少佳作足可媲美乃至超过古人,但从整体上看,则显得略为逊色。这也难怪,时代发展了,今人所习知识门类庞多,不似古人专一,整体水平达不到他们的高度,似乎情有可原。但从客观上讲,毕竟是一个小小的遗憾。然而瑕不掩瑜,此书的光彩,不会因为这小小的遗憾而有所损。它将受到广大读者的欢迎和赞许,是不难预卜的。

1992 年 1 月

《中国名胜诗联精鉴》序

  我们的伟大祖国山河壮丽,历史悠久,名胜古迹遍布南北各地,供人游览。名胜古迹本身,无一不蕴含深厚的文化积淀。名胜古迹所在,一般都风光宜人,环境幽美。这样一种自然景观与文化景观融合无间的统一体,具有极高的审美价值,感发诗情,激扬文藻,使历代骚人雅士歌咏赞叹,写下了数不清的名篇佳什,流传不衰。这些名篇佳什的创作,当然"得江山之助",而当它们广泛传播,又反过来增添了名胜古迹的文化内涵,提高了名胜古迹的知名度与吸引力。比方说,真正到过鹳鹊楼的人实在很有限,但知道鹳鹊楼、向往鹳鹊楼的人却比比皆是,原因就在于大家都读过王之涣的《登鹳鹊楼》诗。又如真正到过大观楼的人也不太多,但神游大观楼而梦想滇池风光的人却为数甚众,原因就在于他们都读过孙髯翁的大观楼长联。类似的例子,不胜枚举。即如慈恩寺塔、华清池、黄鹤楼、滕王阁、岳阳楼、泰山、西湖等等,不都是由于那些歌咏它们的名篇佳什万口传诵,才名扬四海的吗?

  名胜古迹,首先是一种自然景观。不同的名胜古迹以其独特的自然美景吸引诗人们的美心与妙笔,而不同的诗人面对同一自然美景,又有其独特的观察与体验,这就使得歌咏名胜古迹的诗、词、曲、联在描绘自然美景方面争奇斗巧,各有特色。

  名胜古迹,又是一种人文景观。不同的名胜古迹以其独特的人文内涵激发诗人们的情思与联想,而不同的诗人面对同一人文景观,又有其独特的感受与识解,这就使得歌咏名胜古迹的诗歌不仅以景物描绘的丰富多彩取胜,而且借景抒怀、托物寄意,举凡忧国忧民、淑世匡时之志,吊古伤今、怀乡念友之情,乃至历史教训、人生哲理,都可于不同诗篇的艺术形象中曲曲传出,耐人寻味,引人深思。

  自古迄今,以名胜古迹为题材的诗歌之所以多有名篇佳什,其原因正在于是。正因为这样,歌咏名胜古迹的优秀诗篇往往寄托遥深,情味渊永,需要高水平的鉴赏文章阐发奥蕴,帮助读者加深理解,从而获得丰富的精神营养和审美享受。

楹联,这是中华民族特有的艺术形式。其用途之广,尤胜于诗。名胜古迹联,则是各类楹联中独具特色的一种。

楹联又叫对子、对联,最突出的特点是对偶。刘勰《文心雕龙》中的《丽辞》篇,乃是最早以专文形式论述对偶的。其中说:

> 造化赋形,支体必双;神理为用,事不孤立。夫心生文辞,运裁万虑,高下相须,自然成对。

这从客观事物本身往往成双成对的角度说明了对句产生的原因。这种客观原因,对于世界各国各民族的语言文学来说,都是共同的。因此,世界各国文学中都有对句。但由于中国方块汉字一形一音一义的特点,使得对句在中国文学中具有独特的对称美、整齐美和音调美,与任何外国文学中的对句迥乎不同。方块汉字,一字一形,都是不可分割的方块;一字一音,不是平声便是仄声;一字一义(一字多义的情况是有的,但用于特定的地方,仍然只有一义),从而确定词性。比如"天",平声,名词;"地",仄声,名词;"高",平声,形容词;"厚",仄声,形容词。词性相同,便可属对,因而"天高"、"地厚"很自然地成为"丽(俪)辞"——对句,义对、音对(平对仄),具有对称美、整齐美和音调美。句子再复杂些,这特点就更明显。例如:

> 白日依山尽(仄仄平平仄),
> 黄河入海流(平平仄仄平)。
> ——王之涣《登鹳鹊楼》

> 无边落木萧萧下(平平仄仄平平仄),
> 不尽长江滚滚来(仄仄平平仄仄平)。
> ——杜甫《登高》

字义相对,对称美很突出;字形相对,整齐美很鲜明。就字音说,平声音节与仄声音节相间递进,节奏感很强,形成悦耳动听的音调美。其他任何国家的

文学中,都没有也不可能有这样的对句。例如英国诗人威廉·欧内斯特·亨利的诗句:

Some had shoes, But all had rifles.
(一些人有鞋,而所有的人都有枪。)

从意义上说,这当然是对句,但就字形和字音来说,便无法与我国的对句相比了。

名胜古迹联,首先要贴切。其衡量标准是:用于此处的,不能移用于他处。如佚名潼关城楼联:

华岳三峰凭槛立,黄河九曲抱关来。

凡到过古潼关的人,都会称赞它贴切雄浑,写出了此处特有的山川形胜。又如李渔的庐山简寂观联:

天下名山僧占多,也该留一二奇峰,栖吾道友;
世间好话佛说尽,谁识得五千妙论,出我先师。

主要就道"观"立论,为道家争地位;但"一二奇峰",也切庐山,还不算太泛。

贴切,是就充分表现其景物特点和历史文化特点而言的。这些特点表现得越充分,就越不能移用于他处。当然,特殊性并不排斥普遍性。名胜古迹联如果既贴切,又有普遍意义,就具有更高的审美价值。例如佚名岳阳楼联:

四面湖山归眼底,万家忧乐到心头。

上句写岳阳楼上所见,凡登岳阳楼的人都会感到写景如在目前,十分贴切。下句写登岳阳楼所想,写出了岳阳楼的历史文化特点。大家都知道:"先天下之忧而忧,后天下之乐而乐",乃是范仲淹《岳阳楼记》里的名句,登岳阳楼而联想《岳阳楼记》中的名句,万家忧乐涌上心头,自然而贴切。然而凡是爱国爱民的志士仁人,不论何时何地,都应该关心万家忧乐,所以这副楹联就其思想意义而言,又有普遍性。

楹联是一种独特的对句艺术,对仗必须工稳。在对仗工稳的前提下,再追求典雅、雄浑、壮阔、绮丽、婉转、含蓄等各种艺术境界,才能产生佳联。由于楹联字数少(即使是像大观楼联那样的长联,比起散文来,仍然字数有限),所以必须词约而意丰、言简而味长,从消极方面说,起码要避免合掌(内容基本重复)。对仗工稳而无合掌的毛病,作起来也有一定难度。今人所作的名胜古迹联,多有合掌的毛病,上下两句,意思基本重复,对仗虽工而内容单薄,何能为江山增色?如果对仗不工而又合掌,就更等而下之,算不得对联了。

如在前面所说,楹联有严格的平仄要求,满足了这种要求,才有音调之美。五言对联须遵守五言律诗的平仄律,七言对联须遵守七言律诗的平仄律,其他则依此规律变化之,多读名家名联而参照揣摩,不难了然于心。今人所作名胜古迹联,有一些也违反了平仄律,读起来很拗口。如近年来在西安钟楼上陆续挂出了几副对联,大抵不合平仄,在其他方面也未达到起码要求。例如:

八百里秦川,文武胜地;五千年历史,古今名城。

由于气象开阔,赢得了某些人的称赞。然而"秦川"是专有名词,用"历史"来对,显然不工;"武胜地"连三仄,"今名城"连三平,平仄不调;而"文武胜地"与"古今名城",八个字只讲了一层意思,不无合掌之嫌。前后同写空间而在范围上又相互叠合,就难免出现内容重复的缺陷。试观大观楼长联以"五百里滇池,奔来眼底"领起,而对以"数千年往事,注到心头",先展开空间画卷,后涌现时间长河,便可悟出作者为避免合掌以扩大情景容量,如何进行匠心独运的艺术构思了。

方块汉字的特点形成了中国楹联艺术的左顾右盼、珠联璧合;方块汉字的特点又形成了中国书法艺术的笔断意连、龙飞凤舞。名胜古迹,如有精美贴切的楹联由高水平的书法家书写悬挂,供游览者欣赏玩味,往往可帮助他们从目之所见、心之所想的自然景观和人文景观中获得更多的审美享受、历史借鉴和哲理启迪。当然,不同的名胜古迹楹联在选材、构思、属对、谋篇、布局和整个艺术境界的创造方面也各有独到之处,需要高质量的鉴赏文章,帮助读者领悟此中三昧。

鲍思陶、郁玉华、周广璜精选历代歌咏、品题名胜古迹的诗词楹联近千首

(副),配以精辟的鉴赏文章,编成《中国名胜诗联精鉴》,即将出版,嘱我写序。我看了选目和部分样稿,感到这是一部广大读者迫切需要的书,在旅游热方兴未艾的今天,更其如此。我相信,此书一经问世,必将风行四海,不论在提高当代诗词楹联作者的鉴赏能力和创作水平方面,还是在提高广大读者的艺术素养和审美情趣方面,都会发挥巨大作用。当然,它还有特殊的导游功能,能使每一位旅游者既陶醉于祖国名山胜水的自然美,又领略其丰厚的文化意蕴,从而激发爱国热情,献身于振兴中华的壮丽事业。

1991 年 1 月

《羲皇故里楹联选》序

　　世界上的万事万物，都可以找到自己的配偶，天与地，水与山，高与下，男与女，都是天生的一对儿，不可能有此无彼。这种客观存在的大量事实反映在口语和诗文创作中，就产生了对偶句子。全世界的任何民族，任何国家，都是如此，无一例外，非中国所特有。然而，中国的方块汉字形、音、义统一，一字一音，音有平仄，所以其对偶句子既有对称美，又有整齐美和节奏美。至于其他国家、其他民族的对偶句子，则只有意义上的对称美，不可能有文字上的整齐美。汉语以外的其他语言，当然也有各自的节奏美，但像中国对联那样上下两句平仄相对的节奏美，则不可能有。正因为这样，在其他语言中，对偶句子只能作为谈话和文学作品的成分而存在，始终未能形成一种独立的艺术形式。

　　试读先秦以来的群经、诸子和各种散文，都会发现许多精美的对偶句子，在骈体文和律诗出现以后，对偶的技巧更加成熟，对偶的方法更加多样。《文镜秘府》里讲对句，已区分为二十九种，因而自五代以来，附庸蔚为大观，形成了对联这种举世无双的独特艺术，珠联璧合，词约义丰。佳联由高明的书法家书写，用于名胜古迹，则为江山添彩；用于书室文馆，则为人物生色，真可谓五洲艺苑一绝！

　　天水是羲皇故里，从古以来文风很盛。就我个人的回忆来说，少儿启蒙不久，大都要受"对对子"的训练。哪怕是穷乡僻壤，每家的上房里都挂对联、中堂。春节期间，家家都贴春联。所有庙宇及名胜古迹等处，都有木制的楹联。如果能把这些联语尽可能完备地搜集起来，经过选择，编印成册，那是很有意义的。如今，陈琳、程凯两位年轻人通力合作，编成了《羲皇故里楹联选》，即将付梓，要我写序，我当然乐于讲几句话。

　　看完《羲皇故里楹联选》的稿本，感到编排比较好。共分"风景名胜联"、"题咏赠酬联"等九大类。各大类又分若干小类，眉目清晰，"风景名胜"类中的十多处名胜，大多数我都到过，一翻目录，就感到很亲切。

从入选的联语看,前人和今人的都有。前人楹联,多同建筑物一起毁于天灾人祸,倘能根据故老传闻和文献记载,尽量搜集起来,便是一大贡献。稿本中收入的前人楹联已有一定数量,例如宋荔裳纪念馆李景豫联,石作蜀祠雷光甸联、吴可读联,都属佳品,抄写也准确无误,这是值得称道的。不过,就前人楹联而论,也有不足之处:一是文字多有讹误;二是往往将今人所作排在前面,而将前人所作排在后面;三是有些本来应该找到的前人联语还没有找到。

抗战时期,我在天水上中学,常到城南公园去,那里的许多亭子上挂有汪剑平、冯国瑞、王新令诸先生撰书的楹联。不知何时毁掉了,如还有人记得,能编入这个选本也很好。

稿本中编入的今人楹联,数量不少。从"五四"提倡新文学、打倒"旧文学"以来,诗词、古文、楹联之类,已很少有人染指。十年浩劫,这一切更在"扫荡"之列。"国运兴,文运隆。"随着改革开放的春风春雨,诗词、楹联的创作才蓬勃开展。羲皇故里有这么多人为名胜古迹撰写楹联,是值得鼓励的。由不懂到懂,由初入门到渐入佳境,需要比较漫长的过程,关键在于认真学习、虚心学习、善于学习。我相信,再过十年、二十年,如果再编一本《羲皇故里楹联选续集》,其入选作品的艺术质量必更为可观。祝愿羲皇故里经济腾飞、文化腾飞,在两个文明的建设方面都跃居全国的先进行列。

1993 年春

《潘成诗联点评》序

　　放眼大千世界,天与地,水与山,高与下,男与女,善与恶,穷与达,万象纷纭,莫不各成对偶。《文心雕龙·丽辞》所谓"造化赋形,支体必双;神理为用,事不孤立"者是也。体现于口语、诗、文而对句以生,各国皆然,非华夏所特有。然方块汉字一字一音而音有平仄,故其对句合对称美、整齐美、节奏美为一,非他种语文之对句仅有对称美者所能比拟也。故自先秦以降,摛文之士,辄寓审美于修辞。经史散文,不乏俪语;骈文律诗,属对尤精。五代以来,附庸蔚为大国,对联自成一体。珠联璧合,词约义丰,配以佳书而其美益臻。用于名胜古迹,则为江山添彩;用于书室文馆,则为人物生色。谓为五洲艺苑一绝,谁云不宜?惜乎四凶肆虐,焚坑迭见,神州名联,多已化为劫灰!改革开放,政通人和,自然景观与人文景观乃日渐恢复,且有踵事增华之势,而广制佳联,则尚须时日。譬夫画龙,景犹龙也,联犹睛也。有景而无联,又与画龙而未点睛奚异哉!

　　潘力生先生久居海外而心系祖国,弘扬传统文化,专精对联创作。举凡中华之湖山园林、楼殿亭阁、寺观陵墓、文物胜迹之驰誉遐迩者,与夫文苑学府、往哲时贤之关乎黎元忧乐、国运穷通者,无不状其神采、发其奥蕴、彰其胜义、寓其深思,俪句与文采并流,偶意共情韵俱发。其《为祖国名胜题联》诗有云:"江山凭点缀,万里故园心。"其《题联有感》诗又云:"敲金戛玉鸣文苑,履瑾怀瑜铸国魂。"爱国之热忱,撰联之宗旨,昭昭然溢于墨楮,令人钦佩无已。先生复精书艺,自撰自书,远寄国内,已有数处刻制悬挂,洵足以铸国魂而扬正气,岂徒点缀江山而已乎!

　　潘先生早年与成应求女士共读湖南大学,互相慕悦,默许终身。不意日寇侵凌、人事乖忤,隔海相望者阅五十余年而始偕连理。恰如绝妙好对,多时未能拈合,一朝匹配,方惊天造地设,不可移易也。成女士席芬名门,才情富艳,诗词文赋,咸造复绝之境。先生撰联,女士辄配以诗词,相辉互映,情弥深而味益永。今由美国中华楹联学会裒集一千余套,遍邀名家评点,将寿梨枣,驰函索序。因思诗联配套,已属罕见,诗联出夫妻之手而夥颐若此,尤为古今所未有。况夫身处美洲富丽之区,神驰华夏腾飞之景,振藻扬葩,穷形尽相,而富民强国之宏愿、继往开来之豪情,则一以贯之,尤足以端趋向而启后昆,岂取青媲白,徒事华靡者可得同年而语哉!故乐述所知,以为嚆引。逆知是集一出,洛阳纸贵,海内外炎黄子孙争先阅读,必谓余言不谬也。

1993 年初春

《镜海吟》序

读冯刚毅先生的诗,使我又一次思考诗是什么以及诗如何产生的问题。《毛诗序》里说:"诗者,志之所之也,在心为志,发言为诗。情动于中而形于言;言之不足,故嗟叹之;嗟叹之不足,故永歌之;永歌之不足,不知手之舞之,足之蹈之也。"这里没有说明"情"为什么会"动",《诗品序》作了补充:"气之动物,物之感人,故摇荡性情,形诸舞咏。"《汉书·艺文志》对于民间歌谣的解释更简明扼要:"皆感于哀乐,缘事而发。"我觉得这里包含着许多可贵的东西。第一,抓住了诗歌的主要特征:表现真情实感,以情动人;第二,接触到了题材、风格多样化的问题,只要感于哀乐,就可"缘事而发",什么题材"摇荡性情",就可以把什么题材"形诸舞咏";而"感人"的"物"与"事"是各有特点的,被"感"的人的"性情"、"哀乐"也是各有特点的,这不就形成了风格的多样化了吗?当然,要作好诗,还必须具备广博而深厚的文化修养,必须溯源穷流,从古今中外的名篇佳什中吸取创作经验、借鉴艺术技巧;然而,如果胸无大志,不阅历千汇万状的社会生活和壮丽河山,不关心人类的前途、国家的安危和人民的哀乐,毫无"感物而动"、"缘事而发"的真情实感,那么,即使有深厚的文学修养和精湛的艺术技巧,也写不出足以"动人之情"的好诗,更谈不上风格的多样化。

刚毅先生原是印尼华侨。当他风华正茂之年,出于对祖国的热爱和实现万里壮游的理想,毅然归国,以养蜂为职业,遍历大江南北、长城内外。在长达八年的岁月里,他广览名山大川,博采民情风俗,又经受了"史无前例"的腥风血雨和初恋的离合悲欢。这一切,便孕育出他的第一本诗集《天涯诗草》。这本诗集已经出版、获奖,不少评论文章已作了高度评价。我认为,从艺术角度看,尽管还有不够成熟的地方,然而其中的不少作品,的确如作者所说,是"真情实感的倾注","血与泪的交融"。例如"十亿遭蒙蔽,豆萁痛相残"、"乱中谁念亿黔黎,恸哭中宵草木凄"、"造反姑娘哀割乳,兵团战士惨抽筋"、"空有壮心思报国,不知强敌即同胞"、"动乱三年友,流离一夕分"一类的诗句,至今读之,犹足以惊风雨而泣鬼神。

此后,作者蛰居故乡十一年,其诗词创作结集为《落寞乡居》。继而移居澳门,其诗词创作结集为《镜海吟》和《咏兰诗五百首》。

《镜海吟》所收的是1979年至1994年的作品近千首。在这首尾十六年间,作者的经历虽然不像浪迹天涯时期那样新奇、浪漫、艰险,令人目眩神摇、心惊魄悸,然而也并不平淡。始而在街边摆小摊卖水果,接着开设以绿色植物为标榜的绿荫咖啡室,然后进入新闻界,担任文艺、学术、经济等方面的报务编辑。到了1990年秋,又与诗友发起筹建澳门中华诗词学会,当选为首届理事长。这中间,还有机会重游神州,穷幽揽胜。在这段艰苦奋斗的历程中,作者饱尝了人生的忧患,却始终自强不息,开拓前进。故表现于诗词,有生活重压下的辛酸与拼搏,有家变折磨中的呻吟与挣扎,有对乡国深切的思念与关注,有对锦绣中华山川风物的热情讴歌,有对未来岁月的美好向往,有肩负振兴中华诗词重任的勃勃雄心……总的来说,其主调是昂扬奋进的。

《镜海吟》中的上千首作品题材多种多样,体裁也力避单一。就诗看,虽以五七言律、绝为主,但也有排律与古风;就词看,小令、中调较多,却也不乏长调。作者认为"诗路宜广,不妨试作诸体。诸体若精,则可根据内容选择适当之形式"。这和我的一贯主张不谋而合。以武器为喻,适于用手枪的场合不适于用大炮,反之亦然。杜甫江南逢李龟年,感慨今昔,写了那首历代传诵的七绝,如果改用五古或七古,就很难收到那样风神摇曳、一唱三叹的艺术效果。他于安史之乱爆发前夕自长安赴奉先县探望家小,写了那首脍炙人口的五古《咏怀五百字》,如果改用律诗或绝句,怎能展现那种血泪交融、危机四伏的历史长卷?刚毅先生自觉地根据不同题材选用相适应的体裁,从而发挥了各种诗体的特长。其创作成绩,自然比只能运用一两种诗体反映生活者有更大的优越性。

《镜海吟》诸体具备,题材多样,这就导致了艺术风格的多样化。"风格即人",诗的风格首先是受诗人的思想品格、精神个性制约的,因而任何杰出诗人的全部诗作都有其统一的风格。《镜海吟》的主风格,可以概括为雄迈流畅,清新自然。具体作品的风格,同时也受题材、体裁、语言、表现手法、章法结构等诸多因素的制约,体现于内容与形式的有机统一之中。《镜海吟》中运用不同体裁表现不同题材的作品,其风格也各有特点。也就是说,与主风格相联系,还有多种次风格。作者主张"先确立主风格,进而兼及次风格。以次托主,犹绿叶之衬牡丹,更觉光风霁月,摇曳生姿"。他正是这样实践的。悲凉、沉郁、轻盈、婉丽、乃至缠绵悱恻,便是《镜海吟》的次风格。

随着中华巨龙的腾飞,中华诗词顿现振兴之势。刚毅先生有志于振兴中华诗词,是一位已经取得实绩的多产诗人,希望他多中求精,精益求精,为振兴中华诗词做出更大贡献。

1996 年 10 月

《晴野诗集》序

诗所以道性情，述遭际，作者之性情遭际沛然洋溢乎词章，是谓真诗。

余少不更事，特喜真诗，率尔操觚，坦然以性情遭际与读者相见而不稍含蓄，或呵其浅露，劝勿存稿，余则反唇诘难曰："汝欲吾为口将言而嗫嚅之小人耶？"洎夫地覆天翻，狼奔豕突，飞燕兴谗于太白，蛰龙腾谤于眉山，魑魅噬人，凤鸾罹网，始悟向之呵我者用意之深而爱我之厚也。遂不敢作真诗，然亦不愿作假诗，弃骚绝雅者数十年于兹矣！日月重光，百鸟鸣春，始敢复为真诗。而曩日之遭际，沧海横流，鱼龙曼衍，雷轰电击，妖狞鬼怒。每一忆及，辄心惊魄悸，目眩神摇，又安能从容命笔，摹其形而传其神乎？

董子晴野，余故里之友人也。童年得句，声振东柯，壮岁作画，誉满西湖，其才思之富过于余。杀蛛放蝶，洒泪怜鬼，爱美若命，疾恶如仇，其性情之真酷似余。抗倭投笔，愤世慕侠，名入右榜，沟堕夹边，其遭际之奇甚于余。而又挺然特立，不顾旁人之呵，宜有瑰篇伟制，充盈箧衍，万怪遑惑，百灵震恐，非《五噫》、《四愁》、《七哀》、《三别》、《十八拍》所其能比其万一也。然而手写诗稿，嘱余作序，不过薄薄一册，聊聊百首，大抵记游之作、题画之篇与夫怀人之什而已。矧又掩抑其性情，回避其遭际。余读而怪之，问其所以，则蹙眉而告之曰："拙诗之幸存者尚多，选其五分之一，皆可以示人者也。"余闻而悲之。乃细读其所选者，虽掩抑其性情，而性情依稀可见；虽回避其遭际，而遭际约略可想。呜呼噫嘻！此亦真人之真诗也！

夜雨萧骚，夜深不寐。铺纸握管，欲缀长文以报董子。而百感丛生，百忧纷集，竟不知从何说起！涂抹数行，聊以塞责，焉足以序吾董子之诗乎？画卦台高，积麦山秀，石门之夜月常明，渭水之秋声永响。天地灵物，固不待作序以传也。

1977 年 12 月

《裴医师诗词选》序

岐黄之业,乃活人之术。攻其术者,必怀寿世之志,且赋性颖悟,泛览群书,洞察民瘼,博物穷理,始能日造其极。故古之良医,往往学兼众长。远者弗具论,就明、清两代而言,如滑寿、王履、袁珙、柯琴、尤怡、薛雪诸家,皆于精研医理之余,能文工诗,兼及书画。王履尝游华山绝顶,绘图二十四幅,作记四篇,吟诗一百五十首,为时所称,岂徒以《百病钩元》二十卷、《医韵统一》一百卷饮誉杏林哉!自欧风东渐,西医日盛而中医式微,谋所以振兴之,固非博学多能、其才智足以发扬传统、与时俱进者莫办。求诸陇右,则吾老友裴君慎之,其庶几乎近之矣。

裴君名慎,字慎之,武山洛门人。出生于中医世家,天资英敏,好学深思。中学卒业,悯民生之疾苦,痛时局之艰危,思为良师良医以济之。既捐资兴学,造福桑梓,复游学江南,拜余无言、欧阳予重诸名医为师,医术日进。抗战军兴,辗转于西安、天水、平凉诸地,救死扶伤,有口皆碑。神州再造,百废待兴,欣然返里参加家乡建设,被选为县卫生工作者协会副主任、县人民代表会议代表,并荣获县甲级卫生模范称号。1954年10月,以天水地区代表团团长身份出席甘肃省第一届中医代表大会,作《麻疹中医治疗》学术报告,博洽精切,誉声四起。省卫生厅授以中医主治医师职称,诊病、著书无虚日。1957年错划右派,旋陷囹圄;仍不废所业,削竹为笔,著《本草骈比》、《金匮新解》百万言。四凶既殄,四化方兴,冤狱昭雪,意气风发,不数年而《伤寒方证识》、《古今名医验方选集》、《慢性病中医治疗》诸书问世矣。

中医载籍,浩瀚无涯。慎之博观约取,参以西医之长,融会贯通,故能辨证施治,妙手回春。平生著述宏富,皆得之验证,成一家言。历任甘肃省劳改医院中医主任医师、名誉院长,中华中医学会甘肃省分会顾问委员会副主任,医名噪西陲,良有以也。

慎之工书善画,尤长于诗。其少作得法乳于白香山。《卖水夫歌》嗣响《卖炭翁》,而愤世怜贫之激情,尤有过之。中年以助党整风蒙覆盆之冤,继陷十年浩劫,诗风或沉郁,或苍凉,或激越,或旷放,即事抒感,不拘一格。其《狱中望月》诸什,既慨叹"恢恢埂作艮,呲呲蝇为寅",复见"玉轮光半吐"而切盼"银汉垢全消",虽百感纷呈,终不失诗人忠爱之音。《罗峪杂诗》写劳改感触,其"谷深红日暗,屋小昼无光,坐待作冤鬼,门临火葬场"一章,因处境险恶而作绝望之语,而"一生图报国",终不甘作冤死鬼,故深信必能"扫清万里烟",重见天日。《满江红》二首忽作壮语,以"趁东风医界举红旗,大革命"煞尾,虽带"文革"烙印,而于继承中求革新,自与一味泥古者不可同日而语也。拨乱反正,诗兴洋溢,所作七律,虽鲜佳章而有佳句,如"扫尽浮云天更碧,澄清浊浪水不黄"、"万里征尘同跃马,九州化雨更宜人"、"奋进不知老将至,对景常觉春又来"诸联,雄健爽朗,不减盛唐风韵。"四化我惭格物少,十年人骂读书多"、"惊心四害遗风在,顿足八仙过海难"诸联,抑扬顿挫,传难显之情见于言外。七绝颇有佳作,如《郊游》"踏青溪畔杏花香,寂寞一枝出短墙。遥望桃林红一片,群芳毕竟胜孤芳"、《对菊》"傲骨天生不染埃,西风吹绽黄金蕾。生来就在茅檐下,不遇高人一样开"诸章,清新俊逸,自成高格。

余与慎之相知已久,而只有一面之缘。1984年秋,余赴兰州主持国际唐代文学研讨会,慎之于报端见采访记,折简相邀。遂倩袁第锐先生领路,驰车往访。一见如旧交,设盛宴相款,谈论甚欢。余赠以五律,慎之酬和,五叠原韵,犹未尽兴,复作《鹧鸪天》词记其事。其楼前新植花卉果树,约余他年重来,当于花间赌酒赓歌,摘鲜果以助吟兴。余漫应之,而诸务丛集,迄未践约,慎之已归道山矣!既逝两年余,其哲嗣以遗稿一册寄余,附书有云:"先父遗嘱:请霍老为诗集作序,我始放心。"余读而悲之。昔人谓"传世遗文胜托孤",非虚语也!余虽拙于作序,又安能不为喤引以慰慎之之灵乎?

余出身儒医之门,常记先君教诲:"医为仁术,诗为仁声。必有仁者胸怀,始能尽心竭力,以仁术寿世,以仁声化民。古之良医多能诗,非偶然也。"读慎之"甘作医林一小兵,驱瘟犹可请长缨"、"欲解病情身自验,要知药味口亲尝"、"放踵力争仁者寿,劳心常系病人忧"诸句,诚精于仁术者之仁声也!余尝窃惧古良医之流风余韵不可复睹,今幸于吾陇上见之矣。慎之之门人遍乡邦,必能光大其仁术,弘扬其仁声,其有功于振兴华夏、建设文明者岂浅鲜哉?洵如是,则慎之诚不朽矣。是为序。

1991 年中秋

《一秀斋诗稿》序

先师汪辟疆先生论近代诗，从地域着眼，分为六派，而以湖湘派冠其首。谓"湖湘风重保守，不肯与世推移；然领袖诗坛，庶几无愧"。"五四"以来，传统诗歌被斥为"旧体"，备受摧抑。趋时者流，弃如敝屣。踞学苑，拥皋比，以研究、讲授古典诗文为专业者，且多不解吟咏，遑论其他？而湖湘之士，仍守其所当守，屈宋之流风余韵，犹有存焉。与余交厚者无虑数十人，皆能诗。益阳曹先生菁，其用力尤勤者也。

曹先生原名镇湘，生于1918年。幼入私塾，十五岁读完四书五经，开点《了凡纲鉴》。中学从张舜徽先生读写《许氏说文》，阅《四史选读》及《诸子精选》。1942年考入中山大学语言文学系，会家乡沦陷，寇氛日炽，负笈随黄海章、詹安泰、黄际遇、岑其祥、钟敬文、王力诸教授转徙于五岭之间。勤学善问，慎思明辨，于语言、文学各科，皆得其精蕴，而尤邃于诗。神州光复，随校返羊城，参与学生运动，争取民主。及知李、闻遇害，愤而加入民盟。白色恐怖，衔命回湘，主讲文史，揭批时政。解放后历任中学师范行政领导，反右中去职，任衡阳师专及常德师专古代汉语、古典文学、中国历史文选讲席。浩劫中，蹲牛棚，上山下湖，数十年来所作诗，多被抄焚。1986年离休，乃集中精力，从事诗歌创作与研究，并积极参与创建武陵诗社，邀约海内名家，举办诗歌讲习会，并参加编撰《古典诗词论文集》及《武陵诗稿》二书，影响深远。现为中华诗词学会会员、湖南诗词学会理事、武陵诗社顾问及纽约《四海诗声》名誉顾问。

余与曹先生诗简往来，相知已久。1986年，曹先生创建武陵诗社，邀余任名誉社长。至1987年夏，复主办全国性诗歌讲习会，邀余主讲，朝夕相处者十余日，论学谈诗，尽读其诗词楹联创作，深叹其造诣之深而恨相见之晚也。

曹先生论诗，力主诗出真情，缘事而发。诗格本于人格，良心即是诗心。故其诗作，皆激于时事，发自良心，出于真情，爱民忧国，斥恶扬善，一以匡时淑世为准绳。读其全集，众体咸备，各有佳作，而尤长于古风。大抵取经于汉魏,拓宇于唐宋,往往取少陵、乐天、昌黎之长而冶于一炉。或佐以东坡之奔放,或参以山谷之拗峭。抗战时期及战后诸什,多因事立题,取少陵《三吏》、《三别》及乐天《新乐府》之神而自具面目。如《壮丁悲》,由"每读《石壕吏》,郁郁在胸襟",引出"堂皇民国世,有吏夜捉人",慨叹今不异昔;而"徼钱二百银"即可免捉,其腐败更甚于昔。"豪富酣然卧,穷汉不保身",承上启下,转入自家遭遇:家贫口众,难度春荒。保丁夜至,怒吼威逼,幼弟被捉,举家号泣。由此推进一步,写出抓丁非为抗敌,而为"剿匪",河山沦陷,内战未已,赋役繁苛,民不聊生,活画出一幅国难图。《洪水吟》写湖民既困于天灾,复苦于人祸,以"倾此一湖血,肥彼虎和狼"作结,猛敲警钟,大声震地。《悲长沙》写长沙大火:"国军未见敌,弃械逃乡里。布告充街巷,市民全撤徙。三日将焚城,违者自取死。号啕百万家,郊原人如蚁。……城内骋兵车,火油喷全市,平地成火海,江红麓山紫。"记实事,抒民愤,百世以后读之,犹当切齿。《坪石别》、《石牌别》与《辰州行》,则详叙经历见闻。而政令之暴虐、生灵之涂炭、与夫民主浪潮之汹涌澎湃,俱跃然纸上。

建国初所作,如《衡山行》三章,以"回首三千年,喟然伤胸臆"总结历史,而以"红旗入穷荒,大旱甘霖至"写解放之欢乐、盼国运之兴隆。《水肿吟》作于1959年,正当大跃进时期。故全诗既吟水肿,亦写跃进:"况复大兵团,劳民无间歇。江南'大寨'热,山林夜呜咽。疲累更饥寒,偏罹水肿孽。瓜菜代黄粱,久而昏且蹶。……扶杖上层楼,一课难讲毕。有侄送鱼来,视我惊且怯。泣云五伯亡,四伯临危绝。湖乡半荒芜,藜蓼无处撷。"《九嶷吟》作于同时,写亩产不足三百斤而谎报"万斤县",故全部收获,悉缴公粮,村村犹学大寨开山造田:"十夫送饭菜,几钵盐菜酸。一碗几口咽,咽罢懒动弹。欲语已无力,仍须强作欢:公共食堂好,吃饭不要钱。往日逃荒散,何如饭一箪!部长闻此言,笑称觉悟先。我辈闻此言,暗自伤心肝。"此情此景,人人记忆犹新,如实描绘,亦足垂戒后昆。

《下放吟》、《拟行路难》,作于"文革"期间,写劳改生涯而不忘国事,秉笔直书,弥足珍贵。纵观曹先生自抗战至拨乱反正以前诸作,巨制鸿篇,层出迭见,虽或敲句未安,宅韵欠稳,然皆瑕不掩瑜。蒿目时艰,忧心国运,记实感,抒深情。取材广博,叙事周详。写切身之遭遇,而时代之风云与社会之脉搏,亦灼然可见。亦史亦诗,洵足传世而行远。

四凶既殛,全民振奋,改革开放,春意盎然。曹先生兴会淋漓,长吟短咏,与日俱增。如《颂十三大》、《读邓小平文选》、《庐山行》、《故乡行》、《双乌桕歌》、《沅水公路桥落成》、《登沅江大桥俯瞰防洪堤建设工程》等诗,颂社会主义之伟大建设,赞祖国山河之日新月异,绘神绘色,热情洋溢。皆盛世之强音,时代之史证也。

曹先生晚年精研宋诗,著《宋诗发微》,认为宋人为诗,喜发议论,蕴含哲理;妙用典实,词约义丰;善遣虚词,转折灵动;实有突破前人藩篱者。故于创作中多所取法,而诗益健。其转益多师,精进不已,亦足继武前贤,启迪新秀矣。其诗歌论文七篇,畅诗源、诗意、诗体,亦属精心之作。

久未得曹先生书,思念方殷,而《一秀斋诗文选稿》寄至,以序相嘱。击节朗吟,如接清言;略陈管见,以为喤引。其兄《南渔诗稿》、其弟《鼎新诗稿》附入,沅芷澧兰,同播芳馨,不独一门竞秀,亦可见湖湘之多诗人也。

1995 年 1 月

《不知津斋诗存》序

  励青乡兄以大集见示,吟赏数日,爱不忍释。歆慕之余,亦殊惊异:吾邑文风,向称极盛,然诗文词曲兼擅者罕觏;况当焚坑迭见、雅道消亡之时耶！及读自序,申述幼年受其外父任文卿先生指引甚详,则入门升堂,已不言而喻。以"不知津"名斋,固谦词,亦反语也。予髫年趋庭,熟闻任士言先生道德文章,心向往之。盖先君就读陇南书院之时,独得士言先生青睐,言传身教,受益良多;故以其所得谆谆教诲,勉予成材,言必称"老山长"云。文卿先生乃士言先生之哲嗣,继其父任陇南书院山长,先君亦尝言及,称"小山长",故亦耳熟能详焉。励青屡经忧患而不废所业,诗则诸体俱工,词曲亦入宋元堂奥,其学识、才华、阅历,固皆有以自致,而渊源所自,尤不可忽。今世学子偶有所成,辄自矜其能而目空万类,故读励青诗集及自序而深有感焉。漫缀数语,聊抒所感,曷足以序吾励青之诗乎！

1982 年 9 月

《中国当代诗词家名录》序

四年前,有人编当代诗词选一类的书,约稿信中明说要交多少钱,我便置之不理。此后,这一类信越来越多,我都如法炮制。今年春天,林从龙兄要我为《当代诗词点评》写序,我在第一段里即批评了这种倾向:"有些编者广发约稿信,只要预订书、交纳出版费,便可收入小传和作品,赏戴'诗词家'桂冠。……"在后面,还特别赞扬唐人殷璠编《河岳英灵集》不受"贿赂"、只选好诗,企图树立榜样。后来遇见从龙,他坦诚地对我说:"现在出书难,本来也想让入选者拿点出版津贴的,看了您老的序,便决意另想办法,不向作者收费,这对严把质量关确实起了积极作用。这本书一印出即受到诗词界的好评,真该感谢你。"

恰在这时,又连续收到以"《中华当代诗词家》编委会"名义寄来的好几封信,信中明说多交钱者多选用作品,我当然也未理睬。没想到主编邓心慈先生不但未生气,还亲笔写信,说明愿免费收我的小传和诗,并"恳请赐序"。接着又转来从龙的信……

在当前改革开放的大好时代,十亿神州,人人奋进,谁能不言志抒情,作几首诗?遍及海外的炎黄子孙,目睹祖国欣欣向荣,又谁能不放声歌唱?首届中华诗词大赛在短短的一月之内即收到参赛作品十万多首,就是有力的证明。正因为这样,编一部《中华当代诗词家名录》是有基础的;但也正因为这样,这部书也很难编好。这里首先遇到的问题是:人人都作诗,是不是人人都算"诗词家"?都要进入《诗词家名录》?如果不可能人人都进入《诗词家名录》,那么入选的标准是什么?不解决这个问题,编这部书就无从着手。

我认为入选的标准,不应该是金钱、情面、权势之类,而应该是诗的质量和数量。我之所以要提数量,是因为一个人如果只写了一两首好诗,别无诗作,或其他诗作都还不大成熟,就定他为"诗词家",恐怕舆论通不过。唐人张若虚因《春江花月夜》"孤篇横绝而竟成大家",那是另一个问题,这里不宜援引。从正面说,一个人已创作了数量可观的诗词,其中有不少佳作,够不上佳作的诗词也是成熟的,把这个人收入《诗词家名录》,诗词界就不会有否定性的意见。可是根据每一个人的诗词质量和数量衡量他是否可进入《诗词家名录》,却既要有审美眼光,又要付出大量劳力,并非轻而易举的事。在确定进入《名录》的名单之后,虽然说多交钱便多收诗的标准包含着某种新观念,但多收的诗也应该是够质量的,即用政治标准和艺术标准来衡量,都无懈可击。也就是说,入选者本来有不少好诗,由于编者要向出版社交钱,所以少交钱者少收;而多交钱呢,就等于自己出了版面费,因而可以多收。不管少收或多收,所收者都是佳作。

当然,按情理而论,入选者收诗多少,是应该以本人的成就高低为标准的。比如编一个唐诗选本,李白、杜甫的诗自应多选,刘驾、马戴的诗自应少选。如果颠倒过来,就不能准确地反映唐诗发展的真象。而以交钱多少决定收诗多少,就很可能出现这种状况。我希望多交钱者多收的那些诗也是好诗,不过是不得已而求其次罢了。

一部《中华当代诗词家名录》,如果在入选标准上下大功夫,先形成一个精确而完备的当代诗词家名单,然后按名单约稿,既不滥收,也无遗漏;又在选诗上下大功夫,入选者皆佳作,合起来又众体咸备,题材广泛,新意迭出,异彩纷呈,足以体现社会风貌和时代精神:那么这部书就是很有价值,很有意义的。

我向邓心慈先生函索入选名单和书稿,他未寄名单,只寄来一些样稿,因而对他的书不敢凭空评论,只能写出如上一些感想。这些感想归结起来不外两点:第一、肯定他编这部书是有基础的,有意义的;第二、希望他把这部书编好。他在约稿信中提到"准备约请著名诗家帮助编审",我认为这是个好主意。看样子,他的书还未编成,因而约请几位既和当代诗坛有广泛联系、又精于鉴裁的著名诗人"帮助编审",则这部书的质量,就有保证了。

最关键的问题不在于能出书,而在于出好书,书的质量是第一义的。我切盼一部高质量的《中华当代诗词家名录》不久问世,既展示当代诗坛的实力、促进诗歌创作的繁荣,又为后世文学史家留下可靠的资料。

1992年初冬写于唐音阁

《中华诗词十五年年鉴》序

源远流长的中华诗词,虽然在"五四"以后由于受到不应有的压抑而一度陷入低谷,但其强大的艺术生命力与中华民族自强不息的精神融为一体,有如长江大河,不可阻遏,一遇改革开放的春风春雨,便又奔腾澎湃,波浪接天。从20世纪80年代初开始,诗报、诗刊、诗社、诗会在全国各地不断涌现,兴起了前所未有的诗词热。成立全国性诗词组织的呼声,也同时响彻神州大地。经过许多诗人、词家的倡议、发起和筹备,1987年的端阳节,海内外近五百位代表云集北京,成立了中华诗词学会。

中华诗词学会的成立是中华诗史上的空前盛举,与会者无不欢欣鼓舞,海内外炎黄子孙也无不欢欣鼓舞。我个人,作为这个学会的发起人和筹备委员之一,更狂欢不可名状,接连写了两首贺诗。七律的尾联是:

盛会燕京划时代,
中华诗教焕新光。

五古的结尾是:

诗国起雄风,大纛已高揭。
祝贺献俚辞,纪程树丰碣。

从中华诗史看,从十五年来诗词创作队伍日益扩大、诗词创作质量日益提高看,从适应时代、贴近现实、走向大众、既百花齐放、又弘扬爱国主义主旋律的创作导向看,中华诗词学会的成立,的确具有"划时代"、"里程碑"的历史意义。

诗词创作日益繁荣,首先归功于改革开放的春风吹拂。但中华诗词学会在党的"二为"方向和"双百"方针指引下所做的许多工作,诸如创办《中华诗词》期刊,举办每届有海内外万余人参赛的多届诗词大赛,召开每年一届乃至两届的中华诗词研讨会和多届中华青年诗词研讨会,开展中华诗词走进小学、中学、大学校园的各种活动,提出《关于加强青年诗词工作的几点意见》并举办全国青年诗词知识竞赛,举行创建"诗词之乡"和"诗教先进单位"经验交流会,以及拟订《21世纪初期中华诗词发展纲要》等,都发挥了不可低估的促进作用。

今年是中华诗词学会成立十五周年,学会领导决定出一部《中华诗词十五年年鉴》,向十五周年庆典献礼,特委托河南诗词学会负责,敦请林从龙先生任主编,段葆祥、王国钦两先生任副主编,牛书友先生任总策划。河南诗词学会不负重托,编委会编辑人员的工作也十分出色。不满半年,这部大书已编成付梓,不久便与读者见面了。

这部大书洋洋三百多万言,纲举目张,取材宏富,筛选精审,编排有序。通读全书,学会发起、筹备的艰苦历程,学会成立大会的空前盛况,学会成立以来所做的重要工作及其所取得的成就……都历历在目。与此相关的重要文献、重要论文、三届会长专辑、诗话词话选萃、名家诗词墨迹、"我与诗词"作品、中华诗词学会历年大事记、全国诗词报刊一览等,都足以体现中华诗词的蓬勃发展和中华诗词学会为振兴中华诗词而作的种种奉献。

这是一部有文献价值和理论深度的书,也是一部总结中华诗词学会工作经验的书,更是一部全方位、多角度反映十五年来中华诗词发展走向的书。以这部书的问世为契机,中华诗词学会和全国广大诗友,必将进一步实践江泽民同志"三个代表"的重要思想,深入贯彻《21世纪初期中华诗词发展纲要》,开创吟坛新局面。

2002年4月22日

《古典诗词歌曲选》序

雷省吾君送来即将出版的《古典诗词歌曲选》要我写序,我看了好几遍,引起了不少回忆,激发了若干思考。

1956年前后的一段时间,我们学校的学术文化气氛相当浓郁,中文系的文艺活动尤其生动活泼。而省吾正是学生中以多才多艺出名的拔尖人物。多次文艺演出的歌舞节目都是由他谱曲、编导的。他不仅在学生会中负责文艺工作,而且由他创作的歌曲《贺新年》和歌舞剧《龙口夺食》等节目在校内和西安市汇演中荣获一等奖,蜚声西安古城。

我上初中的时候参加过歌咏队,唱过岳飞的《满江红》。尽管缺乏音乐细胞,唱不好,但也深深地体会到同样是一首"壮怀激烈"的《满江红》,一个人默默阅读所受到的感染,是与许多人同时放声高唱所受到的鼓舞无法比拟的。如果所有的古典诗词名篇,都有歌谱,都能用管弦伴奏,引吭高歌,该多好!

我国有悠久的"诗教"传统。两千五百年前的孔夫子创办他那时的"大学",分设德行、言语、政事、文学四科;但不论哪一科,都得学诗,其通用教材便是他编定的《诗三百》(后来被尊为《诗经》)。他如何用这部教材进行诗教呢?就是说,是不是每首诗都先解字句,然后串讲,然后用很多时间进行思想分析和艺术分析呢?不是的。他的办法很简单,也可以说很高明:即用琴瑟伴奏,把那305篇诗一首一首地歌唱,学生们也跟着歌唱。这不是我随意编造,而是在《史记·孔子世家》里有记述的,原文是:"诗三百篇,孔子皆弦歌之。"诗和乐,都是最感人的艺术,孔夫子把诗和乐合二而一进行教学,使学生陶醉于洋洋盈耳的弦歌声中,如坐春风,如沐化雨,在无穷的审美享受中便不知不觉地被"感化"过来了。直到现在,喜用典故的人,还往往用"弦歌"指代教学,其实已无"弦歌",有的只是烦琐的讲解和缺乏艺术感染力的分析与批判。

近年来,提倡素质教育。1999年春节期间,北京音乐厅举办"中国唐宋名篇音乐朗诵会",座无虚席。这种用音乐诠释的方法向群众普及唐宋诗词名篇的形式,受到江泽民同志的赞许,亲临欣赏,并号召大家"学一点古典诗文"。我参加的中华诗词学会,也争取到教育部的支持,开过几次"中华诗词进校园"的研讨会,引起了强烈反响。然而现在的学生要学许多东西,特别要学"高科技",负担已经很重,如果仍用逐篇讲授的方法,在极有限的时间里,能讲几首诗?我因此设想:如果像孔夫子那样把"诗教"和"乐教"结合起来,在极扼要地讲明诗意的基础上用"弦歌"的方式进行素质培养,也许会收到事半而功倍的效果。向广大群众普及诗词,"弦歌"也似乎是最佳选择。

这就出现了一个为古典诗词谱曲的问题。如前所说,《诗经》中的305篇诗本来是有谱的,可以唱;汉魏六朝"乐府诗"当然有谱,可以唱;唐人绝句又称"小乐府",可以唱;唐五代两宋的词,本来是"入乐"的,可以唱。可是这许多谱,后来大都失传了;而见于文献的,如清乾隆初重现于世的姜白石《十七谱》、上世纪发现的敦煌《琵琶谱》等等,还需要专家研究、解读和翻译,至今还未圆满解决。值得庆幸的是,直到解放初期,西安市区和长安、周至、蓝田等县还有好多个古乐社,保存了不少古乐谱。经过陕西省音协、艺术馆、艺研所、西安音乐学院专家数十年的努力,已经记释了三百多首乐曲,并尝试为古乐曲配了十多首同名的唐宋诗词。但尽管如此,也还远远不能满足大量古典诗词名篇的歌唱需要。

那么怎么办呢?省吾即将出版的这部著作,根据他自己对原作意境、情调、韵味的领悟,为23首古典诗词谱了曲,我认为这是切实可行的好办法。

省吾既有深厚的文学修养,又是高明的音乐家,对于如何为古诗词谱曲,的确考虑得十分周详。试读他的《我为什么要为古诗谱曲》的后几段文章就不能不赞佩他的深思熟虑和远见卓识。从接受美学的角度看,对于同一首古诗,后代不同时期的读者有各不相同的理解。比如,《诗经》的第一篇《关雎》,《毛诗序》说它是赞美"后妃之德"的,《鲁诗》说它是讽刺周康王好色晚起的,此外还有说它是举贤诗、祝贺新婚诗、贵族婚姻教育诗等等的,而现在一般人都认为它是一首古代上层社会男女的恋爱诗。省吾在这部著作后面附录了古曲七首,其中就有宋人相传的《关雎》古曲,在古曲大量消亡的情况下幸存的这些古曲有如凤毛麟角,弥足珍贵,因而发掘、抢救古曲的艰苦工作,还需要大力开展,使中华文明古国音乐史重放光芒。然而,即使有很多古曲供今人和后人演奏演唱,向海外展示中华先民的音乐风采和心灵世界,仍不能取代为古诗谱新曲的光荣使命。

根据今人的现代意识、现代情感、现代智慧对我们的古典诗词进行深入的研究与体认,在此基础上运用新的音乐语言创造新的音乐形象,为古典诗词名篇谱新曲,这既是提高全民素质的需要,也是发展民族音乐的需要。从这一意义上说,省吾《古典诗词歌曲选》的价值不仅在于为 23 首古典诗词谱了极好的新曲,而且在于开辟了一个亟待很多人共同开辟的文化领域。

诚恳地期盼众多的音乐家为无数闪耀着爱国主义光辉的古典诗词精品插上音乐的翅膀,让她们飞进校园,飞进千家万户,飞入亿万中华儿女的心灵深处。

2004 年 8 月 28 日

《王锋旧体诗选》序

合阳文风丕盛,源远流长,余因撰书雷简夫荐三苏碑文而缅想其故里者久矣。丁丑清明,欣应该县领导之邀,得预公祭帝喾陵盛典,复承导游洽川,泛舟黄河,瞻仰古迹,观赏名胜,留连于古莘国遗址,未尝不赞叹人文积淀之深厚与自然风光之秀美也。王锋小友生长兹乡,久受濡染,勤学好问,卓荦不群。大学毕业后效力铁路系统,足迹遍神州。看山观水,揽胜寻幽,阅人阅世,访古问俗,情动于中而发为吟咏,每有佳什见称于三辅吟友。今为传媒中人,编采百忙,交游日广,诗材既富,篇章益多,遂编成《王锋旧体诗选》而问序于余矣。

王锋自称其诗为"旧体"。"体"虽"旧"有,而选材、构思、抒情、表意诸端,则贵在创新,力求时代精神之完美体现。此乃当代中华吟坛之共识,王锋亦莫能自外者也,吾华号称"诗国",《风》《骚》而后,唐诗、宋词、元曲光照寰宇,与时俱进,向无以"旧"贬之者。自"五四"新诗勃兴,前此数千年之种种诗体始统归于"旧",而有识之士,多持异议。改革开放以来,传统诗词与"五四"新诗共沐春风,竞放奇葩。孰"旧"孰"新",取决于意境而不取决于诗体,其理自明,毋庸争辩。王锋以"旧体"称其诗,或有自谦之意乎?

绝句、律诗实为最精美之诗体,而格律极严,颇难驾御。王锋所作多为律绝,其中佳者既合格律,亦有新意,实属难能可贵。然从总体着眼,颇见才华而功力尚弱,往往为平仄、对仗、韵律所缚,未能自由抒写,任意发挥;欲达"从心所欲而不逾矩"之境界,尚需假以时日,非一蹴可及。倘能不断提升思辨水准、强化文化素养、丰富生活体验,精读历代名篇,多创作、多修改、好学深思、坚持不懈,必将日有进益,勇攀诗艺高峰。

时贤作序,崇尚吹捧。余老矣,惟求积德行善以永天年,王锋则年少才高,前途无量,何忍活生生"捧杀"哉!是为序。

2004 年 8 月 28 日

《当代五十家女诗人佳作选》序

　　两年前,朱仰池先生编《当代巾帼诗词大观》,寄来入选者名单,约我当主编。我见名单中知名作者不多,要他尽可能补全。他接受意见,补入不少,我也接受了担任主编的邀请。此书出版后,他又约我任《中华女诗人辞典》的主编,我考虑到此类书已出了不少,便婉言谢绝了。最近,朱先生又来了信。信中说:"我从《当代巾帼诗词大观》和《中华女诗人辞典》入编的一千八百多人中选出'五十家'作者候选人名单,经过编委会反复推敲和有关专家审定,编成《当代五十家女诗人佳作选》。虽然难免遗珠之憾,但所遗者也不多了。她们虽不敢说是当今的李清照、朱淑贞,但都是当今女诗人中的佼佼者,却是毋庸置疑的。"朱先生讲了这么多,目的是要我写序,为此书"倍添光彩"云云。

　　中华诗歌以感物抒情为主要艺术特质,妇女感觉敏锐,感情丰富,所以即使不比男子更适于作诗,也应该在诗歌创作的天地里纵横驰骋,与男子平分秋色。只由于从殷周到清末都是男权社会,妇女的文学才华受到了重重压抑,很难发挥。然而尽管如此,中华文学史上依然出现了不少堪与男子争雄的女诗人。

　　自杰出的女革命家、女诗人秋瑾于 1905 年创办《中国妇女》提倡女权以来,"男女平等"的呼声逐渐在政治、文化生活中得到落实。特别是改革开放以来,"女强人"风起云涌,竞创辉煌,在若干领域,不甘落后的男士们不禁发出了"阴盛阳衰"的慨叹;在中华吟坛也当仁不让,崭露头角,无愧于"半边天"的光荣称号。

　　多年前我在济南瞻仰李清照塑像,作了三首七绝,第三首由古及今,关注现实:

　　　　礼教森严更乱离,词宗漱玉美雄奇。
　　　　女权高涨"强人"众,会见吟坛舞大旗。

朱先生虽然未寄"五十家"的名单和作品,但从他信中所说的严肃认真的筛选过程看,这"五十家"肯定都是当代吟坛"舞大旗"的人物,值得钦敬。精选她们的佳作编印发行,我以为有其不容低估的积极意义。改革开放以来,神州大地兴起了"诗词热",作者人数,由少而多,每年成倍地增长。到了近几年,作诗者数以万计,每年发表的作品远远超过《全唐诗》的总数、每年出版的各种大型诗词辞典令人目不暇接。相对于诗词受压的时代而言,这当然是令人振奋的大好事;然而被讥为"以赢利为目的而多收滥收"的那许多大书,却使识别能力不足的初学者目迷五色,难辨优劣,其"误导"的危险性很难避免。而这部博中求精的"五十家"诗词选,通读几遍,也花费不了多少时间精力,对初学者来说,不仅可资借鉴,而且不无正确的导向作用。此其一。中华诗词经过近二十多年的大发展,已经在很大程度上普及了。这种普及的确来之不易,令人欢欣鼓舞,然而我们不应只满足于普及,年年"小放牛",而应在继续抓普及的基础上狠抓提高,强化精品意识。在普及的基础上提高,在提高的指导下普及,循环往复以至无穷,辉煌灿烂的中华诗词传统才能不断地发扬光大,而不是热闹一时。这部博中求精的小书入选的是在普及的基础上提高的作品,对于进一步普及自有相当的指导意义。此其二。诗贵"精"而不贵"多"。当然,没有"多"也就很难出现"精",一位诗人有了创作成千上万首诗的艺术积累和实践经验,才有可能产生精品;如果一辈子只写了一首诗,而这一首诗便是精品,可能性不大。盛唐时代的张若虚无疑写过不少诗,可惜大半散失了,我们能读到的只有两首,其中一首无甚特色,而另一首《春江花月夜》则历代传诵,脍炙人口,王闿运评为"孤篇横绝,竟为大家",闻一多赞为"诗中的诗,顶峰上的顶峰"。只一首诗就堪称"大家",这正是诗贵精而不贵多的铁证。正因为诗贵精而不贵多,各种选本便应运而出。现存的十三种唐人选唐诗,入选作品都很少,最少者只有几十首,最多者也不过两百数十首。在明清两代的众多唐诗选本中,流行最广的也是少而精的《唐诗三百首》。如前所说,朱先生的"五十家"诗词选我尚未目睹,数量多少不得而知,但和那些多收滥收的大书相比,毕竟属于求精而不求多的一类,在一定程度上继承了唐人选唐诗以来的诗词选本的优秀传统。历史证明,像《唐诗三百首》那样少而精的选本最受欢迎,因而社会效益与经济效益双丰收,何乐而不为!从这一角度看,"五十家"诗词选的出版很可能由于喜获双赢而对多收滥收的编书风气起到抑制作用,少而精的当代诗词本也将层出不穷,嘉惠艺林。此其三。

朱仰池先生编书认真,求序心切,只好信笔抒发,拉杂成文。至于说为此书"倍添光彩",则愧不敢当。"五十家"各有光彩,甚至光焰照人,我还能添些什么呢!

2003 年 8 月中旬写于长安杏园唐音阁

《东篱诗探》序

  我和孟建国先生交往已有二十年了,够得上老朋友。因此,他出诗集要我写序,我也乐于讲几句话。

  建国是周文化的发祥地岐山人,1952 年生。西安交通大学电机专业毕业,学工;亦喜经济研究,多有论文发表;尤爱文学创作,已经出版了两种诗集,将要出版的《东篱诗探》是第三种。

  建国的岗位工作是从政。1990 年 8 月,我应邀赴凤翔参加苏轼研讨会,建国正当该县县长。1996 年 5 月,我因便到泾阳的王桥、船头寻觅劳改农场的遗迹,他正当该县的县委书记。据我了解,他当地方官,既勤政爱民,又科技富民,官声极好,堪称有口皆碑。正因为他勤政爱民、科技富民,所以要接触许多人,了解许多事,思考各种各样的问题。而这,也就同时触发了创作冲动,丰富了创作源泉,或诗或词,自然从肺腑中流出,不像封闭在象牙之塔里的所谓诗人那样"无病呻吟"。例如《连旱》,由"雍城治旱冬接夏,三年连旱到泾滨"写到"秦人每厄无水苦,善治水者方治秦",一个没有做地方官的甘苦的人,能写得出来吗?又如他写《泾云之歌》歌颂名闻全省的泾云实业开发总公司,又在《致焦君》中对该公司的创办者给予"兴厂犹是小手笔,富民方为大文章"的赞许和鼓励,如果他不是为发展泾阳乡镇企业而日夜操劳的县委书记,能有这样的创作题材和创作激情吗?

  建国有一首作于 1995 年的《减负歌》,开头便说:"农人稍温饱,摊派接踵来。""花样何其多!手段何其歪!譬若唐僧肉,争食亦哀哉!"两个"何其",一个"哀哉",讲得多么愤激、多么沉痛,真像出自农民之口。只想突出"政绩"以求提升的"父母官",谁肯这样讲?而建国,这时正当县委书记!

  清代的著名诗论家叶燮在《原诗》中说:"诗之基,其人之胸襟是也。""胸襟",的确是作诗的基础。从建国如何从政以及他写出了怎样的从政诗,我们已经看出了他的胸襟。有了这样的胸襟,不管写什么题材,都能写出动人的好诗。

建国的这本《东篱诗探》分为"自然探美"、"文化探胜"、"社会探象"、"人生探真"四大部分,各有所"探",也各有特色。

"自然探美"中的《东湖巡礼》是一首五言长诗,其中有这么几句:"人道姑苏好,占尽园林先。杭州、扬州美,西湖最有颜。何如凤翔城,东湖别有天。爽朗亦清秀,南北风韵兼。"把凤翔东湖置于苏州园林和杭州西湖、扬州瘦西湖之上,这是凤翔县长的特殊感情,正因为有此特殊感情,写出的诗才别饶韵味。

《壶口瀑布》是一首长达近百句的杂言诗,从"大河奔腾,一路呐喊,冲下青藏高原"开始,写到"转了若许弯,打了几多旋",写到"吃尽苦头,受尽艰难",写到"来到宜川吉县之间,两岸稍宽","正可消一路疲劳,稍事歇缓"。经过这么多跌宕起伏,且看他如何引出瀑布:

> 不知是谁
> 喊了声一、二
> 便一齐跳下深渊
> 洪流如天河倒泻
> 矗起道道巨澜
> 水势如排山掀海
> 腾起团团雾烟
> 黄水铺展为巨幅幕布
> 悬挂于高原蓝天
> 阳光折射水中
> 化出七彩连环
>
> 幕布触处
> 遭遇一道石坎
> 跃起冲天
> 又撞上一排巨岩
> 水流一折再折
> 幕布一展再展
> 抖开千万匹黄绢

直落数十丈深潭

……

其声磅礴宇宙

其势昂扬云天

以上各段,波澜迭起,气象万千,真能写出壶口瀑布的声威气势,很不容易。然而更难得的,还是这么一个结尾:

站在瀑布前

我受到了洗涤、受到了震撼

只愿化为一滴水珠

汇入这长河巨澜

流向海洋

流向永远

"文化探胜"中的诗,《读〈于右任传〉》、《读于右任〈国殇〉》、《谒吴宓逝世二十周年祭》等都很有深义,值得一读。这里只引篇幅较短、抒情色彩较浓的《故乡情——为岐山周文艺术节作》:

抓一把故乡土

亲情无限

吃一碗臊子面

香沁心田

梦中都唱着

两支儿歌

周原

岐山

那成周发祥的光芒

透过三千年历史云烟

照亮华夏文化的长河

> 留下永远的灿烂
> 在这世纪之交
> 寄上游子的祝愿
> 腾飞　发展
> 辉煌在新的千年

读完诗,真想"吃一碗臊子面"。但"香沁心田"的,不光是岐山面,还有周文化。

"社会探象",已经谈过《连旱》和《减负歌》。"人生探真",好诗也多,但这篇序已经写得十分冗长了,因而只引一首《致C君》,与读者共赏:

> 汉南茶山里,
> 陕北油井旁。
> 秦山寄绿意,
> 渭水渡急航。
> 只缘强省梦,
> 乌发点秋霜。
> 聊送一枝春,
> 为君祝年康。

只要能圆强省之梦,乌黑的头发上飞来几点秋霜,一万个值得。"等闲白了少年头",那才是莫大的悲哀啊!

2009 年重阳节写于唐音阁

杂著序跋

《伏羲文化研究》序

伏羲,是中华民族敬仰的"人文初祖"。天水,则是屡见于古文献记载的"羲皇故里"。随着中华巨龙在改革开放的大潮中张目奋起、昂首腾飞,海内外"龙的传人"满怀豪情,纷纷来到天水寻根祭祖。随着"周易热"遍及五洲,天水的伏羲庙、画卦台以及与伏羲传说血骨相连的山川名胜、文物古迹,又吸引了无数中外学人,飙轮银翼,络绎而至。这种千载难逢的大好时机,给"羲皇故里"人民提出了一个重大课题:研究伏羲文化、弘扬伏羲文化责无旁贷,迫在眉睫。天水各界人士有鉴于此,经过充分筹备,于1992年10月举办了首届伏羲文化研讨会,海峡两岸的六十多位专家欣然应邀,对有关伏羲的各种问题,进行了广泛深入的探讨,取得了丰硕的学术成果。

关于伏羲其人其事,前代学者只就零散的文献资料,从文字、音韵、训诂的角度进行阐释,因而无法展示真相。闻一多先生独出手眼,综合运用神话学、民俗学、社会学、人类学、考古学等多种人文学科的知识与方法,才为伏羲研究开辟了新道路。然而闻先生未能亲到古成纪所在的天水一带进行考察,因而足以证明"伏羲生于成纪"的山川、古迹、民俗和大量民间传说,都未利用。更重要的是,在闻先生撰《伏羲考》的年代,大批的地下文物还未出土,无从取证,所以尽管提出了不少精辟论点,却对伏羲生活地域等重要问题,未能作出令人信服的解答。两相比较,在"羲皇故里"举行的这次研讨会则有明显的优越性。首先,近些年来,在天水一带发掘了一百多处古文化遗址,特别是距今七千八百年的大地湾原始村落遗址及其大批出土文物,震惊中外,为研究中国古代人类活动和研究中国古代文化的形成,提供了丰富资料。而大地湾遗址,恰在古成纪范围,其附近一带,既见于古文献记载或民间传说,又至今依然存在的女娲祠、"羲皇故里"砖刻、"娲皇故里"牌坊、白蛇碥、葫芦河、伏羲庙、画卦台,以及以伏羲风姓命名的风沟、风茔、风谷、风台等等,都与大地湾遗址及其出土文物有其密切联系。这就为亲临"羲皇故里"的学者们研究伏羲文化提供了无数强有力的物证。其次,亲临"羲皇故里"的学者们研究伏羲,虽然同样运用多种人文学科的知识与方法,然而这些学科本身和闻先生时代相比,已经极大地向前发展了。

从体现研讨成果的几十篇论文看,在"羲皇故里"举行的这次盛会,由于学者们运用先进方法,将有关伏羲的文献记载、神话传说与大地湾遗址、文物以及附近的山川古迹、风土民俗等等联系起来,互相印证,深入探讨,因而对伏羲文化的研究取得了突破性的进展。其主要表现在于:第一,学者们面对事实,摆脱了伏羲属于南方苗蛮集团的成说,得出了与"伏羲生于成纪"的文献记载相同的结论,一致认为天水是以伏羲为代表的华夏先民长期生活的主要地域。第二,学者们用大地湾遗址、文物以及附近的山川、古迹等等,论证了伏羲画八卦、结网罟、取火种、制嫁娶、造甲历、创乐器、造书契等许多发明创造的充分可能性,一致认为天水是我国古代文明的重要发祥地。第三,学者们认为:从伏羲母的"神婚"到伏羲的"兄妹婚"和伏羲倡导的"媒聘婚",反映了从杂居群婚到对偶婚的变革,标志着从母系氏族社会向父系氏族社会的过渡。伏羲被称为"人文初祖",这是重要原因之一。第四,学者们认为:伏羲最初应是一个氏族及其酋长的名号。这个氏族不断繁衍,便由成纪向陈仓、中原及其他广大地区迁徙,故在全国许多地区都有伏羲的传说和遗迹。苗族传说以伏羲、女娲为其始祖神,只能从正面证明苗族是伏羲的后裔,而不能反过来证明伏羲、女娲生活在南方。第五,有些学者提出:伏羲氏族以蛇为图腾,这个氏族通过兼并、联姻等方式,将以马、牛、狗、鹿、鱼、鸟等为图腾的许多氏族吸收进来,便以蛇图腾为基础而综合其他各种图腾的某些特征,形成了龙图腾。因此,伏羲乃是龙图腾族团的始祖。此外,学者们还提出了不少有价值的见解,限于篇幅,不一一列举了。

这批论文即将结集付梓,奉献于广大读者面前。不难预期:论文中的许多新论点、新结论,必将在海内外学者中引起强烈反响,或认同,或争论,激起伏羲研究的热潮;而论文中提到的大地湾遗址、文物以及附近一带的山川名胜、文物古迹,必将引发海内外读者的极大兴趣,争先来到天水观光揽胜,考察研究。事实证明,"羲皇故里"乃是所有"龙的传人"的故乡,同时也是研究伏羲文化最理想的场所。希望在"羲皇故里"成立中华伏羲文化研究中心,创办伏羲文化研究资料库和《伏羲文化研究》学刊,每隔数年,召开一次国际性的学术会议,把伏羲文化研究从横向、纵向两个方面不断引向深入。当然,伏羲时代离我们已经十分遥远,现代文明,远非伏羲文化所能比拟。然而饮水应当思源,继往始能开来。研究伏羲文化,对于加强民族凝聚力、提高民族自豪感,从而以百倍努力振兴中华,走向世界,都会起到无法估量的积极作用。中华巨龙正在腾飞,作为龙图腾族团故里的天水地区,自应急起直追,以建设高度的物质文明和精神文明而跃居中华腾飞的前列,无愧于"人文初祖",无愧于万代子孙。

《麦积山石窟志》序

　　天水麦积山石窟,始凿于十六国晚期,扩建于西魏北周,历隋唐宋元明清而屡有营造。山为石质,于松桧翳日、严壑竞秀处拔地而起,高插云表。千龛万窟,远望若蜂房。今存佛像七千余,多为泥塑,高达一米以上至十数米者约一千尊,端丽壮严,栩栩欲活。壁画及藻井画皆六朝作品,精妙绝伦。摩崖多北魏唐宋书迹,有字大一米者。崖阁凡七座,为研究北朝建筑留稀有物证。如许艺术瑰宝,以僻处深山、悬空万仞而沉睡千数百年,艺苑学林,莫知其异。知之,则自《麦积山石窟志》之流布始。1941年春,乡前辈冯国瑞仲翔先生倦游旋里,闻异国人窃取麦积壁画,悚然于莫高、云冈、龙门之前车,欲唤醒当局,思有以维护之,乃实地考察,证以载籍,撰成此志,楷书石印。不旋踵而传遍各地,报刊评介,学人争读。张大千、罗家伦、高一涵诸公闻风而至,作诗撰联,绘图画像。影响所及,遐迩闻名。越半世纪而至今日,麦积石窟艺术已光耀寰宇。万国衣冠,日络绎于石级栈道,遍历诸窟,瞻仰赞颂。而《麦积山石窟志》一书,却历劫散佚,鲜为人知,良可慨已!前奉国璘兄台北手札,嘱觅此志再版。余知门人马宏毅君珍藏一册,秘不示人,及驰函求复制,不料竟以原书相赠。国璘获睹喜极,拟扫描刊行,而命序于余。因忆此书初印之时,余正在梓里读高中,故得先睹为快。假日偕好友入山揽胜,作五古六十四韵,中有"北朝精绘塑,此间留菁英,沧桑几变化,光彩尚飞腾"之句,实受惠于此书之启迪也。日月如梭,当时风华正茂,今已两鬓飞霜,垂垂老矣!初刊本原有刘耀藜教授序及仲翔先生自序,博赡精审,文彩斐然,又奚用余之喋喋?顾惟仲翔先生乃余之师长,其介弟国璘尝与余同学于中央大学,亲如手足;况复麦积乃旧游之地,此志为导游之书,游踪时现梦境,觉后尚有余欢。故乐缀芜辞,以志因缘。切盼国璘扫描本早日问世,工楷精印,文图并茂,将与麦积石窟艺术互映相辉,共传天壤也。

1990 年 10 月

《古诗名句掇英》序

　　一首诗应该是一个完美的艺术整体,处处无懈可击;光有一两个好句而全篇不称,当然不算精品。然而,一两个好句,往往能振起全篇,陆机《文赋》"立片言以居要,乃一篇之警策",可谓深得此中三昧。因此,古今诗人无不在炼句上下功夫,杜甫"为人性僻耽佳句,语不惊人死不休",就很有代表性。而作为创造佳句、秀句、警句、奇句、惊人句的借鉴,从唐代开始,摘句集、摘句图之类的书,诸如元兢《古今诗人秀句》、元鉴《续古今诗人秀句》、王起《文场秀句》、黄滔《泉山秀句集》、胡嵩龄《唐代摘句分韵编》、张为《诗人主客图》等,层出不穷;直到清人赵翼的《瓯北诗话》,还用大量篇幅摘录陆游、查慎行的佳句,十多年前上海辞书出版社出版的《唐诗鉴赏辞典》也附有《名句索引》。

　　前人只摘佳句而不作赏析,对于专家们来说,这就够了;而一般读者,却不知何以佳,佳在何处。陶文鹏先生既是古典文学研究专家,又精于鉴赏,工于诗词创作。他在继承摘句传统的基础上开拓、创新,为《古典文学知识》的《名句掇英》专栏撰写了数十篇专文,异彩纷呈,新意迭出,受到广大诗词爱好者的热烈欢迎。

　　如果说"摘句"就是拣珍珠,那么前人把散在各处的珍珠拣起来,堆在水晶盘里,这已经值得我们感谢。文鹏先生则踵事增华,推陈出新。他博览诗词名篇,总结前人的艺术经验和创作技巧,分门别类,拟出一系列专题,然后以专题为红线,把有关的"珍珠"串起来,阐释品鉴,或淹贯中西,或融汇今古,从而上升到理论高度,使读者于审美享受中受到启迪,这是更值得感谢的。

　　《古诗名句掇英》中的极少数篇章,其论题虽取自前人诗话,但更多的还是著者自己的创获。例如《王直方诗话》所载黄庭坚"作诗正如作杂剧,临了须打诨,方是出场"数语,后人多有称引和补充,但并未列举充分例证详加阐释;而陶文《宋诗的"打诨出场"》则博选例句,结合全诗阐明了"打诨出场"这种技巧的妙用,益人神智。罗大经《鹤林玉露·诗用字》概括出"作诗要健字撑拄,活字斡旋"的创作经验,并举出"红入桃花嫩,青归柳叶新"、"弟子贫原宪,诸生老伏虔"、"生理何颜面,忧端且岁时"、"名岂文章著,官应老病休"诸句,说:"'入'与'归'字,'贫'与'老'字,乃撑拄也……'何'与'且'字,'岂'与'应'字,乃斡旋也。撑住如屋之有柱,斡旋如车之有轴。"解释比较清楚;但所举两句一组的例证,两组全用"健字",另两组全用"活字",看不出"撑拄"与"斡旋"的有机联系。陶文《健字撑拄,活字斡旋》,则选用"平畴交远风,良苗亦怀新"这一类例句,上句"健字撑拄"(如"交"),下句"活字斡旋"(如"亦"),虚实相生,上下互补,开后学无数法门。

绝大多数的篇章,从立题、选句到赏析、综论,都是自出手眼,一空依傍。诸如《通感的妙用》、《写景状物的"微雕"艺术》、《古典诗歌中的"空镜头"》等,一望而知是从现代艺术、现代科学的高度对前人诗歌创作实践的新概括。其他如《借梦幻写真情造奇境》、《见微知几写清新之景》、《倒喻出新,更须传神》、《奇想痴语见深情》、《活用词语,改变词性》、《借色抒情,设彩造境》、《在景物关系中捕捉诗意》、《新奇独创的"远取譬"》、《双关隐喻,诱人寻味》等篇,都能探微抉奥,发前人所未发。

值得一提的是:《古诗名句掇英》中的名句并非取自前人的摘句集和今人的名句索引,而是著者根据论题的需要自己采撷的。如果说有例外,那就仅有《句中对仗,颜色对照》一篇。这一篇,是受钱钟书《宋诗选注》中一条注文的诱发写成的。钱先生在注释乐雷发"一路稻花谁是主,红晴蜓伴绿螳螂"一联时说:"古人诗里常有这种句法和颜色的对照,例如白居易《寄答周协律》:'最忆后庭杯酒散,红屏风掩绿窗眠',李商隐《日射》:'回廊四合掩寂寞,碧鹦鹉对红蔷薇';韩偓《深院》:'深院下帘人昼寝,红蔷薇映绿芭蕉';陆游《水亭》:'一片风光谁画得?红蜻蜓点绿荷心。'"这种"句法和颜色对照"的诗句,钱先生说"古人诗里常有",其实并非"常有",因此,著者主要就钱先生举出的例句赏析,但他还是自己找到了一联,那就是宋人萧立之《武阳渡》七绝的前联"落日平江晚最奇,白龙鳞换紫玻璃"。这一联是相当精彩的,赏析文字,也写得格外深细。

《古诗名句掇英》文采斐然,深入浅出,其普及古典诗词以提高国民素质的作用是显而易见的。就这一点而言,其意义已不可低估。然而它的价值远不止此。文艺理论是从创作实践中总结出来的,反转来又指导创作实践。中华号称"诗国",《诗经》、《楚辞》以来,几千年的诗歌创作为全人类的文艺宝库贡献了无数珍品。但总结不够,尚未构成完整的中华诗学体系。从现代学人所达到的学术高度对中华诗歌进行系统的总结,从而指导今后的诗歌创作,再创辉煌,应该说是当务之急。在这方面,文鹏先生的《古诗名句掇英》做出了可喜的尝试,希望能引起文艺界的响应。

2000年6月20日写于唐音阁

《中国历朝通俗演义》序

毛泽东在红军长征到达陕北不久,即致电李克农:"请购整个《中国历朝通俗演义》两部。"当内战未已、外患方殷、戎马倥偬、日理万机之际,犹急于阅读这部巨著,充分说明它能够发挥巨大的历史借鉴作用。时过半个多世纪,改革开放,百废俱兴,人们依然需要阅读它。三秦出版社的朋友们有鉴于此,决定据会文堂原版整理重印,这的确是读书界的大喜事,值得欢迎。

我国历史悠久,历史著作浩如烟海。仅就其中的"正史"而言,清乾隆时所定的"二十四史",包括《史记》、《汉书》、《后汉书》、《三国志》、《晋书》、《宋书》、《南齐书》、《梁书》、《陈书》、《魏书》、《北齐书》、《周书》、《隋书》、《南史》、《北史》、《旧唐书》、《新唐书》、《旧五代史》、《新五代史》、《宋史》、《辽史》、《金史》、《元史》和《明史》,共3259卷。再加上《新元史》257卷和《清史稿》536卷,共4052卷。这种代代相衔,自成体系,记载我国从上古至清末几千年历史的煌煌巨著,世界罕有其匹,是巨大的精神财富。然而卷帙浩繁,文义精奥,令非专业的广大读者望洋兴叹。因此,民间艺人和文人中的有识之士,早就注意作通俗化、趣味化的工作。《三国演义》和《东周列国志》就是这方面的代表作。

晚清以来,列强入侵,国势陵夷,爱国志士们从各方面谋求救国之道,"小说救国"、"演义救国"的理论和实践,也层出不穷。1897年创刊的《演义白话报》连载《通商原委演义》,共24回,专写鸦片战争历史,后来出单行本,题为《罂粟花》。1912年上海书局印行自由生著的《新汉演义》,共40回,写辛亥革命史。同一年,广益书局刊行雪巷著的《神州光复志演义》,共120回,写明亡至民国成立的历史。《太平天国演义》、《洪秀全演义》等也纷纷问世。著名谴责小说《二十年目睹之怪现状》的作者吴沃尧(1866—1910)更"发大誓愿编撰历史小说"(《历史小说总序》),可惜他只写了半部《西晋演义》就搁笔了。而真正完成规模宏大的历史小说《中国历朝通俗演义》的创作的,则是比吴沃尧晚生 11 年的蔡东藩。

蔡东藩(1877—1945)，名郕，字椿寿，笔名东帆。是一位诗人、教育家、编辑、历史学家、演义作家与医生，浙江萧山县临浦镇戴家桥人。十七岁中秀才，二十七岁时以优贡生朝考入选，调遣江西省以知县候补，因看不惯官场恶习，称病归里。辛亥革命前夕，曾一度去福建，不久即归。民国元年，同乡友人邵伯棠把他介绍给上海会文堂书局的主持人汤涤先，参与书局的编辑工作，修改邵著《高等小学论说文范》，自己另撰《中等新论说文范》，并开始为会文堂撰写《中国历朝通俗演义》。

《中国历朝通俗演义》上起秦始皇，下至 1920 年，共写了 2166 年的历史，包括《前汉通俗演义》、《后汉通俗演义》、《两晋通俗演义》、《南北史通俗演义》、《唐史通俗演义》、《五代史通俗演义》、《宋史通俗演义》、《元史通俗演义》、《明史通俗演义》、《清史通俗演义》、《民国通俗演义》共 11 部、1040 回，约 600 万字，均由上海会文堂书局陆续印行。其中的《民国通俗演义》共 120 回，写至 1920 年。其后书局请许廑父续写 40 回，写至 1924 年。许廑父初为小学教员，后来当报社记者，编过杭州《东南日报》副刊。抗战初期，曾写过一本《镜花新缘》讽刺小说。

蔡东藩最先撰写的是《清史通俗演义》，1916 年 9 月问世，最后完成的是《后汉通俗演义》，1926 年秋季脱稿。在大约 11 年的时间里完成了 11 部演义，而每写一部演义，都得搜辑、研读有关的大量史料。前面谈过，光"正史"就有 4052 卷，但光研读"正史"还远远不够。例如他写《元史通俗演义》，除了根据《元史》，还参考了《元秘史》、《蒙鞑备录》、《蒙古源流》、《元史译文补证》与国外有关蒙古史的译文。由此可见，蔡东藩为了完成这部普及祖国历史知识的通俗演义，付出了多么艰巨的、几乎令人难以想象的精神劳动。

蔡东藩写这部历史演义，有明确的宗旨。其宗旨可概括为：普及历史知识，揭示历史经验、教训，"为通俗教育之助"。
《前汉通俗演义序》云：

> 所有前汉治乱之大凡备载而无遗，而于女祸、外戚之兴衰，尤再三致意，揭示后人。非敢谓有当史学，但以浅近之词，演述故乘，期为通俗教育之助云尔。

《五代史通俗演义序》云：

> 五代之祸烈矣，而推厥祸胎，实始于唐季之藩镇。病根不除，愈演愈烈，因此有五代史之结果。今则距五季已阅千年，而军阀乘权，争端迭起，纵横捭阖，各戴一尊，几使全国人民涂肝醢脑于武夫之腕下，抑何与五季相似欤！况乎纲常凌替，道德沦亡，内治不修，外侮益甚，是又与五季之世有同慨焉者。殷鉴不远，覆辙具存，告往而果能知来，则泯泯棼棼之中国，其或可转祸为福，不致如五季五十余年之忧乱也欤！

《两晋通俗演义序》云：

> 不有内讧，即有外侮，甚矣哉，有史以来未有若两晋祸乱之烈也！夫内政失修，则内讧必起；内讧起，则外侮即乘之而入。木朽虫生，墙罅蚁入，自古皆然，晋特其较著耳。鄙人愧非论史才，但据历代之事实，编为演义，自南北朝以迄民国，不下十数册，大旨在即古证今，惩恶劝善，而于《两晋演义》之着手，则于内讧、外侮之所由始，尤三致意焉。盖今日之大患，不在外而在内，内讧迭起而未艾，吾恐五胡十六国之祸，不特两晋为然，而两晋即今日之前车也。天下宁有蚌鹬相争而不授渔人以利乎？若夫辨忠奸、别贞淫、抉明昧、核是非，则为书中应有之余义，非敢谓上附作者之林，亦聊以寓劝戒之意云尔。

《清史通俗演义序》云：

> 择其关系最大者编为通俗演义……至关于帝王专制之魔力，尤再三致意，悬为炯戒……以之供普通社会之眼光，或亦国家思想之一助云尔。

其他几部演义的序，也体现了同样的精神。可以看出：作者以史为鉴、古为今用的写作意图，表现得十分突出。而通读《中国历朝通俗演义》，便可验证他的这种写作意图，是贯彻始终的。

蔡东藩的写作宗旨决定了他的写作体例。罗贯中的《三国演义》在吸取陈寿《三国志》和裴松之注及范晔《后汉书》史料的同时，还吸取了民间艺人几百年"说三分"的艺术积累(如《三国志平话》),并运用了艺术虚构和夸张,对于三国历史来说,"七实三虚",是一部故事性极强、又塑造了许多生动的人物形象的文学名著。而蔡东藩的写作宗旨使他不能走罗贯中的创作道路。他在《后汉通俗演义序》中说:

> 若罗氏所著之《三国志演义》,则脍炙人口,加以二三通人之评定,而价值益增,然与陈寿《三国志》相勘证,则粉饰者十居五六。寿虽晋臣,于蜀魏事不无曲笔,但谓其穿凿失真,则必无此弊。罗氏第巧为烘染,悦人耳目,而不知以伪乱真,愈传愈讹,其误人亦不少也。

在《后汉通俗演义》写三国历史的部分,便经常与罗贯中抬杠。而他自己在历史取材和语言表述方面的原则,则是:

> 事必纪实,语不求深,合正稗为一贯,俾雅俗之相宜。
> ——《后汉通俗演义序》

> 以正史为经,务求确凿;以轶闻为纬,不尚虚诬。
> ——《唐史通俗演义序》

> 取其易知易解,一目了然,无艰僻渊深之虑。……几经搜讨,几经考证,巨政固期核实,琐录亦必求真。
> ——《清史通俗演义序》

> 鄙人之撰历史演义也有年矣,每书一出,辄受阅者欢迎,得毋以辞从浅近,迹异虚诬,就令草草不工,而于通俗之本旨,固尚不相悖者欤!
> ——《南北史通俗演义序》

> 若夫燕词郢说,不列正史,其有可旁证者,则概存之;其无可旁证而太涉荒唐者,则务从略,或下断语以明之。文不尚虚,语惟从俗。
> ——《明史通俗演义序》

他反复强调两点：一、以"正史"为主，兼采稗史、轶闻，而出于稗史、轶闻者须有旁证，对史料"几经考证"，"务求确凿"；二、语言力求浅近、通俗，"易知易解"。这两点，都是从普及历史知识、提供历史借鉴，有助于"通俗教育"的角度考虑的。

《中国历朝通俗演义》的体例还有一点值得一提。《水浒》有金圣叹的批语，《三国演义》有毛宗岗的批语，而蔡东藩则自批自注。批注有夹批夹注和总批，涉及许多方面：一、对有关的虚诞说法加以批驳，如《明史通俗演义》第11回写朱元璋欲火攻陈友谅舟师而无东北风，铁冠道人说："真人出世，鬼神效灵。"周颠说："今日黄昏便有东北风。"夹批云："此系测算所知，莫视他能呼风唤雨。"二、对于某些史料的运用注明出处和异同，如《宋史通俗演义》第33回写到朱寿昌弃官寻母时，夹注云："《宋史·寿昌本传》谓刘氏方娠即出，寿昌生数岁还家。但王禹偁《东都事略》、苏轼《志林》，皆云寿昌三岁出母，今从之。"三、对于古代的某些官制、法制、地理、器物、名号乃至方言俚语，加以通俗的解释，如《前汉通俗演义》第82回写霍光出葬时"用辒辌车载灵柩"，夹注云："辒辌车为天子丧车，车中有窗，闭则温，开则凉，故名辒辌车。"四、对所写某些人物或褒或贬，如《明史通俗演义》第3回写马氏多次向朱元璋进谏，夹批云："好马氏，好贤妇，我愿范金事之。"如《民国通俗演义》第75回总批云："袁氏一生之目的，莫过于为帝，而袁氏一生之大误，亦莫甚于为帝。小言之，则有背盟之咎；大言之，则有叛国之愆。"五、对自己的构思、布局、笔法、见解等自夸自赞，如《前汉通俗演义》第1回痛斥秦始皇为"绝对专制"，而称"集思广益，依从舆论，好民所好，恶民所恶"的"圣帝明王"为"开明专制"，夹评云："声大而闳。"至于"别具只眼"、"眼光四射"、"插入此段，包含无数笔墨"、"摹写有致"、"用虚写法，比实写大有神采"之类的评语，更多处可见。总之，种种批注，都有助于读者理解正文、弄清历史，是和进行"通俗教育"的写作宗旨一致的。

蔡东藩是一位热诚的爱国主义者。他的这部《中国历朝通俗演义》在许多地方体现了反对专制、反对割据、反对内讧、反对外来侵略和爱国、爱民、爱民主的思想。

这部用章回小说体裁写成的《中国历朝通俗演义》不是像《三国演义》那样创造了一系列艺术形象的文学作品，而是史实力求确凿的通俗历史书。当然，写通俗的历史书，也需要有文学修养。蔡东藩早年有"神童"之誉，才思敏捷,文笔雄健,博览群书,其后又在诗词、散文、楹联等方面有丰富的创作实践。未出版的诗词有《风月吟草》、《写忧草》和《劫后余生》(长篇叙事诗),已出版的著作有《中等新论说文范》、《客中消遣录》、《楹联大全》、《续增唐著新尺牍》和《新幼学琼林》等。他的文笔,是经过多方面锻炼的。因此,《中国历朝通俗演义》的正文、批注、章回题目、咏史诗、下场诗等,都明畅、工稳,其写景摹人,也不乏精彩之处。问世以来颇受读者欢迎,并非偶然。

  作者历史观的局限性和某些错误思想,也不可避免地表露于这部巨著之中。例如对妇女的看法充溢着封建气味,在人事休咎、朝代兴亡问题上未能跳出天命论、因果报应论的泥坑等等,虽然与全书的民主性精华和巨大成就相比只处于次要地位,但毕竟是白璧之玷。我们渴望有一部观念先进、文笔优美、足以充分反映历史真实的新的中国历代通俗演义问世,但在尚无此类新著问世的今天,蔡东藩的这部巨著仍然是迫切需要的。只要以分析的、批判的态度阅读它,便会在普及历史知识、提供历史借鉴方面发挥积极作用。

1996 年 10 月中旬写于陕西师范大学文研所

《元稹集编年笺注》序

杨军教授穷数年之力,完成了《元稹集编年笺注》,打算分诗、文两册出版。由于我是他攻读硕士学位时的导师,所以先把关于诗的笺注稿及前言、附录寄来,嘱作序。通读全稿,受益良多,欣喜之余,乐于多讲几句。

在中国诗史上,以元和(806—820)为中心的中唐,实在是名家竞起,标新领异的黄金时期,"诗到元和体变新",便是极准确的概括。而与白居易并称的元稹,正是以其理论和创作在开一代新风方面作出卓越贡献的名家之一。

言志、抒情,乃是中国诗的艺术特质。而人的情志,离不开客观环境的影响,所谓"触景生情"、"感物吟志"、"感于哀乐,缘事而发"等等,正是中国诗人的创作动因。诗人所处的环境,是随着历史的发展、变化而发展、变化的,因而诗的创作绝不应依傍古人、墨守成规,必须求变求新。然而创新又不宜白手起家,只有继承历代诗人积累的创作思想、创作经验和艺术技巧,才能取精用宏,左右逢源。杜甫之所以成为"诗圣",当然由于他具备了许多必要条件;而正确地处理继承与创新的关系,不能不说是他具备的必要条件之一。元稹在诗论方面的突出贡献,正是看中了这一点而加以精辟的阐发。在杜诗接受史上,元稹是对杜甫及其诗歌作出崇高评价、从而确立其历史地位的第一人。《唐故工部员外郎杜君墓系铭》中的"上薄风骚,下该沈宋,言夺苏李,气吞曹刘,掩颜谢之孤高,杂徐庾之流丽,尽得古今之体势,而兼人人之所独专",主要讲杜甫在继承方面的"集大成";但"集大成"又正是一种全方位的创新。比如汇三江五湖而为海,海已经是汪洋浩瀚的新事物,既非三江,又非五湖。我认为:元稹的这一段话,正是诗人必须在继承基础上创新的最好说明。至于"铺陈终始,排比声韵,大或千言,次犹数百,辞气豪迈而风调清深,属对律切而脱弃凡近"一段,则专讲杜甫在五言排律方面的创新。五言排律是杜甫倾注心血大力开拓的一个重要领域,虽排比铺张,属对用典,长达数十韵乃至一百韵,却不仅略无堆砌、板滞之失,而且开合跌宕、纵横驰骋,忧时感事,元气淋漓,真可谓前无古人,后启来者。元稹表而出之,自具卓识,不负杜甫苦心;元好问却以"少陵自有连城璧,怎奈微之识碔砆"讥评,未免偏激。"上薄风骚……"一段,元稹对杜诗的总体成就颂扬备至,怎能说他不识"少陵连城璧"? 对杜甫排律如何评价,当然可以争论;但断然斥为"碔砆",也过于轻率。令人遗憾的是:这种轻率评论的负面影响至今仍未消除。我正指导一位博士研究生以"唐宋排律研究"为题撰写学位论文,试图引起杜诗研究者的关注。

元稹的诗论涉及许多方面,而关于倡导新乐府运动的议论,最切中时弊,对诗歌的健康发展也最有积极意义。他首先中肯地指出:"自《风》、《雅》至于乐流,莫非讽兴当时之事以贻后代之人。"既然"讽兴当时之事",就应该像杜甫创作《悲陈陶》、《兵车行》等那样"即事名篇,无复依傍",又何必"沿袭古题,唱和重复"! 提倡"讽兴当时之事",反对"依傍古人",既促成了新乐府诗的大量创作;而作为理论的积极意义,又远远超出对新乐府运动的促成。与此相联系,元稹还有一首极有价值的论诗诗《酬孝甫见赠》:"杜甫天才颇绝伦,每寻诗卷似情亲。怜渠直道当时语,不着心源傍古人。"与用古语写古题针锋相对,强调用"当时语"写"当时事",其自抒胸臆、开拓创新之意是显而易见的。

元稹的诗作是受他的创新理论指导的。他的新乐府诗在这一点上表现得很突出,已有共识,无烦辞费。事实上,其他作品在不同程度上也追求创新。就五绝说,《行宫》以渲染环境、凸现人物、高度概括的手法抒发了开元、天宝间由盛转衰的无限感慨,用的是"宫女"、"玄宗"等"当时语",明白如话,却语浅情深,余味无穷。就七古说,《连昌宫词》取历史题材,通过集中、虚拟和艺术想象创造人物、敷演情节、渲染场景,从而突现了提供历史教训的主题。不尽符合历史事实,却在较高程度上反映了历史真实。从我国叙事诗的发展脉络看,这首诗和白居易的《长恨歌》都因吸取"说话"和传奇小说的创作经验而有新开拓。

悼亡诗也是元稹大力开拓的一个领域。潘岳而后,写悼亡诗者不乏其人,但数量有限,质量不高;而元稹悼念韦丛的诗,现在能看到的还有 33 首之多,都情真意切,哀婉动人。《遣悲怀》三首七律,尤其历代传诵,脍炙人口。元、白往返论诗的文字资料很多,白居易在《与元九书》中关于"感人心者,莫先乎情,莫始乎言,莫切乎声,莫深乎义"的论述,不仅为元稹所认同,而且付诸实践。《遣悲怀》三首之所以感人肺腑,首先在于感情的沉痛,同时也在于语言的真切和声韵的凄婉正好表达了沉痛的感情。"野蔬充膳甘长藿,落叶添薪仰古槐";"诚知此恨人人有,贫贱夫妻百事哀";"唯将终夜长开眼,报答平生未展眉";这都是与贫贱生活和丧妻之痛血肉相连的"当时语"。如果像江西诗派诗人那样追求"无一字无来历",怎能收到这样的艺术效果?元稹还创作了大量艳情诗,抒写男女悲欢离合的真情实感,哀艳缠绵。"饮食男女,人之大欲存焉",但在封建时代,爱情诗的创作却受到极大限制。历史地看,元稹的大量悼亡诗和艳情诗极大地开拓了爱情诗的题材领域和艺术天地,值得重视。其他如抒发与白居易遭贬、离别、相思之情的许多七绝,都直陈情事,口语白描,真情充溢,在友情诗的创作方面独辟蹊径,自具一格。

　　元、白并称,在当时各有建树,同享盛名;然而白诗广泛流传、研究论著层出不穷,元诗却相形见绌,相当冷落。这在很大程度上与元稹曾依附宦官,受人轻视有关;但其全集至今尚无注本,也未作全面而精审的编年、校勘,也是一个重要原因。杨军教授有见于此,发愿承担全面整理和注释《元稹集》的使命,并且于十年前开始付诸行动。他先后为《全唐五代诗》完成了元稹集的校勘,为《增订注释全唐诗》完成了元稹诗的注释,为《中华大典》唐代文学卷完成元稹评论资料的搜辑。这样,当本书被全国高等院校古籍整理研究工作委员会确定为1996年度直接资助项目时,其前期准备工作已相当充分。由于前述各书都是学术界同行专家群体致力的大工程,各有高规格的质量要求和层层审稿制度,这就为本书的学术质量把好了第一关。此后数年,杨军教授又按编年笺注的体例,重新排比资料,润色文字,不断吸收学术研究的新成果,遂使本书的学术质量臻于上乘,达到这个时代应有的学术水准。即以校勘为例,本书所用底本与校本虽与中华书局1982年出版的《元稹集》校点本大致相同,但从著者发表于《古籍整理研究学刊》等期刊上的关于元稹集校理的系列论文看,他对《元氏长庆集》60卷本流布以来的错简、误收、误校做了一次全面而精审的清理,为元稹作品文本的存真做出了重要贡献,受到了同行的赞许。例如周相录在其博士论文中指出:"关于元集中重出、误收的诗文,前辈学者如卞孝萱、岑仲勉、杨军、瞿蜕园、朱金城、吴企明、佟培基等已做过一些考辩,有功于学术甚多。"冀勤在《元稹集重印后记》中写道:"前年有幸读到苏州铁道师院中文系杨军先生专门认真研究此书的两篇文章,从中获益良多,助我在已经修改过的基础上再次作了订正。"并对著者深表感谢。又如注释方面,元稹诗一般通俗易懂,但如数十韵至百韵的五言排律,限于体式的独特要求,不能不隶事用典,还有不少诗的本事或相关史实,不注则无法充分理解原诗,要注则时隔千数百年,颇难稽考。而通读全书,便不难看出:凡必须注释者,诸如生字、难词、名物、制度、典故、成语以及相关的本事、史实等等,都作了扼要、精确的阐释和征引,无误注,亦无漏注;不须注释者,则概付缺如,不浪费纸张和读者的精力。注者还往往结合解释发一点议论。如《织妇词》的解题:"织妇词咏织妇之苦,着重于心理刻画,不闻抱怨之声,反而更加感人。至于邻女白头不嫁,乃因解挑绫文,岂不触目惊心! 封建社会之生产关系有此一重罪恶,前人尚未触及。"《估客乐》解题:"……元稹此诗极力形容商人之横暴及其上通官府,求官求势等状况,是唐代豪商发迹之写照,与旧题主旨不同。"《人道短》解题:"人道短,此为新乐府辞,据诗意,宜题作《天道短》或《人道长》。此诗首先论列天不能扬善惩恶,使世间是非颠倒,足证天道之短。继而论列圣贤事业彪炳千秋,足证人道之长。进而两相比较,人道有善恶是非之分,更胜天道。人道既长,则人面对自然和社会之际,当更有自信和作为。"《哭吕衡州六首》之一注"伤心死诸葛,忧道不忧贫"两句,引吕温《诸葛武侯庙记》"……惜其才有余而见未至"等语,指出"由此观之,吕温对诸葛亮一生功业有清醒之认识,批评中肯,其出发点与柳宗元'急民''而不夏商其心'之政治主张一脉相通,中唐革新派精神之可贵,正在乎此。"诸如此类,都有助于读者更好地理解原诗的深层意蕴,并开阔其历史视野。

　　这是《元稹集》的第一个笺注本,也是质量颇高的笺注本。可以预期:研究元稹诗的新局面,必将随着它的问世而蓬勃开展。

《文学鉴赏录》序

近些年来,出现了古典文学、特别是古典诗歌的鉴赏热,有关书籍,畅销全国,方兴未艾;中央人民广播电台和省市人民广播电台也经常播送古典诗文赏析文稿,听众极多,深受欢迎。这是一种十分可喜的现象:一方面说明亿万人民迫切需要从祖国文艺宝库的无数珍品中发掘精神财富,吸取心灵营养;另一方面也说明"四人帮"时代的愚民政策已销声匿迹,随着双百方针的贯彻,弘扬优秀文化传统的春风为古典文学研究领域带来勃勃生机。

然而事物毕竟很复杂,人们的认识,也千差万别,难求一致。就在搞古典文学研究的人中,为古典诗文鉴赏热泼冷水的,也并非绝无仅有。这可能有两种原因:一种原因是诗文鉴赏之类的书籍比较畅销,写鉴赏文章的人也便越来越多,流品日杂,水平不一,质量较差甚至很差的东西时有出现,惹人非议。对于这种现象进行批评是完全必要的,然而又不能以偏概全,因噎废食,不分青红皂白地统统否定诗文鉴赏。另一种原因是对诗文鉴赏的重要性缺乏认识,误以为只有搞点考证之类的工作才算进行古典文学研究。有一位为一本宋人笔记搞过"校正"的教授就曾表露过他对诗文鉴赏热的嫉视,从而暴露了他对文学鉴赏的无知。从文学反映社会生活并反作用于社会生活的全过程来看:反映生活的过程,是通过作家的艺术创造完成的;反作用于社会生活的过程,是通过读者的艺术鉴赏完成的。文艺作品只有通过文艺鉴赏,才能使读者沉浸于美的享受中,陶冶性情,开拓视野,提高精神境界;文艺作品潜在的智育、德育、美育作用,才能得到实现和发挥。

文艺鉴赏,是与文艺作品的传播同时出现的。也就是说,一有作品,就有鉴赏。《左传·襄公二十九年》记吴公子札听乐工为他歌齐风,他听后评论说:"美哉!洋洋乎!大国也哉!表东海者,其大公乎!国未可量也。"又为他歌秦风,他听后评论说:"此之谓夏声。夫能夏则大,大之至也,其周之旧乎!"每听完一种风,他都发一番议论,其实也就是鉴赏。《论语·八佾》记孔子听《韶》

乐,赞美它"尽美矣,又尽善也。"听《武》乐,评论它"尽美矣,未尽善也!"这当然也是鉴赏。陶渊明在《移居》诗里讲过两句极端重要的话,即:

> 奇文共欣赏,
> 疑义相与析。

遇见奇妙的诗文,与朋友共同"欣赏",这概括了一种古往今来的普遍现象,鉴赏的重要性和必要性,也于此表露无遗。而"赏"前加"欣"又准确地揭示出文艺鉴赏的特质在于鉴赏主体能从作品中获得审美愉悦和精神上的某种满足,从而受到潜移默化的影响。正因为这样,我们把文艺鉴赏又叫文艺欣赏。"欣赏"一词,正是从陶渊明的诗句里吸取的。

遇见"奇文",倘无任何"疑义",即顺畅地进入欣赏过程。倘有这样那样的"疑义",就必须研讨、解析,直至毫无滞碍,才能顺畅地进入欣赏过程。"疑义相与析",概括了文艺鉴赏中的重要步骤。因此,我们往往把诗文鉴赏又叫诗文赏析。"赏析"一词,也是从这两句陶诗中提炼出来的。

到了南北朝时期,诗文鉴赏已发展到相当可观的水平。钟嵘在《诗品》里把汉至梁代的一百二十多位诗人区分为上、中、下三品,对其诗作给以扼要的品评。刘勰著《文心雕龙》,除在辨析文体及讨论创作问题时随处涉及作品评论而外,还以《体性》、《指瑕》、《才略》、《程器》、《时序》、《知音》等许多专篇阐述诗文鉴赏问题。例如《知音》篇中的这段话就很重要:

> 是以将阅文情,先标六观:一观体位,二观置辞,三观通变,四观奇正,五观事义,六观宫商。斯术既形,则优劣见矣。

所谓"六观",就是鉴赏作品的六条标准。由此可见,我国的诗文鉴赏已由长期的实践上升到不容忽视的理论高度,为唐宋及其以后鉴赏水平的不断提高奠定了坚实的基础。

对文艺作品能否鉴赏和鉴赏水平的高低,取决于鉴赏者的主观条件。刘勰在《知音》篇里一再慨叹"文情难鉴"、"知音其难",马克思在《1844 年经济学——哲学手稿》里则说:"对于不辨音律的耳朵说来,最美的音乐也毫无意义"。因此,刘勰强调"操千曲而后晓声",马克思指出"如果你想得到艺术的享受,你本身就必须是一个有艺术修养的人"。

在当代条件下倘要写出高水平的诗文鉴赏文章,当然需要懂得文艺学、语言学、心理学、哲学和文学发展史;鉴赏古典诗歌,还得通晓历史、地理、音韵、训诂、考据、宗教、民俗以及相关的艺术门类,诸如书法、音乐、绘画等等;而通过长期精读名作培养起来的艺术敏感和通过亲身的创作实践积累起来的心得体会,往往能在鉴赏作品时迅速地透过外在形态而把握其内在意蕴,捕捉其象外之象、言外之意、弦外之音;而确切的审美判断,即寓于无穷的艺术享受之中。

由此可见,高层次的文学鉴赏并非一蹴可及,然而又并非高不可攀。鉴赏水平较低的读者在扩大知识领域、加强艺术修养的同时,结合高质量的鉴赏文章精读名作,日积月累,就会不断提高自己的鉴赏水平。各种诗文鉴赏书籍之所以层出不穷,畅销不已,其主要原因,大约就在这里;其积极作用,也可由此得到证明。

韩梅村同志上大学中文系期间,我为他们那个班级讲授古典文学,他是课代表。在那个时候,他就对古典文学很有兴趣,认真研习,多有心得。毕业后先在中学、后在大学教书,三十年来,反复讲授过许多古典诗词散文名篇。与此同时,他还讲授文艺心理学等多种课程,勤于笔耕,是作家协会评论组的活跃分子。因此,他写诗词散文的鉴赏文章,可以说具有相当有利的条件;其鉴赏文章一发表就受到好评,自非偶然。最近,他把近年来发表过的这类文章收集起来作了必要的加工,编为个人鉴赏集,交出版社正式出版,要我写序。我是最害怕为别人写序的,能婉谢的都谢绝了;但梅村是我的老学生,不便婉谢,所以冒暑挥汗写了关于鉴赏的一些感想和意见,就算是序吧!

1991 年 7 月 15 日写于唐音阁

《中国文学史词语辞典》序

　　工具书,作为帮助人们解决疑难问题的工具,很早就产生了。就我国而言,汉代已初具规模,字典、辞典,有《说文解字》、《尔雅》、《急就篇》等;目录学著作,有《七略》、《汉书·艺文志》等;年表,有《史记》中的《十二诸侯年表》、《六国年表》等;地图,有严彭祖《春秋盟会地图》(佚)及不久前马王堆三号汉墓出土的三幅绘在帛上的地图等。此后,随着时代的发展和社会需要的扩大,工具书不断增添新门类、开拓新领域。到了唐宋时期,仅就字典、辞典一类而言,已品种繁多,除了属于《说文解字》系统和《尔雅》系统的《六书故》、《埤雅》、《尔雅翼》等而外,还出现了某些专门性的著作,如专门汇集《易》、《诗》、《书》、《老》、《庄》等古书训诂的《经典释文》和专门解释佛经词语的《一切经音义》等等。

　　目前,我们正处在知识爆炸的时代。新的工具书如雨后春笋,还未能满足日益高涨的客观需要。例如广大读者阅读《中国文学史》一类的著作,对其中的一些词语缺乏了解,要逐一请教老师,就十分麻烦。倘有工具书可供查阅,岂不省事!而这类专门性的辞典,目前还未见出版。董丁诚等几位同志有鉴于此,根据他们多年来的教学经验,通力合作,编了一部《中国文学史词语辞典》,给我看了《前言》、《凡例》、《分类词目表》和几个词条的样稿,我感到很高兴。首先,这为学习古代文学史的人提供了便利条件;同时,文学史既有了辞典,那么触类旁通,各门学科、各个专业,都将出现辞典,学习任何学科、任何专业的人都将得到帮助他们解决问题的有效工具。每个人的学习效果如果由于有了工具书的帮助而得到显著提高,那么我们全民族的科学文化水平的提高,必将大大地加快步伐。

　　辞典,不是供人系统阅读的,而是供人遇到问题时查阅的。因此,辞目应力求完备,解释应力求精当。从我看到的《分类词目表》和几页样稿看,《中国文学史词语辞典》的编写者是注意了这些要求的。我相信,他们的辛勤劳动必将获得丰硕的成果,不久的将来,一部良好的、专门性的工具书,就会问世,受到广大读者的欢迎。

1985 年 7 月

《诗词曲声韵手册》序

中华诗歌源远流长,群芳竞艳,驰誉五洲,为我们祖国赢得了"诗国"美称。"五四"以来,"新诗"独放,而从事古典诗词的作者,每被贬抑。所幸今日政治安定,经济繁荣,传统文化的发扬,日见重视。诗界亦已扫除偏见,跃出低谷。各地诗人辈出,诗词组织、诗词书刊有如春笋争发,在神州大地上抽枝吐叶,加上海外"汉诗热"的兴起,整个中华诗坛,正面临一派春光。

中外古今诗歌,大都是有韵的。没有声韵,就没有诗歌协调铿锵之美。中国语言文字的音节特点及其组词规律,更赋予中国诗词声韵以格外感人的魅力,达到情景交融、声韵和谐的完美境界。因此,不论是作诗、填词、写曲,还是要创造一整套新诗体,都不能不讲究声韵。

就中华诗歌而言,《诗经》(除《周颂》中的七篇祭祀诗)、《楚辞》都押韵。只是由于语音变化,有些韵脚后人已读不出来。陈第就《诗》、《骚》文句以求韵,历经顾炎武、江永、戴震、段玉裁、孔广森、江有诰、王念孙诸家的研讨而古韵之学益密,分部益精。他们把古韵或分为十部、或分为十七部,或分为二十一部。至近代著名学者黄佩,则综合众说,断以己见,分为二十八部。读《诗经》、《楚辞》及同时代其他韵文,其韵脚基本上与这二十八部古韵相符合。

汉魏六朝没有韵书传世(魏代李登的《声类》、晋代吕静的《韵集》已佚)。大致说来,汉魏诗用韵接近先秦韵部,六朝诗用韵接近隋唐韵部。南齐永明时,沈约、谢朓、王融、周颙等,善识声韵,作诗不仅注意押韵,而且调平仄、讲四声,于是形成了一种"新诗体"——永明体,开唐代近体诗的先河。周颙的《四声切韵》、沈约的《四声谱》虽久已失传,但对此后编著韵书者有极大影响。此后之韵书,不仅要解决用韵的问题,而且要解决调声(平、上、去、入四声以及后来的平分阴阳)的问题。隋代陆法言与颜之推等八人撰《切韵》五卷,即按平、上、去、入分部:平声韵五十七部,上声韵五十五部,去声韵六十部,入声韵三十四部,共二〇六部。唐代天宝十年(751)孙愐等增补刊行,改名《唐韵》。宋代大中祥符元年(1008)，陈彭年等奉皇帝命重修，改名《广韵》。颁行不久，因宋祁、贾昌朝等批评其详略失当，多无训诂，又命丁度等重修，改名《集韵》。《唐韵》、《广韵》、《集韵》等书，都上承《切韵》，仍分二〇六部，是唐宋科场撰作诗赋必须遵守的"官韵"。因士子"苦其苛细"，又规定某些音近的韵部可以"同用"（有些则必须"独用"）。金代大正六年(1229)，王文郁合并"同用"韵部，编成《平水新刊韵略》，共分一〇六韵；南宋江北平水人刘渊于淳祐十二年(1252)刊行《壬子新刊礼部韵略》，分部与王氏相同，这就是"平水韵"，为金代和南宋的"官韵"。清初"御定"的《佩文诗韵》沿"平水韵"一〇六部之旧，是有清一代的"官韵"。《佩文韵府》一书，则既可查韵，又有大量词例，兼备工具书的性质。解放前各书店常见的《诗韵集成》、《诗韵合璧》等，仅是《佩文韵府》的缩编本或普及本，都属"平水韵"。凡属"平水韵"的韵书，其上平声韵自"一东"至"十五删"，共十五部；下平声韵自"一先"至"十五咸"，共十五部；上声韵自"一董"至"二十九豏"，共二十九部；去声韵自"一送"至"三十陷"，共三十部；入声韵自"一屋"至"十七洽"，共十七部。

"平水韵"是通行至今的诗韵。"平水韵"的韵书，可以《佩文诗韵》为代表。

两宋是词的黄金时期，名家辈出，名作至今脍炙人口，但无词韵专书传世。宋人朱希真曾拟《应制词韵》十六条，其书久佚。清初浙西派著名词人厉鹗《论词绝句》云："欲呼南渡诸公起，韵本重雕《菉斐轩》。"自注曾见南宋绍兴二年(1132)所刊《菉斐轩词林要韵》一册。清代嘉庆年间，秦复恩借阮元藏本刻入《词学全书》。然其书共分十九部，入声分隶三声，与《中原音韵》相类，是曲韵，不是词韵。疑是元、明人所为，伪托宋刊，填词家多不采用。清初沈谦博考宋词，以名家名作为准，著《词韵略》，依"平水韵"一〇六部韵目，以平声统上、去，分十四部；入声独立，分为五部。道光间，词学名家戈载在沈著基础上加工提高，十四部、五部之分，仍同沈氏，而改用《集韵》韵目，以救"平水韵"界限不清之失。书成，名为《词林正韵》。填词家翕然宗之，至今不废。其他词韵著作，如胡文焕《文会堂词韵》、李渔《词韵》、许昂霄《词韵考略》、吴烺《学宋斋词韵》、郑春波《绿漪亭词韵》等等，都相形见绌，逐渐湮没无闻了。

词韵与诗韵异，也与曲韵有别。平水诗韵一〇六部，而词韵则只分十九部，与诗韵由二〇六部合为一〇六部者不同。曲韵尽管也分十九部，但把平水韵中的"麻"部分为二部，把"支"、"微"、"齐"三部和"覃"、"盐"、"咸"三部各分为二部,词韵则都不分。曲韵"平分阴阳,入派三声",而词韵则平声不分阴阳,入声五部独成一类。词"上不类诗,下不堕曲",独具特色,从用韵中也看得出来。

曲盛于元代,元曲家是根据当时北方语音用韵的。元人周德清"工乐府,善音律",于泰定元年(1324)编成《中原音韵》二卷。后卷为附论,讲作曲诸法;前卷则为曲韵。其曲韵部分,归纳北曲作品用韵的实例,共分十九部,每部的字,均按阴平、阳平、上、去四声排列,入声分别派入阳平、上、去三声,反映了当时北方"官话"的语音。后来北曲作家作曲,演员唱曲,都以此书为依据。明人王文璧的《中州音韵》,清人王鵕的《中州音韵辑要》,或对《中原音韵》每字加注音义,或对《中原音韵》韵部稍有变通,都未引起重视。

时移世易,语言有所变化,旧韵书已不尽符合现代普通话语音实际,因而有必要编写新韵书。"五四"以后,有些音韵学家已经做了努力,《国语新诗韵》、《诗韵新编》等就是这方面的成果。然而由于习惯势力,更由于传统的诗、词、曲在声韵方面各有特点(如词严于入声,《大辅》、《兰陵王》、《暗香》、《疏影》、《浪淘沙慢》等几十个词牌,都必须押入声韵,特定词牌中特定词句的某些字,也必须用入声字等),不少人作诗仍用《佩文诗韵》,填词仍用《词林正韵》,写曲仍用《中原音韵》。事实上,这些韵书自有合理之处,一时尚难取代。

与当今诗歌创作的繁荣相比,诗、词、曲声韵的研究与普及,相对地说还比较薄弱。在某些报刊上,音律不谐之作时有所见,一些评介、鉴赏诗词的文章,也往往言不及声韵。原来广泛流行的诗、词、曲韵专书,书肆中也很难找到;新的韵书,亦时告阙如。上海鞠国栋、吴定中、周志清诸同志有鉴于此,特编辑了这部《诗词曲声韵手册》,可资应用。全书分上、下两编:下编刊《佩文诗韵》、《词林正韵》、《中原音韵》字表,并依现代汉语拼音韵母顺序,向读者提供当代声韵的基本素材,上编则为单字注音索韵,按现代读音、传统读音、诗韵、词韵、曲韵,分别列出检索。全书均按《现代汉语通用字表》七千字收录。此书一册在手,既赅括传统诗、词、曲韵诸书之长,原来的读音和声调一目了然,又可斟酌古今语音的差异,按照现代汉语拼音的声调和韵母,押今韵,调新声。不难预期,此书的出版,必将对振兴中华诗坛,繁荣诗、词、曲的创作,产生不可估量的积极作用。

1990 年元旦

《日本汉诗三百首》序

中、日是"一衣带水"之隔的邻国，文化交流，源远流长。日本汉诗，便是中日文化交流孕育出来的鲜艳花朵。研究至今已有一千三百多年的日本汉诗发展史，对于从国际影响的角度开拓中国诗歌研究的新领域，对于用开放的眼光开展"汉字文化圈"和世界汉字文学的研讨，对于促进今后的中日文化交流，加强联系，增进友谊，为维护世界和平贡献力量，都有不可低估的积极意义。

马歌东教授，原来是我的研究生，重点研究唐诗。1981年获硕士学位，留校任教。1987年春，应日本福井大学之聘，东渡讲学，前后达四年之久。在这四年的时间里，出于加强中日友好的目的，献身于中日文化交流的伟大事业。一方面，以唐诗为主，讲授中国文学，深受欢迎；另一方面，既翻译日本学者研究唐诗的论著，又大量搜集第一手资料，深入研究日本汉诗，成绩斐然。1991年回国，带回大批日本汉诗总集、别集、诗话等国内不易见到的书籍，埋头钻研。《日本汉诗三百首》，就是他研究日本汉诗的成果之一。

这本书里的三百首诗，是从浩如烟海的日本汉诗中精选出来的，按日本汉诗发展的四个时期，从古到今，以次编排。每一作者的诗，前面是作者小传，每首诗后，先注释，后简评。有些作者，除选代表作而外，还摘其佳句。小传包含生平简介、作诗主张、诗歌风格、在日本汉诗发展史上的地位、诗集及其他著作等许多内容，简明扼要，注释精当。简评或点明创作背景，或揭示弦外之音，或探一句一联之胜，或味一字一词之奇，有时还联系唐诗发微抉奥，文字活泼，情味盎然。其《日本汉诗概说》不过六千字，却能以简御繁，高度概括，可看作日本汉诗简史。冠于书前，对全书入选诗作有"导读"作用。书后附《主要参考书》，为有兴趣研究日本汉诗的人提供了一份简要的书目。纵览全书，虽属普及性读物，却是在博观约取、慎思明辨的基础上完成的，显示了著者的深厚功力和严谨的治学态度。以此为起点继续前进，必将有更高学术价值的新著陆继问世，为从国际影响的角度研究中国诗歌、研究世界汉字文学作出贡献。

1993年9月

《学术论文写作导论》序

　　学术研究的成果需要学术论文加以表述,才能公之于众,发挥作用。内容决定形式,著者的学术修养、科研水平及其研究成果是否是高档次的,这对学术论文的质量有决定意义。然而形式又反作用于内容,如果在表述上有缺陷,也必将影响学术论文的质量。改革开放以来,我国的学术事业蓬勃发展,高质量的学术论文与日俱增。但也有不少学术论文瑕瑜互见,在观点、论证、结构乃至引文、注释、参考文献等许多方面还存在这样那样的问题,亟需改进。改进的途径是多样的,例如,不仅深化本专业的钻研,而且扩大知识领域,强化理论、语言、逻辑、修辞等方面的素养,借以提高其学术论文写作的综合能力;加强学术论文的写作实践,多作多改;多读出于名家之手的具有典范性的学术论文,反复揣摩,以资借鉴。这些都是行之有效的方法。然而与此同时,如果有一部关于如何撰写学术论文的好书放在案头,随时翻阅,那就更易收效。我每年指导博士研究生撰写学位论文,都希望有这样一本书供他们参考。因此,当张积玉同志送来《学术论文写作导论》的书稿,要我写序的时候,便感到由衷的喜悦。

　　积玉同志近二十年来一直从事学术研究和学术刊物的编辑工作,积累了丰富的经验和资料,再加上他在工作实践中勤于思考、善于总结,对学术研究及其论文写作中的一些重要的理论、原则和方法问题,长期探索,深入钻研,逐渐形成了比较系统的思想见解,已写出多篇论文,发表于各种报刊。现在,由他主持、草拟全书纲要并由他撰写主要部分的《学术论文写作导论》,即将和读者见面了。这本书,还有近年先后获得博士、硕士学位,在学术上崭露头角的几位教学、科研人员参加撰写,珠联璧合,相得益彰,保证了全书的学术质量。

　　积玉同志是我的学生。他从 1975 年起,担任《陕西师大学报》的文学编辑。70 年代末至 80 年代初,随中文系研究生修完文艺学硕士学位课程。现任《陕西师大学报》编辑部主任、哲学社会科学版学报主编。他工作努力、治学勤奋,不仅为办好学报尽职尽责,做出了突出成绩,而且在学术研究中勇于开拓,已发表了文学、历史、文化等方面的学术论文近六十篇,并有专著问世。他在做人和做学问两方面都严肃认真,一丝不苟,有较高的追求。他主编的这本书,充分体现了他的这一特点。

在此以前,关于学术论文的写作问题,并非全无论述,但还缺乏全面而系统的著作。积玉同志在总结古今中外学术论文写作实践的基础上深思熟虑,逐一提出学术论文写作必须涉及的一系列问题,并就这一系列问题作全面、深入、系统的论述,完成自成体系的专著,在很大程度上带有开创性。比如关于学术论文的特点、功能、分类和构成,以前或无人论及、或论及而语焉不详。本书作者认为对这些问题的认识,是认识和揭示学术论文写作规律、方法和要求的前提和基础,因而各设专章,着重阐发,新意迭出。又如关于学术论文作者的素养问题,前此的有关论著也未给予足够的重视,本书则专设三章,从心理素质和道德素质、知识结构和技能要求,以及创造性的思维方法等重要方面探幽抉微,条分缕析,发前人之所未发。关于学术论文的语言、逻辑、文风和规范化等问题的论述,也精当、详明,多有开拓。

这是一本有学术价值的、适合当前需要的书。大学生、研究生、青年教师和一切初写学术论文的人,都会从中得到教益。它的出版,必将受到普遍欢迎,必将在提高学术论文质量方面发挥积极作用。

1993 年 12 月

《喜剧美学初探》序

孝英送来他的《喜剧美学初探》全稿,要我写一篇序。翻阅目录,得知其中的大部分文章,已在《文学评论》、《文艺研究》等刊物上看到过,但为了获得更深刻、更全面的印象,还是挤时间通读了两遍。在时间需要"挤"的情况下通读二十多万字的稿子,而且不止一遍,说明这部专著不仅引起我的理论兴趣,而且给予我以艺术享受。

不妨先从"初探"谈起。

某一领域,很值得"探",前人和今人"探"过不止一次,其中的某些人,已"探"得相当深入。在这样的情况下,如果有人认为那里还可以"探"出新东西,又去"探",那么,这对于那位新的探索者来说,仍可以说是"初探"。某一领域,也很值得"探",但前人和今人都还未曾涉足,连通向那里的道路也有待于开辟。在这样的情况下,如果有一位勇敢的探索者攀高涉险,克服重重困难,终于踏进那一领域,那么,这对于那位探索者来说,固然是"初探",对于那一领域来说,也是名副其实的"初探"。

人们往往用"初探"表示自谦。意思是:我这不过是初步的探索罢了,很不深入。可是,同样用"初探"这个词,其实际情况却有所不同。而且,"初探"与"再探",也不一定有浅深之分。有的人一再去探,驾轻车,走熟路,比较省力气,也比较安全、顺利,但很可能没多少新的创获,甚至如入宝山,空手而回。有的人虽然是"初探",但他下定决心,鼓足勇气,一往无前,百折不挠,一进入那领域,就向纵深发展,开疆拓土,那么,即使那领域已经有人"探"过多次,他仍可以满载而归。

那么,孝英的"初探"究竟属于前者呢,还是属于后者?我个人认为,在很大的程度上,应该说属于后者。

从1979年至1982年,孝英对幽默作了相当系统的研究,其成果结集为《幽默的奥秘》(将由中国戏剧出版社出版)。这部《喜剧美学初探》,分为喜剧探、幽默探、讽刺探和体裁探四辑,是《幽默的奥秘》的姊妹篇和续篇。

幽默,在当代世界已发展成为一门独立的、专门的学科。随着人类物质文明和精神文明水平的日益提高,随着自然科学和社会科学的日新月异及其相互交叉、相互渗透,时至今日,欧美学者已从美学、文艺学、语言学、修辞学等传统领域扩展到行为学、人类学、心理学、教育学、生物学、医学、精神分析学等新的领域,从更宽的视野和更新的角度,对幽默进行综合性的研究。因此,就全世界范围而言,幽默这一领域早已游人络绎,颇不寂寞。然而欧美学者对于幽默的研究,一般缺乏辩证唯物主义和历史唯物主义的指导思想,往往否定幽默干预生活的作用,而且几乎不涉及中国幽默的传统以及中国特有的各种幽默样式。中国学者呢,对于幽默,乃至对于整个喜剧美学的研究,又恰恰是一个十分薄弱的环节。因此,孝英以辩证唯物主义和历史唯物主义为指导对幽默、乃至对整个喜剧美学所作的研究,具有开拓领域的意义。

孝英的研究是从"喜剧"这一美学范畴中的特殊样式——幽默入手的。

"幽默"作为一种艺术美,其内涵和外延众说纷纭。大体说来,有广义和狭义两种理解。广义的幽默是喜剧的总称,包括一切使人发笑的文字及其他形式。狭义的幽默则是喜剧中的一个分支,是"笑"所包含的众多形式中比较含蓄、深沉的一种。它以比较温和的态度和比较含蓄的手法,通过美与丑的强烈对照,对包含喜剧因素的事物作有意识的理性倒错的反映,造成一种特殊的喜剧情境,并进而在审美主体的头脑中创造出一种包含复合情感、充满情趣而又耐人寻味的意境,产生会心的笑,来表达美对丑的优势。孝英所研究的,就是这种狭义的幽默。其收获主要表现在如下两个方面:

一、从基础理论的角度对幽默的外部形式规律进行了系统的研究,在幽默的美学特征、审美标准、基本环节、主要方法、社会功能和艺术功能等方面提出了一系列独到见解。

例如,提出幽默的特征是表达了艺术家所持的特殊意念(美对丑的优势)和特殊态度(温和与宽厚),采取了特殊的方法(理性的倒错,即含蓄、暗示的手法,产生了特殊的审美效果——会心的笑)。这就为区别"幽默"这一喜剧的特殊样式与"喜剧"所包含的一般样式(如"讽刺"、"滑稽")提供了一把美学标尺。

又如,将中国传统美学中的"意境"说引入喜剧领域,提出作为艺术美的幽默,应该能够使审美主体进入一种"包含复合情感、充满情趣而又耐人寻味的意境"。这就把形式与内容统一起来,为区分庸俗调笑和真正的幽默找到了一个切实的审美标准。

再如,提出一则典型的幽默往往包含四个基本环节(悬念、渲染、反转、突变)指出要从"对比"这一基本方法中创造幽默意境,必须具备三个条件(双方应尽量拉开距离,为双方安排最佳的交锋时机和媒介物)。这对于把握幽默造笑的规律,是很有意义的探索。而将幽默划分为"肯定性幽默"、"否定性幽默"和"纯幽默",对于全面地、辩证地探究幽默的社会功能和艺术功能,也具有不可低估的作用。

二、与此同时,从史的角度,用中西比较的方法,对幽默的起源、演变、现状及发展趋势进行了鸟瞰式的回顾和展望。对于幽默在西洋的起源和演变,分三个阶段作了简明的论述。对于我国的幽默传统,则循三条线索理清了脉络:(一)俳优——戏剧——曲艺;(二)寓言故事——民间笑话——政治笑话;(三)民谣——文人诗词——话本小说——各类文学作品。从而明确指出,《诗经》中的某些幽默作品及先秦诸子创作或引用的寓言,跟阿里斯托芬的喜剧年代大体相当,而俳优的起源,即以有可信史料的西周末期计算,也比古希腊喜剧早三个世纪。在阐明中西幽默源流之后,即依时间顺序,对中国和西方幽默的民族风格进行了有趣的比较研究,从而为中西合璧地研究喜剧美学开辟了路径,提供了资料。

以上两方面的成果,已收入《幽默的奥秘》。本书中的"幽默探",则是对前书一些重要观点的提炼、充实与发展。

孝英在对幽默这一喜剧范畴作了开拓性的研究之后,并没有陶醉于已经取得的成绩,止步不前。也没有离开这一领域,骛远猎奇。而是以此为基地,不断扩大战果,把研究范围逐步扩展到喜剧的其他范畴(诸如讽刺、滑稽)和一些基本体裁(诸如相声、漫画、幽默音乐)乃至喜剧本身。他通过对马克思喜剧观的思考、领会,提出了马克思"把喜剧考察的基点和重点放在人类社会各个历史阶段所客观存在的喜剧内容上"这一论点。从这里出发,他把喜剧及其各种分范畴的研究,从艺术美的领域延伸到社会美的领域,就一些基本问题,进行了大胆的理论概括。例如,对作为美学范畴的"丑",提出了质的规定;对于"丑中见美"的肯定性喜剧形象,按其"丑"的不同表现形态和美与丑之间的不同对应关系,区分为三种类型,等等。

理论来自实际,又必须反转来指导实际。孝英勇于作理论上的探索,但决不是闭门造车,臆造规律,而是把美学研究和文艺评论结合起来,从理论联系实际的高度,对中外著名作家及其作品,进行了广泛深入的研究,写出了一系列论文。这些论文,通过对于具体作家作品的评论和剖析,既验证了自己已有的基本观点,又提出了一些新的观点。这些新的观点,诸如:喜剧与悲剧、正剧作品的美学区分;幽默、讽刺、滑稽等喜剧分范畴的彼此结合与相互转换;"讽刺性幽默"、"滑稽性幽默"等混合性品种的美学价值;肯定性喜剧形象的本质的美学特征(主体精神的高扬)和形式的美学特征(寓爱于嘲,丑中见美),等等。其本身既具有重要意义,而这些观点之所以能够提出,又为美学研究应该与作家作品的评论相结合提供了有益的借鉴。

以上两方面的主要成果,基本上收入本书。

孝英是一位中年研究人员。他原来做外语和外国文学教学工作,专门从事学术研究,只不过是近几年的事。但他已经取得了可喜的成绩,赢得了学术界的重视。这除了他的刻苦、勤奋之外,还有什么经验值得总结吗?我认为是有的。

第一,他不存在知识老化、固步自封的问题,一上来就如饥似渴地吸收最新的研究成果和研究方法。而他又不仅熟习汉语,还通晓外语,既能吸取国内的新东西,更能吸取国外的新东西,因而有较好的条件把自己的研究奠定在当代最新科学水平和现代化科学方法的基础之上。

第二,既充分吸收古今中外各家各派的有用观点和可靠资料,又不迷信前人、墨守成规,而是取人之长,补我之短,扬己之长,避己之短。广采百家之精英,试立一己之体系。

第三,从各学科的边缘处做文章,将多种学科的知识和研究成果纳入喜剧美学的研究轨道,从美学、文艺学、语言学、修辞学以及生理学、心理学、社会学等多种角度,对喜剧美学进行综合性的研究。

还有一点,一开头已经谈到。那就是不屑步别人的后尘,在熙来攘往的老路上徜徉,而是勇于披荆斩棘,自辟通"幽"之路,入虎穴,得虎子。

这一切,我认为是孝英在较短的时间内取得较大成果的主要原因,值得注意。对于有志于攀登科学文化高峰的中青年同志来说,尤其如此。至于他通过自己的理论概括提出的许多观点和结论,当然不一定都颠扑不破、完美无缺,还需要在更广泛地占有材料、更细密地分析研究以及与美学界的专家们反复切磋中不断完善,精益求精。

1983 年 5 月

《水晶大世界》序

大自然为人类奉献了无数奇珍异宝,玲珑剔透、五彩缤纷的水晶便是突出的一种。

天性爱美的中国人早在遥远的古代就与水晶结下了不解之缘。距今五十万年前,北京猿人就用水晶制造石器。进入文明时代,水晶在开发、珍藏、应用、观赏诸多领域流光溢彩,珍品层出不穷。楚元辅珍藏的水晶"中有红杏一枝"(《邵氏闻见录》)。马侍中家的水晶碗"夏蝇不近,盛水经月不腐、不耗,或目痛,含之立愈"(《酉阳杂俎》)。叶森家有"水晶钩一,中空,有声汨汨。内有绿叶一枝,随水倾泻"(《烟云过眼录》)。中国人还喜欢把水晶和美人联系起来,使之相映生辉。例如元稹的"水晶帘下看梳头",韩偓的"水晶鹦鹉钗头颤"等绮诗丽句,美不胜收。尤有意思的是,汉成帝的美人赵飞燕乃是我国以苗条著称的绝世佳人,她身轻如燕,能载歌载舞于宫人的手掌之中,成帝担心她被风吹去,"为造水晶盘,令宫人掌之而歌舞"(《太真外传》)。艳丽的宫女手擎水晶盘,绝世佳人在盘中献艺,舞态妙曼,歌喉婉转,多么美!

对水晶的酷爱和渴求,激发了中国人的艺术想象力,创造了许多有关水晶的幻境。有个叫卢杞的人遇上一位仙女,教他清斋七日,忽然轻飘飘地飞了起来,追随仙女直上碧霄,看见宫、阙、楼、台都用水晶建成。仙女告诉他:"此水晶宫也!"(《逸史》)

碧霄有水晶宫,在人间能不能造一座水晶宫呢?你如果到过中国地质博物馆,就会吃惊地看到巍然屹立于院中的重达七千斤的水晶大王。这是1958年东海县房山镇柘塘村出土的。由此推想,建造水晶宫不无可能。然而即使可能,也无必要。因为拿珍贵的水晶做建筑材料,岂不太可惜了吗?更何况,每一件高质量的水晶观赏石,都以其似幻似真的缥缈境界使你仿佛看到森罗万象中的某一奇观。汇聚无数件高质量的水晶观赏石而成水晶大世界,就会使人开眼界而益心神,受到诗情的陶冶,画意的感召和哲理的启迪,从而领悟人生的意蕴和宇宙的奥秘。

那么,哪里有这个水晶大世界呢?

著名的水晶收藏家王振刚、陈凤喜、朱景强三兄弟珍藏高档次的水晶观赏石近千件,精中选精,编印规模宏大的《水晶大世界》画册,我有幸先睹为快。入选精品包括观赏晶簇、观赏球、观赏石、观赏饰品、雕刻品等五大部分。其中的"东方神珠"、"宇宙城"和"'九七'星光球",可谓稀世奇珍。据我所知,这该是全世界目前容量最大、品位最高的水晶观赏石画册了。她的奇观奥蕴,当然远非我们的先贤所幻想的水晶宫所能比拟。

《水晶大世界》的问世,将献给每位读者一个奇妙迷人的世界,一个囊括森罗万象、蕴含诗情、画意和哲理的世界。每位读者徜徉于这个世界,都会心旷神怡,留连忘返。

《水晶大世界》的问世,还有更高层次的意义。在以往,全世界开发、利用、珍藏、观赏水晶起步最早的是中国;在当前,全世界最大的水晶交易集散地在中国。然而截至目前为止,中国人在水晶研究方面还未能处于世界领先地位,这是令人遗憾的。这部《水晶大世界》,将以其丰富的资料和深厚的内涵,把中国水晶学推向崭新的高度,大放光芒于五洲。

1996 年 3 月

《文艺民俗美学》序

随着现代科学技术向着精细、全面的发展,越来越多的新学科不断涌现,向人们提供了更充分地认识自身、认识世界的手段。中国的改革开放,为中国的文艺新学科的迅速发展提供了契机,近十年来创建的文艺新学科,大都借鉴现代科技新成果,通过学科交叉所形成的新的认识视角,提出了许多有益的新见解、新理论。赵德利同志的《文艺民俗美学》,就是体现了这些新特点的文艺美学新著。

作为一名年轻的高校教师,德利同志知难而进,穷数年之力写成的这本专著,鉴用了国内外多种学科的新理论,对古老的民俗进行深入研究,提出了许多有价值的新见解。他在成书以前,就曾发表过多篇有关论文,有的还在《新华文摘》上转载,有较大反响,说明他是扎扎实实地做了准备工作的。粗看书稿,我以为这本书有这样几个特点。

第一,全书以生存活动——生命活动为理论视界与逻辑原点,井然有序地论述了文艺民俗美学的多方面内容。民俗作为民众集体的习俗惯制,从人类创生起,就与人类的生存活动紧密地联结在一起。从十万年前的尼安德特人开创丧葬习俗和三万年前的克罗马农人从事"艺术"创造活动起,人类就以极大的努力,不断地去完善自我生命,去创造永恒的审美人生。正因此,我们说,美在生命活动。所以,全书就从远古人类的生存活动起笔,论述了民俗的缘起、艺术发生的因由,和文艺与民俗天然化合的情态(文艺民俗发生论);论述了民俗的感性特质及其结构形式与艺术审美的对应关系,从而导引出文艺民俗的社会价值与审美价值(文艺民俗价值论);论述了人生民俗与文艺审美的天然同构的几种关系,如文艺与民俗的"人生焦点",阴阳轮回与生命永恒的"艺术契点",血亲之爱与情感表现的内在机制等,并由此导论文艺的民族特色与世界品格(文艺民俗创作论)。

第二,从多种学科的交叉点上建构文艺民俗美学的学科框架。这本书不仅是文艺学、民俗学和生命美学的结合,在论述民俗审美问题时,作者还大量运用了心理学、人类学、社会学等学科理论,做了多侧面多层次的研究论述。比如,研究民俗的发生,鉴用了人类学、考古学的成果资料;论述文艺的源起前提和审美文化的心理要素,鉴用了心理学知识;论述文艺民俗审美价值,又从民俗学、文化学、美学和原型批评等学科鉴用了有益的研究成果……这些学科大都属于新兴的文艺边缘科学,作者尽可能地把它们融合起来,建构一个新的理论体系,表现出作者博采众长、善于开拓、勇于创新的治学精神,这是难能可贵的。

第三,对民俗文化的深刻认识及对民族文艺与世界文艺审美品格的独到评价。民俗文化作为个体的生存环境与民族文化的基因,它对人的影响是无形的和巨大的。每一个民俗传人,包括文学艺术家,都在不自觉地接受民俗文化的浸染。民俗按其社会稳态结构,可分为流行的风习、稳态的民俗文化和沉淀在民俗集体无意识心理的民俗原型三种样态。文艺家对民俗的把握,既受到自身民俗文化心理的钳制,又与他对民俗文化的感受与认识密切相关。因此,鲜明的地方风采与民族个性,以及超风俗文化的审美认知,就构成了世界文艺的优秀品格之一。对于民族文化的重大意义,作者有深刻的认识,因而把它作为本书的核心论题,作了广泛的考察和深入的论述,新见迭出,胜义纷呈,令人耳目一新。

总之,德利同志的《文艺民俗美学》是一本取材广博、理论视野开阔,具有一定学科建设价值的新著。它对促进文学艺术创作和提高文艺欣赏水平,也将起到一定的积极作用。当然,作为一门新的学科论著,还需要继续完善;许多相关的理论内容,还有待进一步去研究和补充。另外,书中引为例证的文艺作品,还不够广博。作者侧重于中国当代文艺民俗的创作,这自然很必要,但淹贯中西,博采古今,旁参互证,左右逢源,就更会扩展全书的广度和深度,强化其新见解、新理论的说明力。对于一位青年学者来说,这些要求未免太苛刻,但作为一种期望,还是应该提出的。相信德利同志会乘胜进取,开疆拓土,在文艺新学科的创建方面取得更丰硕、更完美的成果。

1994 年 7 月

《中国古籍中的识人任人鉴戒篇》序

前年冬天,贺本明同志来信说,他和石云祥同志一块想搜集古代识人任人的资料写一本书,问我有无可能和必要。我作了肯定的答复,鼓励他及早完成。他和石云祥同志合作,用了不到一年的时间写出初稿,又几经修改,送交青海人民出版社。

这本书,我认为有不少优点。

第一,取材宏博,选择精当。著者广泛翻阅了我国古代典籍,抄录了有关识人任人方面的大量资料,又根据古为今用的原则,从中选出一百二十多篇短文,上起先秦,下迄清末,按时代先后编排,井然有序。

第二,体裁多样,内容丰美。这一百二十多篇短文,有政论,有传记,有赠序,有诏令,有奏疏,也有故事、寓言、小说,乃至令人捧腹的笑话;从各个角度,用不同方式,阐明了识人任人是一个关系到事业成败、国家兴亡的重大问题,而又寓哲理性和启发性于故事性和趣味性之中,读起来兴味盎然,引人入胜。

第三,每篇原文后面都附有注释、译文和扼要的提示。这对一般读者读懂原文进而提高阅读古籍的能力,以便广泛地继承祖国的文化遗产,也很有帮助。

有人会问,识人任人,这是十分严肃的主题,阐明这样的主题,运用寓言、故事、笑话之类的材料,是否合适?

这问得有道理。但应该解释的是:首先,寓言、故事、笑话之类的材料,在全书中所占的比例很小;其次,这一类材料,也是经过严格筛选的,很能说明问题。不妨举几个例子:

书中选了赵南星《笑赞》中的一则笑话:有个秀才阳寿已尽,去见阎王。阎王偶然放了个臭屁,秀才立刻献了一篇《屁颂》:"高竦金臀,弘宣宝气。依稀乎丝竹之音,仿佛乎麝兰之味。臣立下风,不胜馨香之至。"阎王大喜,增寿十年,即时放还阳间。……那位秀才"闻屁献谄",分明是无耻之徒,阎王却给他增寿以示奖励,可谓不识人。而不识人的根源,则在于爱戴高帽子,即使放个屁,也喜欢人家说它是香的,声音也好听。这就意味深长地告诉我们:要识人,首先得克服爱听"屁颂"的缺点。

书中选了《田父弃玉》的故事:有个农夫耕地,捡到一大块玉石,拿回家里,却认不得那是无价之宝。到了夜间,那宝玉闪闪发光,照得满室通明,把全家人吓坏了。邻人想弄到它,就跑来说那宝玉是个妖怪,如果不马上丢掉,全家都要遭殃。农夫相信了,慌忙抱起玉石,抛到野外。其结果,自然是邻人捞到了好处。这则故事,可以使我们领会到一条真理:要识人,应该具有丰富的知识,自己能识别好坏,不然,只听别人说东道西,就难免上当受骗。

识人不是目的。通常认为一个人能够"善善而恶恶",就不错。其实,这还很不够。书中选了桓谭《新论》中的一个片段:齐桓公外出,看见一片废墟,便向臣子问它的来历。臣子说:"那是郭氏故城的遗址!"桓公问:"郭氏的故城,为什么会变成废墟呢?"臣子答:"就因为郭氏'善善而恶恶'啊!"桓公惊奇地说:"善善而恶恶,正是这个小国能够保全的缘由,可反而变成废墟,这究竟为什么?"臣子的回答是发人深省的。"就因为善善而不能用,恶恶而不能去。"善人明知国君认为他是善人,却不被重用,就难免有埋怨情绪。恶人呢,国君既然发觉他是恶人,却只是鄙视他而不除掉他,那他自然就和国君为仇,要兴风作浪了。

书中所选的有些寓言,具有多方面的意义,极富哲理性和启发性,《九方皋相马》就是一个很好的例子。关于这篇短文的"提示"也写得好,寥寥二百来字,却从多方面发掘了原文的深刻寓意,引人深思。

以上只就占全书极小比重的寓言、故事、笑话之类作了举例性的介绍。其他各篇,大都有历史根据,其积极意义是显而易见的。

书名《中国古籍中的识人任人鉴戒篇》。"古代"不同于当代,"古代"的"识人任人",自然有其历史和阶级的局限性,可以供当代"鉴戒",而不宜照搬,这是不言而喻的。

四化建设需要培育一代新人,也需要知人善任,人尽其才。石云祥、贺本明同志,正是怀着有利于四化建设的强烈愿望编著这本书的。我读了书稿,觉得这种愿望不会落空,因而乐于接受他们的委托,写这篇序。

1984 年春节

《从政古鉴》序

建设有中国特色社会主义的理论和党的"一个中心,两个基本点"的基本路线的贯彻,使我国的改革开放和现代化建设进入蓬勃发展的新阶段。而这一理论和基本路线能否更有效、更全面地持续贯彻,干部的素质起决定作用。提高干部的素质,一方面需要党和政府采取种种措施,另一方面也需要干部自觉地加强自我修养。加强自我修养的一个重要方面,就是多读书,读好书,多方面吸取精神营养。赵应枢同志的《从政古鉴》,便是值得干部阅读的好书之一。

《从政古鉴》共一百七十七个故事,分为《正身篇》、《用人篇》、《关系篇》、《管理篇》、《谋略篇》、《纳谏篇》、《子孙篇》七大部分。篇幅短小,内容丰富,在茶余饭后,会议间歇,出差途中,都可翻阅。

"其身正,不令而行。""正身"是从政的首要条件。《正身篇》中的公仪休很喜欢吃鱼,但拒绝贿赂,不吃别人送的鱼;七品官道同,能坚决抵制来自上面的不正之风;武则天不被谗言所惑,祛邪扶正;马太后制止亲属谋私利;诸葛亮赏罚分明……这些故事反映了我们的前人很懂得"正身"与"正人"的密切关系,值得借鉴。至于仇士良向他的党羽传授惑主乱国之术,则应该引起每个领导干部的警惕。

干事业,没有一批同心同德的人共事是不行的。《用人篇》就如何看待"才"与"德"为我们提供了理论与事实的参考。汉高祖、唐太宗等知人善任,魏明帝善于鉴别两面派,光武帝赐赏廉洁官吏、任用直言之士,无疑都是高明之举。

如何处理上下左右各方面的关系,这是年轻干部经常遇到的问题。《关系篇》中,有赢得部下忠心的楚庄王的故事,也有失掉民心而身亡的周幽王的教训,有善处同僚关系的郭子仪、吕蒙正,也有因陷害同僚而受到惩罚的"臧家的小子"。

《管理篇》、《谋略篇》、《纳谏篇》,则从执法严明、兴利除弊、善于理财、重视调查研究、讲求办事方法、虚心听取意见等许多方面选编了生动的历史故事。

现实生活中,不少干部虽政绩突出,却在子女教育方面跌了跤。本书以《子孙篇》收尾,选编《疏广论遗产》、《唐太宗诲太子》、《包拯家训》等许多篇章,为从政者提供历史借鉴,是含有深意的。

《从政古鉴》是根据古书记载编写的,语言通俗,大多数篇章都有较强的故事性和趣味性。从思想内容上看,有正面的,也有反面的。一编在手,可于津津有味的阅读中获得丰富的历史知识,而从政的历史借鉴即寓于其中。这对提高干部的素养、深化改革、加快现代化建设的步伐,都会起到积极作用。

1993 年 7 月

《少陵律法通论》序

　　侯孝琼教授长期在高等学校从事中国古代文学的教学、科研工作,成绩斐然。业余作诗填词,隽句佳章,播在人口,是当代享有盛誉的女诗人之一。教学、科研的心得体会,当然有助于提高诗词创作水平,而诗词创作的实践经验,更有助于深入领会文学作品(包括古典诗词)的意境,提高教学、科研质量。她的新著《少陵律法通论》,则是教学科研心得和诗词创作经验的结晶,我有幸先睹为快,受到不少启发。

　　中华诗歌从先秦发展到唐代,已经迈向光辉灿烂的高峰。鲁迅在给杨霁云的信中说:"我以为一切好诗,到唐已被作完,此后倘非能翻出如来掌心之齐天大圣,大可不必动手。"闻一多也认为,就诗本身说,连南宋的尤、杨、范、陆和稍后的元遗山,都是多余的、重复的(闻一多《文学的历史动向》)。然而一种诗歌样式的存灭,并不以某些人的看法为转移,而决定于本身是否仍有生命力。传统诗,不仅宋、金、元、明、清代有作手,而且延续至今,鲜花盛开。尽管受到"五四"新文学运动的冲击,传统诗的创作陷入低谷,但即使被认为最束缚思想的律诗,仍一直有人作,而且作出了不少好诗,连鲁迅、闻一多也不例外。毛泽东、叶剑英、董必武等,则更用律诗形式写出了意境全新的佳作。这说明,格律的限制并没有束缚人们情志的表达。律诗,乃是先秦至唐两千年来众多诗人对诗艺反复研练的结晶,它最大限度地发挥了汉语言文字的音乐美、形式美。它那既对立、又统一,既整齐、又富于变化的扬抑、疾徐的韵律和对比映衬的句法,适应于汉民族文化辩证思维的模式。对作者来说,它能有效地传情达意;对读者来说,它易记、易诵、易入人心。律诗,它将与汉语言文字共存亡。

　　基于这个事实,研究律诗的法则,至今仍有现实意义。尽管自有唐以来,研究律诗法则的书已屡见不鲜,但以杜甫的律诗作为圭臬来系统地讨论律法的书,尚付阙如。这实在是一个亟需填补、充实的薄弱环节。

　　"少陵五言律其法最多,颠倒纵横,出人意表。"(陆时雍《诗镜总论》)"少陵七律，无才不有，无法不备。"(施补华《岘佣说诗》)因此，学作律诗而取法杜诗，是历代诗人的共识。苏轼说："学诗当以子美为师，有规矩故可学。"(《后山诗话》引)胡应麟说："学五言律……归宿杜陵，究竟绝轨，机深研几，穷神知化，五言律法尽矣。……七言律，唐以老杜为主……兼收时出，法尽此矣。"(《诗薮》内编卷五)清人吴瞻泰也说："子美作诗之'本'，不可学也；子美作诗之'法'，可学也。"(《杜诗提要·自序》)可见，被当前某些人视为枷锁、视为畏途的律法，正是学习律诗可以遵循的途径。以杜甫的律诗为例说"法"，更是入门的捷径。沿着杜律所体现的法则经过刻苦的习作训练，虽不一定能达到杜甫"海涵地负"、"雄奇飞动"的境界，但易于入门，可以写出抒情言志，兼有音乐美、语言美、形式美的好诗。

　　古人阐发杜诗，大都或注"事"，即所谓"笺释"，或注"意"，即所谓"解析"。涉及律法的论述，则淹没于对一首诗的笺事、解意的海洋之中。元人杨载的《诗法家数》和范德机的《木天禁语》、《诗学禁脔》，开始讨论诗法。尽管被《四库全书总目》讥为浅陋，疑为伪托，却有转移风气的作用，此后的杜诗研究者逐渐重视律法的论析。

　　明人单复《读杜愚得·自序》云："余初读杜子美诗，茫然莫知其旨意。注释者虽众，率著其用事之出处耳。或有指其立言之意者，又复穿凿傅会，观之令人闷闷。……既又得范德机氏分段批抹杜诗观之，恍若有得，则向所谓莫知而可疑者，始释然矣。"显然，单复的《读杜愚得》是在范氏的启发下写成的，他按赋、比、兴来分析诗的命意、用事，并且点出了诗中承接、照应之处。这本书《四库全书总目》认为"无所发明"、"多所牵合"，但仇兆鳌的《杜诗详注》所引独多。《读杜愚得》中的律诗部分，又被陈明汇辑为《杜律单注》十卷行世。

　　清人黄生撰《杜诗说》，《四库全书总目》讥其"如评点时文"，"失之太浅"，"盖深于小学而疏于律法"。然其说诗重在"以意逆志"，从绅绎诗意出发，对字法、句法、章法逐一剖析，深入浅出，有益初学。仇兆鳌《杜诗详注》共引三百余条，李雪岩《杜律通解》，吴瞻泰《杜诗提要》，杨伦《杜诗镜铨》等也多所摘引。

　　此后又有清人郑际熙的《杜律篇法》，其《自序》云："能诗者未尝先言法而自中法，且神而明之，变法以自成其法。"可见这本书是侧重"篇法"而主张不泥于法的。可惜《四库全书》仅存其目。

　　至于专门研究杜诗用韵的书，最早的有宋人李吕编、孙觌作序的《杜诗押韵》。宋人蔡梦弼《草堂诗笺跋》说:"国家……设科取士,词赋之余,继之以诗,诗之命题,主司多取是诗(指杜诗)。"所以,宋代多杜诗韵编,以杜诗押韵为矩范,成为一时风尚。此外,还有研究杜诗双声迭韵的,如明人宋鸿的《杜诗双声迭韵表》、清人周春的《杜诗双声迭韵谱括略》等。

纵观前人注杜、论杜之书,对于杜律的法则虽有不少论述,但瑕瑜互见,零散不成系统,需要做一番梳理、抉择、发挥和系统化工作。侯孝琼教授有鉴于此,以课余时间完成了这部《少陵律法通论》。全书分炼字、琢句、章法、技巧、韵律五篇,逐一以杜甫律诗为例,结合自己对原诗的领会,选引前人的有关论析,力图用新观点、新知识进行阐发,往往惬心贵当,鞭辟入里。

如《炼字篇》"句眼"条讲"眼"在第一字时,以"暗水流花径"(《夜宴左氏庄》)为例,先引黄生"上句妙在'暗'字,觉水声之入耳",然后解析道:"它恰切地突出了无月之夜,视觉受到抑制的情况下,单凭听觉辨识水流花径时对'水'的独特感受。"又如《谒真谛寺禅师》"冻泉依细石,晴雪落长松",黄生只说"此工在'冻'字、'晴'字"。著者则进一步指出:"泉本流动之物,着一'冻'字,化流动为静谧;雪本寒,着一'晴'字,化冷色为暖色。只二字,点化出一个庄严光明、充满动静冷暖的辩证关系的禅意氛围。"

杜诗常用字,宋以来多有人拈出。朱任生《杜诗句法举隅》(台湾中华书局出版)即举出杜诗常用字近一百五十例。本书则在列举杜律常用字前,先论析了掌握诗人的常用字对了解诗人风格的重要性:"诗评家们了解一个诗人的风格,常常先从他诗歌的意象开始。不同的诗人有不同的、独特的意象群,以它们为基本构件,创造独特的艺术世界,形成独特的艺术氛围。有的人就从意象统计开始来研究作家、作品……在诗歌里,意象实际上就是主观心志和客观物象、事象在字词、词组中的熔铸和具现。意象统计,也就是对表现意象的字词、词组的统计。"在杜律常用词"乾坤"一条中,先统计"乾坤"及其近义词"六合"、"天地"、"万里"等出现的频率,又举出有代表性的例句。在此基础上总结说:"这一组词着眼于囊括广大的空间,或表示无际的忧思,或抒写深远的情怀,或置个人于'两间'中,反衬自身的孤独,或正写漂泊天涯,杜诗给人以'地负海涵'和'沉郁'的印象,与它们的频繁出现不无关系。"

这本书还专列了杜律色彩字的运用一条,从杜律中各种色彩字出现的次数和色彩搭配的实际情况得出结论:"杜甫喜欢用、而且善于用颜色字来使他创造的艺术世界奕奕生辉。对于各种色彩,他并无明显的偏爱,他总是能用比较客观的态度观察、表现现实世界的缤纷色彩,尽量少用自己的主观情绪给现实世界染色。他的配色鲜明和谐,可以看出他广泛的审美情趣和对生活的热爱。以颜色字置句首,使之由物的属性上升为施事者,这是杜甫的独特句法,又说明他对于色彩最易感知的性能的了解和高度重视。"

在《琢句篇》中,强调了杜律中语言的高度诗化,用大量篇幅分析了杜律中频繁出现的"不完全句",这是诗有别于文的"诗化语言",也是杜甫开拓诗歌语言的重大贡献。在分析"不完全句简单句"时,运用了当代有关诗歌语言研究的学术成果,把名词、名词性词组并列的句子分为"经验型组合关系"、"矛盾逆折型组合关系",穷幽探微,胜义迭出。

例如以《旅夜书怀》"细草微风岸,危樯独夜舟"为例,说明"经验型"的组合。指出这类句子中并列的名词、名词性词组多属"原型意象",它积淀了丰厚的生活经验和情感体验,无须任何谓语的说明,它本身就暗示着特定的情感内容。如"草",自淮南小山《招隐士》有"王孙游兮不归,芳草生兮萋萋"之句以来,就成了远游失志,孤凄历乱情怀的原型物象。而"夜",《诗经·王风·君子于役》"鸡栖于埘,日之夕矣,羊牛下来。君子于役,如之何勿思"表述了中国农业社会"日入而息",日落当归的共同生活经验,"夜",成为思乡怀归的原型时间意象。至于"孤舟",则总是引发落魄飘流的联想。形式上并列的、关系松散的名词、名词性词组,在其深层被漂泊失志、羁旅怀归这一特定情感内容所聚合,并共同建构一个传达、交流这一特定情感的艺术境界。

古人称之为"倒句"的"词语错位",也是语言诗化的一个重要形式。汉语是一种"非形态"语言,词序有很大的随机性,为语言的诗化运用提供了很大的方便。古人已经看出杜律中的倒句不仅是为了协律、押韵,还有修辞功能,有"语倒则峭"的说法。这本书则用语法分析的手段侧重说明"错位"造成的修辞效果。如"动宾错位"一条,以《秋野五首》之五"径隐千重石,帆留一片云"为例说:上句应当是"千重石隐径"的倒置,以此作为参照,下句就应当是"一片云留帆"。这里将宾语"径"、"帆"提前,使径、石、帆、云等的关系变得模糊、不确定,又那么亲切有情。它们错综、交织、依倚、映衬为和谐的一片,又与诗人如云之漂浮无定,今暂隐于山野与大自然相亲的情事相融合。

杜律的语言既高度诗化,疏离日常用语和散文语言,又大量运用虚字组成复句,使诗的语言向日常用语和散文语言靠拢,开"以文为诗"的先河。本书通过杜律虚字的运用、复句的倒折,揭示了杜律语言向两极变化的矛盾现象,它恰好说明杜甫对诗歌语言艺术多方面的尝试与探索,并逐步使之达到"不烦绳削而自合"的"无施不可"的自由王国。

对仗,它兼有铺叙、对比、映衬、互文等多种修辞功能,而且诗化语言也多借句式相同、词语对应的对仗句式上下比勘、印证。因此,这本书不惜笔墨,全面地例析了杜甫对传统对仗这种手法的运用,还特别突出其宽对、流水对、反对、背面对。并指出,正是这些对仗方式的频繁运用,使杜律呈现出既跳脱畅达、又顿挫而多层折的独特风貌。

在《章法篇》中,除了对诗歌传统章法"起承转合"的阐释外,还强调了杜律时空分设、宾主、答问成篇等独特技法。对连章律诗,更作了详细的例析。因为五律连章,到杜甫已臻极致;七律连章,则是杜甫所独创。连章之法,可济律诗篇幅之窘,是杜甫对律诗篇幅开拓的尝试。

杜律的制题,前人也偶有评说。《宋史·艺文志》录有鲍口撰《杜诗标题》三卷,原书已佚,从书名看,或与制题有关。本书综合前人对杜律制题的有关论述为简净、含蓄、精切、详曲八个字,并说明它与作者驭题行文和读者悟入的重要关系。

用事用典,是传统诗最常用的修辞手法。当代诗坛的某些人对"用事"多所指责,但掌握了用事之法,用事得当,确能收到以少胜多、情味渊永的艺术效果,不宜盲目否定。因此,著者仍把"用事"列于《技巧篇》之首,并分为"引用原句"、"引用人名"、"点化事于景中"、"反用事"四类,每类条分缕析,简明扼要。如"引用人名"一类,分六方面论述:一、以古人名为中心词,组成名词性词组,人名前的附加成分即以古比今,乃古、今人物的联结点。如《北邻》"爱酒晋山简,能诗何水曹"。二、以古人名为主语,其谓语部分即以古比今,乃古、今人物的联结点。如《奉酬严公寄题野亭》"谢安不倦登临费,阮籍焉知礼法疏"。三、以古人名为定语,修饰今之事物,使之具有特定内涵。如《秋尽》"篱边老却陶潜菊,江上徒逢袁绍杯"。

在"修辞"一目中,还强调了设疑在诗中的修辞效果,重点论析了杜律中语断意连,宕开作答的设问句所具有的张力。至于其他常用修辞格,则仅指出杜甫运用中的创新。如"比喻"一条,列举了"香罗迭雪轻"、"江云飘素练"、"深江静绮罗"等例句,指出它们省去了比喻的标志词"如"、"似"之类,用谓词迭、飘、静双绾本体、喻体,使二者一而二,二而一,极鲜活、浑成。

《韵律》一篇,因古今语音变化,当代诗词用韵正在积极讨论之中,不可能像宋代那样以杜诗押韵为矩范,亦步亦趋。因此,这本书只一般介绍了杜律用韵的情况,把重点放在拗律和打破常规节奏以求新变两个方面。

杜甫是既集大成、又拓新境的伟大诗人,北宋初期的王禹偁曾用"子美集开诗世界"(见《小畜集》卷九)的名句对他推陈出新、开拓诗歌领域的贡献作过精辟的概括。以杜甫的律诗为典范,不仅因为"无法不备","有规矩可学",更因为"正中有变,大而能化,神动天随,从心所欲"(胡应麟《诗薮》内编卷五)。即"整齐于规矩之中",更"神明于格律之外"(吴瞻泰《杜诗提要·自序》)。凭着"读书破万卷"的功力,"语不惊人死不休"的创作态度,他终于使自己的律诗大放异彩,千汇万状,综错变化,不可端倪,导宋诗发展之先河,成为中国传统诗继承和创新的楷模。

侯孝琼女士充分发掘、吸取前人的研究成果,运用新知识、新观点,研练揣摩,深思熟虑,对杜律的一般法则作了详明、精当的阐述,对初学律诗者有取法、借鉴作用。

1995 年 1 月

《唐诗小史》序

　　罗宗强教授是一位开拓型的中年研究者。他广泛吸收古今中外的思维成果,以提高自己的学术素养,却不墨守陈说,随人脚跟,而是在充分占有第一手资料、深入钻研、独立思考的前提下,自出手眼,把握研究对象的内部规律。因此,他近几年来发表的一些学术论著,既勇于开创,又脚踏实地;既新意迭出,又言之有据。他的论著受到学术界的高度重视,的确不是偶然的。

　　我受陕西人民出版社委托,主编一套小型的文学丛书。在拟订约稿计划时,首先想到宗强同志。感谢他的热情支持,在不满一年的时间里,就按我出的题目和出版社定的字数,撰写成这部《唐诗小史》。

　　我以十分喜悦的心情读完了宗强同志寄来的全稿,觉得它是一部关于唐诗发展的新史,在许多方面,有新的特色、新的开拓、新的突破。

　　唐代诗歌发展史,顾名思义,当然要能反映唐诗发展的历史,而习惯的以作家为章节的写法,却很难看出诗歌发展的史的面貌、史的脉络。此书的一个特点,便是对于唐诗发展的史的面貌、史的脉络作了探讨,并且通过发展段落的划分、各个段落创作倾向的变化和各个流派的特点加以描述。

　　唐诗分期,历来有不同意见。宋人严羽将唐诗分为唐初体、盛唐体、大历体、元和体、晚唐体。明人高棅,虽亦分唐诗之发展为初、盛、中、晚四个时期,但认为初唐之渐盛在时间上直到开元初,而中唐则指大历贞元间,将元和以下划入"晚唐之变"。胡应麟的看法与高棅有相似处,他认为大历十才子,中唐体备;白居易与刘禹锡,已在中晚之间。他与高棅不同的地方,是将杜甫从盛唐划分出来。后人还有各种各样的分法。分法的不同,实际上是由于对各个时期创作倾向、诗歌风貌的认识与把握存在差异。本书把唐诗的发展分为五个时期:景云以前为初唐,景云至天宝中为盛唐,天宝中至贞元中为转折时期,贞元中至宝历初为中唐,以下为晚唐。这样分,就比较清晰地体现了唐诗的发展面貌。景云以前九十余年间,是唐诗发展的一个准备时期。这个准备时期的意义,就在于逐渐地清除南朝纤弱诗风的影响,在思想上和艺术上为唐诗的繁荣做好准备。本书描述了初唐九十余年间如何一步步地扩大诗歌的题材、一步步地把昂扬壮大的情思带到诗中,而又吸取南朝诗歌在艺术表现上的成就,把盛唐诗歌的繁荣看作是这种发展的必然结果。在唐诗的第一次繁荣到来之后,本书又从不同的风格类型着眼,侧重于叙述一群追求宁静明秀之美的诗人,一群追求壮大之美的诗人和一群追求清刚之美的诗人,而把李白看作盛唐诗歌的集大成者。这样的描述,使盛唐诗坛的风貌显得更加明晰。在盛唐之后,本书描述了唐诗发展中的一个转折时期。这个转折期的到来是从《箧中集》的作者们开始的。他们是一些盛唐社会的失意者,冷眼看那个社会的黑暗面,因此他们一变盛唐诗人那种带着理想色彩的歌唱为生活艰辛的叙述与叹息,从理想回到人间。他们的出现,实际上是唐诗从理想色彩浓烈的盛唐之音转变为杜甫的深刻写实的自然衔接。然后便是杜甫的动地歌吟。本书在叙述杜诗的成就时,对它的"诗史"的性质,它的严格的写实方法,它的变兴象玲珑的意境创造为描写、叙述与议论的写法,作了详细介绍,以说明杜诗是战乱之音,与盛唐异。在杜甫之后,本书认为,并没有直接进入中唐诗坛,转折时期的后半,还存在着大历诗风。大历诗风既失去了盛唐的昂扬情调,又没有杜甫实写社会生活的壮阔波澜。它表现的是淡泊情思与淡泊境界,是唐诗发展中一个徘徊的时期。在这个时期之后,才是充满革新精神的中唐诗坛。本书对于中唐诗坛众多有着鲜明个性的诗人和鲜明的美学追求的诗歌流派有详尽的叙述。在各章之中,中唐这一章在全书中占有最大的篇幅,这也可以看出来此书以中唐诗歌为唐诗第二次繁荣的观点。这一章对中唐诗歌在盛唐诗歌盛极难继之下如何开拓出唐诗发展的广阔的新天地,有着具体的描述。在晚唐这一章里,则更多地说明唐诗发展的最后阶段的复杂特点:诗人们视野内向,更多地表现个人情怀,而诗的技巧则更趋细腻精致,等等,李商隐就是这方面很典型的代表。

在描述不同时期唐诗发展的不同风貌的时候,也交错着阐述形成这些不同风貌的种种原因。例如,把中唐诗歌的革新精神和元和年间充满革新精神的社会思潮结合起来考察;把晚唐诗人的视野内向与当时的政局、当时士人的精神风貌联系起来描述,等等。这就说明了唐诗的发展变化是一种自然而然的历史现象。

本书的又一特色,是纵论唐诗的艺术成就,较多地着眼于诗歌的内部规律,较少地着眼于种种外部因素。对于各个时期唐诗的独特艺术成就,多有论列。论盛唐诗,除指出其风骨大备,且有一种清水芙蓉之美之外,用了不少篇幅,论其意境创造上之巨大成就,以为盛唐人意境创造之功绩,在于情思和境界的净化,在于意境的氛围和画意的创造都已达到炉火纯青的地步。由于情思和境界的净化,由于意境的氛围和画意的创造,使意境具有多层次而又浑然一体的性质。论中唐之韩、孟诗派,拈出他们在尚怪奇的审美趣味上的一致和在重主观的表现方法上的相似,对于他们的创造性的艺术上的追求,给予充分地肯定。论李商隐,用了相当的篇幅说明其朦胧情思和朦胧境界的创造在唐诗艺术发展中的意义。由于着眼于各个时期艺术上的独特成就,唐诗发展过程中审美趣味的演变、艺术技巧的革新,各个流派,各个诗人的得失功过,也就较为清晰地呈现出来,有了一个"史"的面貌。

本书的又一特色,是不用习以为常的文艺概论的简单理论框架去套唐诗的发展史实,一切从历史事实出发,给以理论总结,给以史的考察和评价,因而也就能够提出独创性的看法。例如,叙白居易,而不言及向来为学界所反复论列的"新乐府运动",只介绍其新乐府创作,而认为历史上并未存在过这样一个"运动";叙述晚唐诗人皮、陆诸家,持论也异于他人,以为他们诗歌的主要倾向,是追求淡泊情思,而非写民生疾苦。当然,历史事实是纷纭复杂的,理论总结的难度之大,也是人所共知。给唐诗发展以史的考察和理论总结,从而提出独创性的看法,其可贵之处在于打开思路,引起争鸣,把研究工作导向深入,而不在于在在处处都准确无误,尽善尽美。

在写法上,则条理清晰,结构严密,文字流畅清新,读起来兴味盎然。

由于受字数的限制,我只能委屈宗强同志写一部关于唐诗发展的"小史"。但读完这部书,感到字数虽然少,容量却够大的。从这里也可以看出宗强同志的功力和匠心。如果要求他在有限的篇幅里写出更多的东西,那就不切实际了。我很希望宗强同志能在不受字数限制的情况下写一部大型的唐诗发展史,那么,《小史》中已经谈到的一些诗人,就可以谈得更充分;《小史》无法涉及、却大量存在的三、四流诗人,也可以纳入论述的范围。而在总结唐诗发展的内部规律的时候,视野也可以更加开阔,诸如艺术技巧演变的内在脉络,某种艺术技巧的出现与审美情趣变化的关系,等等,都可以作深入细致的阐发。我相信,以宗强同志的学力和精力,在《唐诗小史》已经奠定的基础上进一步开拓,一部宏伟的、崭新的唐诗发展史的出现,将是指日可待的。

1985 年 10 月

刘筑琴《桃花扇》序

我国的古典戏剧,特别是元人杂剧和明清传奇,艺术成就极高,是我国,乃至全世界艺术宝库中的珍品,不仅曾在国内长期上演,受到广大观众的喜爱,而且曾用多种语言翻译,在国外广泛流传。比如元人纪君祥的《赵氏孤儿大报仇》杂剧,早在18世纪初叶,就被法国人用法语翻译过去,在欧洲戏剧界引起轰动,被誉为"中国的悲剧"。《西厢记》的外文译本种类更多,在国外影响更大,出现了不少研究著作和研究专家。

元人杂剧和明清传奇,现代人统称戏剧,从前则与散曲相对,称为戏曲或剧曲。剧中人物的语言,分宾白与唱词两个部分,而以唱词为主,唱词就是"曲"。曲文既押韵,又讲平上去入、平、上、去三声,有时还分阴阳,因而有很强的音乐性。"曲"从语言的角度看,有本色派、文采派之分。文采派的作品,或清丽,或典雅,或含蓄蕴藉,风格多样,但其总的特点,则是注重文采。例如《西厢记》第二本第四折中的几支曲子:

〔天净沙〕莫不是步摇得宝髻玲珑?莫不是裙拖得环珮叮玲?莫不是铁马儿檐前骤风?莫不是金钩双控,吉丁当敲响帘栊?

〔调笑令〕莫不是梵王宫,夜撞钟?莫不是疏竹潇潇曲槛中?莫不是牙尺剪刀声相送?莫不是漏声长,滴响梧桐?潜身,再听,在墙东,原来是近西厢理结丝桐。

〔秃厮儿〕其声壮,似铁骑刀枪冗冗;其声幽,似落花流水溶溶;其声高,似风清月朗鹤唳空;其声低,似听儿女语,小窗中,喁喁。

这三支曲子,是莺莺唱的。张生按红娘的主意,抓住莺莺月夜去花园烧香的时机,在西厢弹起琴来,试图用琴声打动莺莺。这三支曲子,通过描写琴声的急遽变化来展示莺莺被琴声激起的心灵波涛。实在写得很精彩。然而让今天的青少年或者具有一般文化水准的广大群众来读,就会遇到文字障碍,难于充分领会、欣赏。但如果把这样漂亮的唱词用现代汉语改写成散文,则一方面由于原作提供了如此优越的改写基础,所以改写成的散文必然也很优美;另一方面,由于运用现代汉语改写,力求明白晓畅,所以改写成的散文必然雅俗共赏,不论是小朋友或成年人,都能从中得到艺术享受。

把优秀的戏剧用散文形式改写成故事,在群众中普及,是行之有效的好办法。莎士比亚的许多名剧,就早有英语改写本,中文翻译的书名叫《莎士乐府本事》。我上高中的时候,英语老师曾向我介绍说:"《莎士乐府本事》中的作品既有趣味性,文笔又简练优美,是中国人学英语的好教材,应该买一本课外阅读。"我便买了一本,借助英汉字典读过好些篇,对于提高英语水平和写作水平,都起了很大的作用,至今还怀念它。可惜这本书,现在未见重印,也没有人提起了。

刘筑琴同志从元人杂剧和明清传奇中选出 10 种剧本。用现代汉语改写成散文,编成一本书,取名《桃花扇》,我粗读一遍,感到既吸取了原作的精华,体现了原作的风貌;又扫除了文字障碍,删汰了不必要的枝节,兼有趣味性、可读性和一定程度的艺术性。它的出版,对于我国古典戏曲的普及,对于提高广大青少年的文化素质,对于丰富某些成年人的文化生活,都会起到积极作用。

1993 年仲春写于陕西师大文学研究所

《中国风俗大辞典》序

　　中华民族是全世界经济、文化发展最早的民族之一。这一伟大民族,在黄河、长江流域辽阔的土地上,长期繁衍生息所创造的民族优秀文化,是他们智慧的结晶。作为炎黄子孙,继承和弘扬这些优秀的文化遗产,有助于振奋民族精神,提高民族自尊心和自信心;有助于培养爱国主义情操,增强民族的凝聚力。

　　在光辉灿烂的民族文化中,那些丰富多彩的民风民俗,亦是一颗灼灼夺目的珍珠。中国的民风民俗,源远流长,门类众多。它是中华民族在长期共同的生产实践和社会交往中,自发地逐渐形成的一种错综复杂的社会精神现象。从总体上看,它在维系民族成员之间相互理解和信任、促进全民族聚合成一个强大的战斗群体,以及形成本民族的生活、意识、性格、心理、道德等特征的各个方面,都曾起过值得肯定的历史作用,保存有民族精神和文化的精华。但是,另一方面,它在形成的过程中,由于受到时代和阶级的限制,受到经验和知识水平的限制,会不同程度地积淀有非科学的,以至落后的因素。因此,我们必须对传统的风俗进行实地调查和科学研究,既要反对毫无批判地兼收并蓄,也要反对以历史虚无主义的态度全盘否定,应该采取批判地继承的正确态度,继承其精华,发扬良风美俗;弃去其糟粕,改造恶风陋习。这样,才能既保持风俗的民族特色,又可使它在建设社会主义的精神文明中发挥应有的作用。

　　中国的民风民俗,除了在浩瀚的古典文献里存在大量记载外,尚见之于古代各类小说、戏曲和诗文中。这些文学作品所保存的许许多多的形象化资料,同样是异常珍贵的。《中国风俗大辞典》将上述两个方面密切配合,全面系统地加以汇辑、整理和编撰,力求臻于完备。这对继承宝贵的传统文化遗产,弘扬民族精神,显然是具有较高价值的。

　　这部辞典较之目前国内同类辞书有不少特点。全书凡十大门类,收录词目约500余条,涉及面较宽;词条编写,既稽考史籍的翔实记载,又引证文学作品的生动描述,溯源疏流,相辅相成;在探索渊源的基础上,阐明历代沿革和异同,持之有据,言之确凿,使全书科学性、知识性和可读性得到统一。而且,书中还适当收入有关轶闻逸事,语言活泼,行文流畅,平添了几多趣味。总之,此书的出版,既可为广大读者提供民风民俗方面的知识,又是专家学者研究民俗学、风俗学、社会学等难得的参考资料,无疑会受到社会各方面的普遍欢迎。

1990 年 5 月 16 日于西安

《〈全宋词〉评注》序

　　宋词,这是与唐诗并提比美的艺术瑰宝,因而自宋代以来,不断有人汇编汇刻。唐圭璋先生求全求精,从1931年开始,穷七年之力,编就《全宋词》总集,由商务印书馆铅排,于1940年在抗日烽火中的长沙出版。时局艰危,疏失难免。唐先生念兹在兹。十余年后又与中华书局合作,对长沙版《全宋词》进行了长时间大规模的加工,于1965年出版一版。嘉惠艺林,功德无量。

　　改革开放以来,百废俱兴,千帆并举。中华诗词亦由复苏而走向繁荣,创作队伍日益壮大,研究水准日益提升,在重编本《全宋词》的基础上精益求精,编纂《〈全宋词〉评注》,已成为广大群众的迫切需要。治宋词多年,著述宏富的周笃文先生应运而出,勇挑重担,在国家教委的支持下组织海内专家共襄盛举,几经寒暑而大功告成,可喜可贺。

　　我与笃文先生交厚,有幸了解《〈全宋词〉评注》的编纂概况,更有幸先睹书稿,认为此书优点颇多:其一,对重编本《全宋词》所收词作,又用善本校核,力求精当。其二,重编本《全宋词》共收一千三百三十余位词人的词作一万九千九百余首,残篇五百三十余首,堪称洋洋大观。此书又在"全"字上下功夫,从《四库全书》、《永乐大典》(残卷)、《广群芳谱》、《诗渊》以及大量笔记、谱录、医书、方志等文献中网罗散失,补收佚词近二百首,百尺竿头,更进一步。其三,对历代词评进行了广泛搜辑和全面梳理,筛选具有文艺批评和鉴赏价值者列于相关词下,力求有益读者而又节省篇幅。例如苏轼《永遇乐·明月如霜》,曾敏行《独醒杂志》卷三、先著《词洁》、徐釚《词苑丛谈》卷三、刘体仁《七颂堂词绎》、唐圭璋《唐宋词简释》等都有评论,而此书只选胡仔、张炎、邓廷桢、郑文焯四家评语,求精而不炫博,难能可贵。其四,对词作中的难字难词以及人物、典故、史实、典章制度等俱加注释,论据恰切,文字简明,为读者扫除了文字障碍。例如柳永《一寸金》词中的"梦应三刀",意为应了三刀之梦,但"梦三刀"何意,却颇难索解。注释者根据《晋书·王濬传》所载王濬梦三刀为任

序跋集　391

益州刺史之兆,证以词中"锦里"等地名及全篇词意,注为"指出任益州刺史",便令人涣然冰释。其五,作品系年及包括词人时代、姓氏、行实及文学成就等在内的作者简介,都博采已有的研究成果,力求准确。

唐圭璋先生以一人之力,惨淡经营,编就《全宋词》,又编就《全金元词》。《〈全宋词〉评注》则由笃文先生任主编,集全国专家之力,为《全宋词》在教学、科研、鉴赏和创作借鉴等方面发挥更大作用做出了杰出贡献。唐先生有知,必当颔首致谢。那么,《全金元词》的注释和集评,也应该提上日程了。词学家其有意乎?出版社其有意乎?

2009年元旦写于陕西师大专家3楼

《历代五绝精华》序

五绝始于何时？诗论家或谓绝句又名"截句",乃截律诗一半而成。五绝定型于初唐,则五绝之形成亦不能早于初唐也。然则,"绝句"之名始于何时？余编《历代绝句精华鉴赏辞典》,约请某名家为六朝绝句撰稿,答书云："六朝尚无绝句之名,哪有绝句？选诗自应从初唐开始,庶免贻笑大方耳。"

稽考诗史,此二说俱欠精审。五言四句小诗,早见汉魏乐府,六朝民歌更蔚为奇观。文人取则,创作渐繁。徐陵编《玉台新咏》(成于梁代),第十卷专收此类小诗,如同时人吴均《杂绝句四首》、梁简文帝《绝句赐丽人》、庾信《和侃法师三绝》等等,而以四篇汉乐府冠首,题曰《古绝句》。盖谓"绝句"古已有之,时人之作渊源有自也。证以《南史》,"制诗四绝"、"为诗一绝"及"绝句五篇"之类,屡见纪载,则"绝句"之名始于六朝,而五绝之作,亦于此时飘香吐艳矣。

五绝有古体、律体之分(尚有拗体,指失黏及有拗句者。详见拙编《万首唐人绝句校注集评·前言》,山西人民出版社1991年版;《历代绝句精华鉴赏辞典·前言》,陕西人民出版社1993年版)。古体不受近体平仄黏对束缚,一、二、四句或二、四句押韵,可平可仄。汉魏六朝已多佳什,后贤嗣响,沾溉无穷。唐代近体诗成熟,或以为自兹以降,古绝告退,律绝方滋。实则不然。初唐五绝名篇如虞世南《蝉》、上官仪《入朝洛堤步月》、骆宾王《易水送别》等,皆古体。盛唐五绝,李白、王维为最,崔国辅、崔颢、孟浩然、裴迪次之。而诸家传诵之作,如李白之《玉阶怨》、《静夜思》、《越女词五首》,王维之《杂诗》、《鹿柴》、《竹里馆》、《辛夷坞》、《临高台送黎拾遗》,崔国辅之《魏宫词》、《怨词》、《古意》、《襄阳曲》、《长乐少年行》,崔颢之《长干曲四首》,孟浩然之《春晓》与裴迪辋川诸什,何一非古体？中晚唐五绝之脍炙人口者如孟郊之《古怨》、李绅之《悯农》、柳宗元之《江雪》、贾岛之《寻隐者不遇》、聂夷中之《田家》、郑遨之《富贵曲》,亦古体也。两宋以来,此体未废,如范仲淹之《江上渔者》,梅尧臣之《陶者》,岂非家喻户晓者乎?盖五绝源于乐府民歌,崇尚真情流露、自然超妙,其音韵亦以纯乎天籁为高,故名贤茂制,多属古体也。

律体绝句形成于齐梁以来律化过程之中。简文帝《绝句赐丽人》《夜夜曲》及江总《长安九日》诸作,已完全合律。入唐以后,遂与古体绝句共领风骚,各放异彩。如王勃《山中》、宋之问《渡汉江》、王之涣《登鹳雀楼》、孟浩然《宿建德江》、王维《相思》、李白《劳劳亭》、杜甫《八阵图》、刘长卿《逢雪宿芙蓉山主人》、戴叔伦《过三闾庙》、李端《听筝》、李益《江南曲》、张仲素《春闺思》、白居易《问刘十九》、元稹《行宫》,皆声情并茂,传诵不衰。窃以为初学五绝,宜先研练揣摩,熟谙声律。当其触景生情,缘情得句,或为律体,或为古体,自能因题制宜,各臻其妙。倘未辨平仄,浅尝辄止,杂凑四句而以古体自解,必无深造自得之时矣。

一首五绝不过寥寥二十字,故易作而难工。铺张写景,曲折叙事,大发议论,炫耀才学,卖弄词藻,堆砌典实,皆无用武之地。必须激情洋溢,兴会淋漓,神与境会,境从句显,景溢目前,意在言外,节短而韵长,语近而情遥,兴象玲珑,神味渊永,令人一唱三叹,低回想象于无穷,方为佳构。论其构思谋篇,诀窍虽多,而最要者莫如以小见大,虚实相生,飞笔留白,象外有象。如崔颢《长干曲》"君家何处住?妾住在横塘。停舟暂借问,或恐是同乡。"读之令人因"妾"想"君",因"问"想答,因"停舟"、"横塘"而想长江、旷野及"妾"之身世、境遇,而"妾"发"问"时之神态心态,亦灼然可见。诚如王夫之所谓"墨气所射,四表无穷,无字处皆其意也"(《姜斋诗话》卷二)。

五绝之形成早于七绝,故初唐绝句,五言已盛而七言尚少。惟七绝字数稍多,音调舒展,故自盛唐以后,作者日众,五绝相形见绌(就《全唐诗》存诗一卷以上作者之诗统计:初唐五绝172首,七绝77首;盛唐五绝279首,七绝472首;中唐五绝1015首,七绝2930首;晚唐五绝674首,七绝3591首。五绝、七绝升降之趋势,于此可见)。然而二体各有优长,五绝以少总多,适于表现特定情境,至今仍有艺术生命力。苟能精选历代佳作以资借鉴,则五绝一体,必将鲜花盛放,与七绝、五律、七律、五古、七古、歌行、词、曲争奇斗丽,共酿春色。毛谷风先生《历代五绝精华》之著,意在兹乎?故粗陈鄙见,以为嚆引。

1998年初春写于陕西师范大学唐音阁

《辽金元诗话全编》序

中国向来被称为诗的国度。《诗经》、《楚辞》而后,历代诗人辈出,名篇佳什,传诵不衰。有了诗歌创作,便有总结诗歌创作经验的诗歌理论。与中国古代诗歌在中国古代文学中所占的显赫地位相适应,中国古代诗歌理论在中国古代文学理论中所占的地位也异常突出,值得特别重视。

从诗歌创作经验中概括出来的诗歌理论又反转来指导诗歌创作。某一时期或某一流派的诗歌创作,往往是和某种理论的指导或影响分不开的。因此,要研究某一时期、某一流派的诗歌创作乃至研究整个中国古代诗歌发展史,都不能不研究中国古代诗歌理论。

研究中国古代诗歌理论,首先会找关于诗论的专著,即通常所说的"诗话"。清人何文焕汇编自钟嵘《诗品》以来的数十种论诗专著为《历代诗话》,近人丁福保加以扩充,编印《历代诗话续编》及《清诗话》,郭绍虞又完成《宋诗话辑佚》与《清诗话续编》。这几部书所收,虽然远非论诗专著的全部,但都比较重要,为研究者提供了很大的方便。

与论诗专著同样有价值的是论诗的专文,如《毛诗序》、《文心雕龙·明诗》、陈子昂《修竹篇序》、白居易《与元九书》,以及各种诗集的序、跋和诗人们论诗的书札等等。杜甫《戏为六绝句》以来的许多"论诗诗",也可归入此类。论诗的专文和诗,数量很大,先后出版的《中国历代文论选》、《中国近代文论选》、《中国古代文论名篇详注》、《中国近代文论名篇详注》之类的选本中,包括了重要的论诗专文和论诗诗,可备参阅。

包括群经、诸子、史传在内的先秦古籍中已不乏论诗的章节或片言只语,虽然不像后来的论诗专著、专文那样完整,但从不同方面体现了当时人们对诗的认识,不容忽视。例如《尚书·尧典》中"诗言志,歌永言,声依永,律和声"一段,如朱自清在《诗言志辨·序》里所说,乃是我国历代诗论的"开山的纲领"。《论语·阳货》"小子何莫学夫诗"一段,被称为"孔子的'兴、观、群、怨'

说",直到现在,还被理论家在阐释诗的社会功用时所引用。此后,随着文学的自觉和诗歌创作的日益繁荣,零星的论诗资料几乎散见于浩如烟海的所有文献,其价值不亚于论诗专著、专文,然而颇难翻检辑录,至今连比较系统的选编本也未见流传。

学术研究的前提是充分占有资料。如果能将历代论诗专著、专文(包括论诗诗)和散见于各种载籍的零星的论诗资料尽可能完备地汇编成书,必将对全面深入地研究几千年来的中华诗歌和中华诗论起促进作用;对提高当前的诗歌创作水平,也有借鉴意义。然而这种工作既烦难,又枯燥,要完成这种工作,不仅需要深厚的学养,而且需要过人的毅力、魄力和奉献精神。

老友吴文治教授早在韩柳研究及中国文学典籍、资料的整理中显示了深厚的学养和过人的毅力、魄力,继《中国文学史大事年表》的撰写之后,又主编《中国历代诗话全编》。全书按时代顺序分为七卷,每卷以人立目,既全收论诗专著、专文,又广泛搜辑散见于诗文集、随笔、史书、类书等各种书籍中的诗话,力求其"全"。经过数年努力,近八百万字的《明诗话全编》和七百余万字的《宋诗话全编》已相继出版,颇获好评。如今《辽金元诗话全编》也已编纂竣工,即将付梓了。

在中国诗史上,辽、金、元诗虽有元好问奇峰突起,但总体水平则陷入低谷。其论诗资料,仅从数量上看,也远逊于宋、明、清各代。就论诗专著而言,《历代诗话》及《历代诗话续编》所收者不过七种。其论诗专文(包括元好问的论诗诗)被收入各种古文论选本者也为数不多。而文治教授组织全国各高校、各研究所的一百多位专家广搜广采、巨细靡遗,终于完成的这部《辽金元诗话全编》,竟包括四百二十余家,约三百万字,真可谓洋洋大观!直到今天,辽、金、元诗歌和诗论的研究,还是相对薄弱的环节。我相信这部巨著的问世,必将在改变这种状况方面发挥积极作用。

文治兄来函说:"《明诗话全编》有杨明照、程千帆、徐中玉、傅璇琮、王运熙五位先生作序;《宋诗话全编》有钱仲联、罗联添、罗宗强三位先生作序。《辽金元诗话全编》因篇幅略小于前二书,故拟请先生一人作序。"诸位先生的序,我已逐篇拜读,该说的话,他们都已经说过了,无须重复。我在拉杂谈了一些感想之后,谨表示由衷的喜悦之情和祝愿之意,祝愿《中国历代诗话全编》中的其他各卷早日问世,嘉惠士林。

面对文治兄的煌煌巨著,不无感触的是:文治兄有幸得到有眼光的出版家支持,而这样的出版家,却是可遇而不可求的。我在上世纪八十年代受国家教委委托,与漆绪邦、梅运生、张连第诸兄完成高校文科教材《中国古代文论名篇详注》(上海古籍出版社版)、《中国近代文论名篇详注》(贵州人民出版社版)之后,即着手撰写《中国诗论史》。其阶段性成果《中国历代诗词曲论专著提要》于1991年出版,诗论史稿也于不久后完成,只是还未找到愿意赔钱出书的出版家。面对文治兄的煌煌巨著,也颇有"相见恨晚"之叹。如果我们在撰写《中国诗论史》之时能够读到《中国历代诗话全编》,必将事半而功倍;而文治兄的巨著为学术界所亟需,也于此可见一斑了。

《明人小品选》序

今年春节,胡义成同志来看我,从粉碎"四人帮"之后政治、经济等方面出现的大好形势,谈到文艺创作的繁荣,谈到古典文学和中国美学史研究工作怎样才能赶上新长征的步伐。谈得很投机,很热火,彼此都敞开思想,无所顾忌。我深深地感到,和"十年动乱"期间相比,什么都变了,人与人之间的关系也变了!

在谈到古典文学和中国美学史研究工作应该打破哪些禁区,多方面地满足人民群众日益高涨的精神生活需要的时候,胡义成同志说,他正在搞一册明人小品选评,要我帮忙。我说:"很好!这个忙我愿意帮。本来可以多帮一些,可是……"

50年代,我连续好几年讲授元明清文学,对于明代散文发展的情况,多少有些了解。60年代前期,我又对"公安派"的理论、创作、师承、影响等问题,作过比较深入的研究,并且用了将近两年的课余时间,完成了三十多万字的《三袁年谱》初稿。这部稿子内容丰富,涉及明代文学的许多方面,对于选评明人小品,也是很有用处的。

"能把这部稿子借给我吗?"

"如果还在我手边的话,当然愿意借给你。可是,它早在'文革'初期就被'东风红卫兵''抄'去了!这部稿子是用上面有'人民文学出版社'字样的直行稿纸抄写的,想来它还在人间。我一直希望有哪位好心的同志还给我。"

"唉!真可惜!"

这一声叹息,唤起了我的回忆……

当我从回忆中清醒过来,冷静下来的时候,对胡义成同志说:"是很可惜,然而可惜的岂只是丢掉了那部手稿和那些资料!'十年动乱'嘛,对于我们的国家、我们的人民、我们的党,都是一场史无前例的灾难!从杰出的才华到宝贵的生命,从纯洁的心灵到高尚的道德,从民族的荣誉到人类的尊严,从天文数字可以计算的物质财富到天文数字无法计算的精神财富,我们被劫走的东西实在太多了!正因为这样,我们必须加倍努力,弥补往日的损失,夺取未来的胜利。你就先把明人小品选注搞出来吧。我虽然在'十年动乱'中丢掉了那部《三袁年谱》和大量书籍,学业也荒疏了,但仍然可以帮助你。"于是,我给他开了必要的书目,谈了搜集有关资料的线索,后来又共同商定了选目。只有半年多的时间,他就完成了全部选注工作,写出了将近两万字的《前言》,真够得上"加倍努力"了!

我国源远流长、光辉灿烂的古代文学,在戏曲小说异军突起之前,主要的可分为两大类——诗歌和散文。在戏曲小说兴盛之后,诗歌和散文的创作仍然历久不衰,就其数量而言,远远超过了戏曲小说。然而在解放以来的古典文学研究中,如果说对于诗歌、戏曲、小说还比较重视的话,那么对于散文,却在很大程度上忽视了。翻一下现有的几部文学史,就可以证明这一点。比如对于明代的散文,只不过略提几笔而已。胡义成同志在《前言》中提到明人小品一直被人们侧目而视,其原因在于对30年代关于明人小品的论战作了片面的理解,这当然是不错的。但除了这一点而外,是不是还有原因呢?我认为是有的。要不然,为什么对于其他朝代的散文也没有给予应有的地位呢?

原因何在,需要广大文艺理论工作者和古典文学及美学研究工作者共同探讨,做出中肯的回答。这样做,对于我们更好地继承文学遗产,使社会主义文艺园地里的散文之花开得更加芬芳艳丽,是大有帮助的。

原因当然很多,我以为不是从实际出发,而是从教条出发,拿上关于文学的定义的框子去套我国的传统散文,可能是原因之一。

文学理论教科书告诉我们:"通过形象反映社会生活是文学的基本特征。"而"文学的形象",所指的又"主要是作为社会生活主体的人物形象",特别是"典型环境中的典型人物形象"。从文学的角度讲散文,当然得对文学的散文和非文学的散文加以区别,因而也就不能无视文学的定义。然而把定义看成僵硬的一成不变的东西,却不一定能够解决纷纭复杂的实际问题。拿上文学定义的框子硬套我国的传统散文,勉强套上的,就作为文学的散文略加论述;套不上的,就统统排除在文学的殿堂之外,这并不是实事求是的做法。

这里似乎应该考虑两个实际。

首先是民族传统的实际。比如希腊文学,一开始就是史诗和戏剧,运用上述的定义去衡量,当然是可以的。如前所说,我国在戏曲小说兴盛以前的漫长历史时期里,主要的文学样式是诗歌和散文。就诗歌说,除了《诗经》中勉强可以看作史诗的《公刘》、《生民》和此后有数的几首篇幅较长的叙事诗而外,大量的是抒情诗。既然如此,那么不从我们民族文学传统的实际出发,却用一成不变的文学定义的框框去套,又怎能不闹"削足适履"的笑话呢?

其次是文学样式、文学体裁的实际。和小说、戏剧相对而言的散文这种文学样式有它自己的特点。作为文学的一个品种,它固然具有形象性,乃至典型性,却不像小说、戏剧那样能够创造典型环境中的典型人物形象。如果创造了典型环境中的典型人物形象,那它就不是散文,而是小说了。

在我国古代,把诗歌以外的一切文章都叫做文,包括散文、韵文和骈文,也包括应用文、学术文和政论文。对于这包罗万象的文,我们应该区分哪些是文学性的,哪些是非文学性的。只要是文学性的,具有一定的文学价值,那么不论是散文还是韵文和骈文,都应该纳入文学的宝库,作为文学研究和文艺欣赏的对象。还有,我们通常是把文学分为诗歌、小说、戏剧和散文四大类来论述的,为了论述的方便把韵文、骈文也归入散文这个大类里面,似乎也未尝不可。

那么具备什么样的条件才算文学性的散文呢?简单地说,这条件应该是:言之有物,而又具有一定的艺术性,能够给读者以艺术感染和美学享受,并在美学享受中陶冶性情,开拓心胸,使其精神境界、道德修养、认识水平都得到提高。

艺术性的内涵十分丰富。就散文的艺术性而言,首先要有一定的形象性。

散文拥有各种各样的体裁,不同体裁的散文,其形象性也各有特点。例如《左传》、《史记》、《汉书》等书中的人物传记,即通常所说的史传文,它们本来是历史著作的组成部分,因而首先要求历史的真实性,不一定都有艺术性。只有那些具有艺术性,能够使人受到艺术感染、得到美学享受的,才可以列入文学性散文的范畴。但即使如此,它们仍然不能违背忠实地记录历史事件的要求。严格地说,那是历史与文学交叉处的东西,是史与诗的结合。鲁迅称赞《史记》是"史家之绝唱,无韵之离骚",正是针对史与诗相结合的特点而言的。如果首先不是"史家之绝唱",那就丧失了历史著作的价值。因此,即使像《史记》中的《项羽本纪》那样既有生动的环境描写,又有精湛的人物性格刻画,却仍然不能说创造了典型环境中的典型人物。当然,它的形象很生动,也有一定的典型性,但那典型性来自司马迁对项羽及其历史环境本身所具有的典型特征所作的真实描写,而不是来自对生活的艺术概括。

又如《水经注》、《永州八记》、《徐霞客游记》等等,通常称为游记散文,它们的形象性来自作者对于社会状况、自然景物、风土人情、名胜古迹、气候物产乃至政治、历史等等的真实而形象的描述,其中也可能有人物形象,但人物描写并不是贯穿始终的主要内容,展现在读者面前的主要是社会图画和自然图景,而不是典型环境中的典型人物。

又如《守株待兔》、《愚公移山》和柳宗元的《三戒》之类的寓言,或取材人事,或通过动物的拟人化创造形象,但那形象的创造,其目的在用以寄寓生活真理,实质上起着一种譬喻的作用,和戏剧小说中的人物形象很不相同。

散文是一种便于书写的文体,因而形式灵活、体裁多样。翻一下《文章辨体》、《文体明辨》之类的著作,名目之繁多,简直使人眼花缭乱。但除了论说文之外,其他体裁的散文都可以有这样的形象性,那是不难理解的,因而这里有必要谈谈论说文。

有人把散文分为议论、记叙、抒情三类,这虽然简明,却不很科学。因为议论、记叙、抒情这三种因素尽管在不同的散文中有所偏重,但很难孤立存在,而往往是互相结合的。如果完全排除了,或者过多地排除了叙事、抒情的因素,完全是,或者基本上是抽象地发议论、讲道理,那就很难获得形象性。与此相反,虽然以发议论、讲道理为主,却感时伤事,夹叙夹议,叙事活灵活现,议论充满激情,那自然就具有形象性。例如《庄子》,当然以发议论为主,但正如林云铭在《庄子因》中所说:"篇中忽而叙事,忽而引证,忽而譬喻,忽而议论。……只见云气空蒙,往返纸上,顷刻之间,顿成异观。"又如苏洵的《六国论》,分明是一篇论说文,但论的是六国以赂秦而亡,悲的是北宋以赂辽而弱,请看如下一段:

> 思厥先祖父,暴霜露,斩荆棘,以有尺寸之地。子孙视之不甚惜,举以予人,如弃草芥。今日割五城,明日割十城,然后得一夕安寝。起视四境,而秦兵又至矣!然则,诸侯之地有限,暴秦之欲无厌,奉之弥繁,侵之愈急,故不战而强弱胜负已判矣。

寓说理于叙事,形象鲜明,感情激越,能够使读者受到强烈的艺术感染。把这样的作品摒弃于文学遗产之外,显然是不公允的。

在以先秦诸子为代表的哲理文、以贾谊的《陈政事疏》为代表的政论文和以欧阳修的《五代史伶官传序》为代表的史论文中,由于把议论和叙事、抒情结合起来而获得艺术形象性的作品为数很多,这都是文学散文中的珍品,不容忽视。

与形象性紧密联系的是抒情性。

一切优秀的文学作品都具有进步的、健康的、深刻的思想内容,文学性的散文也不例外。但光有思想,像纯粹的理论著作那样,就不能算文学作品。区分文学作品与非文学作品的首要标志是有无艺术感染力。这艺术感染力,来自作品中具体可感的形象,也来自洋溢于字里行间的激情。我国古代文论家中的许多人都论述过文学作品"以情动人"的特点。19世纪俄罗斯作家列夫·托尔斯泰更强调指出"用艺术家所体验的感情感染人"(《艺术论》第111页)是艺术的主要特征。诗歌、戏剧、小说如此,文学性的散文也如此。早在南北朝时期,萧绎就在《金楼子·立言》中说到具备了"流连哀思"、"性灵摇荡"的条件,才"谓之文"。明代公安派的袁宗道在《论文》中更尖锐地指出:"大喜者必绝倒,大哀者必号痛,大怒者必叫吼动地,发上指冠",从而写出了由现实生活激起的真感情,文章就具有个人特点。相反,如果像"戏场中人"那样,"心中本无可喜事而欲强笑,亦无可哀事而欲强哭",就"不得不假借模拟",和别人的作品"雷同"了。这些话都讲得很确切。

任何体裁的散文,都必须既有形象性,又有抒情性,能够使读者受到一定程度的艺术感染,才能进入文学之林。《左传》中的许多篇章"述行师则簿领盈视,哤聒沸腾;论备战则区分在目,修饰峻整;言胜捷则收获都尽;记奔败则披靡横前……"(刘知几《史通·杂说上》),具有鲜明的形象性。同时,"申盟誓则慷慨有余,称谲诈则欺诬可见……叙兴邦则滋味无量,陈亡国则凄凉可悯"(同前),具有浓烈的抒情性。正因为这样,才无愧"史传文学"的称号。欧阳修《五代史》中的《宦者传论》、《伶官传序》之类的作品,在叙述历史事实,描绘人物形象的基础上发议论、抒怀抱,吊古伤今,忧时念乱,真所谓"遇感慨处便精神",既是卓越的史论,又是优秀的文学散文。

我国古代的散文作家和评论家,对于散文创作在语言、音节、结构等方面的要求,也发表过许多很好的意见。在有了形象和抒情性的前提下做到语言优美、音节和谐、结构谨严而又富于变化,就可以加强艺术感染力,提高散文作品的艺术性。

以上就如何区分文学性的散文和非文学性的散文谈了一些粗浅的看法。

如果这些看法还大致不错的话,那么在我国汗牛充栋、浩如烟海的经、史、子、集著作里,文学性的散文并不罕见,其总量相当可观。问题在于我们是否愿意付出艰苦的劳动,去做爬罗剔抉的工作。

谈了有关文学性散文的问题,就便于讨论有关小品文的问题了。

什么是小品文,说法不一。新编《辞海》把"小品文"和"杂文"、"随笔"、"游记"、"传记"等等并列,解释说:"小品文是散文的一种。特点是深入浅出、夹叙夹议地讲一些道理,或简明生动地叙述一件事情。中国古代即有这种体裁,明清更为盛行。现今的小品文因内容不同,一般分为讽刺小品、时事小品、历史小品和科学小品等。"(《文学分册》第19页)

把小品文和杂文、随笔、游记、传记等等并列,说它的特点是"深入浅出、夹叙夹议地讲一些道理,或简明生动地叙述一件事情",这就大大地缩小了小品文的天地,值得商榷。

鲁迅在《小品文的危机》一文中说:"唐末诗风衰败,而小品放了光辉。但罗隐的《谗书》,几乎全部是抗争和激愤之谈;皮日休和陆龟蒙自以为隐士,别人也称之为隐士,而看他们在《皮子文薮》和《笠泽丛书》中的小品文,并没有忘记天下,正是一塌糊涂的泥塘里的光彩和锋芒。明末的小品虽然比较颓放,却并非全是吟风弄月,其中有不平,有讽刺,有攻击,有破坏。"翻阅《皮子文薮》,就知道它包括了碑、铭、赞、颂、论、议、书、序等许多体裁的作品,其内容"上剥远非,下补近失",触及历史和现实的各个方面。《谗书》和《笠泽丛书》中的小品,也不限于一种或几种体裁。至于明末的"有不平,有讽刺,有攻击,有破坏"的小品,也显然包括像张溥的《五人墓碑记》、夏完淳的《狱中上母书》等许多体裁的作品在内。可以看出,鲁迅是把小品文的范围看得很宽的。在同一篇文章中,鲁迅又说:"到五四运动的时候,散文小品的成功,几乎在小说戏曲和诗歌之上。"这里所说的"散文小品",当然包括了鲁迅自己的杂文集《热风》中的四十一篇作品,可见鲁迅是把"小品文"作为"杂文"的同义语使用的。那么什么是鲁迅心目中的"杂文"呢?请看鲁迅在《且介亭杂文·序言》里的解释:

> 其实"杂文"也不是现在的新货色,是"古已有之"的,凡有文章,倘若分类,都有类可归,如果编年,那就只按作成的年月,不管文体,各种都夹在一处,于是成了"杂"。

鲁迅的十六本杂文集，就是"按作成的年月"，把分属于各种文体的作品"都夹在一处的"。冯雪峰在《谈谈杂文》中曾说，杂文"决不是某种文体或笔法所能范围和固定的"，正和鲁迅的意见相一致。

既然小品文在体裁上无所不包，正像文学性的散文在体裁上无所不包一样，那么"小品文"和"文学性的散文"这两个概念是不是完全相等？或者说，所有的"文学性散文"，是不是都可以叫做小品文？

在《小品文的危机》中，鲁迅把那些"吟风弄月"的"小品文"比做"小小的镜屏"之类的"小摆设"，而把"生存的小品文"称为"能和读者一同杀出一条生存的血路"的"匕首"和"投枪"。显而易见，这里正突出了"小品文"篇幅"小"的特点。是不是可以这样说，所有短小精悍的文学性散文，都可以算做小品文。如果可以的话，那么，从有明一代二百七十余年间的散文创作中，选一部小品文集，则可供选择的作品就随处可见，而不是寥若晨星了。

在初步研究选目的时候，胡义成同志在哪些文章才算小品文这一点上，持郑重态度。经过商讨，他参考我的意见，放宽了选材的范围。但我的意见很可能是荒谬的，如果入选的某些文章不能算小品文，那完全是我的过错，我殷切地期待着读者的批评和指正。

1980 年中秋

《李调元诗话评注》序

  我们的伟大祖国,向来被人们赞誉为诗的国度。早在先秦时代,《诗经》和《楚辞》就为我国的诗歌发展奠定了优良传统。随着这一传统的继承与发扬,诗歌创作百花竞艳,诗歌理论批评也异彩纷呈,蔚为壮观。钟嵘的《诗品》、《文心雕龙》中的《辨骚》、《明诗》和《乐府》,以及司空图的《二十四诗品》等等,都是著名的诗学论著。从欧阳修的《六一诗话》开始,以诗话形式论诗的著作,又不断涌现,至清代而形成高潮。据统计,清人诗话多达三四百种,这是一宗丰富的诗学遗产,值得深入发掘;然而截至目前为止,除少数几种有校注本而外,绝大多数还未整理。从这一意义上说,吴熙贵先生的《李调元诗话评注》的出版,无疑填补了一个空白,是值得欢迎的。

  李调元字赞庵,号雨村,清代四川绵州罗江(今属绵阳市)人。乾隆二十八年进士,历任吏部主事、考功司员外郎、广东学政、直隶通永道等官。因得罪权臣和珅被充军伊犁,后以母老乞养赎归,家居二十多年,勤于著述。有《童山诗集》、《诗话》、《曲话》、《剧话》及大型丛书《函海》行世。《诗话》分上、下两卷,以时代先后为序,纵论汉魏六朝唐宋元明各个历史时期的诗歌,颇有系统性。其论诗宗旨,在于强调"诗以道性情",反对矫揉造作、涂饰摹拟。这就为诗歌创作指出了一条宽阔的正路。正因为这样,他对不少诗人、诗作的评论比较准确。如评李、杜云:

    人各有所长,李白长于乐府歌行而五七律甚少,杜甫长于五七律而乐府歌行亦多,是以人舍李而学杜。盖诗道性情,二公各就其性情而出,非有偏也。使太白多作五七律,于杜亦何多让。

  从"各就其性情而出"解释李白律诗为什么少于杜甫的问题,是颇有见地的。

对于六朝诗,尽管他也认为其总的特点是"绮丽",却不像有些人那样因其"绮丽"而一笔抹倒。他说:

> 诗之绮丽,盛于六朝,而就各代分之,亦有首屈一指之人。如宋则以鲍照(明远)为第一,其乐府如五丁开山,得未曾有,谢瞻辈所不及也。齐则以谢朓(玄晖)为第一,名句络绎,俱清俊秀逸,武帝、简文帝所不及也。梁则以江淹(文通)为第一,悲壮激昂,何逊犹足比肩,任昉辈瞠乎后矣。陈则以阴铿为第一,琢句之工,开杜子美一派,徐陵、江总不及也。至北周则唯庾信(子山)一人而已,不但诗凌轹百代,即赋启四六,上下千古,实集大成,宜为词坛之鼻祖也。

大家都知道:"汉魏风骨,晋宋莫传","齐梁间诗彩丽竞繁,而兴寄都绝",这是陈子昂的观点;"自从建安来,绮丽不足珍","齐梁以来,艳薄斯极",这是李白的看法。自此以后,在不同程度上否定六朝诗,乃是诗歌评论中相当普遍的现象。李调元不随人脚跟,能够对六朝诗歌作出那样具有真知灼见的精辟论断,是难能可贵的。

李调元对某些诗作的理解和鉴赏,也独出手眼,别具匠心。例如汉乐府中的《陇西行》,全篇描写、并赞美了一个能操持门户的"好妇",似乎别无深意。李调元却作了如下的阐释:

> 凡诗有有题者,有无题者。有题是诗之正面,无题是诗之反面。如乐府《陇西行》,何篇中无"陇西"之意?为尊者讳也。立是名,补诗之不足也。"陇西"二字是题正面,全诗却是反射旁击。汉武有事于西南,穷兵黩武,陇西男子无不荷戈从戎,巨室细民莫敢匿。故篇中备言妇人待客,委曲尽礼,以见家中无男子也。言豪富者尚无男子,贫穷者岂容燕息乎?夫劳苦疆场,必餐风宿露,今反写欢乐,其劳苦却在言外,使后人于无字外默会也。写陇西以反衬天下,写豪富反衬贫苦,写妇人反衬男子,写闺门反衬边庭,可悟作文之法。若唐以后人作《陇西行》,必备写山川风景,有何妙意?

这样的诠解是否符合作者的本意,当然难于判断。然而紧扣历史背景,从题与诗、正与反、实与虚等各个方面、各种角度展开思维,驰骋想象,妙悟迭出,精义纷披,可谓精于鉴赏,在古代诗论家中还是罕见的。对于《枯鱼过河泣》、《饮马长城窟行》等篇的解释,也能长人才智,发人神思。

李调元还善于讲诗法。如所谓"活字法"、"联章法"、"借叶衬花之法"、"意在空际之法"等等,都能结合实例,谈得鞭辟入里。

当然,李调元论诗,也并非完美无缺。例如他说"诗以人品为第一",这是毋庸置疑的,但他却以此为由否定"荆公文章",就大错而特错。对于"江西诗派"、特别是"后山诗"的贬抑,也失于偏激。此外还有一些误记而导致的知识性错误,虽无伤大雅,也是应该指出的。

1988年1月

《古代文史论集》序

寇养厚同志从已经发表的八十几篇学术论文中选出四十四篇,编为《古代文史论集》,寄来让我写序。我虽然写过不少序,但实在很怕写序。但养厚是我的学生,尽管天热事冗,这序还是不能不写的。

这四十四篇论文以探讨古代文学问题为主,兼及古代历史问题。在古代文学方面,既有对儒家文艺观、道家文艺观、文学观念的演进、文学体裁的演进等问题的总体论述,又有对作家个人文学思想及文学作品的具体论述。在古代历史方面,主要是对汉代经学史及唐代宗教史问题的论述,还有几篇涉及到政治史、经济史等问题。可以看出:养厚文史兼治,功底扎实,思维敏锐,视野开阔,在论述许多文史问题时资料翔实,分析精辟,不乏真知灼见。例如论儒道文艺观的几篇文章,基本观点是:儒家(孔子、裴子野等)主"以理囿情",强调文学作品内容的"善";道家(老、庄)主"自然任情",强调文学作品内容的"真"。至于两家思想对后代的影响,则各有得失。论唐代宗教的三篇文章,基本观点是:唐初三帝的政策是三教共存,道先佛后;武后、中宗的政策是三教共存,佛先道后。对于儒学,则各帝都一致推崇。至睿宗而三教并行的政策正式形成,终唐之世未改。此后君主虽然有的信佛,有的好道,但都属个人行为,并未提出新的宗教政策。关于《春秋》三传的三篇文章,主要论述以《左传》为主要经典的古文经学和以《公羊》、《谷梁》为主要经典的今文经学。基本观点是:今文经学注重阐发义理以通经致用;古文经学则注重考证训诂以通经识古。因此,汉代君主普遍重视今文而轻视古文。《公羊传》解释《春秋》时提出的"大一统"学说更受到汉武帝的特别重视,为中央集权制的建立、全国意识形态的统一和儒学统治地位的奠定提供了理论依据。《韩柳的佛教之争》一文的基本观点是:韩愈反佛,柳宗元好佛,貌似对立;实则韩主张通过保持儒学自身的纯洁性以振兴儒学,柳主张通过吸收佛学的有用成分为补充以振兴儒学,二人之目的是一致的。《孙刘联盟与孙刘荆州之争》一文用很大篇幅论述诸葛亮

"隆中对"中战略决策的失误:既让刘备跨有荆州,又让刘备"结好孙权",这只是一厢情愿,其实二者不可兼得。事实上,荆州的战略位置,对孙权更为重要。刘备若无荆州,尚可凭四塞之险立国于蜀;孙权若无荆州,则难以在长江下游立国。荆州是东吴立国的命脉,在赤壁之战前后的特定时期,孙权需要刘备的帮助,可以暂时忍让,既让刘备占有荆州,又与刘备结盟。但刘备夺取益州后形势发生了变化,孙权肯定要夺取荆州,破坏联盟。从这一意义上讲,荆州之失,有其必然性,不全是关羽个人的责任,而主要由诸葛亮决策的失误所致。诸葛亮后来也从事实中吸取了教训,在刘备死后,他重新与孙权结盟时,不再提荆州之事,这等于承认:要与孙权长久结盟,荆州就得属于孙权。

  以上略举数例,已可看出这些论文的学术质量。这些论文,本来都是在《文史哲》、《山东大学学报》、《东岳论丛》、《齐鲁学刊》等全国中文核心期刊、重要期刊发表过的,多数被中国人民大学书报资料中心所编的《复印报刊资料》全文转载,已经产生过广泛影响;今后对研究者仍有参考价值。如今结集出版,必将受到学术界的欢迎。

1999 年 7 月 26 日写于陕西师大文研所

《郭沫若史剧理论研究》序

在我们这些度过教师"劫"的教师们欢度第一个教师节的时候,傅正乾同志送来他的一部专著的稿子要我"审阅"。我想,这大概是他的尊师礼吧!因此,尽管白内障已经严重地影响视力,还是接受了,而且立即从头读起。正乾上大学的时候听过我的课,一直称我为老师。时间过得真快!他现在也是有三十年以上教龄的老师了。

接受了学生的礼物,是要反馈的。他要求为他的专著写一篇序,尽管我对他研究的问题缺乏研究,还是得勉强写几句,作为回赠礼。

郭沫若没有戏剧理论专著。他的史剧理论,散见于许多单篇文章、讲话和书信。正乾经过细心地钩稽、整理和研究,从而归纳出一个相当完整的史剧理论体系。这个史剧理论体系,主要包括以下内容:

一、论述了历史剧的基本性质问题。郭沫若认为历史剧主要是"剧"而不是"史",是"艺术"而不是"科学";但是史剧创作必须能够反映出历史的本质真实,具有"科学的精神"。他说:"史剧创作要以艺术为主,科学为辅;史学研究要以科学为主,艺术为辅。"

二、在"可以据今推古,亦正可以借古鉴今"的思想指导下,提出了剧作家处理历史题材的一些基本原则。如既"不能违背历史的事实",又可以"制造虚点"、"无中生有";剧作家对历史问题如有充分的研究,便"可以推翻历史的成案,对于既成事实加以新的解释,新的阐发";在题材的组织和安排上,要"尽可能追求着人、地、时的三统一"。

三、关于历史剧的创作方法问题。郭沫若早期主要论述了浪漫主义的创作方法;中期既论述了浪漫主义的创作方法,又论述了现实主义的创作方法;晚期则着重探讨了"两结合"的问题。值得注意的是,他论述到现实主义创作方法时,特别强调作家必须具有生理学、心理学、史学、哲学等各种学识,方能创造出完整的艺术典型。

四、郭沫若的历史剧,绝大多数是历史悲剧。他对历史悲剧的创作提出了系统的理论见解,从而形成了他自己的历史悲剧观。他的历史悲剧观又成为他的史剧理论的结构核心。同中外戏剧理论家(如亚里斯多德、狄德罗、莱辛、黑格尔、车尔尼雪夫斯基、王国维)的悲剧观相比,其特点有三:一是它的革命性,二是它的实践性,三是它的历史性。

五、提出了历史剧人物性格"合理的发展"论。尤其强调地指出:革命浪漫主义的历史剧在"合理的发展"人物性格方面,必须以"发展历史的精神"为核心。

六、深入地论述了文学的民族性与历史剧的民族化问题。指出文学的民族性或历史剧的民族化,都不是一个单纯的形式问题,而首先是一个内容的问题。他正是运用内容与形式辩证统一的观点,揭示了这两个问题的内涵及其相互关系。

七、系统地论述了历史剧的语言问题。认为历史剧的用语"以古今能够共通的最为理想",虽然它的根干应该是"现代语",但"现代的新名词和语汇,则绝对不能使用"。与此同时,还对历史剧的文学语言提出了审美性的要求。

八、从心理学的角度,提出并论述了艺术虚构与创作心理之间的关系问题。并且进一步指出剧作家的创作心理又是为他的政治意识、历史意识、审美意识所制约的。

九、从提高戏剧技巧的角度着眼,论述了几种艺术手法。如伏笔与显笔、冲突与节奏、化入与化出、环境描写与气氛渲染、幕后伴唱与心理刻画等。他不但对传统的艺术手法有所继承和发展,而且还吸取了电影创作的某些手法,使之适用于历史话剧的创作。

十、论述了史剧家运用历史唯物主义的立场观点研究历史问题、评价历史人物的重要性和必要性。指出"创作之前必须有研究,史剧家对于所处理的题材范围内,必须是研究的权威"。

十一、重视历史剧的评论工作,并提出了较为系统的理论见解。他说:"对于史剧的批评,应该在那剧本的范围内,问它是不是完整。全剧的结构,人物的刻画,事件的进展,文辞的锤炼,是不是构成了一个天地"。"假使它是对于历史的翻案,那就要看它翻案的理由,你不能一开口便咬定它不合乎史实","先要看作家是怎样在写,写得怎样,再说自己的意见:得该怎样写,写得该怎样"。

此外,对历史剧的演出、服装、道具、灯光、布景以及导演、演员的思想艺术修养、精神气质等等均有所论述,而且不乏新意。

就我个人的肤浅的印象说,正乾对郭沫若史剧理论的研究,具有以下显著的特点:

一、研读了大量的有关资料,不仅归纳出郭沫若的史剧理论体系,而且进一步找到了这个理论体系的结构核心。他把这个理论体系比作"一座宏伟的史剧理论的大厦",说"当我们步入它的殿堂,经过一番观察、研究之后,就会发现这座宏伟的理论大厦的结构核心,则是郭沫若的历史悲剧观"。他的这部长达十五万字的专著,就是围绕这个史剧理论体系及其结构核心,结合郭沫若的历史剧创作实践,分为十章进行专题性的论述的。

二、对郭沫若的史剧理论,常常从历史发展的过程中进行动态的考察,因而具有强烈的历史感。他认为"郭沫若的史剧理论产生于本世纪20年代,发展于40年代,完善于50年代",因此,他不赞同那种孤立的、静态的研究方法。比如有的研究者认为郭沫若的史剧理论是"浪漫主义历史剧创作理论","为浪漫主义的创作方法作出了比较完整的理论概括"。正乾则认为:郭沫若的史剧理论是以他自己的历史剧作实践为基础的。20年代,他主要围绕着《卓文君》、《王昭君》、《聂嫈》等史剧的创作,论述了浪漫主义的创作方法;40年代,他既概括了《棠棣之花》、《屈原》、《虎符》、《高渐离》的创作实践,论述了浪漫主义的创作方法,又结合《南冠草》的创作,对现实主义创作方法作过理论上的阐述;50年代后期和60年代初,则对"两结合"的创作方法在历史剧创作中的具体运用作过一定的尝试和理论上的探讨。这样沿着历史的轨迹,对郭沫若的史剧理论及其创作实践作动态的考察,其结论是比较符合实际的。

三、注意纵横比较。例如在论述郭沫若的历史悲剧观时,正乾把中外历史上的悲剧理论和郭沫若的理论作了纵向比较:

> 在悲剧理论方面,从古希腊亚里斯多德起,就开始了这种理论研究。中间经过17世纪法国的高乃依,英国的德莱登和18世纪法国的狄德罗,德国的莱辛以至19世纪德国的黑格尔,俄国的别林斯基、车尔尼雪夫斯基等加以发展,逐步形成了一个完整的理论体系。在我国,自古以来多"团圆主义",罕有悲剧,因而没有产生过较系统的悲剧理论。本世纪初,王国维把西方的悲剧理论作为一种美学范畴引入我国,并围绕着对宋元

戏曲和《红楼梦》等的研究和评价，阐发了他自己对于悲剧的一些见解。但是由于时代和阶级的局限，这些前辈们的悲剧理论都程度不同地带有宿命论的色彩和唯心主义的成分。郭沫若生活在无产阶级革命的时代，又接受了马克思主义理论的武装，树立起辩证唯物主义和历史唯物主义的世界观，所以，他的历史剧悲剧理论虽然也有一个发展过程，即产生于本世纪20年代中期，形成于40年代初期，完善于50年代后期，但这个发展过程却清楚地说明郭沫若重要的理论建树是在他成为一个马克思主义者以后。正因为如此，所以他在阐述自己的悲剧见解时，能够以马克思主义理论为指导，比较科学地揭示了悲剧艺术的许多本质特征，彻底地扬弃了中外悲剧理论家前辈们那些宿命论色彩和唯心主义成分，并提出了"可以据今推古，亦正可以借古鉴今"、"先欲制今而后借鉴于古"等史剧创作的理论原则，不仅表现出鲜明的时代精神，而且具有强烈的革命性。郭沫若的历史悲剧观，可以说是革命的悲剧观。

这种革命的悲剧观，是以郭沫若的创作实践为基础的，是他的历史悲剧创作实践经验的总结和概括。换句话说，他的悲剧理论来源于他的悲剧创作实践，而他的悲剧创作实践又丰富了他的悲剧理论。斯大林说得好："理论若不和革命实践联系起来，就会变成无对象的理论，同样，实践若不以革命理论为指南，就会变成盲目的实践。"郭沫若的悲剧理论恰好是这两者结合的产物，并一再为他的创作实践检验过的，因而带有很强的实践性。这一点也是他的前辈特别是那些从事纯理论研究的前辈的悲剧理论所不具备的。

其次，郭沫若不仅是一个杰出的历史剧作家，同时还是一个有伟大贡献的马克思主义史学家。因此，他在肯定历史剧的基本性质是"剧"而不是"史"的前提下，对于历史剧（包括历史悲剧）的创作，明确地提出了历史的要求，指出"写历史剧原有几种动机，主要的就是在求推广历史的真实，人类发展的历史。我们在过去的人类发展的现实里，寻求历史的资料，加以整理后，再用形象化的手法，表现出那有价值的史实，使我们更能认识古代真正过去的过程"。基于这个目的，他要求"史剧家对于所处理的题材范围内，必须是研究的权威"，并强调剧作家在处理某一历史题材时，"在大关节目上，非有正确的研究，不能把既成的史案推翻"，而且"关于人物的性格、心理、习惯，时代的风尚、制度、精神，总要尽可能的收集材料,务求其无瑕可击"。相比之下,郭沫若的前辈们却从未对剧作家提出过历史的要求,有的甚至轻视历史研究。例如莱辛就曾经说过:"悲剧诗人对历史的真实究竟应该照顾到多大的程度,对这个问题,亚里斯多德早已下了断语。他认为,历史事件只要像一个布局很好的故事,能够和诗人的意图连系在一起就行了,用不着再进一步照顾历史的真实。"而莱辛本人对于历史的轻视比亚里斯多德更是有过之而无不及。

又如论述郭沫若"五四"时代的戏剧理论见解时,正乾把胡适、欧阳予倩、余上沅等人的理论见解和郭沫若的理论见解作了横向的比较,指出胡适等人无论主张"引进"也罢,"改良"也罢,甚至"怀旧"也罢,都只涉及到戏剧文学的外部问题。郭沫若则不同。他立足于"创造",不仅用自己创作的新型历史剧来抵制传统的脸谱戏和庸俗低级的文明戏,而且从理论上探讨了戏剧文学特别是历史剧创作中许多内部问题。诸如"创作家与历史家的职分不同";把西方式的"命运悲剧"改为"性格悲剧",进而发展成"社会悲剧";创作历史剧必须表达剧作家的现实感受,"要借古人的骸骨来,另行吹嘘些生命进去",等等。

四、注意运用有关科学知识来分析文艺问题。如在论述艺术虚构与创作心理的关系问题时,结合郭沫若的史剧作品,运用心理学知识分析了联想、幻觉、潜意识、想象等心理活动在史剧创作中的体现,指出艺术虚构源于作家的创作心理活动,而作家的创作心理活动又为他的政治意识、历史意识、审美意识所制约,从而提高了论述的科学性。

郭沫若的史剧理论,来自郭沫若对古今中外史剧理论的总结和发展,更来自他对自己的史剧创作实践的概括和提炼,内容丰富,体系完整,对于繁荣和发展社会主义的史剧创作仍有助益,值得研究。近几年来,研究郭沫若史剧理论的文章虽然也发表过一些,但系统研究的专著,似乎还未出现。因此,傅正乾的这部著作的出版,无疑会受到应有的重视与欢迎。

1986 年 10 月

《范词今填三百谱》序

钮宇大先生曾担任大学中文系的写作老师,诗作曾入编《高中语文补充教材》,小说、散文诸文体的写作也有一定成就,还研习书法、篆刻等相关艺术,综合文化素养较为扎实,所以他编著这部"集学问与创作"于一身的书,也是有相当基础的。

书名《范词今填三百谱》,旨在弘扬中华传统词学,为当今以至后来的赏词、填词者提供一部囊括从唐到清的代表性词谱,并且试以自己的创作实践"抛砖引玉",这无疑是一件有意义的工作。方今人心浮躁,追名逐利成风,钮宇大能以淡泊自持,潜心古典,为弘扬中华传统文化尽心尽力,其精神、品格殊为难得。

书中所选范作,大多为历代词家的正体、名篇,单是从浩繁的古籍中把这些词作筛选出来,就是一件耗神费力的事。在逐一填写中,既要依谱合律,又要保证思想、艺术都达到一定高度,就更是对作者学养、才华的综合检验。

一个人集中填写三百多种词调,在中华词史上例证不多。作者充分调动自己的生活积累和文学感受,立意谋篇,锤词炼句,终以三年时间完成。说是他本人的"词传"自有道理;说是他以词的形式所摄取的一部社会留影亦不为错。

如此内容丰富的词作,若企求篇篇精彩,自难做到。我读后的印象是:佳篇不少,生活气息扑面,形象真切感人,尤以情感炙热、语言鲜活、时代感强而不失作者的风格。

钮宇大出身农家,曾长期生活、工作在太行山家乡,对农村、农民的了解很深,因而表现农民的生活现状和思想情感,宣扬以民为本的强国思想,就成为一个强音。书中这样的作品很多。如开篇的《捣练子·暮耕》:"山色晚,影朦胧。牛背人腰双似弓。噪暮寒鸦啼老树,一声哀叹付天公。"短短四句,活画出一位山区老农的勤苦与无奈。《南乡子·忆灾荒》写的是作者童年的经历:"苦雨怨天长,光景年年闪泪光。去岁天干今岁涝,灾荒。二老亲儿痛断肠。　贫病结双双。扶起爹爹躺倒娘。辍学二年关一世,遭殃。两代同餐泪几行。"就连《石州慢·故乡秋》这样写丰收喜悦的词,在"炊烟婉转,招惹几片晨光,飞传柿枣朱丹帖"的诗意描写之后,他也不忘告诫读者:"农家故事,演绎苦乐千秋,阴晴风雨多多结。"

钮宇大再三再四地为农民鼓吹,替农民呼吁,无非是要人们更多地了解和关注农村、农业和农民。他的这种强烈的民本观念,除了同他本人的经历有关,更体现了一位知识分子的良知。

形像是诗(词)的生命。作为诗人,钮宇大已然习惯于用形像进行艺术表达,如在《合欢·午休:忆父亲》中,他写父亲的睡姿是:"困倦身肢,一似弯弯地埂。"而父亲要犁地走了,则是:"小烟袋猛敲鞋底,人畜行双影。"无论比喻还是描写,所展示的都是形像,都是活生生的生活画面。

书中不乏清丽婉约之作(如《情爱篇》中的《一剪梅·洞房题壁》、《长相思·海边驰怀》等),但若论总体风格,钮宇大显然属于豪放派,因此他的运用大形像、展现大主题的词,也就更见本色。如《行路难·月明楼上观台风》写台风的声威,便全用形像展示:"万虎吼,珠江口,月明楼头对空瞅。白莲悬,战车连,扬鬃烈马矗起千峰巅。悠悠炮舰庞然物,隐约还从天外出。电翔鸢,雨挥鞭,雷滚云涛震裂河汉源。"(上片)读着这样的诗(词)句,怎能不让人心潮起伏,感同身临?

但在更多的情况下,作者更喜欢用平实的口语乃至时语、俚语表情述事。这也是词创作的一个传统。这种语体,看似俗,实则雅,即所谓的大俗大雅。下面这首《武陵春·老友》就颇具代表性:"小住家家会老友,老友使人愁。愁事年年压心头,未语泪先流。　劝道明心原有理,细细说情由。话到唇边气倒抽,抬手把、心窝揉。"写人叙事,言情说理,无一句文饰之辞,却句句不失文学之旨,含蓄蕴藉,余味无穷。

语言的运用是填词的基本功,能做到文白相融,不留痕迹,也就进入到高一级的境界。尤其在今天,语言的发展变化很快,新词汇成批涌现,要使词新美鲜活,不断在语言上吐故纳新,无疑十分重要。

书中还有若干首激情奔放的长调抒情词和论述词。前者如《小诺皋·铁据无敌:刘姝威感动中国》、《宝鼎现·百年中美风》等;后者如《西子妆·情爱论》、《孤鸾·时尚论》等。这些"观念"词,题材大,极易写得空泛无味。但作者惯以豪情、气势夺人，又深谙"形像大于思想"的文学老道，还是把词写得比较好看。如他写中美关系，"一个是、跃雄威如虎，称霸环球自命。一个是、身坚骨挺，主义如山坚定。"写刘姝威"一剑击倒蓝田神话"后，凛然发问："金融攸关国计，有几多十亿、百亿、千亿？血汁黎庶，华衣细米，竟养得、嘴馋心黑，一伙贪官腐吏。"读了发人思考。

  钮宇大原是山西大学马作楫教授的高足。抗战时期，作楫兄与我同在天水国立五中高中部学习，同受陈前三、薄坚石两位国文老师的赏识，交情甚笃。那时候，作楫兄已不断有新诗佳作见于报刊；后来更是蜚声全国的诗人、教授。师高弟子强，钮宇大在文艺创作和学术研究方面已取得引人瞩目的成就，可谓渊源有自。作楫兄来函为其高足的新著索序，自然乐于应命；然而年老事冗，不耐苦思，信笔抒写，谬误必多，尚希读者不吝赐教。

2004 年元旦

王权《笠云山房诗文集》序

晚清时期,在我的家乡一带出了好几位学者而兼诗人、文人、教育家的杰出人物。和我因缘较深的,首先是任士言先生,其次便要数王权先生了。任先生以名进士辞去京官,献身教育,任天水、陇南书院山长近30年,著述宏富,《清史列传》有传。家父众特先生(1879—1959)住陇南书院时深受任山长赏识,于执经问业时经任山长介绍,得识在座的王权先生,此后也经常请教,受益良多。我幼年在家中读群经子史,直到12岁才入小学。家父在指授要义奥旨之余,往往要讲到任山长的道德文章和他如何教导门人,有时也讲到王权先生,给我留下了深刻印象。

任山长的不少著作早就出版了,所以他的《敦素堂诗文集》等,我上中学时就读过。王权先生的著作则在生前和死后很长时间都未见出版,有些诗文名篇,是靠传抄受到人们的赞誉的。所以直到1990年,我才读到路志霄先生寄赠的由西北师大古籍整理研究所编印的《笠云山房诗文集》。

王权(1822—1905)字心如,号笠云,甘肃伏羌(今甘谷)县人。22岁中举后历任文县教谕及文昌、天水、正兴、兴文四书院山长,长期从事教育工作,培养了许多品学兼优的英才。其论学要义,见于《正兴书院劝学诗五首》:"人士不努力,昆仑成饭颗",或如昆仑之伟大,或如饭颗之渺小,关键在于是否努力学习;"后生勿自薄,真美不外贷",只要加强学养,人人都有"真美",这"真美"是自有的,不是从别处借贷的;"植品信有门,去利乃其钥",不受贵富利禄的诱惑,才能培植高尚的品德;如此等等,可以看出他的教育思想,至今还值得我们借鉴。

王权50岁以后,历任延长、兴平、富平知县,政绩卓著。当时正是清军镇压回民暴动之后,城乡残破,人烟稀少,田园荒芜,缺衣少食,人民在死亡线上挣扎,而劳役赋税仍有增无减。王权从革除弊政、提倡节俭入手,设粥厂、散棉衣,招人垦荒,分给耕牛籽种,使农业生产逐渐恢复。光绪七年(1881)陕西大旱，王权上报到省上的兴平产粮数量比全省其他各县都少了许多，主省政者力图讨好清廷，讳言灾情，责令王权改报；而王权据实力争，坚决不肯改报。接着，省上檄令各县续捐义谷，王权又据理力争，因而被解印罢官。他去官之日，兴平士民赴省啼泣挽留，主事者只好令其回任，于是他又做了许多革弊除奸、减负利民的好事。他为民请命而不畏权贵、不顾个人安危，驻藏大臣过境，从者勒索钱财，他责以重杖。他任富平知县一年多，以为先人修墓为由，三次申请辞官归里而士民再三挽留，咸宁知县也写信劝他留任。他在《复咸宁樊明府书》中说："小民之欲恶（憎恨）与上官之喜怒，迥不相通也，且显相背也。从民，则拂上；从上，则拂民。以陕西近年之政言之，义仓积谷，上以为利，民以为害；年谷，上谓之丰，民谓之歉……"处于小民与上官之间的知县，"即有敏达宏才，竭智虑以调剂乖违，尚格格乎不能两合；况以鄙人之疏拙，年齿已暮，神志已颓……觊交孚于上下间也，阁下以为能乎？"基于这种深切的感受和体认，他坚决弃官归里，闭户著书。

王权在延长、兴平、富平任职期间和离任之际，士民都有立碑制屏歌颂功德的强烈要求，他都严辞拒绝。例如自兴平移官富平时，全县士民将制锦屏以颂政绩，推明经张伯良主其事。王权听到后在《与明经张伯良书》中说：

……凡人处施、受之际，厚则相忘，薄则相耀。父母之与子女，谋其饱暖，计其久长，成其德艺，禁其僻邪，苟心力所可及者，靡不殚致焉。然为之子女者，若知若不知，若受若未受，未有感激称道而为文辞以颂扬之者，此所谓厚也。不使其子知感者，父之厚于其子；受父之恩而忘感者，子之厚于其父。相孚以天，故人为无自参之。自此而宗族、而姻党、而乡邦交游、而疏逖异域，分愈疏，施愈浅，扬诩推美之文愈盛，无他，谊薄故惠彰，情薄故誉溢耳。今之牧令能子民者罕矣，然官以"父母"为称，民以"父母"见呼，则官、民之相与，当以厚欤？当以薄欤？

这段文章中的"分"、"谊"、"情"三字应该特别注意。"分"与"谊"都指关系，人与人之间关系愈密，情感愈深，则彼此之间的"施"（付出）与"受"便"厚"，"厚则相忘"。父母对子女，其"施"无微不至，也没有任何条件，根本不想让子女知道他们在"施"，这就是"厚"——父母对子女"厚"。做子女的，也不注意父母对他们"施"，即使注意到，也以为本应如此，不会写文章表示感激之情,所谓"厚则相忘"。与此相反,关系疏、感情浅,在受"施"之时便要感激一番。古人称地方官为"民之父母","今之牧令能'子民'(像父母对待子女那样对待人民)者罕矣"!但县令仍自称"父母官",小民仍呼县令为"父母官",那么县令对小民,小民对县令,究竟是应该"厚",还是应该"薄"呢?如果"厚",那么"厚则相忘",还用得着"感激称道而为文辞以颂扬"吗?负责"感激颂扬"之事的张明经读信至此,大概已无辞反驳;而王权的信又从此生发,层层转折,愈转愈深。这里只撮述其中的一层意思:做一些有利于民的事,这是县令的"职责",不必"报"。如果真的感激图报,那么"思其人,服其教,相与力农桑,戒争斗,敦孝弟,远刑辟,使狱讼日以息,风俗日以醇,则所以报官者大矣!"总之,他以无可辩驳的种种理由,谢绝了兴平士民的颂扬;在延长、在富平,也是这样。这几县都为他立有纪功碑,但都是他离任以后建的。

在他那个时代,贪官好做,清官难做,但清官还是有的。这些清官,大都是深受孔孟民本思想的哺育而敦品砺行的学者。王权如此,王权的老师陈雪炉如此,王权的学生张育生也如此。王权的《送张育生之官甘泉序》,总结他做地方官的实践和体认,谆谆告诫张育生在好官难做的情况下如何做好官。他首先强调指出:当今做地方官的只顾"尽心于上","上官曰:'行',民虽病之弗罢也;上官曰'罢',民虽利之弗行也。探伺捷于机先,揣测及于幽隐,而闾阎之病苦,政令之乖违,勿恤也"。这样容易升官,但不是好官。要做好官,必须"尽心于下":"苟利于民,上官曰'勿为',弗敢已也;苟不利于民,上官曰'为',弗敢徇也。民安则心怡,民病则心凄,而上官之喜怒,己身之利钝,勿恤也"。按他这样说,要做到"尽心于下",已经很困难,但他又进一步指出,仅仅做到"尽心于下",还不一定是好官,因为在做到"尽心于下"时可能会产生三种"恃",而"恃"是有流弊的。"操非廉不立,而廉不可恃,恃廉则啬,啬之流也刻;职非勤不举,而勤不可恃,恃勤则躁,躁之流也戚;事非明不判,而明不可恃,恃明则察,察之流也苛。"能"廉"、能"勤"、能"明"而不"恃"以免产生流弊,这就好了,但还要杜绝三种"歧途":"一曰诡异以动物,一曰纷更以觊功,一曰姑息以媚众"。关于第一种歧途,他说:"良吏之视民,家人耳;其视民事,家事耳。自好名者为之,乃有骇俗之奇迹,逾量之殊恩,出众之谲智,的然揭己以与民市,赫声骤播于外,真意早漓于中,则诡异之过也。"关于第二种歧途,他说:"利弊难逆睹也,兴革难轻试也,挟喜事之成心,凿空造端,张皇旦夕,令未行而民先扰,效未睹而弊已丛,则纷更之过也。"关于第三种歧途,他说:"刑威者起痼之药石,法令者制奔之辔策,以轻刑为惠,以执法为慈,将使奸民贺而良民戚,此姑息之过也。"这三种"歧途",是他对官场现状的概括和针砭,他慨叹道:"嗟乎!今之牧令贤且能者众矣,然吾察其所挟持,未有外此三途者也。"走此三途中的任何一途的,都还不是贪官、庸官,而是"贤且能者",但对于做好官来说,这都不是正路,而是必须杜绝的"歧途"。接下去,王权又对他的门生指授了杜绝歧途而在正路上迈进的诸多要领:"杜歧途,修实事,可以骤行之而不窒、久行之而不敝者,其简乎!可以济简者,其严乎!累民之事万端,而皆由烦出,一简则众累祛焉。奸猾之害万变,而皆由宽生,一严则百窦塞焉。然简非疏之谓也,严非忍之谓也,所以行之者诚而已。既诚矣,则简与严其无失矣。犹不敢满也,平其心以防意气之偏,虚其心以省愆尤之伏。一日在此官,一日存此心,勿闲之而已矣。"结尾一段,回到"送张育生之官甘泉"的题上:"甘泉治北山之冲,兵饥洊仍,土荒民散,抚辑尤难为力,然苟以吾说处之,民病倘有瘳乎!鸣呼!讲吏道以救疲氓,吾知育生之急于行也。"既勖勉,又激励,更寄托无限期望,真可谓语重心长。可喜可敬的是:张育生以卓越的治绩回报了老师的教导和期望。他先任甘泉知县,继而因士民挽留连任多年渭南知县,以至放弃了升迁的机会,在当时和事后多年,关陇一带的士民都称他"张青天"。

  在晚清同治、光绪时期,王权是蜚声陇右、关中的诗人、文人。对于诗,王权有他自己的理论。他往往把作诗和用兵联系起来。如在《帝余斋诗集序》中说:"诗犹兵也,恃才则僄,恃学则胶。奉古名将为师,综其法制,识其方略,遽曰'我能兵',于应敌也殆矣!抱前人遗编,摹声揣色,诧曰'我能诗,于风雅也远矣!"对于用兵,他强调的是"不袭成法","神明善变";对于作诗,他强调的也是"脱弃蹄筌","神明善变"。又在《谭西屏诗集序》中说:"夫诗之与兵,果有二道乎哉?兵贵谙习古法而不泥古法;诗贵陶铸古人而不袭古人,一也。兵以士马甲仗壁垒部曲为实,而其胜也常以虚;诗以经史典章见闻根据为实,而其运也常以虚,一也。兵贵因敌设变,而运用之妙存乎心;诗贵因物赋形,而哀乐之感存乎内,一也。……方其行兵,伸缩纵控,无一非诗意也;方其为诗,奇正变化,无一非兵机也。"以兵论诗,古今罕见,王权以兵论诗而深中肯綮,可谓出奇制胜。

  王权蒿目时艰,忧国忧民之情不能自抑,往往溢而为诗。清咸丰十年(1860),第二次鸦片战争中英、法侵略军侵入北京,侵占大沽炮台,劫掠圆明园珍贵文物,焚毁圆明园,清廷被迫签订了《中英北京条约》和《中法北京条约》。

王权闻讯悲愤异常,作《愤诗》五言古风四首。其第一首以"渤澥大波震,颒洞天日昏;中有万蛟鳄,喷毒凌北辰"写侵略军自海上长驱直入,进犯北京;以"群仙正宴饮,散作流星奔……天狗不搏噬,摇尾何其驯"写正在"宴饮"享乐的清廷君臣仓皇奔窜,"摇尾"求和;以"巍巍玉京阙,竟使鳞介蹲……议倾天库宝,掷向海洋溽"写侵略军占踞北京,清廷签订割地赔款、丧权辱国的条约;以"呜呼云路迥,怀愤谁能询;弃官访壮士,今日何乾坤"抒发了无路责问朝廷的愤慨和欲访壮士御侮雪耻的雄心壮志。作者很懂得"物腐而虫生"、"人必自侮而后人侮之"的哲理,全诗既鞭打侵略者,又对清廷的荒淫、腐朽给予深刻的揭露和斥责,其奋发图强之意跃然纸上。从艺术上看,造句挺拔凝炼,行文转折灵动,通篇融描写、叙述、抒情、议论于一炉,叙事清晰而状溢目前,激情卓论即从中喷涌而出,感人至深。

王权做地方官多年,对官场黑暗、农村凋敝感受至深,在诗中的表现也至为深挚真切,七古《乡农叹》和五古《述怀七首》就是这方面的佳作。外而列强侵略,内而农村凋敝、赋役繁重,朝政腐败、官场黑暗,这是当时中国岌岌可危的基本形势,王权触目惊心而发为吟咏,时代风云与忧患意识熔合无间,堪称诗史。

王权长于古风,五古、七古篇什极多,质量亦高;但近体也自出心裁,别开生面。举七绝数首为例:

邯郸(其三)

河山雄要几兵争,瑟筑悲欢处处情。
仆本恨人多感触,又何心绪访卢生!

以《邯郸》为题的诗多借卢生一梦发挥,如"四十年来公与侯,纵然是梦也风流。我今落魄邯郸道,愿向先生借枕头"之类。王权此题共三首,前两首就信陵君救赵等史事发挥,故第三首写"兵争"感触而以"又何心绪访卢生"收尾,既不落俗套,又见出所关心者不在富贵,境界甚高。

黄金台故址(其二)

偶尔凌空筑土堆,剧辛乐毅一齐来。
招贤底事金为饵,我谓金台是钓台。

燕昭王筑台置黄金招贤,剧辛、乐毅联翩而至,后代寒士也无限神往;而王权却讥为用重金钓大鱼,不尊重贤人的人格。

除夕宿华阴(其二)

爆竹通宵搅客眠,晓来山翠落帘前。
今年元旦真惊喜,华岳三峰来贺年。

陈世熔《赠王权》谓其"笔下有风云,眼底无富贵",任士言《书心如集》谓其"追锋飞马足,入握炼珠光。势捷生廉悍,神来动激昂"。其人品诗格,于此可见。

论者谓王权"古文胎息韩、柳",而读《笠云山房诗文集》中的一百几十篇古文,觉得远非韩、柳所能范围。其突出特点是:立意高,说理透,层层转折,愈转愈深,辞彩流美而内涵深厚,绝无空洞、俗浅之失,前面讲到的《送张育生之官甘泉序》即可见一斑。我认为:其诗其文各有千秋,文的成就更胜于诗。

光绪初年,王权与谭麟、万方煦、毛凤枝、毛凤清、谢威凤、秦毓琪、刘开第、彭询、席裕驷、赵元中、李嘉绩等在西安成立"青门萍社",赋诗作文,讲学论政,影响遍及关中陇右。关于这个诗社,民国《续修陕西省通志稿·谭麟传》有记载,王权诗文中也多次提到,现在知道的人已经很少了。

顷接甘谷党校王效琦先生函,说他正撰《王权评传》,不能没有我对王权的评论,因而重读《笠云山房诗文集》,写了这篇读后感。王权是值得研究的,今年秋天恰恰是王权逝世100周年,我认为甘谷应举办一次王权研讨会以示纪念。王权著作宏富,其《舆地辨同》、《辨同录》、《典昉》、《诂剩》、《童雅》、《炳烛杂志》等也应该整理出版。

兴犹未尽,赋七律《王权逝世一百周年纪念》:

风雨飘摇忆晚清,哲人奋起伏羌城。
为官只顾苏民困,讲学真能育国英。
抒愤高吟曾警众,图强卓论尚骇鲸。
家乡喜设百年祭,华夏腾飞万里晴。

2004年夏写于陕西师大博导南楼

《易祖洛文集》序

四凶既殄,日月重光,三湘人杰云集长沙,扬风榷雅。余与内子应邀共襄盛举,随诸公游岳麓山、登天心阁,把酒临风,分韵赋诗,极一时之乐。内子湘人,故诸公以"姑爷"相呼,余则以"舅爷"回报,相与大笑。易祖洛先生年及古稀而健谈诙谐,与夫人携手同行,鹤发红颜,相映生辉。余诵《关雎》首章以戏之,易老颔首含笑,为余述恋爱史,命以长庆体衍为歌行。余则寸步不让,以骈文序拙集相嘱:盖易老当以华章见示,合璧联珠,敲金戛玉,俪句与深采并流,偶章共逸韵俱发,子安之序滕王阁,无以过也。日月跳丸,一别近二十年未通音问,每忆聚首之乐,辄思易老尚能如昔时之健步如飞、谈笑风生否乎!余去秋八十初度,易老闻讯,以彩笺书七律祝嘏,始悉近况。春节忽接手示,并寄大著校样,乃朝夕诵读,惊其博雅。其《楚文化研究》共六章,体大思精,于《楚辞》之考辩、新诠、今译及方言今证,尤惬心贵当。其《史学散论》共十六章,寻源竟流,广论史籍;提要钩玄,辨章学术,诚史学之史也。其诗词联语骈文散文,飞珠溅玉,美不胜收,信楚人之多才也。全集洋洋六十余万言,皆夫人朱运抄录整理者,深情厚爱,俱寓其中,则余之长庆体歌行,亦可豁免矣!而以骈文序拙集,未知易老犹能记忆否?是为序。

2001 年春

艾新民《小楷〈红楼梦〉》序

艾新民先生送来他用小楷抄写的《红楼梦》要我写序。我年老事冗,已不为人写序了;但翻阅数页,又惊又喜,还真想说几句话。

上世纪50年代初期,我担任西安师范学院(陕西师大的前身)中文系的元明清文学教学工作,讲过多次《红楼梦》,并在《光明日报·文学遗产》发表过长篇论文,颇有影响;因而1980年在哈尔滨友谊宫举行的《红楼梦》学会成立大会上,被选为常务理事,还作了一首诗:

名言伟论古无俦,友谊宫高集胜流。
快事平生夸第一,松花江畔话红楼。

当时报刊发表的关于此次盛会的报道、通讯,都是以"松花江畔话红楼"标题的。

从1955年至今,我的教学任务不断转移,不再讲《红楼梦》了;而在忙里偷闲,想靠在沙发上或躺在床上看看"闲书"的时候,仍然会想起《红楼梦》,但拿起沉甸甸、硬邦邦的铅印本,实在不舒服。每当此时此际,便冒出一种想法:如果有工楷抄写、清晰美观的线装本,该多好!

其实,这样的线装本古已有之。《红楼梦》脱稿后是以手抄本流传的。早期的手抄本带有"脂砚斋"评语。题名《脂砚斋重评石头记》,现存"甲戌本"16回,"己卯本"43回又两个半回,"庚辰本"78回。"戚序本"是经过整理加工的"脂评本",整80回。《乾隆抄本百二十回红楼梦稿》的前80回,是根据"脂评本"抄集校改的。

我早年见过《脂砚斋重评石头记》,工楷,竖行,字距较宽,板面疏朗美观。我讲授《红楼梦》时,曾给我上中央大学时的老师朱东润教授写信,请他设法为我购"脂评本"。他当时主持复旦大学中文系,是蜚声海内外的国学大师,和上海的书商们有交往。尽管他未能搞到"甲戌"、"己卯"或"庚辰"本,还是寄来了一般人搞不到的"戚序本",我十分珍视,可惜和我的万卷藏书一起,在十年浩劫之初即被抄掠一空!

时至今日,早期的《红楼梦》抄本更稀有、更珍贵,多数红学家也很难目睹;而士风浮躁,又用电脑打字,除了书法家,一般人已经不用毛笔了。而处于商品经济大潮冲击下的书法家为了成名快、卖钱多、顾不得一笔一画地写楷书,更别说小楷了。即使有擅长小楷的,谁又能淡泊名利,花几年时间一笔不苟、一字不差地抄完一部120回、110万字的《红楼梦》巨著呢?

然而,奇迹还是出现了!当我翻开艾氏《小楷红楼梦》而被一行行俊秀洒脱的蝇头细字所吸引、所陶醉的时候,怎能不又惊又喜!

"惊"什么?惊的是艾新民先生的崇高志趣和超常的耐心与毅力。"喜"什么?喜的是我在紧张的精神劳动之后,躺在床上拿一册线装小楷《红楼梦》获取审美享受的愿望即将实现了。

毫不夸张地说:我的愿望也是一般读书人的愿望,谁不愿读工楷书写的线装书呢?据说艾氏用小楷抄写的不仅是《红楼梦》,还有《楚辞》、唐诗、历代名文、名赋和《三国演义》、《水浒传》、《西游记》等等,共400多万字,正准备线装出版,这真是对读书界的大贡献,对全社会的大贡献。新民先生付出的惊人劳动,总算没有白费。民间有一句老话:"皇天不负苦心人。"知识界也喜欢说:"天道酬勤"。艾先生的成功之路饱含教育意义,怕下苦功而急于求成的人值得认真吸取,追求上进而信心不足的人也值得认真吸取。

2008年冬写于陕西师大专家3楼

《近现代诗词论丛》序

诗乃中华民族之心声,有心声处便有诗。巍巍中华素有"诗国"之誉,良有以也。远自屈原以来,中华优秀诗人皆以天下兴亡为己任,忧国忧民,匡时淑世,举凡政教之隆汙、闾阎之饥饱、社会之安危、国家之治乱,无不入于目而动于心,郁中彪外。发为声诗;而诗之体式韵律亦踵事增华,因时嬗变。是故葩经扬葩,楚辞振藻,唐音无美弗臻,宋诗别开生面,溢而为词,衍而为曲,高峰之后复有高峰,恰似长江大河,前浪汹涌,后浪接天,万古奔流,何曾中断!或谓晚清以降,旧诗已无生机,"五四"而还,新诗独领风骚;多种《中国文学史》亦于民国以来诗词不措一词,桴鼓相应。诗亡词绝,是耶非耶?

晚清政腐民困,外患频仍。中华民族同仇敌忾,救亡图存,扬御侮之巨纛,震大汉之天声。龚自珍、林则徐、姚燮、贝青乔、张维屏、黄遵宪、丘逢甲、康有为、梁启超、于右任、柳亚子等杰出诗人之杰作慷慨悲壮,激情喷涌,皆足以振聋发聩,传世行远。"五四"以来巨变迭起,诗人词家争挥健笔,写民族之心曲,播时代之强音,传统诗词艺术生命之旺盛有目共睹,岂能否定?余曾作《"五四"以来名家诗词杂咏》八首,其三云:"全民奋起救危亡,血战八年复汉疆。气壮山河诗万首,人寰传诵戒贪狼。"其五云:"劫火延烧竟十年,殃民祸国史无前。牛棚偷醮忧天泪,警世奇诗万代传。"其六云:"乍震春雷殛四凶,改革开放奏奇功。高歌猛进诗潮涌,锦绣河山日更红。"窃以为近现代风雷激荡,中华民族鼎新革故、奋发图强。形诸吟咏,既摄传统之精华,复撷异域之粹美,持新理念,写新题材,采新语言,创新意境,"更搜欧亚造新声"者亦不乏其人。于中华诗史长河中审视近现代诗词,其爱国豪情之炽烈,时代特色之鲜明,艺术表现之求变创新,风格流派之争奇斗丽,皆远迈前古,开一代新风。

自《诗三百》迄今,诗人群星灿烂,诗作汗牛充栋,治中华诗学者倾全力于晚清以前,已有日不暇给之叹。其忽视近现代诗词,未必囿于贵远贱近之习惯势力;未遑全面考查,或为主要原因。余老矣,僻处西北,孤陋寡闻,而安徽诗人刘君梦芙不我遐弃,时寄新作,并驰函商榷近现代诗词;其创作结集《啸云楼诗》、《冷翠轩词》及其论著《百年词选》、《二十世纪名家词述评》等亦皆先睹为快。今复寄《近现代诗词论丛》索序,通读数过,深获我心;而对专攻近现代诗词用力之勤、创获之丰,尤感欣慰。梦芙出身诗词世家,学养深厚,才情富艳。其诗其词,大气磅礴,格高味厚,曾于"李杜杯"等多次全国诗赛中夺魁,钱仲联、缪钺、饶宗颐诸老亦奖掖备至。以其深厚之学养与丰富之创作经验研治近现代诗词,必能探骊得珠无疑也。待其国家社科基金项目《近百年名家诗词及其流变》完成问世,则忽视近现代诗词之现象或可改观;其有助于中华诗词之振兴,亦不言而喻矣。

《雁塔题名作品选集》序

慈恩寺始建于大唐贞观盛世,共十余院。东邻曲江,南接杏园,烟水空明,花卉繁艳。大雁塔在寺内偏西,巍然耸立,向为登览胜境。名流显宦,题名记游;新进士则推善书者题同榜姓名、刻石记荣。"雁塔题名",遂为千秋佳话。惜乎沧桑屡变,兵火相寻,题名原貌,湮没已久;至今可考者,仅存残拓数卷而已。

改革开放,百废俱兴,雁塔维修,重现盛唐气象。保管所远绍题名韵事而更新内容,特于塔前设案备纸,供游人挥毫。去岁九月以来,当场题诗作画者已逾千人。四海名家,闻讯神驰,远寄佳作两百余件。保管所乃择优展出,观者称善,遂请专家选编,影印出版,而嘱予作序。予通观斯集,琳琅满目。诗颂大唐胜迹,画赞华夏河山,书法各体兼擅,俱足以弘扬祖国文化精神,其意义之深远,非前人题名记游、记荣可比也。此集流传,影响必巨,行见万国衣冠,络绎而至,登塔览胜,即景抒情,题名之作必与日俱增,每年选印,由初集、二集以至无穷,则与雁塔相辉互映,共存天壤矣。

1992 年 5 月于唐音阁

《触摸风景》序

新千年新世纪的第一个新春佳节,中央电视台播放了我的电视散文《怀念天水》。目视荧光屏,心想与每一个画面相关的人和事,当看到卦台山古柏参天的一刹那,便立刻想起了在卦台渭水之间度过童年的刘尚儒和漆永新。也真是"无巧不成书"! 看完电视,就收到永新从北京寄来的信,要我为他的散文集《触摸风景》写序。

我和永新相见恨晚,但早就知道他的一些情况,那是十多年前与初中同班同学好友刘尚儒话旧时听到的。尚儒说:"解放初期我在石佛小学教语文,有个叫漆永新的学生聪明好学,文才出众,希望将来上大学中文系深造;可是由于某种原因,却考入兰州大学理科。如今已是著名的科学家了,仍然爱好文学,写了许多漂亮的散文。"对于文理兼长的人才,我一向很钦佩。因此,我渴望有机会见到永新。

1995年初冬,我上北京开会,毛选选接我到他家吃饭聊天。一进门,就被几位乡亲包围了。其一正是永新,任冶金部信息中心主任;另两位,是我在天水师范教过的学生张钜、范梓夫妇,张钜为国家一级演员,在电视剧《三国演义》中饰张松极传神;选选任北空机要处副处长,擅长书法,以颜体楷书写杜甫秦州诗,我作了一篇长序;选选的爱人小郭,是我女儿有辉上甘肃师大时的同学,现在是优秀的中学语文教师。酒醉饭饱,谈家乡,叙往事,没完没了。我乘兴吟诗,给他们各写了一个条幅。给永新的诗是这样的:

> 画卦台高渭水清,家乡常在梦魂中。
> 相逢何故亲如许? 同是羲皇故里人。

从这时开始,我与永新成了亲密的文字交。他每发表散文,总要寄给我;《留欧忆屑》中的七篇,《东张西望》中的八篇,《家山乡水》中的十九篇,《今日昨日》中的八篇，大多数我都读过。《窗含阿尔卑斯》、《徜徉莱芒湖》、《瓶子里的东京》、《十年一读富士山》、《又寻漓江》、《终于没有交出的汇报》等篇，印象更深。每读他的散文，我都被那新颖的构思、优美的文笔、深广的蕴含、悠扬的情韵和如诗如画的意境所陶醉。欧洲的名山胜水我无缘观赏；国内的漓江、曹溪，日本的东京、富士山等地，我都去过，却无生花妙笔写照传神，留下自己的履痕心影。每当读赏永新的散文，我总是一方面自叹江郎才尽，另一方面为羲皇故里的文化传统后继有人而深感欣慰。

尚儒当年曾以永新未能如愿以偿学中文为憾。我和永新交往以后，却认为他好文而学理，攻理又作文，实在是最佳抉择。做专业文人，如果不在浩瀚的学术文化领域开疆拓土，就有致命的局限性。以科学家兼文人而又确有天才，那就会文理互补，相得益彰，知性与感性并美，逻辑思维与形象思维兼长，比单纯搞科学或搞文学的人都有明显的优势。比如东汉的张衡（78—139），就文、理兼攻：他精通天文历算，创制了世界上最早利用水力转动的浑天仪与地动仪，第一次正确解释了月食的成因；他又是杰出的文学家，他的《同声歌》是我国最早的五言诗之一，他的《四愁诗》是我国七言诗的滥觞，他的《思玄》、《归田》诸赋既兼楚辞汉赋之长，又开魏晋抒情小赋的先声，都有创始意义。在自然科学方面，永新以数据库和方法库研究知名，在我国首次提出以数据库和方法库为基础的部委决策支持系统结构，并且领导建成了冶金部机关办公自动化系统、国家经济信息系统冶金分系统；而他的散文创作也的确是名副其实的"创作"，洋溢着矻矻独造的异量之美，与单纯文学家所写的散文迥乎不同。在永新那里，文理互补的优势也是显而易见的。

永新考虑到我年老事冗，只要我写几句话。但"同是羲皇故里人"，想说的话很多，所以"下笔不能自休"。自鸣钟打过十二点，又打一点，推窗一看，纷纷扬扬的雪花正在路灯的光照下装点挺立的苍松，这又激发了我的兴致。然而夜已经很深了，就写到这里吧！祝愿永新的这本散文集早日问世，让广大读者触摸他触摸过的风景，从而开拓视野，获得无穷无尽的审美享受。

2001 年春节

《风雅斋诗谜三百首》序

"谜语"古称"隐语",先秦时代已经有了。刘勰《文心雕龙》的《谐隐》篇详细地论述了"隐"、"谜"的源流正变,值得一读。"诗谜"是谜语最精美的形式,现在能看到的最早的诗谜,是这么一首"古乐府":

> 稿砧今何在?山上复有山。
> 何当大刀头?破镜飞上天。

古代执行极刑时,于稿草上置砧板,让犯人伏其上,以鈇(大斧)斩之。首句以"稿"、"砧"暗示"鈇",以"鈇"代"夫"。次句"山"上有山,合成"出"字。第三句中的"大刀头"指"环"(古代大刀柄端的环),以"环"代"还"。第四句中的"破镜"指"半月"。古时的铜镜是圆的,"破镜飞上天",不就是"半月"吗?四句诗两问两答:"夫在哪里?""出去了。""何时回家?""半月左右吧!"这大约是一首古老的民歌,清新、活泼,富有生活情趣。

谜语有许多"格","离合格"便是常用的一种。用"离合格"作的"诗谜",最著名的是"建安七子"之一孔融(字文举)的《离合作郡姓名字诗》:

> 渔夫屈节,水潜匿方。
> 与时进止,出寺驰张。
> 吕公矶钓,阖口渭旁。
> 九域有圣,无土不王。
> 好是正直,女固子臧。
> 海外有截,隼逝鹰扬。
> 六翮不奋,羽仪未张。
> 龙蛇之蛰,比他可忘。

玟璇隐耀,美玉韬光。

无名无誉,放言深藏。

按辔安行,谁谓路长?

除"玟璇隐耀,美玉韬光"两句"玟"去"玉"为"文"而外,其他则先"离"后"合",每四句离合一字。如"渔夫屈节,水潜匿方","渔"字"水潜",便离出"鱼";"与时进止,出寺驰张","时"字"出诗",离出"日"。"鱼"与"日"合,就是"鲁"字。以下离合以此类推,全诗的谜底是"鲁国孔融文举"。

唐德宗时,随日本遣唐使来长安,住青龙寺的"学问僧"空海,精研中国文化,著有《文镜秘府论》。他也会作"离合诗",使中国学者马总大惊,作"离合诗"奉赠:

何乃万里来,可非炫其才!

增学助无机,士人如子稀。

对空海不远万里来长安求学的精神给予热情赞扬,颇有诗意;但又是与空海有关的谜语:"何"字去"可",离出"人";"增"字去"土",离出"曾"。"人"、"曾"相合,乃是"僧"字,表示他赠诗的空海是一位僧人。

谜语要猜,未猜中时的思索,已猜中时的兴奋,都有极大的诱惑力,所以这种群众性的文娱活动一直长盛不衰。改革开放以来,谜会、谜报、谜刊、谜赛风起云涌,盛况空前;然而把谜面作成一首像样的诗,实在不容易,因而从古到今,谜语多如牛毛,诗谜却少如麟角。

事有凑巧,正当我阅读中州古籍出版社最近出版的《全国灯谜创作大赛佳谜精选》而感叹其中没有诗谜的时候,赵安志老友忽然送来他的新著《风雅斋诗谜三百首》,真是万分惊喜,喜出望外。

安志是一位廉明有为的好官,政务之忙,有目共睹,却能利用夜间和假日从事书法创作和诗词创作,书法集和诗词集出版了好几种。如今刚退居二线,一厚本《风雅斋诗谜三百首》又将奉献给广大读者了。斋名"风雅",真乃名副其实! 做官而能风雅,便脱离了低级趣味;脱离了低级趣味,便不贪不腐,不忧不惧,无往而不胸怀坦荡,怡然自乐。

《风雅斋诗谜三百首》分为"战计篇"、"情景篇"、"祝颂篇"、"修身篇"、

"讽喻篇"、"度诗篇"六大部分,包括诗谜三百首,可谓洋洋大观。诗谜采用七言绝句形式,以"离合"为主,辅以"会意"。每一诗谜都附有必要的注释和猜谜的提示,并亮出谜底,融知识性、趣味性于一炉,足以引人深思,益人神智。如"战计篇"第一则:

> 子系春秋一大家,
> 奇男美誉玉无瑕。
> 轩辕丘下排八阵,
> 水去千年气尚华。

读起来是一首音韵协调颇有诗意的七绝,分明是歌颂春秋时代的某一位军事家。而这实际上又是一条谜语,猜古兵书名。那么怎么猜呢?著者提示:一、三、四句用离合法猜,第二句用会意法猜。第一句"子"、"系"相合是个"孙"字;第二句"奇男美誉",意为"子"。"子"是古代对男子的美称,如称孔丘为孔子,称孟轲为孟子等等。第三句,"丘"下排"八",是个"兵"字。第四句,"水(氵)"与"去"合,是个"法"字。谜底是《孙子兵法》。又如"情景篇"第五则:

> 天鹅入梦鸟高飞,
> 审慎潜心善美随。
> 有瑷如何不见玉,
> 可人伴尔展愁眉。

谜面也是一首七言绝句,谜底则是四字情语。按著者的提示用离合法猜,很容易。但当你猜出是"我真爱你"的时候,肯定会乐在心里,笑出声来。

这里之举两则,以见一斑。其余 298 则留给读者磨炼猜谜的本领,享受揭出谜底的快乐吧!

2002 年 12 月 6 日写于陕西师大博导南楼

《天水市志》序

《天水市志》，在党政领导下经过全体编修人员历时八年的辛勤劳作，即将和读者见面了。

天水是历史文化名城，今天水市所辖的五县二区，是中华民族远古文明的发祥地之一。

据大量的古籍记载和民间传说，天水是"羲皇故里"。伏羲氏在这里画八卦、制嫁娶、创文字、兴音乐，教民结网罟，从事渔猎畜牧，被后人赞为"人文初祖"。据近数十年来的考古发掘，新石器时代各期的文化遗址遍布天水各县区。其中的大地湾遗址，最早年代距今约7300—7800年，比西安的半坡遗址早1000年左右。在总面积约32万平方米的遗址中，文化层厚度平均在两米以上，已发掘出房址240座，灰坑灰穴342个，墓葬79座，窑址38个，珍贵文物8000多件，其中有绚丽的彩陶、精良的工具、古雅的雕塑和别致的装饰品。尤其令人惊异的是出土了我国最早的农业标本——炭化稷和油菜子，最早的彩陶和古文字鼻祖——彩绘符号，最早的地图和最大的原始房址。这一切，充分说明早在距今7000年以前，华夏民族的祖先便在天水一带生息繁衍，创造了远古文明；这一切，也为天水是伏羲文化的摇篮提供了强有力的佐证。

秦始皇统一中国，建立了我国历史上第一个中央集权封建制国家。而天水，则是秦的发祥地。据《史记·秦本纪》记载：秦的祖先非子在天水为周王朝牧马有功，周孝王（前897—前888）乃"分土为附庸，邑之秦"。秦邑（在今天水市辖区），是秦的最早都邑，此后的秦城、秦州等名称，即由此而来。近年在北道牧马滩出土的秦简、秦纸、木板地图，大大提前了简书、地图和造纸术的历史，表明秦的祖先在天水一带已创造了灿烂文化。

汉代以来，天水作为"丝绸之路"东段南道上的重镇，是西域经济文化与中原经济文化的交汇点。物产丰饶，人文荟萃，相继出现了麦积山石窟、水帘洞石窟和大像山石窟。特别是被誉为"东方雕塑馆"的麦积山石窟艺术，集中地反映了天水人民的聪明才智和在中古时代已经达到的高度文化水平。

天水从古到今,人才辈出,灿若群星。就其籍贯属于今天水市五县二区的杰出历史人物而言,如春秋时期的孔子弟子石作蜀,秦国名将李信,汉初功臣纪信,西汉名将李广、段会宗和军事家赵充国,西汉末年"名震西州"的隗嚣,东汉文学家赵壹、秦嘉和徐淑,三国名将姜维,十六国时期前秦王朝的开创者苻坚和小说家王嘉,隋代名将王仁恭,大唐帝国的开创者李渊、李世民,唐代文学家兼政治家权德舆、文学家兼哲学家李翱、军事家兼政治家赵昌,五代时期的大诗人王仁裕,宋代的政治家尹崇珂、抗金名将张俊,明代的著名诗人兼书法家胡缵宗,都在不同方面和不同程度上做出过贡献。直至清末民初,任其昌、王权、安维峻、任承允诸家,都品学兼优,著述宏富,或教授乡里,或主持京师大学堂,造就了无数英才。流风余韵,至新时期而发扬光大,天水文风之盛,为举世所瞩目。

天水地区,由于地灵人杰,很早就有地方志性质的著作问世。如南朝刘宋郭仲产的《秦州记》,清代仇兆鳌注杜甫秦州诗,犹多处引用,可惜今已失传。此后较完整的志书,计有六部:一、明嘉靖三十七年《秦州志》30卷,胡缵宗编,已佚;二、清顺治十四年《秦州志》13卷,宋琬主编,现存残本三卷,藏甘肃省图书馆;三、清康熙二十六年《秦州志》16目,不分卷,赵世德编,甘肃省图书馆藏胶卷;四、清乾隆二十七年《直隶秦州新志》12卷,胡钺编,现存;五、清光绪十四年《秦州直隶州新志》24卷,王权、任其昌主修,现存;六、民国二十三年《秦州直隶州新志续编》,任承允主修,现存。

明清时期的秦州,辖地较广,但大部分地区与今天水市辖地相同,故上述州志,仍可供编写天水市志参考。至于市属区县原有的各种方志(如《天水县志》、《秦安县志》等),所存史料相当丰富,更值得修市志者取材。

《天水市志》约460万字,举凡政权、政法、军事、党派、工业、农业、城建、商贸、金融、交通、邮电、行政建置、经济管理、医药卫生、区域地理、风景名胜、文艺体育等等,应有尽有,做到了横不缺项、竖不断线。就时间而言,兼包古今而略古详今;就空间而言,全面记述而突出重点。纵览全志,我认为有几个优点值得着重指出:

一、体现天水的悠久历史和灿烂文化

以伏羲氏为代表的先民们以其开创性的生产实践和社会实践,在天水这块古老而神奇的土地上孕育和创造了伏羲文化,对人类生殖进化,对龙文化的嬗变,对儒家、道家思想体系的形成和发展,乃至对中国古代哲学思想和整个华夏文化都有深刻影响。《市志》突出地记述了伏羲文化;并以此为主线,记述了大地湾文化遗存和画卦台、伏羲庙等处的《易》文化遗存;记述了天水的古建筑文化,民俗文化,麦积山石窟及其佛教文化,玉泉观及其道教文化;记述了天水籍贯的和宦游天水、流寓天水的历史人物在发扬天水文化方面做出的种种业绩,从而展现了天水历史文化资源的优势。这对于弘扬天水的历史文化、并把历史文化与时代精神结合起来教化人民,提高其自豪感与开创意识,有重要作用;对于促进中外文化交流,并以文化交流带动经贸科技交流,也有重要作用。

二、突出天水的地方特色

著名记者范长江在《中国的西北角》一书中说过:"甘肃人说到天水,就等于江浙人说到苏杭,认为是风景优美、生产富饶、人物秀丽的地方。"这几句话说明了天水的地方特色,但并不全面。《天水市志》,则全面地体现了天水的地方特色。就其重要者而言:第一突出地记述了天水优越的自然条件和农副业、林业、矿藏。天水地跨长江、黄河两大水系,兼有南北之长。气候温润、雨量充沛,土地肥沃,水利资源丰富,适于农作物、经济作物生长。其农副土特产种类繁多、品质优异,不仅誉声国内,有的还走俏海外市场。天水境内森林覆盖率高达 26.15%,远远超过 12.95% 的全国水平和 6.9% 的全省水平。小陇山林区千峰叠翠,万壑披绿,林海汪洋无际。林区拥有南北种子植物 1600 多种;盛产各种名贵药材和珍稀野生动物;已探明的金、铜、铅、锌和大理石等,蕴藏丰富,更为天水优越的自然环境增加了新的魅力。

第三,展示天水在旅游业中的特殊优势。天水林泉幽邃,风景秀丽,以麦积山为中心,包括仙人崖、石门、曲溪、麦积山植物园在内的麦积山风景区,奇峰飞瀑,碧溪流云,古木参天,异卉铺地,是 1982 年国务院第一批公布的全国重点风景名胜区之一。天水历史悠久,名胜古迹极多,境内现存的国家级、省级、县级文物保护单位 112 个,星罗棋布,蔚为壮观。其中的麦积山石窟,是全国四大石窟之一。山为石质,上大下小,状似家家麦积。于松桧蔽日、岩壑竞秀处拔地而起,高插云表。悬崖置屋,绝壁凿窟,沿栈道盘旋而上,如行空际。现存 194 个窟龛中保留的 7200 余尊雕塑和 1300 多平方米壁画,荟萃了从后秦到明清十多个朝代的艺术珍品,尤以北朝洞窟之多和雕塑之精居全国之首而著称于世,雕塑有石雕和泥塑两类,而以泥塑为主,这是不同于敦煌、云冈和龙门的突出特点。石雕、泥塑各有无数精品,泥塑水平尤高,多系北魏时期的作品。佛、菩萨和不同年龄的弟子,体态端庄,神情秀丽,静中寓动,栩栩欲活,令游人瞻仰赞叹,留连忘返。《市志》详述天水的旅游资源,并把麦积山独列一编,浓墨重彩,绘形传神,对于天水的旅游业发展具有促进作用。

第四,以突出地位,介绍天水的名优特产和工艺产品。天水是著名的瓜果之乡,特别是"花牛苹果",早在50年代即被国家外贸局选送香港展销,一上市便以色型俱佳、汁多味美击败美国蛇果而走红国际市场。经过30多年的发展、优化,栽培面积将近50万亩。其中的"红星"、"新红星"产品,多次在全国优质产品鉴评会上获奖,畅销国内外。天水雕漆久负盛名,60年代以来,一直是工业部和甘肃省优质工艺产品,享有外贸出口免检信誉,畅销30多个国家和地区。《市志》着重介绍这类产品,对于进一步扩大生产、提高质量、开拓市场,都有积极意义。

第五,突出工业生产优势。天水是甘肃省主要的工业基地。电子仪表、机械制造、轻纺、食品四大行业,是天水工业的支柱。其中的电子、电器工业,尤有雄厚的实力。全市电子企业近50家,电子工业产品处于国内领先地位,并打入国际市场;电器企业40多家,一些产品接近国外同类产品水平,行销海外。1988年,天水被列入全国十大电子工业城市。天水的轻纺已经形成绒线、棉纺、地毯、丝毯为主,毛、棉、印、染、针织配套发展的工业体系。其中的地毯、丝毯,畅销国内外。《市志》突出体现天水电子、电器产品的优势,有助于扬长补短,既向全国十大电子工业城市的前列进军,又带动其他工业生产追赶世界先进水平,打入国际市场。

三、突出体现时代特点

鉴古为了知今,继往为了开来。《市志》在简要地追溯历史的基础上面向当代,突出地记述了开国之初、特别是改革开放以来天水各行各业所取得的辉煌成就。十一届三中全会以来的十多年,由于改革开放的春风吹拂,天水的经济发展突飞猛进,远远超过了历史上的任何时期。社会总产值、国民生产总值、国民收入、财政收入四项指标,比1978年增长均在三倍以上。区域性结构,正由传统农业型向工业主导型过渡;城乡人民生活,正由温饱型向小康型过渡。第一个"翻番"战略目标已经基本上实现,经济结构趋向合理。全市1990年国民生产总值达到20.40亿元,较1985年增长38.54%;人均国民生产总值达到698元,较"六五"末期的405元净增293元。农村经济全面发展,其标志：一是乡镇企业已成为全市农村经济的重要支柱，1990年达到30066个，总产值达到7.61亿元，实现利税6796万元，上交利税2600万元；二是推广科学种田新技术，1990年全市粮食总产量达到72.58万吨，农业人均占有量达到281.7公斤；三是农业生产条件有所改善；四是农村经济形成新格局，除农、林、牧、副、渔业充分发展而外，农村工业、建筑业、交通运输业和饮食服务业都欣欣向荣，日新月异，其在农村社会总产值中的比重，分别达到21.13%、4.17%、6.11%和10.17%；流通领域呈现出全民、集体、个体经营业竞相发展的多元化结构，1990年商业机构达到1.82万个，社会商品零售总额达到9.48亿元，个体商业达到1.44万个；城乡居民生产水平显著提高，就业人员及其工资增加，农民人均纯收入不断增长。总之，经过这十多年的经济大发展，全市人民、特别是广大农民才真正摆脱了贫困，温饱无虞，小康在望，整个社会呈现出日趋繁荣的喜人景象。《市志》翔实地记述了从开国到"文革"结束30来年的兴衰起伏，突出地记述了十一届三中全会以来天水经济的蓬勃发展及其辉煌成就，有助于总结经验，吸取教训，发扬成绩，建设现代化的新天水。

三、突出地展现天水良好的投资环境

天水地处丝绸之路要冲，早在汉唐时期，便是客商云集的物资集散地，经贸十分繁荣。1985年，天水被国务院列为全国机构改革、经济体制改革试点和对外开放城市，加快了改革开放的步伐。采取一系列强有力的措施，从政策、交通、通讯、城建、旅游、文化活动等许多方面优化对外开放的环境。近年来，天水的交通事业和邮电通讯事业发展异常迅速。公路四通八达，陇海线天水至宝鸡和天水至兰州电气化铁路已全程通车。天水铁路交通，已汇入新亚欧大陆桥的国际交通网络。全市电话，已进入全国长途自动交换网和国际自动电话网。各县区电报业务，已进入甘肃省电报自动交换网，用户电报，可直达国际电报交换网。加上丰富多彩的文化资源、旅游资源和现代化的城市建设，已形成良好的投资环境。《市志》从各方面展现天水良好的投资环境，对于增强天水的吸引力和辐射力、促进天水外向型经济迅猛发展，更快地走向世界，有重要作用。

《天水市志》展现了历史和现状的宏伟画卷，奏响了以伏羲为代表的先民及其后裔艰苦创业的雄壮乐曲。一册在手，可以鉴古、察今，为各级领导的科学决策提供依据；可以激励今人，启迪后昆，为建设文明昌盛的新天水开拓进取，大展鸿图。

《天水市志》的问世,是天水人民的一大喜事,也是海内外伏羲后裔、炎黄子孙的一大喜事。喜事当前,作为"羲皇故里"的游子,怎能不放声讴歌、热情祝贺!

1993年初冬写于陕西师范大学文学研究所

《霍家川村史》序

我于1921年农历8月28日出生于霍家川。童年由父亲教导，在家里读书。后来在新阳镇读小学，在天水县城读初高中，寒暑假都回家。自上大学至今，尽管长期远离乡土，但一想起生我育我的霍家川，那青山起伏、渭水萦绕的自然风光和父老乡亲的音容笑貌，依然历历在目，无限温馨。

《霍家川村史》是霍家川人在漫长的历史沧桑中艰苦拼搏的创业史；更是霍家川人在改革开放的大好形势下图强致富的开拓史。反复阅读，真如旧梦重温，倍感亲切；又见新风蔚起，深受鼓舞。从《村史》中的《文化篇》、《贤能与俊杰篇》看，近30年来由于大力发展教育，霍家川真可谓英才辈出，人文蔚起。人才是精神文明建设和物质文明建设的决定因素，霍家川近30年来在兴修水利、打造良田、发展农副业生产等方面创造的光辉业绩，正是留在本村的英杰们大显身手的生动体现。趁胜突击，早日将霍家川建设成和谐幸福的社会主义新农村，这是我的殷切希望，也是在外地学习、工作的所有霍家川人的殷切希望。

霍家川向无村史，这部村史是在毫无文献资料的情况下完成的。希望从今以后，有计划地积累相关资料，每隔几十年便续修一次，用霍家川人的创业史、开拓史教育后人，这对一代又一代的英才继起，有不容低估的积极意义。

渭水西来，不畏长途奔大海；
龙山东峙，须登极顶望遥天。

谨以这副对联祝愿霍家川人昂首阔步，迈向宏伟的目标，跨入绚丽的前景。

2008年初春写于陕西师大博导南楼

《西和马氏族谱》序

昔太史公取谱谍旧闻,著《三代世表》,则作谱以纪氏族世系,由来远矣。然其初,仅限于帝王诸侯。魏晋南北朝重门第,世族豪家遂亦有谱。有司选举,即以此为据,而寒门不与也。司马温公著《臣寮家谱》(见《宋史·艺文志》),苏老泉为《族谱》作序(见老苏文集)。则天水一朝,庶族亦有谱矣。延及明清,几于无族无谱。县志、州志、省志之修,赖以取材,功不可没。四凶为虐,神州板荡,此源远流长之传统,汗牛充栋之史料,俱毁于十年浩劫,言之痛心。今者日月重光,百废俱兴,编撰方志之盛举遍及全国。然谱谍荡尽,稽考无从,收拾弥补,刻不容缓。而首倡无人,可为浩叹。马生弘毅,独于众人所不敢为之时,重修家乘,哀然成帙,伏波之风,犹未泯也。夫继承往烈,固有助于开创新局。珍视中华民族之光荣历史,始足以言振兴中华,马生其深知此意者矣!

1982 年 5 月

书画篆刻序跋

《20世纪陕西书法篆刻集》序

> 钟鼎煌煌文字古,杰作何人镌石鼓!
> 周秦汉唐留文物,书迹琳琅遍中土。
> 篆刻远源出关中,万派分流吸法乳……

这是我为终南印社成立10周年所作的长篇七古的前几句,讲的是篆刻,实际上也包括了书法。陕西、特别是关中地区,的确是书法篆刻远源之所出。早在公元前4800年前后,西安半坡先民和临潼姜寨先民就已经在陶器上刻有原始文字。岐山凤雏村出土的17000件周代甲骨,大都刻有十分精美的微形文字,用放大镜始能看清。关中西部地区,原是周人的政治、经济、文化中心,自西汉以来,不断有西周青铜器金文出土。如《毛公鼎》有金文13行,共497字;《大盂鼎》有金文19行,共291字;《大克鼎》有金文28行,共290字;《虢季子白盘》有金文8行,共111字;其他如《墙盘》、《散氏盘》等,不胜枚举。从书法艺术的角度看,金文比甲骨文更成熟。用笔变方折为圆转,易纤细为粗浑,改平直为多变;章法则因地制宜,大小错综,自然有致,是继甲骨文之后我国书法的又一重要形式。唐初出土于天兴三畤原(今宝鸡)的十块鼓形石,上刻籀文(大篆)四言诗,通称"石鼓文"。唐人张怀瓘等认为刻于周宣王时,宋人程大昌等认为刻于周成王时,今人郭沫若则考证为秦襄公(前777—前766)时所刻。尽管众说纷纭,却公认为我国现存最古的石刻文字。从书法篆刻角度看,如《石索·周岐阳石鼓》所评:"石鼓文字,雄视百家,超今迈古,洵成周之钜制,篆刻之极轨也。"

褒斜道石门摩崖,统称《汉魏石门十三品》,体现了汉魏以来的历代书体及风格。其中的《石门颂》挺健多姿,于汉隶中别具一格;《石门铭》高浑飘逸,为北魏石刻精品。其他如耀县药王山之魏碑、唐太宗昭陵之唐碑,以及散见于陕西各地之名碑,美不胜收。其中一部分,如于右任先生久访未得的《广武将军碑》等,已移置西安碑林。

西安碑林从唐末五代保存《石台孝经》、《开成石经》以来,碑石不断增加,现有 7 个大展室、7 个碑廊和 1 个高大雄伟的碑亭,珍藏上起汉魏,下至近代的碑碣墓志等 3 千余方,堪称举世无双的大型书法艺术博物馆。

"陕西是书法艺术的故乡"。从前面简略的叙述中已可看出,这种提法并非夸张。大致说来,自周初至唐亡,这是陕西书法艺术的辉煌时期。这一时期的陕西书法史,无疑也是中国书法史的主要内容。唐亡以后,随着政治、经济、文化中心的东南移,陕西在中国书法史上的优势便逐渐削弱。这状况,直到 20 世纪才有了大幅度的转变。20 世纪,陕西书法出现了两次高潮。第一次高潮的代表书家是于右任先生。30 年代以前,于先生以魏碑为基础,参以篆隶,在行楷中开拓新路;从 30 年代起专攻草书,吸取章草、今草、狂草的精髓,参以魏碑的笔意而不断创新,创立"标准草书"。其书迹遍天下,书名亦遍天下。他对中国书法发展所作的巨大贡献历久弥新,不可磨灭。第一次高潮中的其他书家人数众多:宋伯鲁、王世镗、阎甘园等书艺精湛、各有特长;寇遐、党晴梵、张寒杉、陈尧廷等既精书艺,又创建"西京金石书画学会"以切磋观摩、培养后进,为此后陕西书法篆刻的发展奠定了基础。

60 年代初至 70 年代末,是陕西书坛的起伏徘徊时期。这一时期的前几年,由当时的西安美协牵头,成立了陕西省书法篆刻研究会筹备组,开展了一些活动,产生了积极影响。但不久"文革"爆发,第一次高潮中的杰出人物又早已相继谢世,使得陕西书坛一片萧瑟,徘徊怅惘。

"四害"既除,思想解放。随着改革开放的春风吹拂,陕西书坛欣欣向荣,群芳竞艳。老一辈艺术家青春焕发,不断总结和完善自己的书法篆刻艺术;同时又积极奖掖后学,扶持新秀。中青年则纷纷临池操刀,异军突起。特别值得一提的是:在队伍日益庞大的中青年书法篆刻家中,志存高远者颇不乏人。他们利用遍布三秦大地的丰富遗产,特别是西安碑林珍品,从传统中多方面地汲取营养,同时又力图把握时代精神,锐意创新,开拓进取。在 20 来年的短暂时期,无论是参与书法篆刻艺术的人数之众,还是作品数量之多,都是陕西历史上任何朝代无法比拟的。其中传统功力深厚、又体现时代精神的部分作品,则鲜明地展示了第二次高潮的特色,从而确立了陕西在当代中国书法篆刻艺术中的地位。

书法、篆刻作为独立的艺术品种,当然拥有独特的艺术个性;失掉个性,也就失掉自己。然而,所有艺术品种都既有个性,又有共性,因而可以,而且需要交融互补,互相促进;书法、篆刻也不例外。所以,全面而丰厚的文学艺术修养,对于书法篆刻创作的提高是完全必要的。不仅如此,书法、篆刻作品是作者的艺术创造,作者作为创造主体,其主观条件的优劣在很大程度上决定作品艺术质量的优劣。钟明善教授创办《书乡》杂志时要我题词,我明知他所说的"书乡"指"书法之乡",却从另一角度切入,题了一首七绝:

水美田肥鱼米乡,
书乡何处拓封疆?
品高学富诗文美,
挥洒方能迈二王。

第一句是个比喻:"鱼米之乡"的必要条件是"水美田肥"。如果水不美,甚至没有水,田不肥,甚至盐碱泛雪,寸草不生,那么怎会赢得"鱼米之乡"的称号呢!"书乡"也如此,如果书法作品的生产者主观条件不足,又怎能为"书乡"开拓新领域、打开新境界呢!限于七绝的格律,第三句中的"何处"只能用七个字回答,所以举其要者,概括为"品高学富诗文美"。其实,创作主体的崇高品德,宏伟抱负,博大精深的文化修养和艺术修养,吐纳宇宙的胸襟、气度,为实现兼济之志而奔走呼号的长期实践和深切体验,以及丰富的、多方面的社会阅历和对大自然的观赏、领悟,都有助于不断提高自己的创作质量。第一次高潮中的杰出人物,特别是"开一代新风"的于右任先生,已经为我们做出了光辉的榜样。研究于先生作为"书法大师"的主观条件,对于进一步推进陕西书坛的创作高潮,必有助益。

在20世纪即将向我们告别的时候,陕西省书法家协会和陕西人民美术出版社联手编辑出版这本书法篆刻选集,其积极意义是不言而喻的。第一,这是对百年来陕西书坛的大展示、大检阅,佳作纷呈,光艳夺目,既可给读者以审美享受和艺术滋养,又可使海内外贤达了解陕西的书法,了解陕西的精神风貌。第二,这也是一部以作品为主的20世纪陕西书法篆刻史。史的作用在于鉴古知今,继往开来。如果对这部陕西百年书法篆刻史作一些分析、比较、总结工作,弄清长短得失之所在及其原因,必能事半功倍,勇攀艺术高峰。

当这部煌煌巨著面世的时候,新世纪的曙光已经洒满神州大地。祝愿陕西书法篆刻家乘胜前进,在新世纪中为源远流长的陕西书法篆刻史增光添彩,再创辉煌。

2000年元旦写于唐音阁

《陕西书画名人一百家》序

《陕西书画名人一百家》与大家见面了,这部书画集选入一百多位书画名人和书画后起之秀的佳作,可以窥见三秦当代书画艺术的基本风貌。

有着周秦汉唐文化深厚积淀的三秦大地,历来是书画之乡,名家辈出,史不绝书。开国以来,崛起于这块文化热土的书画家精神焕发,承前启后,一手伸向传统,一手伸向生活,探微抉奥,领异标新,把黄土地人民特有的雄奇壮阔、刚健豪迈的审美气度融入书画创作,既蕴涵了传统文化精华,又体现了改革开放的时代精神和西部大开发的磅礴气势,给观赏者以崇高感和阳刚美,于艺术享受中陶冶性情,开阔心胸。

中国书画以其独特的民族风格蜚声四海。它外师造化,中得心源,以天人合一的艺术思维把审美定位于形神兼备、情理交融、气韵生动的完美结合,从而凝聚成一种卓越的中国艺术精神。这种艺术精神既有历史的继承,也有时代的发展,生生不已,常变常新。改革开放以来,随着国际文化交流的日益频繁和经济全球化趋势的不断加剧,中国书画还要不要继承传统的问题已受到人们的关注。当然,一切艺术都不应该故步自封,画地为牢,而应该广搜博采,吸取一切营养以壮大自己,因此,"洋为中用"的原则,是普遍适用的;然而横向借鉴绝不能取代纵向继承;中国书画的民族风格和民族精神只能发展,都不能抛弃;一旦抛弃,也就抛弃了中国书画艺术。《陕西书画名人一百家》入选的一百几十幅作品,比较全面地展示了陕西书画名家在继承传统的基础上旁搜远绍,开拓创新的丰硕成果和精神境界,令人振奋。

新世纪的曙光已经跨越华岳三峰,洒遍三秦大地。祝愿陕西书画家迎着世纪的朝阳,笔歌墨舞,弘扬时代主旋律,以更多更好的作品奉献祖国,奉献世界,净化生活,美化心灵。

历史将记录下入选本画册的各位美术家、书法家的名字。感谢你们为新世纪留下了宝贵的文化财富。

2001 年元旦写于陕西师大文学院

《古都春晓》(书画集)序

为了纪念中华人民共和国建国六十周年和北平和平解放六十周年,天水市政府和中华伏羲文化研究会联合编印大型画册《古都春晓》,可喜可贺。

羲皇故里天水,是蜚声遐迩的历史文化名城,人文蔚起,英杰辈出。为振兴中华而屡建丰功的邓宝珊将军,便是二十世纪天水英杰的代表人物。翻阅《古都春晓》中的有关照片,邓将军全力促成北平和平解放的卓越贡献,触发了我的许多回忆。作为邓将军的小同乡,我从幼年起即仰慕邓将军。从解放战争后期到"文化大革命"前夕,我又多次和邓将军聚首,听他讲述丰富多彩的切身经历。比如抗战期间,他以国民党廿一军团的军团长驻守榆林,每当赴重庆开会路过延安,都拜访毛泽东畅谈国事,与共产党人结下了深厚的友谊。他曾给我讲过毛泽东寄他的亲笔信:"八年抗战,先生支撑北线,保护边区,为德之大,更不敢忘。"又如1949年初,平津战役正在进行,邓将军作为中国共产党的老朋友和国民党华北"剿总"司令傅作义的副司令,往返奔波,说服傅将军接受了和平解放北平的条件,率部起义,为其他省市的和平解放揭开了序幕。邓将军讲述上述经历的时候,还绘神绘色地讲过许多细节,每一忆及,其音容笑貌也随之闪现,令人神往。

上世纪50年代以来,我多次进京开会,游览了整个北京。以故宫为代表的古建筑,何等巍峨壮丽!以颐和园为代表的皇家园林,何等秀美迷人!故宫博物院的文物琳琅满目,价值连城;国家图书馆和各大学图书馆的珍善本古籍,举世无双……所到之处,都令人留连忘返,叹为观止。而每当我留连赞叹之时,便想起了当年的平津战役,想起了化干戈为玉帛的邓宝珊将军。把北京这座千年古都从战火纷飞中完好地保存下来,奉献给全国人民和全世界人民,是值得大书特书的,是值得永远纪念的。

画册以《古都春晓》命名,极富诗情画意。北平和平解放,为千年古都迎来了春晓,也为时隔不久便和平解放的天水古城迎来了春晓。六十年来,特别是改革开放以来,神州大地发生了翻天覆地的变化,人民富庶,文化繁荣,社会和谐,河山壮丽。这部画册紧扣主题,以有关照片和一系列书画精品,体现了六十年来中华民族向富强康乐迈进的英姿巨步;又以邓将军故里为中心,广搜博采,精选民间珍藏的历代法书、名画,凸现了天水这座历史文化名城的自然风光和人文底蕴。既有崇高的艺术价值,又有积极的现实意义和历史意义。

祝愿《古都春晓》早日面世,祝愿首都北京、名城天水和全国城乡四季皆春,春意愈浓,春色愈美。

己丑春节写于陕西师范大学专家3楼

《今日水墨·第八届全国中国画名家作品巡回展作品集》序

国画作为中华文化和中华民族精神的重要载体之一，源远流长，与时俱进，具有旺盛的艺术生命力。在绘画理念上，国画历来重视"天人合一"，强调人与自然互相依存，和谐共处，因而在创作上追求"外师造化，中得心源"，"以形写神、形神兼备"，"借景抒情，情景交融。"在形与神、情与景的有机结合中体现完美的绘画意境，给人以无穷的启示和审美享受。

以"破墨"山水见长、被推为"南宗"山水画之祖的王维在《山水诀》中指出："画道之中，水墨最上。肇自然之性，成造化之功。"水墨画本身虽无红、绿、蓝、紫等鲜艳的色彩，但水墨却可以象征宇宙间所有的颜色，即所谓"用色而色遗，不用色而色全"，"既雕既琢，复归于朴"，"绚烂之极，归于平淡。"水墨画所蕴涵的无穷哲理和民族特色，值得我们深入探究和高度重视。

中国画自宋元以来逐渐形成了与诗歌、书法、题跋、印章相结合的艺术特征。就画与诗的关系说，首先表现为画境即诗境，诗情画意，浑然为一。王维"画中有诗"，这正是苏轼和一切杰出画家的艺术追求。但一般所说的画与诗相结合，则指画面上的题诗。例如元代大画家王冕用水墨画梅，自题七绝云："吾家洗砚池头树，个个华开淡墨痕。不要人夸好颜色，只流清气满乾坤。"（一般选本中"吾"作"我"、"个个"作"朵朵"、"华"作"花"、"流"作"留"。此据王伯敏《中国绘画史》所载王冕《墨梅》真迹）清代大画家郑燮任山东潍县知县，在县署中画了一幅墨竹献给山东布政使，画上题诗云："衙斋卧听萧萧竹，疑是民间疾苦声。些小吾曹州县吏，一枝一叶总关情。"不难看出，这两首题诗都拓展了画的意境，丰富了画的内涵，真所谓"题诗之妙，在于使画尽而意无尽"。有题诗与无题诗，其审美价值是很不相同的。

就画与书的关系说，首先表现为书画同源，国画家擅长书法，才能运书入画。赵孟𫖯"石如飞白木如籀";柯九思"写竹竿用篆法,写竹枝用草法";董其昌更明确提出"士人作画,当以草隶奇字之法为之"。但一般所说的画与书相结合,则指画面上的题诗、题跋是用精美的书法书写的。《新唐书·文艺传·郑虔》载:"(郑虔)尝自写其诗并画以献,帝(唐玄宗)大署其尾曰:'郑虔三绝。'"金人赵秉文《寄王学士子端》诗:"李白一杯人影月,郑虔三绝画诗书。"可证"三绝"中的"书"正指对诗的书写。

明清画家除在画面上题诗之外,还往往有或长或短的题跋。例如八大有时在一幅纸上只画一尾小鱼,其旁则是长篇题跋,使单调的画面变得丰富多彩。至于画上用印,有的画家除名章外尚用闲章。闲章的文字或少或多,如王绂用"游戏翰墨"印,郑燮用"七品官耳"印,吴昌硕用"先彭泽令弃官五十日"印。就其审美取向而言,题跋、用印既可强化画面的形式美,也可借题跋用印表达对于社会人生的看法,从而激发读画者的联想与想象。

以毛笔、水墨、宣纸为工具的中国画,不论从哲学理念、散点透视和诗书画印相结合看,还是从用笔、用墨、用线的诸多技法和钩、皴、擦、染、点、浓、淡、干、湿、焦、留白、阴阳向背、虚实疏密的表现方式看,都体现出浓郁的民族特色。愈是民族的,愈是世界的,这是颠扑不破的真理。中国画之所以绽奇葩于东方,播芳馨于四海,决非偶然。当然,中华文化不是静止的,而是发展的;不是封闭的,而是与全世界诸多民族文化相互影响的。作为中华文化的重要载体之一的中国画亦复如此,纵览任何一部《中国绘画史》,都可得到充分的证明。

中国画经由南北朝进入唐代,伴随着经济、文化的高度发达而得到极大的提高与发展,在中国绘画史上,具有划时代的作用。究其原因,最重要的一点便是当时的画家不去摹古,而是在继承优秀传统的基础上面向现实,锐意创新。宋代绘画之所以取得光辉成就,也由于杰出画家善于继承唐五代的优良传统,留心客观事物的变化,对社会人生有其深刻理解,从而吸取有意义的题材,进行艺术创造,促进了中国画的蓬勃发展。元代文人画占压倒优势,而以山水画成就最高。主要原因,在于这时期的山水画家热爱山水,对大自然有其真诚的依恋和深切的体认。清代中叶以前的娄东、虞山画派专讲"笔墨师承"而脱离实际,陈陈相因,了无生气。清初的八大山人、石涛及乾隆时期的扬州画派则强调师法造化、尊重生活感受,发挥艺术的创造精神,促进了绘画的发展。但就总体而言,清代是国画的衰落期,鸦片战争以后更江河日下;任颐、吴昌硕等虽求变创新，有所贡献，但已是强弩之末。具有维新思想的康有为在其《万木草堂藏画目》中抒发了无限感慨："中国画学，至国朝而衰弊极矣！岂止衰弊，至今郡邑无闻画人者！其余二三名宿，摹写'四王'、'二石'之糟粕，枯笔如草，味同嚼蜡，岂复能传后以与今欧美日本竞胜哉！""美术革命"之呼声，遂逐渐得到有识之士的回应。从徐悲鸿开始，借鉴西画以革新国画者接踵而起，在追随时代、使国画日趋"现代性"方面做出了成绩。进入新时期以来，曾出现国画"穷途末路"的论调，虽持之有故，但愿这不过是"杞人忧天"！

上世纪末，一大批奋起振兴国画的画家以"今日水墨"命题，开展创作活动，进行学术研讨，每年举办一届巡回画展，收效显著。第八届将在陕西举行，更有特殊意义。众所周知，唐代是中国画繁荣昌盛的黄金时代，名家辈出，杰作纷呈，不仅在中国画史上发挥了承前启后的作用，而且对东方各国，也产生了极其深远的影响。值得一提的是：在唐代杰出画家中，阎立本、张萱、卢稜伽、韩幹、韩滉、周昉、边鸾、韦偃，都生长于三秦大地；籍隶全国各地的绘画名家，也无不云集大唐京城长安。例如善画山水松石、并提出不朽画论"外师造化，中得心源"的张璪，本来是吴郡人，却长期在长安作画，名闻遐迩。正由于长安一带拥有如此深厚的绘画沃土，以赵望云、石鲁为代表的"长安画派"才能应时崛起，"一手伸向传统，一手伸向生活"，感应时代脉搏，发挥各自优长，"创新求美"，勇攀高峰，创造出一系列蜚声中外的艺术珍品，被誉为国画革新的一面旗帜。赵、石往矣，后继有人。"长安画派"画家与来自全国各地的画家握手榆林，交流画艺，就国画革新问题各抒己见，探奥抉微，使振兴国画的鸿图大愿逐渐变为光辉灿烂的现实，则"今日水墨"第八届巡回展所起的作用，必将在中国绘画史上大书特书，永放光芒。

2007年元旦写于陕西师大博导南楼唐音阁

《江树峰诗书画选》序

人到老年,就特别怀旧。老友江树峰教授的琅琅笑声和美髯飘拂的神采不时闪现于眼前耳畔,然而屈指一算,他离开我们已经七年多了!

几天前,我的小儿子有亮来电话:"北京来人求序,见不见?"我问:"写什么序?"回答是:"听说要给江树峰先生出书,大概是为这部书写序吧!"我立刻说:"请他来!"当天晚间,陈锦余先生由西安的两位朋友陪同,光临寒舍,拿出两厚本江老自书诗词和写意画的照片,前面是张爱萍的题签《江树峰诗书画选》。我边翻阅边询问:"北京名流云集,为江老出这么珍贵的书,请谁写序都不会推辞,何必千里迢迢来找我?"他说:"您是江老的老朋友。您1989年9月写给江老的信,由江老写给《中国文化报》,与江泽民总书记的《浣溪沙》墨宝同时发表;江老临终前不久要出版他的《梦翰诗词抄》(再续集),也不请别人作序,专请您。仅举这两件事,就可以想见您在江老心目中的地位了。这部《诗书画选集》如果能得到您的序言,江老地下有知,必将颔首微笑,夸奖我能领会他的心意。"我尽管刚从南京、无锡等地讲学回来,积累了许多事要做,过几天又要去海南,但经他这么一说,这篇序还是不能不写啊!

陈先生很谦虚,见面时只谈江老,留赠我的《碣石诗情沧海心》也打破惯例,前面没有"作者简介"。直到我读完他的这部新著,才知道他是江老的同乡,相识较早,交情甚深,江老亲切地喊他"小陈"。又了解到他是江泽民主席担任电子工业部部长时的工作人员(担任生产司办公室副主任、党支部副书记),对江主席在该部的显赫政绩如数家珍。这就难怪他能得到江老这么多诗词墨宝和绘画佳作,编辑成书,而且编得这么好。

江老出版过三种诗词集,流传极广,他自己用宣纸书写的,都是他的得意之作,诗词艺术与书法艺术结合,相得益彰。陈锦余先生匠心独运,根据诗词内容,分类编辑:一、盛世抒怀,二、爱国情缘,三、心系统一,四、京情乡情,五、情结诗词,六、广敬良贤,七、神州揽胜,八、高风亮节,九、思念亲人。不难看出,江老的家庭影响、社会阅历、人际交往、爱国情操、精神境界、艺术追求等等,都表现在这些诗词中了。江老生长于扬州这座历史文化名城,深受扬州历史文化的熏陶;在书画艺术方面,对"扬州八怪"也情有独钟。在《水调歌头·扬州八怪颂》中,就饱含激情地写道:"何谓文人画?绘事重抒情。八怪扬州崛起,画史永留名。"江老的画,正是文人画传统的继承与创新,寥寥几笔,便足以传神写意,表趣抒情。而这,也正好为陈锦余先生分类把握提供了条件,根据神、情、意、趣的特点,将相关的绘画编入各类诗词墨宝中间,堪称诗、书、画"三绝"。

在江老的九类诗书画作品之前是"题诗",之后则是选自各类报刊的相关资料,包括对江老诗书画的鉴赏、评介和怀念的文章,这对读者了解江老、学习江老都是有帮助的。

陈锦余先生编辑的九类作品,当然更有助于读者从多方面了解江老、学习江老。对于其中的"思念亲人"和"情结诗词",我想多讲几句,与读者朋友交流。

"思念亲人"中的许多篇,是怀念江上青烈士的。上青烈士是江老的六兄,长江老三岁,中学时代参加了共产主义青年团,一度被捕。在上海艺大读文学系时参加了地下党,组织地下红色学生会,与帝国主义和国民党反动派作斗争,还经常与郁达夫、殷夫等往来,因而又一次被捕坐牢。1938年冬受中共安徽省工委派遣,开辟皖东北抗日根据地,创办了《皖东北日报》和军政干部学校,打开了皖东北抗日民族统一战线的局面,竟遭到反动地主武装袭击,长眠于洪泽湖畔,当时才28岁!江老随六兄投身革命,手足情与革命情融合无间,故发而为诗,感人至深。

"思念亲人"中有一首七律,标题是"赠泽民侄",以"回首云山路几重,东圈门内忆游踪"一联领起,追忆旧游,而以"祝尔恒康道不穷"收尾。又有一首《西江月》词,标题是"赠民侄",以"周末钟鸣三下,敲门促膝倾心"领起,以下写倾心的内容。这两首,都写得情趣盎然,令人神往。还有一首《临江仙》词,无标题,陈锦余先生把它编入"盛世抒怀",其实也是赠江主席的。上片从"忆昔香影廊内饮,少年无限欢娱"归结到"虎跃识当初",下片已呼之欲出:"今读林公联对句,望中梁柱江湖……"则写江主席从上海进京荣任总书记。1989年冬我因出席全国哲学社会科学规划会进京,刚住进国务院一招,不知江老从哪里得到消息,托中华诗词学会办公室的阳光同志找了一辆小车,陪他来看我。几句寒暄之后,即从他的家事谈到国家大事,其忧国忧民、反腐倡廉、厌乱望治、致富图强的激情升华为火一样燃烧的语言,喷涌而出,在我内心深处激起强烈的共鸣。他最后说:"泽民受命于危难之际,以林则徐诗'苟利国家生死以,岂因祸福避趋之'自勉,一进北京,就来电话问这两句诗的出处。我查到了,这是林则徐《赴戍登程口占示家人》七律的第二联。"我吟诵这两句诗,激动地说:"真有这样的献身精神,则精诚所至,金石为开,一切都会好起来!"江老的这首《临江仙》词中所写的"今读林公联对句,"即江主席以"苟利国家生死以,岂因祸福避趋之"自勉之意,所以紧接着便以"望中梁柱"相期许。十多年来,中国政通人和,百业兴隆,经济蓬勃发展,已跻身于世界强国之林,证明江老的期许并没有落空;而江老这首诗的历史意义和现实意义多么深远,也就不言而喻了。

"情结诗词"类入编作品较多,《沁园春·纪念辛稼轩85寿辰》、《1990迎春诗会赋》、《沁园春·柳无忌中国诗三千年英译》、《1992年春节中华诗词学会于新世纪饭店召开迎春诗会欣然赋》、《纪念中华诗词学会四周年赠诗人王澍》等篇,对中华诗词强大的艺术魅力和审美教育功能阐发无遗,赞颂备至,发人深省。江老受家庭影响,一生热爱诗词,提倡诗词,在诗词界有很多朋友。我和江老成为莫逆之交,也由诗词结缘。1986年冬,我们作为中华诗词学会的发起人与筹委会成员在京开会。会上共同商讨成立学会及振兴中华诗词的有关问题,会后谈艺论学,针芥相投。此后,中华诗词学会成立、中华诗词大赛颁奖,我们都相聚都门,海阔天空,无所不谈,但都离不开振兴中华、振兴中华诗词的主题。如今,中华诗词学会在以江泽民同志为核心的党中央关怀和扶持下得到长足的发展,可惜江老已看不见了!然而江老作为发起人和筹备委员会委员对学会成立作出的贡献,学会成立后作为学术委员会副主任对振兴中华诗词作出的贡献是永远值得怀念的。

江老《西江月·赠民侄》中有"敲门促膝倾心","上下古今诗镜"之句。"诗镜",就是以诗为镜。叔侄谈心,谈的是上下古今可以作为镜子的诗,这是意味深长的。江主席不仅自己作诗,而且提倡学诗。他中肯地指出:"中国古典诗文中的许多传世佳作,内涵深刻,意境高远,也包含很多哲理。学一点古典诗文,有利于陶冶情操,加强修养,丰富思想,增加民族自信心和自豪感"(《光明日报》1999年2月21日第一版)。受江主席的感召,中华诗词学会在教育部支持下已经召开过两次全国性的学术会议,就中华诗词进大学校园和中小学校园问题进行了深入研讨,引起了强烈的反响,各类学校中的古典诗文教学也已有所加强,这对于提高国民素质,必将发挥积极的作用。

限于篇幅,我仅就九类作品中的两类略抒己见。事实上,其他各类作品也有异乎寻常的重要意义,弥足珍贵。然而这些本来零散的作品如果不是陈锦余先生逐一收藏,集腋成裘,也许就散失了。我作为江老的诗友,也作为读者之一,谨对陈锦余先生表示由衷的敬意和谢忱。

祝愿这本书以精美的印刷和装帧早日问世,嘉惠艺林。

2001 年 10 月 21 日写于陕西师大文研所

于右任撰书《〈呻吟语〉序》跋

余早年有幸师事右老,承赐墨宝颇多,惜皆失于"文革"。两岸通邮后老友冯国璘知余遭遇,特来函安慰,并转赠右老自书旧作诗曲五首。1993年夏,国璘带病来西安,又以右老撰书《〈呻吟语〉序》相赠,谈有关情况甚详。返台后复来信申述,略谓"右老八十后书法又有新变,但已很少为别人书写。自撰自书长达数百字者仅此一件,自己亦极珍视,辞世前特意交我保存。我自知来日无多,家人又不懂书艺,难免遗失。反复思量,右老视你为忘年交,每年多次问你有无消息,思念至殷。故将此卷交你,右老地下有知,必谓付托得人"。展读此信,百感交集,回想同侍右老于金陵、羊城,情景历历在目,而桑海变迁,已有不可胜言者矣。《〈呻吟语〉序》写于1960年6月,外柔内刚,出神入化,确系晚年书法精品。序文评赞《呻吟语》及其著者吕坤而归结于"匡正人心",激情洋溢,堪称散文杰作。念及右老亲赐墨宝虽什袭珍藏而终被抄掠,乃述国璘转赠此件之经过而谋精印传世,庶不负国璘之重托,而热爱于书于文者亦必如获拱璧,受益无穷也。

2002年4月

《石佛沟题咏刻石》序

金城迤南之阿干古域，山号天都，沟名石佛。松杉栢桧梗柟豫章之属，摩云蔽日，绵延万顷，绿涛摇漾中梵楼焕彩，佛阁流丹。诚陇右之明珠，游观之胜境也。远自明清，已有骚人登览赋诗。改革开放以来，人乐盛世，时尚旅游，林业部遂辟为国家级森林公园，护养有加，扩建未已；景点日增，林泉愈美，珍禽异兽飞鸣嬉戏，与游人相乐。兰垣吟社诸公踵事增华，联翩题咏，诗词楹联，振藻扬葩，汇为巨帙。复邀海内名家书写，摩崖刻石，蔚为壮观；而石佛沟丛帖十卷，亦水到渠成，即将嘉惠艺林矣。

吾国书法，源远流长，丛帖屡刊，后先辉映。然而蒐辑既博，内容自杂。淳化阁、三希堂如此，大观、停云、戏鸿、餐霞种种亦然。求其集中表现同一题材者，则自石佛沟丛帖始；求其绘丽景于华章，镌妙墨于贞石，精拓精印，众美合一者，则尤自石佛沟丛帖始。其开拓创新，导夫先路之功，必历久而愈著，而石佛沟森林公园之令誉，亦必随此帖之传播而洋溢乎四海矣。主事者索记刻碑，故乐述崖略，兼抒观感云尔。

2003 年秋

《钟明善书画篆刻集》序

钟明善教授的书画篆刻集即将付梓,可喜可贺。以他的名声和地位,要请海内外同行中的大师写序,是唾手可得的;却拿了百余张照片来看我,以序相嘱,这大约是出于尊师重道的雅意吧!从"反右"至"文革",学生以批斗老师为"革命",贻害无穷。"拨乱反正"以来,公然"批斗"已不时兴,但真正从内心深处尊师重道的人还不是十分普遍的。可是看明善自撰的《简历》,从四岁"随仲静哉、王树德先生学习颜体楷书"写起,历叙何时何地从什么人学习什么,被尊为"老师"的不下数十人,感激之情溢于言表。这是难能可贵的!不求名师指引,自高自大,盲人骑瞎马,在暗夜里横冲直闯,自以为有开拓,却一辈子攀不上文化高峰。古今中外有成就的人,一般都善于求师,向老师学习;并在老师指引下向时贤学习,向往哲学习,才能兼取众长,融会贯通,自出新意,而传统文化的修养也随之日益深厚,日益广博。明善曾说:"中国书法艺术是中华文化思想最凝炼的物化形态。"我觉得,这是一个既简明、又蕴涵丰富的概括。对于操觚临池者来说,不掌握"中华文化思想",将拿什么来"物化"为"书法艺术"呢?

东坡论书诗云:"退笔如山未足珍,读书万卷始通神。""退笔如山"当然是取得书法成就的重要条件。《书林纪事》记载智永常居永兴寺阁上临书,业成始下。取退笔五大竹簏埋之,号为"退笔冢"。这"退笔冢",正就是作为书法家的智永之所以"业成"的见证,看明善的《简历》,便知他自童年至今,临池不辍,这也正是他"业成"的重要原因。然而和深广的文化修养相比,这毕竟是次要的。东坡之意,并非否定"退笔如山",而是以此作陪,突出文化修养的头等重要性。"读书万卷"而辅之以"退笔如山",其书法便可"通神"。明善懂得这一点,并朝着这个目标迈进。如果注意及此,那么他作为书法家却不惜耗费精力主编《中国传统文化精义》,就不难理解了。

学书,如果只就一种或多种碑帖临摹,照猫画虎,知其然而不知所以然,往往事倍功半。中国书法,自甲骨、金文以来不断演变,未尝停息。因此,学书者必须放眼古今,了解中国书法史。有史便有论。当书法演进到一定高度的时候,就有人从丰富的创作实践中总结出书法理论,反转来又指导创作实践,循环往复,相互促进,理论与创作便不断提高。因此,学书者不应满足于"退笔如山",还必须兼通书法理论,相辅相成。明善深明此理,早在1977年37岁的时候,就在编出《中国书法全集目录》的基础上撰写出《中国书法简史》,史论结合,提要钩玄,受到沙孟海、潘受诸大家的嘉许,赞其"示前修之辙迹,为后学之津梁","为第一部书法史问世佳作"。

书法创作离不开书法欣赏。一般地说,书法创作水平与书法欣赏水平成正比。欣赏水平不断提高,便能不断认识到创作实践的不足,从而在不断否定自我中完善自我,创造新我。从这一意义上说,"眼高手低"是合乎规律的正常现象。"眼高"自然不甘于"手低",力争变"低"为"高"。相反,如果"眼低",就不可能看出自己的"手低",甚至以"手高"自炫,那就害了绝症,不可救药。明善有较高的文化素养,有长时期的创作实践,又博览历代书迹,精研书法史和书法理论,济之以过人的悟性和艺术敏感,自然精于鉴赏,能够出色地撰成《书法欣赏导论》,嘉惠艺林。

诚于中便形于外,有高热乃发大光。明善既然拥有上述诸多优越条件,因而用以评书,便是杰出的书法评论家;用以办学,便是卓越的书法教育家。作为书法评论家,他既撰写了一系列评论古今书法名家及其创作的论文和专著,流播海内外,产生了广泛影响;又历任国内、国际书法大赛的评委,并曾应聘出任新加坡挥春书法比赛首席评判,慧眼公心,万众悦服。作为书法教育家,他不仅担任西安交大等高等学校的书法教学工作,并且十多次出国讲学,乐育英才,而且创办西安书学院,广聘名师,循循善诱,学员遍天下。

明善从青年时代开始,即书、画、印兼学。积数斗年之钻研而至今日,可谓书、画、印兼工,而以书法的成就最突出。

从"书法热"兴起以来,中青年画家大抵走"碑学"的路子。这当然自有优势,但我认为如果能兼取"帖学"之长,也许更好些。前几年,有一位写魏碑颇有造诣的朋友嘱我为其书法集作序,我在序中含蓄地表露过这些想法。明善作为书法史家和书法理论家,不用说对帖学、碑学之争及魏碑的优点了如指掌。然而看他的书法,却不为时代风尚所左右,基本上走的是帖学的路子。"书者如也",各人有各人的艺术个性和审美情趣,因而学书走什么路子,似以适合个人的个性、情趣为宜。比方说，个性雄强犷放者学魏碑，便相得益彰，有天然凑泊之乐；个性宁静、秀逸者学魏碑，便截然相反，必流于矫揉造作。明善之所以超然独立于时尚之外，正在于尊重自己的艺术个性和审美情趣，毅然走适合自己的道路。他自己是这样说的："我不想过早地形成自己的风格、模式，只想就这么自自然然地写。写行草书，为了追求静谧、清隽的趣味，便自觉地向王羲之、智永、文徵明靠近；为了追求活泼、老辣的气息，便又向于右任、王鲁生靠近。"又说："书法、篆刻的创作和绘画、诗歌、散文的创作一样，应当是一个人的艺术修养的自然流露，不是强以为之的事。自然而然地出现了就出现了，达到了就达到了。'道法自然'，是我的艺术追求的起点和终点。"寥寥数语，有如"清水出芙蓉，天然去雕饰"，却既足以明心见性，又有助于学书者见道入妙，回归自然。

从明善送来的许多书法作品照片看，他五体皆能，而尤长于行草。就行草看，其秀在骨，其清在神，这大约是由明善的艺术个性所体现的基本风格。在此基础上广采博摄，或活泼，或老辣，或巧拙兼施，或刚柔相济，形成一种清秀、雅健、俊逸的书风，炉火纯青，别饶韵致。这里面，有很多明善自己的东西，是创作，不是摹仿。我从自己的审美趣味出发，不大喜欢剑拔弩张的书作，不大欣赏粗犷野怪的书作，更厌恶"鬼画符"似的书作，而偏爱明善这种能给人以宁静、秀雅、愉悦的艺术享受的书作。然而作为他大学时代的老师，我还不想给他打满分。原因是：看他的行草，印象最深的还主要是二王的风神，而不完全是他自家的面目。其实，这也是合乎"人书俱老"的艺术规律的。对于这个问题，明善有他自己的清醒认识，"不想过早地形成自己的风格、模式"。当然，过早地形成自己的风格、模式，也还可以变。但不过早地设计模式，一味在形体上玩花样，而是"自自然然地写"，就没有画地自限的缺失。真积力久，宏中彪外，待到"人书俱老"之日，必然自具面目。而这种自然而然形成的面目，是与人为地设计出来的面目迥乎不同的。新加坡潘受老先生书赠明善云："'退笔如山未足珍、读书万卷始通神'。东坡此语，今日名能书者惟钟先生明善辈精笔法、熟理论、淹贯百氏，庶几足以当之。钟先生盖将随年境而愈苍老、愈博洽、愈不可量矣。"

后面的几句话尤其重要。已经精笔法、熟理论、读书万卷，淹贯百氏的明善来日方长，随着年齿的增长，境遇的磨炼，修养日进，阅历日广，其书法艺术亦必日益苍老、日益博洽，通神入化，成就不可限量，还愁没有自家面目吗？

明善姓钟，我忽然联想到三国时期的大书法家钟繇。钟繇字元常，其书博取众长，兼善各体，尤精隶、楷。点划之间，多有异趣。结体朴茂，出乎自然，形成了由隶入楷的新貌。在书法史上，与王羲之并称"钟王"。明善继武钟繇而发扬光大，取得了多方面的成就，我因而吟成小诗以赠。抄在这里，作为这篇小序的尾声：

　　　　元常遗泽在，继武拓新疆。
　　　　英才凭作育，书道赖弘扬。
　　　　墨妙人尤好，文雄名自彰。
　　　　老师真老矣，看汝播芬芳。

　　　　　　　　　　千禧龙年元旦序于唐音阁

《邱星书法集》序

邱星先生我知道得很早,相识得很晚,但一相识,就被他的人品、书品和深厚的文学修养所吸引,成为莫逆交。正因为成了莫逆交,他才肯让我这个并非"书法家"的人为他即将出版的书法集写序。

有一位记者采访邱老,请他就"书画界近年来特别注意新闻媒介报道"发表意见。他说:"在开放意识较强的时代里,书画家能够认识到推销自己的重要性,并积极地去实施、去张扬自我,这是社会发展和进步使然,也是对旧时代中国士大夫'清高'思维的突破……"听这口气,邱老还是挺"潮"的,为了"推销自己",连"清高"也不要了!然而这不过是顺应潮流的一种说法,至于他本人,则仍然以"在名利上知足,在学问上知不足"为座右铭,并不热衷于"炒作"。他曾对我说:"写字不应该有什么大的目的,起始是自娱,从中取得乐趣;友朋喜爱,纷纷索书,就进而娱人;喜爱的人越来越多,更进而娱世;如果此人的书迹能传之久远,那就成为传世了。不过,前三者较易,传世是很难的。历代能传世者,人数并不多。大家都知道,近世能传世者不过北齐(以画为主)南吴加于髯翁。当代人的书迹能否传世,要看时间考验,很难预期。如果一开始就下定决心要传世,恐怕一步也行不得。所以,我个人写字,只求自娱,或差可娱人,如此而已"。在"只求自娱"中"知不足",以不断提高品学修养和艺术造诣来丰富和完善自己,虽不求名而实至名归。说得典雅些:"桃李不言,下自成蹊。"说得通俗些:"只要货好,不推销也顾客盈门"。邱老以篆书蜚声遐迩,绝非偶然。

常听书法界的朋友说:"邱老是写大篆的名家。"或者说:"邱老的大篆写得好。"大篆、小篆的称谓,始见于东汉许慎的《说文解字·叙》:"(七国)言语异声,文字异形。秦始皇初兼天下,丞相李斯乃奏同之,罢其不与秦文合者。斯作《仓颉篇》,中车府令赵高作《爰历篇》,太史令胡毋敬作《博学篇》,皆取史籀大篆,或颇省改,所谓小篆者也。"所谓"史籀大篆",指周宣王太史所编《史籀篇》中的文字,亦称"籀文"。《史籀篇》是我国历史上整理、编订古代文字的第一部字书,可惜久已失传,我们现在能看到的,只是《说文解字》"重文"中注明"籀文"的那二百二十五个字。清吴大澂作《说文古籀补》,所补者多采自金文。严格地说,大篆即籀文。今人把甲骨文、金文、石鼓文以及小篆以前的各种文字统称大篆,是从广义上说的。

细看邱老送来的几百张篆书照片,分明以金文为主,上采甲骨、下涉小篆、旁参陶文石鼓,显然不是小篆。但简单地称为大篆,又不足以说明它在兼取众长的基础上熔铸而成的独特风貌。我为此踌躇了好几天,只好请邱老现身说法,阐明我提出的几个问题。

问题之一:请通过习篆经历,说明这种独特的篆书风貌是怎样形成的,这种篆书该如何称呼,才比较确当。

邱老在回答这个问题时对他习篆、识篆、创作的历程及其心得体会讲得十分详尽,为了节省篇幅,择要复述如下:

我少年习篆,从斯篆(小篆)入手,临写《峄山碑》。临了一个时期,不满足于那种刻板的型、笔,感到沉闷。后来见到吴大澂的《愙斋集古录》,其长篇释评文字美观而大方,"以钟鼎入篆,富金石气",觉得比盘绕曲折、大小均等、枯燥乏味、照顾费力的斯篆好看得多。一番临习之后,也想用这种字体写点前人的诗词什么的。一到实行,困难奇多。因为写小篆有《说文》可据,而写钟鼎呢,当时缺少这种书,无处可查。当时一般写篆者都是临某器或集某器。而这些器各有风格,有的连字形也不一样,如毛公鼎不同于散盘,更有大不相同者,倘将它们混在一起,必然杂乱不堪。在临习鼎文稍多以后,觉得各鼎的形态笔法虽各不相同,但其中的文字相同者毕竟是多数,于是悟到把各种鼎文糅到一处,或许可行。几番试写,觉得困难中有乐趣。

吴大澂以金文入小篆,虽然比字形单调的小篆要丰富美丽得多,但毕竟还是一股"小篆味道",脱不了小篆的桎梏。如果反其道而行之,以金文的要素为主写成更富金石气的东西,岂不也好或更好?于是开始试验。"以金文为主",就必须突破临集的樊笼,不得不在集纳之外加上半创造甚至创造。半创造,是把各种篆书已有的字用一种大致相同的意思糅合、统一起来。而篆书所没有的字,怎么办呢?有一次写一首词,其中有"她"字,不要说金文没有、小篆没有,大约连隶书也没有。怎么办?想来想去,把金文已有的"女"与"也"凑在一起,写出一看,不太像,也并非不像,就将就用了。这可以说是"创造"了一个篆字,而且是"金文型"的。甲骨文较金文为早,有些字是金文没有的,可供取用。金文没有而陶文、石鼓文、小篆中却有的,也可以引用。于是以金文为主,上起甲骨,下连小篆,旁采陶文石鼓,写出了这么一种字体,姑名之曰"金文型篆书"。因为小篆以前文字统称大篆,而这又吸纳了小篆,所以只可名为篆书,而注明是"金文型"的。

问题之二:古代字少,后来逐渐增多。用"金文型的篆书"写一首小词,其中只有"她"字为金文所无,只好"造",便"造"他一个。但如果写长篇诗文,其中有好多字为金文所无,又不好"造",那该怎么办?

下面是邱老的回答:

用"金文型篆书"写一篇诗或文,的确是很难的。首先要造字,在许多同字而不同形的字中精心筛选,以期在整体中能互相呼应、疏密有度。如果有些字为金文所无,解决的办法之一是可以假借,前人已有为之者。但假借字本身也无定章,多由习用而成,或同音相假,或同意借用,又会造成混乱,所以我宁可拼凑,"凑"了若干年,当然有些是"凑"错了的。"凑"成的字既要有金文味,又要好看。比如遇到鸳鸯、蝴蝶、阀阅之类的词,金文没有,"凑"起来又重复,既难写,写出来也不好看。所以有这一类词的诗文,就不去写。这就是说,不但要造字,而且要选文。总之,金文型篆书,既要考虑金文型的艺术化,又不能随意"撰"字,更不能过多使用金文所无的字形。

问题之三:按《说文·竹部》:"篆,引书也。"引,就是画线、画道,既无蚕头燕尾,又乏点画撇捺,相当单调刻板。而您的金文型篆书作品却古趣盎然,别饶神韵,其奥秘何在?您从少年开始习篆,大约已倾注了七十多年的精力才达到现在的水平,今后还能不能突破?打算从哪些方面突破?

邱老的回答既平实,又精辟,表现了深造自得、自强不息的学者风度。

金文字形繁多,当初造范时是如何写上去的,已不可知。它由制范、冶铸、成形到经过漫长的地下岁月蚀濎斑斑却成就了非常优美的艺术形象,其拓本为当今写金文者所凭依。如果不经过那一系列的"历史"过程而要表现出如金文拓本那样的美丽,那是不可能的。因此,写金文,就需要在用笔方面多作试探。既无蚕头燕尾,又乏点画撇捺,只能在"引笔而书"的基础上加以变化。但如果真写得与拓本一样,那又算什么书法艺术!

前人写金文,每有出之勾填者,这更与书法无涉。以有限之笔墨,写无尽之古态,则舍造型而外,更应侧重于气韵。写出金文型篆字,而看上去不像金文,是无金文之气韵也。所以说气韵是神似的主要因素。而表现气韵的,除了字形,还要看全章的安排,字与字间、行与行间,是否有揖让、顺逆的行气。若形写得很像,却排列如算子,那就没有了金文的韵味。金文的排列,或因器大而疏,或由器小而密,有的甚至歪扭、挤撞,或疏可走马。但正是这种不规整的规整,赋予金文以有音乐气味的韵律。但是,如过分有意安排,用"力"写出,也必然产生僵硬的感觉,也就缺少气韵。因之,要熟悉各种不同鼎文的篇章(包括一些局部),存于脑海,在书写作品之时,随意为之,可得自然之妙,也必可增加不少趣味。

字形求准,整篇求韵,差可写出近似金文的作品。这就颇为不易了!执笔数十年,经过不少次艺术坎坷,而真正可观者甚少。悟性与功力,只达到这个程度。我个人认为:在艺术方面,各人都有自己的最高极限,不易突破,视为"铁门槛",应该是合适的。而且,人的最好年龄,大概在七十至七十五岁之间,过了这个高峰,功力已懈,就要走下坡路了。朝夕努力,或可保持现有的水平。再求突破,已不可能了。正因为这样,我才打算编印书法集,为数十年的习篆生涯划个句号。引了邱老的现身说法,我就不必多说什么了,也可避免隔靴搔痒的缺失了。

欣赏邱老的"金文型篆书"作品,的确感到气韵生动,古趣盎然。仔细分析,这既来自每个字的独特的用笔造型,更来自整篇的独特的章法布局。关于章法,邱老已谈得很透彻。关于用笔造型,还可略作引申。就用笔说,邱老积七十余年之功力,锻造出一种独特的金文型笔画,坚实凝重,犹如铁铸;又以粗细变化避免板滞,加强运动感,浑厚而苍劲,活泼而奇逸。就造型说,写金文而出之勾填,不算书法;写得与金文拓本上的字一模一样,也并非艺术。邱老则不满足于形似,而在"字形求准"的前提下力求变化。他以两周多种风格的钟鼎铭文为原料,根据自己的创作构思筛选采撷,当繁处取其繁者,当简处取其简者,或依六书原理略加改制,以求字字美观而有金石韵味,并在全篇中呼应有情、疏密有度。这,才称得上书法艺术。

一个人的书法成就,与其悟性、功力有关,也与人品、情态、才学有关。邱老洁身自好,数十年如一日,临池挥毫,却不是为了沽名牟利,而是为了自娱、娱人。其人品、情态与终日忙于"炒作"、"推销"而无暇习书的"书法家"相比,真判若霄壤!邱老的书法作品,多书写自己创作的诗、文、词、联,意境高雅,文采斐然。其学养、才华与不但写不出文理通顺、粗合格律的诗联,而且连写前人的名作也往往出现错别字的"书法家"相比,也真有天渊之别!

从前的书法家大抵是文士,故前人论书,崇"士气"而斥"市气"。如今商潮汹涌,书法作品也是商品,自然"市气"昌而"士气"亡。比如有一位书法家欠人家的情,是可以写几个字回报的,但不送钱就是不肯写,这就是"市气"在作祟。邱老则不然。数年前,主编《书法教育报》的李正峰邀约几位顾问到城南小聚。我和内子去了,在那里第一次与邱老相识,品茗垂钓,谈书论艺,其乐融融。当谈到邱老的书法的时候,内子忽然冒出一句:"我的四个孩子都喜爱书法。"邱老问了孩子的名字和性别,还记在本本上。过了几天,就派女公子宗康送来四条篆书。这真使我欢欣鼓舞:"市气"或者"铜臭气"尽管甚嚣尘上,仍能坚持"士气"的人还是有的!细看这四条字,书写的竟是邱老专门为四个孩子作的诗,还把他们的名字光、辉、明、亮分别嵌在四首诗里。为小女有辉写的是一首五言绝句:"天际彩虹飞,彤霞降翠微。琴心歌咏絮,笺彩映清辉。"押"五微"韵,平仄谐调,粘对悉合,格律十分谨严。后两句,用《世说新语》"咏絮"典,夸奖有辉是像谢道韫那样出口成章的才女,能写出令稿纸生辉的好文章。前两句描绘出异常绮丽的景象,但那并非单纯写景,而是为了烘托结尾的那个"辉"字。全诗意境优美,令人神往。

序写得太冗太长了!谨借刘熙载《书概》中的名言作为结束语:

写字者,写志也。故张长史授颜鲁公曰:"非志士高人,讵可与言要妙?"

书,如也。如其学,如其才,如其志。总之曰:"如其人而已。"

1999 年 3 月写于长安城南

雷珍民《水滴石穿》(书法集)序

昨天上午,雷珍民先生送来他即将出版的书法集复印稿,要我只写几百字作为序言,我慷慨答应了。孩子们颇感惊奇:"骄阳似火,空气像要燃烧,静坐静卧,也挥汗如雨,年轻人都在休闲,上年纪的人怎好为人家伏案写序呢?"不错,我已年逾八十,集中精力带博士研究生,尚可不负领导重托,但要搞好过多的杂务,确已力不从心,对海内外求字、求序、求题签题辞之类的,只好尽可能婉言辞谢了。然而凡事都有例外,珍民多年来以师礼待我,却从无所求,如今只要我写一篇短序,能拒绝吗?

室内的小空调早已屈服于四十度以上的炎威,帮不了我多少忙,俯首爬格子,真有点畏难情绪。出乎意料的是,当我从大函套中抽出书稿,"水滴石穿"四个漂亮的毛笔字便跳到眼前,阵阵水风伴随着滴滴轻响把我带到清凉世界,烦躁的心情立刻澄净下来了。

珍民把他的书法集取名"水滴石穿",这是饶有深意的。1946年5月,他出生于陕西合阳的世代书香之家,在祖父的正确指导下从四岁开始,先描红写仿,继之以临帖临碑,日有常课,雷打不动。中学毕业后因受家庭影响未能升学,"文革"中下放农村,但不论处境如何艰难,都不废临池。"四人帮"垮台,改革开放的春风把珍民吹到历史文化名城西安,驰誉五洲的碑林名碑如林,可资观赏,书坛老宿硕果犹存,可供请益,真可谓如鱼得水!珍民于从事工艺美术工作的同时更夜以继日,钻研书艺,对历代名碑名帖反复临习,揣摩领会,数十年如一日,终于能在扎扎实实的继承传统的基础上求变求新,名扬艺苑。这用"水滴石穿"来写照传神,真是最恰当不过了。

石坚而水柔。"水滴"之所以能够"穿石",一在瞄准目标不摇摆;如果见异思迁,这里飘几点,那里抛几点,石头上还能留下什么痕迹?二在持之以恒不间断;如果好逸恶劳,今天滴几点,明天便休息,那石头就还是原来的石头。三在淡泊宁静,穷年累月日日夜夜只管滴;如果只滴几点就嫌石头太硬而另玩花样,即使把石头烧红、炒焦、敲碎,毕竟与"水滴石穿"是两码事,"轰动效应"转眼即逝,是经不起时间考验的。珍民书法兼擅各体,而以正楷最见功力。二十年前,赵朴初先生来西安,在人民大厦看到"凤凰厅"三个楷体榜书,连声叫好,便问书写者的情况,于是有人找来珍民,赵老一见大喜,坦率地说:"你们陕西本应在书法基本功上占优势,可我来这里一看,重传统的并不多。你的书法基础不错,应该坚持好好写楷书。"赵朴老毕竟是高手,箭不虚发。他赞许珍民的楷书而感慨本应在书法基本功上独占鳌头的西安却不够重视传统,的确引人深思、发人深省!

书法的基本功集中体现于通过反复临习历代名碑法帖而心领神会,写好既取众家之长而又自具面目的正楷。如果不写好正楷,不娴熟"永字八法",不领悟历代大师运用"八法"而各具匠心、自成一家的奥妙,却急于写行书和草书,那就无异于在沙滩上建造摩天大厦。从这一点上说,珍民"水滴石穿"的学习历程是有示范意义的,值得大家重视。

珍民的正楷,自经赵朴老推荐为上海、东京等地书写长篇碑文以来,已蜚声遐迩,这是大家都知道的;珍民的行、草、篆、隶各体,专访、评论之类的文章层见叠出,也有目共睹;我就不多说什么了。

2003 年 7 月 28 日写于陕西师大博导楼

《马远书法集》序

马远先生号双泉散人,是一位在全国不多见的专攻章草的书法家。

大约二十多年前的某一天,经人介绍,马先生专程来访,商讨书法创作问题,得知他正拜在高乐三先生门下学章草。此后,他经常来家探望,论艺谈书,有时还带来他的书法作品希望我给以评点,一直待我以师礼。五年前,他的第一本书法作品集出版,要我题诗。我忽然想到早期的章草大家张芝和索靖都是陇人,而今的马远先生又以陇人而写章草,颇有亲切感,便顺口凑了四句:"陇人索靖变张芝,蚕尾银钩世所师。又见双泉挥健笔,千年章草现新姿"。我今年已经八十有六,年老事繁,不再给人写序了,未料这个夏季到来时,马远又送来他的第二本书法作品集,向我索序。展卷观之,果然又有大进,这篇序,还是不得不写啊!

章草是书法的传统书体之一,上承古草,下启今草,是汉字书体史上重要的转折点。历史上,自张芝、索靖之后,章草大家不多。宋黄伯思《东观余论》云:"章草,惟汉、魏、西晋人最妙,至逸少变索靖法,稍以华胜","至唐人绝罕为之,近世遂窈然无闻……几至于泯绝耶"。现代书坛以章草名世者唯王世镗、王蘧常两家。当代书坛写章草者更寥若晨星。章草的这种景况与其本身的书体有关,它集篆、隶、草于一体,草法规范,法度严谨,极难驾驭,致使习书者望而生畏。但是,章草作为独特的古体草书,有很高的观赏价值和学术价值,需要继承和研究,既可使这一古老草书获得新的生命力,还能从中探寻汉字和书体的演变轨迹。马远先生在章草创作实践上取得的成就,就是一个很好的例证。

观马远作品,我以为有两大特点:一是基本功扎实;二是写出了自家面目。

章草书体很规范,但也简化得趋向"符号化",很难识读,故学习章草近乎另学一套文字,必须从识文解字开始,然后才能读帖、临帖,在日复一日的研习中去体察、感悟。即便如此,由于在章草书体中有一些字的草法并未完全定型,又会遇上新的困难。这一切,对习书者都是意志和毅力的严峻考验。在乐三先生的悉心教导下,马远从不好高骛远,而是耐得住寂寞,一步一个脚印地往前走,练就了扎实的基本功。他的书法上追索靖,近宗王世镗、王蘧常。不少作品用笔精能,古雅可喜。比如他书写的《急就章》,有索靖的圆润、浑厚和雍容大度;《千字文》则笔法拙朴、沉稳,笔力雄劲,颇近王蘧常的书风。

书法艺术要形成自家面目,十分不易,需要一个长期而痛苦的磨炼过程。很多习书者都知道取法古人,却写不出自家面目,这是因为艺术创作要从传统中走出来,不但需要功底,更需要丰厚的学养。书法艺术中蕴涵的学养,是作品感染人、启迪人的必备条件。马远很懂得这个道理,他不但读《书论》,还读古典诗词,广泛的涉猎使他的学识日渐增进,作品也呈现出书卷气。他在刻苦临习历代章草名帖的同时,还借鉴魏碑,并大量收集、研读汉简和帛书等等,在章草书体的一些技术细节上下了不少功夫,这就使他的书法融隶书的圆润、魏碑的方折于一体,还穿插一些简、帛文字的笔意,形成了自己的风格。比如鸡毫书《精气神》,笔软而气凝,轻重相宜,洒脱,有神态;《心经》写得极具静气,饱含着浓厚的禅意。《书谱》云:"真以点画为形质,使转为情性;草以点画为情性,使转为形质"。马远的章草结构简洁凝练,既有形体上"质"的表象,又蕴涵着书家自己的情感性灵。

由马远的书法作品我又想到继承与创新的关系问题,当今书坛,百花争艳,人人争唱创新,这是好现象,但创新要建立在传承的基础上。启功先生认为,书法艺术有自身的规律,继承传统的过程也是创新的过程。我是赞成这一观点的。如果不学传统,或者浅尝辄止,学些皮毛,就不免东拼西凑,难脱"匠气"和"俗气",不但不能创新,还会阻碍书法艺术的健康发展。

马远有多年军旅生活的经历,他人品好,学识也好,干练,正直,有同情心,遇事又有一股必定要做出好结果的劲头。也许是他与章草有缘吧,一旦相遇,就再也舍弃不下,用他自己的话说,叫"一条道儿走到黑"。他选择章草,是选择了一条比较难走的道儿,但也与他质朴、爽直、执著的性情相符,很能抒发他的胸臆,施展他的才情。急功近利,心浮气躁,在一定程度上已成为一种流行病。但我坚信马远有足够的免疫力,必将在他选择的艺术道路上不断前进,突破千难万险,登上高峰。

2006 年仲夏于唐音阁